U1004672

全国高等院校古籍整理研究工作委员会资助项目
浙江省一流学科——民族学学科资助项目
国家民委民族理论政策研究基地（丽水学院）资助项目

五述奇

[清]张德彝 撰
李岩 点校

安徽师范大学出版社
·芜湖·

图书在版编目(CIP)数据

五述奇 / (清) 张德彝撰;李岩点校. —芜湖:安徽师范大学出版社,2018.6
ISBN 978-7-5676-3008-6

Ⅰ. ①五… Ⅱ. ①张… ②李… Ⅲ. ①日记-作品集-中国-清代 Ⅳ. ①I264.9

中国版本图书馆CIP数据核字(2017)第143925号

五述奇

[清]张德彝 撰　李　岩 点校

责任编辑:孙新文　薄　雪
装帧设计:任　彤
出版发行:安徽师范大学出版社
　　　　芜湖市九华南路189号安徽师范大学花津校区
网　　址:http://www.ahnupress.com/
发 行 部:0553-3883578　5910327　5910310(传真)
印　　刷:江苏凤凰数码印务有限公司
版　　次:2018年6月第1版
印　　次:2018年6月第1次印刷
规　　格:700 mm × 1000 mm　1/16
印　　张:23
字　　数:364千字
书　　号:ISBN 978-7-5676-3008-6
定　　价:60.00元

如发现印制质量问题,影响阅读,请与发行部联系调换。

点校说明

张德彝（1847—1919），又名张德明，字在初，一字俊峰，汉军镶黄旗人。他一生八次出国，在国外度过二十七个年头。每次出国，他都写下详细的日记，依次辑成《航海述奇》《再述奇》《三述奇》《四述奇》直至《八述奇》，共计二百余万字。他首译电报、自行车、螺丝等至今仍被中国人沿用的科技名词；首次向中国同胞介绍蒸汽机、升降机、缝纫机、收割机、管道煤气、标点符号，乃至巧克力。

《航海述奇》，记1866年随赫德、斌椿游历欧洲所见；《再述奇》，记随蒲安臣使团出访美、英、法等国情形；《三述奇》，记随崇厚使法情形，对其目击的巴黎公社事件的记述尤有意义；《四述奇》（后称《随使英俄记》），记随郭嵩焘使英、法，后又奉调到俄国任职共约四年间对西方的见闻。《五述奇》十二卷（后称《随使德国记》），记光绪十三年至十六年（1887—1890年）间随中国驻德国公使洪钧使德情形；《六述奇》（后称《英轺参赞记》），记1896—1900年随中国驻英公使罗丰禄使英情形；《七述奇》（已佚，内容可能是1901年出使日本的情形记载）；《八述奇》（后称《使英日记》），记1903—1906年担任中国驻英公使经历。张德彝为同文馆学生出身，后一直从事外交工作，为晚清中国第一批职业外交官之一，多次以翻译、随员、参赞等身份出国，后担任过中国驻英公使。

张氏在“述奇”的凡例中一再声明，他只述“泰西风土人情”，不论“各国政事得失”，却能“叙琐事不嫌累牍连篇”。最后这一句，确实是他写作上的一大特点，也是他这八部“述奇”都被收入《走向世界丛书》的理由。

因为“叙琐事不嫌累牍连篇”，《五述奇》逐日记载张氏之所见所闻，但事实上却又不限于风土人情的范围。比如说，爱迪生新发明的留声机来德展览，还有洪钧小妾赛金花在柏林的生活……这些想必都是能引起读者阅读兴趣的。

《五述奇》手钞稿本现藏于中国国家图书馆（原北京图书馆），1997年北京图书馆出版社将张氏《七述奇》以外其他七部日记影印出版《稿本航海述奇汇编》，本次点校即以此稿本为底本进行。原稿本共计十二卷，每卷内容仍如其旧。原稿为繁体竖排，现均改为简体横排。钞本并没有分段，现按文意分段，并施加标点。小字夹注改用与正文相同的字体，置于圆括号（ ）之内，以示区别。本次整理主要订正错讹的史实，改正错字、补充漏字、剔除衍字等，明显错误径改，衍文径删，错别字在原字后加〔 〕予以勘正，脱漏字以［ ］补足，残缺字以□代替，通假字酌情保留，异体字适当改正，意义完全一样的字原则上不保留两种字形。原文外国人名、地名等音译前后不尽一致，如“拿破仑”有“拿波仑”“那波仑”“那波伦”等，“拉丁”有“拉典”“腊典”等。为了保持原貌，外国译名均仍其旧，敬请读者辨识。

自 叙

庚辰[①]夏仲，彝[②]随曾袭侯[③]驻英，忽接电信知先君病笃，遂乞假回都以侍晨昏。壬午孟冬，先君见背。逮甲申春，许星使[④]（景澄[⑤]）奉旨出使德法，知彝屡次出洋熟识洋务，遂派为随使，后以彝服尚未阕[⑥]，改派文嗣旃（续），文君者，英文馆肄业生也。彝闻命之下，不禁叹星使爱我之深，而彝当奉派时，所以未敢径辞者，亦自有故。盖思服虽未终而君亲不得歧视，苟其随使邻邦，稍展尺寸则事君，即以显亲未始非计，且如李丹崖[⑦]星使（凤苞）、徐进齐参赞（寿朋）、刘湘浦领事（亮元）、联子振翻译（兴）及吴汉涛（广沛）、严朗轩（士琦）、萧介生（仁杰），随员皆墨绖，而随使外洋者，以彝例之，实不相异，故未辞也。然星使既勿使前往，亦可遂彝守制之愿。已迨星使起节后，彝迭遭兄嫂之变，经营丧务，心力交瘁，不禁又叹星使有先知之明，一若不得明言而隐以未终丧为辞，益信爱我之深

---

① 光绪六年，1880年。

② 即张德彝（1847—1919），原名张德明，后改今名；字在初，一字俊峰。祖籍盛京铁岭（今辽宁铁岭），清初编入汉军镶黄旗。十五岁考入京师同文馆，三年后成为该馆培养出的第一批译员之一。同治五年（1866）受清政府委派出国巡游，随团游历了法国、英国、比利时、荷兰、丹麦、瑞典、芬兰、俄国、普鲁士等十个国家。此后作为翻译和使官多次出访、游历欧美各国，先后担任过清政府驻外的翻译、秘书、参赞、大使等职务，1919年病故于北京。张德彝一生总共在国外度过二十七个年头。每次出国，他都将所见所闻写入日记。凡衣食住行，士农工商，政治、军事、外交、文化、教育，林林总总，洋洋大观，几乎无所不包。回国后，这些日记被辑成《航海述奇》《再述奇》《三述奇》直至《八述奇》，堪称"述奇"系列，共计二百余万字，成为研究晚清中外文化交流史的重要文献。

③ 即曾纪泽，曾国藩的儿子。

④ 星使，古时认为天节八星主使臣事，因称帝王的使者为星使。

⑤ 许景澄（1845—1900），字竹篔，晚清政治家、外交家。1884年任出使法、德、意、荷、奥五国大臣，次年兼摄比利时使务，1890年任出使俄、德、奥、荷四国大臣，1896年底改为专驻德国公使，1898年任总理衙门大臣兼工部左侍郎。

⑥ 未阕，此处指未结束。

⑦ 李凤苞（1834—1887），字丹崖，光绪三年率生徒赴英法学习船政，四年充出使德国大臣，后兼驻奥、义、荷、法公使。

矣。越三年，乙酉，彝服阕，洪星使（钧）出使俄、德，派彝为随员，彝于是赴德之行始果。噫！一饮一啄莫非前定，况其大者呼！彝前年欲行乃止，以为此身恐无至德之日，而今复能游德，抑何幸欤！彝既感洪星使之盛意，而回忆许星使阻勿使行，勉我以孝，使得终三年丧而尤铭感于肌骨不虞①，裣袖之淋浪也②。彝随使既归，因思古人有乘槎③寻源事而其详未闻，盖以未笔于书，故不传于后世，爰④出日记数册示诸同人，犹前志也。虽字句朴陋文谊粗率，而于当世君子，留心外邦风土人情者，或不无一助，因纪五次随使之由而为《五述奇》之序时。

光绪一十有八年，岁阳在元，黓⑤阴在执，徐如月，铁岭张德彝在初氏叙于养心堂。

---

① 不虞，出乎意料的事情。

② 感激涕零之意。

③ 槎，木筏。

④ 于是。

⑤ 黓，黑色。

凡 例

一、海邦政俗，近年诸星使著作如林，久已脍炙人口，余则不过窃其绪余而已。

一、是书本纪泰西风土人情，故所叙琐事，不嫌累牍连篇。至于各国政事得失，自有西士译书可考。

一、是书原系逐日登记，藉驱睡魔，其文俚而不雅，难免有道之讥，阅者谅之。

一、所纪天文度数，山川远近里数，不无讹错，然行人持此而往，或不迷于所向也。

一、录泰西往事，以及制造之创始，虽用西历纪年，而仍附以中历者，以便阅者考查也。

一、海外地名，以“____”识之，人名、官名、物名，以“____”识之【原书地名、人名等符号，今悉从略】。其还音虽本《瀛寰志略》各书，仍有不甚吻合之处，聊以得其仿佛去尔。至中华之地名、人名、官名、物名，则不复识别。

一、历次出洋，虽辱承译事，而一切密勿阙而不书，亦金人缄口之意也。

一、前四次笔所述及者，概不登入，以免重复。

一、昔宋洪迈成《容斋随笔》，后有续笔、三笔、四笔、五笔。张端义《贵耳集》，有二集、三集。古人编纂，与时俱积，原不必统随一式。余五次出差，各就见闻笔录，故以述奇、再述、三述、四述、五述而名之。

一、所载有见闻不确，失其事实者，尚望高明正之。

目　录

卷 一

溯我中土当列国时，即有互派公使一说，然无常行驻扎者，东西各国邻邦，百年来，始行互派公使驻扎，至今凡彼此换约通商者，竟援此为定例，而驻扎年限无定。

维我皇清受命以来，大一统之规，宏无外之量，自与东西各国换约后，亦陆续钦派大臣前往驻扎，惟递以三年为期。

龙飞十有三年丁亥岁春，钦差驻德大臣许星使（景澄）以瓜期将届①，且接电丁忧②，遂急奏请简派使臣接任。至五月初三日，乃奉旨前内阁学士洪钧③，着充出使俄、德兼奥和国大臣等因，钦此。是月二十九日，经星使奏，调五品衔翰林院编修汪凤藻（芝房）④，江苏苏州府元和县人，为二等参赞官。六月十三日又经奏，调四品衔直隶候补同知驻扎日本随员姚文栋（子梁），江苏上海县人；花翎三品衔候选知府张德彝（在初），汉军镶黄旗人；花翎候选同知陶森甲（矩林），湖南宁乡县人；五品衔候选知县王大庆（祉蕃），直隶永平府临榆县人；花翎五品衔公发河南通判洪銮（禹山），苏州府吴县人；吏部候补笔帖式承厚（伯纯），满洲正蓝旗人；花翎五品衔公发广东盐大使许宝莲（稚麟），浙江杭州府仁和县人等为随员。候选詹事府主簿陈其镳（骏生），浙江湖州府贵安县人，为医官；又札调法

---

① 指戍守一年期满，后用以指官吏任期届满。

② 根据儒家传统的孝道观念，朝廷官员在位期间，如若父母去世，则无论此人任何官何职，从得知丧事的那一天起，必须辞官回到祖籍，为父母守制二十七个月，这叫丁忧。

③ 洪钧（1839—1893），清末外交家。字陶士，号文卿。江苏吴县（今苏州）人。同治年间中状元，任翰林院修撰。后出任湖北学政，主持陕西、山东乡试，并视学江西。1881年任内阁学士，官至兵部左侍郎。1889年至1892年任清廷驻俄、德、奥、荷四国大臣。

④ 汪凤藻（1851—1918），字芝房、云章。江苏元和人，同文馆英文班毕业生。曾为译书纂修官，撰有英文语法书《文法举隅》一册，并译《万国公法》《英文文法》《政治经济学》等书。1883年授翰林院庶吉士；1891年7月29日以翰林院编修赏二品顶戴署理驻日钦使。1892年7月9日正式任为驻日钦使。

文翻译官，五品衔，即选中书科中书黄致尧（伯申），江苏宝山县人；供事五品衔候选按察司经历徐毓麟（良臣），浙江绍兴府会稽县人；直隶试用县丞贝荫泰（汇如），江苏苏州府吴县人；学习翻译盐大使衔张永熞（小轩），江苏苏州府昆山县人；武弁周行乐（畅亭）、郃锡荣（丽泉）。十四日奉札即治行装，七月初四日，星使陛辞请训，十九日启节，约于九月初间上海齐集，连日戚友祖饯，日无暇晷。

八月

十一日乙未　晴。辰正，携大儿荣驤、仆人刘顺，同徐良臣及其仆役王顺登车出朝阳门，东行四十里，申正抵通州东门外，登如意船，一路道途平坦，五谷丰登。酉正，行李到齐。入夜有风，甚凉。

十二日丙申　晴，冷。辰正开船，顺风行二十四里，午正抵盐城。虽云城而无城，惟草舍数间而已。少住复开，大风甚烈。申初风息，暖，行五十余里。亥初至杨家湾泊，土房数间，人烟稀少。

十三日丁酉　晴。卯初开船，风顺水平，一帆高张，颇为畅快。申初，河宽水浅，风狂浪涌，船觉重滞，缓行六十里。酉初抵河西务，少住复开，水平船稳，皓月已上，又行二十五里至孟村住。

十四日戊戌　晴。寅正开船，行七十五里，午正一刻抵杨村，少住复开。一路河水宽深，左右堤亦坚固整齐，不同从前沙堤之易为水冲塌也。入夜无风，水平如镜，皓月团圞，一望无际，行六十里，亥初抵北仓住。

十五日己亥　晴。寅正开船，行三十里，巳正抵天津城东三岔口。因风大船多，拥塞难行，遂傍岸。余同徐良臣率荣驤乘车行十余里，至紫竹林佛照楼客店，一路楼房高敞，道路整齐，人烟稠密，车马如蚁，直不亚于上海洋泾滨矣！又本店新建洋式楼房数十间，亦颇宽敞，临街数椽，工尚未竣。入夜凉。

十六日庚子　晴，暖。巳正一刻，乘肩舆往谒合肥相国，顺便拜观察刘献夫（汝翼）、陈养原（允颐）、罗稷臣（丰禄）、钱琴斋（德培）、联春卿（芳）、伍秩庸（廷芳）、徐仲虎（建寅）、刺史荫五楼（昌），大令宫玉甫

（昱）、那华祝（三）、萧云庵（琼）、金固斋（汤）、德春涛（海）、陈静泉（应宗）。酉初回店，知刘献夫、徐仲虎、那华祝三君前后来答拜。

十七日辛丑 早晴。辰正，乘肩舆往拜税务司德璀琳及张子敬（文彦）、张云波（锦隆）、王竹轩（文彬）。午后，钱琴斋、伍秩庸、联春卿、罗稷臣、德春涛、萧云庵、金固斋、张云波、张子敬陆续来拜。酉初阴，张子敬、张云波、王竹轩约余率荣骧在归贾胡同后德顺馆晚酌。

十八日壬寅 晴。午后，荫五楼、宫玉甫、徐仲虎、德璀琳、王竹轩前后来拜。酉正，张子敬、张云波、王竹轩又同约在耳朵眼和兴楼羊肉馆晚酌，同席有郑天申（明保）、郝晴川（庆澜），皆旧雨[①]也。

十九日癸卯 晴。申初，陈养原来拜。酉刻，郝晴川、郑天申约余率荣骧在德顺馆晚酌，同席为钱二泉、李青田及张子敬、张云波、王竹轩，欢饮畅谈，亥初回寓。

二十日甲辰 大晴，暖。早乘肩舆赴李相国处禀辞，并拜郝晴川、郑天申。未初，天申之犹子郑体乾（维厚）随往招商局写船票，顺拜黄花农观察（建筦）。

二十一日巳正 晴暖如昨。早黄花农来拜，午刻，"海晏"轮船进口，泊于招商局码头。申初发行李，后即同徐良臣登船住官舱。酉正，陈养原招饮在电报学堂，同席为徐仲虎、那华祝、张德山，亥初谢辞回船。有钱琴斋、黄花农、郑天申、德春涛、陈静泉、张云波、张子敬诸君来船送别，坐谈许久，辞去。

二十二日丙午 晴。寅正荣骧叩别回京，辰正"海晏"展轮。未正抵大沽口，停轮待潮。同船遇砚友联文泉（涌），同奏派出洋游人员：礼部主政李体乾（秉瑞）、兵部主政程鞠存（绍祖）及新任建宁府景丽轩（春）。申正潮涨，展轮出口，甚平。

二十三日丁未 晴，热。巳正抵之罘[②]，停轮即有土人来售石榴、柿子、栗子、梨、鱼、虾、蛎之类者，蜂拥而上。口内有轮船三四艘，其一名"北直隶"，余未详。午初，"北直隶"开往上洋。未正，此船亦开，出口微

① 旧雨，即老朋友之意。

② 现作"芝罘"。

风而水平。酉刻与“北直隶”相遇，即时趋过。亥正进黑水洋。

二十四日戊申 晴。微风，船即摇荡。早遇“普济”轮船北行赴津，继遇沙船四、渔舟三。申正出黑水洋，水色深绿。入夜风息，水平船稳。

二十五日己酉 晴，热。辰初进吴淞口，午初至金利源码头住船，随即换小舟，行四五里，至三洋泾桥。登岸住长发栈，楼房较前收拾整齐可住。晚餐后，出店步行数里，见四马路一带，车马纷驰，悬天张彩，诚属朝朝佳节，夜夜元宵也！

二十六日庚戌 晴，暖。换着单衣，午后同徐良臣步至三马路永发栈，访乾兴昌号李玉亭（永昆）。少坐，遂同步行数里，见街道宽广，楼屋整洁，较五年前，又一景象矣！

二十七日辛亥 晴。早起乘肩舆往拜税务司好博逊，暨至招商、保险二公司拜朱敬山（格仁）、马眉叔（建忠）、陶矩林（森甲），又至味莼园拜张笠江（勉焘），园在英大马路之北，近静安寺，桥北一带，原是桑田，今除赛马场则楼房点缀，花木丛丛，异常幽雅。又入城拜陈宝蕖（福勋），回寓已未初矣。戌初，张笠江约在四马路海天春第五号晚酌，一切洋菜规模与泰西无异，惟多洗面一事耳。其请帖之式以红纸注明，即请某处某人至海天春某号一叙，速临勿却为荷，某月日某人具。又账帖式以白纸注明，凭条即付海天春番菜洋若干，外加小账洋若干，可问某地某公馆某庄号照付，光绪十三年，某月日某人字。以上皆以铅字印成，足见吃者既多，而欠账者亦不少也。

二十八日壬子 晴，暖。早，同事王祉蕃由山海关到，知此次管理文报局者为王心如（树森）、王念劬（叔蕃）、王新之（叔铭）。午后遂往招商、保险二公司拜王心如、王新之，金利源码头拜王念劬，皆得晤面，少叙辞归。

二十九日癸丑 晴。戌正，张笠江约在留春园观剧，灯光灿烂，观者满座，戏亦颇佳，丑初回寓。

三十日甲寅 微阴。未正同良臣游味莼园，台榭点缀，花木丛茸，丰草绿缛，山水幽雅，一切不亚于泰西，回寓知王念劬三君来拜。

九月

初一日乙卯 阴如昨。早，陈宝蕖来拜，坐谈许久。晚，龚振之约饭在海天春，同席者刘杏城(大琮)、钱义山、曾德甫、陶矩林、联文泉。

初二日丙辰 阴。早，同事承伯纯由京至。晚，曾德甫又约在海天春，同席即刘、钱、陶、龚四君，惟少文泉一人。

初三日丁巳 阴。午后乘肩舆往拜龚仰蘧观察(照瑗)、裴浩亭大令(大中)、潘镜如(露)、刘杏城、曾德甫，酉初回寓，知潘镜如、刘杏城来拜。

初四日戊午 阴。酉正刘杏城招饮，在聚丰园，同席为潘镜如、陶矩林。亥刻回寓。

初五日己未 阴，微雨。卯正赴天后宫，迎候星使由苏州来。午初船到，入庙拜谒后，知汪芝房、许稚麟、洪禹山、陈骏生、贝汇如、张小轩诸同事及周、郜二武弁皆同船来沪，因此承伯纯、王祉蕃、徐良臣与余，亦皆移居天后宫。入夜雨止。

初六日庚申 阴，凉，至着棉衣。镇日自巳至申，有观察龚仰蘧、马眉叔、潘镜如、王心如、大令裴浩亭、别驾蔡二源(汇沧)及文巡捕洪松琴二尹(锡璜)、武巡捕徐春山把长(德明)并洋务翻译徐兰斋别驾(黼升)诸君前后投刺[1]来拜，亦有面晤者。酉初，同事黄伯申由宝山县到。

初七日辛酉 晴。午后砚友瑞辑廷(安)、同奏派出洋游历官户部主政缪柚岑(佑孙)及陈宝蕖、程鞠存、联文泉陆续来拜，各皆坐谈极久。

初八日壬戌 晴。午后有奥国领事官夏士、总兵萨德理、水师提督密纳、和国领事官杨震、德国“萨轻”公司轮船船主也格、“泰来”行主李德前后来拜。申初，有同事姚子梁由日本抵沪来拜。子梁因由日本初回，一切行装皆宜整顿，遂向星使前告假一个月，拟乘下月之德船赴德。

初九日癸亥 晴，冷。自午初一刻，有义国公使卢嘉德、通使邓文通，美国领事官佩爱德、翻译易孟士，俄国领事官聂鼎，日本署领事太田升平，江海关税务司好博逊，造册税务司夏德及“瑞生”洋行主补海师岱，通

① 投刺，古代汉族礼节，通报姓名以求相见或表示祝贺。刺，指名刺或名帖，也就是现代的名片。

使同知何恭寿，前后来拜。

初十日甲子 晴。未初，法国公使李梅、领事官德尚廷、翻译祁理恒，德国领事官佛克、翻译梅泽，日斯巴尼亚领事官濮仪喇、翻译渥利嘁喇、参赞罗连地，新"载生"行主步迈司岱、通使同知余诜等来拜。

十一日乙丑 晴。早，有义国领事官格思德、通使邓文通、西洋领事官华德师、翻译毕礼纳来拜。

十二日丙寅 晴。早，有朱敬山、潘子宜（志枬）及新任兼充比国领事官杨震、参赞哈坡前后来拜。以上皆连日随星使乘肩舆各处投刺答拜，亦有面晤者。

十三日丁卯 阴，凉。早起收理行装，诸友送别，午正发行李。未正，驾小船行里许，登德国公司"萨轻"轮船，察点行李，下舱知缪柚岑因将游历俄国，已与瑞辑廷亦上此船。申初诸同事皆来，陶矩林偕其夫人令子涵宇亦上船。酉正星使官眷到，彼此分住各舱。戌初晚餐，此次星使携有如夫人一、女仆二、男仆二、庖人二、缝人一、剃发匠一，统计当时同船前往者，上下共三十六人，内住头等舱者三人，住二等舱者一十五人，住三等舱者一十八名口。又此船名洋音"萨克森"，身长一百一十八码零八十五分，宽一十三码零九十六分，高一百零八码，入水十二码半，深九码零四十五分，重四千五百七十吨零八十二斤，马力三千五百。奉官准载二千八百七十四吨零二十斤，每日烧煤七十吨。水手工役共一百三十名，船主也格，洋音郃格尔，年近六旬，人尚温和。每日未初亥正，有男仆六名奏乐一次，以侑酒食。通船有凉暖气筒，随时因地而贯通之，以便各舱热则得凉，冷而受暖也。该公司轮船大小六十五只，皆十数年来新造，内至大者四千九百六十六吨，马力七千五百，至小者七十四吨，马力二百五十。中有往美国纽约者，波的莫者，巴西国者，阿真坦国之拉蒲喇达者，中华上海，日本横滨者，澳大利亚或新金山者，由纽约赴波的莫者，往伦敦及英港荷喇城者，各船大小、四海往来皆有定期，由公司分派。兹将该公司由本国往来中华、日本各处搭客船价，开列于后。

地名	等	布萊門
布萊門	一二三等	——
安忒驗	一二三等	〧十 〥十 〣十　馬
熱諾阿	一二三等	〢〇〇 〡二十 〩十　馬
布林的西	一二三等	——
波賽	一二三等	〤〇〇 〢〤〇 〡〇〇　馬
蘇耳士	一二三等	〤〤十 〢〦十 〡一十　馬
亞丁	一二三等	〨〦十 〦〇〇 〢二〇　馬
克倫柏	一二三等	〡二〇〇 〦〩十 〢〤十　馬
新加坡	一二三等	〡三〩十 〨〇〇 〣〤十　馬
香港	一二三等	〡〩〩十 〥〇〇 〣〥十　馬
上海	一二三等	〡二〩十 〡〇〇〇 〤〤十　馬
横濱	一二三等	〡二〩十 〡〇〇〇 〤〤十　馬
神戶	一二三等	〡三〇〇 〡〇〩十 〤〩十　馬
長崎	一二三等	〡三三十 〡一〡十 〤二十　馬

蘇耳士	波賽	布林的西	熱諾阿	安士耳騷武杂屯
乂乂十 〢丄十 〡一十 馬	乂00 〢乂十 〡00 馬	—	〢00 〡二十 〥十 馬	丄十 乂十 〣十 馬
〣〩十 〢三十 〡00 馬	〣〥十 〢00 〩十 馬	—	〡亠十 〡一十 乂〥 馬	—
〢〩十 〢一十 亠〥 馬	〢〥十 〡三十 亠〥 馬	—	—	〡亠十 〡一十 乂〥 馬
〢亖十 〢00 亠十 馬	〢乂十 〡亠〥 亠十 馬	—	—	—
三十 〥十 〣十 馬	—	〢乂十 〡亠十 亠十 馬	〢〥十 〡亠十 亠〥 馬	〣〥十 〢00 〩十 馬
—	三十 〥十 〣十 馬	〢亠十 〢00 亠十 馬	〢〩十 〢一十 亠〥 馬	〣〩十 〢三十 〡00 馬
〥00 〣00 〡三十 馬	〥丄十 〣三十 〡乂十 馬	亠丄十 〥〡十 〡〩十 馬	亠丄十 〥〡十 〡〩十 馬	亠〡十 〥丄十 〢00 馬
1000 〥亠十 〢00 馬	1000 〥亠十 〢一十 馬	1000 〥亠十 〢一十 馬	1000 〥丄十 〢一十 馬	10〥十 丄三十 〢三十 馬
〡一丄十 丄乂十 〢〩十 馬	〡二00 亠00 〣00 馬	〡二丄十 亠00 〣二十 馬	〡二丄十 亠00 〣二十 馬	〡三00 亠丄十 〣三十 馬
〡三丄十 亠乂十 〣乂十 馬	〡乂00 亠〣十 〣〥十 馬	〡乂亠十 亠00 〣亠十 馬	〡乂丄十 亠00 〣亠十 馬	〡〥00 亠亠〥 〣亠十 馬
〡〥丄十 亠乂十 〣〩十 馬	〡丄00 〩〣十 乂00 馬	〡亠丄十 〩00 乂〣十 馬	〡丄丄十 〩00 乂〣十 馬	〡亠00 1000 乂三十 馬
〡〥丄十 亠乂十 〣〩十 馬	〡丄00 〩〣十 乂00 馬	〡丄丄十 〩00 乂〢十 馬	〡丄丄十 〩00 乂〢十 馬	〡亠00 1000 乂三十 馬
〡丄〣〥 〩〥十 乂〡十 馬	〡丄亠〥 〩亠十 乂〢十 馬	〡亠一十 1000 乂〣十 馬	〡亠〡十 1000 乂三十 馬	〡亠〥十 10三十 乂乂十 馬
〡亠〣十 10〣十 乂三十 馬	〡亠〥十 10〣十 乂乂十 馬	〡亠三十 10〥十 乂〥十 馬	〡亠三十 10〥十 乂〥十 馬	〡亠三十 10〩十 乂丄十 馬

上海	香港	新嘉坡	克倫柏	亞丁
〡二〥十 〡〇〇〇 〤〩十 馬	〡〥〦〇 〩〇〇 〣〩〇 馬	〡三〥十 〧〇〇 〣〤十 馬	〡一〇〇 〦〥十 〢〩十 馬	〧〦十 〦〇〇 〣二十 馬
〡〦〇〇 〡〇〇〇 〤〣十 馬	〡〥〇〇 〧〦〥 〣〧十 馬	〡三〇〇 〧〦十 〣〧十 馬	〡〇〥十 〦〢十 〢二十 馬	〨〡十 〥〦十 〣〇〇 馬
〡〦〦十 〩〇〇 〤二十 馬	〡〤〦十 〧〇〇 〣〧十 馬	〡二〦十 〦〇〇 〣二十 馬	〡〇〇〇 〥二十 〢一十 馬	〧〦十 〥〡十 〡〩十 馬
〡〢〦十 〩〇〇 〤二十 馬	〡〩〦十 〧〇〇 〣〧十 馬	〡二〦十 〦〇〇 〣〥十 馬	〡〇〇〇 〥二十 〢一十 馬	〧〦十 〥〡十 〡〩十 馬
〡〦〇〇 〩三十 〤〇〇 馬	〡〤〇〇 〧〢十 〣〥十 馬	〡二〇〇 〧〇〇 〣〇〇 馬	〡〇〇〇 〥二十 〢〇〇 馬	〥〦十 〣三十 〡〤十 馬
〡〥〦十 〧〤十 〣〩十 馬	〡三〦十 〧〤十 〣〤十 馬	〡一〦十 〦〤十 〢〩十 馬	〡〇〇〇 〥二十 〢〇〇 馬	〥〇〇 〣〇〇 〡三十 馬
〡二〇〇 〧〇〇 〣〇〇 馬	〡〇〇〇 〥二十 〢〥十 馬	〧〇〇 〤〧十 〢〇〇 馬	〦〇〇 〣〥十 〡〥十 馬	—
〩〢十 〥〤十 [illegible]十 馬	〦〧十 〤〇〇 〡〧十 馬	三〦十 〢一十 〡〇〇 馬	—	〦〇〇 〣〥十 〡〥十 馬
〥〦十 〣〧十 〡〤十 馬	〣二十 〡〩十 〡〇〇 馬	—	〣〦十 〢一十 〡〇〇 馬	〧〇〇 〤〧十 〢〇〇 馬
〢〤十 〡〥十 〧十 馬	—	〣二十 〡〩十 〡〇〇 馬	〦〧十 〤〇〇 〡〧十 馬	〡〇〇〇 〥二十 〢〥十 馬
—	〣〤十 〡〥十 〧〥 馬	〥〦十 〣三十 〡〤十 馬	〩二十 〥〤十 〢三十 馬	〡二〇〇 〧〇〇 〣〇〇 馬
—	〣二十 〡〩十 〩十 馬	〦〇〇 〣〥十 〡〥十 馬	〩〦十 〥〦十 〢〤十 馬	〡二〤十 二〢十 〣一十 馬
—	〤〇〇 〢三十 〡〇〇 馬	〦〧十 〤〇〇 〡〧十 馬	〡〇〤十 〦〡十 〢〦十 馬	〡三〢十 〦〧十 〣三十 馬
—	〥〇〇 〣〇〇 〡二〥 馬	〧〨十 〤〦十 〢〇〇 馬	〡一〤十 〦〩十 〢〩十 馬	〡〤一十 〧〥十 〣〥十 馬

長崎	神戶	橫濱
1二三0 1一10 〤〦0 馬	1二60 1050 〤〥0 馬	1二50 1000 〤〤0 馬
1二〣0 1050 〤〦0 馬	1二60 10〣0 〤〤0 馬	1〦00 1000 〤〤0 馬
1二三0 10〥0 〤〥0 馬	1二10 1000 〤〣0 馬	1〦〦0 500 〤〣0 馬
1二三0 10〥0 〤〥0 馬	1〦10 1000 〤〣0 馬	1〦〦0 500 〤〣0 馬
1二〥0 10三0 〤〤0 馬	1〦二〥 〥三0 〤〣0 馬	1〦00 〥〣0 〤00 馬
1二〣0 10〣0 〤〣0 馬	1〦三〥 〥〥0 〤10 馬	1〥〦0 三〤0 〣〥0 馬
1〤10 二50 〣〥0 馬	1三〣0 〦二0 〣三0 馬	1二〤0 〦〣0 〣一0 馬
1一〤0 〦〥0 〣〥0 馬	10〤0 〦10 〣〦0 馬	〥〦0 6〦0 〣〤0 馬
二三0 〤〦0 〢00 馬	〦三0 〤00 1二0 馬	〦00 〣〥0 1〥0 馬
〥00 〤00 1二〥 馬	〤00 〣三0 100 馬	〣二0 1〥0 50 馬
—	—	—
—	—	—
—	—	1〥0 100 〥0 馬
—	〢〥0 1〥0 二〥 馬	〩00 〢〤0 100 馬

十四日戊辰　晴。巳正展轮，午正出口，水绿色，船平稳。记：通船洋客无多，头等者二男一女，二等者四男，名皆未详。入夜微风。

十五日己巳　晴，暖。船微摇，水蓝色。记：由昨日巳刻至今日午正，共行四百六十四洋里。

十六日庚午　晴，热，至着单衣。戌初抵香港，船傍对面九龙镇，码头系木造，长四五十丈，宽五六丈。临岸楼房一所，颇宽敞，系四年前建者。船自到后，上煤卸货，人语喧哗，机器震耳，令人终夜不寐。

十七日辛未　大晴。早驾小舟登岸，步行数里，见街市楼房，与前无异，午初回船。申初德国领事官熙卜莱来拜，少谈即去。申正开船，出口微风，船稍簸扬。

十八日壬申　晴。旁风，船颇摇荡。至午正，行二百七十六洋里，在赤道北一十八度三十九分。镇日频见蜻蜓飞舞，白鸟盘旋，地近琼州故也。

十九日癸酉　早阴而暖，似夏五月光景。至午正，行三百四十六洋里，在赤道北一十二度五十三分。午后大雨，酉初止，仍阴。

二十日甲戌　早阴，微雨，巳初晴热。水平船稳，至午正，行三百五十三洋里，在赤道北七度四十四分。

记：同船又有本籍中国厦门，生在暹罗、新嘉坡，现入英国籍之华装商人陈天助、黄如云，皆住头等舱，识汉字，能英语，究不知其遇事将称何国人耳。

二十一日乙亥　晴，热。水平如镜，至午正，行三百六十七洋里，在赤道北二度三十五分。午后左右见山，皆不甚高，左曰东竹，右曰西竹。戌初抵新嘉坡，遥望岸上灯火成行，似较六年前稍为繁盛。傍岸后，上煤下货，人语喧哗，通宵达旦。

二十二日丙子　稍阴。辰刻，我国驻扎新嘉坡领事官左子兴（秉隆）登船来谒星使，并拜诸同事。少坐，即约余同汪芝房、洪禹山、黄伯申诸君随星使上岸，乘马车行八九里至领事公署，登楼坐谈片时。午酌毕辞谢回船，一路房屋如前，毫无增改，唯有新设铁道公车一趟而已。酉初开船，出口平。

二十三日丁丑 早微阴。至午正，行二百六十三洋里，在赤道北三度三十六分。未初晴，镇日凉风飒飒，颇有秋意。亥初遇兵轮四只，未详属何国，遥望惟见明镫四盏，灿烂若巨星。

二十四日戊寅 早，细雨一阵，颇凉。自卯初至申初，右过苏门达腊大岛，左过小岛二三，远望绿树丛蒙，不辨有房与否。至是日午正，行三百三十洋里，在赤道北五度四十四分。入夜船摇。

二十五日己卯 晴，热。微风而水平，其色深蓝。至午正，行三百四十六洋里，在赤道北五度三十八分。

二十六日庚辰 早阴凉。风狂浪涌，船渐簸扬，巳初大雨一阵，旋即变为细雨。至午正，行三百三十一洋里，在赤道北五度二十二分。申初遇一火轮南去，以千里镜窥之，其桅顶鱼尾小旗，乃奥国者。

二十七日辛巳 大雨滂沱。至午正，行三百六十洋里，在赤道北五度三十六分。未初雨止，未正抵锡兰南界之班得高海口，下锚后，水平船稳，迥异五年前之波涛汹涌。推原其故，盖三年前兴工，由岸前驱十七八里，筑石堤一道，宽约二丈，高亦二丈余，形如抄肘，肘外依然波浪奔腾，怀内则水平如镜矣。未正随星使驾轮渡登岸，乘马车行十数里，先看博物院洋楼二层，宽阔整洁，惟所存禽兽鱼虫之皮骨，以及铜铁玉石各等古物无多耳。再行十数里，过肉桂圆入佛经库，楼上所藏贝叶经卷无多，幼僧数名，其中有所谓方丈者，每日传授经卷，其徒三十七名，去此转入“欧连尤文萨”店午酌，酉初回船。

二十八日壬午 镇日阴晴不定，时而大雨滂沱，时而细雨霡霂。子初开行，至午正，共行一百七十六洋里，在赤道北七度五十三分。

记：有日耳曼宿克母女三人者，前由新嘉坡搭船，买三等票，登船后，船主以此次三等舱中无妇女可居之地，乃收入头等舱，令吃二等饭，亦善举也，亦由于照护本国之人耳。闻该妇本贫苦，伊夫故于新嘉坡，生有一子二女，现因无力，仅将二女携回本国，留子于彼，求人照料云。申初晴，凉。

二十九日癸未 大晴，天暖水平。至午正，行三百三十七洋里，在赤道北九度三十四分。入夜微风，仍凉似中秋。

十月

初一日甲申 晴。微风，而水平船稳。至午正，行三百三十五洋里，在赤道北一十一度四十六分。连日水黑色，飞鱼成群，跃水逐浪，间有飞入船舱者。

初二日乙酉 晴。微风如昨，暖似初夏。至午正，行三百四十七洋里，在赤道北一十二度五十二分。申正，因火机有损，收拾铁器，停轮两点钟，见海面浮小海蜥甚多，点点如萤火，洋仆以网捞起，其大竟如钵。

初三日丙戌 早微雨，巳初晴。风起浪涌，船即摇荡。至午正，行三百零一洋里，在赤道北十三度四十七分。巳刻应见搜扣兜拉小岛，因六个月前，该公司在岛旁撞失“欧得尔”轮船，今故稍行北绕以避之。未初大雨一阵，雨后晴，大风，凉。入夜阴雨，仍风。

初四日丁亥 晴。皓日狂风，巨浪涌过船面，而船仍平稳，因船体大载物重故也。至午正，行三百二十八洋里，在赤道北十三度一十二分。

初五日戊子 晴，风浪如昨。辰初抵亚丁住船，上煤上水，土人登船出售鸵鸟毛、珊瑚、宝石之类。见水手偷珊瑚，英人骗烟卷，日妇窃戒指，西人恐吓之，其势如狼如虎，强欺弱，大欺小，不循天理，不按公法，亦如是耳。酉初展轮，出口顺风。入夜，浪涌船摇。

初六日己丑 晴。大风船摇，早进红海，左右时见山岛。至午正，共行二百六十一洋里，在赤道北十五度。微风不热，有浪不摇。戌初，阴风怒号，大雨倾盆，船大簸扬，呕吐者惟黄伯申与周武弁。子初雨止，风息，船平而冷。

初七日庚寅 早晴。午初，船北行稍西，见正南、正西、东南三面皆阴云密布，惟东北稍晴。既而大雨一阵，未初晴，微风。至午正，行三百二十三洋里，在赤道北十九度三十七分。

记：同船有义大里国传教士沈晏清者，年老华装，貌尚良善，来自湖南，携有二华童，一名唐轮光，一名袁永隆，皆久入天主教者。据云，此去义国，三年后当称教士。其同行又有奥国教士傅嘉宝者，年约四旬，亦来自湖南。数日前，同人张小轩失去折扇一柄，不意是日见傅嘉宝扇用，因系双款，即向索还，问由何人所给，答：由桌面持来。小轩谓：物各有主，何得擅取？此为华物必属华人，且在轮船饭厅，为众共居之所，苟见物可拾，则不惟他人之物可拾，即本船之酒杯刀叉各件亦可任意拾取矣。其人默默不言，而无惭色。又前晚因倒煤灰，铁桶落在烧火人头上，碰裂脑海。即时抬上船面，医官以线缝其脑皮，至能否再生不能预料也。或云陆地有受此伤者，曾将其顶骨剪齐，覆以银碗，然后缝整顶皮，竟得痊愈如初，惜在此无是物耳。

初八日辛卯 天晴水平，微风，凉爽。至午正，行三百四十二洋里，在赤道北二十四度四十三分。未刻，左见灯楼一座，独立海面，既而左右连见大船四艘，皆南去者。入夜尤凉。

初九日壬辰 晴，凉。风劲波狂，船尚平稳。镇日左右枯山，水色葱绿，不深故也。连遇火轮三，皆北去者。至午正，行三百零八洋里，在赤道北二十八度五十一分。酉初抵苏耳士，少住即开，入新开河，缓行进口。因是船悬有电灯，故准夜行。闻其引水由苏耳士至波赛，价系八千余马克，合银不足二千两。

初十日癸巳 晴。昨见新开河口外左鄙亦建长堤数里如锡兰者，以防巨浪，然不甚高。右鄙岸上亦稍修理，新房数间，小树两行，进口左右数里沙堤，皆改石泐。是日午未之间，连遇英轮船三、义兵船二，英者去印度上洋，义者赴斐洲巴威里亚。申正，因前英船错行，堵塞河口，遂停轮待至酉正始开。戌刻至波赛下锚后，沈晏清等五人改驾他船赴布林的奚，本船上煤六百吨以供八日之需。即时余同汪芝房随星使乘舟登岸，步行三四里，忽一面包铺失火，烈焰飞腾，男女叫喊，喧哗拥挤，乱不可言，一时铺皆关闭。巡捕鸣哨传叫水龙，两点钟之久，火息人散，街方安静，遂入茶坊少坐，后回船。入夜冷。

记：此地茶馆如巴里之加非商当不收座费，酒价稍贵，歌者男女多义、法二国人。

十一日甲午 晴，暖。卯正展轮西行稍北，至午正，行七十七洋里，在赤道北三十一度五十九分。

十二日乙未 早阴，午后晴。西风浪涌，船微簸扬。至午正，行三百二十八洋里，在赤道北三十四度五分。未刻仍阴，入夜微雨。

十三日丙申 阴，冷。风浪汹涌而船摇。至午正，行三百一十五洋里，在赤道北三十四度四十一分。

十四日丁酉 阴雨。丑正过奚西里湾，船行转北稍西，自早至午，东面频见山岛，因地近义大里西南界也。至午正，行三百二十八洋里，在赤道北三十九度三十三分。因明日将到热诺阿，征客下船者多，当晚乐工大作，客皆欢饮，夜半始散。

十五日戊戌 晴，风冷。早过高奚戛岛，地在义大里之西北。至午正，行三百三十四洋里，在赤道北四十三度二十九分。再行一百二十三洋里，酉正抵热诺阿。进口左右长堤，船只林比，岸上树木丛隆，楼房整洁。住船后，即有庆霭堂（常）以舟来接，余即同众随星使驾舟登岸，乘马车行八九里至某街，入德斯昂特朗热店宿。由波赛至热诺阿计水程一千四百八十五洋里，统由上海至此，共八千八百五十洋里，合中国二万六千五百五十里。热诺阿地在北义之西南界，南临地中海，省县名同。沿海多山，不甚高，其顶有灯楼，高三百尺，对海要处，筑有炮台。城分新旧，周二十余里，旧处街道窄而楼房低，新处平阔，楼高华美。其地曾归法国，历代宫室礼拜堂甚多，工极精巧，文武学院、养济院、施医院亦皆宏敞华丽，不亚于他国都会者。局作亦多，造有回绒、绸缎、纸张、胰皂等，土产珊瑚、云母石甚广。出口货更有牛奶饼、橄榄油、白米、挂面、生熟皮革、各种毛货及麻棉、酒等，一年合值不下三百万英金镑，亦义国之一大海口也。

十六日己亥 阴雨。因行李重多，不便概行携走，遂拟择其要用之件，随带赴柏林，其余仍留在船，令载至德国海口，以日计之，不致有误。乃于巳刻偕汪芝房、洪禹山率各仆役分别捡察，携去者若干件，以小船载交火车栈，留船者若干件，写单交船主，申初回店。早餐后，有德国总领事巴彦来拜。戌初，缪柚岑约观剧，在便兴街，园名与地名同。园不甚大，容人数百，所演为印度古典，前三出不甚闹热，末场男女跳舞，亦与他处同，子初回店。入夜雨止。

十七日庚子 阴。早上行装，午正相率随星使乘马车前行八九里，至火车栈房，少坐登车，申初开，东北行一百一十九吉娄（每一德国吉娄不足二里），酉初至墨塔拉村。一路山水曲弯，楼房点缀，过大小山洞六、庄村四，其地碧草白雪，景致新奇。又北行九十二吉娄，亥正至陆宜诺庄晚馔，食毕即开。过此出义入瑞士界，东近马料小湖，山高水秀，幽雅壮观，惜在夜间，未得一览耳。

十八日辛丑 阴。东北行三百二十一吉娄，巳初出瑞士入德界，至巴奚镇早馔。又北行三百三十七吉娄半，酉初至福兰佛城，停车晚馔，戌初复开。天气虽冷，然地无雪河无冰，一路村镇，尤属整齐。

十九日壬寅 晴。先西北继正西，行五百八十七吉娄，辰初抵德京柏林下车。许竹筼星使（景澄）饬随员岳斐君（廷彬）、潘景周（承烈）、汪子云（洪廷）、谢芷泉（祖沅）及翻译官恩仲华（光），与洋翻译参赞金楷理、洋供事芬瑞飞来迎。即时乘马车行八九里，至万德海街入公馆，齐行谒见许星使毕，分住房间，午正早餐，后安置一切。入夜阴。

记：由热诺阿至柏林共行陆路一千四百五十六吉娄半，合中国二千八百四十里。

二十日癸卯 阴雨。早行文外部，约于明日往拜，以便许、洪二星使接任辞别，请定时刻。旧雨韶甫（赓音泰）自光绪初年，经刘云生星使（锡鸿）[1]奏调来德，历随李丹崖星使（凤苞）及许竹筼星使当差。不意于七月二十四晚，被铁道大海车，又名公车者，轧伤右腿，经医院将膝盖以上锯去，以线缝整，现虽皮肉封齐，仍觉稍痛。先在本地按式造一木腿，重七斤，虽带之可以行动，而伸曲须按开键。又由法京定做一皮假腿，用之较轻，行动稍便，而坐时双膝不齐，又须改做稍短者，故须数日后，方得出门，至入馆当差，尚不知在何日。因于未初乘车往访，知其已娶德国芬兰女没氏为妻，年近三旬，已生一子年四岁，一女年二岁，女貌类父，子貌类母，各皆德装，视之伶俐。见韶甫仰卧在床，出其腿视之，长仅尺余，瘦减强半，头如馒首，其色粉红，式既难看，亦不忍看。少话辞归。入夜风。

二十一日甲辰 雨。未初，洪星使在大厅恭设香案，望阙叩头谢恩接

① 刘锡鸿（？—1891），原名刘锡仁，字云生，广东省番禺县人，原籍广东新会。他是19世纪60年代洋务运动时期著名的反洋务论者，是保守主义的代表人物之一。他曾于1876年任清朝驻英使馆副使和出使德国大臣，并兼任驻奥匈、荷兰公使。他可以被称为近代中国第一批走出国门的外交使节。

印。礼毕，余同众至星使处贺。酉正，星使约饮，彼此畅谈，亥初始散。

二十二日乙巳　雨。午正，许星使率潘景周、岳斐君起程赴巴里，余同众先往叩别。暨同陶矩林、许稚麟随洪星使乘马车，行七八里至万牲园火车栈送别，少坐车开，未正回寓。

二十三日丙午　雨。巳初，有德国东方大学院之华文教习桂竹君（林）、潘兰史（飞声）来拜。二君系前于六月初间，经德国驻华公使巴兰德特邀，同其参赞官阿恩德前于八月初旬到此者，言定每月束脩三百马克，房屋自赁，饮食自备，每日酉刻入馆，教课一点钟。按其彼此所立之合同，内称每月束脩马克三百圆。查我国自与各国换约通商以来，华人所知而仅见之外国银钱，惟有墨西哥之多拉尔，且不知其名，而咸呼之曰圆，更不知其属墨而称属美。迩来渐有知英有什令、法有佛郎者，然实见其物者尚少，而知德之马克者为尤少，故其分量式样罕有知者。当彼此立契之时，桂、潘二君见写若干圆，乃重在圆字，而未着意于马克二字，迨到德京，始知马克之小，悔亦晚矣。又言定在馆三年，往返路费归德，如三年内辞却，则归费自备。二君同阿到德后，阿乃言二君在某处费用若干，除车船路费外，共用若干，皆由到馆后束脩内扣还，此节于合同内并未言明，甘受其苦。由此观之，凡吾人之与洋人交涉者，可不慎欤？然“入境问禁，入国问俗”，苟其深悉洋务，又安能受洋人之侮哉！

二十四日丁未　早晴，继而忽阴忽雪，雪后仍晴。水始见冰，然地气甚暖，一路草色青青，小树挺秀。戌初，庆霭堂、恩仲华、赓韶甫、谢芷泉四君请星使及余与众同事，乘马车行十二三里，在喀尔街兰滋园看马戏。园颇宏敞，其式与他国同，共演一十七出，分二节，先十二出，后五出，其跑马、拉胡笳、踏软绳各技，男女所演，与他处无异，中惟二幼女名娄萨、米尔者，盘杠打秋千，极属雄壮精捷。又马十二匹一色，能两腿立行，尚不为奇，最奇者，能穿火圈、闯火门耳，盖亦预先练马，临阵不畏火之一法也。亥正回寓。又当晚陶、谢二夫人陪洪如夫人另坐一间。

二十五日戊申　早阴雨，未初微晴。巳正，前任支应官汪子云携眷起程走法回国。柏林地在赤道北五十二度半，北京之北一十二度半，地气既暖，天气亦不甚凉，来此数日间，着棉袄皮马褂足矣。惟晷刻较北京稍短，每日申初天黑，辰正天明。

二十六日己酉 大晴，微风。未初，同承伯纯、陈骏生、贝汇如乘马车行十余里，至恩德林敦街巴萨巷内蜡人馆一观。门户低小，路径曲弯，所陈各种，亚于英俄二国。中有大厅一间，正面一台，立德皇太子福来得立及丞相毕驷马等各大员。对面一台，三面列案，坐有德英法土各国公使，作会议十年前德法议和之势。二台之间，坐有英国君主威克兜里亚，四壁排有古今老少文武名臣，坐立不一。其他有西湖景、加非馆，亦不闹热，景致平常。入门者，每人半马克。另一间，入者三十芬呢，内系该国古时刑具。有烧人铁炉，其式如轿，人立其中，头出炉外，如枷，四面烧火，使人欲动不得，其他铰镣枷号以及斩人之具，皆与他国同。其空处，又集有百年前之盔甲、刀剑、马甲、冰床之类，亦皆与俄国同。酉初回寓。徐良臣之仆王顺染病，须入医院疗治，言定每月六十马克，禀请不出公款，无可如何，良臣自出三十，其余除星使外，每人各助二马克半。

二十七日庚戌 镇日忽阴忽晴。未初，同承伯纯、许稚麟、王祉蕃、黄伯申走赴万牲园一游。地势颇大，周十余里，四面三大门卖票，一小门，中立十字铁转机，人惟得出而不得入。园中河池台榭，点缀幽雅，尚未一律修齐，五大洲禽兽几全，置法与英法同。惟海马、花驴、直利狐与犀象，放一仿印度式建造之大房内，外通水池与铁栅阑圈，以便天暖放出。房顶作桃形，绘画金花红质，鲜明可观。高四五丈，周约四十丈，四面铁阑放兽，中作空堂，以便人看。左右象四只，彼此形式稍异，能吹箫、跳舞、吸面包、拾小钱，其一鼻之卷舒，较人之两手，尤觉灵便。酉初回寓。晚接萨轻轮船来电，已到布莱门海口，因奉派往取行李。

二十八日辛亥 早阴，午初大雪一阵。亥初，同洪禹山率洋仆孟坨乘马车行十余里，至栈房登火车，亥正开，西行稍北。入夜冷。

二十九日壬子 阴。行一百八十五里，丑初至斯丹达村少住，换车又开，行五百十里，巳正至布莱门城，下车早馔。地势不大，略如通州，而楼房整洁，道途亦甚平坦。午刻另买票，登车，未初开，仍西行一百八十五里，申初抵布莱门海口，又名卜蕾美奋。下火车，乘马车，行六七里，先至轮船公司，言明其事，继步行八九里至码头，登轮船见船主也格。问候毕，即将大小各件，由大舱转系上岸，随到随入火车，按件点明数目，除藤椅五张外，共计二百零三件。当时大雨如注，迨件件收妥，棉衣已湿透矣。时在酉正二刻，雨尚未止，路途泥滑，又值近岸无车，遂步行八九里，趋上公车，入火车栈内晚馔。其地似一村庄，船只排列颇多，闻皆本国者。当时将藤椅运至栈房，而税局不准携带，谓虽系公使之行李，且非犯禁之物，然须抽税头一十五马克，余谓是物并非即需，亦可另走慢车，明春运到，不为晚也。戌正登车，即开。

三十日癸丑　仍雨。行四百二十里，丑正至汉诺倭尔城，少住换车，复行四百八十里。辰初至柏林，进使馆，少息。巳正见星使，回明一切。当早颇冷，雨落地而结冰，甚滑。午正雨止，稍晴。

十一月

初一日甲寅　阴。闻有前庚辰春在马赛所遇之华人田阿喜，现因年老，不往各国卖艺，乃率妻与二子，在此开铺，出售中华日本杂货，每年通计，亦颇获利也。午后乘车行八九里，至来百喜街第百二十二号，进铺见其二子，长子田合通，已娶和兰女为妻；次子田喜子，年逾二旬，亦在铺中。据云，伊父母现在得蕾斯屯城班克巷第一号另开一铺，令伊二人在此守理。铺中男女六人，瓷货极多，修饰华丽壮观，土人前往买货者，接踵而至。

初二日乙卯　阴。记：德京大街一种杂货铺，曰半马克店、二马克店、三马克店，乃出售各物，如雨伞、皮兜、铜锡铁器、瓷器、玻璃器、油画、木器、手帕、帽架、胰子、香水以及笔纸之类，大小百种，笔难尽述，按件任人挑选，价皆不过半马克、二马克、三马克也。虽云价廉，而鱼目混珠，凭人眼力，且在他铺中，更有价既同而物较良者。

初三日丙辰，雨。申初，行李由卜蕾美奋运到，共三大敞车，一一卸下，分送各屋，幸物数相符，而箱只亦少损坏者。然洒油污鞋，伤损皮服，瓷器破碎，霉烂物件，此又视乎人之收放如何耳。

初四日丁巳　早晴。午正，星使率霭堂入王宫呈递国书，未正回寓。申初微雨，余随星使便服至隔壁拜房东万代墀。伊父万德海曾任工部尚书，乃于城外建造此房，于今柏林地势扩充，房圈入城，此街之名，遂因人而名之。其妻美国人，年皆近六旬，朱颜白发，言语温和，甚相得也。酉刻，金楷理请星使及诸同事晚餐，乘车至其家，见其夫妻二子一女，皆能英、法语。伊本德人，自幼改入美籍，充当水手，既入中土谋生，后经李丹崖星使札调来德，至今十数年来，年逾六旬，而家财数万矣。其人精明干练，善侍官长，有使人迫于不得不用之处，故历来换任，罕有不称其能者。戌正食毕，复来男女三四十人，中有英美六七人，齐入大厅，观其鼓琴跳舞一场，辞归。

初五日戊午　阴雨。迩来德国一种香宾酒，每瓶价值一十五马克，合银三两四钱，因丞相毕驷马喜饮是酒，于是改名曰毕驷马香宾。

记：中外问候之语言，亦多不同处，在我国，或久别，或乍见，彼此无非请安问好。常见者，按俗规，乃问睡起耶？吃茶否？吃饭否？尚未睡耶？临别，乃言再见，或明日见等语。至外国则不然，或久别或乍见，乃问事体如何，身体如何，境遇如何；临别则言以后望好；至常见者，乃随时问好，早晨见问早晨好，午后见问午后好，晚间见问晚间好，白昼临别，则言日间好，入夜临别，乃言夜间好。无论何时相遇，罕有问及饮食者，间有问者，必以诚心询问，而答者亦必实意对答，盖问者当有实心招饮，答者必信定非虚意周旋，是亦洋人朴诚处也。

初六日己未　忽雨忽雪。戌初，同承伯纯、恩仲华、谢芷泉乘车行八九里至威克兜里亚戏园观剧。园不大，观者无几。所演系英国六七富绅，一日闲谈，谓不知至少若干日，可得周游四大洲，有谓须百日者，有谓须三个月者，惟某甲谓只八十日足矣。于是互相约定，果能往返八十日，则赢金镑十万。甲遂于某日率一仆偕一自备资斧之美国人某乙，于辰初起程。先抵埃及国，为斐洲。既驾轮舟至印度，为亚洲，正值印度王崩，国有焚妃殉葬之俗。妃年仅廿余，当火房烧红时，甲乙闻之欲救，乃设法先饬其仆匿火房后，甲乙避于林中。初见兵卒护卫，对对鼓吹前进，再则宫女两班，服色不同，一白一青，披衫而袒其臂，着裙而露其腿。继而四人抬三头佛一尊，六臂佛一尊，末则老僧引一真象驮妃至，后又随有侍女三四名，至火房前，兵卒宫女共六七十人，分立左右，妃下象，向众侍女、宫女一一怀抱泣别。众女即时各罩乌纱一缕于顶,以示悲惨。老僧既向妃明陈大义,且告之曰:“如不焚,恐触佛怒,怒则不祥。”言毕,以乌纱盖妃体,二兵抬起将迨掷入火房,突一红衣人自火内出,曰:“孤王复苏矣”,实即某甲仆也,众闻而畏罪,齐行跪伏于地。趁众哭泣匍匐之际,甲乙齐出,率仆放枪,将妃夺去,奔入妃妹家,国人追及,求之不放,国人不允。甲乃贿以千镑,众人始去。于是妃嫁甲,妃妹嫁乙。

次日,五人逃去。夜入深山,林木丛隆无处投宿,乃卧二女于山旁石上,方睡定时,忽有白蟒千百,由山下石上,山巅地面,爬来垂下,状似觅人寻食,殊觉可畏。中二蟒,一自山头下垂,口吸女臂,一由石下上爬,口啜女头,二女惊醒哭号,倏有女神飞下,驱去群蟒,甲乙始得携二女率仆奔去。此女神,乃印度人,因妃被英人抢去,后以之代妃焚葬之宫女也,该宫女死后成神,因素感王妃之恩德,故来救援。

甲乙去此,复驾轮船至旧金山,为美洲。入店后,座中一人因见甲仆携有丽如行金钞,乃诱之以酒,迨醉后将纸钞多张窃去,且假书收条一纸,放该仆皮囊内,醒后知觉,追之不及。不敢禀知主人,哀泣无法,只得向乙暂借千镑,以便支持一时。由此乘火车,走新铁道,东赴纽约。时值隆冬,大雪极冷。至中途,车少住,男客多人下车,步行往来以舒筋络。地在美之西北,原属苗野,人皆紫色,腰下围布一条,面涂五彩,顶竖鸟翎一束,色亦黑白不一。不意突有野人二三十,登车抢去二女,甲乙即刻报官,招美兵二百,伏于林内。甲乙率仆亲往寻觅,以放枪为号,三人遂攀山越岭、踏雪履冰处处搜寻。忽见涧中林内野人一群,拥二女作泣状,甲放一枪,众兵趋至,轰毙群野,甲乙得携二女同登火车,即时复开。后至纽约入店,忽见一黑奴,语音似旧金山之窃钞者。继而甲仆与之拉手问候,乃有黑色染仆指,知其假冒黑人,遂竭力掖过,以吐沫擦其面,真形毕露,的系窃钞之人,乃饱以老拳,其人哀恳,浔〔寻〕将金钞一一缴还。盖其人沿路追随,意在暗害甲乙三人,而连获二美也。当夜该仆因得已失之财,大喜不胜,乃收该店一女仆为妻。

次早,六人驾轮船赴英国立文浦海口,为欧洲,计由纽约至立文浦,船则应行十日,登船后,甲约船主急行,望八日内得到。船主谓:“是船老朽，且煤不敷用。”甲谓：“可将船之四面木墙劈下，烧以代煤，如恐损坏遗失，即将是船出售，我当照价付讫。”言毕，付给若干镑，劈下木墙，行七日将抵立文浦，船之机器忽坏，水锅崩裂，船遂下沉。遥望立文浦海口，灯火辉煌，楼房密密，六人浮于水面多时，幸被他船救获登岸，即时六人换衣登火车。

次早卯正抵伦敦，斯时某丙在家谓众曰：“甲乙一去，至今八十日矣，论时尚少一点钟，恐未能来也。”正言间，钟鸣七下，当鸣至第三下时，甲忽突入，丙曰：“汝来何时如是之洽耶。”甲曰：“吾早到矣，因见手套不新，另买一副，故迟延一点钟耳。”于是丙输十万金镑，而甲成巨富焉。是戏共分六出，景致山水、冰雪日月，无不与真毕肖，笔难细述。亥正回寓。

初七日庚申 雪。未初，乘车代星使持片往拜美国、日本之二等公使，义大里之署使，巴威里亚、赛来比亚等国之三等公使。英国总领事，英、法、俄、美、奥、义、日斯巴尼亚、瑞士等国之参赞官、文武随员，本国王爵毕驷马父子，外部总办司员，国王及太子之内大臣、命妇，礼仪官、测量官、猕狩官，农、礼、兵、刑、海、邮、工各部大臣及本城提督等，共五十三处，须片一百另六。酉正回寓。

初八日辛酉 晴。未初，同王祉蕃至阿来三德坊，看赛丹巴那欧拉玛映影圆画。外看一大间，顶形如馒头，周约四十丈，高十数丈，入门每人一马克，缘梯而上，豁然开朗，别有天地。四望周逾百里，草木桑麻，村居烟户。在远山近水之间则见德、法兵马数万人，或为伏兵，隐于岭后林间；或横截山半，则为游击之师；或重围受困，烈焰迷天，败者窜，胜者追，其落帽抛枪，堕马被创，焦头烂额之辈，狼籍满路，几欲远避其锋，不知其为画图矣。观毕下楼，折入一屋，立门外观之，马后举免战白旗，道旁脱冠俯首侧立者，为法君那波仑第三，对立一将，乃德之毕驷马也。另一间内高车驰至，德兵举刀迎立，乃当时法君被擒之势也。酉正回寓。

初九日壬戌 早阴，旋即大雪。闻德太子自去岁染喉症，本国医馆治之无效，太子妃系英君主之长女，曾电传英国名医来德疗治，以刀割之，稍愈能言，故于数月前，赴义大里之三勒木庄调养，因该处天气清和，地土温润故耳。不意迩来又哑，人民虑其难痊，而甚忧之。因德皇现在年九十有一，皇太孙虽年长可立，然生性好武，恐继位之后，和局不终，日耳曼各邦，从此多事也。

初十日癸亥 早晴，午后阴。因明日系西历十二月二十五日，为其天主降生之期，在此男女有馈送幼童、幼女微礼之俗。故迩来十数日间，凡出售点心、玩物、花卉、什物各铺，皆添新货，罗列盈眸。每日由辰至亥，男女买办者，街市拥挤如蚁，铺门踵趾交错。又在朴斯当坊及他地有宽敞之处，皆设有木房数间，横遮布帐，乡民男女出售其自制之什物玩物、糖果点心、履帽衫裤之类。又有出售松枝大堆，长短不齐，以备人家买去，于明晚在上插红烛、悬挂花彩玩物者。枝上之物，俟夜半蜡尽，有子女者，子女分之，无者，戚友分之。察其意，盖古时西国无日晷，以树影定四时，且供树为神，至是树影至长为冬至，故有折树入屋之俗。又当日接程、李二君自法京来信，言昨日戌正由巴里登车，对时可到柏林，遂于戌初赴万牲园火车栈内，少待一行车过，并无华人，据管栈人云：亥正仍有车自克伦来。然时尚早，乃步入赓韶甫家，坐至亥初复往。亥正车到，仍无华人，意其必在克城换车时，或因遗误，或因疲倦而留宿矣。

十一日甲子 雪。知星使仍留庆霭堂、金楷理为参赞，谢芷泉为随员，赓韶甫、恩仲华为翻译。分驻俄国者，为庆霭堂、许稚麟、王祉蕃、黄伯申，遂于午初约许稚麟、王祉蕃、黄伯申、承伯纯、陈骏生、贝汇如、徐良臣午酌，兼与许、王、黄三君饯行，彼此欢饮畅谈，申刻始散。后同承、陈诸君步至五道门，地在恩德林敦大街之西首，因有石牌楼一横五门，故吾人呼之曰五道门。是日铺户关闭，人工休息，惟见左右灯烛，辉映道路，男女拥挤，车马驰驱，步行片时，遂即回寓。

十二日乙丑 微晴。是日铺户关闭如昨，土人呼曰第二礼拜日。戌刻有前任随员候选盐大使何毓苏（寿康）由法京到。子初，程鞠存、李体乾、联文泉亦到，始知前日因人约馔，未得起程。即时与之租店，在苓克关第五号，并觅地晚餐，安排一切，回寓时已丑正矣。

十三日丙寅 大雪。辰初，姚子梁乘德公司由上海到，因无空房，遂暂留余屋内，以待挪移，即请早餐。近日天气甚寒，河始见冰地始积雪，往来亦有雪床如俄都者。又西国以新年在迩，各铺添设新奇货物，更有山鸡、野猫、野猪与鹿之类，似我国关东货。

十四日丁卯 晴。巳正，约程鞠存、李体乾、联文泉、姚子梁早餐。未初，乘车代星使持片往拜波斯、墨西哥、多敏高、汉柏尔等邦国之三等公使、参赞、随员、日本领事官、奥国总领事及本国内大臣等，共一十五处。

十五日戊辰 雪。戌初，与众同事十五人公请星使及庆霭堂、恩仲华、赓韶甫三君，乘车行四五里入梨池沙阑戏园看杂耍，前后三大节，共十一场。第一节四场，中有二女同歌者，二人骑脚踏车，洋名韦娄斯伊贝者，幼童六七，一齐歌舞者，皆属精巧可观。中惟一女，年约二旬，腰围小裙，四肢着肉色紧衣，打秋千，盘杠拿顶，盘腿折腰，种种曲伸颠倒荡漾，虽云神技，究不甚雅。第二节有姊妹三，年皆十一二岁者，同歌英曲，二丑玩胡笳琵琶而惹笑者，皆属平常。惟一日本人名托奥赖者，踩软绳，系一绳由楼顶斜立至台，长约七丈，右手举一绸伞由台步步踩上，至顶则蹲而下溜至台，飞速如电，继又反步退上，至顶则急转身直行溜下。第三节一场，哑而不喧，演德国土人周年家门度日、出行各事，老年夫妇子女儿媳等，饮食拜客出游，共男女二三十人，乘火车，入加非馆，过新年，游雪景，殊觉闹热可观。是馆宽敞，台前见方，如北京戏园式。前三面有楼一层，台下有池，池有桌凳，容座千余，卖茶酒，准吸烟。座分头二等，价则三四马克。临行，其管座、存衣、看门、叫车等人，客皆有赏，数十芬呢至一马克不等。

十六日己巳 早大雪，午后止，戌初晴。同庆霭堂、姚子梁、许稚麟、王祉蕃、何毓苏、黄伯申乘马车行六七里转过五道门至福来得立街火车栈接迎刘芝田星使（瑞芬）[①]，及随员方子涵（培容）、汪子久（奎绶）、董仙洲（瀛），学习翻译吴挹卿（宗濂）、胡荫菊（树荣）、武弁马子良（立功）由法京来。戌正一刻十分车到，迎入对面森特拉店，即时谒见，少坐辞归。是时天晴，沿途始见星月满天。

十七日庚午 大雪。巳正，刘星使来公馆请圣安。午初，方子涵诸君来拜，坐谈片时。是日为西历十二月三十一日，德俗家家入夜设酒请客，

---

① 刘瑞芬（1827—1892），字芝田，安徽贵池人。光绪二年代理两淮盐运使，光绪三年代理苏淞太兵备道，参加中俄谈判，光绪十一年为钦差大臣出使英、俄等国，光绪十二年又出使英、法、德、比四国，故人称“刘钦差”。回国后任广东巡抚，乡试监临，因积劳成疾，引发在国外所染之肝炎而死于任上。

饮至子初,彼此道喜,亦如华俗之过除夕,惟其行礼则殊,有拉手者,对碰酒杯者,更有接吻者。当日酉正,赓韶甫约诸同事晚酌,外有德国男女六七人。饮至子正,彼此立起,拉手碰杯,庆贺新年,既而男鼓琴,女歌曲。丑正谢归。

十八日辛未　雪。为西历一千八百八十八年正月初一日,又值礼拜之期,镇日铺户关闭,街市男女往来如蚁。未初,代星使持片乘车赴皇宫、太子宫、各部院及各国公使处投刺贺年禧。酉正,与众同事公请星使、金楷理及庆霭堂、姚子梁、谢芷泉、恩仲华、赓韶甫晚酌,共分三桌,微饮寡言,亥初席散。亥正,复同庆霭堂、许稚麟、陶矩林、王祉蕃、何毓苏、黄伯申,随星使赴福来得立火车栈送刘星使及方子涵诸君起程赴俄,子初车开。入夜晴。

记:当日席面有海参、鱼翅、火腿、江瑶柱、绍兴酒,五种皆星使带来者,公摊每人二十三马克二十六芬呢,合银五两余。

十九日壬申　天虽晴,而雪地寒冷,似都门三九天。亥正与诸同事至福来得立火车栈,送星使及庆霭堂、许稚麟、王祉蕃、何毓苏、黄伯申率仆役如石膏等四人登火车赴俄,子初车开。

按:石膏,系萨轻轮船之华仆,星使因其年轻,侍奉殷勤,遂由热诺阿携来而雇用之。

二十日癸酉　晴,冷。记:德国所用文字,皆古拉典者,不论真草,笔画皆弯曲不易辨,非如现在英法各国之字,开门见山,清楚易认。国人思改用之,而毕驷马不允,想伊必率旧党中人也。又自德法战后,两国虽立合约,而人心终不和睦,法人各怀报复之心,而德人频存交兵之念,因而法国《新报》日张其势,或言兵数如何之加增,或赞枪炮如何之精妙,德则一语不露,兵卒火器,虽本国人,亦罕有知其实者,是亦人心不同处也。德法既有违言,德皇及毕驷马谕通国学堂,不得教法文,国人不得操法语,未详确否,如果属实,亦愚见耳。夫既怨法且思争法而更欲防法,是通国人民皆习法语,为第一妙策也。入夜阴。

卷　二

丁亥十一月二十一日甲戌　镇日大雪，暖，因而雪化成泥。迩来连日大雪，旁路石道漆道宽约一丈者，积雪甚厚，每日由人家铺户扫除。间有冻结成冰者，恐行路滑跌，乃以沙土洒之。至中间甬道，宽皆二三丈不等，或石墁或铺漆。雪厚则官有双马大敞车掀载入乡，至积久成冰处，亦洒沙土以防马倒。现在冰化成泥，官又派有兵卒，处处以铁铲，横长二尺，宽七寸，木柄长五尺者，左右推铲至中央，则载入大车，拉去城外。至其未铲之地，虽云泥泞而行者不有蹶跌之虞，地本平坦故也。未初，乘车代诸同事持片往拜驻德各国公使、参赞、随员及本国各部王大臣，酉正一刻回寓。戌初，承伯纯、陈骏生、贝汇如约余在福来得立街第二百一十八号匡阔尔的亚园看杂耍。园不甚大，客座一千上下，有饭厅、客房、烟廊，正中方池，列茶桌椅凳，带卖饭食茶酒。楼上头等座每人三马克，戏单收衣在外，而每处也仅芬呢二三十而已。所演三大节，共一十六场，其中卖艺者幼女居多。头场一女年八九岁，名奚拉者，打秋千、窜越极伶俐。再则二丑作乐，用自造之小胡笳、小琵琶，长皆五六寸，声调幽雅新奇。又一幼女坐台中椅上，一人盖以黑布，启则渺无踪迹，法颇玄妙。又五幼女比剑，势颇骑勇，选入娘子军，当为上将。又四男一女皆赤身着肉色，靠肚下胯间，虽靠肉而用五色缎绣金花视之稍雅。此女年约二十，打秋千立横棍上，竟能背负一人，项抗一人，左右手执二人立其胯上，随行旋转，往来悠扬，女无惧色，其力所谓壮矣。更有一英人名查根多佛者，耍大炮弹，重各由三十斤至百斤，以手玩弄如弹丸，是亦西方之一孟贲也。又一踩软绳者，穿骑马大皮靴，两手不横执木棍，能在上往来跳舞，竟不倾跌。又楼顶悬一长方木架，架之两头个挂一“Ш”字形绳棍，四人在上或立或挂，往来荡漾，彼此飞舞，接手捉脚，半空腾跃，互相更换，似猴似雀，观之令人眩目。末场系一女作梦，见神遇鬼忽藏忽现，二女悬于半空，真假难辨。亥正回寓。

二十二日乙亥　晴，稍凉。近来德国极力抽收民税，上年毕驷马在议院向众谓烟须如盐，亦归官卖，众未允。盖烟虽非必须之物，然一归官卖，不惟价昂，且烟梗及他种草叶之可以代烟者，皆在其中矣。又向众议酒亦当归官卖，众亦未允。毕驷马曰："诸君善饮，故不欲其价长。然酒为害人之物，官不能明禁，而如此可以暗阻，其醉汉亦可渐少，若诸公不允，吾自有法。"

按：德国酒税，向来每一百启罗（一启罗合中国二十六两四钱六分强）抽五马克税，乃自本年加至一十二马克（合银不足三两）。虽已运入铺中者，亦按一百启罗照新数加抽七马克。

二十三日丙子　微晴，天暖雪化，房檐滴水。见是日德都《新报》内一段，系一处女招亲。女年三十岁，名巴美姒，自云住某街第若干号，手存遗产马克一百兆，现拟出嫁。男子必有名望及世爵，年在三十七四十六之间，且财产之数能与我数目相埒。而欲娶者，不必即来亲拜，可先将本身小照送来查看，愿否接见，当候回音。其有故意戏弄非实心欲娶者，当禀官严行治罪云云。又法国亦有白鸽票，闻上年在法都，一女仆忽于途中拾得一票，迨开彩时，竟获得十万佛郎，虽云已富，乃将银钱交主人收存，依然与之佣工。自此女得钱后，陆续有世爵子弟多人向之求婚，女皆不允，乃自谓曰："我不得此财时，并无一人来问，今有钱矣，即接踵而来，足见其非诚心爱我，乃爱财耳。"该女竟嫁一早与同事之男仆为夫，因其贫时，即行情爱，是真爱矣。二女之心不同，惟此贫女之心可嘉耳。

二十四日丁丑　早阴，酉初雨。德国自胜法后，改称大国，乃竭力整顿一切。奈土产无多，进款不足，于是百般征税，效彼英法，而又胜于英法。故凡民之困苦无力支持者，多逃赴美国；其稍富余者，乃造物开铺，虽出售些须之物，亦必将所费之税款合于价内，故凡物无不极昂贵者。如一木棍，长六七尺，粗一寸者，价则一马克，合银二钱零。印白纸名片一百，工料钱五马克至十马克，合银一二两零。闻田阿喜租地面房一层，临街一大间，后两小间，地下存货房一间，租价每年二万一千马克，税款一年共三万马克零，费一年合四万马克。又铺中进款每入一百，官抽六分。至开铺税，则每年官于入款内又抽取十分之一，其他又有房税、地税、人数税种种不一。如是则一货连运脚合一马克者，再加各项税费，须值至五六马克，迨出售时，微剩少许，则价至七八马克矣。故在田阿喜铺中，一日本围屏，价值十马克者，运此售与洋人，竟至四五十马克，物之贵否，良可知矣。

二十五日戊寅　阴暖，雪化河开。午后有日本游历官陆军步队大尉福岛安正[①]来拜，能英德语，曾到北京两次。记：德国一种萨克森邦发财票，如吕宋票、白鸽票之类，一年两次，每次出票十万，每张原价四十二马克，经人代买，每张四十五马克，不欲买全张者，可买半张或十分之一二三四皆可，每一分，价合四马克二十芬呢，经人代买四马克半。一年出售两次，每次放彩五回，第一回，头彩三万马克，二回四万，三回五万，四回六万，末回五十万。一次出票十万张，共合四百二十万马克。照例每次官收二十万两，其余四百万分五回作彩，十万票中得彩者五万，不得者五万。五回中，初回得彩者既少而彩数亦少，二回稍多，三四回又多，末回为尤多。故买票者，咸盼末回得彩。按买票法，如初回买得第若干号，不得彩，可照数再买，再而三，三而四，买至五回，终无所得，则为失望。如至第二三回买者尚未得彩，不欲留者可将原票缴回。会首一无所失，其在第二三回或第四回，始行买票者，亦当付钱二三倍或四倍，一回放彩有所得，其票到处皆可取钱。如往本会收取折扣颇多，而在银行钱庄等处取之反得如数，因各皆有利可图也。此发财票通城千种，总名洛特立，官之不行禁止者，因其出入公平，无诓骗滋事等因，且每年官场由此所获之利亦一巨款耳。

二十六日己卯　阴雨不定。记：英法国人买办物件，无论人之贫富，物之大小，罕有自行提携者。在此各铺虽亦管送，而小件自行执回者甚多。故各铺出售零碎物件皆借有小白木棍，长约寸余，粗四五分，作“㠯”字形，为客提携时拴于物上，以免勒手。

---

① 福岛安正（1852—1919），日本信州人。1887年，福岛安正被任命为日本驻德国武官。其后任日本殖民机构关东都督府都督，陆军大将，有“日本情报战之父”之称。他是一个具有超前眼光的阴谋家、战略家。

二十七日庚辰　阴雨阵阵。辰刻有莫仲武(绳孙)、梅雪桥(寿祺)、沈裴庄(金午)与吴挹卿随刘星使由俄过此去法京,当火车暂停更换时,来公馆探访。闻洪星使昨日递国书,并闻仍留随驻俄国者,乃木庵(塔克什讷)、学习翻译李兰舟(家鳌)与何毓荪也。

记:德国一种红酒名谋喀者,造以樱桃,味极甘,杂以烧酒,其味美如玫瑰酥。

二十八日辛巳　阴雨。闻和兰各行工人于数日前各推为首一人,呈请会堂,转恳和廷设立保护工艺并优待苦工章程。又德国列邦国会前曾议定:凡水手船工并各项匠役,或因作工受伤成废疾,或因遭险致命,立有保护恤养章程。此章自西历一千八百八十八年正月初一起(见前),各邦一律施行。入夜风。

二十九日壬午　晴。闻西国《新报》内有一则云:天下各国中有三大国之臣宰,贿赂公行,行同市狯,把持权柄,肆势凌虐者。如迩来俄国某轮船,驶走红海实用煤三百吨,乃报以五百吨,所余卢布若干,尽入私囊。有其属下武官王族某人,知其实且有凭据,禀知内部,判以妄报不实,以小犯上,收监六个月。其人出监后,因冤投入叛党,又被擒。于今发往赛比里亚,永军不回。又一日俄君谕内部大臣,以某大员因公可赏二等宝星一枚,卢布若干。再某大臣因功赏肥田百顷,其次赏硗[1]田六十顷。半月后,俄君召见该大臣,问及宝星卢布,答曰不知,追问内大臣,对以连日无暇,未经付给。次日,竟交其人三等宝星一枚,赏银一半。其人无法,勉强谢恩。至他二人之田亩,乃大官得硗田,小官反得肥地。大官争论,内部大臣乃云:尔若不愿,恐六十亩亦难得矣。盖该武官一因未经向内大臣花使费,更因小官系内大臣之戚友也。现在俄国,凡事必经内外二部之手,其不花使费者,应成不成;而花使费者,虽不当成亦成。噫!九洲之大,四海之遥,非孔方兄何以成事哉。

十二月

初一日癸未　晴。现时值隆冬,然街市鲜花铺中所售各种花卉,红紫

① 硗,土地坚硬不肥沃。

芬芳，香味扑鼻，如茶花、杜鹃、木槿、菊花、白紫芋香、五彩水仙及各种洋花，草本木本罗列满堂，不可胜数。又天晴雪化，遍地芳草青青，长已逾寸，岂地肥之故欤？或曰该处天气，不能由是即暖，恐数日后仍将大雪，地冻河封，依然冷作三九天也。

初二日甲申　晴。记：德京逩尔囿中有河作“”字形，宽处五六丈，窄处不及二丈，弯曲长十数里。入冬结冰，官准男女在上溜戏，乃左右沿堤竖木横绳，上下有门，入溜者，一人出费若干，数亦无几，间在宽处立旗奏乐。每晨巡捕前往查验冰之厚薄，溜者可否准入，并时时有人收拾铲扫。总之，通城凡积水宽敞处，皆立杆挂旗，作溜冰场，其水浅冰薄不均处，皆灌水作冰，是亦民间一冬季生涯也。

初三日乙酉　晴，冷，水复微冰。午后同姚子梁、承伯纯、陈骏生乘车西南行八九里，出城过蕾斯英河至谋阿逼村布蕾美巷第七十四号访潘、桂二君。一路楼房虽稀，然无处不洁净整齐。闻二君共教三十二人，年皆三四十岁者，并不读书，学话而已，中学官话者多，惟有三人专学广东话，其故乃为将来去粤学充领事官也。

初四日丙戌　晴，冷。记：德京街市热闹处设有一种代客携物之人，名曰的音斯蛮，译华言差人也。头顶“”字形红帽，檐下铜箍，横印第若干号。行人有因故不能亲送，或自携之物，或须即送之信，可令此等人携送，赏钱由二三十芬呢至一马克不等。此人给有凭票一张，上印第若干号，苟物有遗失，可即执票至巡捕房讨取，设若所送之物，原值一百马克，该房自能照数赔偿。然凡欲其送物，其值不得逾一百马克，盖此等人皆由贫苦无能，不有工役，乃自投巡捕房报充携物使，官遂给红帽一顶，印就号目。其人当报时，须先以一百马克为质，迨不愿当时，则照数领回，若遗失他人之物，官即以此钱赔之。倘物之所值，多于一百马克，官亦无法也。

初五日丁亥　阴，冷，申初微雪。记：德人烧火除木柴与硬煤外，有一种煤块，造作榆叶形，长五六寸，宽二寸余，厚约寸半，色不黑而紫，体既轻而力亦微，系造以煤炭木渣及干树叶等，每百块价值七十芬呢至一马克。

初六日戊子　阴，冷，申初大雪一阵。闻迩来德国克伦城有寡妇欧本罕者，年逾古稀，富有百兆，生无子女，临终时，乃分数十兆交地方官赈济贫民，每年所进利息交栖流所，以便随时抚养。住房一所，每年租款交施医院，以备制买药料等项。所用仆婢共十六名，其曾经伺候十年者，赏十万马克，九年者九万马克，如此按年下减。更有义女阿莫者，亦得数逾二十万云。

初七日己丑　早阴，树枝挂霰，未初晴。在扉拉哈木呢会馆中，是日公设善会，醵金赈济。入门票，每张一马克五十芬呢，会名日本彩场，跳舞作戏。票纸甚厚，色则淡青，横长五寸，竖宽三寸余，上印日本一男四女，作舞扇弹琴状，其色深蓝。当日戌初开门，次日寅初散。四日前，送来门票十张，因而公助二十马克。当晚亥正，余同姚子梁、承伯纯、恩仲华、谢芷泉、陈骏生、贝汇如乘车前往。入门先一筒道，左右设存衣槅，每件三十芬呢。再入大厅，正中宽敞，高四丈、长六丈、宽四丈，正面搭台奏乐，乐工十二名，皆日本装。台之左右对面，高楼两层。前面迎厅分间，便人坐看，后则列座，出售茶酒点心。下面亦然，尤觉宽阔。又大厅四面多以布片遮护，上画日本楼房，灯彩花木，对联汉字，似是而非。共来男女千余，装饰不一，有扮成土耳其人者、日本人者，惟一男着红花女氅，戴毡冠，后垂辫子甚长，一女着中华南省女衣，戴花箍耳环等，远看疑是华人。由亥正跳舞四五场，至丑初改演日本戏，乃日君见洋帅，叩首鞠躬，节节尽礼，妇女舞扇，飘洒可观。即刻回寓，途中车辆往来，尚有前往观剧者。入夜风，冷。

初八日庚寅　阴。早熬粥，分送诸同事。是日又为星使四十九寿大庆，诸同事公祝寿礼八色。午后无事，步行数武入加非馆少坐，遇土耳其国随员辛攸果，叙及该国外部。据云：敝国外部，名曰外务司，当初立时，国人既不明立司之由，而司中各官亦不达外洋之情，故各事多有被其欺蒙而至陷入其网者。国势不振，屡败于俄；教民不合，频起事端。受英法之逼迫，东北属邦，叛而自立。百年以来，司中各官，依然暗昧不明。每问及事体如何，无非绉眉而曰难，罕有深明大义，知己知彼，而能豁然了结者。盖其居心，既不欲努力，亦不敢多言也。不惟不知他国彼此所定之约、所办之事，即本国与他国所定之约、所办之事，亦多茫然。不识外国文字，凡由外国送来之文件书籍，往往张冠李戴，杂乱倒置。小官入司，皆自他官举荐，凡能洋文及曾历他国者，皆嫉恶之，反伪诧其词，曰恐其为敌国侦，故不荐，亦不录。其所收所荐者，皆关乎情面，或同族，或戚友，或同乡，或所属。不论年纪，不讲才能，然其中苟有能通顺本国文理者亦佳，而竟有不能成文及不能举笔者。如此私心，不顾大局，不思自强，伊于胡底。言间，其人手颤色变，两眼几乎垂泪。余闻其言，观其色，而心亦为之不快者良久。

初九日辛卯　阴。午刻，德人哲宁约午酌，其人曾于数年前到过烟台、旅顺、天津等处。共桌男女十人，年皆五旬外，酒食果品皆甚佳。申正谢别，后随步答拜福岛安正，少叙即归。知其人亦系奉官游历者，官限以四年，一年学德话，三年为游历之期云。入夜大雪。

初十日壬辰　阴。未初，桂竹君与阿恩德来拜。闻德国正西之福兰佛城，有少女席达珊者，梅装杏眼，艳丽一时，有男名罗池阿者恋爱此女而无由得娶为妻，遂奉该处铸钱局三百万马克，请改铸三马克一圆之银钱，名特蕾马者百万圆，须将美女席达珊之面，刻印其上，以传不朽。故至今德银钱间有不印德皇而印女面者，即此女也。申刻雨。

十一日癸巳　阴雨。记：柏林城规，凡人执物街行，必以纸包裹，否则巡捕捉获，目为偷盗。故各铺各物，皆有门票纸张，虽干鲜果品、菜蔬点心，亦皆有大小纸袋，上印字号住址，及所售各物之图样。又街市闾巷间，不准行人大小便，违者被巡捕查得，收监七日，或罚十马克，是亦迩来二三年之新章耳。其沿街设有大便房间，详见后。入夜雨止。

十二日甲午　阴雨，暖。按：德国十数年来，不惟寓兵于农，且寓兵于匠。凡幼童，由十八至二十岁，须入营练习三年，无效则再学二三年，永无成，则老不离营。其成者，当升平之际，任所欲为，或贸易或佣工皆可。然每二三年，必入营一次，曰温习。譬一鞋匠，忽经营官寄到白纸一条，上云奉上谕入营温习，其人须即日投营，温习七天，每天领钱六十芬呢。又一省在德之西南法之东北，德名埃拉萨斯洛特林根，法名阿拉萨斯洛林，其地原属日耳曼，后归法郎西，前于西历一千八百七十一年（即同治十年)德又争回。土人语言德法混杂,德令土人学兵,统成一营,恐其鼓操变乱,数百分入一营。又恐违规滋事,一因语言不同,再因年逾三四十者,已有事业,遽令当兵,实非所欲。至今乃将通省人民之年力精壮者,分入通国各营各队。彼虽不愿,然亦无可如何,只得俯首听命,莫得滋事。因此愚蠢之辈,受苦者良多矣。

十三日乙未　阴雨,热至换皮袄而着棉衣。记:外国有船只保险、货物保险、财产保险、房地保险,今德国又有人命保险局。一人欲求保险,以防死于非命,乃入局自谓己身值银若干,局则令医家查验,已否有病,身价符否。言定后,其人须按季赴局送保险利,譬如定保一千金,则每季送十金。一人入保后,该局乃不时使人暗行访察其人病否,曾有不欲生之意否。如有,则该局又催医家疗治,抑或退银不保。是固人间意外之举,而我华人竟有投局保命,沽价一千马克者,亦奇矣。

十四日丙申　早雨,午正大雪一阵,未初雪止,少刻又雨,入夜雨雪交并。记:德规,每值其正月中旬,必在王宫内设大朝会一次,男女数千,跳舞终夜。现其君年逾九旬,精神不爽,又值迩来受寒初愈,君后亦年逾七旬,行动艰难,不能久立,且太子亦在义国养病,故改于是晚,西历正月二十六日也,戌刻在菊泥茀伊尔汗宫设一小朝会。四日前,由外部送帖九张,请星使、汪芝房、金楷理、姚子梁、陶矩林、恩仲华、洪禹山、赓韶甫与余前往。其帖横六寸竖四寸,纸厚色白,四围金边,上印王章,下印请某人于某年月日赴某宫朝会。戌正,余同汪芝房、姚子梁、金楷理、陶矩林、恩仲华乘车行五六里,入五道门走恩德林敦街东首。下车入宫,其式与英之贤真穆斯宫相似,亦入门登楼,两折至外厅会各国公使随员。立至亥初,遂排班鱼贯而入,各国二等公使及希腊者皆在前,暹罗者在日本前,日本又在中华前,其君后坐于正面,后一圈老少妇女,坐者皆王室女媳,德皇立于后右临内门。入者先向君后一鞠躬,右行三四步,再向德皇一鞠躬,后则转身入内门至圆厅。厅高数丈,顶上周围有楼有阑杆,在上可以下视。厅之四面有门,所入者为正门,对面一长厅通饭堂,左门通大门,前半步步栽花,香气触鼻,绿叶丛丛,密不见壁,右门通内宫。圆厅正面,中设二椅,为德皇与后座。左右四圆桌,围列金椅,为太子妃、公主、郡主及王室宗戚座。正中放一大琴,周围临柱置金椅一圈。自正面德皇左右,先坐各国头等公使夫人,再则本国各大臣之夫人及各国二等公使、参赞、随员之夫人,至各国公使及本国文武各员,亦如此按次而立于妇女座后。对面长厅,前一节,放一圆桌,四面置金椅二三十,为妇女坐。右置金椅五横,共三四十,为官人坐。再外右鄙又置金椅数十,横列四行,为命妇宫女等坐。余等末入圆厅,同日本、暹罗人立于左鄙玻璃门前。迨至坐者立者诸事既毕,忽朝官请余等步入长厅前节,同暹罗人坐,而左鄙坐有妇女五名,为当时著名之女伶。少坐鼓琴,先是女伶巴蒂腊前往立歌一曲,既而散卜里又歌一曲。正值琴声喧哗之际,忽朝官又来,云:奉君后命请诸位往看大清国大皇帝所赠之寿仪。乃步入长厅旁间,见正面一檀木床,上悬灵仙祝寿一幅,前桌列五件玉水盛、玉山子、玉如意与六方瓷瓶,左右分立绣花围屏八幅,此外有他人所献之景泰蓝大象二只,漆橱、竹椅、木塔、铜炉等多件,盖皆东方物也。看毕转回入座。又闻女伶郝美色、巴蒂腊同歌一曲,末则郝美色、巴蒂腊、毕姒姬、散卜里与优伶额斯得、骆特来、倭霍色、毕柏堤八人同歌一曲。后则男女起立,分排左右,德后与皇及王室老幼,陆续步入饭厅,既而各国公使及本国文武夫妇,亦皆前往。当夜人不足千,既不拥挤,亦不甚热。厅长一矢,横设长桌,杯盘罗列,食则五味盈簋,酒则五色盈樽,一切任人自取。食毕少立,转由左门出宫,登车回寓,时已子正。记暹罗人着西服,惟胯间多围紫绸一缕。再当余等见德后时,德后云:“闻得贵国江南地方遭水灾,殊觉可惨。”汪芝房欲答未答,而前人已去,遂亦转身入厅,余等亦即趋过。

十五日丁酉 早大晴,冷。未初稍阴,酉正复晴,皓月当空,戌初大雪一阵又晴。是日系西历正月二十七日,为德太子生辰,街市男女游玩,骈肩累迹,车马驰驱,络绎不绝。各铺挂旗,以伸庆贺之意。

十六日戊戌 早阴,午后雪。乘车答拜阿恩德,见其妻子,坐谈片时,辞归。见德京现在之洋白菜,凡红、黄、绿、白四色,菜式皆作圆球,大于茄碗。龙须菜,色白,粗盈寸,长尺余。菠菜无梃,小颗绿叶而已。大葱梃长叶扁,小葱无梃,叶细如须,长四五寸。老蒜白头,亦编成辫。小白菜,球大如栗,极嫩。蓁菜根大如茄,亦嫩。此外有白萝卜、红萝卜、胡萝卜，大小颜色与我国同。惟一种黄连根，粗如胡萝卜，皮黄肉白，味苦而涩，上有小叶如菜而细。土人用法，乃刨皮切丝，用佐烧烤牛羊肉，此菜名曰拉巴尔柏尔。入夜雪止天晴。

十七日己亥　早晴，冷。申初大雪，入夜晴。德京现在各果，鲜果有葡萄、苹果、橘、梨、波罗蜜等物。因天冷，包纸以锯末埋于筐内，盖多非本地土产也。干果有核桃、栗子、榛子、花生、桃仁、葡萄等物。蜜饯有桃、杏、李、橘、樱桃、波罗蜜等物，味不稍变，色亦如鲜。

十八日庚子　晴。丑刻睡起吃点心，寅正与众同事乘车赴福来得立火车栈迎接星使由俄来德。卯正，星使携砚友联子振（兴）到。辰初抵寓，天始明。午后大雪。

十九日辛丑　阴，冷，河复冰。闻德规凡大员子弟及富商名家者，年至十一二岁，皆须送入武备学堂。俾之读书，兼以练武，盖学习有成，皆作将来之候补千总也，未详确否。又前闻柏林城东，有某甲夫妻反目，妻弑夫毙，迨移去后，他人即行迁入，毫无忌讳。查外洋亦有因忿怒、因情爱、因畏罪、因怀仇，而自戕而被害者，不知凡几。然未闻有言脏房及冤鬼作祟者，是岂洋人无魂魄耶？抑或因人不信即不敢作祟耶？又西国无巫婆无妖孽，是岂不信邪者邪不干正耶？抑或因国政威明，而不敢逞其术耶？皆不得而知也。

二十日壬寅　早大雪，申初止，仍阴。见是日柏林《新报》有一则云，迩来天寒，使华人之寄居此地者，变其服式以御寒。其防寒之物，乃护耳小帽也，糊以黑绸，上画花朵，四边镶以蓝绸，内黏鼠皮，向来未见华人有佩戴是物者云云，是诚坐井观天之见耳。不知是即中华北方之物，非初创也。初到此，其前任诸君中，即有谓耳帽风帽，千万不可戴，以免洋人戏笑，如是则所服之物无一与西人同者，皆当更换矣。且当华人初到泰西，凡人见而无不笑者，苟恐其笑，则寸步难行，欲使其不笑，则辮当割去，服饰尽改而后可。余谓耳帽风帽，皆堂堂华饰，岂可因其嘲笑而不服耶！且较他人之吸洋烟、着洋鞋，甚至娶洋妻、着洋服，留发不剃而剪，以剃发为丑观者，胜万倍矣。

二十一日癸卯　雪。德京每晨必闻卖货声，云三多，三多译华言沙土也。马拽敞车一辆，内载沙土出售，每一十芬呢五六锨。盖因厨工买以为磨刀叉铁器之用，或者人家因隆冬地滑多用以铺楼前窗下及行人必由之地，以免跌滑，是亦乡民冬季之一生意也。

二十二日甲辰 雪。前于丁丑四月间，有管带学习水师官生监督候选道李丹崖(凤苞)，由福建船政局携带官生三十二人，到欧洲后内分法国学习者十八人，留英国者十二人。中有名陈可会者，先经分入法国，迨丹翁奉旨派驻德后遂改入德营，在司丹丁地方学造兵船。光绪七年，忽德外部来文，内称陈可会偷窃金表被获，经地方官审明是实，判定收监一年半，出监后免二年体面云云。李星使令其送交使馆查办，未允。既引条约公法与之讲论，伊皆一一辩驳，仍未允。行文多次亦未答覆，达知总署，转札德使巴兰德终无音信。迨八个月后，其外部始来文，谓奉德君谕，陈可会着释放出监，以效中德友谊云云。其案既可存，更当行知驻扎各国使馆，以作警戒。如此虽与德馆无颜，而与各馆有益于将来也。又按德例，所谓免二年体面者，系其人出监后一切正事皆不与闻，既不能充职亦不得卖艺佣工，言为众人所鄙弃耳。

二十三日乙巳 阴雨，暖。申初立春，入夜大风。当日午后德人哲宁来拜，谈及马戏之妙，马之驯良，余甚称赞之。伊因问：贵国亦有此等马戏否？余谓："马系龙种，上应星辰，玉腕银蹄，嘶风踏雪，为人行程临阵所必需，无有以之作戏者。且马为四蹄之兽，使之立行如人，亦不甚雅观，故无马戏也。然我国古时有马舞之事，如千年前，唐明皇尝置舞马，因安史之乱，六飞西幸，厩马星散，后有一马为田承嗣所得，夜宴宾客，鼓乐喧阗，此马闻声起舞，圉人走告，以为不祥，合笞之，笞愈甚则舞愈工，想此马与现在马戏中之马无异也。"宁曰："今西人处处设法谋生，使大小禽兽鱼虫作戏不拘雅否，竭力求精，惟冀国人喜看，藉以获利斯已耳。"

二十四日丙午 镇日大雪，暖。见华人赠洋人之小照，有头戴顶戴毡冠，松辫根，穿长袖大云头马褂，不着衫袄而腰结线带，跨长刀，不知是为何等打扮，恐军营亦无如是者。恐洋人之未经来华者，见此形状，必以中国武官皆如此穿戴矣。又见有与洋人以兄弟相称者。按西俗，惟父母同生者呼曰兄弟，其他皆否。然则华人与洋人交，无论如何相契，固不必如此称呼，致使彼匿笑也。入夜雪止，晴。

二十五日丁未 早大晴，午后微云。酉正，星使约诸同事在威克兜里亚戏园观剧，即前于十一月初四日看过者，所演与前同无须再述，惟是日男女观者较多，子初回寓。

记：德有大戏园、杂耍馆及马戏园。西规凡男女皆带冠，惟男子无论至何处，入门即当免冠以为礼，妇女则不必，惟观剧，妇女亦免冠，以得严肃整齐。其大戏园内，平日男女服色一切规模与他园同。惟每礼拜一日为其国王宗戚前往观剧之期，不惟座位昂贵，且男女皆须着官衣，作赴朝会及宫中跳舞会状，无论国君在否，皆示恭敬之意。每年国王助大戏园三十万马克。闻前年有女戏子名卢喀者，亦德人，曾入大戏园演唱，通城富豪皆以先听为快，因而座价昂至一人一百五十马克，竟有定票不得者。

二十六日戊申 早微晴，未初雪。先是午正星使偕恩仲华、联子振穿蟒袍补褂乘车入宫，见皇孙威拉罕，未正回。同人有谓不必认识他国驻此之参赞、随员以及本国之文武员弁者。窃思奉使驻扎外国，原为考查情形，办理事件，苟孤身独处，自然无所见闻，况语言不通，即知一二，亦归无用。尝见北京各国使馆混如一家，前随郭星使[①]驻英，不时尚有他国公使、随员以及本地官绅往拜。至此将及两个月，面晤者既无，而投刺者亦少。余之来此，本无考查办事之职，亦不通德语，自无须与他人连属，然德人哲宁、阿恩德，日人福岛安正，皆曾到过中国者，且福岛安正、阿恩德亦皆前在总署会过者，去岁醇邸在总署会各国公使，阿恩德亦在局中。今彼既闻名来拜，如不答拜究属非理，既往答拜亦不为过，然与此等人相识，较他人之认识洋商与女戏子者又胜多多矣。

二十七日己酉 镇日阴晴雨雪不定。本年我国河南遭水灾，人民困苦，兹由《申报》寄来粤东善士陈竹坪（与昌）劝捐一纸。本公馆除星使、支应、赓韶甫、联子振、张小轩外，参赞捐三十两，金楷理一百五十马克，

① 郭嵩焘（1818—1891），字筠仙，号云仙、筠轩，别号玉池山农、玉池老人，湖南湘阴人。晚清官员，湘军创建者之一，中国首位驻外使节。道光二十七年（1847年）进士，咸丰四年（1854年）至咸丰六年（1856年）佐曾国藩幕。同治元年（1862年），被授为苏松粮储道，旋迁两淮盐运使。同治二年（1863年）任广东巡抚，同治五年（1866年）罢官回籍，在长沙城南书院及思贤讲舍讲学。光绪元年（1875年），经军机大臣文祥举荐进入总理衙门，不久出任驻英公使，光绪四年（1878年）兼任驻法使臣，次年迫于压力称病辞归。光绪十七年（1891年）病逝，终年73岁。

承伯纯二十两，余与姚子梁、陶矩林、谢芷泉、恩仲华、陈骏生各捐十两，徐良臣、贝汇如各五两。

二十八日庚戌 阴。亥初，有德乐部官在敖坡拉会馆中卖票设跳舞会，男座票每个十二马克，女座票九马克。各使馆送票请往捐助，至所有进款作何用项，则未之闻。当日本使馆捐一百马克，届时星使率众往，并不闹热，亦未跳舞。王室亦多人未往，因是日由义来电，谓太子喉症加重，满嗓肿不通气，由项下钻孔顺以铁管，以便呼吸，至愈否未闻。当夜客皆少立而去。

二十九日辛亥 阴，申初大雪一阵。见本地铺中出售蜡烛多种，其长五六寸，粗约二寸者，有转成麻花形者，色有红、白、黄、紫、蓝。其至细者为白蜡，绘画五彩及花卉蝴蝶等，颇为精细。

三十日壬子 晴。因赓韶甫之右腿痊愈已出医院，欲了结其案，遂于昨午经德之刑部司官帖传当日面见其事各人，齐来使馆以便审断作证。当时共来男女老幼七人，审至申初始去。该员誊清一切，回部呈堂，再行转咨外部审定明确，然后了结。所来作证者，有车夫及乡民，其往来车费饮食皆由官给，至其人由来至去共时若干，查其平日按时作工应得若干，此款亦由官偿，如该车夫当日共得七马克零。戌正，芬瑞飞请晚酌带跳舞会，同席男女三十六人。食毕，一男子年近六旬者，起立曰：“今日盛筵，多承芬公美意，请同席诸位共饮女主之福。”于是座中男女三十四人，一一走至瑞飞之妻前，彼此碰杯相祝。又此先，芬瑞飞起立举杯高声曰：“现值子初，正为中国新正月初一日，请诸位同祝我友张君之福。”于是男女立起，举杯齐声曰：“贺来，贺来。”子正奏乐，男女跳舞，即时谢归。

光绪十有四年岁次戊子新正月

初一日癸丑 晴。辰正睡起，点心毕，着蟒袍补褂同众随星使向东恭拜圣牌，行三跪九叩礼，遂即团拜。巳初大雨，午正晴，有程鞠存、李体乾、联文泉、桂竹君、潘兰史来拜，申初复阴。戌刻星使招饮，同席二十人，除诸同事外，有程鞠存、李体乾、联文泉、金楷理。楼上有女客六，为金楷理之妻女、银行主人蒲拉坨之妻女及陶、谢二夫人。亥初席散，登楼，同承伯纯、联子振、徐良臣、谢芷泉、陈骏生、贝汇如诸君畅谈，丑正始眠，不闻鸡鸣而犬已吠矣。又当早接家信，知去岁十月廿七日儿子荣骧考取会典馆誊录官第十七名。

初二日甲寅　早晴，午初阴，申正又晴。乘车答拜程鞠存、李体乾、联文泉、桂竹君、潘兰史、赓韶甫。闻土耳其银钱局，有兵曰出入使，乃数名由官挑选。凡钱出入此局，皆经此兵役搬移，因其沉重故也。按此兵，亦无非差役而已。月有钱粮，乃充此差者，年余必至殷富，且其人每出门入局，往来必有同伙多人，执枪举刀，随车保护，至其致富之由、保护之故，皆不得而知也。

初三日乙卯　晴。记：西国火车，行动极速，虽按站停止，亦仅耽延几分时候。其二三等者，皆无中厕，头等者虽有，亦不能皆有。又其道路洁净，行人不准随便出恭，故男女之乘火车与行路者，间有不能明言之苦。今见古米货铺中，不惟出售桌垫、雨衣、水鞋、篦子、木梳、气褥、气枕，以及小儿玩物如小人、圆球、鸡、犬、猴、猫之类。更有男女二种小便兜，其色黑，其形作双口瓶，长约一尺。男子者，上口圆，周盈尺，四角钉白带，瓶口套阳具，白带结腰间。下口小，内含螺蛳，兜中水满，得便一转螺蛳，水即泄出。妇女者，上口作三角形，周亦尺余，三角钉白带，将口扣合阴户，白带亦结腰间，下口亦小，与男子者同。行走之际，即可小便，螺蛳一转，水自流出。更有下口细长，直通裤腿袜旁者，是放水尤为简便也。

按：德言古米者，英名印甸洛柏尔，法名羔池乌，乃印度所产之一种树汁也。其色初白，既而黄，黄而后黑，熬成后，不畏水，见热即软。其稀者，干则柔软如筋，稍粗者，如象皮，至粗者，则如木如漆。西国以之造物极多，笔难尽述，要皆简便得用耳。入夜阴凉。

初四日丙辰　阴。记：东西各国语言，凡有名者，皆分阴、阳与不阴不阳三类，然其所谓阳者，实非阳类，所谓阴者，亦非阴类。问其故于土人，则彼亦不能明言其所以然。如以桌为阴，以凳为阳，实不知其何所取义。各国皆以日为阳、月为阴，理尚可原，惟德则以日为阴，以月为阳。据其土人云：日耳曼古时尽是游民，有男无女，茹毛饮血，穴居野外，身衣兽皮，以劫掠为业，饮食无定物，起居无定时，各皆凶猛异常。罗马、义大里、法郎西皆屡争屡败，以致无力迎敌，亦无人敢敌。因设计送女子多人入日耳曼，遂皆爱如至宝，由是始知人道之乐，既而尽人体弱，乃为法国所得。日耳曼以北天时频阴，见日之时甚少，故彼处之人，每见日出，即跪拜之。其爱日也与爱女同，因女为阴类，故亦以日为阴类，此真闻所未闻矣。戌正微风，晴。

初五日丁巳　晴。昨日午后，承伯纯与谢芷泉出游，伯纯偶遗一物于某钟表铺，未之知也。当早来一说帖，谓昨蒙二位前来铺中，遗有一小包，不知何物，望得便来取为要，某字号，某住址。古云路不拾遗，今则肆不拾遗，然实迫于禁令也。查其官例，凡有拾遗被人查出者，以偷盗论，即不收监，亦当受罚也。入夜大风。

初六日戊午　阴，暖。未正，雪。记：德京铺店之大者，如客栈、银号、绸缎庄、瓷器店之类，各皆门面三四五六间，工人逾百外，其他则皆门面一二间。门内并无横柜，一切出售之物，皆列面前，如北京之挂货屋、古董铺。然古董铺中各物，大者固皆罗列在外，小者尚皆排列整齐，罩以玻璃，此地则不然，各物分置，任人挑选。且铺伙无多，不过一二人，遇卖买忙时，则不能处处有人，似易于失物，而土人未闻有此等事者，岂人心尚古欤？抑或禁例之严欤？

初七日己未　阴。查各国换驻公使，原为查访风俗事体情形，以便保护人民，办理交涉事件，是不惟公使须通晓一切，而随员人等，尤当历练随时见闻。故各国公使署，凡往来文件，无不置诸公案，听众观看，以便知晓各事情形，如何办法。余自乙丑冬，随使外洋，于今五次矣，所知者，惟一国之风俗民情，所有两国交涉事件，茫然不知。二十年来，虚受国恩，每一思之，惭愧无地。所幸者，出入十余年，游历十余国，不至无功有过，以辱国体，是可聊自解嘲耳。

初八日庚申　微雪。记：西俗女子出门与男子无异，故凡通衢大市间，女子之相率而来者，自朝至暮，镇日如云，或步行，或乘车，或骑马，有浓妆者，有淡妆者，而男子往来其间，殊无佻脱之行。推原其故，盖非风俗使然，亦非官禁使然，实因日日如此，视为固有，故虽群雌嚣嚣，而无不淡然置之也。

初九日辛酉　晴。现在德国崇尚武政与俄国同，凡官兵武弁，终日不脱戎服，虽街游拜客，起茶会、跳舞会，亦皆佩刀着号衣，惟赴会者，衣冠金穗，尤属鲜明。入夜狂风怒号，阴云密布，冷。

初十日壬戌　稍阴，冷。中国自古有空谷传声之学，然非识字者不能学，而读书者又必值闲暇且喜杂学者始学之，故至今未能置之大用。前丁丑年，当余在英时，见西人创一传声筒，曰“德利风”，用者无非于楼之上下，房之内外，彼此传声，交谈即如觌面，已觉便当，且无论识字与否，有是器具即可传音矣。今见德国，不惟都城四鄙，虽各乡各村，数千百里外，亦可传声，如同面谈。现在官设总局，各处有分局，较电线为尤快，且更便当，盖无须信局照钞分送也。其用法：买此器置壁上，外线通入分局，各局有总簿，由通城至各省，或某宅，或某铺，住址第若干号，所用德利风为第若干号，而各铺各家门首窗外，亦须书明德利风第若干号。其欲交谈者，先向筒口吹气，既将筒口置耳边，以待风局答吹，答吹到，则告以欲向何处某号交谈，该局即将此筒接结彼筒，即可向所欲言者，畅所欲言而言之，往来问答多寡任便。至其价，每年付局一百五十马克，官局器具不计费。

十一日癸亥　阴风极冷，河又封。曩[1]者余在东西各国，因其人皆信实，凡物皆不二价，中外无欺，且价皆号在货面，故买者，惟须择物，不必问所值也。不意此地竟有要十马克，而自减至七马克，更有要五百马克还以二三百马克即卖者，是又泰西之人之不能一律者也。入夜雪。

十二日甲子　晴，冷。记：德国兵势日强，处处整顿，因而税务繁重，人民困苦，穷生异志者有之，欺骗外人者有之。故城外乡间行人稀少处，每有抢劫案件。闻上年有一日本公使随员，夜在城边林内被人戕害，盗去金表锁练钱包之类，经德外部查办，不知如何了结。

十三日乙丑　雪，冷。记：德国巡捕，着乌衣，戴铜盔，手不执械，通城马步巡捕，一律整齐。步行者，镇日各在闾巷往来；骑马者，对对游于街市乡间，或立于十字街心，以查车马行人之往来。因恐人民夜间滋事，则又有改装作常人或武官而暗巡者。

① 曩，以往，从前，过去的。

十四日丙寅　晴。记:德京亦有法语所谓加非商当者,其俗较逊于巴里。其楼上大屋一间作堂,正面一台,宽深各丈余,台下放桌椅三行,可容六七十人,台旁作匮房,出售茶酒,旁又小屋两间为饭房。入门一马克,女堂倌三四人,台上歌妓六七人,一一歌一曲后,分坐两边,坐后,又一一陆续歌曲。台下乐工四五人,一人弹琴,二三人拉胡笳。客既入座,女堂倌即群来献媚,或索资,或索酒,不一而足。客有喜歌妓者,亦可招下共饮于饭房,惟歌妓不得入堂中。每晚酉正起亥正止,如无把握者,在内少坐,则所费不下十金矣,盖女堂倌或见客系外人,或客心已迷,其酒价即随而倍增也。

十五日丁卯　大晴,风,冷。记:德京道途,胜于俄而亚于英,盖石子墁[①]者少,而漆道尚多,甬路左右,皆以大石横墁。住户门首,间有墁铁砖或缸瓷者,则属整齐矣。

十六日戊辰　晴,风冷如昨。记:德国土产无多,人工亦少,凡粗工平行之物,固皆出自本国,其他精细费工各物,又多来自英、法、瑞士等国,是亦胜于俄而亚于英法处也。

十七日己巳　晴,冷。记:德京马车,分头二等。头等者,式同英法;二等者,皆德之旧式,钝笨而不壮观。头等者,一二人坐,路近则一马克,三四人一马克半,路远则一马克半与二马克。论时,每一点钟二马克半。二等者,一二人坐,近则六十芬呢,三四人坐一马克,远则一马克与一马克半。论时,因其行动过慢,故用者少。厂中大车,论时,三马克半一点钟,酒钱在外。街市放车,皆有定处,头二不准乱排。又各放车处,多设有铁柱,高三四尺,周约二尺,旁一铁柄,长亦二尺余,总形如卜字,旁一木桶,按柄水出,以备饮马。

十八日庚午　晴。酉正,与诸同人乘车至安那拉火车栈,送星使偕联子振、金楷理赴奥京立斯本递国书。闻德太子现在三勒木地方,咽喉痈肿滴水不入,气喘不通,钻孔无用,今乃以皮筒由谷道进肉汤,以使不饿云。入夜雪。

十九日辛未　稍晴暖,雪化河开。记:华人之皮衣,内皆满皮,间有出

① 墁,用砖、石等铺地面。

风毛者，有加皮袖头者，皆直毛也。西国男女则不然，除皮斗篷外，乃外露毛而内无毛，实乃毡面棉衣带皮领、皮袖、皮襟边也。如男子皮衣，不拘海龙羊皮，皆外卷领宽逾六寸，袖口外亦卷出半尺余，前襟左右各镶一条，宽约三寸，妇女更有裙边亦外镶一圈者，其意为体暖耶？抑壮观瞻耶？未能定之。

二十日壬申　阴，冷。酉正，哲宁约在沙洛屯街瓦拉罕巴戏园观剧，同座六人，为联文泉、赓韶甫之妻及他二老妪。园不大，坐人不及二千。所演为德南邦巴威里亚山林土民之俗，男女装饰，较北方稍异，男子不着长裤，膝下另一花箍，女衣不甚长，新旧衣前皆加一别色油裙。男子跳舞，男尤伶便，随跳以手拍臀击腿，其声与乐调相应。惜歌者太少，景致亦无多，不过木房林木而已。亥正回寓，入夜雨。

二十一日癸酉　雪，午后雨。记：德京除单双马车外，又有如美国之铁道公车，如英国之跑海公车，通城此车亦各数百辆，其各走何路，东西南北以色分之，白昼横匾，入夜挂灯，色如正红、白、黄、绿以及镶红、白、黄、绿，车箱下及匾与灯亦皆着其应用之色，车箱左右及横匾，皆书其所走著名街市之名，盖使坐者易于辨认也。铁道公车，一马拉者，内坐六人；两马拉者，内坐十人，更有顶上亦坐十人者。跑海车，双马拉，上下各坐十二人，惟妇女不准坐顶上。坐车者，登车买票，票亦分五彩，如白、红、绿、黄、蓝，至近车价十芬呢，至远至三十芬呢。御者与车后照料行人，而卖票者帽边亦各另围一圈，色与该路车号同，坐车者可任意下而不能随便上。沿街甬路道口左右立有铁牌，形如甲字，高约五尺，分上下辙，牌面书以“待车处”三字，并画一箭，左往者箭头向左，右来者箭头向右。坐车者登车告以何往，则卖票者按路给票。其票每色百张，由十芬呢至三十芬呢者，陆续钉一小铁板上。票每张横宽寸半，直长一寸二分，上印第若干号，往来所走各地名，中印车费价，铁板长六寸余宽半寸。卖一票必先剪一小圆孔，然后递与买票人。此票不得沿路遗失，盖中途间有查人数号数，以防卖票舞弊者，查者突然上车，向各客索票一观，随观撕去一角为凭，此后则听便，虽掷去亦无碍矣。随行至各巷口要地，卖票者必高唱地名以报人知，当时有下者有上者，其铃一响，遂即停车，后再两响，则又开矣。每早八点钟开，入夜十二点钟止。各色车有起首开处，有临尾停处。两头开车，彼车必待此车到方开，当停止时卸马以便喂饮休息。铁道车不能转辙，故其车前后有门，前后可用，车檐有环，前后可以挪移。如南行，则闭南门开北门；北行，则闭北门开南门。按车规，有带孩或携物者，皆须怀抱，如放座上，当另加座费。又车之前后，皆有台阶，以及御者与卖票站立之地，二处皆可容立五六人。有因内座已满，或厌里暖而立于前后空地亦可，车费与坐者同。此车御者不用鞭，马匹行动自如，毫不费力，车快而平，极为便当。车四面皆有玻璃窗、白布帘，以之避日光，阻风雨，又可以之进风乘凉，随时四望。又车之前后御者立处，旁一铁柄作“丁”字形，下通车轮，车欲停，推铁柄则轮不转而马不能拽动矣，车重故也。柏林上等人多坐铁道车，而贫民工役多坐跑海车，以其去处较多而价亦稍廉耳。

二十二日甲戌　阴，冷。今日是礼拜之期。申刻，见邻居一家出殡，其载柩车及御者所服与马匹皆黑色，式与他国者同。先是八人着乌衣举长矛，上系乌纱一缕者，入内引棺出，置车上，既而分立左右。送者不下二百余人，有着高帽而襟挂小绸十字者，有戴白冠前钉一红十字者，有举刀者，有执火枪而口垂向下者，各皆五六十人。三人一排，步履整齐，分行于柩车之前后，惟起首系二人执兵旗，一人捧一乌绸方枕。另有乐工一班，在车之前，执而不奏。末后二乌车，内坐妇女三人，皆垂首作泣状。其棺式上高下浅，正看作“”形，旁看作“”形，色分黑白，外不包毛绒裹缎，系以镀金或银或铜片镶边凿花，亦甚精细，黑者价廉，白者则以新行而价昂也。

二十三日乙亥　稍晴，冷。德国以人民众多，谋足兵以自强，因于各处设法保护人命，设有衙署曰“保部”，专司籍察水土道路、房舍饮食以及医生药料。设有气味无益于人者，食物已久食之有碍者，或工作不精者，皆设法禁止之，修理之，消除而整顿之。如某年邻邦染瘟疫，凡车船之入德界者，皆于未下客卸货之先，经土官往察有无病人，即无病人亦以一种药水名喀尔柏者，先激车船各舱房，既激箱只器皿，虽各人亦激之。据云是水虽人喷气中不见之毒虫，亦能杀之。又凡处男女老幼，有微染是疾者，或嗽喘有似是疾者，皆送出三十里外，人稀少处养育之，愈始准还，各官学义塾中诸生亦然，故当年四邻有疾而德独无。

二十四日丙子　早阴冷，夜微雪。记：泰西各国，彼此毗连，火车轮船，四通八达，不比中华各省，运物维艰。乃见多物，亦此国有而彼国无，如英有红糖、黄糖，德仅白糖而已。又见本地一种旋粉，不知出自何地，造以何物，色分红白，甚薄，长八九寸，宽三寸，含有斜方暗纹如高丽纸，作法未闻，惟泡以热水则化，用凉水泡后切条，以炸酱拌之颇美，是亦在他国所未见过者。

二十五日丁丑　早雨，午后止，仍阴。东风颇暖，冰雪渐消，道路间皆成泥泞矣。德京加非馆，大小不下数百，有兼卖便饭者，然不卖饭而带茶酒点心者多。点心多种，无非造以牛奶、鸡卵、白面、葡萄、樱桃、苹果之类，亦颇可食。每桌放"盅"字形三层荆条筐一个，上层粗如盅，中层如碗，下层如盘，每层盛点心几种，价亦按层分三等，个数不定，听客自取。迨饮毕时，堂倌听客一言，或云未吃，或云共吃第几层若干枚，则堂倌即照数算钱，亦不考查确否。大加非馆，亦高楼大厦，容座千余。闻有大加非馆名"那相那"及"开客"者，每晚皆自八九点钟至一二点钟，妓女如云，人之思访天上书仙者，可即往而选择之，既可携手同行，亦可探索住址，定期而往。凡某妓之认定某馆者，皆朝朝定入此馆，且其所认某座，亦永不改移云。

二十六日戊寅　阴雨，暖。西国各王宫入冬皆有茶会、跳舞会，入会者，除各国公使外，则皆本国之大臣命妇。迩来德国尚武，并冀武将各奋忠勇，乃谕令凡千把外委之妻，一并准其入宫赴会。故今无论贫富人家之女，皆望得嫁武官，能入皇宫赴会以为荣，各武官亦以由此可得美妻。更传谓战场殒命，必有天仙引作婚配，是练武者，在人间既获王宫美女之荣，而为国阵亡更得升天，常有美仙之乐，亦幸矣。然武官中有谓一生既有如此乐事亦足矣，何必妄想耶？是人心虽厚，亦渐不易哄骗矣。亥刻，忽本公馆女仆执小《新报》一张，谓国王病笃，朝不虑夕，言之貌若甚戚者，是亦可见人心之感戴也。

二十七日己卯　阴雨，暖。早九点钟德皇韪良第一薨，即时各街出售计闻，并在各街巷口黏贴一页，长二尺，宽尺半，四面黑边，宽皆五分。凡公署之竖有旗杆者，皆挂于半中，各铺户门首亦皆插旗，旗上横以乌纱一缕。又凡人家铺户之陈设、悬挂以及出售国王之铜瓷相与画像小影者，即时有围以乌纱者，有圈以绿叶者，盖皆吊悼之意也。又凡铺之出售衣冠者，如衫袿领套、手套、袜子之类，罗列窗前，一律改为黑色。更有乌纱一缕，宽三寸长一尺者，叠成一堆，系备男女套缝袖之上用，以示着国服。申刻接电，知星使明晨到。

二十八日庚辰 阴。卯正睡起，辰初与众同事乘马车至安那拉火车栈接星使由奥国回。闻德皇薨已日余，尚未入殓，昨日国人皆可往观，今则非有凭票不得入。现招著名画工，绘其薨后之相。其太子现在义国三勒木庄养病，昨经各大臣发电，先报德皇之忧，再报即位之喜。按其定例，王族着素服百日，官弁六个礼拜，平民十天，大戏园停演四十二天，小乐馆十天。乃太子回电，谓：即位不立新章，凡停演乐，着素服之日期，皆听人心自便，如是则人民虽不欲亦着矣。当日王宫一带，男女观者如云，男子帽上肘边，皆套乌纱一圈；妇女头后皆垂以乌纱一缕，长短不同，以别贫富。官兵数队，往来弹压，或云王肚已自项下钻孔，灌药水，以使百年不化。又按西俗，一国凡有庆吊大事，皆由外部行文知照各国公使，或谓此次所以不来文者，一因外部事忙，再因一国王薨，人所共知，无须知照也。又按驻扎之例，各公馆自国王薨日悬挂半旗，至出殡之日下旗。至各公使，须即赴王府各处挂号，以明吊丧之意。迨出殡之期，前往陪送。是夜，大雨滂沱。

二十九日辛巳 微雨。申初凉，入夜风。闻德君虽已入殓，至今棺尚未盖。按其国例，停灵一礼拜。又皇宫一带大街，男女拥挤，因有托盘出售国王像者，或整身或半身，高不足一尺，造以塞门。土如北京之不灰木，价则二三马克不等，人民买而捧回者颇多。又其太子于戌正抵柏林，住绍德柏行宫。

三十日壬午 雪。中国自与外国换约通商以来，出口货惟茶、丝、棉三种为大宗，南省商民因而致富者有之。不意十数年来，洋人已得棉种与蚕，以及种棉养蚕之法，故中国丝棉二种，出口之数日减。吾华人不顾也，多谓通商外国，不为要务，土产原为己用，出口者少，则国人用之价可不贵，是岂明见哉。华人咸谓西人以贸易为生，然西国多因贸易而致富。一年进口洋货不下数万金，是一年中国银两之被洋人运去者，尚不止此数也。所幸者，仍有茶叶一种，一年可换金若干。不意近来西人咸谓中国茶叶不净，烧烤不时，收拾不当，叶皆黑老，日本、印度茶叶皆净而香，收拾既妥，路尤近而本味不失，因而中国茶叶出口日少，印度茶叶出口日多，是西人亦获茶种，且得种茶之法矣，将来若茶叶如丝棉之不易出口，则华商窘矣。国家以爱民为心，不知能设法为之挽回否？闻前因日本人谓德国毯呢粗旧不佳，即时德之领事将一切报明外部，外部达知商部，次日商部出示晓谕通国，谓有验可考，如某年贩往若干，年少一年，今后各商之在日本贸易者及各局作，宜将毯呢一切，精心制造，竭力销售，以便挽回旧辙云云。故近来德商之在日本者，生意兴隆如故矣。

二月

初一日癸未，雪。中国饮食，五味调和，最为精良。日本不讲五味，喜食果品凉菜，乃近来创造酱油一种，出售外国，洋人喜之，每瓶不足一斤，而价值一圆，亦不为贱矣。田阿喜所设，虽云中国铺，而所售之瓷漆纸布以及围屏各货，皆来自日本，因日本出口税轻，货价亦廉，运此出售较易。西国土产无多，自用不足，乃能设法制造，出售各国。各国货物，不论高下大小，无不精致整洁，虽收藏装载，亦当一律。华人若不设法谋生，仅坐用他国之物，是将来出口无货，惟有金银而已。谚云：坐吃山摊海要空，诚哉是言！

初二日甲申 晴，冷。闻德皇临薨时，毕驷马作遗诏，请其画押，谓如不能满书，请着一笔足矣。德皇谓气虽不足，尚可着笔，乃竟整名画下，因而毕谓国王九旬，仍能画押者，亦天下第一人也。故今日专出《新报》一张，上印国王向来所画及前日之押，并有各人所著赞诗多首。又自国王薨后，各新闻纸皆四面加黑边，宽约五分，亦与国人臂套乌纱一缕之义同。

初三日乙酉 阴冷，午后微雪。闻德皇薨后，光头着官衣，先坐后卧，时时有人照影，故今各铺多有出售国王已故未殓之像。入殓后，棺不阖，由宫移入都木礼拜堂，停在中堂，木棺铁里，光亮如镜，谕准人民入看，故观者如堵，在内绕行，不得停步。惟是日因各国太子王爵前来吊祭，则人民不准入矣。又国王素喜蓝色鲜花，因而民以蓝绸做小花一朵，罩以乌纱出售，每朵十芬呢，男女买而插挂胸前襟上者甚多，亦哀慕之意也。

初四日丙戌 阴冷如仲冬。午正德皇出殡，葬距柏林西五里绍德柏庄。先在都木礼拜堂诵经，各国王爵公使前往吊唁。由礼拜堂至五道门甬路左右，每离四尺地，立一木墩，高丈余，围以黑布，顶上横架松枝练作“ᴍ”字形。在福来得立街十字路中，另立四柱，上罩黑布棚如棺罩，顶上中立金王帽一顶。另在墨尔街十字路，又立四大黑柱，上插黑旗。五道门石柱粗三四围者六，皆围以黑布，每柱前竖大黑旗一杆，高皆丈余，门内左右建看殡木台两座，各容人五千，每座价三十马克。门外至递尔圃前得胜铭边，亦设高墩，插旗悬松练。一路左右立步兵四行，马兵一排，衣帽鲜明，装饰一色。分队衣无大别，帽作“⧗”“⍋”等形，皆黑漆铜边铜花，顶束马尾一缕，色分黑白与红，下垂做“ʃ”字形。又有戴黑皮困秋者，顶以红呢作“且”字形袋，不竖而旁垂，帽前另立白马尾一束，长约半尺作“\”字形。每队前有乐兵一排，殡过则刀拔出鞘，枪举对鼻，各队陆续奏乐一阵。棺出堂后，首先御林军一队，头顶红帽金边，前看如“∩”形，旁观如“ϭ”形。再则炮兵一队，炮车八辆，水师一队，御前勇马兵一队。皆头顶金盔，盔上落一莺作飞状，身着铜甲，势颇雄猛。乐兵一队，乘马携而不奏，第一名系鞍前横放二鼓，鼓形如瓢，周六七尺。再后则马兵千余，各队人既一律，马亦一色。后则宫车三辆，无非四轮高大，金碧辉煌。又大臣六员，各托一盘，内盛王帽、刀剑、拐杖、宝星之类。后则八匹乌骓，拽敞车一辆，颇高大，内含钢条，上置王柩，随行摇摆如卧床。棺形与法俄庶民者同，亦外裹紫绒，周绣金树叶圈八个。棺首立一金莺，上插黑白红翎三条。此后黑车三辆，内坐王弟王孙等。又各队有旗，惟内三杆老旗，皆圬烂不堪，乃从前向他国战场用过者，或云此旗，每兵入队，始令亲祭一次，其他非交仗不展。当日由柏林至陵寝，左右男女观者，以数万计。随处皆有马步巡捕弹压，而男子爬树上墙者甚多。

初五日丁亥　阴，冷。因联子振差满，定于明日起身回华，遂于西正约在恩德林敦街第二十七号柏尔加非楼上贝克饭馆晚酌，与之饯别，亥正回寓。往来见街市各木墩、布棚、松练旗帜，一律设摆未撤，故男女依然拥挤也。入夜雪。

初六日戊子　阴，冷。记：联子振到德后，因与他人同屋，诸多不便，乃在房后租屋两间，每月六十马克。每晨锁门入馆，饮食自备。初领俸薪，即扣煤费，至本月不扣煤费，仅给二十天者。奈其归心似箭，一切公文护照，路费归装，皆前由刘星使处领讫，且终未奉有随赴和兰之明谕，遂将二十天之俸薪，如数缴还。至是日亥初，同承伯纯、恩仲华诸君乘车至万牲园火车栈房内，送星使率金楷理赴和兰递国书、联子振起程回华。亥正车到，车长人密。因各国人多来此看殡，今则事毕回国，故朝夕火车，竟无空座也。

初七日己丑　雨霰甚冷。德京频冷而多雪，地面结冰，不利行人。古米铺中出售一种鞋外鞋，造以古米，来自俄国，底以模成，形如豆脐块，踏雪履冰，着之可无跌蹶[1]之虞，并有内包毡皮者，极暖，其价由三至九马克。

初八日庚寅　大雪，冷。德京冷而雪厚，地方官皆雇用贫民撮扫，内含养育之意。闻去岁共用八十余万马克，合银不下二十万两，而本年雪尤丰盛，恐所费不仅二十万两矣。

初九日辛卯　雪。记：前在泰西知有一种免胎之物，英曰“法国信”，法名“英国帽”，或云以是物套于阳具之上，不惟女免受胎，即男子宿娼，亦免招病。昨在古米铺中，其人取出与看，见造以古米，自内向外，卷而成饼，周约四寸，长逾半尺。据云：用之较他料造者，尤为便当。此固男用以防女者，不意更有女用以防男者，其物亦造以古米，周约四寸，深不盈寸，形如银碗，凡娼妇恐男子有疾而染己身者，先置此物于阴门，则无沾染之患。盖古米之为物，经暖则软，长短亦可随意耳。

初十日壬辰　雪。闻德皇福来得立第三之喉症，现渐消肿，惟仍昼夜咳嗽。又当其先皇腓良第一出殡时，太子及丞相毕驷马、毛大格，皆未得

① 蹶，被东西绊倒。

送。又各大臣之捧盘者，捧出五道门，即将各盘转交小官收去，而皆乘车绕赴皇陵，以便于中早餐也。

十一日癸巳 晴。近来各楼顶积雪，厚皆尺余，当日不雪，而楼檐滴水如注，天暖故也。记：泰西人谓上古之世，茹毛饮血，以遂其生，今既得知火食之法，五味调和，则饮食一道，自当讲求而体究之。务期多益少损，有利无害，以俾养生卫生而得长生。是以制肴设法，审定火候，功夫极须精细，器皿亦当净洁，如制何菜须几时几刻，制何菜应几分几秒，庖丁皆当留心，不容太过，抑或不及。肉有须生硬带血者，菜有须熟烂如泥者，盖肉有熟而不易克化，菜有生而致人泄肚者，故皆求其得当而后已。至进馔之章，亦须体究得宜。西国早餐午酌，均各平平，早则面包奶油，凉肉几片，午乃鲜果酒茶，熟菜一色，惟重晚餐，颇为丰盛。其首进羹汤者，因人当饥肠空洞之时，如遽以干肴纳之，则将撑肠塞胃，故必先之以汤，以使肠中滋润，充瘪为圆。再进各肴，佐以面包，则入口顺适，果腹充肠。肴馔既竣，则进鲜果，藉作荡涤之用，因肉面菜蔬，无不以火制成，入腹多生火灼之气，故进水果以消融之。然油腻与鲜果相遇，恐有腹泻之虞，中间又必隔以干糇糖果，使不即逢。食物既下，前后得宜，乃以加非终之，各人一盅，以佐人气，一并消融。有谓加非力壮，乃和以牛奶与糖，使其力弱，则消补适剂其平。酒故多种，不得乱饮，汤后随菜，饮红酒白酒与舍利，随果始饮香宾，食毕始进布兰的一小杯，其次序前后多寡，亦因其性有纯烈之别也。其早晚三餐，皆有定时，不能因事更改时刻，故食后未闻有停滞作患者。

十二日甲午 晴。各街甬路雪化，似泥非泥，左右楼前洒水，似雨非雨，行人诸多不便。是日德皇在宫中开吊，其规模与朝会同，惟各着素服，别无礼节。德京势样车尚无多，欲用须早定，至朝会等事之期，其价尤贵，盖官场虽有定章，亦徒然也。届时汪参赞偕恩仲华欲往，令洋仆于通城车厂以德利风雇觅，竟无一允者，乃致书赓韶甫向其友某医官暂借一用，始得前往，是公使当包车，亦所必然，而免遗笑于后人及洋人也。当日德皇因病未朝。

十三日乙未 镇日阴晴细雨不定。记：德京学馆颇多，稚子雏女，皆背负皮包，每早八点钟入学，两点钟回家，礼拜日放学休息。每值其礼拜之期，余因公务得暇，于早饭后出门，步行几里，亦无非本公馆之前后。有房后某巷之二幼女，年皆六七岁，一日遇诸途，走前请安问好，余乃各买点心少许给之。由是每于是日是时，竟于该巷口候之，远远望见，即行驰来高声问好，颇觉亲热也。

十四日丙申　阴晴各半。辰正，星使率金楷理由和国回。原和王久病不起，待至前日，始经礼官致信，谓国王定于礼拜一日召见（即今日），昨又来信，谓国王病笃，国书当为代递，星使因有急务在俄，故即起节回德。

记：前日房后某巷第若干号楼顶一层，不戒于火，即时以电线德利风传知通城，遂有水龙车、马步巡捕一时蜂拥而至，巡捕立于左右巷口，拦人往来救火，人登楼，拆毁楼顶，悬系水龙，即刻扑灭，甚觉速快。凡人家之已入保险局者，遇火不得外移一物，盖一移些须之物，则该局即不照所保之数赔偿矣。又通城水龙局，镇日门首鹄立一人，头戴油布盔，身着油布衣裤，手执板斧，得信齐人，乃先三马拽一水龙车，再则二马拽一敞车，内坐救火人八九名，竭力驰驱，随行摇铃，令人躲避，苟有驱避不及而被撞，则水龙车夫无罪。

十五日丁酉　早微晴，巳刻阴，申正细雨，暖。近日土人有见面讨要中国信票者，有专为此而致信者。外洋本已聚万国信票为奇玩，妇女尤甚，而此地因人民之贫苦，有能获得万国之信票，装潢成本，出售者获利匪浅云。

十六日戊戌　晴，暖。记：本月初八日春分，为西历三月二十日立春，天始温和，东风解冻，日亦渐长，酉正天黑，卯正天明。又外国各城，街市甬路左右之树，及园囿中行人必由之径两旁之树，无不亭亭净植，整齐高矮一律者，盖官场雇人按时割剪修理，不有枯枝、曲梃、乱稍、衰叶也。凡高树左右搭枝处，则又下面剪齐，作大月门，形如“∩”字。要之上无垂枝，下无凸根，使人行之爽快，视之适意耳。

十七日己亥　晴，暖。本月二十日，系西历四月初一日，为其天主复苏之期，又名曰兔蛋节。自数日前，凡铺之出售玩物、点心以及胰皂等物者，无物不作兔蛋形，大小不一，更有作兔子抱卵之类者。玩物铺则造以绸缎翎毛，装饰极细，小者如鸽卵，大者如鸵鸟蛋。点心铺则造以糖面，整破不一，其式竟有勺勾腊蛋，高尺许，周约二尺者，裂开内有一小孩作雏初出状。胰皂卵皮作五色，更有彩画花卉于其上者。问其用兔鼠鸡卵之故何所由来，有谓近日月圆，盖因古有二女仙争看月圆，得见月中有兔，故留是俗。有谓现在春季，万物丛生，因卵生之物最多，故用卵以寓茂盛之意，又有谓因天主复苏用卵作节，以取生生之意，未详孰是。入夜大雪，雷始发声。

十八日庚子 晴。是日系西历三月三十日，又其礼拜五日，为其天主受难之期，英语曰“古达苐赖代”。各铺关闭，人工休息，又各学堂放工十四天。酉正，程鞠存、李体乾、联文泉约晚酌，同席为陶矩林、承伯纯与余及赓韶甫夫妇并哲宁，华餐洋式，甚佳。亥正回寓。

十九日辛丑 微雨。昨日为犹太清明节，又因此兔卵节，戚友馈送幼童雏女煮熟鸡卵以为礼。一家有时子女二三同得鸡卵数十者，于是彼此赌击卵为戏，二人各放一卵于桌面，二卵对击，其不破者胜。

二十日壬寅 阴。是日系西历四月一日，又值礼拜之期，更为其天主复苏之日，即其兔卵节，铺户关闭如昨。此节不专在四月初一日，系每年立春(即中国春分)后，第一望日后第一礼拜日方为是节。英语呼是节曰“伊斯得尔”，德语曰“敖斯丹”。据云是为古时春神之名，又母兔，德语曰“海尔”，乃古时春神女使之名，故当此节亦用母兔者，亦取生人繁衍之意也。

二十一日癸卯 早阴，午后雨。是日各铺依然关闭，人家过节，呼曰“敖斯丹”，礼拜二。近日阳气上升，雪化冰消，街道一律净洁。凡不平者悉挖填之，其漆道之破裂者，亦修补完善。盖通城道途，皆仿照英法之式云。

二十二日甲辰 早阴，午后晴凉。迩来街市各鲜花铺所售之奇花异草，种种罗列，笔难尽述。惟一种至奇者，高三四尺，叶大如扇，花红而形如茨菇叶，大亦如之，叶尾随梗出花心一条，长寸余如小黄瓜。据云来自斐州，名曰“安土立阿木”。

二十三日乙巳 晴，凉。街道冰雪初消，地面稍干。而每日午前即有水车往来喷洒，道多石墁，或用煤漆，是街本无尘，如此更觉洁净。乃楼上屋中，每日洒埽，尘土颇厚，不知何所由来也。

卷 三

戊子二月二十四日丙午 晴，冷。德京闹热大街共四条，曰朴斯当，曰来百喜，曰福来得立，曰恩德林敦。朴斯当街，长三千四百步，北至朴斯当坊，南至胡鄂浦巷，中自库斐森街口北至朴斯当坊，长逾二千步，楼房尤属一律整齐。来百喜街，长二千四百步，东至斯比台市，西至朴斯当坊，铺房宏敞，出售货物多上品。福来得立街，长四千一百步，南至莲丝坊，北至朔西街，中由阔豪街口北至恩德林敦街，长一千五百余步，铺户稠密，尤属华丽鲜明。恩德林敦大街，长一千五百步，东至桥边芦泗园，西至五道门，街极宽敞，甬路三道，正中沙土，左右栽树两行，列铁椅，设点心小木房，以便行人休息。北石墁走笨车，南漆墁走轿车，王宫、花园、书库、军械库，皆在街之东鄙，而大店、饭馆、戏园、鱼池之类，亦多在此街。四大街惟朴斯当及来百喜二街准走公车，有铁道。

二十五日丁未 晴，凉。德国萨克森白鸽票，余亦随众买得一张，系第一万二千二百零二号之十分之一，每月四马克半，四个月共出十八马克。是日竟报小彩，应得三十马克，而其中经德皇会首及代买票人，共扣去九马克，下余二十一马克，获得三马克之利焉。

二十六日戊申 晴。近日德皇因病不能亲政，诸事谕令毕驷马、毛大格商定，后经太子画押，以便熟习国事。又《新报》传谓毕王素与皇后不睦，近因办公掣肘，拟将告退云。亥正，与诸同人送星使至福来得立火车栈，登车赴俄。当日星使惟令恩仲华送至德俄交界，换车即回，亦省路费之一法也。

二十七日己酉 阴，冷，又着皮衣。近因豫皖二省水灾，德商亦有捐款，如克鹿柏厂捐一万马克，伏尔铿厂五千马克，刷次考甫厂及荷乞开司厂各二千马克，力佛厂一千五百马克，洋商米蜡五百马克。

记：西国医道极精，处处讲求，知其有以死人追病根者，究未闻有以活人试病势者。昨闻有某妇染疟疾，入医院求治，医生疗治数日后，乃竟每日给药使其热至极处得若干时刻，再给药使其凉至极处得若干时刻。久之，妇体觉弱，恐被治死，遂逃回家向其夫诉明其情，虽死无悔，在家八日，竟得痊愈，亦奇事也。

二十八日庚戌 晴，冷。前丁丑夏，经李丹崖星使由福建船政局携带之武生中有李叔芸名寿田者，曾娶瑞士一女名克隆布者为妻，生一子名洛塔尔，现年四岁。前年寿田回国后，该妇闻其病故，遂来本公署呈请养赡，誓不再嫁。因蒙许星使（景澄）拟定每月特给十五马克，以便糊口。至是又来讨索，经金楷理后从中调处，以瑞士文与法国同，同人中有愿读法文者，遂从之学习，每一礼拜来六天，每天教四点钟，每月工资六十马克，学者为汪芝房、陶矩林、承伯纯、姚子粱。当日为其礼拜一日，即自是日始。

二十九日辛亥 阴，冷。当见富足者不以物贵为虑，而空乏者则辄嫌物之价昂，人情如此，余初不觉也。前于己卯庚辰间，余在英俄两国，蒙崇地山宫保与曾劼刚袭侯擢为二等翻译官，每月领库平实银三百两，囊中既足，初不嫌物之昂贵。此次到德，蒙洪星使派为随员，每月应领之款，名为库平银二百两，实则内除留支三十两及扣去二成四十两外，每月仅得一百三十两。由沪汇兑至此，前折后扣，只得六百二十五马克三十芬呢，每一马克实重京平一钱一分零，至此领之，欲敌库平二钱二分，用之则如京钱一千，制钱一百而已。囊中既绌，不免多嫌物贵。即如英国照一小影，至贱者，每十二页亦须一镑或二十什令，合二十一马克，当时每镑仅值库平三两五钱，此时所值几至四两一钱矣。此地照相，至贵者，无非一十六马克，亦只一镑四分之三，余且嫌其贵而择其价值五六马克者始照之，是岂余前后异趋欤，实所遇使然也。

三月

初一日壬子 晴。德京每年春秋两季有商会。春季者，在兔蛋节后数日；秋季者，在立秋后。本年春季者，始自二月二十七日，西四月初八日。通城各大商,各携所售之物少许,会于来百喜街某厂,罗列十日。当时他国各商,如瑞、奥、和、丹等国者皆来,择其尤者,写定某商何货若干,即时付讫所值,带运回国。大商十日,后则次等者继会十五日,各货办法与大商无异,惟货少而所值不多耳。

初二日癸丑 阴雨。记:柏林通城西南一带,楼皆新建,高敞整齐,式同英法,惟空无人住者尚多。铺虽大而旧货少,或云各楼皆经官由法国赔偿项下建造,每年获利甚大。又东北一带,房屋既不整齐,道路亦极狭窄,且楼之头层皆半在地下半在地上。因天寒多雪,乃布京之旧式也,亦无异于俄京也。

初三日甲寅 早晴,午后阴。西国楼窗皆不糊纸,亦不用蛤蚌,不拘大小贫富,无往不用玻璃。擦以水布,灰尘难去,仍不光明,必以干布细擦始净,殊觉费力。都门有用烧酒擦者,虽云省力而价不便宜。今见土人擦以鹿皮,既不费力而费亦无几,亦一妙法。其实用铅粉和水涂玻璃上,俟干擦去,即明亮如新,似较鹿皮更简便也。

初四日乙卯 晴。本公馆后临斯卜立河南岔,现值天暖,雪化河开,频有木艇往来,载运砖木灰泥之类。船宽一丈,长五六丈,深亦丈余。左右弄桨者,或四或六或八不等。其西驶为顺流,东行为逆流,载重者亦令六七人拉纤,一切与中华无异。惟绳头不拴木板,而横牛皮一块,长约二尺,宽逾四寸,亦省力而不梗骨之一法。更有手拄一木棍,长三尺者,亦为省力也。

初五日丙辰 微阴而稍加暖。德京楼房旧式,头层皆半在地下半在地面,其故因天寒铺雪,地贵民贫,如此可多卧室也。近因德京扩充,国势日强,乃奉官禁止头层设床,惟准收藏煤柴之类,以免伤人身体,是亦保护生民之意也。

初六日丁巳 稍晴。西国学业,无不时时讲求,因而会馆极多,虽如中土之文会,然非一种,如天文、地理、格致、化学、花、木、鸟、兽、医道、光学、绘画、音乐、理学、教学之类是也。乃按学设一会馆,凡有新法新章,追求之理,随时讲论。人入听者,按月捐钱若干,以充馆费。凡人之好学者,必须入一会,各人性之所好,以便学有进益,如喜天文者入天文会，喜地理者入地理会，是以各学无不蒸蒸日上。前随郭星使（嵩焘）初到英，即有多会请往一观，而柏林此种会馆颇多，乃数月以来，请往观看者，竟无一处。

初七日戊午　早晴，入夜雨。德国妓女分两种，曰官曰私。官者任人嫖宿不禁，私者系人家妇女，不因淫而因贫，每日街游卖俏，或日日入次等加非馆中招人，彼此情投，则同入店中租屋一间，缱绻而去。现任本城总地方官系巡捕出身，到任后即谕令通城大小各店，不得擅租此等男女，虽为风俗起见，而妇女之为此者，仍然不少。不惟民家有此等女，即大家之女，亦有诱人入其家者，然更有招宿一夜而不索钱者，其故令人不解也！又德国定例，人有强奸幼女年未及笄者，本国人收监五年，他国者逐出。

初八日己未　镇日忽晴忽阴，忽又细雨。德例：无论贫富之子女，至六七岁，皆须入学，苟有抗例不遵者，则其父母受罚。贫民子女入学十年，考有成效，得出乡塾者，年已十六七，其无力再入学院者则必出就业，冀获少许，以益饔餐。因此各城又特设有夜学，使其未入学院者，于薄暮暇时，入内以学算学画学各艺，使其学有长进，将来或可不仅与人佣工而能置之他用，或其人本来聪敏，不入此而废去亦属可惜。此学不用束脩，每一礼拜内六天，每天酉刻开门，亥正闭门。在内学习四点钟之久，其勤者，尚可回家温习考求，是又彼国造就人才之意矣！

初九日庚申　晴。德京即菜铺、肉铺亦极洁净，猪羊牛肉悬于窗前及两壁架上者，皆大片与前后腿。玻璃大窗，瓷块墙壁，地以水洗，桌列鲜花，人戴白帽，着白衫蓝裤白裙，地无垢痕，室无异味。带卖熟食者，如火腿包以白布，其肉片、香肠、肉团等物又皆盛以瓷器或银盘，罗列窗前，亦趁以鲜花绿叶，虽旧亦新。又卖鱼处临窗作玻璃池，内盛活水，则大小鱼在内往来攸游，买者可由窗外择其可者买之。

初十日辛酉　早阴，午后晴。现因天气稍暖，各大小加非馆饭馆，皆在楼前铁阑内设列桌凳铁椅，以便客之喜四望者，随便饮食点心。更有因院内宽敞，或以铁棍支布棚或设铁架玻璃棚者。

十一日壬戌　阴雨。西国除地理会外，又有东方地理会，专讲考查亚洲以及左右岛屿之地性土产。德京亦有是会，凡上等人之有意考求者，皆可入会，初入每人捐公费三十马克，以后每年捐十马克为零费。该会馆在福来得立街第百九十一号，又入者必有局中一人之荐书方得入。是日为西历四月二十一日，该会在本城韪良街阿池台秋馆中设大会，各国会中人之欲入者，皆于六日前买票，届期未初前往，内设果席，以便彼此畅谈。闻是日因出票甚多，不准携友，不请女客，楼窄故也。

十二日癸亥　晴。连日因德皇病笃，昼夜喊卖小张报单者甚多，盖随时传报德皇之病势如何也。纸每张宽一尺，长约八寸。

十三日甲子　早晴，酉刻阴，颇冷。记：在朴斯当坊之西面，莱柰与贝武义二街之间，新开一大客栈，店因地名，亦曰贝武义。楼高五层，正面五间，南北各六间，通身白石建造，前三面围以白石短墙，墙上列白石花盆。院作“凹”字形，支以铁柱布棚，悬大电气灯。前日开市，亦颇热闹。楼顶立国旗二，楼前横悬树叶长练二条，想亦求天公保佑之意也。

十四日乙丑　早晴，酉初雷雨一阵，雨后微晴。记：柏林城于八年前，东西宽八吉娄迈当半，合一万一千步，南北长六吉娄迈当零五分之一，合八千一百步。然东南、西北及正北三面，仍有空地无楼房处。今乃向北扩充三吉娄迈当，合三千八百步，东西增三吉娄迈当零五分之一，合四千三百步。是南北共长九吉娄迈当零十分之一，合一万一千四百步，东西共宽十一吉娄迈当零十分之六，合一万五千三百步。又南北合中国一十七八里，东西合二十一二里。

按：德国一吉娄迈当合中国不足二里，盖一度二百里，合德国一百十一吉娄迈当半，又一千码为一吉娄迈当，一码长三尺三寸。

十五日丙寅　阴。是日系西历四月二十五日，为其先皇韪良第一之父，前布国国王福来得立第三之忌辰。因国人感念，故每年于是日铺户关闭，人工休息，不奏乐，不歌舞，与礼拜日同。名之曰“布斯搭哈日”，义乃感悔也。

按：德规，凡礼拜之期，惟点心、烟卷、肉食、菜蔬各铺不关，多因人所必须之物也。

十六日丁卯　晴，冷如仲冬。又着皮衣。外国烟卷有纸筒裹净丝者，长二三寸，粗如小指；有用烟叶卷成者，长四寸余，粗于大指，类分多品，味有浓薄。在他国有小烟卷，价一圆数枚者，大叶卷有一圆三四根者，已觉其贵。不意昨在此见有大叶卷价值一千五百马克一百根者，不知何等上品，每根竟合三两有零，与他卷比之，亦盛以木匣，捆以黄绫条，无非色稍淡，叶纯净而有光而已。入夜尤冷，水将结冰。

十七日戊辰　晴冷如昨。记：二十余年以来周游东西各国，无论大小惟见添造楼房，未有拆毁而余空地者，更无倾颓坍塌，抑或欹斜垂危者，故皆一律整齐。间有拆者，亦必因房式不新，或因楼层不多，虽拆，必仍重建，如意装修而与他楼并式，自无卖拆货一说。当日街游，见贝武义街，二楼之间拆毁一所，所有拆下砖块，皆不下扔以使碎，乃由地至楼顶或所拆地方斜立一长木筒，作匣形，宽六七寸，厚四五寸，所拆砖皆入筒溜下，一人在下，随收随摆，堆堆见方，亦觉整齐不乱云。

十八日己巳　晴，冷，大风。酉正，哲宁约饭，同座为姚子梁、陶矩林、程鞠存、李体乾、联文泉与赓韶甫，所食无他味，惟牛羊鱼肉龙须菜而已。其酒甚佳，香宾酒共四种，有当时者，有七年前及十年前者，历时愈久，则味纯而性不烈，虽巨觥豪饮，亦不致头目昏眩也。

十九日庚午　晴，暖。现因雪化天晴，每值礼拜之期，于申酉之间，在�尔囿及五道门、恩德林敦一带，往来车马行人甚多，如英之荔榛街、海岱囿，法之凯歌路、巴卜旺囿，惟上等人少耳。又现在树木皆发芽，生有一种小虫，似蚊而大加倍，飞起无声，形类蜻蜓，屋中亦时见苍蝇一二云。

二十日辛未　晴，暖。俄国有波兰人舒阔洛伍斯吉者，名画师也。现画成一幅，横宽一丈，直长七尺零，系一女子赤身着白布睡衫，横卧小床，一手上曲作枕，一手下垂，二腿一直伸一稍回，面作笑容。床后壁上，悬土耳其花毯，山水景致优雅，工极精细。床上铺粗花毡，床下横一熊皮带头，皮上斜放鞑鞋一只。此画业已出售，价值八万马克。主人尚未取去，姑先悬于恩德林敦街第十九号一空屋内，以备闻者前往观赏，入者每人五十芬呢。其画悬于正中壁上，四面围以帘幔，屋窗遮避，内中黑暗而使灯光斜射画上，看之真假尤觉难辨。其各物，如毡毯、熊皮等，固皆处处与真毕肖，而人之皮肉筋骨毛发，以及睡衫之纹绉，不惟乍看，即细看亦莫辨其真假也。又在画中之对面门上横一大镜，回首一望镜中，使不知其是画，则直以有人在床矣。据云是画于一礼拜后，即缴还本主。入夜细雨。

二十一日壬申　早晴，未初细雨。闻英君主威克兜里亚前于十四日巳正，由奥国印斯布地方乘火车到柏林，经德后率其眷属接入绍德柏行宫，即时探视德皇病势，午后乘四马敞车入城，至王宫访老皇后。十五日召见毕驷马，十六日赴皇陵吊其先皇，套花圈，既阅御林兵操，当晚起程回英，此亦可见其两国交谊之厚也。

二十二日癸酉　早晴，巳正阴雨一阵，午正复晴。德规，城内禁止屠宰，禁卖馁鱼败肉，各生肉铺之猪羊牛鸡肉，皆在城北理司铎地方什拉多茀市杀宰，每晨宰毕，须经各官兽医以显微镜一一验过，按块印以图记，方准出售，盖防其有病，有损于人也。又各铺专售肉片，至头蹄五脏，则通城又有铁房大市多处，以售贫民。

二十三日甲戌　镇日晴雨不定，凉。德国本日耳曼合众国，前于西历一千八百零五年（即嘉庆十年），法君那波仑第一战败南日耳曼之奥地利亚，因而各邦分离，不有总统，不相联合，各自为政。奈各邦褊小势弱，振作维艰，而国不危蹙者五十余年。至一千八百六十六年（即同治五年），奥与布鲁斯不睦，互生猜嫌，遂至鏖兵，奥为布败，布乃屏奥不与会盟。由是，以北列邦连合，推布为首，散而复合，是为北日耳曼合众国。至千八百七十一年（即同治十年），布与法战，布胜，取法之阿拉萨斯及洛林一省半地，由是，地既广而势日强，因而南方四邦亦归附之，南北合为一国，共推布王为帝，改号曰德义志，按日耳曼之名，惟别国称之。土人自古名其地曰德义志，至是，始又统名各邦曰德义志国。至其邦数，共二十有六，内王爵者四：曰布鲁斯，周一十三万四千四百九十三方洋里；曰巴威里亚，周二万九千二百九十二方洋里；曰威屯堡，周七千五百三十方洋里；曰萨克森，周五千七百八十七方洋里。大公爵者七：曰巴敦，周五千八百二十方洋里；曰美克林柏尔水林，周五千一百三十七方洋里；曰海斯，周二千九百六十四方洋里；曰欧勒敦柏尔，周二千四百七十方洋里；曰萨克斯威麻尔，周一千四百零四方洋里；曰美克林柏尔斯太里自，周一千一百三十一方洋里；曰卜伦隋，周一千四百二十五方洋里（是邦原属奥，今归德，其公爵已卒无人袭职，现经多人公守之）。公爵者五[1]：曰萨克斯美年，周九百五十三方洋里；曰安那拉，周九百零六方洋里；曰萨克斯库堡，周七百六十方洋里；曰萨克斯阿屯堡，周五百一十方洋里；曰瓦拉代克，周四百四十方洋里；曰瓦拉代克，周四百四十方洋里。侯爵者六：曰里埔，周四百三十八方洋里；曰舒瓦拉兹堡鲁多斯达他，周三百六十四方洋里；曰舒瓦拉兹柏尔森多尔朔森，周三百三十三方洋里；曰洛斯什来司，周二百二十方洋里；曰纯柏尔里埔，周一百七十一方洋里；曰洛斯格蕾司，周一百二十二方洋里。又自主之地三：曰汉柏尔，周一百五十七方洋里；曰吕贝克，周一百零九方洋里；曰布来门，周九十七方洋里。又前由法国获得之地，总名曰立池东，周五千六百零三方洋里。统计疆域，周共二十万零八千七百三十五方洋里，人丁男女共四千一百万零。以上每一洋里，合中国不足三里。

二十四日乙亥　早雨，午后晴，凉。日耳曼自古无属地，并无人出外贸易。乃近数年来，因见英法各处占地通商，获利匪浅，始在阿斐利加及南太平洋，占得海边群岛，凡大小共八处，今详列于左。

图勾兰，在阿斐利加西界稍北，南临地中海，周七千八百方洋里，居民四万。大城曰“立特铺埔”，海口曰“娄木”，建有炮台，设三十黑人把守。土产有粟米、谷米、生姜、蕉子、椰子、古米、苏木、松油、象牙。出口者，惟松油、象牙二种，前年始定收欧罗巴进口税。

喀美鲁恩，在阿斐利加正西，西临地中海，周一十一万五千方洋里，居民五十万。大城名与地同。土产多种菜蔬及烟、铁、椰子、松油等，亦由前年定章，收欧洲货物进口税。

斐洲西南德属地，又名吕得里自兰，在阿斐利加之西南，周三十万方洋里，居民二十五万。地多沙漠，曾得铜矿，所获无几。一千八百八十七八年间（即光绪十三四年间）又觅得金矿，所产尚富。

斐洲正东德属地，在阿斐利加正东稍南，东临印度洋，周四十三万方洋里，居民八十万。土产漆、铁，沿海多城，商务极盛。

---

①公爵实为六人。

开色踶良群岛，在英属地牛奚兰之东南，周共七万方洋里，居民二万。土产槟榔、谷米、乌木、山羊、马牛、竹烟等。

毕驷马群岛，在澳大利亚之东北，周共一万五千六百二十五方洋里，居民二十五万。出口货仅青矾、椰子二种。

搜娄门群岛，亦在澳大利亚之东北，周共五千七百方洋里，居民八万。土产檀香、蛤蚌极多。

马沙拉群岛，在澳大利亚之北稍东，周共一千四百方洋里，居民一万。土产惟青矾一种。

以上八处，地基共计一百零四万五千五百二十五方洋里，居民共二百零三万。

二十五日丙子　晴。巳正立夏。记：德之要政有二：曰国法，曰政法。其国法，乃事之系乎国家者，内分五端：一君民之权利，二分邦列省设官，三理财，四武备，五交涉外国是也。其政法，乃事之关乎民生者，内分四端：一保护人民财产，二巡查审判，三设立学校教堂，四助民经理，如邮政商会等。凡便益于民而民之权力不能自达者，则国家代为擘画以成之是也。

按：德义志总国之权，乃列帮会合之权，非一邦所能作主者也。至所办者，姑分十一款：一外交事宜，二水陆武备，三公款与造纸钞，四理刑章法，五本国及他国人民往来游历护照，六查验新创书籍及各新报与民间立会等项章程，七设法防范人及牲口病疫章程，八清查移徙人民籍贯以及赈济事宜，九关系商务及工艺，如保险公司银行等章程，并须发度律量衡之制与奖励创始新法者，十火车载运人口货物章程，十一邮政及电报事宜。以上十一款皆为总国办理者，然其中第一、第二、第十一，三款之全权专归总国，各邦不得与闻。其他各款，凡与列邦内治有相关涉者，仍须参错观之。因各邦内治不同，现今各邦欲改一律，尚多参差不齐云。

二十六日丁丑　阴雨阵阵，暖。德国虽非民主，仍有上下议院，与英国同，上曰国院，下曰民院。国院议员共五十九人，各由本邦君主简派，各有代君议事之权。因邦之大小不同，而所派员数多寡亦不同。民院议员有代民议事之权，德国各邦，共三百九十七区，每区各举一人，共计三百九十七人。每总国欲举一事，欲兴一法，必经国民两院同议，可否以人数多者为定。虽云国院办事之权重，然民院亦可驳诘之。随时用款，民院尤可稽查之。每次议定后，必经德皇与首相画押，方令官报《新报》印出，晓谕通国。自新报印行之日起，限两个礼拜开办，未及限时，犹守旧令，过限须从新章。

凡总国所立之法，有与各邦不符者，当遵总国而不照本邦。列邦推立布王为德义志开色（译华言皇帝也），每值开院征集各员及闭院遣散各员，咸由开色颁谕进止，颁行新令亦由开色具名布告。其修外国通使立约，并号令水陆各军、进退武官及办理总国事务之文官，皆由开色主断。民间公举议员，由开色示期后，则三百余区同日举行，不得参差。又必在公所办理，共闻共见，以祛私弊。凡充议员之人，须在本区入籍已逾一年者，方得入选。各处惟男子之年逾二十五岁者，方有荐举之权，妇女不与。此外如有疯癫、棍徒、贫乏不能自存而经公家赈济者，或身有欠亏款未经清理者，以及犯罪未释者，皆不得有荐举之权。又兵官之在军营当差者，皆暂无保举议员之权，差竣后无论。议院每年必有一次会议。民院议员，向例三年一换，现在改五年，倘未到期满，因上下意见不合，欲遣散之，必须开色允准，方可另举。另举之令既下，民间公举不得逾六十日。新举各员会齐，不得逾九十日，均有一定期限。凡充议员者，不准私受贿赂，院中亦无津贴，遇事敷陈己见，不必徇举者之私意，举主亦不得再加驳诘。

又凡人在德国列邦之内，不论入籍何邦，即为德民，准在各邦游行居住，虽非原籍，视与土著无异。列邦中不得私自分畛域，任意驱逐。惟贫民流亡者，应送原籍赈抚，莠民不安本分者，亦送原籍管束。至该国各处应举官民之数，如布鲁斯邦，官一十七员，民二百三十六名；巴威里亚官六员，民四十八名；威屯堡官四员，民十七名；萨克森官四员，民二十三名；巴敦官三员，民十四名；美可林柏尔水林官二员，民六名；海斯官三员，民九名；欧勒敦柏尔官一员，民三名；萨克斯威麻尔官一员，民三名；美克林柏尔斯太里自官、民各一；卜伦隋官二员，民三名；萨克斯美年官一员，民二名；安那拉官民数如上；萨克斯库堡官民数亦如上；萨克斯阿屯堡官、民各一；瓦拉代克、舒瓦拉兹堡、鲁多斯达他、舒瓦拉兹柏尔、森多尔朔森、洛斯什来司、纯柏尔里埔、洛斯格蕾司及里埔七邦亦各官、民各一；吕贝克、布来门皆官、民各一；汉柏尔官一员，民三名；立池兰官一员，民十五名。

二十七日戊寅　阴。记：德义志总国首相任既重而权亦重，既为国院议员之首，又为各邦臣宰之首。凡开色欲颁谕旨，必待首相画押，乃可下行。各部办事，不得自专，因各邦之各部大员皆有权自主，而总国各部则须禀承首相之命也。若相臣请假，或有他事远出，则由开色派人代理，或一人或数人皆可。其官制分为七部，曰内部、外部、海部、户部、刑部、邮部、铁路部，各部官员皆由德皇简派。各员俸禄品级，各邦均有定章。卸仕后，其不因劣迹者，仍有恩俸。本员故去，仍有俸银与其妻子。此德国官制之大略也。

二十八日己卯　早晴，午后阴，暖。记：布鲁斯之土地由小而大，西历一千七百零二年间（即康熙四十年间[①]）始得王号，后被法君那波仑第一战败，分为东西两布鲁斯，中有他国限隔。至一千八百六十六年（即同治五年）始复合并，中央各邦亦归统属。推其勃兴之由，乃历代君主励精图治，相承不懈：第一，练有常胜军；第二，撙[②]节国帑[③]以裕财；第三，地瘠而民勤，故致此盛。自得王号后，事体统归君主独断。至一千八百四十八年（即道光二十八年）欲改君民共主，乃延二年始定，设立议院，则其国政自是必经王与议院会商。至其民有自主之权一节，数十年前，仅行于各大城，以后乃陆续分张，遍行通国。布邦共分一十二省：曰东西布鲁斯，周共二万四千一百一十二方洋里；曰班丁埔，周一万五千四百零三方洋里；曰浦墨拉呢亚，周一万一千六百二十九方洋里；曰朴森，周一万一千一百七十八方洋里；曰奚拉西亚，周一万五千三百五十五方洋里；曰撒阿森，周九千七百四十八方洋里；曰什里隋克活拉斯都恩，周七千二百一十八方洋里；曰汉诺倭，周一万四千八百五十六方洋里；曰海斯那蓑，周六千一百三十七方洋里；曰威斯发里亚，周七千八百方洋里；曰莱茵，周一

①应为康熙四十一年间。

②撙，节省。

③帑，国库里的钱财，公款。

万零四百一十五方洋里。统计布邦周共一十三万四千零五十二方洋里。此外不隶于省者有二地，曰柏林（即德京），周十余洋里；曰侯汗邹林，周四百四十一方洋里，内一老城名奚格麻林，周不及十洋里，地之东西北三面皆在威屯堡邦内，正南稍西，界于巴敦邦，为德皇祖籍之地，四十年前始归布属。本国内如欲添立新省，不能由布王一人主断，须由议院应允。又瓦拉代克一邦，在日耳曼正北威斯发里亚省中之东北，虽非布属，前于一千八百六十七年（即同治六年），始与布邦定约，一切地方事体，皆由布邦派人带理，仍与属地无异也。

二十九日庚辰 晴，风，凉。记：布邦公署有九，曰内部、外部、户部、兵部、刑部、工部、农部、文教兼医学部、商兼工艺部。九部之外有三院，曰按察院、会计院、耶稣教院。各部院与总国之七部皆设于柏林，中惟按察院设在萨克森邦西北来百喜省之来百喜城。又总国与布邦各部院皆自理己事，惟外部合而为一。布邦各部院之设尚书，始于一千八百零五年（即嘉庆十五年[①]），各皆掌其本署事务。然其制与总国不同，总国部臣无权，须听命于首相，而布邦部臣皆得自专。如有事关乎数部者，则各部臣会议，各部官员皆由布王简派，如布王颁发谕旨，系属某部之事，即由该部大臣画押，其人担此责成，倘无部臣画押，虽王谕概不奉行。布王岁入俸款一千二百万马克，凡其私款出入并王族一切事宜，皆归内部管理，至布邦各省，亦分府县，各有一官管理，又各有本地绅董协助，亦由民间推举。县之属有乡，乡员由民自举，大地巡捕，另设专官，其余城镇，皆听民自理。官员略分三等，有学问名誉者为上等，熟悉公事者为中等，供奔走差遣者为下等。凡有才具优长、身家清白者，皆得入官。在本国当兵过十二年者，照例补中下等缺，或未满十二年，曾经受伤者，亦例准充补。凡入官之初，必先立誓遵守国法。凡官不准兼商，微官有因俸薄欲兼办他人私事以资津贴者，必须请示于本管上官，许然后行。此布邦公署文武官之大略也。

三十日辛巳 早阴雨不定，午正大晴。是日系西历五月初十日，礼拜四，为其天主升天之期，亦铺户关闭，人工休息，与礼拜日同。又徐良臣

① 此应为嘉庆十年。

仆王顺，自前月染病，届今未愈，奈本公馆有医无药，交洋人治，费大无款可筹，遂指使其回国。即于当早辰正，令洋仆孟佗送乘大车赴萨克森。

四月

初一日壬午　早晴，午刻阴，未正大雨并落雹，大如绿豆，申正晴，酉正又细雨，入夜雨止，天仍无星。本公馆西傍房东，东南北三面皆有敞院，院虽不广大而花木甚繁，布置可观，正东一面为尤甚。头层楼前，敞厅一大间，厅前横一白石桥，左右各石阶十九级，桥洞内通楼下小间存煤处。桥对面一水法，系圆池中立一抱鸭石孩，水自鸭口出，高五六尺。四面花木有木笔、迎春、茶花、牡丹、红黄玫瑰、榆叶梅、丁香、桃、杏、松、榆等种，现皆萌叶放花，颇觉芬芳艳丽。中惟桃杏钉于墙上，令其扁生，榆树先发叶后生荚，且树皮滋润如椿树，初到此不知其为榆也。南面除花木外，在西南角有台，可以眺望。盖南临小河，河之两岸，碧树两行，整齐可观。对岸大道，多是高楼，河中舟艇亦多。北临万德海街，左右二铁栅阑门，其中花木无多，地以石墁，他处皆铺以小石子，盖正面为出入之大门也。又东面木墙外，另一小园，中隔数武，园作长三角形，三面铁阑，不令人入，所种虽无花，而草色青青，浓阴霭霭。其地左傍大街，右临小河，因无人在上造房，故官作此园为点缀之，使街道整齐而壮人游览也。

初二日癸未　阴晴不定。记：布邦之乡土人民，其籍内之人分三项：一、先世本土著，仍隶本邦；一、他国女子嫁与本邦之人，照例入籍；一、他国人之自愿隶入布邦者。凡隶籍内之人，须守三章之约：一、守本国之法；二、充本国之兵；三、完纳本国之税。其应得之权利有数端：可保人，可在本国仕官，各有自主屋内之权，自登《新报》告白之权，自立工艺或商业之权。凡境内人民，不分贵贱，一律看待，惟王家眷属姻族，并属地旧主，例得从优。又布邦之人，可在德义志列邦任意游历居住与本籍无异，列邦人民到布亦然，此又各人格外之权利也。凡民住乡到三个月，即须照章捐纳本乡公税，又名地方税，以作清理道路、建造桥梁等费之用。此项地方税与国家正税同时捐纳，以省周折，亦有由公会中派人收取者。其款目，如进项税（按本人每年进项若干照章抽税）、牛羊猪狗以及房租等税,名目不一。街上做买卖者,如小摊亦有税。地方税,惟当兵之人得免,有官职者,亦例得从轻,然有定章,不能任意轻减。凡本地应办之事,如修道路造桥梁及一切公务,均由居民公举人员办理,地方官仅任督察而已。一乡办公主政之人,亦系民间公举,由省官须给谕贴,六年更换一次,苟有违例不公之处,亦可随时撤换。凡遇因公用款,为数少者,即由公会中人集议而定,倘是巨款,则须另行公举会议。本乡公产,因故欲出售者,须请示于地方官。公会中款绌[①]欲借债,亦须请示于地方官。

其城邑之制与乡间不同,凡一切公务,可由居民自行主理,不论土著客籍,但有产业于其地者,均可会同作主。亦立有公会馆,其中议员亦由民间公推,亦系六年更换,其被举者,多系在本地有房产之人。其办事之人,即由议员内公推数人,其中首领,又在办事人内公推一人。其人既有一切议事办事之权,更有巡捕归其统辖之权。其各府官有查办各城公会之权,而各府仍有议院,议员之多寡,按府中民数以定,各员皆无薪水,且须照例纳捐,民间举定后,该员不得托故推却。此项议员,半由城民公举,半由乡民公举。乡间所举,大半皆富商及田产多者。此法现仅八省通行,其他四省,仍照旧章,虽亦有议员由城乡举来,而其中大田主居多。盖西国乡民之田地多者,必皆本地土著,自有石墙卫所,倚山临河,势大富豪,几成一方之主也。至其各省公用,俱系国家发给,公款概由省中议院各员定议,办理此项议员,多由各府举送,每府至少须送一员,如一府民数较多,亦须多送。

按:一省所用之款有九:一、赈济贫民;二、修治道路;三、收生婆院;四、养疯院;五、养哑院;六、养瞽院;七、农学堂;八、农务会;九、赈恤火灾会也。

初三日甲申　阴冷如初冬。记:德国外部之设,所当办理者,如与外国通商立约,失和开战并战后议和,以及电报信局须与外国订立合同等事,外部尚书归首相统署,一切外交事宜,均系相臣主政,部臣仅司本行而已。遣驻外国公使,分为三等,头等全权,二等驻扎,三等代理。领事亦有总领事、正领事、副领事之分。有系国家专派者,亦有就本埠商民中

---

①绌,不足,不够。

公举者，即俗所谓买卖领事。至布邦之外部，向系德国外部兼理。此外列邦亦各有外部，一为德国境内二十余邦互相遣使往来，二则列邦君主亦有遣使外国之时，然必君主私交，不能与闻总国公事也。

初四日乙酉　晴，冷。德国兵部所管之兵有三项：一、陆军；二、水军；三、护军。水陆两军，皆是战兵，护军乃守兵也。曩者，陆军分隶列邦，自合众以来，列邦与布立约，概归布邦主政，内惟巴威里亚、萨克森、威屯堡三邦仍自经理而亦隶于总国。计所立约章四条：一、养兵之费系总国公款，其三邦虽自经理，仍由公款开支；二、平时与战时，各军皆以德义志开色为全军总统；三、军中律法，悉由总国议院议定，列邦不得自主；四、操练程序及器仗衣服，全军悉照布规。

又其当兵规条有四：一、选兵章程。凡民丁及岁者，身材强壮无病，皆令当兵。先令拈阄，挨次序补，残废不中用者放归。虽有残疾尚可用得者，另行记名，俟有缺出，以之充补。曾经犯罪者，不准与选。患病未愈不能到营者，或独子因亲老而陈情乞免者，均准暂行展迟不即补额。二、当兵年限。凡隶于德籍者，定例自十六七岁至四十二岁，皆须当兵，新章又改至四十五岁为止。二十岁后，须住营操练三年，违者有罚。二十三至二十七岁，每年调操一二次，是为备调之军。二十七至三十二岁谓之帮军，各地皆有专官稽查民人之年岁者，造册移送，另有官员专司挑选。又凡学校中之学生及擅长一艺领有考单者，准其住营一年，自备资斧，听其自择营伍。其学校中之教习及礼拜堂之教士，皆须住营六个礼拜。以上四项作为额外亦有专官察验保送，其在营时一体操练，然住营虽分久暂，要使通国无一不当兵之人也。三、临时调遣。凡临战出征，自营内正兵外，备调军及帮军，皆一律预备，大事齐出，小事分班。备调军分作四班，帮军分作五班，以年分为班次，如第一班不敷用，调第二班，仍不敷用则调第三班，以次类推。盖此两军平时本隶军籍，临时即按班次征调，倘有人现在仕途有要公者，准其移入后班，或本人实有事故者，亦同此例，至后班应调时，虽有事亦不准推辞。四、德国军额。德国军制现定为十八军体，军体云者，合马步炮兵而言，犹云全军如一体也，内有一军体为布邦亲军。其通国之兵数，按西历本年四月初一日（即二月二十日），官军册载营官及额外当差者不计外，统计兵数，四十二万七千二百七十四人。四月以后新章议定，加增万人，临战调集，计备调军帮军均增数倍，共可得三百万人，所谓护国军者尚不在此数内也。兵部事宜，凡军政皆归兵部。每一军体各有司官专理其事，凡军士犯法，专归按察司掌之，其刑法与治平民者不同。军中礼拜堂，有专设者，亦有附于近地会堂者。武备学堂，系教习部所辖，学成后，可作营官。另有一种学堂，专教兵丁，不准入仕，学习后在营当差四年，后作备调。医官有两种：一常在军营当差者，一为医学学生，平时照一年自备资斧之例，战时缺人，仍必从军者，兽医亦然。

民间供应兵差有四条：一、兵丁过境，居民之余屋，皆当允兵暂住，空厩亦须准兵养马，惟自用之屋及开张生业者不得擅入，倘有余屋而不愿让出者，捐费可免。一、军中马匹如不敷用，则民间之马即当售卖，悉照时价，不得昂贵，各营所需之兵食马料亦临时定有官价，以免争执。一、行军或操练时践踏田亩损伤禾稼者，准其禀明地方官估价偿还。一、炮台围墙外不准盖造房屋，即平时亦须问明营主，不得自便。列邦向无水军，惟布邦有之，今改隶于总国，亦以开色为统帅，一切调遣咸由开色主断。水军中文武官亦归开色简派，其总理水军事务者，即海部尚书，亦归德相统属。

按：德国水军埠头现有两处，一曰克伊拉，一曰扎埃达。水军分两大邦，一曰东海（即波罗的海）提督，驻扎克伊拉；一曰北海提督，驻扎韪良海奋，即扎埃达也。水军当差章程悉与陆军相同，其人多在沿海地方挑取，或系曾为水手者。又临战时，开色亦有征调护军之权，惟不当远离国境耳。

初五日丙戌　晴，微暖。现为西历五月初旬，德京村野之间，产一草名外“麻色尔”，形如夏枯草，味似茵陈，亦五月间生，至六七月即谢。土人拾得泡以冰水，外加谋萨酒与搜大水（即碱水），饮之味似香宾，香而不冽，号曰“五月饮”，德语曰“麦得隆”。

初六日丁亥　晴。巳正，同承伯纯、贝汇如、陈骏生乘车北行十数里至六一森街看沙里代官医院。入内有医官领看各处，先看大房一落，楼四层，周数百间，间间洁净，以备病人养病之所。此后一大院，有花树敞地，以备病人步游吸引清气之所。右鄙一楼，为治外科处。楼上横分三节，头节住男女小孩，二节住男，三节住女。各节铁床两排，共三十架，被褥净洁。床旁有小桌，孩旁有玩物，男女旁皆置水与书。被褥皆白色，各医生亦着白衣。病人患腿疾者多，小孩至幼有五六个月者，妇女至老有八十八岁者。此外另一玻璃房，床亦两排，三十余架，系为病人已愈未愈者设。左鄙一楼四层，先一大间，为讲医学处，正面一座，座前有桌，[其]他三面高台六层，每层坐二十余人，以备诸生听讲。旁一间为验病房，中一长桌，桌上放一铜面长槽，其浅如盘，凡人染病须割骨开皮，抑或破肚抽筋，及病人已死，未详其病由者，皆置此槽内割之。左右有高台数层，壁上挂黑漆木牌，学者坐于台上，治者立于中央，随割随讲，有不能言传者，随手以粉书于木牌之上而解说之。又一间为查病所，凡人在内病故者，于每礼拜三、六两日在此开解肚腹，割破四肢，查究病症。凡死后先以药水洗净，再以木板系至此间，内列二白木长案，置尸其上，如退毛猪。是日为礼拜三日，案上置有已故男女各一，一系肺痈咳嗽，一系孪生产后失于调理者。男尸开膛，取出五脏，其肺已烂，色变蓝紫，腹内取空后，以曲针粗线缝其皮。女尸不惟开膛，且破头取脑。看毕一一登簿，再以大盘托入另间，置于桌上以显微镜细看，长桌作“弓”字形，两面可立百人，镜在桌面，有轮有关键，可随桌绕移而不能取下，诸生在此细考而记载之。又一间系考血房，乃以显微镜细考各种血色，以及血内之小虫，其血色不一，有黑紫、赤红、粉红各色。此外多间，集存各种人骨及已产未产各胎与所挖出之五脏脑子等，惟各骨皆支以铜丝铁条，余皆盛以玻璃罐，泡以药水，外面注明某年某月病症。看毕谢归，时已申正。

初七日戊子　大晴，暖。未初，同陈、贝二君乘车行十数里，至城北墨阿笔地方之敖斯台隆囿一游。囿地下洼，南面临河，左右分两院，中隔绕城铁道高桥。入门每人四十芬呢，步下石阶二十余级，旁一水法，峻石六横，水由上而下流，参差有趣。再则左右花木修饰整洁，有芍药、拏罗等。正面大玻璃房一间，高数丈，周八十余，内又以木板分作数十间，大小不一，所存皆本国之水画、衣式、房模以及木铁各种器具。出此东行一箭之地，过铁道桥洞如城门，则又别一景向：正中二小湖，中有假山、水汯[1]、瀑布，连以小桥，左右前后随步隔以花木，东西各一加非点心铺，内外所置桌椅不下千张，彼此对面又各一乐亭，每上官乐兵三十余名。南面有卖花摊、大便所、造电房、秋千架，以及爬杆、盘杠等，来者幼童男女皆可在上玩耍。

北面一敞院，偏东有埃及房三间，出售加非点心。又高房一所，内有圆画，亦埃及古典，当时修理未开。偏西木墙一行，墙下桌椅成行，亦数百张。正面一石房，高数丈，宽约十丈，步石阶二十八级，入门者每人一马克，不数步间，即别有一洞天。观者立石台上，台下瓦房多间，悬晾衣服、排置物件。右边另有白石高台，台上层楼石柱如宫殿，对面楼房层叠不知其几千万落。左边有河有桥，道路崎曲，花木楼房，高山峻岭一望无际。男女皆古罗马装，大领阔袖。方凝视间，忽见满城失火，烈焰冲天，男女奔溃、哭者、跪者、跌倒者、落水者，牛马冲突，禽鸟惊飞，守宫之兵皆戴金盔，着红衣，罗列盈前。两耳隐隐然，似闻鸡犬乱吠、人语喧哗之声。惊疑四顾，不知所措，徐定神细视之，乃一幅大画，系罗马之故事也，如此手笔真可谓巧夺天工矣！西历耶稣降生六十五年前，当汉明帝永平年间，罗马国王乃娄无道，暴虐凶残，因见都城楼房不新，欲改式另造，以传名于不朽，遂纵火通城，火烧六日不息。当火正旺时，王乃亲登宫楼，鼓琴咏诗，以志城火之盛。都人知其故，愤怒欲叛，王乃归罪于耶稣教徒，因悉捕而焚杀之，愚民信以为实，乃同声称快。其后民终叛乱，国王出奔，为民兵所弑云。又通园周二三里，园中有树截隔，四面对望不见，是亦不知园之大小也。园中每日午前无人，酉初始作乐燃灯，游者以一二千计。

初八日己丑　晴，热，始换夹衣。洋人事事精益求精，便中求便。前者兴有煤气灯，已觉便当，其光胜于油灯蜡烛。十年前，西国初创电气灯，以其价贵，故于街市闹热处，间有二盏。现在不惟大街满燃此灯，虽铺户人家亦多用者，盖用多则工省而价廉也，且此灯光色清皎，煤气光色红浊也。是灯可大可小、随身可以携带，钮扣亦可作灯，巧矣哉。

①汯，水势回旋的样子。

初九日庚寅　晴，热，微风。记：布邦户部所掌之事：一、征收国税；二、经制国帑。旧时布邦户部之事，自合众以来，多归总国办理。其出入各款，皆归户部，惟公家之田亩树林概归农部。布税分两大纲，曰人税，曰物税，人税归地方官征收，物税另有关局。布邦各部每年用款，必先期合计应用若干，并查照常年应得之款，量入为出，不使亏短。此项清单合妥，必交议院察核，待其批准，各部方可照行。倘本年用款太繁，而入款不足相抵，亦须议院允准，方得加税。每年预计用款，系自本年四月初一日起至明年三月三十一日止为一年，是为常例。钱库，户部有总库，其他省府亦各有库，一切收款入库，再由库官发放。每年出入各款，又专设会计司以总其成，账目理齐，必送议院批准，始为销讫。凡国家公产与民间私产同一章程，倘与民间田产相连侵占致讼，则归按察司持平公断，不得偏袒。

按：公产，指官道、官河、公署、兵房之类而言，此项公产，每年亦有进款，归户部征收。公产又有田亩树林，为一年入款之大宗，此项又归农部经收，而与户部无涉。从前田亩树林等岁入之款，归王室自用，民间啧[1]有烦言，后因另订章程，从中提出七百五十万马克，作为布王俸禄，其余悉充公用，由议院作主。闻其前年所收，如田亩共收二十九兆九十九万马克，树林所入，共五十六兆零七万马克。田地租种之法，由官出示募充，以数多者为定，若拍卖然。树林派有专官经理，并非租与民间，盖日耳曼北地多沙，官地千亩，松柏成林，随时有人修理，木梃皆直而高，一年所得木料与柴极多，富民亦多以树林为业者。

初十日辛卯　早晴，热，风，未正微阴，戌初大雨一阵，雨止仍阴。西国借国债之由，或因公款不敷，或有兴造须用巨款，则借债以济之。闻布邦现有国债三千一百六十四兆马克，为数虽巨，然国家所有铁路等产业价值尚逾此数，故名为亏空，实则未尝亏空也。凡借国债，必先由议院允准。议院为之细立章程，酌定利息多寡及如何分还之处，然后举行。出钱之人，国家给以凭票，如在一二年内暂借即还者，另出暂票，利息若干，即附刊于债票之旁，按月剪下作凭，持向银行收取，利息以四年为限，过

① 啧，争辩，人多嘴杂。

限不认。凡官中发出钞票,兑换现银入库,以虚票易实银,是与借债无异。因钞票全国通用,故亦不复出利,仅作兑换论。此事权归总国,列邦不得与闻。至管理国债,另有专官,其首事,即会计司之长官,而议院又必派员协理。闻从前布邦国债颇多,利息参差不一,数年前,各项改为一律,均照四厘行息,国帑有余,即收买债票,届今暗中收回者,已不少矣。

十一日壬辰 晴,稍凉。是日系西历五月二十一日,礼拜一。自昨日至明日为彼教五月节,又为其天主复苏后四十八天,魔鬼降世之期。铺户关闭,人工休息,镇日通城内外,所有花园林囿酒肆茶坊,车马往来,男女拥挤,皆极热闹。各家于数日前,因此节令,扫舍宇,净楼梯,刷地板,擦玻璃,总之处处洗刷洒埽,内外焕然,如中土之腊月底。又有敞车出售杨树枝,于是铺户有立一二枝于门首者,马车有插一小枝于马首者,有束于车旁者。据云,是为北日耳曼之古春节,因此时天始渐暖,雪化冰消,天地交泰,万物丛生,故插杨枝以示春意。至其南日耳曼春节,系在四十八天前,因暖气由南而北也。又因是节,各学堂放工三日。

十二日癸巳 晴,凉,仍着夹棉衣。记:德国户部所管之事,其公款,每年由两议院酌定,自本年四月初一日至来年三月三十一日止,作为一年。凡预计之清单并已用之账目,另有会计司办理。总国产业有数项:一,为新地之铁道;二,石斑道城所存公款一百二十兆马克,系备军需之用;三,养育受伤人之恩俸。其存款自本数不计外,每年进项共二十七兆马克。总国国债,现有五百六十三兆马克,归会计司与议院所派之员会办。通国纸钞,皆有总国颁发,列邦不得私造。

按:总国之进项有六:一,即前开产业三项之生息;二,书信局及银行之利息;三,汇票股分票及纸牌三种印税;四,进口税;五,烟酒糖盐食物税;六,由列邦进项内提出之款。又各银号皆归户部管理,其官银号,如代赤、班克固由户部所办,其他富商,亦必禀明户部,方准开设。

十三日甲午 晴,凉。记:德国所谓国家自然应得之利,约有数端:一,无主之田,归国家公产;一,洛特立即白鸽票,为筹款之妙策,除本国自行经理外,他国之票不许入境。民间如欲仿行,必经国家允准,而国家仍抽其利;一,人物税,估人一年若干进项,酌抽其税,是为人税。其往来货物，亦应抽税，是为物税。按进项税，其实数不易知，则悬估甚难，此法虽行，仍不如按件抽收之容易。每年抽税，须照议院预计之数，并照议院已准章程。国家亦间有不收税之时，倘今年不收，即作罢论，不得明年补收，而使一年完纳两年之税，致力重困。倘民不服本年征收总数，亦必本年理论，过期即不问。人税一项，如本人嫌所估数大者，必在三个月内说明，国家如不自认误估，亦必在一年内说明。各邦人税办法不同，惟在总国境内只收一次。一人往来两邦，此邦收过他邦不得再收。布邦东方各省，系由本乡代征代缴，官偿其费（如中国包征包解之法）。西方各省及新得之地，皆由官派人征收，估计居民进项，另有专官，并选本地绅民会同公估，倘有不服者必须呈出实据。人税分为三起：本人进项税为一起，生意税为一起，田税（耕种者）、地税（不耕种者）、房税（花园在内）为一起。布邦田地税，照各省簿籍摊派，其呈定之数，每年总计三千九百六十万马克。房税，凡人住房，就租价抽取百分之四，其租与人作制造局者，仅抽取百分之二。凡估定房租，以十五年为限，过期再估。其田地房屋若有变动，各省另有公署管理，随时报明登册。生意税，专指作买卖之人而言，分为六项：一，大买卖；二，中等买卖；三，小买卖；四，客栈及苦酒店；五，手艺匠；六，运送夫。其人为何等买卖，应有若干进项，官不能尽悉，令其同业之人互相估定。凡人之买卖，或新开或关闭以及更改，例必报官，以定税项。其开矿税及铁路税固在大买卖之中，而负担提携之小买卖，应在巡捕衙门领凭，先收一年之税。本人进项税分二名目：一，人类税；一，平时进项税。人类税为向章所有，平时进项税，则近时新添，名目虽殊，其实一也。人类税系自四百二十马克起至三千马克止，分十一级，第一二级系四百二十马克至六百六十马克，每年应完三马克税；第三四级自六百六十马克至九百马克，每年应完六马克税，以上四级近因国用饶裕，暂行宽免。人类税由官派员并本乡居民一同估定，其人不服，即由估者酌量，不得上渎。平时进项税，由本府派员与县官同估，倘不服者，限以两月内办清，如完税者与估税人争执不决，限于四个礼拜内上控省宪，过期即不准。又其物税约有三项：一契券，二进口货，三食物。其契券税又名印税，名目甚多，归总国者三项：一汇票税，二买卖股分票税，三纸牌税。凡纸牌无官印者不准卖用，总国所收之税，仍由列邦户部派员经理，惟其收款归总国公用。凡买卖契券应照原值酌抽若干，其印费有两法：一为官署所造纸张，先已有印者缴费领出，写合同于其上；一买国家所造印花黏贴券面，本人写名字、年月日期于所贴印花处。又民间祖父所遗或戚友所赠之产，亦必抽税，按其亲疏远近以为收税之多寡，自一厘至八厘不等。汇票税按汇数多寡以分等差，凡买股分票、国债票、白鸽票皆有印费，又买卖人往来结账亦有印费，凡自别国运来及本国自造之纸牌亦须加印纳费。进口货不仅由外运来之货，又有本国制造之货，其货类无异而税章有别，凡进口货税皆归总国办理，凡自他国进口货物如为本国所必需者，其税则与本国者同，并无歧视。倘本国出数已多者，须防他国侵吞己利，则于外来进口之税格外加重。从前布邦税则，内外一律，其后改章，加重外税，乃系斟酌时势而定也，如五谷、树木、牲口、矿料及各种布匹绸缎，皆在加重之列，至红酒、茶叶、加非、白米、香料、虾油等为日用必需，现仍照旧，内外一律。亦有不收进口税者，如棉花与丝，以其为本国所无故也。税开之意，欲便于往来客商，故为之设立栈房，凡货在栈房暂留者不完税，或此货运入后无销路，暂寄栈房，将来仍旧运出者，亦不完税。食物之用费，犹如中国之用钱，共有五项：一、酒税，专指高粱之类而言，他如红酒、苦酒不在其内，每一百夸尔脱（每一夸尔脱合中国一升零）完税一十五马克六十芬呢；二、苦酒税，每五十吉娄（见前）完税两马克；三、芦菔糖税，每五百吉娄完税八马克；四、烟草税，生者不完税，熟者每百吉娄完税四十五马克；五、盐税，每五十吉娄完税六马克，专指食盐，其他因制造所用之盐及粪田之盐，例不完税。

十四日乙未　晴。是日系西历五月二十四日，为德皇第二太子罕里合婚之期。因在服中，未便知会各国公使，而街市挂国旗庆贺及卖新闻喜报者甚多，并印二太子与妃之小影于其上。

按：德京内外，大小花园约有二十五六，现值夏季，内皆设乐场二三不等，每日申刻开场，至亥正止，夜夜灯光灿烂，男女如云，故往往于车稀夜静时，频闻乐声，颇足以破我寂寥也。

十五日丙申　晴，凉。卯正，星使偕徐良臣由俄国回，入夜风。记：布鲁斯本邦之议院，亦分上下两院，议员共四百，彼此虽不在一处，但每年当开闭之时，两院议员须同时会齐，同时散去。上院议员、王族十八岁以上，照例充补，有世爵者，亦照例世袭议员。又有布王简派之人，可终其身为议员。下院议员，由民间公举，但公举之法，略与总国不同，系每一国中，按照纳税高下，分为三等，每等各自举荐，举齐之后，再行会推一人送院。各议员在院，须就己意立论，不可听人主使。国内新立一法，凡事必王与上下两院议定而后可行，如欲变更旧法，尤必会议两次，以昭慎重。且此两次，相隔必在二十一天之外，取其时候从容，则民间筹画，更可周详也。凡有一切章程及每年用款或借支国债，均须经议院先行审定，如遇紧要之事，议院各员一时未能齐集，布王亦可下令暂立章程，俟议员会齐，再行议定。凡新定章程，必由官报《新报》印出，自登报十四日后，作为开办之期，十四日内以前，仍用旧章，盖恐民间未能一律周知也，一经议定之后，布王即可据照施行。至刑赏轻重之权，则全由布王独断，与议院无涉。

十六日丁酉　晴，凉。记：德义志国议院拟定新建，采地在五道门外稍北金人柱左，现立木架，尚未造成。周共占地一万一千六百三十八码（每码合中国三尺零），查其图式长方，其南北横长各一百三十二码，东西宽各八十八码，高约百码。楼四层，顶上四角，另四方楼，中央一大圆楼，顶式如棺罩，罩顶又另一方亭，将来告成后，必极华丽壮观也。其正面三门，左右各二门，正门如法京之贤马丹礼拜堂，亦门前六大白石柱，门楼三角形似龛，内中四百十二座，列成七股扇面形，横作十二层，正中一股，坐六十四人，左右二股，各坐七十三人，再后二股，各坐六十三人，末二股，各坐三十八人。座前正面，中一横桌，为陈所议事件处。后一长桌，左右坐六人，为随录所言处，此后一台，为陈言人立处。再则一横三小屋，中间者，为陈事人坐待处；左右者，为誊真陈词处；屋外左右，又各十三座，为首相等坐处。再后临墙，正中三处，中为会首坐处，左右为书手坐处，再右鄙一行十一座，为各党首聚议处，左鄙十一座，为党人坐处。凡外人入院听论者，皆坐楼上。

又布邦议院在来百喜街西首，其势稍小，地形长方，惟北面临街一门,内四百二十余座,列成“”形,又似凹字扇面形。座分十横,中先分五股,左右两翼又各分五股。正面当中一桌为陈事处,再一台为讲事人立处,后为新报局人录事处,对面十座为大员听事处,凡外人往听者皆坐楼上。又德国议院四百余人,分为九党,内现有守旧顺民党三十六人,更新党九十七人,平产党(使人无贫富之分)又名叛党十一人,新地人(即由法新得之地)十五,老德率旧党七十七人,官场党三十八人,波兰人十三,天主合中党百零三人,不入党者(乃不属各党之人)十人。布邦议院四百余人,分为七党,内现有率旧党一百二十五人,合中党九十七人,更新党八十七人,出旧党六十六人,顺民党二十九人,波兰人十二,寄居者七人,此德布议院之大略也。

十七日戊戌 晴,冷。记:德国列邦,一切刑法律法均归总国刑部总持其成,总国布邦各有刑部,名各不同,而理事无异。查其刑部所理之事,一为官中刑法,二为民间词讼,此两节应由总国定立划一制度,然议法之权虽操自总国,仍归列邦刑部依照总国所定之法,各自办理。其通行刑法、问案章程、民间买卖及汇票律法,现在虽经总国议定,编有律例全书,而总议院尚未核准,故目前尚未一律。凡掌理刑名之官与地方政治之官,分为两途,截然不同。如收税及本地政令,归地方官办理;民间词讼及罪犯定刑,概由按察司主政,如地方官与民间公举之员意见不合,互相讦讼者,上达于省官,亦有专理官民互讦之按察司,断其曲直,其他概不与闻。现定刑法,分为三项:曰重罪,曰轻罪,曰违背定章。犯重罪者,或死刑,或监禁作苦工,限在五年以外;犯轻罪者,或圈禁炮台城内,不准出城;及寻常牢内不作苦工者,或罚钱过百五十马克之外,其违背定章者,或罚钱不多,或在管押所暂时羁禁。此外又有罚去体面之法,凡受此法者不同,平民革除应享之权利,年限久暂不等。又有交巡捕管束之法,又有将货物充公之法。民间应遵之律法曰国法,总国虽已编定稿本,尚未经议院核准,故各邦仍自用其旧法,参差不一。然有两项律法,先已议妥,列邦久已遵行者,即买卖律法与汇票律法也。就布鲁斯一邦而论,民间所奉律法,现亦不齐。东方七省及西北数处,皆用布邦旧法,莱茵河东一带及新地则用日耳曼旧法,莱茵河西又用法国律法,盖此地前于嘉庆十年(见前)为那波仑第一所得,颁行法《法》,其后地虽归布而律法仍旧也。

十八日己亥 晴,凉。记:德国各邦刑名,均设按察司掌理,其所据律法并各种章程,悉照总国所定,以昭画一。按察司一官,体制甚尊,上无统属,虽君主亦不得掣其权,问案时,一秉至公,许众民环集观听,惟问奸案,不准闲人擅入,一则存罪人之廉耻,二则防风俗之传染。按察司专司刑名,不准干预他事,讯明案由照律科罪而已,其提人到案及送犯入监等事,另有他员经办。其按察院又各有民员陪审,由民公举。

按:德国按察院甚多,除总按察院外,又分头二三等按察院。此外又有专为军营及莱茵河行船等事而设之按察院,其总按察院设在萨克森邦之来百喜城内,其意欲令总国律法整齐划一,而使列邦一律通行。其列邦头等按察如有判断不公者,准民到此上控,二等按察院有用刑不当者,亦准在此上控,遇有叛逆大案及输情于敌卖国得贿者,悉归总按察院审断。布邦头等按察院,每省必有一处或两处者,要之,为全省刑名总汇之地,凡二等按察院,有审断不公者,可在此上控。柏林京城之头等按察院,系为布通邦刑名重案总汇之所,其内另有一局,专管王族与民间争讼之事。二等按察院管理地方词讼大件,并犯罪需定刑者。此院内分为两所,一为民间词讼所,一即理刑所,遇有重罪之犯,即有按察司三人会审,并请公正绅耆十二人陪审,此等审案,当绅耆者陪审时,只能辨析其有罪无罪,或罪轻罪重,不得干与别项事权。倘在买卖热闹地方,则此院内另设一局,专理商民词讼,系按察司并公正商董二人会同审断,其商董二人由众买卖公举。三等按察院管理地方小件词讼,凡钱债数在三百马克以内者,归其审断,倘逾三百之数,即须二等者办理矣。雇工人役口舌细故,亦归其料理,民间如欲预先存案以息讼端者,亦在此报明。其轻罪人犯及违背定章者,如罪止轻牢三个月,罚款在六百马克以内,亦可经理,须有民员二人拈阄陪审。又民间欲递公呈求息讼销案者,则归头等院中管理。各按察司皆经考取而后授职,其俸薪按照当差年限逐渐加增,国家不能有褫革之权,亦不能调任别部。如按察司被人控告,应候别员审理,或留或革,一从公断。至署中访事之人,亦须考取,考法与按察司略同。该员访查犯罪之人呈报公堂，以凭提究罪犯，定案后归其承办。巡捕及管牢之人，均须听其指挥。另有管理档案人，民间状词先送于此，院内所出凭单及批禀等，归其掌理，一切口供，亦归伊记录。又有一种公差，假如官罚定三百马克，即时往取，倘其人抵赖无钱可偿，即将其所有杂物拍卖，此皆公差之事。署中出票提人，亦归公差承办。至乡董一项，由本地公举，不领薪水，遇有彼此讦讼或为之劝解，或秉公判断，总为省事息争，免致经官起见，乡董所定之案，官中亦认许之。

十九日庚子　晴凉如昨。记：德国状师一项，系代民伸理讼案，除三等按察院词讼小件，不必定用状师，此外不论何案，均非状师不可，盖恐两造谎言叵测，故责成于状师。状师亦有考单，凡在一处按察院得过准充状师凭据者，即听其在列邦中不论何院均得替人办理词讼之事。凡头等按察院所辖全省，境内必有一状师公会，会中公举数人作为领袖，倘有办事不合，营私作弊之状师，会中公议驱逐不准再充。又外国虽无私贿弊端，然于词讼中，有官定之堂费，系由总国定立章程，各邦按察院一律遵照。譬如因房涉讼，即照房价抽收二厘，他物以此类推，此项归按察院管银库者派人收取。至审断民间词讼，按总国所立章程，不以呈词为凭而以讯取口供为重，故遇案必先问明两造口供，确知案由，至原告之呈词及被告之复呈，均作备阅而已。民因被屈而欲上控，必将前按察司所判有何不合律法之处确凿说出，方能准理，又必限定在一个月期内，过期不得上渎。凡案经按察司定后，公差即照依所断办理，如原断罚钱若干，而其人无力清偿，必果实有无力凭据，方得邀免，倘诡词规避，即将该犯暂行管押，准公差将其家中杂物拍卖以抵罚款（此见前）。然定章亦有限制，倘系日用必需之物，或一家度命之钱，皆不得拍卖扣抵罚款。又问案定章，必须两造到齐，问明口供，令众共见共闻方可加刑，以示审慎而昭公允。在犯案地方，如有旁人目睹情形者，例应传提作证，其人不得托故不到。若知情不言，则当罚钱或收入轻牢，妄造谎言，查明重治其罪。罪犯定刑例必有原告，倘犯事后无人告发而由按察院访事之员查出者，则访事之员即为原告。如按察司定案不洽，原告被告皆准上控三等按察院，只有民员两人陪审。倘犯人不服，准其上控二等按察院，既有按察司三人会审，又有公正绅耆十二人陪审，当无偏私之弊。苟欲上控必须指出与律法不合之处，又必在一礼拜之内方能允办。如因不完税而被控者，则无须民员陪审。遇有市面倒欠，即由三等按察院封其余剩之财货器物，一为料理欠户，一为保护倒账之人，所有被欠各户由按察院传齐，派一公正绅耆判断，或就现存财产照股匀派，或打折归还，秉公定夺。按其旧制，罪犯一律收监，现特改正，欠债案内者不许押羁。

又总国定章，每乡专设一官，凡民间新生子女，限于一礼拜内报官，又限于两月内报名登册，男女嫁娶亦必临时报明，并须亲友二人作证，人死限于两日内报官。三等按察院内另一分局曰"保孤局"，凡民间幼孩失怙者，官则为之择人保护，一则保其身体，二则保其产业，俟年至二十一岁，交其自理。如其人素有残疾不能自守，则仍由保人经管。凡经官选派作保之人不准推辞，如其人已保他孩，势难兼顾者，既经推却，官可另选，惟有罪之人不得派及。其民有远出抛荒，产业无人收管者，官亦派人经理。又三等按察院内一局专存民间田房等产，卖出买入以及抵押回赎之案，其未经报明存案者，将来涉讼，未必得直。从前按察院并不代民存钱及他宝物，今则出售凭单与国债票同，欲得此凭单，亦有一班官员经管，似即状师之类，此项官员亦须考取，遇事索费，皆有定章。以上所闻德国刑部、按察院以及民间词讼情形之大略也。

二十日辛丑 晴，暖。记：德国巡捕应办之事，或防备天灾或保护人命产业等事，以及查禁犯法之人，大抵分两项办法：一曰先事预防，一曰事后补救。凡人民违背律法归刑部办理者，其协助之巡捕名曰协捕，如罪案不重未达刑部者，则归巡捕房自理。凡救护水灾、火灾及一切天灾者，曰救捕；凡防闲民间犯法，导民循照章程者，曰教捕；凡禁止民间败坏风俗之事者，曰禁捕。凡巡捕办公不限一节，盖国家一切公事无地不用巡捕，前开各节乃系因事立名，并非各有分职也。列邦巡捕归内部尚书总理，省中巡捕归省宪管理，各地方巡捕归乡官管理，各城巡捕归本城官管理，惟有大城数处如柏林者则专设总巡捕。又各乡巡捕有两种：曰官巡捕，曰武巡捕。官巡捕即本地巡捕，武巡捕系照军营章程如兵者。又大城中另种巡捕之无营盘章程者，曰访捕，德语名"舒兹曼"。其人便服，专司暗访流氓匪棍，各巡捕固云协助刑部捉拿犯法之人，而又必听按察院访事人员调遣，遇事巡捕须述明犯事之地，并派人看守，以待按察司亲验。凡巡捕拿人，例有按察司凭票，遇有临时犯法者亦可即拿，然必立时解送，路上遇有醉倒痰迷或伤风败俗之人亦可即拿，但必次日送官。巡捕不许擅入人家或擅取人物，如因公事亦必有按察司或访事官之凭票，然夜间仍不能入，虽电报书信亦然。民人犯法，虽归按察司审断，而因细故罚钱在三十马克以内及收三日暂监者，则巡捕衙门亦可酌断，倘其人不服，乃限于四个礼拜内准其上控按察司。

二十一日壬寅　晴，冷，现虽孟夏而凉似仲春。记：布邦牢狱有两项，曰暂监，曰久监。暂监又分两项，一为按察司者，一为地方官者。凡罪人在监日久，随时当由按察司往察，倘有在内安分者，例可减轻，如原判十二年者改为九年，大抵减去四分之一也。另有一种做工所，略类暂监，归各省管理，凡游民无赖者，执囚其中，限以作工，名曰勤人监。凡幼孩自十二岁至十八岁，有犯罪者，亦不照律惩治，原其无知，悯其未教也，故另设一所以锢禁之，曰约束监。其未及十二岁者，或暂入此监，或由按察司勒交别家管束，盖虑其父母家教不严故也，其费由省中开支公款。又罪轻之人，亦有不收监而交巡捕管束者，限以五年，其住处由巡捕酌定，亦准巡捕随时入室察看。凡他国人在本国犯法者，无交巡捕管束之权，罪满当即驱逐回国，其不满十岁者并不治罪，逐回而已。民间遇礼拜日不安息者，巡捕应查，凡闹热游戏之区，亦当巡查弹压，以免滋事。又苦酒加非等店均有限定关门之时，店主皆应告明坐客，有不遵者，巡捕当罚。凡打纸牌赌钱及妓馆等处，亦由巡捕管理。凡人家雇用仆婢工役，因不能当牲口一般看待，故亦设有定章而归巡捕管查。有遗失物件于路上者，可在巡捕处报明，拾物者亦应送交巡捕处，不送即以盗窃论。倘民间滋事不遵法令，竟致拒捕或有谋反叛逆等情，巡捕应预先防备。遇有此项乱民，或别有战事，则各部聚集会议，即照营务章程，改派武官董理，与平时办法截然不同。盖此时凡新报及书籍，皆须先由国家察核而后印行。又平时准民立会，值此用兵之际，则按例禁止。新章不许民间擅用火药，恐致害人故也，此事亦归巡捕访察。从前人民出行皆有执照，今虽不用,然巡捕当随时考察盘诘来历。人民新移一处,或暂住客寓,必当报明巡捕,即由寓主出名。从前新刻书籍新报等,必先交巡捕阅看,然后发行,现则听其自便,惟内中如有违背律法之处,自应照章究办。凡淫书淫画及一切伤风败俗之事,巡捕查著,当即扣送按察司。百姓立会皆可允准,惟不准数会合成一大会而论国事,苟有谈论国事之会,乃限定三天内将会中一切章程及会员姓名送交巡捕。又凡百姓会集议事,原可允准,但若关乎国事,必于二十四点钟之前告知巡捕,倘违背此章,或会时另有犯法之事,巡捕则有逐散之权。欧洲现有一种人曰平产党(见前),系欲均分产业以使天下无富无贫。德国现定新章,欲除此弊,系由议院允准,暂行两年,期满再议,其办法有二:一明禁,一暗化。其明禁者,不许党人立会,不许聚众商议,不许出书籍登新报,不许向他人告帮;其暗化者,在各教堂学校,令师长示以此系愚人痴见,万不能行,亦不可行,不得妄听愚言,蹈此覆辙。又凡作工之人,国家由其工钱内抽一小数并酌抽业主利息若干,以备将来养病养伤养老等用,如是则将来贫民不至有异心而生乱矣。又凡遇危险之事,或房塌,或舟沉,或水患,或火灾,或有野兽疯犬伤人,巡捕皆得随地拉人协助,其人不得推辞。按救火一事,各大城皆有水龙公所,平时操练纯熟,以备临时之用。至各小地方,则由百姓自行辏办,因不能专养此班火夫也。以上所闻事之关乎巡捕者如此。

二十二日癸卯　晴,冷。按:德俗,通城富室官宦皆已陆续下乡,或至以北各国避暑去矣。故昨日老德后去柏林城南一百四十五里之卜兰墩埔城,今日德皇亦南去五十里至朴斯当城矣。又各学校于春秋两季,教师必率诸生下乡一游,故当早见有双马大敞车六辆,其中各载幼童三四十名,由楼下经过,各戴草帽,衣色一律,洁净整齐,随行歌唱,甚乐。又至酷热之时,各女学堂放工六个礼拜,男学馆放工四个礼拜,如我国之放伏学。昨早辰初,闻谢芷泉得一子,今午登楼,因与贺喜。

二十三日甲辰　晴,冷。按:德例,凡造房屋等事,归工部派员经理,因而工部专设学校,以便公家造房得宜。以后民间造房,亦非由学校出身之工匠不用,故现在民间住房亦颇巩固壮观。各府设有专官专司造房之事,名曰建造使,亦必精于造房者方膺此职。兴造房屋,必将房图送巡捕房察看合式与否，大抵材料不许苟且，恐至塌倒伤人。房高亦有限定丈数，不得过高，地窖中不准作卧室，置厨灶，恐内中火炉为害，一切仍归巡捕稽察。凡桥梁道路为人所往来者，亦归巡捕查其大小合式坚固与否。布邦东省人民稀少，现方兴办开垦，其造房者亦必问明巡捕而后兴工。凡种树林之处，不得有火器相近。即如制造局等之有火轮机器者，凡道路左右之房皆由地方官定立界线，以令一律整齐。旧路如有嫌太狭窄者，每建新房概令退让若干尺，以留宽步。

二十四日乙巳　晴，稍暖。记：德国国家虑民日就困穷，乃思设法防护，凡游手好闲之人及嗜刘盘龙癖者，即由巡捕捉送做工房内，其本无手艺及实在无处佣工者，皆限其做工，至无故偷闲者，令做苦工。各乡必有养贫院，凡饔餐不给者，必为之设法，如贫民有病即送医院调治，倘非本地人应送归原籍办理。若其人在二十四岁以上，曾住过两年者，即照本地人一样看待，不得送出，免致两相推诿。倘本乡公款不敷，省官应设法协助。各乡自公设养贫院外，又有绅富私立善会，以补其所不逮云。

二十五日丙午　晴，暖。记：德国樟脑亦在药店出售，每斤价不足二马克，其色亦白而亮，体硬而重如矾，其味既浓，燃之奈时亦久。

卷　四

戊子四月二十六日丁未　晴，暖，入夜雨。记：本地万牲园，在城之西南，南傍库苐余森街，北临长河，西靠火车栈，东近达摩巷。自本月初间，亦作乐开加非馆。馆在园边东北高处，大房二三十间，极其开敞，内卖点心，亦可小酌。前临小湖，自有小山瀑布、台榭花木，点缀幽雅。左右隔三箭地，二乐台相对，每上官乐工三十余，彼此轮流奏乐，酉初开场至亥正止。在两乐台之间，东西立有铁阑两行，中间相隔二十余步，中为游人往来之路。东面铁阑后近小湖，西面铁阑后即加非馆，各于空地罗列铁架长方桌百数十张，每桌四围列铁椅六张，各处满燃电气灯，白亮如昼。馆役四十余名，服色一律，胸前皆挂有铜牌号目，以便坐客招呼。其园价，平日昼则每人一马克，晚则减半。每礼拜日，昼夜皆半马克。又出售整年票，每页十五马克，若一家皆买，则为首者十五马克，余皆九马克。票上虽有号数而人面难识，究恐彼此借用，乃设极妙之法以防之。其法系令买票之人送小照与园主，将票贴于其下，打以铁印，其人往游入门示小照与门丁，查小照与来人面貌相符则免冠请入。其票十五马克者色黄，九马克者色稍红。厚各分余，横宽一寸五分，竖长两寸三分。上横印万牲园，下则左印号目，右打铁印，在下两横印云此票唯此小照本人用之，至铁印文系某年万牲园凭。按其一年系自本年四月初一日至明年三月三十一日。又平日往游者，门外买票，入门有人验票，其票红黄绿色不定，横长二寸余，竖宽约六分。

二十七日戊申　晴，凉，入夜阴雨。德国因瘟疫传染，前曾设法预防，近来考究愈详，总国设一公署，专管其事，曰御灾司，管此项事务之巡捕，名御灾使。布邦防疫等事，归文教部兼管，另有一班格致家与教部尚书会商一切。各省有医会，随时会商有益于本地养生之事。各府各县另派医生查看，免使贫民疾病，概由国家出给公费。凡易传染之症，皆须告知巡捕。巡捕应即照法使地洁净，如修治阴沟等类。凡有病人家之孩不准上学，恐衣服中传染故也。总国立法，凡小孩不满两岁之前须种牛痘，至十二岁再种一次，如初次种痘不出，明年再种，如仍不出，须种第三次，三次皆不出，即俟至十二岁再种。

一切毒物，须向来稳重之人方准其售卖，各药店须见医生凭单方付。凡死尸如欲运往他处，须先领一护照，倘未经医生出结或地方官给凭者，必待三日后方准入土。凡葬地，除公设坟墓院外，如在新筑茔院，必问明巡捕，领有文凭乃可入土。街道不可使有秽气，须时时洒埽。人家屋内中厕并一切秽水皆由沟筒流至乡间，其未有沟道之处，宜用车载赴乡间，然不可使秽气外蒸，亦不可运入河内，以防鱼害。出卖各种食物，不许掺杂别物恐致伤人。小儿玩物，须将颜料剔净，防其误入口中。人家糊壁之纸及器具上之漆，亦须检明，因颜料往往有毒，恐或贻害也。灯盏内之火油，需随时擦净，恐致烘爆为患。民间如有违背以上各条律例者，即有刑章治罪。凡杀牛羊猪等，必有公地宰，必用显微镜察看，皮肉无病，方准出卖，另有一班人专司其事(见前)。又凡幼孩不及六岁寄养人家者，恐食物不净或有照料不周之处，必经巡捕随时稽察，以防染病。至医家，凡外科与牙科，必有考中凭单，方可行医，方称医生。其有考单者，在本国境内，随处可行，未有考单而知医道者，有人延请亦不禁止，惟不得以医生自称。凡出售药料者，亦必有考单。其承接他人旧店者不论，惟开新店者，必由文教部派员察看地势，应否添设。各店所卖药料，每年归文教部照时定价。又各收生婆，亦必有考单方准收生，各省专设收生婆之学堂。又其地产私孩者甚多，恐其碍人耳目或打胎伤生或溺毙幼孩，因而设有养生院以养之。凡民间欲设此院及医院、疯病院等，必经文教部允准，至官场而设之。疯病院及瞽院、哑院等，则各归本省官长督办，是皆养生防病之善举也。

二十八日己酉 阴雨。记：西人谓男子脑大，女子脑小，故妇女聪明者少。且敏慧之人，其脑必清，甚至透澈；其鲁钝者必浊，甚至昏暗。凡人之悟心巧思，皆出自脑子云。入夜晴。

二十九日庚戌　晴。记：昨日为西历礼拜四日，向为本使馆发包封之期。前晚灯下翻译之暇，急修家信一缄。余虽上无亲老在堂，而寡嫂、侄女及妻与三子是八口之家，惟余一人是听。故每月不得不寄家信两函，以慰众心，且嘱咐一切也。乃当日午后，忽传奉宪谕，此次不发包封，且每月日期不定，是亦节省经费之一道也。又今早接家信两封，其第二封竟被剪开，想包封系星使开拆，遂即持禀星使，乃云不知是何人所剪，想必由文报局也，当致书问之。又前由德致俄之包封，被俄国信局开拆，乃反致书中华使馆，谓是信未经封固，故封面自开云云，是皆奇事也。

三十日辛亥　早晴，未刻阴雨。东西各国之商贾，虽云童叟无欺，然华人之驻某国必能某国语言，方觉便当。凡买已成之物，故无须多言，然欲定造一物，须立合同者，又必处处讲明，书于纸上，迨造成时，苟有不如意或不相符之处，当初并未言明者，其人定不认。如定做钟表，苟不一一先行注明，迨成就时竟有坏瓤、旧面者，或者惟德人如此，其他国尚不致欺侮外人欤，且俟异日试之。

五月

初一日壬子　晴，暖。德京道路，向皆石墁，虽知漆道平坦洁净，奈柏林频冷，下雪结冰，平而且滑，恐马行不利。不意数年前，试造一条，马行其上，竟无跌倒之虞，故现今凡遇道路重修者，一律改用漆墁。本公馆后吕祖街，长约二里，宽五丈，中有铁辙四条，本皆石墁，日久凸凹，乃自上月初间兴工，自东至西，去石易漆，昨日告成，遥遥一望，其平如砥矣。按其道，南北临房为人行者，各宽丈余，本皆漆墁，以石镶边，当中甬路洼下半尺，宽不足三丈。石墁铁辙，以走公车及各种马车。其墁法，掀去石块后，筛土灌水，平垫一层，厚三寸，再用塞门土（又名西门）垫一层，厚寸余，末则铁辙。左右各宽七八尺，铺以地油面，洋名阿斯法拉者，二寸余，其色紫红，上以铁熨斗烙之。熨斗形如滚磨，周五六尺，横宽三尺，其内空，悬有火罐，熨斗后一铁柄，作洋“Y”字形。往来推烙三次，则皆火炼成石矣。铁辙中三行，墁以木块，松木每块长半尺，八寸见方，皆先以烟薰就，以使不裂。每三十五小块排成一大块，系横五竖七，内中串连铁条，块块放于二辙之间，左右夹木。捶平后，以熟地油灌浆，其色黑稠如膏，灌毕复以熨斗烙一周，则木之平硬亦如石矣。

初二日癸丑 晴。记：德国之教务与律法相表里，其办法与俄法等国不同。布邦于从教一事，任民自便，不论何教，并不歧视。惟国家所派之事，民须遵行，不得以所奉之教本无而与国家违抗。推原其故，盖教中有息战罢争之意，因有不肯当兵者也。国家因以天主耶稣两教为本，故公家惟设该两教之礼拜堂，在按察院设誓，既照天主耶稣两教章程，而一切礼拜停工及各节期亦照天主耶稣两教章程，因犹太教民每于礼拜六日停工及各节期亦与之迥异也。凡耶稣教堂，国家可以查办，其教师必德人为之，其人须有考凭，更须将其姓名申送省宪。倘其劝人有碍于国家之事，必当责罚。其堂中产业及出入用度，必由国家查察，教堂一切事务，归文教部大臣总理。其在各地方者，或归省官或归府官，惟县官不有此权。如有争讼，仍民间一律，不另立按察院。天主教系罗马教皇为主，其散布教务于各处，亦分界而治，谓之的瓦采斯，犹言一区也。每区设一监督总其成，其下有神甫分治，布邦境内各区，虽准由教皇派人，亦必先邀布廷允准。凡堂中公产，由教中人公举数员料理，例行事件听其自主，如有额外用款，则必须报明国家准许乃行。列邦中，惟布邦不准私立教会，惟耶稣会各邦禁绝，因恶其每欲干预政事也。耶稣教在布邦有教总一人，立一总院，各省皆有分院，各府有教首一人管理教堂，各教师归省院节制，凡教堂必有董事数员，亦由教中人公举。犹太教名不一，国家皆准奉行，并不禁止，因其人数不多，一切不问，视若一善会而已。惟其每年大会时，系各教堂合为总会，公中派员稽察其公举教师及常年用款，亦皆报官，与他教有别。

初三日甲寅 晴。德京天气频凉，而苹果、橘、梨四季常有。现在天气虽不如都门之初夏，而百花开放，樱花、地椹、巴达草果等，各铺已多设列于窗下矣。又菜蔬铺所卖黄瓜竟有长八九寸、粗二三寸者，更有长一尺一二寸者，色浅绿，极嫩。

初四日乙卯 晴。酉正，同承伯纯、姚子梁二君约日本人福岛安正、井上哲次郎、德人哲宁及汪芝房、洪禹山、陈骏生、贝汇如、赓韶甫五君晚酌，华筵洋式，彼此畅谈。席毕，因厅前牡丹盛开，乃互相吟赏，甚欢。亥正始散。

初五日丙辰　阴雨。记：西国医学讲求外科，不以开破已死无辜之人之身体为不仁，由是治生人之病，亦多以开破之法疗之。闻前者老德皇因身染脏症，传染后之下体，乃经官医割皮去毒，疗治多日，至今虽愈，仍不能久立。又前本公馆之书手德人芬瑞飞之妻，肚下素有淤血成块，行动即痛，经医生割破小肚取出血块而后缝之，现肚痛虽除，而每逢劳动过度，仍觉乏倦云。凡生产艰难，交骨不开者，亦多以割破小肚之法收取之，而老少一无所伤，与[其]他正产者同，亦奇矣。是日公宴，故早晚仅同承、姚、陈、贝四君共桌，聊以点染端阳。

初六日丁巳　晴。德皇自去朴斯当后，各《新报》先言其精神复旧，乘舟乘车，寝食皆安，既又言其喉症复肿，滴水难咽，各医官仍云病体无碍。迩来连日街市以小张《新报》传其病势，至当日闻其于午初一刻薨，即时各处停宴乐，万牲园关闭八天，楼房插旗，人民着素，与前番同。各国公使虽往外部挂号吊唁，闻其并不知会，以道路遥远而葬期亦在迩也。又是日，系西历六月十五日。

初七日戊午　雨。记：德国定章，凡人创作书画、乐谱、戏单，或雕刻或刷印，一切奇异技艺，其初出时皆不许他人仿造，所以保护各人自有之权利也。如他人有与本人商准，听其仿造，亦所不禁。本人死后，以三十年为限，限内应得利息，乃归其子孙，此事总国与外国立有条约，故他国人亦不能与之争利也。

初八日己未　阴晴不定。记：德国百姓理财之道，曩归国家代为料理，数十年来，改听民人自便。然国家究不能概置度外，且国家亦有于百姓会同之处，如铁道轮船之类，故于买卖一事，必须随时体恤协助，庶令其生机活泼，而蒸蒸日上也。凡妇女小孩，国家为之保护，定有限制，不准出力过度，因恐妇女难于生育，小孩不易长成，是皆生聚之道。国家为工人一项设立公会，以保护之有病者为之养病，有伤者为之养伤，意在暗防平产党人愤激生事，因此辈大抵工匠居多也。料理以上各项之官，随事分隶于各部。国家另于买卖人、制造人、农务人内选举精明熟悉事务之人，立一理财总会，令与各大臣随时会商，盖恐官场未能周知也。民间理财之大略有数端：一现钱，二矿务，三田亩树林，四打猎捕鱼，五土产改造，六行销造成之物，七一切往来之事。以上各节，容后详述。

初九日庚申　早晴，午后雨。当早巳初三刻，德皇之灵柩在朴斯当城由宫移入弗莱顿克礼拜堂内讽经，至午正三刻出殡。太子韪良于父故后即理国政，俟六个月服满，再行即位。是日星使率芝房、仲华往，未正回。当日凡官民往朴斯当者，火车官备不索费。又德皇薨时，谕以人民不必停止作乐，谕未明降，各处依然停止。昨日《新报》内一则，竟云国主既有谕不停乐，何必拘此成见，而使人不得游玩欢乐，以此消此长夏耶。

初十日辛酉　镇日阴晴不定，凉。记：德国民间理财之道，内现钱一节，分为四项：一，存钱局，凡细民工作负贩所得，令其按日节省，官为存储生息，无论零星细数，随时可以存局，每年利息三厘，永无倒欠之弊，是以民皆乐从。二，保险局，虽系民间集股开设，必由官定章程，又设巡捕随时稽查。按保火险，总国定有通行章程，又因恐有意外大灾，延烧极广，民间各局一时资本或难周转，布邦遂在各省另立火险公会以协助之。又有保雹险者，田宅被伤，皆有公款赔偿。至货物往来，例有保险。其保人命险者，并非保其长生不死，大抵生前具钱存局，死后恤其妻子耳。牲口亦有保险，现在各处办法参差，尚无通行定章。三，民间借贷之事，计分四项：一各处当铺必由巡捕管理；一各省设有公局，凡守分良民准在局内借债，为兴旺农工之计；一银号内可存钱生息，可借贷可汇兑，夫既有此三便，则总国现与民间合股，因设一大银号于柏林为总局，各地另有分局；一民间自相借贷，国家亦有定章，不准重利盘剥，不准借与幼童之上无父母、年在二十岁以内者。四，民间招股之事，计分三节：一凡买卖大者，如一人资本不敷，必须众人合力相助，于是有纠股之一法，此虽听民自行料理，而国家亦有划一章程，令其遵守，每有股分局头，必在本地公署报名登列商簿；一另有贫民辏集资本设立一会，内专一人司理，乃买办一切日用所需之物，概照公平行价出售，以免市侩抬昂剥削，会中各人皆有凭票，外人不得往买，似与前在英国所见者同；一另一种股分会，系纠集多人互相扶助，一人有正用，则众人解囊济之，在受者集腋成裘，在施者殊觉其惠而不费也。

十一日壬戌　早晴，午后阴，凉。记：德国开矿一节，官不禁止，听民自便。惟所用之地或租或买，必先报官，地在某处，广袤若干及一切详细章程，工部当派熟悉矿务之官前往察验而后定。凡已开之矿，皆有矿税。倘因开矿损坏他人之田地楼房器具者，必由矿主赔偿，或因开矿生事，则凡有股之人，自皆有关碍。各矿工人立一公会，抽其工资，代为存储，以备养伤、养病、养老以及死后抚恤遗孤之用，此即前所谓明养暗防平产党人之意耳。

十二日癸亥　晴，暖。记：西人于富国富民之道，皆考求不厌其详。如德之农、圃、渔、猎等事归农部总辖，各地方官分理之，柏林设有农务总会，自省府以迄各乡，就此四项所设公会极多。按德之田地，曩多为世爵人家产业，既不许任意买卖，亦不得任意分散。田皆小民耕种，略似中国古时助耕公田之法，业主视佃户如奴仆。国家既不喜此情形，且欲裁抑世爵之权势，遂另立新章，勒令业主将田亩贱价出卖，即令佃户买之。估田中一年所出之数，照数加十八倍作为田价纳之业主，此后其田即属佃户。然佃户无力者多，不能照章纳价，国家又曲为成全之，为之专设一银号，贷银与民，先将田价付清，令民分年拨还，以二十年为限，每年出利银四厘有零，以作银号开销。当设此新章之时，系在法君那波仑蹂躏日耳曼之后，因民曾出力抵御，且求国家改立新章以苏民困，故有此举。此外另有官田，向例亦归民间出力助耕，自改新章，亦一律改作民田，分摊与民，令其管业并不收取田价，另行派官办理。倘民有争执不服者，柏林又专设一按察院以理其纠纷。凡民间整理农务，必须有本，故官在各处另设一种银号，贷钱与民，而以抵押田亩为质。又凡水道与农田最有关系，其于田地有损有益，大抵关乎水道之高低，故各地方皆设考求水利之公会，凡预防水灾以堤塘为重，是以又有公会专司筑堤之事。要之，西人官民一心，凡处精益求精，故水旱之灾不常逢也。

十三日甲子　晴。记：西国谓树林与天气相关，能使调和水旱，故国家为此派有专员经理，非听民自主也。不惟境内大树林为公产，即民间种植者亦将买入归官，按其经理之要有三：砍去一树即须补种一树，一也;未及时者不准砍去,二也;太密之处,又必砍除,三也。凡河边之树可以保堤,山坡之树可以御雨。因树随地有益,国家常注意于此,故民间所立树林公会,国家尤奖励之,以使愈推愈广,考核精详也。更有管理农田林木之巡捕,立有禁止章程,凡有践扰田亩,伤损树林并偷窃材料者,皆属犯禁,既治罪复罚令出资修偿。有他家牛马误入树林,或至田地,可即扣留,待其偿清罚款,再行交还。有在树林内盗木被获者,即照所盗之价值罚出五倍,仍复收监数月,第二次犯者,罚出十倍,收监一年。凡有野兽、蝗虫及他种小虫之伤害田中禾稼葡萄者(西国葡萄无架,皆小棵,高二三尺,种亦按亩分畦,系以之酿酒者多),皆当设法驱除。幸有一种吃虫之鸟,洋名未详,想即布谷也,代人守田有功于农,自当保护,禁止伤害,此德国保护田地树木之大略也。

十四日乙丑 晴。记:西人豢养牲口亦颇实事求是,务使肥壮,乃为得宜,因而兽医亦必精学其术。马为战场必需,国家尤爱惜之,官中专有养马之地。即民间之马亦必善为料理,倘官马有佳种,必借与民间,以广生育。事归农部管理,故农部特延有能识牛马性并精于调治者,以备察看医治。凡充兽医者必曾在兽医学堂肄业,领有考凭,各省各府设有兽医,月领官俸。民间牲口有病,一经报官即往察治,一处牛有瘟病,即须遏绝,不准运往他处。倘火车由该处曾运一牛之后,则不问其牛有病无病,均须用药水洗净,以防传染。总之,一切牲口不论何病,苟系传染之症,则必立时屠宰,即疑其有病尚未确知者,亦以早杀为是。总国及各省皆有公款存储,以备赔偿物主,是亦官不强占民物,不勒索民财之义也。

十五日丙寅 晴,热。是日星使约蒲拉坨、哲宁、金楷理及汪芝房、陶矩林、姚子梁、承伯纯、恩仲华、陈骏生与余往游朴斯当。午初乘马车行五六里至朴斯当火车栈,即时登车,东行稍南,五十五里至朴斯当村。一路树林阴翳,小山小水,景致可观。十一点三十分下火车,登马车复行数里。下车步入贤苏瓦希园,其中花木丛杂,水法石人,布置幽雅,水法有高四丈者。缓步行三四里,转登石阶,过一人工石洞,正面卧一石女,在此少立,觅得马车两辆,回行十数里,至格理呢园内午酌。馆因地名,杨柳成行,树下列几,亦极有趣。地由王赐,房屋无多。食毕步行五六里,登巴贝斯柏尔山。山并不高，树密路平。山下即哈苇湖，转入老王行宫，楼不高大，而器具一律朴素，姑不琐述。楼外花木芬芳，景致幽雅。既而下山，步入加非馆少坐。又行里许至湖边登舟，走代荣佛恩湖二里许，转回又驶三四里，至瓦色尔港，弃舟登岸，时已戌初，即时上火车，戌正回寓。

十六日丁卯　晴热如昨。记：德例，凡打猎者不准入他人田地，以清界限，故非富户田产绵亘三百麻欣（每一麻欣合二千二百五十方迈当），不能为此豪举。民间因此不便，往往纠集股分，公开一围，以为打猎之地，股外之人须出租钱，方准入内打猎。又凡打猎之人，必向官中领一执照，出费三马克，其无执照而打猎者受罚。各种野兽如兔、鹿、野鸡之类，各有应猎之时，非其时则禁止，不得私猎，违者责罚，是亦颇得中国帝王之遗意也。

十七日戊辰　晴，热。记：德国捕鱼之地，或系官产，或系公产，皆是租与民间捕钓者。此外又有民间私产，听其自捕。然各种鱼亦各有应捕之时，非其时则禁止之。如捕得小鱼，须仍放回入河，待其长大再取。近年国家与民共振兴此事，凡本国所无之种，悉从他国运来以滋生之，如昔年之赛鱼会是也。以上各节，似与前在英国所闻者同。

十八日己巳　早晴暖，未初阴，凉。记：德国工艺分为两项，一系小手艺，在家自作；一系大手艺，在厂作工。凡总国工艺归内部管理，布邦工艺归商部管理。各处工厂，应选举多人，由国家挑取，立一总会，令与商部大臣会商一切。各省、各府另有精于制造之官，帮助地方官专司查厂等事。以前各项工艺之人私立限制，秘于传授，以致艺术不能增广。现在国家设法破除此弊，鼓舞而振兴之。即如一人创造一艺，限定年数，不准他人仿造等律是也。

十九日庚午　镇日阴雨，凉。闻自德皇葬后，各处作乐游玩之处，一律开演如前。据土人云：此等虚文恐今后概可废去矣。又前经星使行文总署，咨调同文馆法文副教习阎润亭（海明），昨早接电，知其乘法国公司“阿瓦”轮船到马赛海口，已由巴里起程，今晚戌正一刻到柏林。戌正，余至万牲园火车栈，少待车至，接入使馆。旧雨相逢，畅谈终夕。阎润亭携其四弟奇臣(海诚)自备资斧来此学习德文。

二十日辛未 晴,凉。记:德国专有巡捕管理作买卖人,此分两种:一系设店本地;一系出外游行,沿途卖艺。故巡捕章程亦分两种办法:凡居肆之工必先报知地方官,领有巡捕文凭,方准开设,倘未经领凭,或恐其人地不宜,或恐其人不安分,当即由巡捕禁止。盖工匠一项,或嗓音喧哗,或身味不洁,致有扰累近邻之处,是以巡捕必先查明,然后发给文凭。凡制造等厂所设锅炉,必由巡捕查明其地是否无碍于人,方准设立。已立之后,又必随时稽查,防其炸裂为害。凡工艺亦皆有考凭,如行船之人或管机器之人,应先将考凭交巡捕验过,方准执业。凡开设戏园、饭店、酒肆、当铺及卖毒物、火药等店,均必告明巡捕允准方可。至出售估衣或充人牙荐雇仆婢、或拍卖、或状师,曾有过犯者,巡捕则禁止之,毋得为此行业,盖此等事易于作弊,非正人不可,且防其货由盗窃得来也。凡出外营生之工匠,亦必在巡捕处领一文凭,以一年为期,期满更换。每次请凭必完缴一年之税,领凭后,准在各邦任意游行。凡居肆之工,亦准出外游艺,或令人至他处。为推广生意起见,但须一律请凭完税。按出外完税一项,系专指工艺而言。惟农人、圃人、牧人,或粜五谷,或卖木料牛毛等,皆听其出境觅售,不归此完税之例。其戏耍乐舞等无益之事,苟有关乎风化者,巡捕亦可酌量阻止。昔者各行手艺立有公所,乃为私心垄断,阻遏新进之见。现在国家虽欲废其旧习,而仍不废其公所者,因见其不为无益也。盖向来工匠,频有未经学艺而居然卖艺者,贻误良多。故今仍留其公所者,欲以尽心教徒一事责成之耳。

二十一日壬申 雨,冷。泰西各国工匠从前频有聚众哄闹、索加工资等事,因而国家立法严禁。现在此禁已弛,乃另设一条:凡工人须与业主先立合同,言定一切,自然可弭许多衅端。如工人与主人有龃龉之处,或由公所调停,或经本地公正绅耆理处。若无人公断,当由本乡判断,倘仍不服,须于十天限内上控按察司。凡作徒弟学艺,亦必立有合同,倘限期未满而逃归者,可由巡捕查捉送回。凡幼童之不满十二岁者,以其体弱无知,不准在厂内作工。由十二岁至十六岁者,虽准作工,仍有限定时刻,不许多作,以免童体有伤。又工人不满二十一岁者,必自立一作工簿，请主人将其初到月日及停工月日填明送交巡捕。凡工人要保其病险，乃每日酌扣工资若干，存储公局作为养病之需。此局或在本厂，或在本乡，随地不同，照例必设。又各厂所用工人，除扣其本人工资外，厂主须另于生息项内抽取赢余，一并存局，作为公费，大抵照众匠工银总数再提三分之一。凡在有危险之处作工者，如挖矿造房，或有锅炉之厂，或轮船火车等，则须各由业主预立公局存储公款，以备工人养伤及死后抚恤家属之用。更有一款，专备养赡工人之在厂年久年迈体衰者之用。以上各章皆为保护工人起见，德国创此善法，闻他国亦将仿行焉。

二十二日癸酉　阴，冷。西国以贸易为大宗，亦以工艺为根本，因而国家振兴工艺之法有数端：一，设立学校，令人学习各种技艺，布邦现有三大学校，一在柏林，一在汉诺威，一在阿赤恩；一，设立百工院，凡各国有益于工艺之器具书籍，不分古今聚集一处，以便考求，即所谓博物院也，院中亦有教工匠之学堂；一，凡有创一新法，造一新器之人，国家发给文凭，俾得独专其利，十五年以内，不许他人仿造，如欲仿造，须向本人讲明；一，工厂中制造有声名者，准其自立一记号，禀明官府，不许他人假冒。此等记号虽与中国货铺之以鹤、鹿、如意、刘海、魁星等为记之意同，然其权利则与一国之记号无异，如日本以日为号，暹罗以象为号，缅甸以孔雀为号，美国以星为号是也，是皆他国所不能假冒者也。

二十三日甲戌　阴，冷，着棉衣。记：德国之商务，凡与他国通商者，归外部及领事官办理，内地通商者归商部及地方官办理。商民与官场交涉往来，以通商公所为枢纽。各处公所总归商部管辖，其公所内管事之人，即在商民内公举，三年一换。凡公所之在通衢广市者，另一名目，因其中有产业，故其章程略有不同。凡与他国通商，照两国所立通商条约办理，其于总国境内，列邦照本国商律办理。本国买卖，每有市会，或一礼拜一会，或一年数会。凡设会时，所集货物照例减价，以便兴隆商务。又因为商务便当，另设钱局，其中经手钱财之人，抽收厘数，以为津贴，亦有一定限制，其汇兑银钞，必照市价，不得以私意低昂舞弊。至总国内之尺寸法码，处处一律，或用迈当（每一迈当长三尺零），或用启罗（每一启罗重不足二斤），以此两物为根本。凡商人所用之法码尺寸必有官印，其无官印者即为私造，不得使用。凡酒肆内所用之酒杯，必刻字号，以杯之大小深浅，分酒价之多少，此项杯上字号亦由官刻。又德国之钱法，向来列邦不同，自合众以来，改定划一章程，大抵以金钱为正宗，银铜仅可零用，为数多者不得概以银铜抵金。惟国库收税或民向官场汇兑，则听其便，不论银铜钱及呢克尔钱（即俗所谓洋白铜），亦必全收，不准挑剔，是皆体恤商贾，加惠人民之意也。入夜雨。

二十四日乙亥　阴雨阵阵，冷。西国以民间一切往来之事最为紧要，故凡水道陆路，皆极力修理，平坦无险，以便舟车载客运货，更使书信电报往来迅速无阻。泰西现以铁道为重，因其轻捷便当，故民间所有，皆陆续买入归公。凡开通道路皆为要务，不论火车道、马车路，皆准民集股自办，如有民间产业在冲要之衢，例照时价买入，不得坚执不允。按民间产业，本可自主，虽国家亦不得相强，惟道路系因公起见，且房地皆照所值偿给，故不容坚执有挠官工，倘嫌价少不服，准在六个月内上控按察司。再路成后，如有妨碍路旁居民之处，准其禀官给价迁徙，但以三年为限，过限不准。

二十五日丙子　晴，稍暖。记：各国以航海通商为重，故凡船只及行船之人，无不处处设法保护。夫船只往来亦犹车辆之有驲站，是以随处设立码头，以便上下货物行人。凡船往来，或泊码头，或行河中，各省各府皆专有巡捕稽察照料。列邦出海船只总国定有章程，其在别国境内，归总国兵船一体保护。凡商船业主必系德人，方准用本国商船旗号，他国之人不得假冒。又各船船名必先报官登册，以便保护。国家专为航海设立官署几所，一曰觇风局，设在汉柏尔海口，专司探察天气。此局与各国海口之局电线相通，故能预知风信，每日印出报单，令各船咸知趋避。一曰海务局，专为审查海中沉船等事，凡遇船沉后，查出船主大副等有错误不合之处，即可收回考凭，不准再充。倘此局办理不洽，柏林有专管海务之按察司，尽可上控，每遇船只搁浅，必先救出船上之人并起出船上之货，故又于海边另立救生局。各船能客若干吨数，应装若干货物，本有定章，不准溢额。凡船主大副及领港管轮之人，必有考凭，方准承充。船上一切水手火夫等，按照总国定章订立合同，其工费粮食等，亦各有定章，此事亦归海务局料理。凡德国内地行船，如一水通连数邦者，归总国办理，一水源委只在一邦境内者即归本邦料理。船行过路不准抽税，必停泊码头方始收税，亦照码头应需之数，不准多取。

二十六日丁丑　晴，暖。记：德国陆路分作三项：一全国往来之路，一本省往来之路，一各乡往来之路。从前国家所开之大路，现在多归各省经理，倘省费不足，仍由国家发帑以作修路之用。其次者归各府经理，乡间小路由各乡自理，倘本乡经费不足，则省中府中应筹拨协款。各处皆设巡捕查看道路，如有因循推托不加修理者，即当查明商办。各巡捕不惟管路，更管行路之车，凡车轮车轴宽窄短长均有定制，免致伤路，行车往来皆有定章，亦由巡捕管理。总之，西国巡捕权既大而任亦重，凡处正直无私并不舞弊，故无论何人，彼皆敢管，人亦无不听从者。

二十七日戊寅　阴雨阵阵。记：德国铁道向皆由民间纠集公司办理，后因本重利轻不甚推广，冲衢要路未能遍及，是以迩来国家借款，将要区之路，皆买归官，以铁道进款赢余逐年归还借款。所有官民铁道均归工部总管，惟官者官办，民者民办，官仅派员稽察而已。总国设有铁路省衙门，专管铁道之事，其搭客运货皆有定章，按国家借款不难，办之亦易。近日所买之铁道，利息赢余甚巨，故自还债外，逐年添造新路颇多。民间如欲开筑新道，必先将股分招齐，追资本充足，具结存案，国家验得实在，方准开办。倘察知资本不敷，即斥驳不准，俟国家允准，方可将火车所经之地收买，而国家仍须派员董察工程，以免将来遭险。各处火车搭客运货之价，因资本不同，势难一律。然亦须两顾，不得太昂。如运兵士，载难民，或系煤炭矿料及肥田之料，皆例当格外便宜减价，以利农民。

二十八日己卯　晴。记：德国书信电报统归总国管理，惟拜晏及威敦堡二邦，仍欲与闻其间，以自全其国体。总国书信局与五洲各国立有公约，以便往来相通，其不与此约者，天下仅二三大国而已。一切送信章程及寄信之费，有约各国均系一律，电信往来大致亦与书信同。总国专设一局管理电报书信，布邦则每府设一总局，各城村镇之分局皆归其管理。国家设局经理，价既便宜，故不准民间再开私局，违者有罚。然定章专指远地，并未言及城内，且禁止私运系指封固信函，至说帖之类并未言及，故今柏林城内仍有民设之局朝夕运送者。各处铁道每次开行，必有信局一车，托其拖带并不出费，此盖总国之通例也。遇有新开火车公司，国家必先声明此条。各信局经手寄信不准擅行开拆，此例极严，但犯罪之人或倒欠之人，其信与案牍相关者，从权开拆亦可。倘保险之信遗失，应照定章赔偿。电报一节，总国亦定有一律章程。凡大地江海往来之线，皆在地底水中，由电缆传递，其余均用电竿。至德利风，亦归总国信局带办，如民欲自设，须先禀明官局，如准亦可行也。

二十九日庚辰　镇日阴晴不定，凉。记：德国学校皆隶于文教部，凡官学教习即系职官，按月有俸，民间自设之学堂，虽不由官出费，亦必派员稽察。凡大学院归文教部尚书管理，其他大小官私各学校及学充教习之学校，皆归各处地方官管理，按时派员稽察。布邦定例，民间幼孩，不论男女，自五岁起至十四岁止入学读书，且国家以教务学问为重，故在各乡皆有学校教堂，并派人在内早晚教以天主耶稣犹太各教之道，以使各人自幼即知所应奉之教，及知其世代所奉之教也。各学堂工课大致有七：一教理，二国语，三算学，四画学，五史记，六地理，七动植并地质学。男孩操练气力，女孩兼习针黹。其上等学校，分为两项：一曰古学，以腊典希腊文为主；一曰时学，以格致算学为主。古学有成者升入大学校肄业，分为四门：一教，二律，三医，四格致并古文。时学有成者亦可入大学校肄业，惟专求格致一门，其余三门，虽准兼学，例不给考凭。凡大学校必建于都会之地，不但为推广格致，且教堂之教士、宦途之文官，亦皆取材于此。各学教习有正任亦有候补，一切章程以及用款，皆由正任各教习会议而定。各教习会推一人主持学务，一年一换，肄业各生皆三年大考，惟学医道者必须四年，因其理甚深，学之不易也。要之，西国学校大小不下二十余种，如文会、夜学，前已述及，其他各学，俟有所闻，当续述之。

六月

初一日辛巳　晴。午后同谢芷泉、阎润亭乘车行五六里，往看威克兜立阔勒木，释华言得胜柱也，华人呼曰金人柱，因其顶上立有带翅金人也。地在五道门西北里余，柱下地作“井”字形，四面有路，便人往来，余皆围以铁阑，其中盛栽花木，颇极幽雅整洁之至。柱式作“高”字形，由地至金人顶，高一百九十尺，由地至金人足，二百四十八级，据云为天下柱之至高者。柱下有一方石台，高十五尺，四围各八尺，所凿人物皆系前德与法奥等国交战事迹。护以铁阑，台正面有门，入门买票，每人五十芬呢，赁千里镜，每个四十芬呢，寄存雨伞，每伞十芬呢。登五十八级，出旁门，系在台顶，周立花石柱凡十八柱，粗两围，中央圆心，又以碎石攒成战迹，人马花木、山水楼房，五色俱全。入门再上登一百九十级至柱顶，四面铁阑，凡十七金柱，阑上有网，以防游人攀登晕跌。在上四望，不惟举城毕见，遥望朴斯当王宫，亦在目前，再上虽有门有梯亦关锁不开，禁人上去矣。按其金人女像，高丈余，赤足光头，身披氅衣，背有双翅，右手举棍，长四五尺，棍头一小轮，旁看形如申字，左足踏地，右足后翘，向南作飞奔状，看毕回寓。

初二日壬午　镇日阴晴风雨不定。记：前于五月初间，在万牲园中生四小狮子，长约六寸，高三寸余，不饲狮乳，以笨犬哺之，半月后能行动，则喂以牛奶，至今长已尺半，高七八寸，乃竟喂以大块生牛肉矣。其形毛黄类犬，然口巨身长，尾垂耳立，势颇威猛，虽非生在山林，恐亦未必驯良也。

初三日癸未　阴，凉如仲秋。见街市间一单马车，上一铁笼，如京都盒子铺门外之鸡笼，亦分两层。上下置大小哈巴狗约三十余，其毛之长短、色之黑白不一。笼上四面立牌，书有字号街名，盖一新开之狗铺也。

初四日甲申　阴雨，冷如孟冬。午后，见楼下经过双马大车二十余辆。车皆四轮，上有布棚，上各坐男女老幼三十余人。询之，盖通城各行，如木铁皮瓦等匠，岁必息工一二次，息工后必相与挈眷出游，是日乘车者，乃皮行各匠及其家属也。入夜雨止。

初五日乙酉　阴，冷。未初，约阎润亭昆季乘马车行七八里至海瓦街第四号，看那田那帕诺拉吗障眼画。亦系德法战场，与他处亦大同小异，有在民房内外相攻而烈焰冲天者，有交兵时德兵作将放枪状而法兵有后退且哭泣者、举白巾示求免战者。通场法人伤卧者颇多。遥望四面，山崩水阻，树倒楼焚，不知有几百地远，鸟飞不下，马行踟蹰，尸横田野，血满沟渠。凝神视之，觉目中枪剑交敌，耳中炮声隆隆，杀气冲天，可畏可惨，几疑己身之在战场矣。

初六日丙戌 阴雨，冷。闻西人谓生母怀孕之由，并非有意求子，无非行房欢乐所致，故事父母不必孝，事君则当尽忠，一身为国所养，故在军中，虽裂尸万段亦无怨也。查洋人除私生者由国家养育外，其他皆由父母亲自抚养，至于成立，何父母无生子之心耶？如为父母者不欲生子，则生下即行溺死亦可也。且西国所制男女防胎之物甚多，男女行房，亦皆可用。乃行房既不用是物，产下亦不溺死，是父母仍以生子为心也。试告以父母鞠养劬劳之理，则知无父母无以至今日，亦必谓父母无子无以终余年矣。

初七日丁亥 稍晴，仍冷。泰西诸国最重教务，故所谓神甫贞女者，莫不敬之。每入人家，必待以礼。然神甫宿娼，早有所闻。贞女之私通而出嫁者，未之见也。不意昨闻本公馆洋仆孟佗之妻，本一贞女，前当许星使夫人在此染病时，曾来探望四次。一日，竟于本公馆跳舞堂中与孟佗苟合，其事既为人所共知，彼此遂成夫妇。至曾遵例报官与否，则未之闻。

初八日戊子 晴，稍暖。记：前日德国礼官辛文保来拜，谈次，言："久闻中国大皇帝御宝与西国君主所用者不同，上月《新报》言计数二十有五，并言体质文字，然究未知其详，请明以告我。"余答之曰："中国御宝之用，自秦迄今，历代不同。我朝奉天承运，于斯万年，所用御宝之数，实系二十有五，如章黄序者，则用白玉玺，文曰：大清受命之宝，方四寸四分，厚二寸，盘龙钮，高二寸；章继绳者，则用金玺，文曰：大清嗣天子宝，方二寸四分，厚八分，交龙钮，高一寸一分；肃法驾者，则用栴檀木玺，文曰：皇帝之宝，方四寸八分，厚一寸八分，盘龙钮，高三寸五分；荐徽号者，文曰：皇帝尊亲之宝，白玉为之，方二寸一分，厚七寸，盘龙钮，高一寸三分；颁锡赉者，文曰：皇帝行宝，碧玉为之，方四寸八分，厚六分，交龙钮，高一寸六分；册外藩者，文曰：天子行宝，碧玉为之，方四寸八分，厚一寸九分，蹲龙钮，高二寸三分；饬朝觐者，文曰：敬天勤民之宝，白玉为之，方三寸一分，厚一寸五分，交龙钮，高一寸七分；钤诰敕者，文曰：敕命之宝，碧玉为之，方三寸五分，厚一寸三分，交龙钮，高一寸八分；奖忠良者，文曰：命德之宝，青玉为之，方四寸，厚一寸四分，交龙钮，高二寸一分；章奉若者，文曰：皇帝奉天之宝，碧玉为之，方四寸四分，厚一寸一分，盘龙钮，高三寸五分；布诏赦者，文曰：皇帝之宝，青玉为之，方三寸九分，厚一寸，交龙钮，高二寸一分；祀百神者，文曰：天子之宝，白玉为之，方二寸四分，厚八分，交龙钮，高一寸三分；展宗盟者，文曰：皇帝亲亲之宝，白玉为之，方二寸二分，厚一寸二分，交龙钮，高亦寸二分；征戎伍者，文曰：皇帝信宝，白玉为之，方三寸三分，厚六分，交龙钮，高一寸六分；命殊方者，文曰：天子信宝，青玉为之，方三寸八分，厚一寸三分，交龙钮，高一寸八分；谕臣僚者，文曰：制诰之宝，青玉为之，方四寸，厚二寸，交龙钮，高二寸四分；扬国宪者，文曰：垂训之宝，碧玉为之，方四寸，厚一寸五分，交龙钮，高二寸；重文教者，文曰：钦文之宝，黑玉为之，方三寸六分，厚一寸五分，交龙钮，高一寸六分；崇古训者，文曰：表章经史之宝，碧玉为之，方四寸七分，厚三寸一分，交龙钮，高二寸二分；从省方者，文曰：巡狩天下之宝，青玉为之，方四寸八分，厚二寸，交龙钮，高二寸五分；张征伐者，文曰：讨罪安民之宝，青玉为之，方四寸八分，厚二寸，交龙钮，高二寸五分；整戎行者，文曰：制驭六师之宝，黑玉为之，方五寸三分，厚一寸四分，交龙钮，高二寸二分；诰外国者，文曰：敕正万邦之宝，青玉为之，方三寸八分，厚一寸五分，盘龙钮，高二寸三分；诰四方者，文曰：敕正万方之宝，青玉为之，方四寸一分，厚一寸五分，交龙钮，高二寸；谨封识者，文曰：广运之宝，黑玉为之，方六寸，厚二寸二分，交龙钮，高二寸。”当文保来时，方午正，俟谈毕，已至酉初矣。其人大喜，深谢而去。

初九日己丑　镇日雨，冷，现时天短，亥初天黑，丑正一刻天明。自前日奉谕，除星使房门外，各屋煤气灯皆于亥正扑灭，以期节省。又闻土耳其国各种商贾匠役，分头二三等，每等凡同时入门为业者，皆互称曰韬贴兄弟。韬贴者，译华言年也，同时学业，故言年兄年弟也。

初十日庚寅　大雨。记：本公馆自李丹崖星使任内，即有德人名杜约贝者，频来出售瑞士钟表，价不甚昂，货亦甚佳，同人皆爱之。前因伊丁母忧，见其在高帽上围青绸一条，宽约二寸，即为居丧之制。近有月余未来公馆，是日忽至，面目枯槁，颇有忧色。询之，乃云伊女于数日前病故，现着反服，竟重于其母，帽上青绸，宽逾八寸。星使因慰之曰："西国嫁女妆奁尤重，且平日衣食之资，亦为虚掷。今既夭逝，则目下可省，将来亦无须縻费矣。"杜曰："我女若生，平日鞠养，固在意中，至将来嫁资，我虽赤贫，费之亦所深愿也。"星使又曰："中国重男不重女，因男可养生送死耳。"杜曰："我国不然，男女一律爱重。"据杜此言，则又西国不专重女之一证矣。

十一日辛卯 晴，稍暖。未初，偕阎润亭昆季乘车行四五里游五道门。下车后，忽御者追至，手持金钱二枚，盖润亭付车脚后，钱囊未曾扣紧，以致遗二金钱于座上，御者不敢匿留，故特送来。润亭嘉其拾遗还人，赏二马克，亦理所当然也。

十二日壬辰 早晴暖，午正大雨，雨后复晴。记：德国东南巴威里亚省米痕城，有一种苦酒，洋名必尔，华人还其音曰卑酒，系以铁锨头为记号，故柏林通城，凡酒店饭铺门首画有一白色铁锨头作"凸"字形者，即售此卑酒者招牌。

十三日癸巳 晴，暖。戌初同汪芝房随星使走遆尔树林东南，至圭呢斯坊，步入克洛勒灯园，其门向东，正对金人柱。入内，先铁架月牙灯门一行，高约二丈，分左右两翼，正中又高数尺，顶上作王帽形如亭。过此以南二十余步，一乐台，上坐乐工十五，台前一水法大石盘，盘上坐一石孩，怀抱洋琵琶，入夜燃灯，弦亦明亮。台左曲径，花编月门，门悬白玻璃罩灯，行行如捻珠。左亦曲径三行，花本分畦，中挂气灯，罩分五彩。树间以及乐台左右，前至灯亭，罗列桌椅。灯亭之北，高悬电气灯二，灯下栽花，围以灯篱，左旁假花，花蕊燃灯，右旁红绿葡萄八枝，葡萄造以玻璃，内亦燃灯。再进则左右各铁造印度棕或芭蕉一棵，树下燃灯，花内、果内亦皆燃灯。再进则白罩高灯四行，正北墙边，对乐台立一大镜，高二丈，宽丈余。镜前一花池，池心一白石盘，周丈余，盘心一水法，铜管作蘑菇形，水则四出，下垂如玻璃罩，高约三尺，盘四角有孔，水又下流入池，池边又围以红罩玻璃灯，对镜一望，似前面仍有灯景无数也。西旁临墙，正中另一乐台，南北木房两行，前立阑杆，列花盆，内设桌凳，房外灯下亦然。对面楼上一戏园，容座千许，楼南北为茶房、厨灶，每房犄角处，亦各立白罩气灯半围。统计通园煤气、电气灯，大小不下八九千盏，地式不大，而灯光灿烂如昼。入门买票，昼夜每人皆一马克。欲听戏者，另买座票，分头二三等。白昼无戏无乐，出售饮食茶酒，堂倌共三十余。戏乐皆戌初开场，戏亥正止，乐子正止。当晚游人极多，颇为热闹。亥正步回，皓月当空，清风飒飒，又一情景也。

十四日甲午　晴，暖。记：柏林当铺，禀官设立，利息百马克，每月三十芬呢，一年为满。凡当者，须留名姓、住址，年满不赎则当铺为之代卖，共卖钱若干，扣除本利所余，仍交物主。故届期年满，物主可赴铺中取其物价所余者，是亦典当之公道处也。

十五日乙未　晴，热。入夜微风，凉。本公馆由大门内右转登楼，梯之内外以及中厕，共有煤气灯八盏。记去岁初到时，尚燃五盏，故光甚明亮，凡入厕登楼皆不致迷路。至一二月后，减去两盏，只燃三盏。向来各灯于十二点钟始息，嗣后虽有论十钟减灯，然未嘱及各房，故梯旁及厕中，仍可自点以照行人。既而因恐多费，遂于每夜亥正将气灯总管拧住，使各处不能自点。所幸外间楼顶、内间门旁以及中厕各添挂一油灯，亥正灭气灯后，接点油灯，上下亦亮，所省良多。至是日亥正，忽又将外间内间所悬之灯尽行撤去，另挂一油灯于内外间正中之间框上。此灯光分两枝，作“人”字形，光照内外门俱亮。光既分为两枝，又各枝上下分为两叉，通作“ㅆ”形，并上下皆亮，是一油灯可代四煤气灯矣。按此灯，非精于格物测算及光学者不能制造。观此，则格致之道，岂独西人为能深究其理哉，特我华人不思耳，苟能细察，必有大过西人者。

十六日丙申　晴，暖，微风。午后同承伯纯、陈骏生往看蜡人馆，见添有变戏法者，每一刻演一次，入者每人二十芬呢。屋不甚大，容座二百。正面小台一间，一人旁立说解一切，演时四壁息烛，使屋黑暗，台上微亮。先置一白石人头连两肩者于桌上，少间变成一活女人头，眼唇皆动，能笑能颦。忽又变为一花篮，内盛鲜花，既将花篮取下示众。此后卷上旁边布帘向内一望，则见大海茫茫，红日曈曈，半空悬一女子，赤身围短裙，上下往来飞舞如仙，既而下投入海，波浪奔腾，景致甚奇妙也。

十七日丁酉 晴。酉刻，房主万代墀夫妇邀饭于浣溪别墅。申初同汪芝房、恩仲华随星使乘马车东南行二十余里。一路松林稠密，高皆二三丈，修理洁净，亭亭直上，或云是林最大，为天下第一。中间道途平坦，宽阔整齐，左右频见黄羊麋鹿，小湖长河，木庐点缀，幽雅可观。至鸽笼坞村，因人倦马乏，遂入加非馆少息。登车复行十余里，树林荫翳，花木丛隆。至其家，弃车登楼，少谈入座。共男女十四人，皆其内戚，中多美国人。食毕在楼前厅中眺望，楼在山冈，前临大湖，花木繁盛，湖水清澄，舟艇无多，人迹稀少。继而下楼入园，环步出后门，即是湖畔，设有木亭码头，旁系小舟两三。在上少立，忽有六鹅浮来，由远而近，向人展翅而鸣，作求食状。万君内侄取面包块，向之掷去，群鹅争食，食毕陆续浮去。此后转回，坐吃加非吸烟，少叙。亥初谢别，登车，另路回行，既无树林而田地亦多荒处矣。

十八日戊戌 晴，热。记：德国十年前列邦未合时，各处亦多私弊，贿赂公行，如门包使费等与俄罗斯及他诸小国同。自战胜法国后，列邦合一，乃凡处一律整顿更新，国势为之一变，因而私弊剪除，凡事一秉大公，人心悦服。然现虽称强，凡处励精图治，治理整齐，其城内贫民亦皆洁净。现值夏令，其幼童幼女由城外来者，虽多光头赤足衣服，尚不褴褛云。

十九日己亥 阴，凉。是日为西历七月二十七日，俄历七月十四日。闻在俄国为一大节，系其第九百次庆贺东教入俄之期，教堂既开，且在十字架前声炮一百零一，以昭恭敬。窃谓炮凶器也，两阵对敌，每声一炮，不知伤人凡几。天主耶稣既为一教之至尊，必亦有好生之心，恐未必因其敬以恶声而默为保佑，则凡西礼之鸣炮示敬者，其皆近于示威耶。

二十日庚子 雨。西人喜红茶，无论浓淡，味皆不佳，且加以牛奶白糖，尤失其本性。每因无事，缓步街行，必入其加非馆少坐。馆中所备者，无非加非、牛奶、苦酒、冰凌之类，皆非素所喜食，因而自持茶叶往烹，聊以解渴，按其价，每杯三十芬呢。今不用其叶只用其水，价仍索三十芬呢。

二十一日辛丑　阴雨。记：外国之胡同街弄，不论曲直，楼之高低不能划一。而其前面则必一律整齐，道路平坦，门外清净，中走车马，左右行人。凡人家铺户，未见有擅自在门外，掘坑堆土置石放物，以拦车马而碍行人者。如准此铺门首置何物，则他铺皆然，从未有因花费不足即行阻止，更无在窄道准放而在宽处反不许者。街市车辆放置皆有定处，巡捕随时弹压。不要地方钱，大车往来不要道路钱，饮马不要水钱。官道左右既不准人私占，则地面巡捕自无擅行租人摆摊搭棚者。以上各节，固属地面洁净，官法整齐，然非新国之新章，亦旧国之旧法耳。

二十二日壬寅　阴。早承伯纯由公馆移至库蒂余森街第四十八号，共屋三间，一客房一客厅一厨房，先经赓韶甫与之租定，每月六十马克。迨移入交房租时，乃云租卧房、客厅共六十马克，加厨房一间仍需二十马克，共应交八十马克。其所以然者，盖伯纯不能德语，且屋主知韶甫将去法国调养腿疾，故有意欺之也。乃即约韶甫至，与之辩驳许久始定，每月仍以六十马克为租价，外加赏钱十马克。又星使裱地图，但立有契据，言及有字模糊，责令赔偿等语。迨裱成时，虽无大误，而红字多因水透不清，令其赔还，乃云契据并未言及，若欲赔偿，贫家无力，请送官办可也。以上二事观之，凡与德人交事，必先仔细逐件言明，方可免日后之唇舌，否则难矣。

二十三日癸卯　阴，凉。见街市停车处及墙下沟旁不洁之处，皆经巡捕洒以烧炭醋末如红土者，以去其腥臊，免人闻而受病，是亦清道保民之法也。

二十四日甲辰　阴雨。德京街市孩童颇多，每日络绎不绝，多立于公馆铁栅外向内而望，衣履尚皆整齐，面目亦皆洁净。当日将所买点心隔窗示之，各皆点首作要状，遂顺手掷去，彼此争取。英法等国无此等小孩也，是亦国贫所致欤。

二十五日乙巳　雨，凉。在公馆东墙外，隔数武有一曲径，现值天暖，每日午后，有女孩二十余，聚集玩耍，随歌而舞，种种不一。有一种系六七八九女孩不等，向内握手连成圆圈，外边一孩童随走，以手拍圈中一孩而呼曰:“姐姐我这里来”,女即出圈向左跑,在外者亦即向右跑,二人遇于圈后,彼此拉手问候曰:“今天好,你好哇,你好哇,再见”,言毕分手,各向圈口回跑,先到者入圈,其他仍照前作,如此陆续,倦而后止。按德文,姐姐我这里来系舒委司特安阔木米塔,今天好系古屯大哈,你好哇你好哇系威该自威司太自,再见系阿爵。

二十六日丙午 细雨,冷。近见街市妇女多有两耳满塞棉花者,问其故,或因头痛,或因牙疼,用棉塞耳以御寒云。

二十七日丁未 早晴,酉初大雨。闻德国亦贪饮之徒,因各给有绰号。凡醉而喜攀缘者,曰醉猴;醉而喜眠卧者,曰醉猫,猫亦分多种,有醉雄猫、醉雌猫之别。

二十八日戊申 早阴,辰初微晴复阴。辰正,同众随星使在大客厅向东恭拜圣牌,行三跪九叩礼。酉初细雨。酉正,星使率众及金楷理晚酌,亥初始散。

二十九日己酉 早细雨,未初雨止稍晴。记:外洋番薯名泊太兜,原为南阿美里加之土产。百年前,有英某世爵,由彼处寄家,告以种之可食,迨生出后英人乃掷其根而食其枝叶,某世爵回英始改食其根,以后传行通国,至今东西各国皆食此以代面。德国地多沙漠,不利于五谷菜蔬,因而改种番薯。据云,使其枝叶霉烂沙中,则数年后,沙可成土而肥润矣。又是物经洋医以化学考其入腹有益否,据云益于身而不益于头,多食者性必钝。德国正东近波兰一带,五谷无多,人皆食此物,故多愚蠢云。

三十日庚戌 冷雨阵阵。现在夏季,正值百谷花木丛生之时。德京所有菜蔬无多,如蓁菜、白菜、菠菜、芥菜、白萝卜、红萝卜、葱、蒜、黄瓜、扁豆、蚕豆、豌豆,只此数种而已,且中多有自他处运来者,价亦颇贵,如蓁菜一棵价值三十芬呢,果品亦然。所有者,为苹果、葡萄、柠檬、地椹、橘、李、桃、梨、西瓜、甜瓜、槟子、杏儿、波罗蜜及两三种红黄草果,形似葡萄,大小不一,味皆酸涩,名亦未详。梨分二种,形似波梨,青者酸涩,黄者甜嫩如白梨。李子色红长如枣,波罗蜜来由他国,每个三四马克。

七月

初一日辛亥　晴，暖，亥初大雨一阵。记：德京作小买卖人多用狗拉车，狗亦竭力前拽，随车携有毯或毡一块，停车放毯于地，则犬卧其上。又人家畜犬者，较英法稍多，无论大小皆项套皮圈，上挂铜牌，凿以主人名姓住址，口上皆有铜罩或铁丝罩，以防咬人滋事。其无铜牌与罩者，巡捕获得之，勒令罚钱。

初二日壬子　晴，暖。闻数年前德京有女名阿呢者，世袭某侯爵女也，貌美善歌，常入园中演戏。四年前，嫁武官司米塔为妻，依然登台歌舞，肆无忌惮，司亦无可奈何。既而司死，女更放浪宣淫，既与优伶通，更与纨绔子弟相好，老德皇之孙尤与之亲厚。诸世家戚友，皆怒其不节，屏不与往来。老德皇未崩以前，知其子染喉疾必不能寿，将来帝位必及其孙，因谕将通城妇女之与皇孙私好者，概行逐出，阿呢即在其中也。现在皇孙即位，女乃剪发改装，逃回柏林。从前女之衣冠咸用一色，今则帽红衣绿矣，然其前次被逐，巡捕厅中留有小照，或云伊虽剪发改装，终恐巡捕察出，仍被逐去也。

初三日癸丑　晴，暖。记：德国废疾院系由官设，所以恤养人民之有废疾者。院亦宽敞洁净。恤养有法，无论男女，或生而痴呆者，经其父母送入，或中年患颠狂者，被巡捕捉入，皆经医官察其病由，设法疗治。苟有愈者，院中亦教之写字读书，以开其心窍，冀将来足以自活也。

初四日甲寅　晴，热。自阎润亭到德后，星使因其初次出洋，恐其法文生疏，语言不顺，遂令前去巴里自备资斧，租房延师，学习一年，当有进益，是亦星使培养人材之意也。当早余约其昆季早餐。戌初同陶矩林、徐良臣乘车送伊二人至万牲园火车栈，追火车开后，同步入万牲园中少坐，各饮加非一杯。

初五日乙卯　晴热如昨。自两月前，天气微暖，雪初晴，冰始消时，街市幼女即披坎肩露两臂，短裙长袜，微露两膝，乳妪亦皆换着白半臂红短裙，袒臂露腿，各家亦多他往乘凉，大有三伏之意。至近数日间，天益加热，凡赤臂着纱衫者，更不可胜数。然时已初秋，树叶渐黄而落矣。

初六日丙辰　早微阴，午后晴，热，微风。酉初，同谢芷泉、陈骏生、贝汇如约承伯纯在店晚酌，遂赴克洛勒灯园观剧，所演平平，惟幻作一阴暗欲雨之天，黑云往来，闪雷交加，真假难辨，殊为奇妙。亥正戏散，入园看灯，辉煌灿烂，无须再述。当晚游人男女颇多，子初回寓，又买票观剧，系在台旁，每张一二马克不等。雨伞衣冠，置于门外，每件十芬呢。

初七日丁巳　晴，凉如秋矣。酉正，谢芷泉具柬约汪芝房、洪禹山、姚子梁、陶矩林、承伯纯、陈骏生、恩仲华、贝汇如、徐良臣、张小轩与余晚酌，席上皆绍兴菜，甚好。记：其帖云：天上星期，人间巧节，若无杯酌，如良夜何，聊治七星，奉邀一饮，今夕共谈风月，不烦作乞巧文也，未卜诸君子有乐兴否？一坛糟主人祖沅谨拜。按一坛糟之称，因近由上海寄来食物，中有米糟一坛，借以自比也。

初八日戊午　阴，凉。记：德京小书铺有出售秘戏图者，由官禁止，不敢明卖。凡买者，入门低声告之，店主即取十二页一包或两包，随时收钱。价亦颇昂，不准觌面挑选，以防巡捕查察受罚，是亦西国敦崇风化之道也。然每日戌亥之间，在树木丛杂及路灯照不到之处，亦多有野合者。即如房后小河，两岸设有木阑，排树两行，树间横有铁凳，容客四人，路灯虽有而树叶遮掩，光照不甚明亮。此道为公馆至万牲园必由之路，余回寓时，常见有对对鸳鸯，或坐铁椅，或骑木阑，或相搂抱，或相接吻，种种丑态，难以尽言也。

初九日己未　阴雨阵阵，冷。德京聋哑院，楼房百间，容人六百，洁净华美，男女有别，与前在美国所看者同。其训聋哑之法，即前所述之以手作字，其学熟者，彼此问答极快。是法创自法国，其先一法，系每字用两手，既又一法系每字仅用一手。现由德国另创一法，使聋人看他人唇齿之开合，与舌尖之上下即知其意，惜其教法未闻。至所学者，看书写字以及各种学业，大抵工于绘事者多，即算法、音乐、地理、史记、针黹各学，亦有精能者。此院各大城皆有，闻现在通国共有聋哑男女二万余人，亦不为少矣。

初十日庚申　阴，冷。现值秋季天寒，各家又洒埽庭除，擦洗玻璃一次，至地上之毯，专有修补拂拭之局，按时由各家以厂车载出城外，修好送回。毯有大小，故工价亦不能一律，每块一二三四马克不等。

十一日辛酉　阴冷如昨。记：柏林之铁道公车，雇者亦准包月，价之多寡，以路之远近为率，按月折半，如一月往来二十四马克，只用十四马克，如十八马克，只用一十马克，买票一张，上贴本人小照以免他人借用。惟孩童上学之包月车票，极为便宜，凡车价之至少者，一月亦须十二马克，此只须三马克足矣。此无车票，惟给铜片一页作荷叶形，宽长均不及二寸，上横凿字三行，云某路公车第若干号。

十二日壬戌　阴。午初，星使偕汪芝房、金楷理赴艾森庄克鹿柏厂中验放炮位。

记：本公馆后，小河之南吕祖街，有长方空地一大块，名马凯塔坊，向作菜肉市，每礼拜二、五两日由卯初至午正，乡民男女以厂车运来，摆摊出售各种菜蔬果品、猪羊牛肉、鸡鱼鸽鸭、鸡卵鲜花、草鞋毛掸、木凳鬃刷、米面荇藻之类，更有卖熟猪牛肉及奶油奶饼、荤油香肠、羊头猪蹄等。上月地方官将该地添造大房以使列市整洁，自开工后每届礼拜二、五日，令各乡民暂行分列于附近三胡同中之左右，其地东为麻袋布弄，西为珍蒂讷街，中横司太里在巷，其弄与巷各长约三箭许，街则长约一里，左右密列，男女如蚁，皆各家之仆婢也。至午正，则齐行装载厂车携去，即时有兵六七名前往洒埽洁净，以车载污秽下乡云。

十三日癸亥　晴。戌初，忽本街第十号楼之中层失火，即时飞德利风来水龙车六辆，救火人十余，鸣哨举火把，又来巡捕多名。幸火不烈，即刻扑灭，水哨再鸣，则车人一齐驰去，轻便极矣。

十四日甲子　晴，凉。入夜阴雨，秋风飒飒。按：德规，凡租房者，总以初一、十五二日为定期，欲退租者，无论何日移出，必于初一、十五告知房主，以便招租。虽月中移徙，亦必付足一月租价，因非满一月，房主不能另租他人也。亥初，星使偕汪芝房、金楷理由艾森回。

十五日乙丑　微晴，凉，戌初大雨一阵。按：德俗，雇用仆婢，可写明姓氏住址，登诸《新报》，言现欲雇用何等人，约若干年岁者，于某日备选，届期必来二三十名，可先择三四名，分日试用，再择其尤者留之，自某日留用。将来欲不用时，必于十五日之前一日午前告之，因十二点以后，即归下十五日算矣。所以先告之者，便其人另觅他主也。

十六日丙寅 镇日阴晴不定，颇冷，戌刻大雨倾盆。德京照相处颇多，小者，每十二页，价四五六马克，大者八九十马克。有印成索资者，有照后即时索钱者。惟一大铺在来百喜街第百三十号，名沙尔卫特尔，高楼两层，宽敞华美，照工精妙，清楚有光彩，大者二十五马克十二页，小者十马克十二页。欲照者，必先于三四日前说定时候方可，因其照像甚忙，每日必有多人往照也。

十七日丁卯 晴，稍暖。外国酒种极多，其性有纯有烈，味既不一，色亦各殊。其性烈者，多白色与浅黄色；其性纯而味香者，有白，有黑，有绿，并有金黄、淡黄、粉红、紫红之分。然一种皆一色，究未有一色酒中有别色花，如西门季元之二色酒，白酒中有黑花，斟于器中，花亦不散，中有肝石故也。

十八日戊辰 晴，风，暖。戌刻，同姚、徐二君步入朴斯当坊新开店品茗。坐间忽见街之四面及本店石阑外，男女毕集，肃静而立。少刻，过护卫四，由北而南，各骑乌骓前驰。既又来双马小敞车三辆，第一辆德皇及其王爵，其第二三辆，亦皆世爵大臣，德皇及他五人，皆着戎服。过时，男皆免冠，女皆请安，齐声欢呼，德皇亦以手扶帽檐，作答礼状。

十九日己巳 晴，暖。记：德京酒肆饭店之堂倌，饮食衣冠，皆由店主付给，并无工钱，惟赖座客赏钱为进项，故侍奉极为周到，我华人每饮一杯、吃一碗赏钱每较土人加优。自朴斯当坊大店开后，因其内既开敞，临街亦无遮蔽，故每出必在彼处少坐。凡饮食所值若干，皆听其自报，因其向无诳言，故亦不复细问。不意近来每食一次，竟有多算至四五十芬呢者，亦奇矣。华人以诚心待彼，彼反以奸诈待华人，即小见大，国事亦然，可不防欤。入夜风。

二十日庚午 晴。现在大鲜果局，亦列有鲜榛子、金橘、西红柿之类。本地苹果亦分二种，细者大如瓜，色味同中国，而其香尤甚，粗者虽大，色则半红半绿，味酸而涩。更有与华果不同处，其皮厚，其肉脆，既系土产，故价极廉。土人有一食法，乃去皮切块，以水煮熟，加白糖，味似熟梨。

二十一日辛未　晴。近来夜稍长，戌正天黑，卯初天明，午刻微暖，而早晚已冷如九月初。街市往来之人，所着衣服不同，有冬有夏，盖年老者，男着毡衣，女着帔肩。年幼者，男仍单衣，而女仍赤臂也。又现值初秋，天气本应加寒，且此地天时尤属寒冷，乃金飙四起，槐花初黄，是亦与北京差十二度天时不同处也。

二十二日壬申　晴，凉。德俗虽无勾货行，然见后街肉菜市，当各摊移去后，亦有手执布袋拾取菜叶、碎木及烂纸等物者，可见其贫穷矣。

二十三日癸酉　晴。德京通城如一省，分八府七十四县，如北京之左右翼，分八旗八十八甲喇也。系巡捕总统，一曰普利斯伯理玺天德，协尉八，曰豪普满，步军校七十四，曰鲁提南，昼夜巡捕皆三千。又救火兵七百六十六，气机水龙四架，皮水龙十六架。

卷　五

戊子七月二十四日甲戌　晴。西国谓中原文字为花卉字，因见其潇洒美丽也。余亦谓天下各国，惟中国之字气象端庄，结构严谨。迩来华人有见西国草字曲弯圈点，写省笔力，因而轻楷法乃重草书者，是何意欤？夫外国之字，不讲字体笔法，自无字帖，亦无永字八法等书。既不重古人之笔迹，自无求时人之书法者，不知中国之字，为极风雅之事，写者凝神运笔，一气贯注，而后神明于规矩之外，变化于绳墨之中，纵横跌宕，点画有神，书味盎然，洵可乐也。且即书品可以察人品，故字有潇洒、俊逸、苍劲、圆润、弩张、木强、绮靡、软弱之分，而人之性情，自然和盘托出矣。然西国草书，不十分变其楷书之体，且万人一律，无大分别，不比中国之草字，几乎各人一家，中有极难辨认者，如右军“前”字作“”，苏东坡“前”字又作“”。古帖“天”字作“”，东坡之天字又作“”是也。苟欲通用草字，则必另创一种，方得一律，天下通行。土耳其与西国换约通商，已百余年，印度属英现亦数十年，本国字皆未改，日本处处学效西法，迄今三十年来字亦未变，况我堂堂中国耶。

二十五日乙亥　微阴。今日为彼国御林军秋操之期，乃西历九月初一日，礼拜六日也。国王亲阅，并请他国太子王公大臣往观。至各国驻扎公使，虽无请帖而临时外部来信，问有人往观否，须用凭帖若干张，盖每车必有凭票一张，方可准入围也。先是恩仲华得信，遂自书致外部，索票二张，并约芝房偕往，他人皆不知也。星使虽知可往，而闻须乘马，亦不愿去。及票送来，星使始知乘车，当早遂约金楷理同往，四人乘二大马车，未正回。

二十六日丙子　晴。今日为西历九月初二日，系十年前德法鏖兵，法君那波仑第三被获日也。因自上日兴工，在五道门内，东至大桥，一千四百码或一千八百步，每六十步设铁柱玻璃罩电气灯一盏，高二丈余。柱形如旄如节，灯垂龙嘴下，如龙戏珠。每十字街口，左右又立二柱，上横铁练，中悬一灯，又如二龙戏珠。昨日工竣，灯共百十六盏，当晚通街亮如白昼，游人拥挤，车马往来，终夜不息。人则肩摩，车则毂击，可谓盛矣。

二十七日丁丑　晴，凉。德京车厂中车价，开首一点钟七马克，以后每一点钟五马克，单马双马，价皆一律。盖单马车少，双马中则必一强一弱。若用单马，非强者不能远行，双马则一弱者不过聊胜于无，故价亦不加昂也。

二十八日戊寅　晴。德京大小学堂共二百八十五，男女幼童共十五万，其中为官教读不拘束脩者十万五千名。此系官设者，其他私立学塾之数未闻。

二十九日己卯　晴。记：德俗嫁娶之例，与他国无异，惟因其贫民既多，而生女亦众。凡佣工之处既少，则多有非失身不能自活者。故由下等至中等，由中等至上等，多有先失身而后嫁者。必有真夫，方为真妇。又女子十八岁及笄，方着长裙，既着长裙，男虽与通，不为犯法。然谓其因贫失身，似又不然。尝闻有招男一宿，不索银钱者，其身洁净，又不似粤女之因有痳疯，有意招男以移其病者，若谓其淫性所致，则昼夜街市往来，更不似他处之野鸡，其故不可得而详也。

八月

初一庚辰　晴，暖。记：西国之丹青有水画有油画，凡天文、地理、人像、物式各画务必与真毕肖。此艺自古即为一学，今尤重之，故各国设有专馆以期精益求精。其教法，先以铅笔描画，继以墨涂，再加以颜色。凡分配之法、相生之道、光之为理、远近高低之势，一切了了于心，然后悬名画于壁间，使照摹之。久而运笔娴熟，心与目应，则照式改绘。或大或小，任意为之，皆可自出心裁。所画无论事之真假，使人望之，必如实有其地而后佳。学者大抵先画山水，次及人物，最后则古今事迹，皆须布置得宜，更宜细究人身骨格筋络之状，喜怒哀乐之态。花木天时，楼房地势以及各国历代之人物衣装、器皿礼仪必求精妙传神，方为上品。考时出题，诸生照题意而画，随心布置，膺高选者，可得上赏。其画在外出售，不惟获有大利，且因此而得大名也。

初二日辛巳　早晴，午后阴雨。德国亦有棉花出售，丝不甚长。按块每长七尺，宽二尺，厚五分，重约六两，两块为德一喷达。喷达者斤也，每斤二马克二十五芬呢。亦有丝更短片更薄，碎棉摊片，背刷胶水如英国者。更有由英运来者，其块大小宽厚皆与前同，其丝亦长而色则白而青，视之如面如粉，拈之有声且涩，想即前在伦敦所见之玻璃棉也，其价每斤三马克。

初三日壬午　阴晴不定。闻上年夏间柏林树林中正值天阴之际，有男女二人，在彼野合，同时被雷击死。次日新报传出，论其二人致死之由，乃不谓淫秽触怒上天，而谓二人卧处近树，树招电气，故被雷击云云。

初四日癸未　阴。自到德后，每晚频闻恩仲华之跟役长四，敲钟击鼓，朗诵佛经，如放焰口，声乱心思，殊觉厌耳。继思自我国钦差驻德以来，八九年间，男女病故者，已六七人。按华人故后，不闻佛经，其魂恐终不散，幸有长四在此屡屡念诵，得以超度其魂，是亦长四作佛事之阴功也，惜不知其念时备有糊食否。长四所以能善此者，因其在京曾以铺排为业也，所敲非钟乃铁锅，所击非木鱼乃木凳，亦可笑矣。

初五日甲申　阴。辰初，同承伯纯、陶矩林、姚子梁乘马车东南行八九里，至淡泊豪富山庄，看德皇阅本邦十八军体中第六，马步兵共四万。地极宽敞平坦，一望无际。兵列正南，马车千辆，在东南角。其由外部得票者，前列两横，由巡捕厅得票者，排列在后。由内城至此，沿途男女观者如堵。男携妇，母襁儿，拥挤沸腾，皆有马步巡捕弹压，指令分别左右成行。至教场，则非车不准入，更非有票者不准入。票皆横插御者帽檐之上，横长四寸五分，竖宽不及三寸，黄纸上印黑字云：准某人入门之凭票，某年月日。排车处，亦有巡捕十数名，往来指示车夫何地停止。西面有酒肆，临墙设高台，列桌凳，男女坐上饮苦酒、看操兵者甚众。巳初德皇率王公大臣百员，乘马由南而至。先去各队前后绕看一周，既而立于正北稍东。后闻巡捕喊曰："车走！"于是前二行先行，按路稍南而东。第一辆住于德皇之右，陆续两行横列一排，以后各车，横列于后。巡捕随车至此，逐处指示，兵则按队由东而西。每队至王前时，将执刀，兵举枪，皆对鼻前，过则将喊曰：“落！”，乃齐落执腰旁。乐兵立王对面而鼓吹之，兵过，则此班随去，后来者排立而奏。先过步队，既而马队，后则炮车八辆分两排，每辆六马拉，炮手五名，一骑马，二坐车前，二坐车后。装载车亦八辆，每辆二马拉，车箱长方，以木造成，外油灰色，系载衣装器械及饮食之类者。按队过毕，复按营经过一周，当日惜不操演。兵马经过，不过洁净整齐而已。看毕，各车皆向东入城，未初回寓。

初六日乙酉　晴。邻家有已故李兴之女李姒卿，年始及笄。十数日前忽染喉疾，脖项肿痛，延本地医生疗治，乃连拔去三牙，饮以药水，更换三人，竟致腮项齐肿，满身发热，饮食不进，谷道闭塞，乃求张小轩转请陈骏生，一服即愈，母女感谢无已。

初七日丙戌　晴。早赓韶甫由法回销假，见其面貌光泽，精神爽朗，盖法京天暖，夏不似秋，再以温泉洗浴，故能如是也。且新装木腿，极属合式，竟不杖而行矣。

初八日丁亥　晴，凉。酉初，同承伯纯、谢芷泉、陈骏生约贝汇如在朴斯当街饭馆内晚酌，既而至福来得立街第二百十八号匡阔尔的亚戏园内看杂耍。所演多与他处同，惟一人立一木架如衣架者，上系铜铃十二串，由大至小，分十二音，随手摇击，自成宫商。又一人耍六盘，同时上下左右飞舞如蝶，使狗跳椅闯圈，打秋千，伶俐如人。又一人耍牛四头，余谓此等蠢物，不如犬马之灵，乃使之跳舞站立，竟与马同。俄以木桶置中央，使牛履其上，伸两蹄其外以示其能，既而一牛在前，一牛扶之而走，如狼狈之相倚。又以长板置木桶上，两端各立一牛，使板自为轩轾，而无颠坠之虞。噫！此天下之蠢物也，看之令人忍俊不禁。

初九日戊子　晴。是日德皇在敏池柏尔地方阅操，辰初星使率金楷理往，申初回。闻此次共操三日，系马步交兵，不论何时何地，彼此相遇，则对阵而战，兵丁竟有受伤与落马者，是亦可见西国操演之认真矣。

初十日己丑　晴。申初，同承伯纯、贝汇如游万牲园，遇有日本参赞官夫妇。其服色虽改与西人一律，究竟衣之长短肥瘦，不能如西人之合体，身既矮，面亦黄，行动更露痕迹。

十一日庚寅 晴，冷。柏林各家铺户，街门虽锁，而巡捕皆有钥匙在身，故凡遇有回禄盗贼以及逾时灯烛不灭或形迹可疑之处，巡捕皆可自行由外开门突入察问也。

十二日辛卯 晴。五道门内中道南走笨车处，原系石子路，现经改为铁道，系墁以方铁，每块厚二寸二尺见方，砖面琢花，盖恐马行滑跌也。

十三日壬辰 晴。记：德国规童院系为幼童未及十八岁者而设，盖幼童犯罪，不得与常人并论，在公堂不准加刑，于是设此院以惩治而规模之。其法无他，院门扃闭，不使闲逸，镇日按时读书作工，初学与乡塾同，继使之学习技艺贸易等事。教训数年，性情既移，则十民可九良矣。

十四日癸巳 晴，凉。连日天气清朗，昼夜街市男女老幼往来尤多，无论贫富皆欣欣谈笑，罕有面带愁容心怀烦闷者。外洋税重物贵，钱不易得，而民人仍能各自宽舒者，盖无苛政、无私弊，凡处正大光明而不勒索也。又当晚戌初，星使与汪芝房步行六七里过遆尔囿西入五道门，再行三四里过王宫，一路灯光灿烂，男女拥挤。既而转回，出五道门南行四五里至朴斯当坊，稍觉疲怠，遂入尤斯的加非馆少坐。既出欲乘公车，而各车过时，辆辆皆满无站立之地，只得再行六七里，步回公馆。

十五日甲午 晴。早传谕不贺节、不挂旗。戌初，同承伯纯、姚子梁、陈骏生、谢芝泉、贝汇如乘车至来百喜街第十一号梨池沙阑杂耍馆一观，地敞座多，观者亦众，所演甚好。如一幼女，年未及笄，着肉色紧身衣，台上立一铁棍，高约五尺，粗周四寸，置一小红绒椅于棍顶，女则仰卧其上，双腿上翘，以脚耍椅，耍二人凳，及大玻璃酒瓶高约四尺者，其耍如舞，凳椅酒瓶之动转起落与乐相和。又甲乙二男耍六椅，甲先仰卧台面，置一椅于腿肚之间，乙后陆续乱叠五椅于其上，随叠随登，至顶矗立，玩耍飞舞，椅不摇动。又二幼女同着翠裙，执红伞，随舞而歌，声调悠扬，态度袅娜。又一男倒悬楼顶，所系横棍之上，棍作“⊥⊥”形，其人倒悬能吹箫、饮酒、吸烟、放手枪，既随横棍悠至对面楼头，顺铁线斜溜而下，极为敏捷。又甲乙丙丁四幼女，着红衣，登场乐作，互攀横棍、打秋千，忽甲女倒悬其上，两臂斜伸作“人”形，乙女横甲两臂之间作“亼”形。再则丙丁两女，一悬乙女头上，一悬乙女足上，共作“”形，继又变作“”形，变作“”形，甲女倒悬，可谓勇矣。楼顶横棍，距地十丈，倒悬其上亦良险矣。又一人或立或跪或仰卧，以两手飞四瓷盘、三金珠、三瓷罐，上下飞舞，往来抛接，无一落空者。又以三尺余之长棍立于鼻准，棍头置一大盘，使之旋转，同时左手耍一瓷面盆，右手耍一小瓷碟，左右轻重不同，既而头上顶一二尺余高玻璃罩大油灯，忽蹲忽卧，更能上飞至八九尺高而落于手中，凡腕上肩上皆能接之，又能使倒上而正落于顶，随意迎送，毫无偏倚。末场系柏林土俗，男女老幼百余人，与街市同，真狗假驴，种种可笑，笔难尽述。

十六日乙未　晴，凉。西国新闻纸，犹我国《申报》《沪报》《时报》之类，报之大小不同，或大张或小本，或数页或多篇。其所载之事亦不同，有述本国事者，有述他国官事者，并有谈商务、谈杂学及粹集时务，说笑话以讽官民者，或图或画，笔难尽述。其出售时日亦不同，或晨，或午，或晚，或每月及每礼拜。名亦不同，或用时日，或用人名，或用地名，或别取他义，种种不一。其所陈大都皆天下各国之政务，旁及学问时事，罕有言拐逃淫恶之事者。虽有时偶作戏谑之辞，亦无淫词邪说羼入其中，盖官禁使然，亦因出此等语则无人购览矣。凡官员士子，商贾农工，各以其性之所好，购阅之以增识见，其于政事学问之道，盖皆不无裨益云。闻德国本国文字者现共有三千五百种，他国文字英、法、俄、义、瑞典、和兰等国者，共有一千七百种，统计大小五千二百余种，是亦德国工民之一大事业也。

十七日丙申　晴。西国设有航海堂，乃为商民航海、战船交兵起见。夫以茫茫大海，渺无津涯，行者宜知天地经纬度数。天下海洋水道、水之浅深，与夫礁石沙岛以及四时之风色、潮汐之长消、风篷火轮何以驾驶、万国公法何所当遵、阵势如何、战法如何、封堵如何、相撞如何、枪炮如何、施放水雷何以防躲，凡司商船战舶者，概宜熟悉。故入堂学习者，必先知数国语言文字，娴于天文地理、几何算法各学，而后方可。此种学堂，多有设在船上者，诸生在船，朝夕讲求，一切饮食服式与水手同。初考上等者中二副，再考上等中大副，如果心灵手敏，所学有成，三考上等，即可操全船之权，而充船主矣。他国之人，来此学习三年，往往回国即有充水师参副、提督之职者。余谓其所学者固不无一知半解，然即委以大权，恐尚不堪倚赖也。

十八日丁酉 晴。近因天时少雨，楼房多有修理者，正面临街，不涂灰而涂油，其色白黑红紫不等。其贫苦之土工，多着木屐，系整木挖成者。其兴工所竖之木架，高皆八九丈，所用松柏等木，亦如杪木，捆不以绳而用铜铁条，取其坚固也。

十九日戊戌 晴，冷。今始知公馆后临河左右两行树皆栗树也。栗初结成，其刺不多，乍看如核桃，嫩时皮红有纹如木。朝朝见有小孩以木棒击取，亦有上树摘取者，官弗禁也。

二十日己亥 晴。戌初，承伯纯、姚子梁同邀余及陶矩林、徐良臣二君仍在前十五日所看之戏园内看杂耍。所演与前日同，惟仰卧耍凳之女，改着白质金花紧身衣，二人耍椅者，将椅叠成“吕”形，能反身倒上。其耍盆盘球碟者，颈间顶一高帽，中横立一毡帽，檐上立棍长三尺余者，棍上另一高帽，棍上高帽既转，而使棍下之毡帽亦转，亦一巧技也。

二十一日庚子 晴。记：德京街市间有小便处，大小不一，亦皆铁壁，上有自来水下滚，与伦敦同。夜则燃煤气灯二盏，极明亮，壁式亦作“”形，容立三人，外有铁墙遮掩，内有铁墙相隔，凡小便亦得彼此相避也。

二十二日辛丑 晴。见本地纸货铺出售一种假象牙片，其薄如纸，花纹颜色与真毕肖，质虽薄而微轻软，不比真象牙之易折裂也。讯之，云造以草梃菜叶，至其造法未闻。

二十三日壬寅 晴。记：德国人民之敬慕君王，可谓无以复加矣。各铺悬小影，立瓷相，或以铜土造像出售。不意近日点心铺中更有将三代君王造以饼饵者，以糖作头，以勺勾腊作身，长约四寸，面貌如生。想民人心既仰慕，则食其身而甘，食其头愈觉甘矣。

二十四日癸卯 微阴。柏林加非馆出售五种加非：一曰柏林的，即柏林土人所饮之加非也，乃加非一碗，糖三小块，牛奶一小罐；一曰什瓦兹，译德言黑也，系加非一小杯极浓，糖两块，无牛奶，要者外算；一曰喀勒达喀非，乃凉加非也，有糖有凉牛奶，夏日为宜；一曰美朗日，乃法式热加非也，系热加非一玻璃缸，上加牛奶沫，外一小银碟，内盛白糖三块；一曰谋喀，亦浓加非一小盅，与什瓦兹相似，因来自土耳其故仍其名。

二十五日甲辰 镇日阴雨，酉初稍晴。现因天时渐凉，凡衣冠手套鞋袜各铺，皆改陈新货。新式衣冠，作以毡绒绸缎，皮鞋或内贴白毡，或外露毛皮。更有毡鞋，底亦毡作，极轻且暖。其袜则编以粗绒绳，亦厚而暖。夏季手套，皆作以薄皮，或织以丝线，今用厚皮，更有内趁鼠皮者。又现因天不甚冷，妇女有着假皮领袖者，系以鸭翎为之，其色黑白灰紫不等。

二十六日乙巳 阴，冷。午后德国世爵方昆巴来拜，亦化学之名家也。谈及女红，方云久闻贵国妇女刺绣极属精细，不知可否见赐一二，以便观赏。余因携物无多，遂将所佩之腰子荷包一对赠之，其人称赞不已，申谢而去。因忆前阎润亭初到德时，同人中有谓伊既蒙星使咨调前来，须备微仪馈送。奈润亭所携之物既少，且皆己身应用之物，无可用作礼仪者，幸同人中带有红缎平金绣货一匣与之，润亭偿以马克一百，合库平银二十二两零。以此观之，凡吾人之外出者，所去何方，所司何事，则所应备之物，当三思而后行也。

二十七日丙午 阴。记：法国素尚奢华，通都大邑为尤甚，其男子无论矣，凡妇女装饰，日异月新，竞丽争妍，变幻靡尽。乃近见德京妇女又巧仿日本妇女之服，自首至足，无不效之。日妇画眉，喜青黛微弯，远山一抹，德妇亦照式描画之，甚至屋中器物，亦概用日本所制。惟以西妇学作东装，亦如东施之效西施，依样胡卢，终不能得其神似也。

二十八日丁未 阴晴不定。早凉有冰，因而棉袄棉鞋皆上身矣。镇日黄叶飘飘，树枝渐稀。入夜凉风飒飒欲雪。现在酉初天黑，辰初天明。

二十九日戊申 阴。德国信局寄物之规，无论其大小，皆须盛以木匣，否则不寄。至寄送书卷新闻地图之类，又必以布与纸裹之，而露其两端，则既可寄而价亦廉云。入夜微风，晴。

九月

初一日己酉 稍晴。戌刻，与承伯纯、陈骏生、贝汇如同约谢芷泉在敏兹巷第二十号威克兜里亚戏园观剧。所演系一武官游历美国,二十年不归,其子女乘舟往寻,地在美洲以北,跋山涉海,卧雪履冰,遇红苗,遭地震,火烧未死,落水获救,其后子女与父相遇,遂同乘船回国。所演景致之至妙者,火山则烈焰飞腾,冰山则凹凸分裂,冰块如山,海面飘浮,入夜雪白天黑,星光灿烂,熊吼山鸣,颇觉可怖。末场跳舞,幼女百余,头戴金冠,短裙五彩,乐声震耳,灯光眩目。

初二日庚戌 晴,冷。见来百喜街之器皿铺出售一切厨灶刀勺、瓷铁玻璃、杯盘盅碗、剪叉锅匙以及木凳桌椅之类。其临街窗系大扇玻璃,宽盈丈,高丈许。内有盛馔一席,刀叉饭单,酒杯盐碟,无一不有,杯中盛以纸糊之烧鸭牛肉,煮鱼火腿等,皆与真毕肖,以示往来行人,爱其式而俱来也。

初三日辛亥 稍晴,凉。西国医生,非经官考上等,领有凭单,不得妄称医士,因而设有医学院。诸生肄业,务使实事求是,然后出而问世,庶不至误投药饵也。按其所学,先讲皮肉血脉、骨节筋络、耳眼鼻舌、津液脑髓、牙齿咽喉、五脏隔膜、谷道溺道、膀胱子宫各形状、各地位;次讲以上各经之功用,如呼吸消化、运血生精之类;又次讲各种病症及分配用药,与夫泡制之法;又次讲胎产,何宜何忌及收生之法。学中广列天下各处人兽之骨,并一月至九个月之胎,以备学者参考。凡学医者,无论内科外科,皆当仔细讲求,必待三五年后,方可使其独断独行也。

初四日壬子 晴,冷。柏林老城内布莱街第十五号,一大衣料店,名鲁多茀海尔撮,楼三层,极宽敞,其热闹与英法之邦玛晒相似。出售绸缎毡呢绒毯布匹以及雨伞暖衫之类,货真价实,童叟无欺。店伙百余,朝朝车辆盈门,买者妇女如市。

初五日癸丑 镇日风雨不息。前四五月间,见福来得立街瓷器铺中,新列一种拌生菜大盘,形如钵,周二尺深四寸,粉质花边,本不足奇,惟其下三足,高二寸余,有作黄瓜形者,并有海虾、萝卜、蕉子等形,颜色鲜明,形样如真。另有银叉匙各一,其柄瓷作,亦作黄瓜等形,以随碗式,其价每分五十马克,合银十两零。

初六日甲寅 早微晴,未初大雨。闻金楷理前在上海时,在外宿娼,其妻因妒生怒，以己貌陋，遂亦与黑人私通。今其妻年老，伊乃藏有姘头，因于西国例禁，他人见之，则托言系贫家亲戚也。

初七日乙卯　晴。本地信局，局式亦与他国大同小异，惟街巷收信处不与英法同。系沿街每三箭地，或在壁上，或铁阑边，挂一铁匣，高尺余，横尺半，厚盈尺，作房形，着蓝色。正面门上画信一函，左右各画信车邮夫喇叭一个。又左右各一横门，长半尺，宽一寸，悬有活门，门内挂铁齿如木梳，以备向中掷信，铁齿虽活，然可入不可出，盖防有人抽盗也。正面门内藏有钥匙，局中取信人，每日由卯初至亥初，每一点半钟，负布袋按地沿街，收取一次。其人手执钥匙，至则开门，取门内所藏之钥匙，再开匣底门，置布袋于匣下，有则尽落袋中，取毕依旧锁闭，故每日信件，无耽延遗误之弊。

初八日丙辰　阴雨。近来街上骑脚踏车者日多一日，亦愈出愈奇。其两三轮自行，或拽木箱送物及前后坐两人者，皆不为奇，竟有前两人各踏一轮，车后左右又有两轮，上有一棚，内坐二人，前后共坐四人。以前两人代马，左右进退无不如意，自有此车，恐将来马车渐渐稀少矣。

初九日丁巳　阴雨。闻曩者土耳其之银号钱庄，时有关闭逃遁之虞，即土钱亦有私造等弊，官因设法防范，每开一铺，必令其与他四铺互保，以免关闭有害人民。其法由各铺各刻一图章，注明本铺系由某街某号等铺相保，本号如有逃闭，由他四号代偿等语。将此图章印于纸钞之上，并由官给铁铸方牌，立于门外，上亦刻有本铺系由某街某号等铺所保等语。又有王谕一道，言国家铸钱定制，重若干，大若干，式样若何，通国人民不得使用他钱，如有私行铸造或使用小钱者，作犯法论，治以重罪云云。自此法行后，迄今六十年来，银号既少关闭，而钱亦无私铸之弊矣。

初十日戊午　镇日阴晴细雨不定，申初大雨一阵带雹，大如米粒。今日为其礼拜之期。午后见庇娄弄某家出殡，亡者系某信局事之人。乌马黑亭车，棺木黄色，左右四铜环，盖上摆鲜花圈五个。车前行红帽圈送信人四十。再前则带铙形黑漆帽，檐旁插马尾一缕，长三四寸者，为赶信车人，三十六名。吹号作乐，其声甚惨。车后又有故友二十余人，前后各皆排行如兵，亦颇整肃。再后黑车五辆，内坐妇女着乌衣执鲜花圈者十数人。

十一日己未 阴雨阵阵。见本地各马车皆带一小木桶，上栓皮条，不饯刍豆，内盛麦梃节，长五分许，杂以莨米，喂时悬于马项，使自食之，更无须拌以面料也。

十二日庚申 阴。记：后汉华佗谓吴普曰：吾有一术，名五禽图之戏，曰虎、鹿、熊、猿、鸟，体有不快，起作一禽之戏，恰而汗出，身体轻便而欲饮食也。若得厄逆症，作虎形立止。惜不闻其于鹿熊猿三兽，又作何戏而疗何疾也。今闻西人有谚云：早睡与早起，使人聪敏发财有力气。又云：早饭后坐几刻，晚饭后走三里，盖皆养身之法也。

十三日辛酉 阴，冷。德例：凡人子女至七八岁，父母必送入学，量其才力使趋某途。父亡母为主，母亡父为主，父母俱亡则官主之，通国不使一人不识字，不知算法。凡幼童雏女之无父母者，官则封其遗产，声明日期，沽其产之所值。其有借贷者，届期债主毕集，以其产物折价偿还。临期不到，则其券契合同，视为废纸。若无债款，则将价折之银，收入银号生息，作为读书之用。其遗产无多者，则由官养或戚友助之。如存款有余，至成立后，仍交本人收领。此等子女，国家设有育孤堂，在内四时饱暖，昼夜读书。其初学似乡塾，继如郡学，至十五六岁，即可放出，任其所向，或文或武或工或商，以为异日糊口之途。故由此堂学出者，凡太学及大学院皆准再入补学以成其材云。

十四日壬戌 晴。现在天寒，男女多着毡面皮边氅。昨见一女，两袖与领皆镶鼠皮三寸，前后开褉，长二尺余，亦各垂鼠皮一条，宽皆两寸余，前者如带，后者如狐尾。

十五日癸亥 晴。西国教读之法，所常讲者，皆以敬信天主为第一，其文虽有孝字，然罕有教及孝字者，其他各书所叙，无非天文、地理、格物、化学、史记、商务，并无传述孝子之故事者。夫既不明孝字之义，又安知尽孝之道，然亦不常见有忤逆父母，行同枭獍者，其故何也？盖父母以子女入学为己事，分给产业，自树门墙，为子女者，亦以所分产业，各自经营，娶嫁等事，悉不与父母相涉。故彼此视若宾朋，父母贫无有思及子女者，子女贫亦罕有累及父母者。

十六日甲子　阴晴不定。西国以贸易通商为重，故各国设有商贾院，使为此事业者，学习讲求精通一切也。其入院者，先学各国语言文字；次学数学解法；次学各国律例、条约、土产、运脚、税例等类以及水路程途、电信价值；次学贸易源流、今古异同、历代沿革；次学货物品类，美恶真伪，如何辨别，遇有潮湿霉烂，何法可救；次学天下各国之斗秤钱币；次学登簿条规，清单则例；次学银钞、合同、保险、汇兑等事。他如地理、格物、公法等，亦在所当学，或二三年或四五年不等，惟视其天资之聪明与愚钝耳。

十七日乙丑　阴。此两日间，树叶飘落殆尽，窗前外望，为之一爽。亥正，同姚、陶、陈、洪诸君乘马车至万牲园火车栈，送星使赴俄国。

记：西俗夫妇自成亲日始，各戴金戒指一，至老不去。惟鳏夫则将妻者移套本指，寡妇亦然。凡男女手戴双金戒指者，即知其为鳏夫寡妇矣。入夜微风，晴，冷。

十八日丙寅　晴。申初，步至朴斯当街洗浴，过桥至吕祖街，忽遇幼童六人玩耍，各着筐形金兵帽，手执小铳，见余至，乃横列成行，左手抱枪，右手扶帽，作迎接礼，余向之点头一笑。六童俟余走过，又前驱一箭之地，排列如前，如是者六。及余入堂，众立门外，齐声欢呼，而后散去。入夜阴。

十九日丁卯　阴。街上甚冷，屋中却暖。近日各饭店、酒肆、加非馆之布棚，皆已撤去。男女之戴皮冠着皮衣、用抄手护者亦多矣。

二十日戊辰　晴。德京澡堂，一切规模与英法同。惟不设长盆，用白瓷砖块砌成长槽，宽高各三尺，长五尺许，在内洗浴，尤觉宽畅。

二十一日己巳　晴。西国什物器皿，不论大小，精致整洁，或内外，或上下，或前后，必皆一律，并无省工减料者。凡油漆、彩画、糊纸、雕刻，内外不一色者有之，不一式者有之，而其工料则同，故能耐久，不致虫蚀损坏也。

二十二日庚午　晴，暖。西洋妇女，向以白纱黑纱遮面，专为街市步行，以避沙尘，间或薰以芗泽以避异味。不意近日年少妇女，多有以红绡抹面者，所谓变本加厉也。

二十三日辛未　晴，暖。连日街市寒凉，霜露凝结，近日晴暖，霜化露开，地面潮湿如初雨后。申初步至朴斯当坊，见男女拥立道旁，乘马巡捕二三，道中指点。少间德皇乘双马敞车，由西而东，身着戎服，头戴“”形金帽，过时男子免冠，欢声雷动。

二十四日壬申　晴，暖，入夜颇热。记：续《幽怪录》：韦固旅次宋城，遇老人向月检书，固问囊中赤绳，老人曰：“以系夫妇足，虽仇家异域不能易也。”由此观之，则我华人之娶洋妇者，月老之赤绳亦长矣。

二十五日癸酉　晴，热，入夜阴雨。德京车式颇多，有敞车，有棚车，皆不外乎四轮，两大两小。而御者坐处，或前或后，或立中央。其棚门则前后左右方圆高扁，均无一定。入夜雨。

二十六日甲戌　阴雨。昨见鲜花铺中列有菊花，其色黄、白与紫，叶既不大，花朵亦小如金银花。适见英画报有伦敦于数日前在澮泊园中设有菊花会，所描各种菊花，虽未着色，而无朵不佳。英人颇得艺菊之法，倘使渊明再世，来游德国，待到重阳，必早驾火车，飞去伦敦矣。

二十七日乙亥　晴。记：上月比国设有赛美会，系集各国女子在彼比赛。闻所选之前三名为：苏魁丽，墨西哥人，年十七岁；娄姒，比利时人，年二十岁；韦凝仙，奥斯马加人，年十九岁，各得赠银三四五千不等。不惟取其身貌，兼取其品行语言云。又前日英水晶宫有猫会，毛或短或长，色亦黄白黑灰不同，是皆国富民安故也。

二十八日丙子　阴雨，雾，冷。西正，日本福岛安正约承伯纯、姚子梁与余晚酌，同席三十人，凡八国，盖中华、日本、瑞士、丹麻、巴西、合众、法郎西、萨尔威亚也。饭毕同入厅事坐谈，少顷，安正执号票一筐，请客各取一卷，桌上列玩物各种，如喇叭、小镜、假猫、瓷盒之类。每件各贴一号码，拈得某号票者，即取某件。子梁得套饭单银圈一个，伯纯得小漆盘一个，余得团扇一柄。继又齐入饭厅看变戏法，所变平平，惟桌上左放红酒一瓶，右一玻璃杯，皆以纸筒盖上，俄将纸筒揭开，则瓶右而杯左矣。乃斟一杯红酒饮之，再以纸盖，则瓶左而杯右，且酒盈杯矣。又向客索一金表，包手巾内，少刻巾空，桌上置一木匣，捆以红绳，封以火漆，先交下示众，既而剪开，则匣中匣，匣中又匣，至第四匣，乃请客剪开，则表在其中。又一"且"字形高帽中,取出五彩纸匣十二个,银盅高三寸者二十,红酒两瓶,鲜花三十枝。变毕,又一人鼓琴歌曲,颇为佳妙,子正谢归。又同人张小轩,素熟英国文字,现经星使月助十金,令其改学德文,因于今日赴贝特巷小学房内学习,每月学费一百五十马克,房饭在内。

二十九日丁丑　阴。西国所制象棋有王、妃、马、塔、卫所等名,皆刻以木,色分红黄。近见本地新创一种,亦类象棋,盘亦四方,横有长河,惟中央及左右共三桥,以木刻成将帅旗帜、炮车、马步兵卒,列三营,色分红黄黑,用法未详,据云来自伦敦博物院。

三十日戊寅　稍晴。午初,有我国驻英参赞官李伯行(经方)[1]来拜星使、参赞及支应官,并顺步往会田阿喜。去后,参赞即偕支应赴开色豪富店中答拜。又同人中有与李姒卿相熟者,而星使之仆小刘亦与之厚,是日彼此遇诸途,小刘扭发出恶语,回公馆后,经人劝解,争端始息。

十月

初一日己卯　晴。因明日为星使如夫人之寿辰,经支应通知参赞,除支应外,代同人具知单,谓明日为钦差太太生辰,拟具礼物恭贺云云,各人书一知字,礼归恩仲华办,所具何物未闻。

初二日庚辰　大晴,冷。先是支应亲赴武弁卧房,令其登楼通报,言明众人祝贺,既于午正约众下楼食面,六碟四碗,金楷理亦在座焉。今日又为骏生之寿辰,酉初,余同承伯纯、谢芷泉、贝汇如约在五道门内喜乐尔饭店晚酌,食有鹿肉、竹鸡等,亥正回寓。

初三日辛巳　晴,冷,窗棂热气结冰二分许。记:上月十五日为西十月十八日,系前德皇福来得立第三之寿辰,又为前布王瑟良第一受德皇之位之吉期,故届日将宫中存储其未即位时所用三杆大旗及他物,皆罩以乌纱。此外,街市铺户,多挂黑旗,以明庆贺并追念之意。当日午正,柏林府尹率群官见福皇后,恭诵陈词,谓将择地建碑,以志福皇之恩。此

① 李经方(1855—1934),字伯行,号端甫,合肥东乡人(今合肥市瑶海区磨店乡祠堂郢村人)。本为李鸿章的六弟李昭庆之子,后过继给李鸿章为长子。历任出使日本大臣、出使英国大臣、邮传部左侍郎等。

举民皆喜助，现已收得五百万马克云云。按德皇之功，惟老皇韪良第一为最，然人民反欲铭其子者，盖老皇后业已昏瞶，而福皇后既属精明仁厚，且系英君之公主也。

初四日壬午　晴，冷。现在外国隆冬，树叶落尽，地冻结冰。凡花宜入暖窖者，如玫瑰月季之类，皆解去支棍，压卧地面，上以树叶覆之，叶大而浮结成窝，其中自暖，花可不伤，亦一法也。

初五日癸未　晴，冷。现值冬令，地将冻冰，因于各街道旁，皆堆黄土，以便铺地，免人马滑跌也。此时辰正天明，申正即黑，而街市之煤气电气灯一律点齐，亮如白昼，所谓不夜之城者非耶。

初六日甲申　稍阴，冷。申刻，陈骏生约承伯纯、姚子梁、贝汇如、谢芷泉与余在福来得立街铺中吃蛎子，甚佳，每十二枚一马克六十芬呢，铺不甚大，专售蛎子与酒。此时蛎子初到，凡出售者，皆置一酒桶或大筐于门外，其中满盛蛎皮，更有黏其皮于桶外筐边者，意在招人来买也。食者佐以椒末、柠檬水，并热面包及饮红酒、白酒或香宾酒。柏林鲜蛎，较伦敦者稍小而肉薄，然其味似尤鲜美。

初七日乙酉　晴。德京凡上等富户官商，始能每日早晚两餐。其他中下等者，皆早起辰正点心，仅面包咸鱼之类各少许。未初大餐，无非或牛肉、或火腿、或煮鱼一种，与面包加非而已。至酉正再点心，则面包苦酒及荤食少许，如火腿一片，或咸牛肉一片，或白煮鸡子一个，勉强糊饱，亦贫苦所致也。故名其大餐曰迷达唉森，释德言迷达者，日中也，唉森者食也，日中之食也。

初八日丙戌　晴，凉。日耳曼为泰西最古之国，其规模稍亚于英法。近见男女竟有在人前吐沫或在墙边小便者，岂因古国而然欤。

初九日丁亥　晴。外国街市各家各铺之门，皆编以号码，数法不一，有往来直数者，有左右间数者。德京房多改造，故数目混杂，有一间兼二三数者，有三四门用一数而分书甲乙丙丁者。

初十日戊子　晴。辰正，同人除赓韶甫、恩仲华、张小轩外，皆着官服偕汪芝房在大厅向东恭拜圣牌，行三跪九叩礼。前日接电，知星使昨早由俄起程来德，是时犹在途中，当此皇太后万寿圣节，不知能否行礼，想星使身受国恩出为钦差，当不忽视也。西例，凡有喜庆，皆悬旗以贺之，今日皇太后万寿，各国新报早已遍传，其外部不来，姑置勿论。至我国之龙旗，则理当早挂，乃至申刻，暗信传知，始行悬挂，抑又何欤。

十一日己丑　晴。寅正睡起，卯刻拟偕同人赴火车栈迎接星使，奈昨日所定之厂车，竟不果来，无可如何，遂偕参赞支应诸君，群立以待。辰初，星使雇街车回，按车价，每接送一次七马克半。前星使去时，因车未将送人带回，支应乃扣给五马克，想该厂并因此不愿伺候中国公馆也，抑或星使自雇街车而回，既属便当，亦俭省之一法也。

十二日庚寅　晴。是日为西十一月十五日，本公馆有洒扫女仆布洛克者，系自上年西十二月初一日上工，现拟不用，虽至月底方满，然必于今日早半天告之，其人闻知，遇人即哭，盖因不能得年赏耳。本公馆各洋仆，每年公赏一次，此仆女应得二三十马克，余因其尚无大过，拟俟其去时，照例赏之，庶不至辜负其一年之勤劳也。

十三日辛卯　晴，冷，河面见冰，厚二分许。申初，见库司分街某家出殡，亡者系一武官。沿途道口皆有巡捕拦阻车辆行人，先有步队鼓吹前引，约三四百人，后则马队炮车五辆，亦百余人。以乌车载棺，棺木黑色，左右银环，盖上亦置有花圈。棺后凡大小武官二百余员，皆着戎服佩刀步行。最后王车一辆，又空车八辆，亦皆黑色。

十四日壬辰　晴，稍暖。前数日，余戏将所剩之点心面包，以水泡碎，置窗外台上，即有家雀廿余，争先恐后，须臾啄尽。今日以馒首一块泡碎，饲之不食，试以中国谷米则食，此雀可谓知味矣。

十五日癸巳　晴，大暖，冰冻皆开。现见各糖果铺出售冰糖核桃、榛子、桃仁、杏仁等类，其物颇佳，其价亦颇昂，盖多来自他国也。

十六日甲午　晴。早联文泉自比利时来，住赓韶甫家。当晚余同承伯纯、谢芷泉二君约伊在朴斯当街艾拉卜饭店晚酌，食有蛎子、山鸡等。天凉以来，本地亦有酸菜出售，与俄国所卖者相似，菜皆圆球，叶厚而肥，故皆切作细丝使酸而卖之。

十七日乙未　早阴，午后大雨一阵。闻德国一老妪，富有金缯，膝下无子，临终寄书当事者，谓猫犬为兽之至苦者，所遗财产愿交巡捕厅，遇有猫犬饥饿受苦者以之救养，他人有救猫犬者赏之，至多以二十马克为定数云云，亦奇事也。

十八日丙申 阴。此次星使所携药料无多，幸前任微有所遗，仍不敷用。近因星使如夫人两次怀孕，支应官患咯血遗精，庖丁又患横痃之症，虽有骏生诊视，奈无药料，昨日始行开单，由上海制买云。

十九日丁酉 阴。午正德国开议院，乃西十一月二十二日也。星使偕赓韶甫同往，星使官衣，韶甫便服。窃谓入院无论同坐分坐，即或星使坐韶甫立，皆不合局势，虽系通事，届时尚着官衣，况彼亦四品顶戴也。

二十日戊戌 阴雨。金楷理谓中国事皆守旧，不求更新，不若西国设法讲求，精益求精，舍旧谋新，有益于人。即如中国之医道，西国数百年前，亦复如是，因其无益，故皆弃之。现在西国医法，则精能之至矣。余答之曰："不然，前者华仆王顺，传染恶疮，若有中国所制之药，或得一活虾蟆，应手可愈。乃送入医院，阅两三月，竟至不治。又前德皇喉肿年余，实属阴亏，而英德两国医官，皆以喉症疗之，气愈上涌，以致下体愈亏，迨延多时，终未获痊，是亦弃旧求新之误耳。"

二十一日己亥 阴雨。昨日经支应官以洋纸条传知，谓今日午后六点钟，补行万寿公宴。届时余着天青马褂官靴，同众至饭厅，共座十四人，官服便衣，各居其半。入夜大风，雨。

二十二日庚子 风雨阴晴不定。记：德京有一种冷荤，系鹅肝同猪油加香料与土伏(见前)煮熟，凝结成块，切片食之，味极肥美。鹅以斯他拉斯柏尔者为佳，盖大而且肥也，其地在新得法之敖赛斯省内。

二十三日辛丑 晴，暖，换皮着棉，尚由觉热，入夜雨。本公馆门外之街道，皆墁石块，每块长七寸，宽五寸，厚六寸。近因南面一带，渐有凸凹不平之处，乃以大车运新石至，以铁锨掀去旧石，将地土铲平，加铺黄土一层，厚不盈寸。石则按次而斜排之，旁有水一车，系一高碧油桶，桶后有推柄，作"丌"字形。桶中无轴，左右两轮如耳。石排毕灌水，一人以铁夯按块锤之，夯高二尺五六寸，周盈尺，顶上左右两耳，以便两手提执，共六七人。昨日辰初开工，酉初止工，因工未完，道中存物，有碍车马行人，乃两首立二木牌，上挂红灯，以为标识。西例，凡有修造，如碍行人，必于木架或墙壁上悬灯，以示行人，否则受罚。修街补路，无日不有，盖即所以养贫民也。

二十四日壬寅　晴阴不定，颇热。记：西人喜游历，且官派者少而自备资斧者多。类皆有志之士，凡立意欲往何处，至彼则察其地式、土产、地理、人情，与国家、与本身以及商务，何为有益于现在？何为有益于将来？何物运回可获重利？何物贩来易于销售？何处有矿苗？何地水陆可占？人性勤否？人工贱否？按西人之所欲考察别国者良多，笔难琐述，迨回国后，必一一报知本国，而本国亦必深信其言，抄录收存，以备考察。因其所述，并非汇集泛言，抄袭成文。德人哲宁、瑞乃尔、李迈协、方艮拔，皆经来华游历直隶山东并东三省等处，恐德廷必且听从其言，以期不负所往。今我国奉旨游历东西各国者八员，皆博学通晓洋务之人，二年后回国，实有所见，考得其详，将必有益于我国家商务人民，是则余之所深望也。

二十五日癸卯　阴，暖。见来百喜街铜器铺中，立有新铸老德皇韪良第一之铜像，高大与真人同，神气毕肖，价值二千马克。

二十六日甲辰　阴。西国珍馐，以法国厨工为最佳，故凡宴会以及饭店之菜单，菜虽造由本国，亦必书法名以为美。德因藐视法国，近凡菜单多改书德文，以示其庖丁之能，为不亚于法国也。

二十七日乙巳　微雨，暖。外国家家皆有君王之像，或屋中，或楼顶，或壁上，或院内，其像半身全身，或仅头带两肩，皆无一定。有油画，有水画，有石刻，有泥塑，有木雕，有铜铸，形状各异。今见其排列三代君王，似有不甚合理处，如今王在中，老王在左，王父在右，按西俗重右，是孙列第一位，而祖立第三位矣。

二十八日丙午　稍晴，暖。德京东北二百四十洋里，临海斯丹丁地方佛尔根船厂新造轮船一只，为由汉柏尔走大西洋至纽约者，长四十六丈，宽五丈六尺，高四丈，入水二丈。舱房可容二百人，马力四万。是日船身告成入水，东主石娄斗，帖请往看。辰刻同汪芝房、金楷理随星使乘马车行十余里，至司丹丁火车栈，登车即开。午初到，下火车，厂主以马车接行十数里入厂。村镇稍大，道上皆墁以大石子，不甚平而泥泞。其厂颇为宽广，北临波罗的海之候茀湾，南沿欧得尔河，临水立木作架，左右各悬一船，一已成，一未成。已成者下支木架，架前顺二木辙，斜探入水，辙上铺蜡，船辙之间又夹以木条木块以及绳锁等。船后立二新木台，前者高一丈，后者高丈余，各皆悬绸结彩，横以鲜花绿叶。台下乐工一班，共十余人，观者男女如堵。午初一刻，本厂数人登前台，男女各客十余人登后台。正中一彩绳前连船尾，后接台栏，上系花圈一个，香宾酒一瓶。午正一幼女名尼荪者，立台前朗诵祝词一篇，历序造船之由，船工之精。船即以皇太后之名名之，乃敖古斯威克兜里亚也。诵毕奏乐，女即手拽彩绳，暗有机关，则酒瓶即顺铜丝斜下，直触船尾，瓶既碎而酒喷出，人皆免冠拉手以庆贺之。考其意，必以酒祭天后也。即时关键动，则见大船顺辙直行下溜入水，人不喧哗，物亦无声。看毕，厂主请下台，出厂登车，行八九里入大店，店名米伊活，译华言乐馆也，未正客齐，共二百四十人。入座，列桌作“ПП”形，主坐正中，客列两横八行。酒食颇佳，每换一菜，楼上奏乐一阕。由此去柏林之火车，每礼拜六日，一快者申初开，慢者酉初开，车行既慢，且载有牛羊之类，气味薰蒸。因此，席未终谢辞，登火车，申初二刻开行，酉正一刻回公馆。

二十九日丁未　晴，暖。记：天下已化各国，治法不同，各种学问。有不设官学，听民自行考究者；有设官学，使民必由其中考成，方为有学问者。且学内条规虽后人接管，必守前人之辙，非经众以无益者不改，乃有官学虽设，而枉废国帑，罕有士子由内学成者。其故，盖其首尾不能一律，规矩不时更改，初设时预备一切，照例齐全，后渐抽减，终归废弛，竟至学如悬罄，既无生徒入学，则房屋出租，是不惟官款抽入私囊，且官房获有私租之利也。

十一月

初一日戊申　晴。东西各国公使之驻扎德京者凡四十，头等者六：为英吉利、法郎西、义大里、俄罗斯、奥斯马加、土耳其；二等者二十六：为中华、日本、和兰、丹麻、葡萄牙、比利时、墨西哥、阿真坦、巴西、智利、希腊、波斯、克伦比亚、多米尼亚、瓜的玛拉、鲁美呢亚、瑞士、秘鲁、日斯巴呢亚、海地、檀香（太平洋小岛）、阔斯达里戛、萨拉瓦多尔、塞威亚、南阿斐利加与暹罗；三等者八：为美利坚、路森柏、乌拉怪、欢都拉斯、戈伦比亚、呢戛拉瓜、瑞典及卫呢苏拉（地在美洲正北）。

初二日己酉　晴。各国领事官之驻德京者，凡三十二，内称总领事者共十八：为英吉利、比利时、俄罗斯、葡萄牙、美利坚、赛威亚、乌拉怪、敖朗日（地在斐洲正北，民主小邦）、和兰、波斯、阔斯达里戛、日斯巴呢亚、鲁美呢亚、奥斯马加、巴拉怪、卫呢苏拉、秘鲁、希腊；称领事者十四：为法郎西、义大里、墨西哥、阿真坦、日本、巴西、瑞典、智利、土耳其、戈伦比亚、欢都拉斯、瓜的玛拉、萨拉瓦多尔、巴欧立威亚（地在南美洲中界稍西）。

初三日庚戌　晴。日耳曼现虽总称德义志国，而二十六邦内仍有派员驻扎柏林，以便会议公事者。十一邦，凡公使九：如巴敦、海斯、巴威里亚、卜伦隋、萨克森、威屯堡、欧勒敦柏尔各一员，美克林柏尔与斯太里自共一员，布来门、汉柏尔与吕贝克共一员。

初四日辛亥　晴。德俗天主生日，亲友多以礼物互送其子女者，因而大街新开糖果、糖饽饽以及纸匣之铺颇多。糖果系白糖染五彩，作苹果、石榴、梨、橘、桃、杏、花卉、鸟兽、螃蟹、鱼、虾等类，皆极精巧，与真毕肖。糖饽饽多如槽糕、蜂糕、卷酥、喇嘛糕等，然糖料无多，味不甚甜。纸匣则大小方圆、椭圆长方，种种不一。颜色五彩，有纸有绸，有绦有带，盖上花卉人鸟，或画或绣，鲜美可爱，价亦极昂，有值五六马克者。

初五日壬子　晴。酉初，日本领事德人伍富森约饭，届时偕汪芝房、金楷理随星使往。至其家，见其妻女，同席二十四人，有日本公使、参赞、文武随员等。菜味不佳，而精洁无比，物亦多珍贵者，如白煮山水鱼沾牛奶油，白煮整土伏沾牛奶油，红焖山鸡，中作面槽，前后插鸡头与尾，乍看疑是鸡卧银盘，又冰集凌，系下一红玻璃盆内燃灯，盆上放冰造苹果、橘子等，颜色与真无异。食毕少坐，亥正谢归。

初六日癸丑　晴。外国女子，无论贫富，皆须于七八岁入学读书与男子同，故官中设有幼女学。女学与男学规模一律，亦先入乡学郡学，既而实学，其所学者与男子稍异。然其初学，亦皆读书写字、学画学算及史记、律例、地理等学，再以针黹织绣继之。自此以后，凡聪敏者各专一艺，有讲求格物者，有专心教务者，有由曲乐得显者，有自绘画著名者，有能多国语言文字者。其富家女子，更有入大学院以广其学问者。今以泰西时势观之，妇女无学，无以度其日，而所学不时，仍无以糊其口。盖现在织纺缝绣各工，皆改用机器，以其价廉而工省，则女工尽弃，女工既弃，则贫妇愈多。因而凡店局铺肆，多系妇女督理掌柜，作伙计，作堂倌，作教习，作工役，更有作抄写，佣翻译者，是贸易一道，实为急务，即所谓时学也。

初七日甲寅　晴。记：巴萨巷之蜡人馆于两月前关闭修理，乃数日前，先在福来得立街中之培兰巷口外，新开一馆，门外极属壮观，门内先设一大玻璃罩，内置假树土山，立一美国人一黑人，作争斗势，用以招引行人。今日余同姚、陶二君步入一看，价亦每人半马克，另入内间亦二十五芬呢。房式虽新，而一切皆由旧馆移来。不知者，必因楼房既新，其中各物亦必新奇，是亦诱人来游之一法也。

初八日乙卯　稍阴。本公馆后吕祖街中间，有空地一隅，原为每晨乡民列市，出售肉菜果品什物之处，后因地方官拟造大房一所，冀与本城各市一律。遂自本年夏初雪化冰消之际，大兴土木，以木板圈围，立铁柱上铁梁，本月工竣。房作“凸”字形，高约二丈，前后各宽十二丈。中横铁条，上下分两截。下半正中一大门，左右分十槅，每槅玻璃窗五扇。上半分九槅，每槅铁架大玻璃窗五扇。左右各长约六丈，上下亦分两截。下半有两门，中一大门，右一小门。左右分四槅，每槅玻璃窗五扇。上半分五槅，铁架玻璃窗与前后同。房内又以铁架分成六行，前后临窗大门左右各分十一间，每间使一人主之，售什物、点心、杂货。中央四行，每行分二十二间，每间亦使一人主之，凡卖猪羊牛肉者归一行，卖鱼及野兽鸡鸭者归一行，卖鲜花果品者归一行，卖菜蔬米谷者归一行。卖肉者有架有柜，卖鱼者有石池如槽，西南角另有小屋两间，住人看守，带卖饮食。市名第五市，因通城已有市之如此者四，按德言马凯达扶因弗也，此房除礼拜日关闭，每日早则卯初开午初闭，晚则酉初开亥初闭，所以闭三点钟之久者，以便卖者大餐歇息也。天黑每间皆有煤气灯，正中有电气灯，四门皆有人看守，房中亦有人往来巡查。买卖之人，男女老幼，循规蹈矩，极属安静。前日开市，四邻仆婢往买者甚夥。

初九日丙辰　晴。现值其天主生辰在迩，各铺添增新货，如中国之新年。镇日街市往来男女尤夥，衢巷宽敞处，支满木棚，乡民携物出售，其中玩物糕饼居多，价皆甚廉。

初十日丁巳　晴。德俗此节有用松枝之风，因而各处堆垒小棵松树，下插木墩出售，见本年松树既多，而松摊亦多，重苍叠翠，罗列成林。

十一日戊午　大晴，暖。酉正约潘兰史、桂竹君、承伯纯、陶矩林、姚子梁、陈骏生、谢芷泉、赓韶甫、徐良启、贝汇如、联文泉晚酌，彼此畅饮甚欢。潘君有诗赠余云："天上楼台夜渺漫，满城灯火此凭阑。最难异域题襟共，欲借奇书对酒看（原注云君五使洋海，著四述奇一书）。故国杯盘真有味，重帘风雪不知寒。饮酣呼出河干月，归照寻诗据玉鞍。"桂君亦赠诗云："云散长空晴，天寒短景促。策马来皇华，高堂烧绛烛。良会集群仙，潇洒脱边幅。共登文字筵，奚必听丝竹。谈笑春风和，杯盘乡味足（原注云是夕用京馔）。主人今张骞，五度乘槎木。案头书一编，即是山海录（原注云在翁五次随轺，著四述奇等书）。酒间为我言，往事罗胸腹。昔年使泰西，法人正骄黩。德君未称尊，英后颜如玉。北俄启乱萌，民心滋怨讟。迢遥二十秋，亲睹兴废局。更访华盛顿，地球环舻轴。羡君阅历深，声名动当轴。行见持旌旄，怀柔情久熟。贱子生不材，落魄甘雌伏。漫吹吴市箫，难击燕市筑。乞食游殊方，贻笑邦家辱。何幸逢诸公，拂拭加青目。已回黍谷温，不待一阳复（原注云后一日冬至）。夜阑扶醉归，穷途获安燠。明献南山诗，愿作冈陵祝。"

十二日己未　阴。戌初，英人娄欧夫妇约饭，同座主客共十人，内德人二，余二女四男皆英人，欢饮畅谈，子初谢归。天虽不雨，而霜结成冰，道皆石墁，甚滑滑也。

十三日庚申　阴，雾。余前当出京时，嘱家中每月令大儿荣骧写信一函，寄德以免远念。自前九月十一日接得家中七月十八日信，至今八月之信尚未接到，昼夜思念，不知何故。上月两次占牙牌神数，一曰天下事尚可图，庸医杀人其奈何，一误再误何为乎。一曰塞翁失马不为忧，得马翻贻长者愁。祸福转圜无一定,须从倚伏究根由。虽当时不解所言,似必有事,惟不敢擅断为何事耳。是早梦中尤念家信,忽经星使之仆唤醒,接得家中九月二十五日信,始知大儿荣骧,自八月初五日起病,连延二医皆马姓,服药无效,既延赓医疗治,至二十七日始汗,渐次向愈。观此牙牌之数,一言庸医一误再误,是暗指二马,一言失马不为忧,得马反为愁,是明言不得使马姓者医治,何其神乎!

十四日辛酉 阴,细雨。赓韶甫现已痊愈,独步能行矣。窃谓足折其半,原可收回,以全父母之遗体,乃竟听彼医院留存,罩以玻璃,置于大厅玻璃柜中,以便人观览,更便西医考察亚洲人之足骨与欧洲者有何区别也!

十五日壬戌 微雨。酉正,承伯纯、谢芷泉、陈骏生、贝汇如同约余在舒曼马戏园看马戏。地基不大,通场支以铁架,顶上覆布,四壁隔以铁片木板,其式与他处同,座凳阑杆,亦皆铺以红绒,上下共燃煤气灯百盏,光明灿烂,朗如白昼。戌初一刻开场,共演十五出,其可取者,一马喷沫而出,绕池疾驱,一人着肉色紧身衣,立其背上,或作商羊舞,或作虾蟆跳,或作蜻蜓之点水,或作蝴蝶之迎风。继而男女两人并辔而驰,或美目流眄,或薄怒宜嗔,或回抱郎腰倒挂花间之凤,或轻舒妾臂如穿叶底之莺,人固善解风情,马亦忘其牝牡矣。忽有三花面丑,一仰一伏一蹲,连成一圈,沿池滚行,作火车状,随行有声,或鸣哨,或放气,或作机器声,旋转如风,极属轻快。一英人登跷高约一丈者,能单足跳舞,一一与乐声相应。又一日本人名欧头喇者,踩长逾三丈之铜线于半空,张一雨盖,随行盘旋而荡漾之,往来稳而极快。又乌骓八匹,每匹肚旁挂有铜片号目,由一至八,马虽乱行,或横排,或列圈,或任便牵出一匹,使之跳舞,毕回入群中,数终不乱。

十六日癸亥 晴。记:柏林城中头二等马车既多,又有五色铁路公车及敖呢柏斯跑海车,城中镇日往来,极为便当。更有绕城火车,铁道周约七十余里,作“”形,南在城中,北围城外,每一点钟一周,中途按站停车十九次,皆通衢巷口也。各处每十五分之久,必过一次。前于十二日午初,同承伯纯、陶矩林送联文泉回比国,俟伊去后,在万牲园前买票,绕城一游，每人八十芬呢。

十七日甲子 阴。见杂货铺添设各种玩物极多，造以纸布木泥，大小不一。惟小者工极精细，如猫犬牛马、羊猴猪虎、蜻蜓蝴蝶、莺鸽孔雀之类。更有银纸所造之小轮船、火车、公车、楼房等，无不与真毕肖，盖此等玩物系为松枝上挂者。

十八日乙丑 晴。酉初，陈骏生、贝汇如约汪芝房、承伯纯、陶矩林、姚子梁、谢芷泉、赓韶甫、洪禹山与余晚酌，盖为冬至前夕也。饮食颇佳，畅谈甚欢，亥正始散。入夜微风，雨。

十九日丙寅 阴。见点心铺新出一种小食，造以番薯糖面，或团或饼，味尚可食，又以是物造假梨、李、桃、杏、苹果、地棋之类，系备送节礼者，其价每斤三马克。

二十日丁卯 阴。酉初，姚子梁约陶矩林、谢芷泉与余在朴斯当街第十二号福来得立店中吃顿饭，其价每人一马克半，菜有汤、鱼、香肠、牛肉、小鸡、生菜以及鲜果糖饼等，颇佳。饭毕，同至福来得立街北首大中店旁冬园内看杂耍，房与店通，高大亦与店齐，地式长方，容坐四千余人。所以名冬园者，四壁列有花木，以便冬季人来玩赏也。

按：冬园，德人呼曰文特戛尔敦。房左右有门，正面为戏台，对面另一台，名曰太喇森。台上三面铁阑，后通大店，左右木阶，铺以花毡，式又如桥，上列桌椅，容坐五十余人，每座价三马克，二台中间与左右，横列桌椅成行。其临戏台一行，每座亦三马克，次则二马克，台之左右则一马克半至半马克，盖离台愈远则座价愈贱也。通园燃电气灯，电气亦由本园自造，机器另设园后小屋中。又园之左门内设有点心摊，出售冷荤、茶酒、饽饽、加非等，要食何点，可令堂倌往取。戌初作乐开场，先一幼女立四玻璃酒瓶于桌面四角，瓶上覆以四出梅花形木板一块，如是者四层，再上又瓶上置瓶，此女立第七瓶之上，高已一丈三四尺矣。在上先玩四金球，或小刀四柄，往来飞掷，双手扔接。继而蹲于瓶上，以细棍长约二尺者八杆，每杆顶上转一瓷盘，女乃立四棍于头顶，立二棍于左右膝上，左手执二棍，右手扔换二金球，以一身之神力，分用于头、眼、手、腿之上，使棍不倒、盘不倾、金球不落、酒瓶不堕，其艺可谓巧矣。又一女直立四酒瓶于桌上,瓶口插一银星,周约四尺,作六出梅花形,星上另立一瓶,女立瓶上耍竹圈。圈周四尺,星既旋转,女脚随之起落,双手玩耍竹圈,或套头,或套足,往来穿缩,极属伶便。继而一男效雀噪,并能以雀声随音乐。后在房中悬铜线一条,长逾三丈,一女在上往来,或蹲或跪,时而单足,时而倒退,并能随行将手帕遗于铜线之上而鞠躬拾之,既而横行,随行使线横摇作椭圆,往来悠扬,如打秋千,所奇者,其左右无所扶持也。又房中横一长绳,一男在上玩耍,竟能两脚倒挂绳上而上下旋转如轮,继又横卧绳上而旋转之。乐工随转擂鼓,为时颇久,观之令人心悬,其他几场,如歌舞滑溜之类,皆不甚奇,无须琐述。亥正回寓。

二十一日戊辰　微雨。德京加非之价,最少者二十芬呢,其余二十五、三十、三十五不等,最佳者五十芬呢。碱水一瓶六十芬呢,如嫌糖少,另加三块十芬呢,贵者十五芬呢。不意昨在冬园,一盅加非竟要一马克三十芬呢,一瓶碱水一马克,红酒半瓶三马克,糖三块七十芬呢。至戏将毕时,问堂倌共值若干,其人即以铅笔在白桌布上一一写出,共计九马克七十五芬呢,余复一一加算,仅值六马克零。问之,其人支吾不答,向索收条,持来看之,又开八马克四十五芬呢,后至柜前追问半瓶红酒何以开三马克,掌柜者始改三马克为一马克半,改总数为六马克九十五芬呢。按大中店,乃柏林之第一大店也,必不肯欺侮外人,至东方人之住其店者,则欺否不得而知,此次之价,前后歧出,盖必以华人不善计较耳。

二十二日己巳　细雨,暖。见各处出售之松枝,一律卖去,虽余三五棵亦不陈设矣。当晚,大小各铺多开两点钟时候,以便男女买办过节应用之物。又因人皆有事过节,无暇观剧听乐,故各乐场、戏园皆关闭三日,至二十五日始开。

二十三日庚午　阴雨。是日是西十二月二十五日,为其天主复苏之期,铺户关闭,人民休息,凡通国各男女学堂皆由前二十一日放学四十一天。至明年正月初二日,乃西一千八百八十九年二月初一日也。

二十四日辛未　阴雨,暖,脱棉鞋,换棉袄。记:前几次随使驻扎英法俄等国,每年洋仆赏犒,或作正开销,或归星使赏赐,未有令众分赏者,亦未有集众钱归星使赏给者。初到此,另有新章,支应向同事十六人每人索二十马克，据云作为赏犒之用。前日又值赏赐之期，因人少醵钱无多，不敷旧数，欲多索又恐众人不愿，故传言请众自赏，究不知除官项报销外，星使自有赏赐否。察此地男女仆婢，亦属粗俗，乃受赏后，不免冠不鞠躬，而与主人拉手道谢。

二十五日壬申　阴。现在西国圣诞已过，新年在迩，各铺开门，凡节下应用之物，皆已收去，又改列新年者，除新衣等外，另有花片，大小不一，式与前圣节者同，亦皆白质五彩，或画花卉，或画楼台，或山水人物，或鸟兽虫鱼，每下古语一二横，各皆古典，并有寓意，无非吉祥祝颂之词，而嫌怒反目含而不露者亦有之。其淡淡者，惟印今字一行，云望过好圣节或望喜欢新年等语。

二十六日癸酉　阴雨。德例：凡人家男女小孩，有患疯疾者，皆须报官疗治，否则被官查出，父母受罚。兹闻德正东司达萨布地方，本为法国之地，有民女阿呢者，年十七矣，早染疯疾未报，经其父母锁禁七年，昨经巡捕查出，即时地方官率多人至其家，将该女携入医院疗治，并将伊父送官责罚。

二十七日甲戌　阴雨，暖。本地亦有磨刀剪者，其式不与他国同，系一木架作“⅃”形，中一大轮如车轮，临柱一圆扁石，周约二尺，横轴有皮条，前连大轮，磨时脚踏关键，大轮转则石亦转，形如京中之琢磨玉器者，刀不动而石转，随手撣水亦颇速快，走街穿巷，口不叫喊，手无铃号，惟至一处，置架地上，以锤敲架旁之木板作击柝声。入夜风雨交加，冷。

卷 六

戊子十一月二十八日乙亥　天暖，阴雨如昨。记：数日前，驻英参赞官潘子静（志俊）致汪芝房信，内述前往英国及印度等处之英属地、法国并阿尔吉列等处之法属地之游历官刑部候补主事孔穋远（昭乾）在伦敦服毒自尽。察其同游者共四员，他三员为兵部学习主事刘丹庭（启彤）、刑部候补主事李英侪（瀛瑞）、工部学习主事陈熙堂（爔堂）。孔与刘不睦，平日受侮，积愤成疯。服毒之先，曾吞金钱二枚，幸人知觉，医治泻出，经人留住使馆，调理多日，疯癫已愈十之八九，遂仍移住客寓。不意于十四日前，在客寓上层楼空房内，服生鸦片而死。来信所云如此，其中细情，不得而知。夫同人意气不合，亦属常事，况游历之役，本可分道而行，不必定在一处。即因不谙方言，无力独用翻译，自树一帜，亦可请假回华。定例二年为限，即不满差而归，亦无处分，何至横死于数万里外，作异域鬼，诚可惨也。况穋远以庶常改部曹，不得谓之无学，而因受侮于朋友，积愤成疾，以致轻生，殆近妇人女子之所为乎。并闻伊上有老父，下有妻子，电信到家，不知家中何以为情。吾怜其死，吾叹其愚，保身之道，尚且未谙，其他可知矣。

二十九日丙子　晴，冷。是日为西一千八百八十八年十二月三十一日。见各铜铁铺中出售一种锡饼，重四五两，价值五六十芬呢。盖德俗，当晚凡女之未嫁者，皆化锡入水中，以锡化何形，卜所嫁何等人。见船形，则曰将嫁一船主或水师官；见楼形，则曰将嫁一富宦；见枪刀形，则曰将嫁一武官。形式颇多，无往不向富贵中解说者，大致与中国妇女七夕投针乞巧之意相似。又当晚由十二点至一点钟，各酒肆之苦酒，皆任人牛饮，不收价值，男女街市往来，醉汉虽多，官弗禁也。入夜雪寸余。

三十日丁丑　阴晴不定，颇冷。今日为西一千八百八十九年正月初一日，午后携洋仆孟坨乘车代星使赴各处拜贺新年，共数十处，酉正回寓。戌刻芬瑞飞夫妇约姚、陶二君与余晚酌，同席主客男女十人，子初一刻回寓。入夜大晴。

十二月

初一日戊寅　晴。记：德京通城道路桥梁、菜市公所，一切修造添置，不动国款，皆由城中住户按其入项多寡分捐。因此时柏林市面日大，四面开张，道路添修，土者墁石，石者改漆。因捐款不敷用，加设公贷，向例每月利息八厘九厘，今则增至一分矣。

初二日己卯　晴，冷。自一月前，柏林城内外，凡空地皆围以木板，立杆挂旗，以备天冷洒水结冰。男女入内溜戏，入门每人二十五芬呢。另有小木房一间，便人在内换穿冰鞋。此鞋铁造，式作“”形，后有螺蛳[①]，长短自将皮鞋后边厚处关住，前一皮套，以捆脚面，其价每双由八九马克至十一二马克不等，在冰场赁用，每双五十芬呢。现在天冷冰冻，则街市男女之携冰鞋者多矣。

初三日庚辰　晴。现值隆冬，各鲜花铺中五彩花卉犹多，大铺中尤以花朵攒辏多式，备人送礼，或作扇面形，或作花瓶形，或作花篮形，或作菊花形，工极精巧，鲜明可爱，其价亦颇昂贵，闻有值一百马克者。此花置玻璃窗内，竟有数日不变色者，不知有何妙法收藏也。

初四日辛巳　阴。记：数月前，支应官以多燃煤气灯有费国帑，因于各屋一律改燃油灯。昨日又吩咐洋仆之管各灯者，每夜每盏只准加油半瓶，意者恐人夜深不睡，有费精神也。

初五日壬午　稍晴。见果铺中鲜果尚多，如苹果、葡萄、石榴、樱桃、橘、梨、桃、杏、甜瓜、西瓜、椰子、蕉子、甘蔗、波罗蜜等，外有奇怪形式，不识其名，颜色鲜美，笔难琐述，盖皆来自他州，非土产也。惟现值天冷，各国之皮嫩者，皆不包藏，依然罗列窗下，亦天气使然也。

初六日癸未　阴。洋人谓华人之足皆小而不大，因母皆裹足也，斯诚愚见矣。不知中外足之所以大小不同者，外国鞋扁而长，任其生长，故视

① 即螺丝。

之大；中国靴鞋皆高而团，五指不甚直伸，则视之小也。且中国八旗以及满洲蒙古皆不裹足，何其足不大耶！乡间农民之足，长多盈尺者，因其鞋不讲求，行路奔驰，毋虽裹足，亦无用耳。

初七日甲申　阴。明日为星使五旬寿辰，而是日为其太夫人之忌日，因改前一日庆贺，设寿堂于大厅，巳刻同众着补褂入厅叩祝，中惟星使与支应着蟒袍，小轩虽在制中，未过周年，亦着吉服入贺。午初吃寿面，酉正晚酌，酒肉丰美，皆支应所赠也。

初八日乙酉　大晴。早起煮腊八粥，分送诸同事，亥正送星使赴俄。因本月十二日为该国正月初一日，例有朝会也。尝思天下万国，惟中国一字一音，余或二三四五音成一字，或六七八音成一字。华人不学其字而欲知其语言者，强用汉字还音，又往往意为简省，以便易记，迭相传述，追向该本国人言之，转至茫然不解矣。如英金钱本名抛恩得，华人呼之曰镑；德金钱本名攒此伊马尔克，华人亦呼之曰镑；至法金钱本名那剖里央或弯他夫郎克，华人亦仍以镑名之；英银钱原名什令，华人呼曰先；德银钱本名马尔克，华人仅呼曰马；法银钱本名夫郎克，华人呼曰方。试将华人所呼之名向各该国人言之，欲其解也，亦戛戛乎其难矣。今特一一满还其音，以使华人之未学其字者得知其本来面目也。

初九日丙戌　晴。外国处处洁净，虽厕所亦油木坐桶，旁有纸匣，龙嘴洗手盆以及面巾胰皂诸物，无不齐备，内外挂灯，朝朝擦洗。本公馆之中厕，极为宽敞，内外皆有煤气灯，自本年春季，支应因以节省经费起见，改二煤气灯为一油灯，又自前晚并油灯亦撤去。

按：国外男女大便，皆坐而不蹲，华人无论南北，有效之者，亦有蹲于桶上者。然入厕之人，多不秉烛前往，大便小便，任意为之，因而后来之人，竟有污衣服而沾臀腿者。

初十日丁亥　晴。见本地一种治脚鸡眼之物颇佳，造以白绒或毡，大如制钱，中一圆孔，一面搽以药水，色黄如胶，用时以布条捆于鸡眼之上，旬日即软而自消。然是物须时时用之，否则依然复生也。

十一日戊子　晴，稍暖。近日冰结既厚，男女溜者甚多，有一人独溜者，有男女携手同溜者。闻前日在某处冰场，有男女二人，不知其为兄妹，抑或朋友，女携一犬黄色，当二人初溜慢时，犬亦溜而随之，及二人携手急溜，犬力不及，因而口拽女裙不放，盖恐主人与男子他往也，不意女溜不能止，犬更竭力啮而不松口，竟将女裙扯下，虽不雅观，而亦足见犬性之义也。入夜雪。

十二日己丑　晴，风，冷。午后，步至桥南卜格拉芬关第十三号，拜芬瑞飞之友古呢哈夫妇，年皆四旬余。入内少坐，见其子念和，年十九岁，据云现已出学，经官考过，定于三月后将投营学武矣，是皆遵守定例也。

十三日庚寅　晴，冷。午后同姚子梁步入遆尔囿看溜冰者，小河曲弯甚长，当中横桥数四，余立桥上观之。男女老幼，往来溜动如鱼，然皆直溜，毫无新奇之势。前两次微雪，道上泥皆烂滑，园内者，皆镕而成冰，桥上亦然，立上脚冷即回。

十四日辛卯　晴，冷。早起见正东寒气凝结，红日初升，亮而无光，午后西望，则一赤饼空悬而已。记：前初八日星使庆五旬寿，汪、张二君早已寄信上海，置办一切，因而无人倡首。三月前，余与姚、陶、承、谢、赓、徐、陈、贝诸君拟成一局，各人意见不同，难归一律，及红缎买到，寿字作成，竟致分散。余因偕同姚、陶、承、谢、徐五君另成一局，届期送寿礼四色，为百龄寿酒、寿烛双辉、寿幛全福、吉祥如意；汪芝房亦送四色，系洋绉寿幛、针黹成匣、茄楠朝珠、青云直步；张小轩送洋绉寿幛一端；陈骏生、贝汇如同送金纸百龄寿图成幅、莲花玻璃挂灯二对、古瓷花樽一对；赓韶甫送射影灯一分；恩仲华、阎润亭送幛烛，仲华又自送八音洋琴一匣；陶夫人送面镜、洋烛、橘子、苹果；金楷理送白石座钟一架；驻俄之庆、塔、许、王、何、黄、李七君由上海办送幛烛各一，袍褂料两副；游历官程鞠存、李体乾及联文泉同送幛烛各一。

十五日壬辰　雪，冷，滴水成冰。今日系西历正月十六日，金楷理因其五旬生辰，遂邀诸同人于酉初在五道门内恩德林敦大街乌拉饭馆晚酌，承、赓二君因事谢辞未往。菜少而美，有蛎子、火腿、竹鸡、鹅肝、扁鱼等。亥初回寓，入夜雪止。

十六日癸巳　晴，冷。金楷理生辰，星使及诸同人皆有馈赠。星使送万寿无疆瓷盏一个，宜兴茶壶一把，孔雀石镇纸一个，茶叶二瓶；姨太太送金银刀叉匙一分；汪芝房送景泰蓝瓶一对，带匣；洪禹山送寿幛一端，绣货四色；张小轩送花瓷瓶一对；恩仲华送绣花荷包、扇套各一；陈骏生、贝汇如同送绣红楼梦一幅，细瓷茶杯四个带匣；余同姚、陶、徐、谢四君同送漆匣铜盘小碗瓷罐四色；承伯纯拟自绘一幅相送；赓韶甫则送信一函，祝贺而已。

十七日甲午　晴，暖。入夜微雨，落地成冰。中国夫妇之道以男为主，西国则不然，男未娶，固交女友，女未嫁，亦结男朋，男将娶，女将嫁，各皆致书其友，割绝交情。男娶后，苟有仍欲与之相交者，须用二名片同拜其夫妻方可。问其故，乃言未娶之人，所交者未必皆佳，既娶之后，则不愿此等人频至家中吃酒闲谈，且自己所喜之人，未必为新妇所同喜也。观此足见西人自幼不归父母管束，故狐朋狗友，任其交结矣。又言交友多则费用广，恐将来荡产倾家，难以度活，其实不然，盖娶妻后一切由妻约束，不能自主耳。此节前未细载，再续述之。

十八日乙未　阴雨。天虽暖而地仍寒，雨则落地结冰，各家门外皆以铁锹铲冰，或洒沙土以使不滑。凡大街行人走马处皆然，公车铁道因不凸而凹，恐其中淤泥结冰，车行不便，随时有人持长柄似勺非铲作“”形者而推挖之。

十九日丙申　镇日阴晴不定。天既暖而地亦温，小河冻开，冰雪皆化。西俗以戴手套为礼，每值喜庆宴会，尤以白色为上，黑色为素，平时多用灰黄绛紫等色，虽脏不易见，然见人握手，又以脱手套为礼。曩见凡往拜他人者，入必左手戴而右手脱，执于左手帽旁。今则改俗，乃两手皆脱，执二套于左手，是虽不戴手套，亦必执有手套方为恭敬。赤手拜客为无礼，平时与相识之男女遇诸途，欲行握手礼，其已戴者以不脱为是，已脱者又以不戴为是，盖天时酷热，手则有汗，恐污他人之手与手套耳，或天热或天寒皆不可与人拉手，惟行免冠鞠躬之礼足矣。

二十日丁酉　阴，冷。潘兰史（飞声）[1]亦粤东名士也，年近三旬，所著

①潘飞声（1858—1934），字兰史，祖籍福建省，先祖于清乾隆年间迁居广东经商，遂落籍于广东省番禺县（今广州市番禺区）。香港《华字日报》《实报》主笔，南社成员。长于诗词书画，善行书，苍秀遒劲，善画折枝花卉。诗笔雄丽，时有奇气，是广东美术史上的关键人物，与罗瘿公、曾刚甫、黄晦闻、黄公度、胡展堂并称为“近代岭南六大家”。中国近代著名诗人、书画家。

诗文颇盛。兹由羊城航海来德，著有《海山集》一编，词旨古雅，格调宏深，嘱余题语，因书其后云：“海西万里外，不闻此调如广陵散矣。今读此编，如鼓成连琴，令我移情也。戊子冬月，拜识于柏林行馆。”

二十一日戊戌 早阴，午后雨，暖。申初微雪，止后仍阴。中外服饰语言，固不大相同，彼此乍见而诧异之，亦为常情。华人在此街游，既无男女追随，亦无恶言者，然仍有令人厌烦之处。其男子之上等者，见则视之无言；次等者，或笑或言，褒贬无所顾忌；三等者竟有高声喊曰兰滋满，德言同乡人也、伙计也，更有呼布鲁得尔者，德言兄弟也。妇女则上等者目不斜视，间或倾头耳语；次等者或掩口局局而笑，或论华人之面貌衣履；至其三等粗俗辈，则吃吃作笑声者多矣。

二十二日己亥 早大晴，申刻复阴。德京在北京北十二度三十七分，故天气常寒，入夜尤甚。数月前，由京寄来毡帽一顶，本月中旬，因街行凉气飕飗入骨，余将戴之。同人中有谓出门莫戴，恐为洋人所笑，馆中戴之可也。昨余于馆中戴之，同人又有谓甚不雅观者，余殊不解其言何所由来。窃谓毡帽皮袖头，为本朝二百年来之旧制。十数年前，各省人戴此帽者犹多，虽文武大员、仕宦子弟皆戴之，非匪类也。惟迩来数年间，因是物价昂，则由南至北戴者渐少。然东三省、北蒙古、西山陕戴此帽者尚多，是仍不失旧制耳。在中国戴之，犹称古老，而无人笑，乃在此反恐洋人笑，而以为不雅观，亦可异矣。究不知其居心以何等服色方可入洋人眼目而不致笑者，岂必剪发短衣而后可乎？

二十三日庚子 早微雨，午后止，仍阴。出游途遇土耳其随员道石青，延入茶肆，坐间谈及各国出使，谓敝国公使之所为，言之令人不豫。敝国自古臣宰皆忠心报国、鞠躬尽瘁以答君上知遇之恩，西国则谓文武皆当诚心保国，凡在内在外，各宜诚心供职，保护本国之疆土人民不受他国之侮弄侵占也。现在敝国之使臣则不然，既不存心报国，更不用心保国。平时无事，则有不惜国帑而任意妄用者，有明为节省经费而处处克扣搜求暗入私囊者。及一旦有事，又必迟延颟顸抑，或推诿后任。即使办理，亦不过草草了事，不顾大局，听其欺侮商民，强占地土，毫不加痛痒于其心。更有兼代国家买办军械船只及他应用之物，而从中虚报而致富者，亦有经官察出而追办者。此等人皆以身在外洋，国家不易知觉，惟求饱食暖衣以安其身，岂知当时虽无人评论，又安能逃董狐之直笔哉！所言如此，其貌若甚怒者。入夜微雪。

二十四日辛丑 阴雨，暖。上月由赓韶甫口传，言有中段总巡捕来，言华人在朴斯当坊之尤斯的点心铺中，放肆喧哗，厌人观听，今请约束等语。余闻之，不胜诧异。盖前四次随使各国，不惟官员凡处谨慎，虽仆役亦罕有在外滋事者，岂此次人少，反不如前乎？迩来余因无事，每午后辄至尤斯的少坐。此铺前临大街，在内随饮茶或加非隔窗眺望，颇令人怡性畅怀。几二十日，并未遇一华人，与土人共桌，亦无异状，视与国人同。窗外巡捕往来，见之尤无倾头耳语，致生议论者，究不知韶甫所言真耶假耶。

二十五日壬寅 镇日微雨，入夜雪。是日系西正月二十六日。明日二十七日为德皇生辰，当晚谕通城男女各学塾中择其至勤至敏者二人，赐在克洛勒戏园观剧，闻届时男女幼童往观者共二千余人。

二十六日癸卯 大晴。前日德礼部来文，内称本月二十七日早十点钟，德皇与后在白宫礼拜堂内听经，听毕，在正殿传见各国公使随员等，为此特请贵大臣偕参赞、随员届时前往，进第三门，出第四门云云。当早睡起，穿吉服同汪芝房、姚子梁、恩仲华乘车前往。宫在五道门内恩德林敦大街正西过桥稍南。自入五道门，一路左右男女观者，拥挤如云，经马步巡捕弹压，一律静立无哗。车过时，男有脱帽者，女有鞠躬者，幼童有举帽齐声欢呼者。又自五道门至皇宫内外，皆有官兵对对鹄立。宫外者，乌衣漆帽，宫内者戴“D”形红帽，红衣白裤，各捧枪锤。见则举起对鼻，皆恭敬之礼也。下车入宫，步石阶登楼，左旋右转，共步四十五级入礼拜堂。堂身圆作钟形，白石建造，嵌以黑绿花石，高约五六丈，周十二丈，四壁彩画教中古人像，男女老幼三十余。正面一白石台，台上一石屋作龛形，中一桌，上供十字架钉耶稣像。四面围以鲜花，龛前二石柱，柱下各一小方桌，前挂红围，上绣白十字。台下左右各列金椅三行，又左右二金门，左闭右开，对面设红椅七横，分三节，正中坐各国公使、随员、领事等，左右坐本国者，共四五百人。巳正，德皇与后率大臣命妇十余人，由右金门步入，各人起立，皇与后坐于台右，毕驷马等坐于台左。堂顶立有铁阑一圈，阑内正面及左右立妇女多人。对面设一风琴，旁立唱经男女八人，另有楼梯通于堂外。于是乐作，男女唱经三次，既有乌衣教士三人登台，第一与第三者，各执卷诵经一段，第二者立右桌后，高声述经一段，继而第一者立左桌后，第三者立正中桌前，三人齐声诵经一次。当三人诵经之际，又奏乐多次，座中人于听经之际，时起时坐者又数次，至午初止。皇与后先行，既而各人陆续下楼，转入对门，即正殿也。殿颇宽敞，正面设一御座，皇立座左，后立座右，各国公使按班鱼贯而入左门，先后步过皇与后前，各一鞠躬毕出右门，过跳舞厅，上下三转而后至宫门。登车仍由旧路回公馆，一路男女观者如前，更见各街各巷、官署人家及各铺店，无不挂旗悬花者。

戌初，毕驷马在外部请各国公使晚酌，芝房代往。戌正，余偕诸同人乘马车沿街看灯。今日又为礼拜之期，大街小巷行人稠密，皆有马步巡捕弹压，往来分路，中途走车，车亦往来分辙，鱼贯成行。十字街口，皆有巡捕站立。车行有定途，如某街准走，某街不准走，不得乱行，由左而右，一切皆巡捕指使，无论何等车夫，无有不听者。街市各铺以及官署礼拜堂，虽皆闭门，而檐前门外各燃电气煤气灯，有横点一排者，有作洋“W”字形者，有通楼上下作一花塔形者，有门前圈作“∩”形者，有点红灯而光射里余者，有楼顶墙头列有石罐因而就燃大油灯者。其他或星形，或王头，或王帽，或菊花，或竹叶，式样种种，笔难尽述，较前在伦敦所见者尤多，且各家各铺无不于玻璃窗内横列蜡灯六盏，虽小巷小户皆然，故通城处处皆灯，真所谓火城也。又各铺玻璃窗内皆供一半身王像，或石刻，或铜铸，或油画，或泥塑，皆后挂国旗，或立花幛，像下围以鲜花，前列白蜡多支，更有仿尊敬亡人之礼而头上顶一花圈者。闻当日男女嬉游，至天明后始渐稀少。

又各国公使署，昼皆悬旗，晚皆燃灯。英俄二使馆所燃，尤属灿烂。因问诸同人，答言本公馆向无此例，且公馆距皇宫颇远，不悬旗不燃灯皆可。窃谓不燃灯尚可，惟我大清龙旗不当不挂，若谓距王宫不近，则对门之丹国领事与间壁之和国领事，何以亦皆挂旗，是不在距王宫之远近，而在乎敦友谊、重国体也。我国既与东西各国换约通商，则此虚礼亦何可废。礼云："入国问俗"，以洋礼答洋人，亦不为过，是必随处周旋，以免贻笑于四方。幸德国不比日本之按处追究，设彼国行文来问，又将何以对答。

记：日本国人冈千仞之观光纪游内一则云：凡军舰有军礼，吉凶节时，互通使问，符号约规，各国一律。中五月间，扶桑舰入吴淞口，发炮廿一，祝皇帝寿，而炮台不应发，遣人问故，不见一将校，且道台问是事，直曰欧米军舰无行是礼者，盖中国不讲军礼，故各国亦外之也。中人开口辄曰夷狄殊类，不知礼义，自外人而观之，为孰知礼义？其致今日之事实有故也云云。

二十七日甲辰　阴，申正微雪一阵。记：洋俗见人问候之言，时时有别，许久未见与数日未见及几时未见者不同，而朝朝相见与见时之早晚，则所言又不同。德国约人晚酌毕，则主客拉手各道麻拉莱达，意谓天主保佑平安消化所食者也。德人平日惟午后一大餐，故于午后见人，亦多言麻拉莱达者，盖度所见之人必已大餐，而为之代祝也，或谓此俗惟柏林有之。

二十八日乙巳　阴。尝思身体发肤，受之父母，固不可以不保养，而五官四肢为尤重。近见德人凡二三十岁，曾在学堂学习或现在学堂学习者，必面有伤痕，方称为勇。据云，此系数十年之遗风，究不知始自何人。想必该国著名之人，前因斗殴受伤，而勇名昭著，故后人因而仿效之。然验其痕，皆在左颊，不斜不竖，皆系横者，由一至四，长短粗细不一。细思其由，恐皆非学堂殴斗所伤，必因前人所伤在左颊，故自行抓裂者，不然何皆在左颊耶。

二十九日丙午　早大晴，极暖，换着棉衣，未刻微阴。同人中间有晚间打牌为戏，以免安坐无聊。其牌名麻雀，又名马将，与寻常通行之牙牌不同，却与北方之蒲樗相似，亦有由一至九之索饼万，虽无白枝红人与老千，而有中发或龙凤与白版，更有东南西北之名，各皆四扇，此常例也。如欲加花，则又有东南西北王。总王索化，万化，同化，春夏秋冬、兰荷菊梅、福禄寿喜、渔樵耕读、公侯将相、琴棋书画等名目，又各皆一扇。以上牌名如此，其法繁琐，无俟详言。玩者每多不厌不倦，其味津津。余以是牌既为深闺之雅戏，亦小道之上流，遂尤而效之，初尚得胜，后则屡战屡北。余在此等游戏中向不用心，无非以之解睡魔消愁闷而已，不意此牌竟须用意揣摩，知彼知己，穷心设计，测量四方，观其局势，类乎奇门遁甲，是枉费精神也，因而戒之，留此余神，用于有用之地。

十五年岁次己丑正月

初一日丁未　晴。卯初睡起，点心毕，同汪芝房、陶矩林、徐良臣乘马车赴福来得立火车栈，迎接星使由俄国来，卯正回公馆。记去时街市，煤气电气灯，依然未灭，他灯尚少，望之清朗，左右两行，长短如龙。当时各铺之出售食物如肉菜面包之类，多有睡起收拾者矣，客栈酒肆亦皆开门洒埽矣。坐车已排列于街口，而乡间货车亦陆续赶来矣。迨回时公车、趟子车亦开矣，且客人男女甚多，因各处皆辰初上工也。辰正一刻，同众蟒袍补褂随星使在大厅向东恭拜圣牌，行三跪九叩礼，既而团拜。午后有桂竹君、潘兰史及哲宁、芬瑞飞并告假回国之税务司德人夏德、阿理文等陆续来贺年禧。入夜大风。

初二日戊申　细雨。记：奥斯马加太子鲁多茀生于西一千八百五十八年八月二十一日，即咸丰八年七月二十三日，现年三十一岁。前于一千八百八十一年五月初十日，即光绪七年四月十三日，娶比国公主郤翡呢为妃。数日前太子赴距奥京五六十里之米伊苓围场打猎，不意前早在卧室中以手枪自行轰毙，不知何故。当时飞电通知各国。昨日午后，星使嘱余代赴奥国公使处吊唁。至彼下车，入门置有到簿一册，专为来人挂号而设，亲笔写毕登车，见彼使馆楼顶正中，挂国旗于长杆之半，左右横插二黑旗，一大一小。门外车马甚多，酉初回寓。又昨日为中国新正月初一日，理当悬旗庆贺，及至申初，适余与同人论及，始唤洋仆通知参赞、支应及德文翻译，始将龙旗挂上，此亦驻扎外洋各官之当留意者也。

初三日己酉　早热，霜雾并下，阴晴不定，始微风，继大风，风后细雨，雨后复晴，晴而又阴。申初狂风又雨，落雹如豆，雷电交作，忽又大雪，酉初雪止仍阴。由辰至申，天气屡变，不春不秋，不冬不夏，亦从来未有之奇也。酉正，星使补陈初一日公宴，兼约潘、桂二君，凡十六人分两桌，亥正席散。入夜晴，尤热。

初四日庚戌 晴，暖。早乘车答拜桂竹君、潘兰史。因谢芷泉三年报满，本月初八日销差，启行在迩，又值今日立春，遂同徐良臣请伊夫妇及其女公子早酌。楼上陪坐为陶夫人、陶相公，楼下为承伯纯、姚子梁、陈骏生、贝汇如、陶矩林五君。承伯纯臌疾渐已告痊，因昨晚公宴着凉，通身酸楚，今日虽到，惜不能入座。未初席散。未正大雪一阵，厚半尺余，雪后晴，凉。酉初，星使偕金楷理赴奥京吊唁。戌刻，余同姚子梁、陶矩林、谢芷泉步入对门店中吃加非，少坐，继在本公馆前后步行一周。明星在望，银树成林，大似俄都七月天气。

初五日辛亥 微阴。午后乘车答拜夏德，见其妻与子女，继拜芬锐飞未遇。记：德京各加非馆皆置白石面小圆桌、藤心木椅，无不洁净整齐，又皆备有各国各种新报百张，任客传观，或向堂倌指名索看亦可。前日本地新闻纸局，闻得奥太子凶信，即以大字刷印一篇，沿街喊卖，各加非馆亦每桌各置一篇，以便客览。入夜雪雹一阵，继而见星。

初六日壬子 阴。数日前，屡次往拜英人娄欧皆未遇。前日来信，言每值礼拜二日午后，自三钟至五钟，为其夫妇在家候客之期，此盖英俗非德俗也。今日即其礼拜二日，申刻乘车往拜，见其夫妻，二子一女，皆五六七岁。座中已有一美国妇，年近五旬，名墨赛斯者，同饮红茶、吃黄糕。少间又来二女一男，皆英国人，彼此微叙温寒，陆续辞去。入夜雪。

初七日癸丑 镇日阴晴雪雹不定。未正，同陶矩林乘车答拜阿理文未遇。阿斐利加西北临海墨娄库国王，因德皇即位特派大官前来庆贺。前于十二月二十九日，由海道抵布莱门，即日德皇派官以火车迎入柏林，住凯色豪富店。数日前，余在尤斯的加非馆，临窗眺望，见经过敞车三辆，每辆坐四五人，身貌魁伟，赤面乌须，深目隆准，衣色绿白，阔袖无襟，脑后有兜尖形似斛，乃罩头用者，一切多类埃及人，盖即墨国使臣也，因与埃及同洲，想必同种耳。

初八日申寅 镇日阴晴不定，稍冷。昨夜大雪，南风，各树皆半白半黑，又楼房檐下垂有冰凌。前于初三日午后，雷电交作，同人多诧异之，谓二月始有雷电，现方正月初旬，何此地时令之不正如此。余曰：“不然。中外风俗诸多不同，天时地理亦多有异，外国望日，亦间有月圆之时。此时为西二月初旬，雷始发声，亦与华历有暗合处也。”戌初，星使携金楷理由奥国回。

初九日乙卯　雪。前经广东制军在克鹿柏炮厂定造二十四生者六门，二十一生者六门，十五生者四门，十二生者三门，七生半过炮九十六门。按以上每生乃德国半寸之别名也，然其长实不及中国半寸，华人还其音亦多不同，有曰生的或曰桑的者。去岁十二月初八日，西正月初九日，厂人来禀，谓共炮百十五门，现在一律制成候验，约二三旬方可试竣。贵大臣欲派人前来验放，或将全验，或仅数门，敬候回示云云。当此厂来信时，正值星使寿辰，又值赴俄之期，未暇答覆，及星使由俄回德，又值新年兼值赴奥吊唁，仍未答覆，今早问诸参赞，曰：“回信至今未答，去恐晚矣”。

初十日丙辰　早大雪，申初稍晴，既而复阴仍雪。记：奥国太子自毙，官报谓其心染癫狂，以枪自击其头，床旁遗有凶器。又有谓其自死之故，因前次坠马头晕，现不耐其昏眩，遂致自尽。其实不然，国中有男爵韦在腊之女韦素阿，现年十九，容貌极美，早与多弗有私，彼此情爱至切，因而多弗欲休其妃，冀与素阿同结百年之好，未敢禀知老王，乃即致书主教，主教以事关国体，遂将原书转呈国王。王怒，谓太子位极人尊，岂容作此无耻，因而斥责不准。二人无法，各愿以死相报，遂于前十二月二十九夜，同时以枪自尽，此乃实情也。

十一日丁巳　雪。街市往来雪床虽有，而天仍不冷，河未封固，行人多处，雪亦全化。今日又遇道石青于尤斯的，坐间问其随使在外曾著日记否。道曰：“数年前随使英美多国，凡所见闻，曾按日记载之。其政事风俗山川险要，无论其与我国有异无异，有益无益，皆据实笔之于书，未敢褒贬一词，惟冀览是书者得以考察。因多人索观，遂即付诸杀青。不意印成后，竟有人谓余无学问无见识，而不为本国占地步者。查本国自与东西各国交涉以来，已多年矣，至今平民莫论，自大僚以至士子，其知洋务者寥寥，间有谓熟悉洋务者，亦无非稍知本国之大概情形，甚至只知充当洋人买办或崽子之规模者，若谓深悉公法以及各国情形，恐无一人。迩来十数年间，微有明达内外之事体者，因而分为两党，曰率旧，曰更新，然率旧党仍有十分之七八。故凡出使游历者，有所见闻，皆不敢率尔操觚。实陈一言，盖恐有触率旧之颜，而与己之身分无益也。”由此观之，是凡出使不记日记，不向人实述所见所闻者，诚为有学问有见识而与本国占地步者矣，且如此人不同心，则将来敝国之被外国难为也，不知至何地步。

十二日戊午　雪。前驻俄随员何毓荪（寿康）亦于本月初八日三年报满回国。今早辰初到此，住凌克巷颜色喜店中。午初来公馆来谒见星使及拜诸同人。未正乘车答拜何毓荪，未遇。当余晚餐时，适有陶矩林之子涵宇、谢芷泉之女阿巧，各皆五六岁，在余房中玩耍，因而掖与共桌同食，彼此说笑，相与嬉嬉，亦一乐事也。

十三日己未　早阴，申初微雪阵阵。天冷，河又封。记：柏林城中凡要路通衢，皆有马巡捕站立。其站立之例，天暖则两钟一换班，天凉则一钟一换班，天至冷则半点钟一换。

十四日庚申　微雪。午初同徐良臣约何毓荪早餐，欢饮畅谈。酉刻，星使与谢、何二君饯行，嘱汪、洪、陶、赓、恩、陈、贝、张八员陪饮，亥初散。时因天暖，冰化，小河又开。

十五日辛酉　雪。未正，同陶矩林、谢芷泉乘马车行四五里至安吉坊看天文台，见管台官费司得，年逾四旬，颇为和蔼。入铁栅阑，步登台上，但见房屋间间，悬有大小月图多张，其大者横竖各九尺，有整月半月及月牙形，盖此台专为望月并教天文生者。又列有测量经纬度器，造以铁作“个”形，高五尺，横四尺，乃旧物也。又有电线表及时辰表，皆经一一指示。嗣又步石梯入一屋，极暗，四壁皆双层马口铁，棚顶活布，可开可闭。中立一千里镜，长约七尺，粗二尺，镜下一小铁椅，椅旁有电线通楼下时辰表等，可往来挪移，人坐在椅上望月，如有所见，即以手按电线，则楼下之白纸条即表明何时刻秒，以免忘记也。大千里镜左右又二小者，每长尺余，系为同时察看者，镜四面挂古米布，以防雨雪盖棚顶不紧也。又步石梯二十余级至台顶，屋以铁造，形如馒首，周约八丈，高二三丈，顶上半节能转，中有一线能开，转运皆有关键，极为简便。正中另设一大千里镜，长丈余，粗亦二尺，此镜亦能四面转运，或上或下，无不得心应手。惜今日天阴且雪，未得开棚一望。看毕谢归，记是台作“凸”字形，圆屋在正中。通城天文台凡三处，除此之外，一在朴斯当城，为至大者，一在敖斯台隆囿，为新建者。

十六日壬戌　雪。记：柏林通城，凡十字通衢、行人多处，皆立一砖柱，高八九尺，周一丈，以备铺栈馆肆黏贴红单。闻此柱始自一德人名黎法思者，以万余马克在各处买地一方，周逾三丈，砌石阶一层，高半尺，中央立柱，任贴报单，便人观览。然贴者须先向柱主言明，用若干日或包月，柱上占尺寸若干，付钱若干。因外洋街市墙壁不准贴黏也，其人自立此柱后，获利三十余万马克，现已出售归官，至今人皆呼之曰“黎法思柱”。

十七日癸亥　晴。午初，送何毓荪至万牲园火车栈由法回华。记：柏林城中，街市间有木房中厕两间，内外白油绿边，极属整洁，为男女遗矢处。每间门首立一老妪看守，入者每人一二十芬呢，赏守厕妪五芬呢或十芬呢不等。此等中厕，亦由人开设，闻上年其人获利至三千马克，亦一好买卖也。入夜雪。

十八日甲子　微雪。记：张铁夫（海珊）题担粪图曰：“凡田有厚薄，土有肥硗，皆缘粪气为美恶。粪以柔之无疆橥，粪以壅之无轻𩞁。薄使厚，过使和，粪之利益宏哉。”凡粪载于《周礼》，杂见于诸家种植之书。粪之类，或以马骨牛羊猪麋鹿，或以禽兽毛羽，或以腐枝、以败叶、以枯朽根荄，或以缫蛹汁、以沟渎泥，或以人溲及牛豕溲，其类猥且颐。凡人溲为大粪，余为杂粪、苗粪，为蚕豆，为大麦，草粪为翘荛，陵苕为苜蓿、为台华。江南水田冷，宜火粪，江淮以迤北宜苗粪。凡制粪多术，有踏粪法、有窖粪法、有蒸法、有酿法、有煨有煮，而煮尚矣。凡置粪处，或为池，或为厕，惧其露也，为之屋，惧其渗也，为之砖槛。凡用粪，有时与法，用之未种先曰垫底，用之既种后曰接力。不得其时与法，则枝叶茂而实不繁，粪过多则峻热而杀物。凡粪具有畚有帚、有杴有杋、有瓢杌，载粪有划船、有下泽车。尝试论之，人莫不生于至秽，拘精为人，蒸腐为物，积刀贝为富贾，餍肥甘为大官。水至清则无鱼，人至清则无福。精液化人，谷化精液，土化谷，粪化土。异哉，文之所以从异者以此。凡粪虫有蛆有蛣蜣。近来德国处处讲洁净，避气味，而种田仍必用粪，理使然也。其法不一，共分七种：第一为人粪，通城有铁管，一切尿粪脏水，总归一筒，流出城十里外某村而酿藏之；二曰马粪；三曰石膏；四曰丐养硫阳三，亦由石膏之类作成者；五为马厩中之垫草及洗厩水；六曰土煤，系牛马棚中不垫草而垫土，以作俭省，此土加有牛马之尿粪，用以壮田；七为秘鲁运来之鸟粪。西国地窄人稠，致多外出谋生，然其在家务农者，官场亦当随处设法协助也。

十九日乙丑　镇日阴雨。天暖，雪化冰消，水满沟渠。午后步至朴斯当坊，遇德相毕驷马步行，头顶“”形黄圈白帽，着金线乌衣，佩刀，玉面隆准，须发皤然，年逾古稀，精神益壮，其后随有巡捕二名。沿途男女见者无不脱帽鞠躬，与见国君同。

二十日丙辰　雨。本年夏初，星使曾奏调护军参领衔、福建候补同知延少山（年），内务府镶黄旗汉军人；候选教职杨石渔（楫），江苏无锡县人，同于去年十二月十五日由沪附德国公司北燕轮船出洋，本月十八日抵义国热诺阿，登岸即上火车，当晚亥初到此，住本公馆内。又谢芷泉定于明日起程，由巴里赴马赛，乘本月二十五日法公司船回国，当晚夫妇携其子女到各处辞行。又星使原带二女仆，一老一少，其少者早经遣回，老者赵姓，迩因星使如夫人喜洋婢而厌华妪，遂亦遣随芷泉夫人回国。当晚赵妪及芷泉之女仆金姓者亦同到各处叩别，余因各赏以五马克。

二十一日丁巳　镇日大雨。巳正，余同贝汇如率洋仆车载行李先至福来得立火车栈买车票，后将随身应用者留之，其他分入行李车。午初一刻开车，午正五分至万牲园栈停车，换芷泉夫妇子女及二女仆，登车即开。当时送行者除星使、参赞外，为姚、恩、承、徐、陈、洪、贝与余及陶矩林与夫人并赓韶甫夫妇与金楷理共十三人。申刻，杨、延二君借用同人靴帽拜谒星使及诸同人，见后，各人陆续前往答拜。延、杨二君不通洋语，登船诸多不便，幸同船遇有告假回国之税务司德人鲁师达，一路颇为照料。及船抵热诺阿，伊劝以不必仍行乘船赴布莱门，可由此登岸乘火车，庶得早到柏林。据云，其人离国几二十年，程途一切，亦多不甚了了。且伊告以诸物不必携带，随后即到，故二君到此，惟持有茶杯暖壶而已。其他如衣冠铺盖一切紧要应用之物，皆未带来，究不知其人所代雇者快车慢车，抑或仍令船载，何日方到柏林不能预料也。

二十二日戊午　大晴，暖。未初同徐良臣先访承伯纯，少坐后，乘车赴朴斯当坊。沿途天尚清朗，及下车，则大雪缤纷，有雹如米粒，乃急驱入尤斯的坐饮加非。间来一男二妇二妙龄，乃夫妇、胞姐与二甥女也。男年三十六岁，夫妇皆能英法语。其甥女，一十三，一九岁，颇为温雅。最可取者，饮食不先下箸，必俟母与舅饮方饮，坐间不多言、不苟笑，别时请安，言阿爵以为礼。阿爵者，德言再见也。

二十三日己未　雨。闻奥太子卒后，奉谕国人着素服三个月，又德国官场穿素服二十一天，想凡与奥换约之各国皆然。又闻奥太子未殓时，经医官剖首查验。据云，其前半脑髓粉裂，因枪弹由右太阳穴处放入故也。细考系一小弹子由右太阳放入，自左耳穿出，按其情势，似由自尽，非人刺杀。然其自尽之由，因脑髓深入脑骨，脑盘渐平，脑皮太宽，以致不时神乱也。

二十四日庚申　阴，雪，大风。闻有德人韦特尔者，称天文，善星学，能辨风云气色。前按星宿步位，算出前二德皇之定数颇验。去岁又言西一千八百八十九年（即本年），就星位推算未来各节，谓二月初九至十三日（即本月初十至十四日）政治多难，恐致兴兵（已过，未验），四月十五六及五月初十、十一等日恐德皇有疾（即三月十六七、四月十一二日），五月二十六七，七月初十、八月二十、十月十三十六等日（中四月二十七八，六月十三，七月二十四，九月十九、二十二等日）应有不顺事自外来，七月二十三、二十六两日（中六月二十六、二十九日）应有喜事。现以星位而论，本年火星居首，金水并驾，足见德皇康健。惟土星不前，在狮形星宿之后，恐德皇有意外之虞。又本年太阳不净，为瘟疫盛行之兆。再以各星步位观之，应有战事，血满沟渠。以上所言，类乎中华之星士，不意西国亦渐入此辙，今姑记之，以观将来验否。

二十五日辛酉　雪。当早接谢芷泉由巴里寄来公信一函，其辞云：前二十一日早开车，夜九点半到克伦晚尖换车，十点开行。不意管车人又向每人索五马克以为完税之费，即以护照出示，其人摇手，幸见同车一人亦出五马克，不得已付之。行约一时半，车夫又有言，奈不明其语，渠意甚急，乃将行李搬运下车，又以为到税关矣，岂知不是，出护照亦不是，相与争持，车夫大急，非特将行李着多人搬去，并将人亦牵之而走。当时左右邻车并无一人，亦无行李，车灯亦熄，摸不着头脑，不知何事。而弟妇及小孩等均在睡梦中叫醒，男啼女哭，无异逃难，此时窘急情形，可想而知。只得随渠飞奔，开门推之而入，车中已有两人，甚觉挨挤，随身自携之物，多带甚受其累，勉强坐定，此车系头等，上车即开，似等候甚久之状。车中系夫妇二人，甚怒，恶言恶色，甚为可恶，出车票见示，同车夫妇答言不到巴里，向其索车票看，果然不同，即疑走错，极拟扯保险机器。既苦无钱，又苦不懂话，叫天呼地，亦无法想，不知要装到那一国去，心中又一大急。至三时间，法国车夫又来，语言不懂，乃以手作势，似换车状。又将巧女叫醒未哭，而德生又大叫矣。行过一个胡同，再上车，恐又走错，再出护照车票见示，而车夫点头，大约不错了，而车又即开行矣。此时又不敢睡，亦不敢将行李打开取物吃，恐来不及又要换车，心中正不知一夜要换几回车，呆坐至天明。车夫始来剪票，急向其以手装样问换车否，其人摇头，始知不换了，始敢打睡，至八点三刻到巴里。最可笑者，当早七钟间，车夫又来叫下车并剪票，此时真如惊弦之鸟，又以为换车矣。即将各人叫下车先行，叫旁人帮拿行李，车夫不令搬运，乃以手比仿作饮食状，系叫令下车点心，乃知为车夫美意。此时寒冷无以复加，一夜三换车，非特多花运费，人更受惊不浅。现在弟妇发热头痛，午后发寒，巧女着凉，金妪肚痛，时已局促，若当再乘火车赴马赛再受辛苦，虽可上船，而船中有病，尤属不便。蒙镜如诸君，强留从缓，因改乘西三月初十日（即二月初九日）者。

其历陈行路之难如此，观其一路之着急受累，令人心中念念不安，然余自乙丑至今，往来德法已非一次，从未遇如此之受累者，芷泉所以然者，盖因不明其言语，且携有眷属妇女小孩也。凡华人往来东西各国者，必以通言语为先务，而携眷者为尤要。外国男女，无论官民，罕有不知他国一二种言语者，中国官场中能洋文者，除同文馆外无几。民间虽有，多由贱役出身，或因贫苦去外佣工而得，或在本地与洋人充当买办马夫之类，罕有自备资斧而学成者。此等人，雇之或不难，而用之颇属不易，且凡出洋者，既非自行游历，岂有余力以雇用此等人耶？

二十六日壬戌　雪。酉正，同承伯纯、姚子梁、陶矩林、陈骏生、徐良臣、贝汇如公请延、杨二君在福来得立街路北匡阔尔的亚园看杂耍。其中可观者，先兄弟四人，穿紧身肉色衣，攀肩踏顶，反复曲折，极属伶巧。有变戏法者，先一玻璃瓶净水，节节倒出，竟成五色，请客饮之，味亦五种。又一木碗大如钵者，举出似鲜花一碗，到台边，朵朵掷台下女客中。既退台中，碗口向下，乃徐徐倒出白纸条宽七八分者万丈，堆高四五尺，周一丈，倒毕收纸条时，堆中竟藏活鸭两只。后向客中借“且”字形高帽一顶，以木碗置其中，及取出时，已变为活鸽。随令一人执帽下台，交还帽主，不意其人中途跌倒，将帽压扁，无法转回，仍交作戏者。作戏者怒，将帽撕碎，填入炮口，另放一炮弹，既而点火，炮响则炮弹飞入对面楼中，随有一帽飞挂楼顶，再放一枪，帽坠台边，奉还原主，毫无损伤。又台中立一方布帐，高五尺余，周约十二尺，内置一椅，铙钹一对，八角鼓一个，请客中四人上台，以绳缚作戏人之手足于椅上，放下前帘，则帘上伸出两手，帘下露出两足，四人卷帘入验，则捆处依然，放帘后，内又击鼓拍钹，以至脱去外衫，四人再验，上下结扣分毫未改。又将客中一人，以巾蒙面捆手，领入帐中，立于椅旁，放帘片时卷起，竟被脱去外衫，问之其人亦不知何得脱去。又一人善效兽声，名托尔安，其人立于中央，左坐一假女，右坐一假男，又左一横桌，上放一假猪，桌旁一假虎，右一横桌，上置大小四假犬，桌旁一假驴，人、虎、猪、犬与驴，式样大小皆与真者无异，男女说笑唱歌，声音有可听处。驴犬皆立耳出声，作喜闻称赞状，既而猪号虎啸，犬吠驴鸣，一切声音又无不与真毕肖。此后，一英男名司达尔，一女名黎丽雅者，男雄壮而胖，女俊俏而伶，男肚上立一铜架作“丅”形，梃高二丈，粗拱把，女则自下攀上，往来曲腰盘腿，打秋千，作种种玩艺，其肚亦可谓坚固矣。又前人虎猪犬驴，腹中皆通电光，不时眼鼻皆开现红色。其他有歌者舞者皆甚平平，无须琐述，子初回寓。

二十七日癸亥 雪。今日为我皇上大婚吉辰，本公馆虽无挂旗筵宴以及恭拜圣牌庆贺之礼，彝乃汉军，世受国恩，因而早起，公服向东恭行三跪九叩礼，遥祝我皇上关雎正始，有道万年。

二十八日甲子 大雪缤纷，连日下雪，积厚尺余。凡行公车及车马，繁盛之大道通衢，随时有人以铁铲撮埽道边，再以铁锨撮入小手车中。车绿色作“”形，上一方槽，周逾九尺，前一小铁轮，后两短腿，腿后二柄，以之推雪入小巷。其他各处，又每日有工人数十成队，先以木锨左右推至两边，再以棕刷埽之，堆起三尺余，宽亦如之。又有大敞车，逐堆取载入乡，其左右临门两行，时时皆经本户撮埽，故通城街道，虽有雪而无雪，雪虽厚而不厚。入夜晴。

二十九日乙丑 大晴。记：去年十一月二十七日到此之墨娄库国使臣，于数日前辞见德皇，德皇觌面赏赐铨石戒指一枚，价值八千马克，手枪一杆，亦为上等者，其他随从人等，并各有赏。德皇又有馈送墨王之礼仪，拟由驻墨之德国公使面递云。

三十日丙寅 大晴，暖。未初，驾雪床西北行数十里转至拉太诺瓦街，拜阿恩德。走遆尔囿，过玛碧桥，一路楼房点缀，树林长河，琼楼银界，天地无尘，令人神清气爽。在彼见其子女，少坐辞归。过遆尔囿时，遇德皇与后于途，各架双马雪床，驰驱极速，余向之鞠躬，德皇亦以手扶帽檐答礼。

二月

初一日丁丑 早晴，午后雪。自谢芷泉去后，陶矩林移入其屋。经星使饬雇裱糊匠将矩林原住一间，刷洗裱糊，焕然一新。昨午承伯纯由库弗余森街移回，即住是间。又前正月二十日接电，知延、杨二君将到，星使即令徐良臣移入前承伯纯所往之单间。是间在马棚之上，两面背阴，窗无帘幔，久不住人，火炉矮小，且地板以下敞棚一间，寒气透入，觉昼夜皆冷也。

初二日戊寅 早阴，午后雪，暖。柏林城中，频有男女乡民负笈背筐，沿街游行，出售木勺、棕刷、柳条筐、鸡毛掸以及面巾、手帕、丝带之类，其卖器皿什物者，所值固不能多，而卖巾帕等者，竟有共值一二千马克，合一二百金者。入夜雪止，晴。

初三日己卯　早晴，午后雪。今日为皇太后撤帘归政之期，本公馆既无恭宴叩贺各等礼节，（彝）仍早起，着官服，向东恭行三跪九叩礼。从此皇太后深宫颐养，可释宵旰忧勤，而我皇上文武圣神，立政伊始，将见亿兆共庆升平，四夷詟服，声教与历祖历宗若合符节矣。

初四日庚辰　阴凉。记：自去冬至今，各鲜花铺玻璃窗内，依然红紫芬芳，草本木本，种类不一，中可识者，为榆叶梅、茶花、月季、丁香等。按时节，固非萌芽开放之时，乃竟能如此红绿嫣然，亦赖其培植之善耳。其花价极昂，每棵五六七马克不等，而丁香一小枝，亦一马克。

初五日辛巳　阴，雪。北洋大臣合肥相国去冬向克鹿柏厂定铸钢炮多门，两日前由厂来信言所定之二十四生的（见前）三十五倍口径炮台用后膛钢炮六尊，每口径二百四十密理迈当（每一密理迈当为一迈当中千分之一，合三厘九毫零三丝七忽），炮身长八千四百密理迈当，其膛长七千六百八十一密理迈当，炮管连后门闩等重二万九百七十箕罗（每一箕罗又名启罗，重约二斤），每尊厂价九万五千五百马克，炮台中柱转轮架六全副，每重三万三千三百五十箕罗，每副厂价四万零一百马克，零星物件六全副，每重二百零四箕罗，厂价一千二百一十马克，现在铸成两门，特请星使派员前往验放。当日经星使派余同延少山、姚子梁、贝汇如前往，遂于亥初至万牲园栈房登火车，亥正开，东行。一夜颇冷，哈气结冰。

初六日壬午　晴。子初过艾拉贝庄河面铁桥，长约二里，寅初至汉诺倭村，少停复开，一路雪地银山，厚皆盈尺。遇此路转稍南，由文司铎村至洛南镇，则积雪渐化，再由毕菲庄至哈安城，但见积雪点点，过此则点雪皆无，草色青葱矣。卯正，抵艾森，下车有洋仆以马车迎入店中，店因地名，在内洗面并食点心。巳初，厂派伙计尼达以马车接入厂北放炮处，下车有专司放炮人葛洛森及管机器头卜达立待，彼此拉手问候毕，引至炮旁。见前横一土冈，高约二丈，作“”形，正中横板作洞，高深各丈余，洞下有坑，甚深。此后另一土冈，高亦如之，中亦有洞。二冈相距一箭之地，炮在横冈洞前，铁架上左右有路，左通冈后，右通大路及试炮力之机器房。余等先登架上验炮膛，验毕，看其入炮弹一，火药二袋，套钢圈置钢底上闩毕，由左路转后箭地，登一土坡，甚高，坡右竖一个高杆，将燃炮时，杆顶系一绳球以警临近闲人躲避。坡边立一人，口宣号令，曰："放！"则坡左一人掖铜线，即见炮身后坐二三尺，而后前进一二尺，炮声震则弹子出，白烟一缕，弹落土洞坑中。共放九炮，每一放有人将钢圈钢底捧来呈验有无透气之处，外有火药渣滓否，其圈与底皆放三炮一换。看毕下土坡，卜、葛二人辞去。经尼达引看集存炮式处，铁房一大间，内存历来各种后门日益精进之沿革以及各种炮弹。又往看炼钢处，其法有三：一炮钢洋名梯格什搭尔，系用缸罐粗高各二尺余者盛之，入火八点钟之工倒出，其色青白；一即二等钢，洋名西门此买提音，系用方炉周约三丈者，将煤气吹入镕化，开门以蓝玻璃镜窥之，其内滚流如水，以勺盛出，其色黄；三为粗钢，洋名拜什苗尔，乃用以造铁路车轮圈架之类者，火炉高大，中悬一缸瓶如葫芦形者，内盛生铁，将空气吹入，烧熟倒入模内，其色红。看毕时已未初，回店少息。

未正，厂总管杨克来店约余早餐，因厂主柯禄百夫妇往游埃及未回也。同席有前曾到过中国之德人门舒森，食毕众人辞去。定于申正入厂验第二尊，盖炮与铁盘由地面移至架上需时也。申正一刻，尼达复来以车接入厂内，验法如前，九声验毕，乘车绕城一游。当时大风颇冷，房屋行行，其矮小者，皆工人住家眷者也。有新建小戏园一所，系为工人闲暇寻乐之处，又有学塾十余处，皆为工人子女而设。城内闹热处，街道狭窄，式如热诺阿，而大铺高楼少，居人亦多贫苦者，间有宽处，石路尚皆平坦，戌正回店。

初七日癸未 晴。此厂较十年前，更加开旷，工人现增至二万零，每名工价按月百二十马克至百五十马克不等。午初早餐，未初乘马车至火车栈，登车即开。申初至多达门村，换车复开。酉正至汉诺倭村，少停又开。亥初过艾拉贝桥，再过申豪森庄，为前德毕驷马之旧居。亥正二刻抵柏林公馆，由柏林至艾森九百六十里。

初八日甲申 晴，暖。早起同延、姚诸君递呈禀见星使销差，其呈曰：

"窃随员等奉派赴克鹿柏厂,验收北洋定造之二十四生的三十五倍口径后膛炮两尊,遵即搭乘火车于初六清晨到厂,会同厂员于上午九点钟时验收第一炮毕后,于下午三点钟时接验第二炮。查得两炮均系后膛新式,每口径一百四十密理迈,当炮长八千四百密理迈,堂膛长七千六百八十密理迈,当均与合同原载相符。每次配用实心平头弹二百十五箕罗配药六十六箕罗,每炮开放九响,每三响验换钢底圈一次,其套合处查无火药渣滓积累。察看两炮均系新造并无锈坏情弊,验毕即于次日回署,理合将到厂试验情形照实陈明,伏候宪鉴。"

初九日乙酉　晴。天下五大洲,无不有犹太教人者,不惟因其发黑眉重,深目隆准,可知其为犹太人,即闻其姓,亦足知其为犹太人矣。盖犹太人向无定名准姓,百年前,布君大福来得立第二即位,以布邦犹太人众,勒令各人自定一姓,以称布国之民,因是他国之犹太人亦因之。

初十日丙戌　晴。自去冬各酒菜五味铺中出售山鸡、山猫、野猪、水鸭、竹鸡、鸽、鹿之类,窗内檐下悬挂甚多,日久未能尽售。迩来连日晴暖,猪鹿倒挂,口内皆含一小铁碗以接淤血,至铁雀等,日久腥臭,土人烹而食之,颇以为美云。

十一日丁亥　晴,暖。午后同承、延、杨三君乘车至巴萨巷,看旧蜡人馆之新蜡人。内中处处更改,入门即假石山洞,各洞藏有古典,有老人有幼女,有一人头骨极大,未详真假。又画轴人马花木,山水楼台,分间悬挂,以灯映之。皆宽大凸出,乍看疑是真者。另一间为印度景,正面楼阁如宫,宫前一池,三面石阑石阶,水不深,其色绿,如与湖海相连。上下妇女二十余,皆系赤身,有水中洗浴者,有才脱衣者,有洗毕坐卧池边衣上休息者,有手举白鸽玩弄者,形态不一。其至奇处,池前横六龙嘴,真水自内流出,水痕溶溶,水声潺潺,真假相混,致疑画上之水亦真。一屋横床仰卧老德皇韪良尸,盖以白纱,上置一花圈,旁立丞相毕驷马,作欲泣状。一屋系少德皇,身着皮衣,背负火枪,立于冰天雪地之中,作打猎状。一间系一送煤人拥女厨作欲亲吻状,女似不允,左手推阻,右手持一烹鸡蛋铁勺,蛋尚未熟,一半在勺,一半抛地。一间系一男一女拥搂接吻,墙头一人,怒目直视,作捉奸状。一间系一小花园中四黑人歌舞,墙下花幛内一洋少妇横卧鱼网兜上，旁一男仰坐睡椅吸烟卷，彼此作看戏状，是盖西人在南洋、斐洲、印度、暹罗之景象也。一处作一家之后院，有花有石，中一水池，四小孩在内洗浴，或立或卧或坐或蹲，房中一妇开窗外望作招呼状。以上各处，无不活泼可观，情像逼真。其他像有耶稣、阿当、夏娃等。惟一卖花女坐阿当旁，以手支腮，手眼不动，看久嫣然展笑，始知伊是真人。其作乐处依旧，惟乐工改六日斯巴尼亚人，四男二女，每日由中正至酉刻，弹月琴拉胡笳以歌曲。旁一日本茶肆，女堂倌作日本装，四壁悬挂及屋中陈设多日本物。又原设本国国王及各国名士大臣处，现改另一大间，别开一门，入者步梯十级，每人另给三十芬呢，系大画一幅，作法与去岁在敖斯台隆圄中看者同，彼则烈火焚城，此为洪水泛滥。人立台上望之，但见茫茫大海，远则波涛汹涌，火山烈焰飞腾，尸骸树木飘荡，又值大雨倾盆，人有蹲伏山上者、爬卧山中者，以及哭者、惊者、叫喊者，种种不一。近则人鸟与猴有避于树上及舟中者，像马有自水中奔出者，树有将倾而人欲下堕者，山有将塌而人争奔驰者，凝目久视，觉山水皆有声矣。此馆去岁初开，每人一马克，现减半。

十二日戊子 阴，冷。昨日延少山馈星使花翎一枝，藏香一对，漳绒马褂一件，五彩绒线一匣；杨石渔馈湖笔二匣，徽墨一匣，茶叶八罐，火腿四肘。今晚星使与二君接风，约看杂耍小戏，嘱洪禹山、恩仲华相陪。

十三日己丑 早阴，午后雪，凉。记：延、杨二君之行李，其走热诺阿者，上月二十七日到，走布莱门者，本月初七日到，似皆非快车。查二君自上岸至柏林，如雇火车之类，皆经鲁师达代办，将下船，其人索去二十六金镑，迨到柏林又索去车费三百八十五马克，行李费一百八十马克。其人住鸥坦坡城，距布莱门不远，忽于数日前来信，谓前往布莱门代为照料行李，费用二百九十马克，路费四十四马克，其人行李亦在布莱门，往来路费不知其分计与否，统计其人收去一千四百二十余马克，并无清单开来，不知何项用若干。外国人从未有代人理事而如是含糊者。姚子梁由沪至德，虽遇有能日本话之英、瑞二国之人，并未被其愚弄，是因子梁精明欤？或因子梁曾经东去日本两次而不敢欺欤？抑或因其心地公平而不忍欺欤？不可得而知也。

十四日庚寅　雪，冷。记：西历每年准三百六十五天，然按天文推之，一年必须三百六十五日零五点钟四十八分五十七秒，方足地球绕日一周之数。因此，每四年在二月多加一日，曰闰日年。

按：其每年大小建，皆有定数，或三十天或三十一天，惟二月皆二十八天，故德俗凡人于二月二十九日生者，每年岁数虽加，然必俟四年，方有生辰，亦拘泥之甚者矣。又闻前日星使派周巡捕赴艾森厂学放炮位。

十五日辛卯　镇日阴晴风雪不定。午后乘车至安那西巷第五号，拜美国游士戴纬。入内见其妻女，坐谈少许，其母女皆诧异曰："华人何如是之温恭乎？"盖伊在美国两见之华人皆十余年前，由南省派去之学习幼童及沿海各省在彼之华工耳，且人心不同，岂能皆顾大局，不失本国之体面，虽出使中，余亦不敢言其必皆自重。盖洋人不多见华人，不辨华人之等第，竟有仆役在外冒充钦差、参赞者，亦可虑也。

十六日壬辰　镇日阴晴，风雪如昨。记：在北京每值春、秋、冬三季，无论人之身体虚壮，若久在屋中，一旦出户，或因光头或因衣薄，多致感寒头痛，更有因而呕吐以及腹痛患痢者。不意在此，天气频阴，久在屋中，则觉头晕气闷，必须出街一行，呼吸凉气，顿觉精神清爽，岂中外天气不同，而此地独以寒气养人耶？

十七日癸巳　阴。是日系西三月十八日。闻布邦前于一千八百四十八年即道光二十八年，当布王福来得立踸良第四在位时，国人拟立会堂，以减国王之权。国王不允，人民遂于是日作乱，杀害官兵，直至次日天明始息，官兵阵亡甚多。故至今，凡阵亡兵丁之子孙，皆执花圈前往祭扫坟茔也。

十八日甲午　细雨，暖。记：《座右编》有云："三姑者，尼姑、道姑、卦姑也，六婆者，牙婆、媒婆、师婆、虔婆、药婆、稳婆也。"今则又有瞎婆，盖与三刑六害同也。人家有一如此，而不致奸盗者几希矣。若能谨防而远之，如避蛇蝎，则于治家之道，庶乎近焉。外洋虽无三姑六婆而有四女一师，如贞女、善女、歌女、舞女及教师之类。凡人家有年幼子女者，一有此等人入门，罕有不引入荒淫，以致荡绝家产败坏名声者。

十九日乙未　晴，暖。德京加非馆甚多，而加非、牛奶、红酒、苦酒及勺勾腊、美朗日之类，在本国较之往年无不昂贵，凡他处值一二十芬呢者，此处必卖三四十芬呢，饽饽点心亦然。闻有性好节俭者以及作小买卖与行中伙计等人，每日行路忽值饥渴，则在点心铺中买面包或他饽饽一二枚，袖入馆中，要加非一碗，泡于其中，藏匿而食之，亦是一法。

二十日丙申　阴雨，暖。记：奥国太子鲁多芾之妃郃翡呢，美而温雅，太子以其水晶而厌恶之，且明告其友。一日同友登楼，突掀妃裙，露其私以示之，妃因羞愧而怒，即日起程他往，誓不回。奥太子本与韦素阿有私，由是欲休郃翡呢而娶韦素阿，未经国王依准，遂以手枪自毙。闻迩来，又有德国海斯邦侯之子阿来三得，于三年前经公举为土德中间小邦卜鲁戛里亚王，当时欲娶前德皇福来得立之公主威克兜里亚为妃，德国王室未允。前于西一千八百八十六年九月七日（即光绪十二年八月十日）因故退位，回住海都达木斯达城。因有某富室管事仆雷兴尔之女雷富兰者，善歌唱能奏乐，年约二十，美而艳，阿来三得见而好之，乃不娶王室之女。前于西三月六日（中二月初五日），以巨万资财，在义大里国西北界，近海之喀斯台拉城内娶彼女为妻。按以上二人所为而观之，似皆轻财好色，不重德，不敦品，不念前人创业之难，不思父母鞠养之恩，是见其为数百年来始化之人，而非数千年来已化之人之后裔矣。

二十一日丁酉　阴，暖。闻土耳其公使携有书手甲乙丙三人，甲与公使工思利皆草鱼禾人，不惟同乡，且有瓜葛，乙与丙皆自他处调来者，而乙则又有势力人情，口舌既利，才亦精能，丙乃敦厚朴诚，实心任事。甲本无能，因而镇日优游赌博谈笑而已。乙虽有才，乃倚势自雄，作否随便，每日亦任便游乐自娱。故遇事咸归丙一人昼夜抄写，频致手痛头晕，无人体谅。不特此也，即公使之仆役，亦不一律称呼之。向甲曰司特，向丙则曰勒克，译土言司特老爷也，勒克书手也、供事也。夫土耳其亦天下之一大而且古之国也，乃犹若此，其他可知矣。

二十二日戊戌　晴。外洋男女，亦各有名姓，其名惟幼时任人呼之，及长，则惟父母、夫妻、兄弟姊妹呼之。其充当仆婢者，则主人呼之。此外，虽君王师长不得呼其名。洋人姓仅一音者少，其在中国者，惟还其姓音以代名，即如赫德、布策、巴兰德、罗淑亚、阿里格、热夫类是也。华人虽统呼之，亦无碍也。其洋字名片，虽印名而不全写，如姓赫名德者，只书“赫彳”二字足矣。华人在外洋，将名姓皆还音，洋人即照音呼之，盖不知其为名而以为皆其姓也。余考之《礼》[①]，其《檀弓篇》云：“幼名冠字，五十以伯仲。”孔冲远疏云：“人始生三月而加名，故云幼年名。年二十，有为人父之道，同等不可复呼其名，故冠而加字。年至五十，耆艾转尊，又舍其字，直以伯仲别之。”据此，是一人之名，在本国惟君亲官长得呼之，岂可令外国人人直呼耶！余前在英时，曾向李丹崖星使力辩此节，星使不谓然，即今同人中，亦有不以为然者，故至今凡洋人之谈及李丹崖、马眉淑、陈镜如、庆靄堂者，无不以李凤苞、马建忠、陈季同与庆常等名直呼者。如此，虽云名扬外国，千古不朽，自与张骞、马援、苏武、班超不同耳。

二十三日己亥　阴雨，连日天暖，雪化冰消。凡漆石木铁各道，一律由人工洒埽洁净，间有树林河堤之土道，亦皆铲平，盖以沙土。地上之草，既皆青青，而树枝活软，亦有生气，清风徐来，水波不兴，真似江南二月天矣。

二十四日庚子　细雨阵阵。记：我国之女后为主者，汉唐两朝有之。而妇女之学问著名者，则汉有曹大家班昭，续成《汉书》，称女学士，陈有袁大舍，唐有宋若莘、若昭、若伦、若华、若宪，闵图南妹为不栉进士。宋有女郎林妙玉为女进士，唐之薛涛为女校书，蜀之黄崇嘏为女状元。女之为官者，南汉卢琼仙为女尚书，宋孝武朝韩兰英为女博士，明洪武间商胜为武定府知府。武官为晋王廞女贞烈将军，陈女白颈鸦为契丹怀化将军，唐平阳公主起兵号为娘子军，明末秦良玉领兵亦称将军。泰西诸国自古迄今，虽有女主，而妇女无一为官者，学问优长者颇多，而著名者未闻一人。

二十五日辛丑　早阴，酉初雨。前两月在波罗的海瑞、丹二国之间，因飓风吹鲸鱼一尾于岸，被瑞人捉获，价值万马克。十数日前，运至柏林，备人观览。当日余乘车北行五六里至敖拉年布克街，系一空地，围以木墙，左右两门，入者每人五十芬呢。内以木板铺地两层，高约一尺，上

① 即《礼记》，据传为西汉礼学家戴圣所编，共49篇，是中国古代一部重要的典章制度选集。

罩布棚，正中一木台，高三尺余。鱼以铁条支台上，鱼色黑黄无鳞，皮有直线行，行宽各二寸相间，深约五分，通身长六丈三尺，宽丈五尺，高丈六尺，头长二丈，嘴长丈八尺，上大下小，下唇满鬃，长五六尺，眼近下唇，大如鸡卵，分水共四，耳后尾前各二，长各五尺余，圆形满肉，尾亦作“人”形，长约八尺，宽二尺余。闻此鱼到岸时，重六万一千五百斤，内五脏重万二千斤。土人灌以砒霜、药水，以使日久不生异味，不致霉烂。观者每至数十人，则场中人立于台上四面，向人讲说一番，惜余未习德文，未得知其详也。

二十六日壬寅 细雨阵阵如昨。中国拜礼，凡头俯膝屈手动，皆谓之拜。按《周礼》①辨九拜之仪：一稽首，二顿首，三空首，四振动，五吉拜，六凶拜，七奇拜，八褒拜，九肃拜。稽首拜，头至地下；顿首拜，头叩地也；空手拜，头至手也；振动拜，以两手相击也；奇拜，一拜也；褒拜，再拜也；肃拜，但俯下手，即今之揖也。西国无稽首顿首之仪，惟屈膝跪为重礼。无论男女，拜亲不跪，面君不跪，惟礼拜、祷告、明誓则跪，有所求于天主或有求于人皆跪。男求女亲，则尤当跪。其他，男见君王官长家主，皆脱帽垂头垂手而鞠躬，妇女屈膝作我国旗礼请安状，幼童男女见年长者亦然。凡男女见亲人，如夫妻、父母、子女、兄弟姊妹，皆以接吻为礼。其平行者，无论长幼，男女相遇，以拉手为礼。间有男先脱帽，女先点头，或作半屈膝状而后拉手者，亦有不拉手者，皆在乎亲之远近。彼此隔路相见，则男脱帽女点头。至二男相遇，有彼此左手摩帽檐而右手对拉者，有彼此各以右手摩帽檐而一语不发者，亦在乎亲之远近耳。又凡人见罗马教皇，皆跪啜其足。命妇见君主，随请安以口啜其手背者，是西国之礼。除妇女作请安状外，其他罕有与中国同者，外国虽有两手相击一礼，然用之于贺彩欢呼，是仍于中国不同也。男女有别，礼分轻重。中国尊妇人，始自唐武后，至外国不知始自何时也。

二十七日癸卯 细雨如昨。两月前赓韶甫具禀告假半年，回国省亲，昨经星使批准，遂定于下月初间起程，走热诺阿驾德公司至沪。当早余

①《周礼》记载了先秦时期社会政治、经济、文化、风俗、礼法诸制，多有史料可采，所涉及之内容极为丰富，无所不包，为中国文化史之宝库。

与饯行，吃春卷，并约延、承二君作陪。戌初，延少山、杨石渔约余与韶甫、伯纯在得来森讷街第七十二号额尔恩斯戏园观剧，所演系一中国人名庆床者，北京人，素以行医为业，乃携南京高茶叶来德贩卖。因治愈一卖柳条筐之老人，其女与庆彼此情爱，遂嫁娶焉。按庆床戴青缎小帽，穿灰绸夹袄，蓝呢半臂，年二旬余。一切景致楼房、山水花木、城内乡间，无不幽雅可观。

二十八日甲辰 细雨淋漓。西国妇女衣服，讲求时式，绸价极贵，有二十余马克一码者，至贱者，亦须二三马克。上衣下裳一副，有值二三千马克者。贫人一分，亦须三十余马克。昨见铺中作成一件黑绸短袿，绸似葛而软，四边镶以黑绦，价值三十马克。茧绸衣裳一副，用绸三丈余，价竟号至二百马克。

卷 七

己丑二月二十九日乙巳 细雨,稍凉。外国凡君主生辰,通国人民朝夕庆贺,悬灯结彩,鼓乐歌舞,悬旗宴乐。有人问:“中国亦如此否?”余曰:“中国以皇帝万寿为大典,然历代制度不同,有当庆寿之辰,斋素讲经者;有赐宴侍臣使内职与学士联句而庆寿者;有以寿辰为千秋节,宴百官于内廷,布告天下,宴乐休暇三日者;有因而恩赦罪犯者;有受金帛、器服、珍玩、骏马等贡者;有岁诏佛老说法者;有令百僚命妇一体进名参贺者;有置戒坛度僧尼资福者,有因而禁屠宰、宴蔬食、陈腊醢者,其制不一。至我本朝大皇帝万寿届期,惟大内百僚祝嘏,在乾清宫赐宴,听戏三日。又在正日之前三后四日,凡文武入内当差者,皆穿蟒袍,各省督抚以及出使大臣,届期亦皆率众僚属向北恭拜圣牌,行三跪九叩礼,盖朝野莫不欢声雷动,呼万万岁也。

三月

初一日丙午 细雨。现在天时将暖,西国妇女多喜服中国之茧绸,故各绸缎铺多有列此绸于窗下者。德人问余此绸之由来,余告之曰:“此绸古时无之,始自明末,今则山东各处有之,岁以为常。人多依此为业,其蚕散生野树上,土人蚕时必架庐林下,把竿逐鸟鼠之害。槲生者名槲茧,椿名椿茧,椒名椒茧,大如鸟卵。生深山丛条间者,视他茧特小,大如指上螺,名山茧,质更佳,岁凡三稔。”又问此绸较他绸如何?余曰:“此绸虽不如他绸之华美,然茧绸备五善,色不加染,黯而有章,一也;浣濯虽敝,不易色,二也;日日御之,上者十岁而不败,三也;与群衣处不已华,与纨縠处不已野,四也;出门不二服,吉凶可从焉,五也。

初二日丁未　细雨。午后，同贝汇如乘马车入五道门，看阿奎良鱼池。地址不如伦敦之大，无乐场，无酒肆，然人工精巧较胜于伦敦。通楼上下三层，四壁皆以峭石堆垒，上下曲弯，如在山壑涧谷之中，随行左右皆作玻璃壁。鱼共百种，按种分槽，每槽宽约一丈，高亦如之，由玻璃内视，其背后立石，形式不一，上透天光，下有铺石子者，有系泥土者，更有生成绿草黄花多种者。活水清澄，石下有孔，通水上喷，在水内视之如烟，水则有凉有热，因鱼有来自北极或近赤道也。鱼优游槽内，如在江海，或游行，或步行，或生于石面沙中如花木之不动，而恰系活物，或无水而铺沙石，或铺沙石而旁有水池。初入门，走过一行，左右玻璃壁中存蛇蟒、蛤蚂处，即见一巨壑，深三四丈，有鹊雀、鹦鹉、葵花、猿猴等，飞舞其上。下则一水如溪，内有海龙、水獭、鳄鱼四五尾。再绕多弯，则一山洞，海龙、水獭忽在眼前。上望甚高，又见鸟兽飞舞，景致极奇。洞外有一小加非馆。沿途有摆摊出售蛇皮纸、掖口袋以及蛤蚌螺壳等玩物者，入门每人一马克。

初三日戊申　阴晴不定。常思天之生人，四海一体，何分乎东西。美、斐二洲居其中，所产男女，或多或少，不甚悬殊。惟欧洲产女多于男，而亚洲男多于女，其理何欤？昨阅褚氏遗书，有云：男女之合，二情交畅，阴血先至，阳精后冲，血开裹精，精入为骨，而男形成矣。阳精先入，阴血后参，精开裹血，血入居本，而女形成矣。由此观之，是西国男女交媾，阳精先入者居多，察其阴血后参之由，女非无情，血来迟也，所以血迟之故，则不必明言而自知矣。

初四日己酉　晴。论天下之大势者，皆谓中国宜联俄图英，不可结英图俄。联俄图英者，为财政计也；不可结英图俄者，为地势计耳。然以时势观之，则不可。现在我国铁道未通，水师既少而陆军亦无多，英现所图者利，俄不惟利而更兼地，俄今虎视亚洲，如虎入牢，左右冲突，苟得其门而出，以逞所欲。为今之计，是当结英以镇俄，方为上策，俟将来兵势强盛，铁路通而海军足，再谋妥法，未为晚也。当日未刻，韶甫至各处投刺辞行。

初五日庚戌　晴。午正，赴万牲园火车栈与赓韶甫送行。韶甫自由同文馆出洋来德，至今已十有二年，家有祖母与母，既无伯叔，终鲜兄弟。当刘云生、李丹崖、许竹芸三星使之任，屡次请假回国省亲完姻，未蒙许允，及其祖母仙逝，伊为承重孙，例应丁艰，请假回国，仍未许允。窃推三星使所以未允之由，盖以华官初驻德国，一概创始，处处需人传话。当时虽有金楷理等，究属洋人，且历时未久，后又值荫五楼奉札回国，凡事不能赖其一人也。此次星使念其久未回国，因而批准六个月，然八九月间，能否来德，未敢预定。恩仲华本年差满，拟于八月起身。华人能德语者，唯此二人，如届时韶甫能来固妙，倘不果来，幸有金楷理在，伊随使多年，人亦精练，尚堪依赖也。

初六日辛亥 阴，凉。午后携陶少君至福来得立街一游，回见吕祖桥东，一舟长四五丈宽丈余，满载沙土，舟边距水寸许，因躲避轮船转近南岸，不意旁触他舟，稍歪，水竟入舟而沉。即时男女五人取出多物，搭板登岸，幸水尚浅，舟虽沉下，而首尾仍露于外也。

初七日壬子 阴凉如昨。近日屡见有老少妇女结队出行，随一敞车，载木箱被卷等，赴朴斯当火车栈。盖柏林城西稍南二百五十里，傍艾拉布河有村曰麻袋布者，有造糖厂，每年夏秋两季开工，入冬停止，故四方乡村妇女之贫苦者，皆于此时前往作工，半年后回也。

初八日癸丑 阴，凉。计十年前，有德人包格翡者，创造一种桦木所雕之景致图，工极精巧。凡山水楼台、林木桥梁、舟车鸟兽，无不与真毕肖。前在美、法、比、和等国，皆得有宝星，其铺设在米袋巷第四十七号。其图每页，大者横七寸竖五寸，价八九马克；小者横五寸竖三寸，价五六马克；最小者，横不足三寸，竖约二寸，价二三马克。

初九日甲寅 阴，凉。去冬余思画地图五页，每页一尺见方。因当时天短无暇，遂乞潘、桂二君择其所教德生中一人，但画经纬线度，不必绘图，俟画毕时，再行请饭观剧以酬谢之。既而觅得一人名林定浩，余遂交去油纸五张，先画来三页，不惟经纬不均，而且线亦不直，因而另交三张纸，告以画法。昨日始行送来五张，且开写一条，言前后八页，每页画工二马克，是可见其不欲以他物酬谢矣。德国男子不念情义，妇女不思贞节，皆因贫乏之故，亦皆由国家逼迫租税所致耳。

初十日乙卯　阴，凉。西国照相，向皆制买干净玻璃块，及照时皆自行上药，然照相上药，各专一人，不能兼工。迩来有出售上成药水之玻璃块者，因而柏林城中各照相馆皆买此已成者用之，既省人工更省药费。然则凡学照相者，可以不必学此上药水之一艺矣，且可一人独任其劳而省伙计之工费也。

十一日丙辰　阴，凉。西人洗浴有圆刷、长柄刷以及麻线手袋等，以便撮刷脊背腿脚，兹将长柄改作弯柄，以之刷背，尤觉省力。乃近来多有不用麻布马尾而改用丝瓜瓤者，不惟以瓜瓤作刷、作手袋，更以之作手套与鞋，是皆国人设法以获利也。其刷、袋之价未闻，惟净瓜瓤一缕价值八十芬呢。

十二日丁巳　天阴而暖。见福来得立街蜡人馆玻璃窗内有山水一小幅，乃八十年前德之诗人名杰狄者所画，大有王石谷笔意，或云此是西人仿中土画法之始。入夜晴。

十三日戊午　晴，暖。闻昨日午后，某街有二女孩，一七八岁，一三四岁者，门外玩耍。正值公车驰来，其小者步近铁辙，车夫见而摇铃令躲，奈小孩不知，大者急往拉拽，车已近在咫尺，缰绳勒之不住，止轮轴转之不及。迨马止步，小者已成齑粉，而大者亦被踢待毙矣。巡捕即将车夫送官，移尸道旁，招人往认。至车夫治何罪，未闻。

十四日己未　阴，暖。前初六日河边所沉之沙土船，次日即置一小挖泥机器于其上。船旁浮一方槽，船槽之间另一横槽，架上铁斗六个，不用火机，乃左右四人推柄如辘轳。每斗转上，自将沙泥倒入横槽，另一人以锨撮入方槽，槽满则推傍船后，两人又撮入一船。连日如此挖撮，至今日沙始捞净，遂于沉船旁傍一高船，中横二木，两首一在岸边，一在船面，下以大绳兜船底，多人由木上拽绳，前后拽之终日，船始上浮云。

十五日庚申　阴，暖。戌初，同延少山至冬园看杂耍，共演十数场。先是幼女七八岁至二十岁者百余，皆着日本服色，班班跳舞，闹热可观。其他新奇者，如一男一女作假矮子，且歌且舞，情状逼真。一人踩二竹杆高丈五六尺者，手提长绳，令二小孩在两腿间打秋千，既而二孩由竹杆下上攀，至其头上肩旁，任意耍弄，其人分毫不动，盖其战力坚稳也。又见弟五人，皆穿紧身肉色衣，楼顶悬秋千架五，作“”形，中央三人依次舞耍，其两首者，不惟盘旋耍弄，且二人相隔约七丈，乃能彼此对换，时而单手，时而双手，时而五人同在架上旋转，如一朵大菊花。又楼中横一铁线，长约十丈，有两女，一十余岁，一约二十岁，大者先骑脚踏车行于线上，往来甚速，既而小女蹲其肩上，坐其兜中，其两腿依然能踏关键，而使轮飞，幼女尤能线上推手车，行亦甚捷，亥正回寓。

十六日辛酉 阴，凉。闻城外某村有贫民夫妇二人，生子女五，夫在铁铺佣工，妇在家出售零碎材料，借以度日。前日伊夫误伤他人之物，官定收监二十四点钟，妇误以二十四日，乃愀然以无计谋生为忧。因而昨早卖去铁罐一个，买鸡一只，煮熟，令其子女食之。食毕与之梳洗，换衣使睡，待睡熟，遂一一以绳勒死。妇亦自拟焚烧，左右邻居见烟自窗内出，闯入相救，知其事报官，官亦令其夫暂回，见妇所为，怒向撞头，经众拽住。及官解妇去时，妇无愁色，且至所勒死之子女尸前往来亲吻多次而去。

十七日壬戌 早雪，辰正晴，巳正又雪一阵，雪后复晴，凉而微风。近来屡见房后河面有野鸭对对浮来，盖皆自万牲园中游出以觅食者，入夜仍归园内。又此时始见黄雀燕子等鸟，盖每值秋后天凉，则皆南飞义大里，春后天暖，复皆飞回也。

十八日癸亥 晴。近日傍午天始稍暖，然街市步行，仍觉凉风飕飗。乃各加非馆、酒肆、饭馆，皆支起布帐而设桌椅成行矣。土人男女，亦竟有坐饮加非并苦酒者。

十九日甲子 晴。近因兔蛋节，自上月底，凡糖果、玩物、香水、胰皂、点心等铺，皆添卖各样假兔蛋，大小不同，造法亦不一。或以糖，或以勺勾腊，蛋皮或作龟背锦，或作柳条纹，或作苇席，或作竹叶等形，或造以胰皂。色分五彩，或造以纸，外画花卉鸟兽，或木质外以油漆彩画，或包绸缎绣以杂花，或作盒而内盛糖果，或上系绳下垂穗作荷包形。其内或藏香水一瓶，或香末一包，更有破蛋内出小孩者、雏鸡者、小兔者。小蛋如鸽蛋，大者如鸵鸟卵，形式不一，工皆精细，鲜明可观。兔亦多种，或大或小，或纸或布，或糖或木，皮或带毛，亦有彩画者，或立或卧，或坐或蹲，或活头而腹内含有糖果、香水之类，或兔拉车而上载蛋若许。兔或吹笛，或看书，或戴眼镜，或打雨伞，或大小环坐而饮酒，或携手同行作夫妇状。或草筐竹篮，或方或圆，满盛兔蛋，或蛋匿花中而兔卧草上，种种不一，其价自五十芬呢至三四十马克不等。闻前日某地方官送宰相毕驷马以竹鸡蛋一百，为赞其得保护国民生齿日繁之意也。

二十日乙丑　晴，暖。今日为西四月十九日又为礼拜五日，乃其天主受难之始，因而铺户关闭，人工休息。自巳刻至夜半，车辆往来，男女拥挤，骈肩累迹，笑声载道。路皆平坦，或石或漆，虽车无辙马无迹，而车声辘辘，马蹄登登，人鞋皮底，行之石上，声亦丁东，闻之震耳，使人终宵不寐。

二十一日丙寅　晴。闻他国人之孤身留德者恐宿娼致遗种于异地，乃觅其女之贫而非娼者，与之约定每月给钱若干，不准另认他人，限定相交若干年月，如生子女，悉由男人携带回国，不得收留于此。然德京地方官有保人会，亦有专员司理其事，虽系异种亦不得携之出境。如余所闻，则该立约之人，将来如生子女，不知能否任意携回也。

二十二日丁卯　晴，暖。今日系西四月廿一日，为其耶稣复苏之期，铺户关闭，人工休息，街市闹热与前日同。查外国虽分天主、耶稣两教，而天主或耶稣之诞辰则同，皆记以月日，系在西十二月二十五日。至其受难复苏，又无定期，乃按月季推之，系每年西国立春（即中国春分）后第一望日后之第一礼拜日为其耶稣复苏之期，前礼拜五日为其受难之期。故上年二月初八日春分（西三月二十日）至二十日（西四月初一日）系其礼拜日，即为其耶稣复苏之日，至本年二月十九日春分（西三月二十日）至今日为其第一望日后之第一礼拜日，故为其耶稣复苏之期。由此观之，其耶稣受难复苏日期，尚无实据可考也。

二十三日戊辰　晴。为其耶稣复苏之第二日，铺户依然关闭，人工休息，街市闹热如昨。且此二日内，城中者下乡，乡间者进城，镇日游玩，故虽乡村之加非馆亦颇闹热云。

二十四日己巳　阴雨。德京各戏园除一二官园座价随时增减外，其他皆与英法同，虽有定价，而有时因演唱已久，坐客无多，改价折半，或七八折亦有之。又按德例,凡国中武官看戏,无论何时何园,价皆折半,盖官谕如此,所以体恤武弁也。

二十五日庚午 晴。午后约延少山、杨石渔往游万牲园,一切鸟兽如前,无所加减,惟上年所生四小狮不知何往,又有新生六小狮,仅四十余日者,亦皆以大狗哺之。现因天未甚暖,凡热带所产之鸟兽,如孔雀、葵花鹦鹉、鸵鸟、海马、智利狐、犀、象、袋鼠之类,皆仍留房内,尚未放出。加非馆虽设,而晚乐未作,故游人不多。

二十六日辛未 阴雨。见本地建造楼房,不专用夯打地,系在四面墙下打木桩,木粗盈尺,长丈余。其打法:立一木架作"个"形,高于木桩,架顶立一铁轮周约五尺,轮上绕粗绳,下系一铁盘,厚约四寸,周亦五尺余,绳尾连四细绳,四人拽之,铁轮转则使铁盘起落以捶木桩,极快。我国北方用铁夯打地,需人既多,用时亦久,若用此法,则人工既省,时刻亦不费也。

二十七日壬申 晴。记:柏林另一照相馆,名艾立赛林,设在五道门内恩德林敦街路南第十九号,工料皆精,整洁真切。每照成一页,无论再印与否,价皆五马克,再印,每十二页三十六马克。小者,一页五马克,印十二页十二马克,六页七马克半。

二十八日癸酉 阴,冷。记:柏林医生专有眼科,无论其治眼疾与否,虽有人仅令其察眼力有病否,须用眼镜否,若用须买第几号者,即年老眼力尚强,问之无须用眼镜者,皆须付门诊钱十马克。

二十九日甲戌 早晴,申初雨雹。记:前于正月二十九日接驻法诸友来函,谓二十七日恭逢皇上大婚吉辰,法馆诸君及肄业游历诸君设为蝴蝶之会,通宵宴乐,极形热闹,而谢芷泉、何毓荪、阎润亭亦均入会,次日《巴里新报》即载使馆庆贺之事。又昨见《申沪报》亦叙羊城庆贺大典各节,乃广东街市,一连十日,悬灯结彩张乐谐音,以申遥祝,想见衢歌巷舞、四海胪欢,穗石士民无不颂一人有庆矣。又述我国驻日本公馆恭庆盛典一则云:正月二十七日恭逢中朝大皇帝大婚吉辰,驻日本星使及各埠领事官皆穿蟒袍,结彩悬灯,设筵宴客。清晨,各国钦差、日本大小官员以次具柬道贺。当宴客时,诸宾互致祝词,累牍连篇,洋洋洒洒,更雇艺妓登台演二十四孝诸剧，歌声舞态，佳妙绝伦，并放烟火花筒，锦簇花团，令人目炫。横滨、神户、长崎，亦大略相似，所制灯联，如麟趾螽斯，化媲周室，龙翔凤舞，喜溢天家，阜猷与日月同光，卜他年鼎祚启象贤绪统永垂亿万世，帝德本乾坤并大看此日，泰阶迎仙仗，婚仪共仰九重天，皆正大堂皇，琅琅可诵也。由此观之，在英在美亦必皆有此举，中外官民同庆，何乐如之？此等举动，原所以尊国体而见爱慕之忱，若沾沾为节省经费误矣。

三十日乙亥 晴。记：德国一种木耳，名曰莫耳池因，是音亦与木耳相似。其色黑，叶小而丛，又似蘑菇而较硬，据云皆生树下不生树上。其味虽如木耳，而所产之地又似蘑菇矣。

四月

初一日丙子 晴，颇暖。今日为西四月三十日，柏林北之敖斯台隆囿中，除障眼画、加非饭馆、乐场外，有大铁玻璃房一间，内分多间，存列衣式画工什物之类，现又房外添设多间，罗列新创各种节省人力与拯救人命之各机器车船等。数月之间，一概摆齐。今日午后，德皇与后前往观览，德皇立陈数语开场，为首之人亦立陈一段，大义愿国人民多学创制各种利益之物。皇与后在内游赏两点钟之久始去，场内皆悬旗结彩，国人见皇与后，皆欢呼庆贺云。

初二日丁丑 晴。酉初，金楷理约延、杨二君与余在乌拉饭馆晚酌，酒食颇佳。坐间，店主前来周旋，视之，乃十年前凯色豪富店中之账倌乌拉也。其人本一庖丁，因其勤能，改充账倌，现竟自行开此饭店。地势既胜，店亦宽敞，珍馐味美，柏林称为第一云。

初三日戊寅 晴。现在天未甚暖，而街间妇女皆换戴草帽、马尾帽，幼童稚女，亦皆赤臂袒胸，着短衫、短裤，男子则皆依然毡衣、毡裤、毡帽、皮靴。又西国虽种牛痘，而土人男女，亦间有麻面者。

初四日己卯 晴。记：吕祖街之肉菜市，当土工告竣，正值天凉，故房外四面，亦只掀平而已。现在天暖，则四面砌甬路，造石阶，更自他处移植松、槐、榆、栗等树，高一二丈，绿叶丛生，毫无损伤之处。考其种法，系按棵掘圆坑,周约二丈,深一丈,筛去沙石,再行垫起而后植之,其怕日晒者,罩以青布作“△”形,松树更有根外包筐,以防盘绕他树者。

初五日庚辰　晴。记:德京男女畜犬者,亦多如英法,街市频见贫民怀抱二三小犬,虽长嘴直耳者,问其价,亦二三十马克,价亦昂矣。

初六日辛巳　早晴,午后大雨一阵又晴。德京诸物昂贵,大街各物较各巷为尤贵。盖官场以各通衢闹热,行人稠密,因而房税、地税、人税、物税皆重加数倍也。如某物在大街价号十五马克者,入小巷,则十马克或八马克皆可买得矣。

初七日壬午　晴,热。福来得立街第百七十八号一苦酒馆名蒲满者,地基不大,楼高三层,上二层,于每礼拜二、五两日作乐。入夏,小院支布帐,四壁悬灯,乐自酉正作至子正止,出售苦酒、加非、点心。女堂倌十六,皆妙龄也,夏着白衣,斜挂红绿黄三色绸条,宽约四寸者,由右肩至左跨,各人胸挂铜牌号目与名字。闻此等人与加非馆男堂倌同,亦无工钱,惟馆中供两餐,咸赖坐客赏钱,皆每早十点入馆,一点回家,午后四点再入馆,至夜一点方去。奈入夜作乐时,去者多下等人,故上等人多不愿入也。

初八日癸未　晴。此时柏林菜蔬,为胡萝卜、白萝卜、芥菜、格达、撇拉、蓁菜、菠菜、茴香菜、生菜,皆短小不大,白菜不高,而亦圆团如锤,更有嫩葱,叶长六七寸,细似韭菜,色亦深绿,出售成捆。亥初同姚、陶二君至万牲园火车栈,迎程鞠存、李体乾、联文泉三君由奥国来,住灵课巷店内。

初九日甲申　晴。早程、李、联三君来拜。德例:凡贫民生产,收生婆钱由官给。平日收生婆每收一胎,工价六马克;守床九日,朝夕洗澡母子者,百马克;守至弥月者,三四五百马克不等,视人家之贫富耳。另有一种女仆,专伺候孕妇者,工价计日不计月,每日除饮食外,给工钱五马克。

初十日乙酉　晴。外洋妇女老幼皆腰围一物作“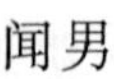”形者,束之使细。内外蒙以绸缎或布,中束以鱼骨,软中硬而轻,胸前两襟各有孔一行,联以丝绳,是绳之松紧,关乎腰之粗细。不意,近闻男子亦有服是物者,非为腰细,乃使腰挺直也,武官腰围此箍者为尤多云。

十一日丙戌　晴。德国虽有冷地，乃鲜蘑多而丰厚晾干者少，土人服之，亦恐有毒，故凡蘑菇木耳之类，必先煮以白水，试以银匙，然后烹炒之。

十二日丁亥　早晴，戌初大雨一阵。前言因天暖男女着衣厚薄不同，此地天时凉暖阴晴不定，何以男子体壮而畏寒，女子身弱，反着单衣？询之，据云，男子经络足，故壮，然肉干油少如牛肉，故不能御寒；女子气血不足，故弱，而肉肥油厚如猪肉，故天气虽凉，不易入也。

十三日戊子　晴。前日经星使札派石渔驻德、少山驻俄，起程有期，遂于今日申刻约鞠存、体乾、文泉与少山共桌晚酌，彼此畅谈甚欢。

记：西历每年准三百六十五天，然按天文推之，一年必须三百六十五日零五点钟四十八分五十七秒，方足地球绕日一周之数。因此，每四年在二月多加一日，曰“闰日年”。然如此加数，又较稍多，故每百年复有应闰而不闰者。总之，其闰与不闰之定法，凡前二数能以四数分者，方为闰年，即如一千九百、二千一二三百等年，皆不能闰，而二千年及二千四百等年，又皆能闰。至平时应闰各年，皆系后二数能以四数分者，即如一千八百八十四、九十二、九十六等年是也。

十四日己丑　晴。午后同延少山、贝汇如至敖斯台隆一观。入门右有小房一间，内系作冷气之机器，观者每人二十芬呢，其中四壁挂彩绸，中立铁管粗拱把者四。入门既凉，手摩铁管如冰，凡暖气入屋，皆凝结管上成冰，故管色白。再入旁间，列新式火车多种，有带床榻桌椅者，有前后开门而左右关闭者。其他大房中，有大小铁甲兵船、炮船式样多种。渡船则造以油布，可卷而携带者。入水觅物者之古米身套若干，种式亦不一。作信封之机器，系将纸半刀置入匣内，机器动则皆切折黏妥。有刷玻璃瓶具，虽亦毛刷，然机器动则数十瓶同时刷净，毫无脂遗。大海险处有灯楼，现又创造一种飘灯，系空铁球作“◊”形者，上燃电气灯，下铁锁连焦石。其他有织布、织毡各种机器，无往而非为省人力而设。加非馆、饭店、乐场如前，入者每人半马克。

十五日庚寅　晴。克鹿柏炮厂，前于道光十三年（西一千八百三十三年）初立时，工人仅九名，至道光二十八年（西一千八百四十八年）工人七十四，至上年（西一千八百八十八年）五十五年之久，人工增至二万零九百六十名，内住艾森庄者一万三千六百二十六名，合其家属计之，男女老幼，共七万三千七百六十九名。其住厂主所备房间者，二万四千一百九十三名。通厂共炉一千一百九十五座，水锅二百八十六，机器铁锤九十二。重由一百至五万箕罗（前见），大小不同火轮机器三百七十架，共马力二万七千。别种机器共一千七百二十四，铁器筒共三百六十一，每日用煤二千七百三十五吨，烧铁六百吨。

十六日辛卯 晴，热。今日为西五月十五日礼拜三，系本邦之一圣节，名卜斯大。铺户关闭，人工休息，与礼拜日同。此节由各邦君主自定，布邦者，定自百余年前，专在五月内第二个礼拜三日。亥初大雨，雷。

十七日壬辰 晴。见本地书纸店亦售天下各国旧信票，有按页黏成一大张者，有钉成一小本者，任人挑选。价由五芬呢、十五芬呢至四五马克不等。今见有盛百张于一信封内，号价七马克者。

十八日癸巳 晴。西人亦谓蛇有毒，而其粪与所经过之处皆无毒，必其努力咬过始有毒，盖其上牙内有一泡，泡内有毒水，咬物则下牙触上泡，努力泡破，而毒气出矣。入夜阴。

十九日甲午 雨。昨日延少山在朴斯当街桥南喀斯巴澡堂洗浴，遗金戒指一枚于池旁，今日往问，堂主即由抽屉中取出还之，可谓拾金不昧矣，少山因赏收拾水池人二马克以酬谢之。

二十日乙未 晴。现在天暖，街市贫家子女亦多赤足者。更有男子着旧衣或赤脚，街市游荡，拾取行人所弃之烟卷尾及零碎食物者。

二十一日丙申 晴。早延少山至各处辞行，亥正同诸同人送至万牲园火车栈。柏林街市鲜花铺颇多，然皆有屋无院，现值天气燥热，故每晚皆按盆排列门外，来往男女老幼虽多，然无偷窃摘弄等情，盖一因物各有主，再因巡捕访察严密，故皆不敢耳。

二十二日丁酉 晴。数日前朴斯当坊中央燃气灯处，去灯立木架造木台一座，作“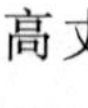”形，高丈余，宽四面各八尺，白色金边。其上立一白土塑成之女像，高丈四五尺，头戴盔，身披甲，左手外伸，右手抚腹，头向西稍南，身后向来百喜街。女像名贝娄里那，乃西国古时女仙，柏林城名之所由来也。台下围以鲜花松枝。此外，四角立旗杆十二，每角三杆，中高左右稍短。其高者二丈余，每上挂一三角长旗，各旗横作红白蓝三色。由此东南二里许，顺高呢格拉在街至安那拉火车栈，一路左右各家铺户挂旗。火车栈前，以绸结门，如亭如牌楼，宽四丈，高约三丈。又自朴斯当坊北走高呢格拉在街约二里余至五道门，一路左右各家亦挂旗。五道门左右分竖高旗十二杆，门前左右顺�尔囿之柏林大道，竖高旗杆四排，每排三杆，与朴斯当坊同。入门东向，走恩德林敦街，约三里至皇宫。各家铺户挂旗，各电气灯二，灯之中间，横绳悬挂中国五彩灯笼，方圆长扁、塔形扇形，种种不一。中途在福来得立街之十字中央，亦设一绸门，式与安那拉火车栈同。凡此皆为迎接义大里国王恩柏斗而设也。当早巳正，义王率其枢密及外部大臣到此，德皇自安那拉车栈列队迎，走高呢格拉在街，过朴斯当坊，入五道门，至恩德林敦街入皇宫。一路观者，男女如堵，二王及毕驷马等车过时，无不高声欢贺。通城各处皆挂国旗，至二王必由之路，各处不惟挂旗，更在窗前列鲜花，铺彩绸，以明庆贺之意。又因国人皆欲瞻望，在朴斯当坊及恩德林敦各加非饭馆之座位、楼上楼下以及窗外，皆须二三日前买定。其价，头等者，由六马克至十马克；其次者，由四马克至八马克。镇日街市男女拥挤，车马驰驱，入夜尤甚。

二十三日戊戌　晴。丑初，星使生女，巳刻，同诸同人与星使贺喜。午正，送李体乾至万牲园火车栈，起程由巴里回华。又姚子梁因产房正在其所住一间之上，遂移住斯台立哉弄第二十四号。

二十四日己亥　晴。天下犹太教人最多，而富者亦多。兹闻犹太人天下共有六百三十万，内在欧罗巴一洲，约五百四十万，其余在亚细亚洲三十万，阿斐利加洲三十五万，阿美里加洲二十五万。在欧洲者分计，则在俄国者几三百万，奥国百六十四万四千，德国五十六万二千，鲁麻呢亚二十六万三千，土耳其十万五千，和兰八万二千，法国六万三千，义国四万，英、葡、瑞、丹等国未详。在犹太本地巴蕾斯太音地方者，仅有二万五千云。

二十五日庚子　晴。记：柏林城内戏园杂耍馆，凡大小二十余处，如阿喀代米园，在阿木费斯东戛本街第二号，容坐千二百人。广泽园在阿木敖本豪斯坊第十一号，容坐千一百人。翡萨园在本布盖街第二十二三号，容坐人千七百，立人一千，外有花园，夏季容坐人三千。以上三处，皆为上等，国王间亦往观。演戏有时，座无定价，每遇歌妓优伶之著名者登台，坐立各价，由五马克至五十马克不等，皆于二三十日前贴报单，登新报。其座票于十数日前往买，已不易得。中等戏园，如盖呢园，在阿木敖本豪斯坊，容坐千六百五十一人，价自一马克至十马克。朔斯皮拉园，在石垒坊，容坐千一百二十二人，价自一马克至八马克。威克兜里亚园，在敏兹街第二十号，容坐千三百八十人，价自一马克半至九马克。得赤爱园，在树满街第A字十三号，容坐九百八十人，价自一马克至七马克半。倭勒讷园在倭勒讷巷第三十五号，容坐千三百人，价自七十五芬呢至七马克半。来兴园，在福来得立喀乌佛尔街，容坐千二百人，价自一马克半至七马克半。莱溪丹园，在步路门巷第九号，容坐六百七十人，价由一马克至六马克半。福来得立廸良斯太堤什园，在朔斯义街第二十五六号，容坐千五百人，价由七十五芬呢至六马克。次则森特拉园，在阿拉他亚高街第三十号，容坐千人，价由七十五芬呢至四马克。额尔恩斯园，在得来森讷街第七十二号，容坐千四百人，价由七十五芬呢至三马克。贝拉阳园，在贝拉阳街第七至十号，容坐千六百人，价由七十芬呢至五马克。外有夏园燃灯二万盏，每年自五月至九月，每晚自酉正至亥初，作乐歌舞，带演小戏。欧斯屯园，在格洛斯苐兰佛特街第百三十号，容坐千三百二十四人，价自五十芬呢至三马克。克洛园，在馈呢坊，容坐二千五百人，价由一马克至四马克，外有灯园，燃灯二万盏，容人六千，乐台二场，每年亦由五月至九月开园，燃灯自酉初至亥初。又有杂耍馆二，如匡阔尔的亚馆，在福来得立街第二百十八号；梨池沙阑馆，在来百喜街第七十七号，各皆容坐千数百人，价自一马克半至四马克。马戏园名兰滋，在喀尔街，容坐三千六百人，价自五十芬呢至三马克；其名舒蛮者，在喀拉乌佛尔街，地势稍小，座价一律。此外小戏园、乐馆、跳舞房甚多，皆非上等人所可往者，无须琐记，冬园前已述及。

二十六日辛丑　早晴，申初骤雨一阵。来百喜、福来得立、恩得林敦等街，道皆漆墁，朝夕车马行人最多。经地方公雇十六七岁之幼童，头戴灰色金箍“”形毡帽，身着灰毡衫裤，手执长柄扫帚，镇日往来扫除马矢尘土，冬季兼扫雪铲冰。闻每名月领工钱仅二马克，大半衣服饮食，皆由地方供给也。

二十七日壬寅　早晴，申刻阴雨一阵，雷，亥正，晴。义王赴朴斯当城游，自前二十二日至今，朝夕街市行人稠密，各加非馆酒肆，亦皆男女如云，座无空地，闹热胜于新年也。

二十八日癸卯　晴。同人有谓寒暑表无验者，言去冬冷至十五度不甚冷，而至十度有风反觉冷，何也？余曰：“其所以冷者，有风故也。”盖人赖身体热气阵阵外出以御寒，体壮气足者，不甚觉冷，体弱气微者，见凉即冷，理固然也。其本不甚冷，而遇风及觉冷者，因热气阵阵外出，未及御寒而已被风吹去，是虽不甚冷而觉尤冷也。热气御寒，与两阵交锋同，营兵原可阵阵迎敌，强弱不分，及敌兵稍弱，奈窜有别支。营兵每出迎敌，即被别支冲散，故反觉敌兵强而营兵弱，不同是理乎。

二十九日甲辰　晴。柏林亦有媒人，其家挂有招牌，不惟代雇仆婢，如收拾房屋、扶持主人、作针黹、作庖丁、梳发、洗衣、看娘、奶娘等，更代觅男女之教各国语言文字者，工价皆由雇家与被雇者自定。无论若干，媒人先收六马克使费，如主人不合意，另欲更换，在三个月内，媒人不另要使费。

三十日乙巳　晴。德例：凡柏林城内，遇年节喜庆之事，皆归城官管理，用毕各物出售，原价归官，虽国王有爱留者，亦当偿其所值。闻此次义王来德城中所借者，共费百十万马克。又凡他国国王来此，德皇宴会后，所用之刀叉盘旋、银器家伙，皆分赏侍仆云。

五月

初一日丙午　晴，暖。德京鱼铺亦售金鱼，每尾小者二十五芬呢，大者五十芬呢。亦有水草，其梃甚粗而叶扁且硬而稀，每捆粗盈指，价五芬呢。平时不喂水虫，乃喂蚁子，形如米粒或蓼花，其色淡黄而轻，乃自乡间掘来者，每包重约一两，价亦五芬呢。

初二日丁未　晴，热。西俗男子不持伞则拄棍，其棍长与伞同，或竹或木，或藤或鱼骨，其质不一。凡手执处，或作圆饼，或作弯柄，或镶金，或嵌银，或象牙、花石、硬木及鲸鱼骨不等。棍梃有带刺者，有带小表者，昨又见棍头有带小盒内藏钱钞者，有内含小烛，入夜远行，或觅物而得用者，种类随时创造，此可见西人处处设法获利以为生也。

初三日戊申　晴，热。本城官雇有一种车夫，每日工钱及喂马，共八马克。天暖拉水洒街，冷则撮雪，撮雪者大敞车，洒水者车上竖卧一红油铁桶，长五六尺，粗亦如之。车尾横一“山”形喷筒，筒后有管通铁桶，水喷出如骤雨，横逾一丈，大道往来两次则遍，便当之至。

初四日己酉　晴热如昨。德京菜蔬，亦多来自他国。现见鲜果铺中出售茄子，不甚大，不知来自何处，盛以小筐，饰以绿叶，每个号价三马克，可谓名贵矣。

初五日庚戌　晴，热，微风。连日天虽晴热，仍不及我北京之中伏。午刻虽着纱衫或单衫，而早晚仍须换夹袄或马褂，土人乃谓从来未见有如是连日燥热者，因而男子街行头晕心迷者颇多云。

初六日辛亥　晴。闻万牲园亦有股分票，其中雇人收拾、看守、喂养、换水、烧火各事以及杂项如起造房间、加添禽兽等。一年仅喂禽兽，须用二十余万马克，为款甚巨，故股分票之利息不易得。然此票买之亦不易，盖一家出百马克买票，则一年间老幼往游，即无须入门费，是获利已加倍矣。闻上年所入，每百马克之股分票，每获得十马克之利云。

初七日壬子　晴，暖，午后稍凉。德京花园林木固盛，雨雪亦多，而蚤虱、臭虫、蝎子、蝎虎、蜈蚣、螳螂、蜥蜓、蛐蟮之类，一概无之。其故何尔？盖天气清而地气净也。街无秽物，日日刷扫，虽树林园囿，亦洒扫收拾，使其一律整齐洁净耳。

初八日癸丑　晴，稍凉。记：德京车厂规模与英法异，厂不大，一人拴车十数辆，马二十余匹。车夫头等者，每早交厂主七马克，二等者交五马克，每礼拜日各多交二三马克。草料归厂主预备。饮马沿街有官设活水，不用投钱。各车每日午正换马一次，免其劳苦，以保养之。亥初，偕诸同人至万牲园火车栈送程、联二君由热诺阿附德船回国。

初九日甲寅　晴。记：德人见华人衣服华丽鲜明，因问余男女服制有定否？余曰："五色衣裳古无定制，惟王者尚何色则惟王服之，尚黄者服黄色，尚赤者服赤色，其他则随人服之。惟历来君王服黄色者多，至本朝始定，如紫、蓝、黑、白、红、青、浅黄、茶青灰色、浅蓝驼色，男子皆可服之。女子则更有服葱绿、粉红、红、绿、藕、虾、鹅黄、玫瑰紫等色者。其黄色惟大皇帝之辇毂用之，喇麻服之。然我国南北又微有不同处。按《齐明帝纪》，武陵王阅太后遗物，命留五时衣各一袭。五时者，谓春青、夏赤、季夏黄、秋白、冬黑也。江南沿六朝之遗，故今嫁娶新妇，犹有五时衣之名。"

初十日乙卯　晴。星使买好牛奶哺女，每日一里特，早卯晚酉，各送一半。其温法：将玻璃瓶置水锅中烧之，及水滚数分之久，取出煮奶之水，与奶分晾之。小孩饿时，计其食量取入吸奶瓶，参以煮奶水三分之一，与之食。饱后有余者，则抛弃之，不可再用。每一里特价五十芬呢，不论分量，乃三寸九分见方也。

十一日丙辰　晴，热。今日为西六月初九礼拜日，系一大节，德人名曰"芬斯顿"，英曰"槐三达埃"，谓天主复苏后第四十八日，或第七礼拜日。自今日起三日，铺户关闭，人工休息。英曰"槐三达埃"者，译白礼拜日也，因自天主复苏至今四十八日内，凡幼童男女之初入堂中受礼者，皆着白色衣冠也。

十二日丁巳　晴，热。万牲园中加非馆，左右两场乐工。自天暖以来，每日午后，自酉初起至子初止，共作四十节。现因天热，届时男女老幼往游者极多。今晚戌初，余亦前往一观，见男女坐者、步行者往来如云。男子衣冠无大区别，妇女则有草帽、纱帽、马尾帽、有翅者、无翅者、高者、扁者、前探者、旁伸者、黑者、白者、黄者、上围五彩、或青、或黄、或赤、或蓝、或白、或黑纱一缕，有后垂者，有堆起如云者，有衬鸵鸟翎者、鸡翎或鸾翎者，或绫花数朵者，假葡萄或樱桃数枚者，麦穗或地椹一捆者，又有但围花绸一横者。衣则五彩或通身一色，或上黑下白，或上蓝下白，或豆青，或浅灰，或粉红，或月白，或米色，或印花，或有领，或无领，或胸前稍敞者。袖有故使纵起二三层作瓜形而松以透风者，有袖短而敞作""形者，有故作腰结细带而实以线缝下垂前后左右者，有镶裙边者，有左右镶作战裙式者，有上下镶直条作大襟者，有斜镶一条作敞襟者。带色不同，有宽七八寸者。皮鞋黑者居多，亦间有黄色者，式样种种，笔难尽述。杨石渔今日移与子梁同居。

十三日戊午　早晴，午后大雨一阵，酉初雨止稍凉。柏林街市车夫衣帽皆一律，且皆自备，系黑漆"且"字形高帽，旁一黄菊花，下围白绦一缕，宽寸半。衣则白布汗衫，外一红呢半臂，再外红青呢衫裤，红领镶白边。至厂中，车夫系戴黑缎且字高帽，黑漆菊花，黑呢长褂与裤。工钱系厂主付给每日一马克，出门一点钟车夫分赁钱五十芬呢，若在外十二点钟之久，则分六马克。

十四日己未　晴，热。见本街路北一石铺，出售各种碑碣、柱子、阑杆、桌面等，皆系花石，黑白红绿不一，琢磨极属光润，或谓其中有以塞门土压成者，未详确否。

十五日庚申　晴，热。屡见街市有贫民怀抱白泥塑成德皇与后之半身像出售，大小不一。大者高二尺余，价十马克；小者高一尺，价五马克；再小者，高七八寸，价号三马克。昨见朴斯当桥南某铺悬以各国信票攒成之德皇相一轴，亦半身，高三尺宽二尺，外罩玻璃乌木边框，宽一寸，价七十马克。

十六日辛酉　晴，凉。星使如夫人之生奶既经止回，改哺牛乳，拟雇洋妪专司其事。经张小轩多次寻觅，来三四人，皆每月要工钱六十马克。昨日始由乡间觅来一名，年三十余岁，言定月给工钱五十马克，若真勤劳，则俟一两月后再加五马克。

十七日壬戌　晴，凉。俄皇之叔公爵名尼扣拉斯者，其次子公爵尼扣莱斯威池将娶蒙坦尼格娄国王之长女弥丽杂为妻。蒙王率其子达米娄前于四月二十三日（西五月二十二日）晚到俄都，俄皇列队迎入暖宫。当晚宫中宴蒙王时，俄皇举杯庆祝，有言俄之心腹至交惟赖王一人等语，现在传至柏林，德人闻之不胜诧异，以为俄王此言虽见诸官报，非等谣传，然其中语义或有未尽，或有错误，皆未可知，否则是俄主深忌义、德两君之好会，与法京愿结俄好之党人所见相同，一时有怫于心，遂不觉其情见乎词也。俄主而果为是言，则去岁德皇之赴俄与将来俄主之来德，不皆成无谓之周旋耶？又俄之官铁路票利息颇重，拟另行借贷，改重为轻。上月俄户部大臣已向德之银行议定，不意自俄主之言传出，德人不悦，竟至停止，且言俄廷亦知数逾千兆之多，咸赖德国协助，今后俄若不向德国实心敦厚友谊，岂能再行借贷。不惟俄主向蒙王所言为可疑，即近日俄在西界边疆竭力添兵把守，德国早经窥得其情，想彼欧洲各国皆亦必知也。且俄国本贫，而本年风雨不时，五谷不收，尤为穷窘云。

十八日癸亥　早晴，入夜雨，凉。西人谓欧洲各国语言文字之源共分三种：曰日耳曼，曰罗马，曰斯拉伍亚（地在俄国中界）。按：其本乎日耳曼者，乃德义志、英吉利、和兰、丹麻与瑞典也；本乎罗马者，乃义大里、法郎西、日斯巴尼亚与葡萄牙也；本乎斯拉伍亚者，乃俄罗斯、波兰、卜奚米亚也。虽云数国言语本乎一种，然各国文字有变，而音亦有所不同也。

十九日甲子　晴，凉。前因迎接义王在朴斯当坊中央所立之白石像，柏林各书行主人原拟公请官场设法妥置，以免迁移，而壮观瞻。官以彼处四通八达，往来公车马车为最多，若置此像于彼，有碍御者之目，往来不得避让，因此未允。既而国王买去，改置他处，价值若干未闻，今日始行拆去。

二十日乙丑　阴晴不定。土人谓通城各处，惟万牲园之气最清，故每早卯辰之间，亦多往内步游者。又园中大加非馆左右之乐台作乐，系每年自西五月十五日起至九月十五日止。然天时凉暖，或早或晚，亦不一定，或早数日或晚数日，皆可。每日皆自酉初，彼此陆续作乐四十节，至子初止。入门处卖有乐单，长尺二寸，宽半尺，前面上印一兽，或狮或象，每日不同。下印是日两场乐工之名。因德国队伍名色不一，而此园亦不能专雇何班，故每日乐工之服色，青红蓝白不定也。其四十节之乐，节节何名，系经何人所创，统行印明一纸，每张价十芬呢。后印园规（见后六月十一日），闻此乐经加非馆主所雇，每日每班七十马克，每班三十余人，合工头八马克或十马克，其他各人二马克。盖此乐所以归加非馆者，因人天晚来游，不能观看禽兽，而可随行听乐，因有乐则来人多，来人多则酒饭、点心、加非、冰奶等皆可多卖也，故每日堂倌九十名，礼拜日百五十名。并闻前于某日，因天热，凡男女入园者，共计九万余人。又加非馆一年付园主的地租钱四万马克，而天暖人多，一日竟进三万余马克，平时至少亦三四千马克，其获利可想矣。

二十一日丙寅 早晴，午后阴。自前三月五日赓韶甫起程回国后，至今七十余日，忽传言其并未乘德公司船回去，现在克伦城开酒铺为生，议论纷纷，无从查核。不意今日《柏林日报》竟列一则云：本地新闻有一节，述及中德夫妻间事者，不足为信，本馆姑照录之，确否不任咎也。据称中国使署随员赓音泰，即曾由公车跃下致遭意外者，前于此间娶一波兰女为妻，甚美，夫妇相得，人所共知。当赓君之受伤在医院也，其妇闻信，不胜悲恐，急往省视，则已先有一女在，占其服侍之职，其妇悻悻而去，因得悉其与此女往来已非一日也。及赓君伤痊夫妇仍归于好，既值中朝召赓君回华，别离甚惨，赓君给其妇二万马克，且约曰：或余重来，或卿偕二孩赴华，均候余信可也。乃其妇久待无信，不免疑虑，四处探听，得悉其并未由热诺阿乘船回华，且前在病院所见之女，较赓君早五日由柏林动身，已与赓君谐伉俪矣。于是其妇嗒焉若丧，不知所措，非贪其资财之富，乃念其爱恋之深耳。此事于律法家为新奇之事，亦愿得而预闻焉。夫赓君出自蒙古王族，照例得娶四妇，然既在柏林与波兰女成婚，且主婚署有案可稽，则自须从德国婚律，苟兴讼事，中国驻德星使，亦不得过问。至赓君所娶次妻，则全非其大妻之比，以其在何处，并若何结婚，人皆不得而知。若其弃妻赴官控告，请断离异，而官按照门户身分，若其果已与另女成婚，则问官便勒令出养赡费，则其弃妻必可得巨资也。传闻德外部将查办此事，又中国驻比京之随员联君欲为赓君匡过竭力挽回云。

二十二日丁卯 阴晴不定，有雨几阵，甚凉。柏林牛奶铺极多，其平用味薄者，二十芬呢一里特。至其所谓瑞士牛奶经医官验过者，半马克一里特，送以玻璃瓶，外加封条。大牛奶铺，门外悬牌，上画肥牛一只，后院养牛一二百，凡不欲其送而恐另行温暖滋味改变者，可往铺中饮其当时挤下者。铺规每日挤奶三次，乃卯正、午正、酉正也。饮者，每玻璃缸十芬呢，因各牛奶味不同，有浓有淡，有甜有咸，初去者可各碗遍尝之，及尝定第若干号之牛奶，饮合口味，则日日前往，当永饮此牛者。至酒肆加非馆之牛奶，一玻璃杯价三十五芬呢，味且不佳也。

二十三日戊辰　阴晴不定，忽而大雨阵阵，雷。二三日前，风传今日星使之女弥月，礼仪一概不收。余虽备有菲仪，未敢馈送。乃又闻惟收洋人金楷理之银器数件，陶矩林之小洋车一辆、花被小褥等几件，庆霭堂之八仙庆寿、铃铛等金银钱凿之类多件。又汪芝房、恩仲华、张小轩皆馈以银钱若干，收后改作赈捐。

二十四日己巳　晴，戌正大雨一阵。记：德国银钱一马克实重一钱四分，前银价贵时，库平纹银每两换六马克二十芬呢，共合八钱六分八厘，每两已亏一钱三分二厘矣。现在每两只换四马克八十芬呢，重合六钱七分二厘，是每两又亏至三钱二分八厘矣。又此时官领八扣，每两领八钱，再由六钱七分二厘中加八折，则一两库平银仅胜五钱三分七厘六毫，每百两只合五十三两七钱六分矣。且汇价一两四马克八十芬呢系初到此之汇价，按现在，则每两只四马克六十芬呢，为更少矣。

二十五日庚午　晴，冷。因德皇堂弟王爵喀尔拉之子王爵里欧普生于西一千八百六十五年十一月十四日，为中同治四年九月二十六日，现年二十四岁，聘布邦什里隋克活拉斯都恩省敖古坦布公之次女姒茀荑为妻，生于西一千八百六十六年四月八日，即同治五年二月二十三日，现年二十三岁，定于明日为西六月二十四日，在皇宫礼拜堂内听经成礼。先于今日酉刻有王室男女、本国大员命妇并帖请各国公使夫妇、随员等在广泽园看戏，至晚星使率参赞一、翻译二、随员二、支应供事各一，着蟒袍前往，亥正回寓。

二十六日辛未　晴，暖。申初一刻与诸同人着蟒袍随星使乘车进五道门走恩得林敦街过桥转南，入菊泥茀仪尔汗宫西门，下车登楼，步梯盘旋入礼拜堂，即前去过两次者。各国头等公使及其妻女等或坐或立于池边，正面二三等公使及随员领事皆立于讲经台左台下。左右分列红椅两行，地铺大花方毡。有大员子弟年皆十五六岁，着红衣白裤者十六人沿毡立成一圈，其本国文武大员皆立于圈外。立至申正，则礼官以棍击地者三，即时寂静无言，则右门已开，而皇后与其母及他王妃并德皇萨克森王与他近支十余人对对走入，男坐左椅，德皇居首，萨王次之，女坐右椅，皇后居首,其母次之。先是皇后之四妹偕其三子入,皆着白衫白裤蓝袜黑皮鞋,一切与庶民同。见各人皆以接吻为礼,遂立于皇后之后。既而新郎新娘走入,立于台前。新娘着白色,其他妇女或白或绿或浅黄或粉红,衣尾长皆丈余,式与英国朝会者同,更有边镶貂皮染狸者。来时皆二红衣童子执之,坐毕,置于椅后。至德皇及各王爵皆披红斗篷,式与中国无异。当德皇与后等入时,各人皆向鞠躬,德皇等亦点头为礼。即时楼上奏乐,乐工唱经一阵,及乐停则教师立于台上,向新夫妇念经一段,讲经一节,嗣又奏乐,教师执经随念随交新郎新妇各一金戒指,套于左手第四指,二人跪受,教师又以手抚二人之头诵经一番。当时宫外声炮三十以贺,而堂中礼毕乐停,圈内各人如德皇与后等皆向新郎新娘啜吻以庆贺之。此后乐复奏,则德皇与后等对对出右门转下入正厅,正面设御座,新夫妇立正中,德皇偕众左立一排,后偕众右立一排,本国文武大员命妇齐立对面,中留空地一条,以便各国公使鱼贯而过以行贺礼。先则头等,既而二三等公使夫妇、随员等,陆续一一走至中央,惟向新夫妇一鞠躬,乃出右门入穿堂少待,坐立任便。继而本国文武大员命妇朝见毕鱼贯而出右门,过穿堂入大饭厅。少刻,德皇与后等亦出右门过穿堂,则各国公使等分立两旁。德皇与后过又鞠躬,皇与后出穿堂入饭厅,则穿堂内门开,乃大厅一间,内横长桌系为各国公使所设,即入内立食少许,饮香宾一杯后转出,少待复由穿堂回入跳舞厅。各国公使及本国文武夫妇皆临窗鹄立,数百人一排,后新夫妇及德皇与后等皆至,立于正面一横,新夫妇居中,皇右后左。既而乐奏,一礼官举棍领宫官十二员,各举一白爛粗拱把长尺余者,对对而入,至德皇前鞠躬毕立于皇右。于是礼官先请新夫妇携手同行,秉烛官对对前引,绕行一周绕毕。又请德皇携新娘绕行一周,后携新郎绕行一周,既而请新郎新妇各同近支王爵王妃郡主等分绕多次,因男多女少,中有未娶者,故有二男左右携女手同行走绕者,前后共走十二周,每走一周,将行及绕毕皆同向德皇与后前鞠躬,皇与后亦皆鞠躬点头以答之。

按:对烛前引西国古礼也,引新婚夫妇入洞房也。绕罢后,德皇与后及新夫妇等一行出右门回宫,后则各国公使及本国者亦皆陆续环绕下楼至宫门，门外列兵一队，着蓝衣，每有王爵及头等公使下楼，皆举枪对鼻奏乐一阵以送之。登车出北门，仍由旧路回公馆，时已戌正矣。在五道门内一带，沿路左右排列男女观者如堵，又自昨日各街巷铺户人家皆挂旗以庆贺云。

二十七日壬申　镇日阴晴不定，稍暖。柏林通城树林园囿以及街巷，凡人足迹不到之处，皆以青草铺地，草密割短，长不及寸，视之如绿褥。当春暖雪化草生之际，其有稀而露土者，皆以草种攘补之。间有无草之处即时栽种不及者，乃由乡间运青草片来铺之。此片系青草连土铲起，厚约二寸，周四尺见方者，草根缠绵，土故不漏。闻此片亦由乡民出售，每方价值若干芬呢。

二十八日癸酉　晴，暖。柏林大街铺之出售中华日本货物者三四家，而所售者中国货少日本货多，除瓷漆器外，又有围屏、画轴、手帕、牙散、灯笼、刀扇、弓箭、风筝各种竹器及他玩物，工皆精美。昨见田阿喜铺中新到有竹篮，高二寸长五六寸宽三寸，系以粗竹片宽四五分者编成，每个价值五十芬呢。又蒲帽如北京所谓之蒲包，无非有顶作帽形，每顶价亦五十芬呢。在德国价为至贱，而按汇价五十芬呢已合一钱三四分库平矣。日本货之所以出口日盛者，盖国家不收出口税，既便民通商获利，更为富国策中之一法也。

二十九日甲戌　晴，暖。前二十四日言一两库平足银合四马克八十芬呢，是一马克本重一钱四分，而充重二钱零九厘再加二折，则一马克竟充重二钱五分零八毫，且四马克即合库平一两有零，则是四马克本重五钱六分，而今则当以一两视之矣，况近日汇价一两仅四马克四十芬呢耶。德国物价十年前尚不昂贵，自胜法后，城中整顿一切，因而房税、地税、人税、物税等种种加增，物价人工亦皆由是日涨，其向值六十芬呢者今则八十芬呢，向值八十芬呢者今则一马克零，前八十芬呢不过合一钱三分，今八十芬呢几合至二钱，是前者物既贱而汇价亦贱，今则物既贵而钱为尤贵，凡出使外洋者其察之。

六月

初一日乙亥　晴。酉初，星使约汪芝房、陶矩林、姚子梁、陈骏生、贝汇如、洪禹山与余及金楷理在五道门内乌拉饭馆吃顿饭。吃毕，星使偕汪芝房、金楷理在福来得立街吃啤酒，子初缓步回公馆。

记：柏林地方官雇有埽街人，每日辰初埽街一段，每月工钱九十马克。街道本来洁净，既无碎砖破瓦，亦无污秽杂物，故每日惟将灰尘树叶埽净而已，亦不甚费力也。

初二日丙子　晴。西国男子皆服毡毯绒毛之类，不分冬夏，惟在所服之厚薄。妇女之富者，始着五彩绸缎，其他亦皆麻布毡绒。其故，盖毛货为其土产，亦其人工之所长，其价故贱，蚕丝非其土产，人工亦亚与东方，其价故昂。现虽能织绸缎，且设法质以棉麻，覆以丝缕，而每尺之价，仍较中国加倍。日本服饰，本来不精，衣则阔袖无襟如袋，履则木屐，行动殊艰，其当改也宜矣。乃近日男女衣装，除乡民皆改效西式，不惟衣冠与鞋效其式，虽星点与不切实效之，处处材料亦必与西人同，是男子必服毛布，妇女必着洋绸，究不知日本更改之由为何。若谓其壮观，日本亦产绸缎布匹，则不必仿效西国之用毛货绒毡；谓其行动利便，则尤不必专用西国之材料；谓西国材料结实，日本岂不能织净丝之绸缎布匹耶？查他洲各国之服制，亦有与欧洲各国同者，效自何年，既不切实仿效，故究有不同处，即如土耳其，衣履虽同，而帽则红毡蓝穗，波斯亦然，帽则黑毡无穗，且见人无脱帽之礼。暹罗居官者，衣履与帽虽改，而裤则仍因旧制，围腿如裙。美里坚一切虽与西国一律，然官民不分，主仆无别，是虽自主成国，仍有不忘其本处也，美国民主二百年来，永无变更也。今日本处处效西法，不惟官民之衣冠，虽礼节年历教务亦无不仿效之，未免太过矣。

初三日丁丑　晴。英人卜鲁木者，年近六旬，向以教书为业，据云，来此已三十余年矣。三十年前，柏林城既不大，楼房鄙陋，道路凸凹，人民贫苦，且入夜鼠耗载道，啮人腿脚。通城惟一菜园中有乐亭，四围置木凳，为人民按日休息游玩之所。何如今日楼房之宏敞整洁，道路之平坦齐净，人民之蕃衍，灯园、戏馆、花园、酒肆之多，水陆兵马之盛，三十年间如此变更，诚为国运奋兴而亦赖君臣之一心耳。

初四日戊寅　稍阴。自上月二十日德报论赓韶甫回国一节之后，其他小报，朝朝叙及，言虽不同，意则无异。是日午后，有某新报馆使来见仲华，谓近日各报纷纷议论赓君，事属谣传，殊为无礼，其人既为中国钦差之翻译，如此毁谤宣传，自与贵公馆有碍，且按其所述恐为德人所不齿，今宜竭力辩驳，以斥其所述之非，请即代禀星使云云。仲华因登楼回明星使，星使谓本大臣到此时，其人既得洋妇，且生有子女各一，是此事自与本大臣无干。其人现在回华与否，本大臣亦不知。若果如报所言，则其人不独为德人所不齿，更为人人所不齿，又何须辩驳，此事于本大臣皆无甚关碍。其人若为赓之密友，欲辩论之，本大臣亦不禁止云云。其人闻而辞去，大致若允其所请，则必索笔资也。

初五日己丑　晴。德京艺植院，在朴斯当街南首路西，南北长万四千七百八十丈，东西宽八千二百十丈，周共四万五千九百八十丈，专考各种水陆草木花卉五谷瓜果菜蔬，因而聚集天下寒温热三带者，设法种植，任人入看，以广见识。今日午后，余偕汇如、良臣二君前往一观。现值夏季天暖，种植正盛，各种树木成株，瓜菜成畦。中所识者，为椿柳榆槐、桃梅梨杏、苹果胡桃、海棠栗子及多种松柏，再则番瓜倭瓜、韭菜香菜、莄米撇拉、兔丝马尾草，种种新奇，数逾千万，笔难尽述。坡上圆玻璃房一间，周约十丈，内一圆池，植有莲花、芡实及茨菇等多种水草。外又一池，形如月牙，内植水葱、番莲等。又一长方玻璃房，高约三丈，横逾六丈，宽二丈余，内植棕树、甘蔗、蕉竹之类。每花草前立有长杆，挂小铁牌，树上亦各挂有铁牌，书明此种何名，来自何洲。西面有玻璃暖房，行行高皆七尺，内有砖台铁架，排列花草之已长成者。又有高不及尺之木架玻璃罩数行，每行长五六丈，宽七八尺，左右玻璃盖，排作“非”字形，内系花草之已种未出及始行发芽者。东南角一楼，高三层，内置各处运来木块干草之类，每礼拜一、四两日开门。又初入门，左右列怪石子二堆，不甚高，周约三丈，不知来自何洲，色皆黄白，形虽圆而大小长扁不同，如螺如蜗，如卵如蛤。上植仙人掌百种，所识者，惟霸王鞭锤之类，其他有高八九尺者，直梃者，三楞者，方者圆者，有刺者，净皮者，花有红有黄，有大有小，梃有粗约二尺者，惟一种如太湖石，高五六尺，玲珑可爱。此处日日开门，有人把守，并不索费云。

初六日庚辰　早稍阴，午刻大雨一阵，雨后晴，凉。申初同承伯纯乘车西行八九里，至沙洛屯伯村斯普利河畔，萨兹乌佛尔巷第十一号，奚门斯电灯厂一观。入内经其管事黎克特领看各处，厂亦颇大，式与制造枪炮厂同，亦无往而非机器火轮。所造灯有一千或八百马力者，至小者一马力，可燃一大灯或十小灯，厂立未久，人工二百余，戌刻回寓。一路走遼尔圃，树林阴翳，河水清澄，桥梁数四，草色青青，心中为之一畅。

初七日辛巳　阴晴不定，酉正大雨一阵，入夜雨止仍阴。闻此地由乡间雇乳妪，其至贱者，除衣食外，每月工价三十马克。如欲择其人品清秀、语言端方者，则其工价由六十马克至百马克不等。

初八日壬午　阴雨，凉。今日高呢格拉在街之东方博物堂始经齐备开门，闻其管堂主曾以多帖来请星使及众往观，届期贴未发下。德京虽无乞丐，然入夏以来，街市幼童雏女之赤足披发，手执洋取火、黏蝇棍及小新报与野花几朵向人求买者，皆非实售其物之人也。

按：黏蝇棍系草梃长尺半，上裹胶油，苍蝇飞上，即黏住不能去。每十二棍一捆，价亦数十芬呢。

初九日癸未　阴雨，凉。午后忽经支应传奉星使谕：明早八点钟，齐着公服在大厅恭拜圣牌。余闻之初觉诧异，继思余在本国中外历事无多，又非正途出身，或其中另有应行礼节，不敢多言。酉刻又经裁缝赴各处并至姚、杨二君寓所，传谓非明日乃二十八日也，余疑始定。

初十日甲申　晴，暖。此地白米来自他邦，每担合银九两。中国白米自上海运至柏林，连木箱与水脚计之，每担合银五两。故星使上下十二三人口，每年所用白米、酱油、干菜、酱菜、荤油及他应用之什物，各种按时皆由上海运来。一年四五次，每次皆由税关来信，内言现由某处共来木箱若干只，即令金楷理写信，星使亲笔画押，令其免税。至李、程、联三君行李往来，亦皆请星使致信税关免税。前月三君差竣，本拟乘法国公司船回国，既而程、联二君商定改乘德国公司船，遂将行李复由法京改运至此。程鞠存及其仆马忠者先后运到，皆经星使给信免税。及联文泉之行李到时,请发免税信,星使以其繁琐未允,文泉无可如何,遂令洋仆携带钥匙前往,任其开验。闻行李到后,税局仅开一箱,见其中无非书籍纸笔之类,遂皆放过不验。推其意,以来人亦系中国官员,中国公使虽不来信,量其中亦必无犯禁货物也。又上月星使由上海运来之白米若干担皆受潮湿,霉烂颇甚,水洗再三,其勉强可食者,仅十之二三耳。

十一日乙酉　早晴,午后稍阴。万牲园之长年票,自本年四月一日至明年三月三十一日止。买者家中领首一人十五马克,其他每人九马克,仆婢乳妪之陪伴十岁以内小孩进园者,孩既有长岁票,则不另索入门票费。若同入者为男女教习、女伴、男仆以及服侍病人者,皆须另买入门票。如自十月初一日起买半年票,至次年二月底止,价则减半,十五马克者减七马克半。凡买票者须将小照送账房贴票打印,以便每次进园照验,此因游客众多而管事人又不免有时更调,不得不如此烦琐也。凡小照在马骨铁及玻璃上者,均不收,惟婴儿之在襁褓与不能地行者,皆不需小照。又园中遇有格外之事,如大会等,有票诸君亦不得入游,然一年至多不过三次。再则酒食,加非馆告白云,凡早中晚三餐,或论顿或点菜,均可承应,价钱公道,应时新菜俱全,楼房宽敞,宴会跳舞均有地方。再下则园内栽花匠告白云,各种料理花卉之法俱能,如有照顾者,无论何等花卉,或种植或摆供,价皆公平。

十二日丙戌　晴,暖。清早余令仆人买苹果樱桃等一盘,内有小苹果两枚,大如胡桃,嗅之颇香。因置手中把玩,终日不释,其皮既纵而色亦黄,视之如香橼佛手。至晚往游万牲园仍执一枚未放,同人见之,即曰:"啊!可别使他们瞧见,招他们笑话。"言间,其来此已二三年者亦随而胡卢冷笑,大半意谓土人无此手执玩物嗅弄之俗。且华人有钱,不当执此不值钱之物,不知余喜其香而不忍遗弃之,正欲土人见而诧异,不知其为中国何物也。西国既无手串、香橼、川楝之属,然男女手执香水一瓶或香末一包或洋脑一瓶或鲜花一朵插于胸前,随行而闻嗅以避异味者颇多,谁曰无之,岂必效土人执鲜花等物方为得当乎?

按:出洋以不失国体免人讪笑为第一,然数年来其染于陋习而致人讪笑訾议者多矣。即如此时之园中携妓同行、会中袖杏怀橘、铺中窃栗偷糖各等人，想谏余者，不惟耳闻恐已目睹矣。

十三日丁亥 晴，暖。柏林城内一河甚长，外通大河，东西环绕如锁，宽窄不一。共大小桥梁七十有余，其中石砌者少铁造者多，高矮亦不一。镇日往来船只之载运木料柴煤沙土石块者不一而足。船载物之尺寸虽有定制而河水之涨落无时，因而凡堤低而桥平者皆中心作吊板，板式两页如门，中央左右横以铁条铺关，板后又各横一长板，宽盈尺，面有铁环。桥头岸上，立木屋一小间，内坐一人，着乌衣黑帽，专司其事，亦由地方官所雇。有船到而不易过者，则其人手执铁钩一把，长约二尺者，先勾铁环将横长板掀起，下有关键，再将铁条铺关抽出，则二门不吊自起。门式前薄后厚作“”形，是前轻后重，起之极易，无须用力也。

十四日戊子 晴，热。去岁陶矩林雇一女仆，年逾二旬，名谢的娥者，于八九月间，腹渐如箕，似觉有娠，至十月某日乃告假一天，回家产得一子，产后即来佣工，其子亦不知交何人养活。数日前，忽向陈骏生哭诉伊子病危，叩请为之疗治。即时乘车同往，给灌回春丹一粒，铺红灵丹少许于如意膏，贴其脐上，遂即痊愈。现在抱入公馆，置其屋中自养之，按时哺以牛奶，见其孩颇肥壮，虽七八个月，迥似一年者。

按：的娥犹闺女也，嫁尚无期，竟私行生产，是不独学养子而后嫁，真所谓养子而后嫁者矣。处女生子，遍示馆中各人，忝不为耻，西域已化之大国皆如是乎？余至今疑之。

十五日己丑 晴热如昨，申初稍阴，酉正细雨，既而大雨一阵，仍阴。记古谚有云：“不可以貌取人”，诚哉是言也。人之品行善恶岂尽行呈之于面，若为貌美即为善士，面陋即为恶人，恐造物无是心也。兹见西国有以小照取人者，其法尤为非是。盖得见其人，则察貌辨色，其品行之善否，犹可得其一二。如不见其面只见其影而擅断其人之善恶者，斯亦奇矣。且人之相貌有美而贱者，有陋而贵者，惟善相人者能知之。其只见其影者，岂得因貌之不扬而即以车夫、匪棍之名目加之乎？不意同人中竟有如此云云者。然车夫有袭王爵者，棍徒有袭侯爵者。当未荣时，虽觌面见之，非善相者未必知也。至论西国照相之法，则固胜于笔传，虽云照成妥相，星点无遗，然无论其照法如何，药水如何，无非在洁净真切而已，仍有瘦而稍胖、胖而反瘦、七孔四肢大小不均之癖。

西国男女照相有西国坐立之式，我华人照时按中华坐立之式照之尚佳，若在西国照听其按西式摆弄，迨照成则本来之面目已失其大半矣。苟谓以小照即可度人，则凡独目、缺唇、歪口、劓鼻者皆可以五官整全者目之矣。盖尝见西人照相，凡五官有不正处，皆设法修饰而欲其不露也。

十六日庚寅　晴，凉。天津武备学堂诸生二三年来办有成效，李傅相[①]欲择其尤者前来外国炮厂炮台等处考察学习，以补不足，定以一年为限。恰值旅顺炮兵教习德人瑞乃尔[②]告假回国，因而傅相选取五名随伊前来德国赴克鹿柏等厂游学一切。计开：候补把总商德全，直隶天津县人，年三十二岁。候补外委段启瑞，安徽合肥县人，年二十五岁。候补把总孔庆塘，山东曲阜县人，年二十九岁。吴鼎元，安徽合肥县人，年二十六岁，七品顶戴。绘图学生滕毓藻，直隶宁河县人，年十九岁。前于四月某日皆启程由沪乘德国公司萨克森轮船来洋，亦由热诺阿登岸，改乘火车，昨日到此，住来百喜店。今早巳正，瑞乃尔率众前来谒见星使。后瑞复执片拜余，因十二年前曾在英德两国会过也。

十七日辛卯　早晴，酉初稍阴，戌正细雨一阵，凉。考中外物件之价，以数而论，中国似贵于外国者多矣。即如洗盆堂澡，在京师四百文，在上海及苏杭皆七十文至百文，在英仅十二佩呢，法则二十苏，在俄数虽较多，无非五十戈壁，美亦不及四十仙，惟德则百芬呢。或曰中国所用者制钱即铜钱，外国之佩呢、苏、戈壁、仙及芬呢等亦皆铜钱且数有少于中国者，有与中国相似者，何反贵于中国？曰不知。按时价，京中当十大钱四百文合银三分，南省一百制钱合银六七分。而英之十二佩呢竟合银二钱五分，法之二十苏亦合银二钱零，俄之五十戈壁及美之四十仙亦均合银二钱零。至德之芬呢，数虽一百，亦合银二钱四五分。外邦物原不贵，而钱价贵。所以钱贵之由，汇价使然也。且东西各国钱价汇兑皆无大区别，因各国所用者皆无孔之金银铜钱，非银块如元宝松江滴珠锞锭之类

① 即李鸿章。

② 瑞乃尔（？—1907），德国人。同治九年（1870年），德国克虏伯炮厂派其来中国推销军火，旋被李鸿章聘为陆军教官。后经天津海关税务司德璀琳推荐，瑞乃尔同额德茂一起被聘为旅顺炮台教习。甲午中日战争爆发后，瑞乃尔由天津调往威海，任北洋护军绥巩军炮术教习，协助北洋海军作战。

也。外国人之视一分或数厘之铜钱亦如我华人之视数毫不及一厘之铜钱也，由此观之，外国皆以钱换钱，中国以银换钱，独受其亏。二十年前，当余之初次出洋，汇价并不如此之贵，日本现亦改铸无孔之银铜钱，渐渐不受其亏，所望我国当轴者将来设法变通，当不使东西各国同获其利也。

十八日壬辰 晴，凉，亥初阴。据金楷理云瑞乃尔乃德国之一平等兵也，其由兵上升则为巡捕，为持枪获门兵而已，竟自擅称为中国总兵副将之职，为人所不齿，且其所知皆德国各兵所应知，非将帅之所知者也，以之教初学者尚可，教大队营伍则不可云云。又外国，凡人学习律法医道教务之有成效，考过二三次名列在前，有学院文凭执照者，皆曰多克得尔，释华言教习也、进士也，其他熟习格物、化学、算学、天文地理以及绘画等学者亦然。中国举人到此以多克得尔自称者莫论，惟金楷理不知其何许人也，德既不认美亦不收，虽能英法德诸国语言，即算学、格物、天文地理亦皆稍通，究不知其由何处学院学习，惟知其自水手出身，乃竟亦以多克得尔自称，不知何所由来也。或谓伊所知者为西国平人之所习，非文学博士之所为，故作通事则可，如会办要件则不可。

卷 八

己丑六月十九日癸巳 早阴,申初大雨一阵,雨后晴凉。义王来德乃所以通聘问而敦友谊也,故德皇深敬礼之。

按:欧罗巴一洲,大国六七,小国十余,其他皆附庸之国也。以大国言之,俄法两国相合,德、奥、义、英、土五国相合,小国如比、和、瑞士附于英、德、义、奥,丹麻附于俄法,故西人称为两大同盟。其局势划然中分,如泾渭之不同流,冰炭之不相容,无事则相伺于无形,有事则联合而蜂起,盖即春秋时之搂伐,战国时之连横约纵,特其交结深固不易解耳。日斯巴尼亚、葡萄牙僻处于南,瑞典、诺尔威僻处于北,未闻与德英等联盟,要之,其意亦不肯附于俄法者也,大抵俄法两国皆穷兵好武之国,是以各国无不忌之。德处欧洲之中,东邻于俄,西近于法,当两战国之冲,故其操心危而虑患深,淬厉以自强,既联属附庸诸小邦以立国,于是有联邦公会,又倾心结纳于诸大国,于是有同盟密约,盖取诸古者同井相友相助之义,施之于邦国者也。其盟约大要则以奥与俄邻,义与法邻,如奥被俄兵,义德助之,义被法兵,奥德助之,德若被俄法之兵,义奥亦助之,是故三国之交,天下之至密也。独是德奥义陆军虽强而海军不足以抗俄法,于是资英海军之力以助之。英之助德也,在波罗的海,其助义奥也,在地中海。土握黑海之口,当俄之冲,为欧洲东形势所系,奥助之于陆,而英亦助之于海,此五国联盟之大端也。比国介德法之间,与英隔海相为表里,为欧洲西形势所系,故英之庇之也尤力,既定以为局外中立之国,无复一国加兵瑞士、和兰,亦视此例焉。俄之与法壤地不相接,形格势禁,宜若无能相救相助者,然法自挫锋于德,势弱且孤,欲结俄以自壮,俄亦欲资法之力以御德,而腹背夹攻之。丹麻扼波罗的海之口,与德逼处而有宿怨,故俄倚以为东道主焉。然则三国之交,其意乃专为德也。

今使俄与德哄陆战于波兰,水战于波罗的海,奥与俄哄,亦战于波兰。俄与土哄,陆战于巴尔坎山(在土耳其北,布鲁戛里亚与东鲁美里亚之间,东近黑海),而水战于黑海。德与法交哄,则战于莱茵河。义与法交哄,陆战于阿尔坡山(在义法之间,南临地中海,北近瑞士国),而水战于地中海。此数地者,形胜险要之所在,利害成败之所由分也。假如俄德有衅,奥必应德,法必应俄,法拟德之后而义则拟法之后。义助德奥,英又助义,欧洲海陆皆战场矣。惟英与俄哄,则不在欧而在亚印度之北,阿富罕波斯之交,英俄陆地之战场也。朝鲜日本之间,英俄海面之战场也。论者或疑英之海军能助德、奥、义、土于欧,而德、奥、义、土之陆军未必能助英于亚。若是,则五国联盟,英独有施而无报,而不知俄军东出,未及抵印度,而德已率诸国之军入俄之郛矣?不救之救,乃所以助英也。

嗟夫!自五国联盟,俄法不能逞志于欧,始转而图亚,于是受其患者,独在中国。法取越南,俄图朝鲜,其心贪婪无厌,必又将侵犯我东西边内之地,其将何以待之乎?吾尤怪夫中国之谈洋务者,狃于公法有局外不偏助之说,以为两国开战,余皆局外之国也。我必无求助于局外之国之理,敌亦必不能得局外之国之助。是岂知公法而外,有所谓同盟密约者,以临战相助为义,欧洲诸国,固无不有相助者也。将与一国开衅,尤必先与局外之国重申盟约,乃犹拘拘于公法之旧说,知其一不知其二,彼方协以图我,而我以寡敌之,抑亦傎矣。

今为中国计,宜与德、奥、英、义共订密约,以御俄法,英德诸国必乐从之。俄法有所忌惮,则必敛其谋而不敢肆矣。古所谓上兵伐谋者,意在斯乎。然两国会盟,必各有所图,方肯立约。今德在亚洲既无所图,而奥义更毫无所取,惟因英有印度之地,商务之盛,德亦效英,微有所谋,我国所可与订密约者,英当乐从,德尚未敢预料也。至亚洲各国之可以与之订密约者,惟日本,盖唇齿之邦,日本亦必乐从也。

二十日甲午 早晴,申初雨,冷,夜大风。本月初四日,杨石渔具禀:窃维各国往来之例,凡属出使人员于初到所驻之国,由本国出使大臣行文知照外部,遇有朝贺宴会等事,所有应得之权利无不一体均沾,所以尊国体敦友谊也。楫自到德以来,业经四月,乃本年五月二十六日为德王介弟婚期,外部柬来邀请各员观剧宴会,未列楫名,深可骇异,始以为署中公事烦冗未及行文报知,既而思之,一纸公文不过数言即了,岂时阅四月之久而竟无一口之闲,且陈随员(其镳)亦未与闻。其为该国有藐视中国之心,特借此人人所极不措意之处,隐先尝试,以为减损权利之发端。毫无疑义,是知宪台之得与宴会者,非重宪台也,重中国也。楫之未与宴会者,非轻楫也,亦轻中国也。如不为中国使臣,即不得享是等之权利,既为中国出使人员,即不容不有是等之权利。此理显而易明,凡粗涉洋务之人,苟有一知半能,断不至见不及。此诚恐宪台或视为无足重轻之事,一时存而不论,必至国体,由此而日损交谊,由此而日疏。遇有重大事件,势将无所措手,其端虽启自该国,而议者必归咎于始事之人,则既为中国之忧,并非宪台之幸,此楫之所深惧而不敢自已于言者也。履霜坚冰,宜杜其渐,应请宪台行文该国外部正词诘问,庶以后不至再有凌侮,以重国威而全睦谊,以保我中国使臣应得之权利,实为公便,伏乞批示云云。

奉批:查各国使馆参随至多不过四五人而止,从未有如中国之济济多才者,彼于使臣而外请至六人为各使馆所无,实属优待中国不为薄矣。迨本大臣遗书与商复添一人,尤其情理兼至。凡出洋者,乐预盛会自是人情,而员数过多,不能令人普请,则惟有轮替之一法,俾皆得而寓目焉。乃德国频遭国恤盛举,罕逢今者,介弟成婚大开东阁,此亦不过酬酢之事,有何权利可言?该员以未与宾筵,斥为凌侮,一若邦交国体,皆系于该员之身。本大臣粗涉洋务,并一知半解而无之实见,不及此至于行文外部正词诘问,则本大臣膺此使任,万不能如此昏愦糊涂。惟该员牵例架词侃侃而陈,形诸公牍且谓设有重大事件无所措手,必归咎于始事之人。本大臣不求有功,岂敢贻咎?惟有将该员此禀咨送总理衙门,察核应否行文德国驻京公使,诘问外部以藐视中国不普请使馆随员,减损应得利权,事由总署施行,益形郑重,当亦该员所乐闻也云云。

十七日又具禀,窃楫前因国体攸关,恭陈管见,仰蒙批示周详,捧诵之余,莫名钦佩。惟楫固陋尚有所疑,有不得不质之于阁下者。查各馆参随多寡不齐,中国员数虽多,然于行文知照之日,德外部并无异言。既已允许于先，即不当歧视于后，彼于中国使员未曾遍请，是不与各国视同一律安见相待，独优至同一使员而有请不请之分，则于优待之中示以区别。揆诸情理，亦岂谓平在执事，曲顾邦交，虑其人数稍多或致糜费，为之筹一轮替之法，可谓斟酌尽善。然此乃使臣节制属员之权，非彼国所得参预。故彼既请而我轮替以往可也，彼欲我不往而轮替以请，不可也。宾筵酬酢，虽若无权利可言，然履霜坚冰其来有渐，此时减损中国不得与各国一律者，不过在于宴会，安知后来不逐渐减损不得与各国一律者，不仅在于宴会乎？

盖出使所谓权利原不过优待二字，非有他也，优待之例既弛浸假，而使臣之行李，不得免于税关查验矣。浸假而使臣之随从人等不得免于地方官管辖矣。其始减损一事以见其端，其究必致事事减损而后已，纵令后来者未可逆料，而此时中国有一二减损于他国之处，亦何堪令各国见之闻之乎？

（楫）前呈禀牍本属因公起见，思欲罄其一得以助高深，阁下乃疑其有乐预盛会之心，以寓目为荣。此固非楫献言之初衷，至斥为牵例架词，则有怒楫之意矣。楫乃指斥彼国之非，阁下何为而怒之乎？此则楫所未解也。明谕又云，国体邦交皆系该员之身一，若罪楫以僭越者，窃不能无疑焉。夫使臣一身系国之重轻，斯固然矣。岂一使臣以外，岂可不念邦交不顾国体乎？楫见出洋华人，虽走卒贱隶，皆知以国体为重，盖食毛践土之义则然，况于楫一命之士乎！楫自问赋性憨直，百无寸能，惟此管窥不敢默而不言，或为一长之足取，幸蒙采纳，送咨总署察核，自当遵照静候总署核办也，云云。

本日酉刻，星使札饬杨石渔缴还委札撤差回国。札为饬知事照得本年六月初四日，该员呈递国体攸关叩请行文诘问一禀当查，西国公法从无朝会筵宴必应遍请使馆随员不得减少一人之例，即经明析批示，又以禀内措词，辄以贻咎将来为责，本大臣未便含糊，复批示转咨总理衙门，察核各在案。乃十七日该员复递一函，哓哓渎辩，无非以该员所论为是，而本大臣所论为非，甚至谓本大臣虑其人数稍多或致糜费，是诚何言！岂该国请客预商于本大臣为之裁减员数乎？种种措辞无礼，本大臣亦不值与该员再辩。查总理衙门奏定，出使章程内载，参赞、翻译、随员如不能得力即随时撤回，今该员如此固执己见、忿争不已，其为不能得力灼然可见。合行饬知札到该员，即将前领委札缴还回华可也云云。

彝按所禀，诚属粗涉洋务，其曾经屡次出洋游历多国者，尚不敢冒昧陈词，况甫经出洋二三月者乎！查外国于朝贺宴会中请人原无定数，惟量地具帖，其欲请之人除公使乃按开去名单一一尽先照抄（此单系公使初到时开外交部者），并无越此请彼之一说，更无勒令增数指名使请之理。至令其增添人数或指明去甲而添乙，或帖到而擅改丙为丁，皆主事者所妄为，亦为欺主人之不明识孰为丙而某为丁也。东西各国虽云大同小异，而政俗究有不同，故当入国问俗，不得视之一律。英俄两国遇朝会等事皆不遍请，法国之所以不分，何等一律帖请者，民主之国不甚讲求也。又日本国亦遍请者因其国势初改，概无定规，既欲效英又思仿法也。中国遣使出洋之要旨原不在此，以此区区立言，是为小题大作，且措辞未中肯綮，即无乐预盛会之心，终不免以寓目为荣，为旁观齿冷也，噫！

二十一日乙未　镇日阴晴风雨不定，冷似京中九月天气。当日接杨石渔致汪芝房、承伯纯、陶矩林、陈骏生、姚子梁及余公信一函。

其辞云：同舟数月，情好肫肫，忽唱骊歌，可胜怅惘。鄙人奉职无状，被遣回华，伊戚自贻，亦何足轻重，惟区区愚忱，尚有未能满志于诸公者，辄引春秋责备贤者之义以当临别赠言何如？楫曩在乡国，即稔闻鼎鼎盛名，非庸俗可望肩背。私心窃幸以为随节出洋必于使事大有裨助，非独公使之福，抑亦国家之幸岂知自本年正月奉调西来，所见公使一切举动实多悖谬越礼之端，诸公皆坐视而不一匡救，何也？已往者如补行。

万寿公宴薄待游历诸员，纵家人以凌辱随员，任洋员以龉龁翻译，得诸耳闻，姑置不论。本年正月二十七日为皇上大婚吉辰，二月初三日为皇太后归政吉辰，凡各省府县以至英美各使馆、新嘉坡、旧金山各领事署下至流寓异国之民无不欢心鼓舞，张灯结彩相率称庆，独柏林使馆既不拜牌，亦不升旗，外邦新闻纸啧啧称述，而使馆寂无举动。六月初九日忽有白纸挥条约楫等于初十日拜牌，询其何因，则曰万寿，此等情形直谓之目无君父可也。使馆经费及南北洋购买军械款项，发商生息，原以济公项中不能开报之项，乃自公使到任以来未闻动支分厘，虽以流寓奥国之病人求给川资亦置不顾，而谢芷泉竟至典卖衣服多方告贷始克成行，然则所谓以息款济公项之不足者，果何取焉？谢芷泉与何玉笙同于正月期满奉批销差回华，而何玉笙与三月差满之，李兰舟业经专案奏奖，谢芷泉独令向隅，谓芷泉有欠款未清乎？则所谓欠款者实以抵其被扣之薪水，归装而不足且有无相通，人之情也。公使扣其应得之款，另给一项，易其名曰借贷，乃又因借贷之私而扣其应得之保举，是何居心？公等皆漠无所闻乎？使馆中日行公事，惟芝房得窥其二三，各随员皆不得寓目焉，若报销册籍，则洪禹山一人为之。凡译署及南北洋公文有关外交制造之大者，以及使馆经费何项应准何项应驳，虽在公馆差满三年亦莫窥其端绪，然则使馆有一公使一支应足矣。济济偕来胡为者，其余未尽事宜，难更仆数，略举其一二言之。

弟深恚公等平日皆负声望，今乃噤同寒蝉，绝不闻于公使之前献一言，以寓规劝。德国宴客一事无关荣辱，鄙人岂不知之？特借此微端欲为公使开进言之路，而公等或从此激发天良，各思建白于使事不无小补，乃甫经发端即撄震怒，此固公使位高心汰不能进纳谠言，亦未始非公等平日观望委蛇，有以养其骄而成其贪也。方今时事多艰，风气愈下，我等食毛践土悉载天恩，苟可效乎？涓埃应不慑乎权势，愿公等崇尚志节，以国事为重，一旦肩荷巨任，庶有当焉。鄙人行矣，来日方长，幸努力为相逢地也。

所言亦颇剀切，因录存之。

二十二日丙申　稍阴，凉。近日天气阴凉，间或细雨，而在万牲园中依然作乐，男女步游饮食者仍多。天虽雨而执伞坐者为数尚二三百人，且幼童稚女仍皆单衫露膀，毫不畏寒，而我华人前往步游者已着棉衣矣。

二十三日丁酉　晴，稍暖。自前五月间天气酷热，因而昼不出门，晚餐后乃缓步入万牲园一游。有洋乐侑加非，男女往来于目前，如歌如舞，颇觉舒畅。然每见白发龙钟之老人，耳聋目聩、步履维艰者二三，天气虽凉，亦必日日来此。询之，其来盖迫于无可如何，有女喜游，不能不陪伴前来也。女遇友，携手同行，则老媪尚可稍息，否则须与之绕行三点钟之久，亦良苦矣。余未习德语，但知法言，乃园中所遇幼童，由八九岁至十五六岁者，无一不能法言，惟言之生熟不同，因学塾中生徒亦分头二三等也。

二十四日戊戌　早晴暖，戌初大雨一阵，雷。昨观天长宣瘦梅君（鼎）《夜雨秋灯录》内《大脚仙杀贼三快》一段，其后批云：懊侬氏曰："人间最惨莫如女子缠足声。母之于娇女也，虽爱若掌上珠，独至缠缚双足，如酷吏之施毒刑，曾不能稍加顾惜。主之督婢，鸨之饰雏，惨尤甚焉。每闻此声，辄痛骂东昏侯，寡耻鲜廉，宜乎覆国。缠已纤纤，阿母意犹未足，及步步生莲花矣。而豺虎猝来，挪移倾仆，直恨无彩翼双飞耳。爱女之家，亦曾记此乱离时乎？之三子者，谈笑不惊，或手刃之，或计赚之，而且尺二金莲，其行便捷，出入虎穴，极纡极间。倘遇斯人，当破产以购之。一捧砚，一添香，一负剑，粉黛中饶有英气。"又曰："缙绅家闺秀，原不可尺二飞凫，使外观不雅，然亦何必过小。彼媸者，背曲肩驼，虽裙下解结极纤，亦非真丽。妍者体柔腰细，即裙下玉笋稍巨，何碍轻盈。要之以五寸六寸为准，庶合中庸。安得贤有司出示严禁。凡五寸六寸以外置不论，若五六寸以内，定求纤纤而翘翘者，即以冶容诲淫论。"《魏明帝纪》截指适履，刻肌伤骨。法国本有妇女割脚使细之俗，德人亦仿效之。十数年前，经毕驷马出论，通国禁止此俗。现在德无此风，而妇女脚仍无大比莲船者，因妇女骨节本细，不能大似男子之足。且身大脚小，或身小脚大，皆不雅观，是造物生人有定，必使大小均匀也。

二十五日己亥　晴，风，凉。恩仲华本年九月三年差满。其跟役长立，满洲镶白旗人也，因故告辞，欲先两月回华，遂于今日酉刻乘火车至布莱门登德公司船，于二十七日展轮赴沪。又瑞乃尔带来武学生六名，因本月二十八日万寿，前来禀请可否随班恭祝，星使答以不必云。

二十六日庚子　晴，凉。记：外国造冰奶法，系用四格拉木（每格拉木重合二分零，五十格拉木为德一磅，八百九十三格拉木为英一磅）法呢叶（系一种香草，实如豆萁，产于美洲热带。其味香甜甚浓，皮色如蜜枣。长四五寸者二十五芬呢，八九寸者三十芬呢）并牛奶若干，缓煮至法呢叶味出为止。用布一块挤出汁用楮搅之，再用新鲜蛋黄十六个，新鲜奶皮汁二里特(见前)又四分里特之一,糖三十七格拉木,同挤出之汁烧之,并用楮不停搅,至将滚即取下倾入深罐内,再搅至不热为度,以免起皮,俟其极冷倾入冰罐内。

又造冰糕法:外筒内罐均须铅锡,或洋铁或纯锡铸成,要在能关极紧者。至其造法,先取极碎冰如榛子大者一把,置于筒内,再加盐数把撒于冰上,于是将盛奶之罐入筒,又将筒之四围铺冰,再撒盐于四围,使罐稳置于冰内,再将冰盐次第撒之,使与罐口相齐。面上一层,务须以盐为要,因无盐不能凝结也,用盐愈多,成功愈快。遂置之不动,俟一刻钟之后,执柄转之而不可提起,于是轻将罐口揭开,用定作或木或竹扁而平者小刀一枝,兜底搅之,将其已凝之冰搅开,一手搅一手转罐,愈快愈妙,万不可将筒内之冰使其入罐。搅以和匀为度,即仍将筒口关紧,置之不动。再一刻钟,再揭开搅转如前,恐其蛋质未碎,不能与糖和匀耳,直至变稠如奶子汁而止。如其凝得太快,必须以木刀凿碎而搅,须缓于前,始终不可提起。如其仍要凝冻太早,用以里特又八分里特之一冷水浇于冰内,于是仍以前之搅转与凿等法,至不再冻为度,再用布一块,盖于筒上,少时即成糕矣。

二十七日辛丑 晴。本公馆正东朴斯当桥颇宽,左右铁阑内高起尺余者两行,各宽八九尺,铁质石镶,以便行人。当中木墁,往来铁辙两行,镇日公车马车,往来如蚁。近因桥面厚木微有朽处,乃将右边掀起,修理换木。又将桥南北两首之右铁辙合归左铁辙,则公车往来一辙,不能任便,遂在桥左边人行之高处,立一四方玻璃灯,一面红一面绿,有人在上守望之。绿向南而红向北,则南来者过桥,北来者止步。俟南来者过毕,灯转红向南而绿向北,则止步者鞭马,初到者勒缰,如是则昼夜公车往来无差,因公车体重,两马能拽而不能退也。

二十八日壬寅 大晴。卯刻睡起,点心后,辰正着公服同众随星使在大厅向东恭拜圣牌,行三跪九叩礼。午后阴,酉正在饭厅公宴,列座十三。食毕尚未燃灯,星使率参赞、支应步至朴斯当坊尤斯的加非馆吃啤酒,余乃乘车入万牲园一游。入夜大雨。

二十九日癸卯 早晴,午后阴,酉正大雨,雨止仍阴。德国初兴之时,民多困苦，然街市行人男女以及各铺伙计工役堂倌车夫人等，衣服无不按式整齐洁净。其泥水、油漆、火机、扫烟筒各匠役，衣虽不净，亦无破碎及补缀者。其至贫人，虽赤足光头，衣仍不烂，气味虽属腥酸触鼻，衣固旧而少油泥，或谓其人非不懂补缀而以补缀为耻。故凡破衣，皆有专人收买，布则以之造纸，毯毡绒呢则皆用以垫物，然必皆洗净剪齐，未有用整衣者。又柏林地广人稀，楼房新盖者多，窗固临街，而窗外多有小院，宽皆丈余。外不砌墙，竖以铁阑，高约四尺，中皆以青草铺地，或种树，或栽花，随时修理，整齐洁净，铁阑皆一律黑漆，如有伤损及变色处，皆随时油画之。

三十日甲辰　晴，稍暖。万牲园内加非馆前，在二乐台中间，桌虽数百，铁椅千余。人之往游，坐处各有所取。有愿坐铁阑边随看往来行人者，有愿坐树后瞑目听乐者，有愿坐池边看水鸟花木者，有愿坐冈上览景望月者。于是先到者择地坐定，吸饮毕，欲步行，则可留衣物少许于桌面上或椅子上，并将椅背掀起，使之傍桌，则后来者不得挪移擅占其座矣。

晚戌初，余入园遇恩仲华，少坐，拟缓步同游，仲华留其所买之物一包于桌面，余置马褂一件于椅上。少去回时，见原处坐二男，衣物皆移于后面桌上，即觅原伺候之第四十七号堂倌，问之，答以不知，令唤其头目，答以无暇，因令他人寻至，细明其理，言若可擅将他人之物挪开，则以后我华人来此者，皆可移去他人之物而坐其座矣，其头目唯唯，乃将二男移去。此不惟该二男欺侮华人，而堂倌亦蔑视华人也。如系土人之物，堂倌自不敢移，即堂倌欲移，恐欲坐者亦必不令其移也。

七月

初一日乙巳　早晴，申初稍阴，酉正骤雨一阵。德国东海公司轮船由布莱门海口东驶，始于西一千八百八十六年六月三十日（即光绪十二年五月二十九日），其第一只名欧得尔，查彼公司船只往来第一年亏银七十五万马克，次年亏银五十万马克。其初年亏数较多之故，因欧得尔遗失在近亚丁之搜阔特拉岛旁也。然亏款虽多，并不停止，且更欲设法扩充，因与国家议定，添造火轮之重三千吨、马力六千至八千者多只，兼走澳大利亚。窃思轮船以载货为第一，自轮船多后，货数日增。闻其于光绪十二三年间，所载出口货约七十五万平方迈当（每一迈当合三尺九寸七分零），至去年，已增至九十六万二千五百二十六平方迈当。其由中华、日本运回者，初仅三十六万零，至去年，则增至五十七万三千九百八十八迈当。其轮船一事，可谓蒸蒸日上矣。其出口货之大宗，为铁、布、铁器与酒及他一切什物。由日本运回欧洲者，为丝瓷木器及他零件。由香港、上海运回者，为皮革、丝席。由新嘉坡运回者，为松叶、香料。由克伦柏运回者，为椰子油与肉桂。由澳大利亚运回者，为皮革毛货。又陈骏生奉星使谕，每月俸薪自此月始，改加百六十金。

初二日丙午　镇日阴雨，酉初雨止，风。本使馆洋仆孟佗每月工钱百二十马克、费格百一十马克，房主老门丁班木百二十七马克五十芬呢，园丁梅尔六十马克，洋婆马丽、李娜、莫莉各五十马克，房租每季三千八百五十马克。

初三日丁未　晴，稍暖。昨日戌初步入万牲园，因天凉人少未奏乐，遂出其临库弗余森街之旁门，入徐布加非馆。楼房宏敞整洁，房外立铁阑支布帐，亦甚好。遂坐饮加非一小盅，价竟五十芬呢。园内及他处小碗加非，价皆二十五芬呢，不知此处因何加倍，其盅更小，味亦平平，并不浓亦并不香也。

初四日戊申　晴。午初，星使偕金楷理赴英国海口看水操，兼与刘芝田星使（瑞芬）送别。酉正，陈骏生召饮，同座为承伯纯、陶矩林、洪禹山、贝汇如、张小轩，彼此欢饮，亥初始散。又余因在万牲园买有年票，遂几乎朝朝往游。其附近各家之富饶者，买有年票，合家老幼，亦屡屡往，其孩童多有见余者，遇则脱帽问候，作相识状。不意前日一幼童年十四五岁，名傅艾格者，竟向余借贷，亦奇矣。闻德俗，各家子女，平日除在家两餐外，虽他往游玩，父母皆不给零钱云。

初五日己酉　晴，稍暖。德国兵律：凡民家幼童，年力强壮，入武备学堂者，在内七八年学成后，可充兵官，亦可任人他往，或为商贾，或去别国谋生，官皆听之。在内学习语言文字、兵法章程、技艺测量、炮台防堵诸事。除礼拜日外，每早卯初入学，午正早餐，未正再往，申正散学。各家每年付学堂千三百余马克，以便为之置买衣冠、手套，预备饮食一切。诸生衣帽颜色一律，各皆新齐。余在万牲园中屡遇孩兵四五，中一面貌聪敏、身体魁伟者，时由座前经过，招之即来，以手抚冠，兵家礼也。令坐始坐，抚冠谢坐。坐则端坐，两手扶膝，竟如兵官，毫无孩气。问其名，曰布朗，问几岁，曰八岁入学，现年十四岁，能英法语，辞气温恭，将来造就有成，恐未可限量也。

初六日庚戌　早阴，午后微雨。尝思人之患口吃唇齿不利者，气疾故也，故语言则艰涩，歌唱则顺适。昨闻德人云：一家有幼女年八九岁者，本口吃，遇急事为尤钝。一日楼下厨灶失火，女因急奔登楼呼母，见其母，急急欲言不能出口。其母曰何不歌耶，女乃歌云，愿母即刻去下楼，厨房失火不知何所由，如不急早去扑灭，恐怕延及楼上头。其母闻至第二句，遂即驰下云。

初七日辛亥　晴。戌初，瑞乃尔约饭，在五道门内乌拉饭馆。同席为前丙子丁亥间，天津武备学堂之教习德人那珀，及前为中国代办振远、定远、济远三兵船之德人巴涉。酒食丰美，欢饮畅谈，亥正始散。此馆有镀银长方小铁桌一张，高与他桌等，长约三尺，宽尺半。面上左一长椭圆银盘，上有盖作“”形，内盛烧烤或煮熟之牛羊肉。右二小银锅各皆有盖，一盛番薯，一盛青菜或扁豆，或豌豆或白菜花，皆以白水煮熟，杂以奶油。桌面下抽屉内烧火油，使肉菜常热，是非火碗火锅，乃火桌也。其四腿下有轮，可在通楼八方运动，赴各席前临时割分，极为便当。

初八日壬子　稍阴，凉。戌初乘车赴敖斯台隆园一游。天虽细雨，而男女游人依然拥挤如蚁。前岁关闭之埃及涨眼画阁，现在修理一新，改作小戏园，每晚演三次，每次半点钟，系由六点至六点半，又由七点半至八点，又由九点至九点半。园不大，台亦小，容座两百，左右及对面立处，亦容百人。座价一马克，立价五十芬呢。戏固平平，无非幼女跳舞，然其山水景致，令人真假难辨，亦尚可观。

初九日癸丑　早晴，酉初大雨阵阵，雷。柏林桥梁甚多，或铁或石，或铁架横木，现拟一律改建铁桥。本公馆西南阿贝什桥，系铁架横木者，南向石拉斯巷，北在阔乃里街，今将另造铁桥，择地稍东，使之北对福来得立韪良街,南近吕祖坊。前自五月下旬开工,拆石堤,拔大树。南北两岸及旧桥之东边,皆以木板宽七寸、长一丈、厚一寸者,横排十板成墙,以免行人观看,南北留门,以便工人出入,运动材料机器。近日以火机钉木桩,木长各八九尺,宽八寸见方。镇日丁东之声,附近楼房为之震动。又三面木墙,本来严密整齐,近因本年不能工竣,不惟墙顶盖木,且镶以锯齿形之木板花边,既似真墙而又壮观,足见其办事认真,无毫厘之草率也。

初十日甲寅 晴,暖。柏林城内公车铁道,往来盘环,已如蛛网,而不通之处仍多。近因敖斯台隆园之赛奇会开,观者日盛,遂拟自库茀余森街之铁道接过阔乃里桥转西,走適尔囿,直达敖斯台隆。地本石子墁平,乃改煤漆,自上月初间开工。中央铁道两行四辙,造法系中立铁辙,左右傍以石块,长皆三尺,粗五寸见方,中灌煤油极其坚固,辙外左右两途烙漆,亦殊平坦。前日工成,则车辆往来,其便多矣。

十一日乙卯 晴,午后风凉。戌初步入万牲园,见皓月当空,圆而且大,惟右一明星,距月尺余,既而数寸,后乃入月,至亥初则出月左,亥正离月尺许,至子初则相距二三尺矣,盖木星也。地面仰望,其远近如此,土人之在天文台上坐守千里镜者,当知度数分厘也。

十二日丙辰 镇日阴晴不定,凉。西俗凡因事宴客及席将终,主人必先立陈数语,或庆贺或称赞或叙事,言毕客亦答之,谓之筵上陈词。我国现无是俗,然前宋实有之,乃题曰致语,又曰乐语,即如赵彦端、饯沈宰致语云:暄风暖景,方欣雏雉之鸣。碧草渌波,忽报飞凫之引。儿童知恋,草木含凄,顾蕞尔以自怜,念翻然而莫驻。恭惟某官:名流第一,间气无双。虽蟠云梦于胸中,犹郁麒麟于地上。时和颂美,会桃李之无言,吏退诗成,信江山之得助。逮春华之三变,方圣政之一新。民愿借而报闻,课当迁而奏可。车轮四角,徒多卧辙之思,轺传一封,其若赐环之召。某官尽故于新好,启华宴于芳辰,抚嘉植以赋角弓,听鸣嘤而思伐木。歌翻金缕,怅花雾之冥冥,醉倒玉山,怨星辉之睒睒。某等叨持薄技,幸列下陈,上奉清欢,敢献口号。

张正己饯某吏部致语云:天青月白,三台正而少微明,秋至风高,九江空而渚鸿去。丹阕之凤思侣，蜀山之鹤离群。顾祖帐之铺陈，攀华轩而饯饮。寄一言于樽俎，分万里之舟车。自古有行，此别为重。伏惟某官，孔门游夏，吴产机云，初收钓鳌之钩，便使屠龙之技。魏公善谏，房杜独知。贾谊尽言，绛灌争忌。自鲁再逐，居东五年，泽畔忘怀沙之吟，天涯无逐客之泪。忠气贯日，诚心格天，动仄席之纶音，先假途于兰省。某官旧虚徐榻，曾共李舟，朝开北海之樽，夜挽庾楼之客，花溪锦里，念归虽得仙巢，金马玉堂回望，即殊尘世。我心匪石，有酒如渑临岐，虽赠千言，执手不如一酌。

晁公遡宴杨参政归第致语云：朝廷大臣，既乘驷马安车而去位，郡县长吏，当奉豢牛上尊以至门，是固国家之旧仪，亦表闾里之盛事。恭惟某官：仕宦而遇明主，富贵而归故乡，名遂功成。盖闻君子之大道，年高德劭，实兼天下之达尊。虽在燕间，所宜优礼。知郡敬以折俎，陈于宰庭，鲠祝在后而餔祝在前，敢忘本朝体貌之意。廪人继粟，而庖人继肉，庶几诸侯奉事之恭，通判抠衣以趋，正襟而立。馈酱于大官，须进礼而示尊。侍坐于先生，愿奉觞而为寿。某等创奉高会，逖考前闻。惜苏栾城颠沛而不归，喜孙文懿安荣之复见。辄兴善颂，以抒舆情。

翁塞翁饯江给事致语云：雁信催人，动日边之归兴；鸾觞留客，结濠上之欢游。溪送清声，山供秀色。松桂重迎秋景，芝兰轻送薰风。已拂朝衣，难忘祖帐。恭惟某官：紫宫新使，清镇旧臣。颍阳之族望弥高，江左之家声不坠。广庭射策，妙年遂擢于甲科，直笔代言，真赏屡形于乙夜。孤刚去国，忠义忘家。地灵久借于稚川，天意欲还于魏阙。曹趣已入，陈辖载投。倘非莲幕之佳宾，敢屈掖垣之上客。仍邀五马，添作三龙。未应亟问于刀头，将且尽欢于鼎足。小亭共乐，幸拚醉于南州；上国相逢，冀望风于东阁。敢无鄙句，聊助欢声。

十三日丁巳 晴，稍暖。中国绸缎店，凡绸缎皆平铺柜面，乃此地凡买花纹绸缎者，店伙必双手拱纵立于柜上，作塔形而使人观之，盖因其质多棉麻故也。亥初，星使偕金楷理由英回。

十四日戊午 微晴，酉初骤雨一阵。本公馆西福来得立踸良街南首，临河有一饭店名阿贝绍者，平日男女前往饮食者颇多，不意自桥工兴木墙立后，楼前不敞，来人日少。店主乃设法在东南北三面木墙之上刷白油，占地横长一丈，竖宽四尺，写黑字，为店名地名以及号目，每上并画一手作指向状，乃南者西指，北面者东指，而东面者则南指。或云该店在木墙之上写字，须按所占地之尺寸，付工作马克若干。

十五日己未　镇日阴雨。辰初，许稚麟由俄到，洪禹山接入公馆，余因设饭与之洗尘，并约徐良臣、杨石渔陪。晚，徐良臣邀稚麟饭，余同子梁陪。相别倏经年余，早晚两餐，同席欢饮，亦乐事也。西人谓天下万国文字，分三大种：一即中国文字，西人目为板文，因其限定，如刊刻之板永远不能更改加增者也；再则土耳其及中国东北西北诸域之文字，西人目为胶文，因其话皆数字相联而成一字也；三则希腊文，为泰西文字之鼻祖，乃目为活文，因能随时如意变通，通毫无窒碍，日增万言皆可。即如近日所设之电气灯、塞门土、德利风、涨眼画、气车、气球等是也，物既新创，字亦新造也。

十六日庚申　晴。自早通城各街铺户人家皆挂旗，往来车声辘辘，行人如堵。酉初，奥斯马加国王到，德皇列队鼓吹，由遆尔囿火车栈迎入皇宫。当其来时，沿途男女瞻望者极多。因而五道门内各饭馆酒肆皆出赁站立之地，价与前义王来时同。

十七日辛酉　早晴，午后稍阴。西国所制造之假珊瑚极佳，现在工料尤精，但不知此地何铺出售，询诸土人，对以侯贺街第二十三号，因而乘车北行十数里，过朔溪街入新侯贺街。将出城矣，道路不平，屋多朴陋，铺既小而货亦无多，既乃信步转回。因自前冬到此，从未到过此边，眼界为之一新，有幼童稚女百余，随行于后，人虽贫苦粗俗，赤足披发，尚皆安静不哗。

十八日壬戌　晴，凉。申初大雨，雷。昨因两广制台张公电请星使代觅矿师，遂由金楷理荐其友，前在日本充当矿师之德人尔雷，其人遂转觅得伊林、毕盎希二德人，立定合同等。星使遂于是日酉刻约尔雷晚酌，为之道谢，并约许稚麟为之接风，同席为汪芝房、金楷理、陶矩林、洪禹山、徐良臣。

十九日癸亥　镇日大雨阵阵。午后，奥王尤赛弗起程回国，德皇列兵鼓吹送至车栈。德国因欲整顿风化，曾严禁出售秘戏图，然闻近日卖照画铺中仍有暗卖此图者，其所照神情毕露，种种丑态，有非人心所能思及者。工既精巧，价亦极昂，照画胜于绘画，为仇唐手笔所不逮。

二十日甲子　大风，阴，凉，申正晴。瑞乃尔率六武生来辞行，当晚起程赴艾森。酉正，姚、杨二君约饭，同席为许稚麟、陶矩林、承伯纯、徐良臣与贝尔那母女四人、裴斯良母女三人，席罢鼓琴歌唱，亥正谢归。

二十一乙丑　稍晴，凉。德人有一种玩艺，系多人团坐一圈，中空一座，约定空座左之第二人，先以左手任招一人，其人当即趋入空座，其人原坐之处既空，则其座左之第二人亦即须以左手任招一人。如此往来，乏而后已。中有招而不来，或应招不招，或误以右手招人者，皆罚其随身一物，置另桌上，如手帕、戒指、手套、帽、扇之类。完毕将所罚各物之上覆之以布，一人由内顺手取出一物，交还原主，罚其另作一事，如唱曲、跳舞、蹲跪叩爬及猜谜语等类。

二十二日丙寅　晴。西国重医学，业此者竭尽心力，惟日孜孜，必先于化学精通，深明制炼之法术，然后潜心玩索，游学于名医之门。外症则刺割也，扎帮也，敷治也，洗涤也。一一躬亲，务必心灵手敏。内症则更听以机器，辨其声音虚实温寒洞若观火，庶得开方给药，着手成春。盖惟上之人重视乎医，故下之人亦不敢视为小道。学有成效，则报官投考，优则官给文凭，俾得藉医以糊其口。由是而称医官，其劣者概行斥退，以免为庸医，误伤人命。既为医，则又经官定章程，马钱有定价，出诊有定期。又医家有报章，凡人有病，曾用何法医愈，则必登诸报中，俾人皆知，是法之可用。若遇疑难之症，则亦登报，以质高明，或一礼拜即出一张，或一周月而成一纸，业此者必购归观览，互相质证以尽所长，以求学术日精。然以余观之，法虽美善，其内科究有不及我国者，因其不以他国之旧法为法，药位不全故耳。

二十三日丁卯　晴，稍暖。西国樗蒲共五十页，内分四种，为王为后、桃形、菊花形及海棠花形，各形皆由一至十二。另一霸王戴绿帽者，赌法未详。惟见一玩法，设若八人，内七人各六页，一人七页，分到手，则查其中有数点成对，或王或后成双者，即行摘出掷于桌中，后则彼此页页传递，遇有对则掷之，无则留之，陆续传递，八人内必七人手空而一人遗有霸王者，无论男女，罚画乌须于面。

二十四日戊辰　早阴，巳初大雨，雨后晴，晴又阴，凉。酉正，金楷理约在乌拉馆晚餐，同席为许稚麟、汪芝芳、洪禹山、贝汇如、张小轩。柏林新创一种烧鸡，如中国之炸八块，然非雏鸡，系以缸把勺临火，以酱油香料调和烹炸，熟则连勺举至桌前，按座分给，既有蒸气上腾，内更戛戛作声，然味不甚佳也。

二十五日己巳　晴，风，稍暖。万牲园因连日天凉，游客无多，于是乐改一场，乐工既减，乐亦仅奏二十回，亥正即散。又因进款无多，电灯亦少燃一行，约四五盏，便觉黑暗，堂倌亦减至三四十名。

二十六日庚午　早晴，未正大雨一阵，雷。记：德国向来使用之物多来自他国，以英国者为最佳，现在德人渐皆一一仿造，工尤精，价亦廉。乃国人之豪富讲究者，仍以买用英物为荣，遂致土人造物多借英人字号售之，反多获利。即如马鞍一物，土人造之将成，皆运去英国著名鞍鞊铺中，使之刷印字号毕，再行运回，则国人皆以英物目之，亦可笑矣。

二十七日辛未　晴。晚十点五十分，许稚麟起程回俄。九点二刻，余先至万牲园车栈坐待。此地铁道系在房上，入门大屋间间，棚顶皆以砖楦，工极精巧，甚于桥洞，为卖票处、堆行李处、秤行李处、头等及二三等客之加非酒食馆、男女中厕并洗手处。又有铁梯两道，一在左，东西向，一在右，南北向。步梯而上，始至铁道旁，上分两边，中隔铁栅，每边设坐人长凳两行，小屋两间，一系火车往来报信及管车头目立居处，一为出售新报书籍处。左右共铁道四行，每趟车到之前一刻，此地钟必先鸣。余坐至十点二刻，计一点钟之久，共过车二十六趟，中有绕城者，往本国各处者及往四方各国者。每趟第一车前必有二大黄色灯，金光四射，形如龙眼，末车后，又必有三大红色灯，左右一绿色灯，是车之往来，一望即知。又每一点钟即过车二十六趟，其车之多少可知矣。少坐，姚、陶、陈、贝、张、杨诸君同稚麟至，话别登车，即开。

二十八日壬申　稍阴，凉。德国有油炸苹果，如中国之高丽苹果，系大块苹果，裹麦汁以牛油炸成，大如馒首，外撒糖末，其味仍酸。

二十九日癸酉　早晴，午后阴。恩仲华于本年八月三年差满回国。自本月初十日，将慢车行李发走布莱门，乃将铺盖一并卷去，遂移住于外，定于八月初间起程。因德国公司船于初八日过热诺阿也，余遂同承、徐二君于酉初与之饯行，畅饮甚欢。

八月

初一日甲戌　稍晴，凉，酉初微阴。记：德京有马车，分头二等，通城盘桓无定途，绕城有火车曰苓班，有铁道公车曰费得班，有趟子车曰敖呢卜斯。以上三种，往来皆有定路。近又兴一种铁道气车曰司达班，车辆大如火车，坐人较多，一连二三四辆不定。惟第一辆前有小机器，或烧烟煤，或用电气。虽由城内开车，而专赴城外五六十里内之各小村庄、春夏可游之处、不与火车道通者。每行二三十里，价仅十芬呢，上车亦有票，与公车同，管车人亦与公车无异，惟衣色稍异耳。

初二日乙亥　阴晴不定。酉初同徐良臣步至石拉斯巷，乘公车西行稍南至万牲园后哈屯布街，下车入栈房少坐。系木房三间，三面座凳，四壁玻璃窗，亦极洁净。正中一铁炉，以备入冬天寒，客坐待车之用。即时车至，登车西北行二十余里，至哈兰溪庄。一路道极平整，共分五行，一律石墁，种树四排，中途走人，左右铁道两行走气车，再则走马车。先行十数里，过一铁桥，路虽稍窄，依然平整。再行十余里，下车入一酒肆，肆名与地同。系正中木楼一所，高二层，颇宽敞。楼前花木成行，树下列桌凳。楼后临一小湖，楼在堤上，距湖尚有二三箭地，因堤高，乃分作三级，每级宽约一丈，阑以花篱，横以桌凳。再下临湖一块作椭圆形，既有桌凳，更有打球放枪玩耍之地。湖小水清，舟艇三四，房屋无多，树林荫翳。酒肆木楼上，亦内外设桌凳，在上眺望，颇感心旷神怡，而在楼之前后树下堤边坐饮，亦甚有趣。惜天已晚，未能遍游，遂同在楼上饮食毕。登车，回公馆时已子初矣。

初三日丙子　早阴。恩仲华至各处辞行，午后前去谢步，未遇。酉初微雨，阎润亭与其弟奇臣，去法已及一年，其兄法文既学有长进，即弟之初学亦得其门而入，遂于昨日辰正由巴里启程，当晚戌正到，余因同陶矩林赴万牲园火车栈接入使馆。亥初,恩仲华亦由万牲园车栈启程赴热诺阿,即时复与诸同人乘车前往送别。

初四日丁丑 晴。柏林有一种酒名沙沱立斯,其色金红,味甜而香。据云此酒产法国南省,始由一教士在某山专采各种鲜花,自行酝酿,味美而醇,人皆爱之,凡讲究者于饭后多饮之以下果。其价每瓶六七马克,有仿造者,值仅一马克七十芬呢。

初五日戊寅 晴。午后同陶矩林往访潘、桂二君于驼骡巷,坐谈间,忽闻风鸣涛奔,声调铿锵,询之,乃同楼邻女蓝珸琦鼓琴也。既而伊母知有客至,乃开门延入,见该女梅花体态,杨柳腰肢,一二八垂髫女也。母令鼓琴,鼓毕,齐行击掌称贺。女乃嫣然展笑,皓齿朱唇,艳丽倾城,观之令人心醉。母女款待殷勤,少坐谢归。

初六日己卯 晴。柏林马匹,无论驾车乘人者,皆极驯良,驰驱停止,任人意使。间有停驻近树者,乃本车载有铁锤一头,系缰于其上,以防马啮树皮,盖恐被巡捕见而受罚也。又通城马皆行动如飞,罕有须人鞭策者,盖道路平坦,马皆肥壮,而载物分量亦有定数,断不使力不胜任也。

初七日庚辰 晴。戌初,同陶矩林步至温特扉巷登气车,行二十余里至维莫斯多甫村,一路道途不甚整洁,稍亚前赴哈兰溪者。下车即有一酒肆,木楼三层,并不高敞,而四面花木参差,隐列桌椅,尚觉幽雅,惜已日暮,不能远望。惟见前面一片灯光,遂信步前往,行约半里,乃一乐场也。正中木楼一大间,楼上左设厨灶出售酒食,右一敞间作乐,为跳舞场。楼前正面一小乐台,坐立女乐工十余,台下列桌椅百余。今日值礼拜之期,男女拥挤如蚁,听乐者,跳舞者,饮酒者,吃茶者,或坐或立,往来笑谈,极为闹热,少坐即回。

初八日辛巳 晴。今日系西九月初二日,为十年前德法交兵在赛丹村捉获法君之期,因而通城各处挂旗庆贺。又各银号亦皆关闭放工,街市游人甚多。酉初,德外部亚洲总办裴尔来拜,其人能英、法、义三国语言,坐谈许久始去。

初九日壬午 晴。申初同陶矩林、陈骏生乘车行八九里,至朔溪街第十八号石瓦兹阔苐水雷厂一观。该厂不专造水雷,并造电气灯及火车机器，地基不大，铁楼三层，层层作工，镇日铁声隆隆。入内有总办毕洛克领看各处。据云，共有三大厂，人工共三千余，工价每名每一礼拜，由三十五马克至五十马克不等。其造物之火机铁器以及造成之鱼雷、火车等，皆与他处大同小异，无须琐述。酉正回寓。

初十日癸未　晴。五道门北驼骡巷中间路南，有演兵大学校，德名格利斯阿喀代米，楼高五层，宽敞整洁，前于初四日，门首悬旗，改设照相盛会。每日自巳正开至申正闭，观者入门每人半马克。未正，潘兰史约往，遂同桂竹君步入。买票登楼，敞屋多间，四壁密悬大小照相万张，系通城各铺辏集者，有山水，有人物，亦分五大洲，新奇可观，笔难尽述。惟末间置一圆画镜，周逾丈，高盈尺，支于架上，周围小镜三十余，内中上弦，画则自转。四面列座，人坐其上按镜观之，景致人物张张不同，亦颇可观。既出，齐步入巴萨巷内加非馆中各饮加非一盅而别。

十一日甲申　晴。见德京一种席上点心，名曰艾尔扣痕，义亦鸡蛋糕耳，惟作法不同。需物无多，乃以二三鸡蛋加糖与牛奶各少许，调和成汁，入锅烹之，则即时扩涨盈锅，倒置盘内，则焦底向上，复洒沙糖一层，食者以匙挖之，外焦里嫩，其味甚佳。

十二日乙酉　晴。西国瞽目为数较多，英、德、法三国者，皆不下二三万人。养瞽院，法国自古有之，当法君路义之世，虽有仅只养赡尚无教导之法，后有明人创以凸起之字，使瞽者以指摩而识之。先认字，既熟而后读书，即可朗诵，较明目之人为尤捷也。泰西各国咸效其法，设院教读，其所学者，为本国文字、天文地理、史记、政治、音乐、算学以及诗曲等，亦几与明目之人所学者同，且内有学问优长著名之瞽者。按其学规，每早卯正入学，亥初散。各人按时或学读或温习或作乐或歌唱或习别艺，按班皆有定规，妇女兼学针黹。德国所设院数未闻，惟此法，亦成就失目之人，使其终身得以自活也。

十三日丙戌　阴雨阵阵，稍凉。西国橡树颇多，橡子颇大，德人呼曰艾晒，以之造粉，冲饮如藕粉，无甚异味，名曰艾晒勺勾腊。据云，童孩饮之，亦颇有益。

十四日丁亥　早大晴，微暖，申正稍阴。西人制造棉花、火药，已属精巧得用。乃近日又有人以制造火药之料改造作物之料，极其结实，虽厚仅二三分而掷地不碎。按其仿照者为珊瑚、象牙、蜜蜡、琥珀、砗磲、玳瑁、青金石、孔雀石之类，分量轻而不重，颜色则与真毕肖，虽无如火药震烈之危，仍有遇火即燎之虑耳。

十五日戊子　大晴，暖。本公馆除金楷理及洋仆不计外，上下共三十人，皆不共炊。计星使一桌，参赞、支应与张小轩虽共桌而分给饭价，阎润亭兄弟一桌，徐良臣与余共餐，陈、贝二君共餐，陶矩林夫妇率子一桌，而承、姚二君又各自爨。是三十人内除武弁、仆役外，由星使至供事已分设八灶矣。今日为中秋佳节，通馆毫无庆赏之举，惟星使于申刻邀参赞、支应及张小轩同步入饭店吃顿饭，以赏中秋，其他诸君各皆饮食稍丰而已。至晚既无聚会赏月之约，亦无自行举杯以及看戏听乐者，于是有独坐吸烟者、有看书者、有玩牙牌者、有写字者、有计算钱财者，更有早眠者。余因寂寞无聊，饭后天时尚早，遂仍步入万牲园，坐于土冈橡树之下，树木丛隆，灯光灿烂，台榭点缀，瀑布有声。于是酌茗听乐，仰观皓月之团圞，俯察游人之繁盛，聊以解嘲，亦可乐也。

十六日己丑　晴。见柏林男女衣庄，凡有新式之服，皆以藤架支起，立于玻璃窗内，以便行人往来见而买之。架之高宽，皆与真人无异。故衣套其上，立之亦与真人同，惟无头脚耳。昨见朴斯当桥右开色敖古斯街口一估衣铺，窗内以藤架支中国米色摹本缎大棉袄一件，长不足四尺，宽腰阔袖，似非京式，不知何人卖给，衣既不新，而犹如此支立，盖因中华之衣服耳。

十七日庚寅　晴，暖。数日前，庆霭堂由俄馈送星使西瓜数枚，星使因其不能久存一时，亦不能尽食，乃转赠陈骏生一枚。食毕，骏生饬仆以瓜皮酿肉，次日酿成，甚佳。星使闻知，索去少许，余虽未得，目睹其肉而隔窗嗅之，亦甚香也，一笑。

十八日辛卯　早阴雨阵阵，午后稍晴。外洋山水景致自多新奇可观，其树色泉声固皆天然，而山容水意则有出自人工者，鸟兽固皆天生，而草木则又不顺其天性，变态万端，粗者使细，细者使粗，高矮曲直任人玩弄。虽草亦罕有鬖髿滋蔓者，必皆裁剪平齐，茸茸如绿罽，是虽云乍观景致入画，久之，似觉毫不活泼，即如其所作之蜡人，诚胜于木雕泥塑，乍看疑是真人，再看则不如真人之精神矣。

十九日壬辰 阴雨阵阵，酉初雨止，颇凉。余因寂寞无聊，遂信步入万牲园，意谓其乐必因天寒人少而止，乃方至门外，已闻乐声锵锵矣。及入门则见乐兵鼓吹，灯烛辉煌，惟游人极少，男女仅三四十。坐间遇恩仲华之友李巴、寇和二人齐出，仲华来信与看，知其已于数日前安抵热诺阿矣。

二十日癸巳 早晴，午后阴雨。酉正，姚、陶二君在本公馆约饭，同席十八人，其中华人为潘、桂二君，润亭昆季及余与二东主。洋人为金楷理、芬瑞飞夫妇、德国机器厂主高贝夫妇、美国造灭火药水人狄乐坦夫妇及其二甥女柯玛丽、柯秘丽姊妹与现拟在华开设银号之副总办德人麦兴夫妇，其人原为东方学馆之生徒，现因华言有成，故有是差。彼此欢饮畅谈，亥初始散。

二十一日甲午 早大雨阵阵，申初晴，冷。今日礼拜，万牲园内向于此日人多拥挤，行坐不便，故未经一往。现以天凉人少，遂于戌初步入，不意兵乐竟列两场，游人男女亦三四百，惟见华人皆张目视之，盖皆局铺伙计以及城外乡民，礼拜日得暇进城来游者也。

二十二日乙未 微阴，冷。申初，同贝汇如再赴艺植园，见黄叶凋疏，已入深秋景象。因各瓜皆在架上，现在叶落外露，倭瓜有周约四尺厚七八寸者，其他番瓜、菜瓜等亦极肥厚，而每个下皆以木耙支持，因瓜重而梗细也。既而步入集考四方草木楼，楼高三层，颇为开敞，四面玻璃窗。今日惟上层开，正门内玻璃匣匮行行，收存五大洲之水土草木瓜果五谷菜蔬等，或晾干置匣匮中，或以药水泡盛玻璃罐内，或平置，或悬挂，或置碟内，或盛碗中，或不能携带乃照样描画贴于玻璃屏上，或以蜡仿造而置于玻璃罩内。木有横锯成片者，有竖切成方者。凡数万种，每种有一小牌，书明何名，产于何处，何日何人携带至此。此其中不识者固多，亦有与华产同中见异者，如松子大如西瓜，更有一大松塔，粗如西瓜，长约八九尺，内含小松塔如萸米，皆南美洲物也。灵芝则周四五尺，莲蓬则大如碗，莲花白色，层层如百合，高周各尺余，皆印度产也。其他不识者尚万稚，内惟一花名居乐斯者，产于他洲，固路遥不易携带，经少妇卜得卫者，游至彼处，亲睹是花，遂以蜜蜡仿造之。花共六瓣，每瓣周盈三尺，形似海棠，色亦如之，厚一寸而满刺，黄蕊蓝心，清雅可爱，置于六角玻璃罩内，是亦天下一至大至奇之花也。酉正回寓。

二十三日丙申　晴。德国牛奶糕颇佳，法以牛奶一里特（约一中碗）、白糖八十戈拉木（约三四两）放于锅内煮之，俟滚时以八十戈拉木蛮达敏（如团粉）调之，则成汁，喜加酸香味者，则加柠檬水少许，或巴西草枝水少许，倒于碗内，凉则凝结成块，以匙割食之。更有出售马口铁或瓷或缸模者，形作鱼花瓜果之类，大小不一。

二十四日丁酉　晴。申初同姚、陶二君乘车行十数里至某巷拜麦兴，入内见其夫妇，坐谈少刻，各饮加非吃点心。俄而二女来见，一四岁，一五岁，后其妻鼓琴一曲甚佳。因伊择于明日辰初启程，由安那拉车栈赴热诺阿会见巴公使（兰德）后，即同公设银行各人乘德公司船来华，临别颂其一路顺风云。

二十五日戊戌　晴，凉。记：法京繁华，加非馆密列，入夜尤属热闹。屋内窗外，灯烛辉煌，男女蜂拥，通宵如昼。此地加非馆亦多，其大者，亦多终夜不闭门，而堂倌昼夜分为两班者，自晨至晚，往来皆上等人，至夜半以及天明，则男女来者，男皆纨绔子弟，女皆歌妓娼妇也。柏林初行张大其势，居人始多，即有如此之酒肆茶园，不知将来至何地步也。

二十六日己亥　镇日阴晴风雨不定，甚冷。中国以驼峰为八珍之一，直隶以北至蒙古，驼产多矣，其肉固有卖者，亦有食者，而罕有称其肉美者，是此等驼峰非所谓八珍之一，抑或贫民不知其味欤。闻乌鲁木齐有野驼独峰，脔之极脆美，想此独峰始为八珍之一矣。然余未得亲历其地，一尝其味，惟在英法德俄等国万牲园中多见独峰驼，皆去自阿斐利加，究不知其峰肉如何，如肯出售，当买割其峰，脔而尝之，以侑酒也。

二十七日庚子　晴，冷。西国洗浴盆式极多，其法愈作愈精。铁质挂铅，硬中带软。其平行有圆与扁圆者，有敞口如壶者，高皆六七八寸，周由六尺至一丈。又有式作“”或“”形者，人可在内半身仰卧，抑或盘腿坐而得靠者，价皆一二十马克。再有小者，周四五尺高尺余者，系为小孩洗身用，价由一马克至五马克。大盆有作元宝形，高约二尺，周由六尺至丈余者，价则由六七马克至五十四马克，又有价至一百余马克者。乃旁立一热水炉，炉以铁造，圆形，周约三尺，高六七尺，上多半煮水，下少半烧火，中有铜管龙嘴，通入水盆，用水多少任便。又有炉顶横插一管，下垂喷壶如蜂巢，浴者立其下，转关键则水喷下以之洗头。有“”形筒架立于盆上者，机关动，则上者下灌，下者上激，旁者横激，则可任意上下前后左右激洗之。又有作“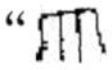”形者，水则四面喷激，作“”形者每层钢管有孔有关键，共七层，任便用一层或多层或仅上层、中层、下层或全层，水则上灌，四面激射，浴者用之既遍，且省力也。

二十八日辛丑 终日细雨阵阵，冷。天下五大洲，已化之国数十，不拘大小，国国皆有信票，且能天下通行。惟南北美洲及泰西各国，一切数目文字皆用本国者，其他文字不与泰西某国同者，国名钱数须兼用之。数年来，日本亦创用信票，数皆几钱，乃兼用汉字与英字，现竟通行各国。中国尚无是物，虽有亦只赫总税务司[①]所制几种，惟能用在本国沿海各口，未向各国言明，故不能外用于各邦。而每有信由华赴欧美二洲，乃用英法美三国者，是三国独获其利焉。我国当轴者，将来知其有益，亦必设法使之通行也。又外洋有辏集天下各国信票出售者，有作玩物者，于是街市花园，频有幼童稚女向余索中国信票，余无法，间以香港者与之，其不知仍系英国者，惟见有中国字则宝之，其知者缴还不收，或谓如此者已有若干矣。不意迩来有多幼童反以双龙信票示余，如是足见西人觅得之速，四海往来之便当也。

二十九日壬寅 终朝阴雨阵阵，冷。英人屠蒂母女，娄欧之友也，其二子一在本国，一在柏林银号。自前四月间，母女回英消夏，昨忽来信，言已回柏林。每礼拜二日为其在家见客之期，于是午后乘车往拜。见其母女，坐谈间，赠一玩物，言系自英带来者，乃一长方纸匣，横宽二寸，长寸半，上罩玻璃，内横分四槅，立纸三横，式如兑卦作“”形。其上第

① 罗伯特·赫德（1835—1911），曾担任晚清海关总税务司达半个世纪之久（1861—1911），在任内创建了税收、统计、检疫等一整套严格的海关管理制度，他主持的海关还创建了中国的现代邮政系统。著有《中国论集》等。

三槅内又横列八节，末节露匣底，前七节分七色，为红白绿黄紫蓝黑，内滚七玻璃球，每个一色，七色亦与七节同，有能将球按色滚入第三槅内列成一横者胜。惟下第一横纸上，又附薄纸一片，曲弯不平，则球至其间多致涩住者，是其往来滚流，使之入节，尤属不易。其物名曰安色尔，乃创是物之人之姓也。匣后且贴一纸云：有能五分之久将七球列妥者，本铺特赠五十金磅，定不食言。虽系玩物，亦怡情之一具也。

三十日癸卯 晴，稍暖。戌初承伯纯约陈骏生与余乘车赴北拉阳灯园观剧。现因天凉，园不设灯。所演之戏，系蜡人馆中一工人，午后发倦，卧一小车上，梦为官致富，娶妻生子。既游北冰洋，船不能驶。至明夏，天暖冰消，船开至某处，登岸遇一老妪乞钱，彼此叙问名姓，知为伊母，即欲跪认，旁人谓恐其诈，老妪遂悲泣而去。既而其人细思实系伊母，乃独步入山，四面号呼寻觅不见，惶急而醒，口中犹呼母不绝声，及其生母闻声趋前惊问，其人四顾，诧异张惶，醒后心定，始知一梦，而已身仍卧撮土车中也。所作之风、日、云、雪及山、海、冰、洋、树林、楼阁等各种景致皆不甚奇，其至奇者乃合班男女矮小，皆似童男雏女，年由七八岁至十五六岁者，歌唱道白，声音清爽，似尚年幼，然其行动态度胜于大人。余异其何排演如此之妙，又何如此之能，既而询诸同座之德人，乃知各皆年逾二三十岁者，系于十数年前，经一人觅集德国各邦所产之短身男女于一处而排演成班也。亥正回寓。

九月

初一日甲辰 镇日阴雨，入夜大风。外国各雕刻皆极精良，向以石铜为最。现在柏林新创一种木刻，工尤精巧。朴斯当街第百二十二号芬坦铺刻此木板，景致、人物、典故、名人刷印小本出售，每月一马克。当早该铺寄送一张前来呈阅，以招人往买。

按：所印系古时俄王婚礼，男女老幼十四人，所着皮冠、皮氅、绸缎袿裙，一切花纹无不丝毫透澈，工之精细胜于石铜，但不知所用何木耳。

初二日乙巳 阴雨，微暖。今日系西九月二十六日礼拜四，为该国犹太教人之新正月初一日。街市凡绒线毡毯、绸缎布匹、衣冠鞋袜各铺之关闭者十有八九,盖皆犹太教人所开设也。闻各铺皆连关两日,人工休息,以贺新年云。

初三日丙午 天气阴雨与昨日同。酉正,承伯纯约饭,同席为陶矩林、陈骏生、徐良臣、洪禹山、贝汇如、张小轩,酒食丰美,彼此畅饮,亥初始散。菜中有新海虾,长逾六寸,肉极肥厚,其前两挟较大蟹者尤大、尤肥嫩,每个价二马克零。

初四日丁未 早晴,未初阴。记:前于西九月二日(中八月初八日),瑞典国在其都城开设东方学会,入会者五百余人,各陈所学,互相讨论,即交换智识之法也。共开十二日,至西九月十三日(中八月十九日)散会,当开会及散会之日,国王皆开宴于王宫,以宴会中各国人士。当时有日本、印度、暹罗诸国人,日本派往者三人,为文学士井上哲次郎、日高真实与千贺鹤太郎,印度人为巴娄达邦之律法秀才杜鲁瓦及其随使那萨尔,暹罗人为袁森,他国者未详。井上哲次郎前日回柏林,乃于今日未正请陶矩林、姚子梁、桂竹君、潘兰史与余及暹罗人袁森、印度人杜鲁瓦、那萨尔、日本人日高真实、千贺鹤太郎同午酌于其寓所,称为东亚洲会,盖通席皆我亚洲人也。彼此畅饮,酒食颇佳。食毕,潘兰史起立诵所著叙文一篇,云:光绪十五年九月四日,日本文学士井上君哲,招其国人千贺君鹤、日高君真实及印度人杜君鲁华、那君沙尔,暹罗人永君远臣集于德意志柏林行馆,为兴亚之会。吾国奉使来德者,兵部张君德彝、太守姚君文栋、司马陶君森甲、刑部桂君林皆在。而飞声亦预筵宴之欢,壶觞既举乃起而言曰:夫瀛寰之大,五洲所分,而日月正临神灵钟毓山川人物,广博繁盛,我亚洲实为之伯,宜若龙兴虎视,囊括席卷雄乎宇宙矣。乃者欧美东来,运会一变,恃其忿,鸷阴狡盘居于腹心之地,逞其诡秘猛捷,眩慑于堂闼之间,萌芽于明季,纵肆于今日,以致藐视南洋,蚕食印度,全洲波靡,罔不郁其怒而不敢鸣,推原其故,殆由我亚洲安泄嬉杳,怠玩废弛,瞢于形势,不相联络,失自强之道也。今日本更变国政,穷探西学,发愤图治,有上下一心之势。我中国久已中兴,大业治具毕张,即于西洋一艺,亦采彼所长而济,以己之长,北洋南洋之戍,淮军湘军之雄,不必犁绝域之庭,而先詟强虏之魄,是以谅山一战,追奔逐北,斩虏六千级,使敌人弃船西走，延颈乞和。安南泰然无复，箕踞东向，是我亚洲振兴之由，必自此役始也。印度自后汉通中国，唐宋屡入贡，暨元起北方定为蒙古别部，驸马帖木耳撒马儿罕威行西域诸部，臣服最久乃肇衅于明末丧一厘之地，其后摧枯拉朽，遂尽隶欧罗之藩。暹罗一隅亦幸以托中朝典属而免鲸吞之祸。然则揆亚洲大局，固无问中与日、印度、暹罗各国也，同洲之国当以同国视之，如兄弟如手足，勠力同心，共修国政以御外侮。务使进可以经略欧美，退可以自立于不败，则于兴亚之道庶乎近焉！夫圣王之治，贵于未乱；兵家之胜，贵于未战；天下大事，惟有志者可与有为。今井上君熟览时势，顾念同袍，以海外联缟纻之欢，而诸君款洽情好，破除畛域，斯会为从来未有之盛。鄙人谫陋，惟愿亚洲各国谋臣重将硕儒魁士，一国数会，一年数会，互相讨论，以求富国强兵之道，怀柔抚驭之方，则智识日开，人才杰出，共致隆平之治，永奠巩固之基，是当以斯会为嚆矢矣。于是诸君举觞欢呼曰："飞声之言其可念哉"！主宾既酣，属录存以为序。又井上哲次郎与杜鲁瓦各陈数语，大旨皆谓西国之物大半创自东方，今西人讲求精益求精，吾人游历非为尽学其所能，无非择其所长以补我所短而已，惟愿亚洲各国同心共济，合而为一，以阻外患等语。余亦立陈数语曰："余游鸥西垂二十年，见其日新月异，能自强大，我亚洲各国与之斗智争奇者，当推贵邦，然而欲弭外衅必先内睦，我亚洲当何如联气同心以期升平永庆耶。兹井上先生作东方会于柏林，集四国之人文作一时之雅集，余得叨陪末座，以知先生之心固不徒为杯酒言欢已也。谨献数语以志佩并以志幸。"陶、姚、桂三君亦各有所陈，未暇琐记，惟其大义亦皆无悬殊耳。

初五日戊申　阴晴各半。外洋处处与中土相反，即如中国谓染病者不得食牛羊肉，盖以牛肉不易消化而羊肉发热也，外国则谓病人宜食牛羊肉，乃谓牛羊肉易化而能壮人，猪肉非熟不能食，又非多煮不能熟，多煮虽烂而入腹亦不易化也。

初六日己酉　晴。今日系西九月三十日，为德国老皇后之生辰。通城大小铺户人家及各官场皆挂旗庆贺，街市游人甚多。亥初，杨石渔起身赴巴里，余同姚、陶、承、陈、徐、阎、潘、桂诸君至福来得立车栈与之送别。

初七日庚戌　阴雨。酉正，同承伯纯至阿拉他亚高街第三十号森特拉戏园观剧。园不甚大，戏亦平常，惟末场男女百余皆扮成各种飞禽，如孔雀、仙鹤、鸾鸽、鸭、鹅、鸳鸯、鸵鸟等，其不识者固多，实皆万牲园中所必有，各皆头作头、腿作腿、背后插翅、臀后作尾，孔雀既能开屏，仙鹤亦时展翅。男作公鸡，女作母鸡，又六小孩身披黄毛作鸡雏阵阵跳舞，颇觉有趣。

初八日辛亥　早晴，未初大雨。未正，同哲宁乘车入五道门至皇宫右之格呢格黎兮比留台克官书院一观。楼极古，高三层，约十丈，造以铁石，盖防火也。内存天下各国今古书籍共一兆二万部。国例，有人著作皆须呈进书院一部收存。每日午后开门，申刻关闭，国人皆可入内坐看或借看，然必奉有明文，经官允准，其未经官允者，欲借看，须押钱若干以为质。各人皆有凭票，宽二寸长寸半，色分黄白蓝绿，以别官民。凡官生及平民之奉官，或押钱乃上书票属何人，第若干号。其借书或看书亦有凭票，系白纸书明年月、号目、住址、姓氏、用何书若干部。看书处为一大厅，高六七丈，周四十余丈，四壁列书由地至顶共数万部。中横铁阑一层，四面有门，有铁梯以便上下收取书卷。又地面近书处及四壁铁阑上皆立有木梯，因书架高，其取送书举手不能及者可登更上一层也。当中地面列大长桌六行，每行前后容坐六十人，桌凳整洁，按行横有电灯。此外大屋二间，一存书目簿八百本，皆按字母排列书名及著书之人名。一存按义觅书簿二百本，以便知书义而不知其名者考求之，亦按字母种种分列，如天文地理、史记、格物、化学、算学、兵法、医学之类，每类应有何书，皆一一注明，极属便当周全。去此三面高楼，往来曲折，皆螺蛳铁梯，间间分国。书亦按类分列，泰西各国者固多，而印度西番者亦属不少，日本书籍不满三百部，而中国书虽盈列四壁，无非大清会典、大清律例、中书正考、博古图、资治通鉴、古文观止、四书五经、本草纲目、某州县志等类而已，无甚奇异者。又二间镇日关锁，禁人私看，乃各国千百年前之书帖印板，中虽无竹简蒲编而有木篇贝叶之属，写者印者种种不一，或羊皮或布片，皆列于匣内，罩以玻璃，每匣一角设一小木板，书其中第若干号，系何国文字，经若干年，于何时经何人觅得携带入院。看毕步入巴萨巷，各饮加非一盅。谢别回寓。

初九日壬子 稍晴。今日星使具折奏升徐良臣、贝汇如为随员。又因恩仲华三年差满回华，所有德文翻译一缺。谓查有学生张永熞，本谙英文兼肄德文，刻苦用工，足与恩光相埒，即令升补德文三等翻译，以资臂助云云。因而徐良臣、贝汇如、张小轩皆着官衣登楼叩谢星使，诸同人亦皆与之贺喜。酉正，陈骏生招饮，庆赏重阳，同座为承伯纯、陶矩林、洪禹山、徐良臣、贝汇如、张小轩。酒食颇佳，亥正始散。

又当星使者折件未发时，姚子梁具禀：窃翻译一项在出使中最关紧要，诚以言语所系，两国交际由此而通，两国交涉由此而办，稍有舛错贻误匪浅，其责任干系尤非随员可比。是以光绪三年出使大臣刘奏调同文馆学生赓音泰、荫昌为翻译官，总署议覆折内声明赓音泰、荫昌二员，查其在同文馆充当学生年分较浅，翻译工夫视德明、凤仪、庆常三员亦逊，酌定作为四等翻译官。光绪七年，总署奏请变通保奖章程折内复声明，同文馆学生多系京职，其于外国语言文字非习练精通不足以膺随带出洋之选，盖慎之又慎，其意可见。即以现在俄德两馆而论，黄学生致尧在同文馆肄习法文已逾十年，其资格不为不深。李学生家鏊，虽年分尚浅，然在俄馆肄习俄文亦已三年，报满均以学生名目留洋肄业，具见宪台慎重储才之意。至张学生永熞初到德馆时，未认一德文，未知一德语，于上年九月二十八日始入柏林学堂肄习德文，众所共知。至今年九月仅及一年，中间尚有间断，就使具兼，人之才力亦断难习练精通，岂能保其办公无误？且文栋每晤英人、美人，皆言德国语言文字之难甚于英法数倍，泰西人虽寓德京者亦罕能熟习，言规一无舛误，是德国翻译尤与他国不同。今张学生以学习一年之期，骤膺三等翻译，较之赓、荫两员初到德馆时年分不及更为远甚，与黄、李两学生相提并论，亦自有资格深浅之殊，非所以孚舆论而重使事也。文栋荷执事之知，食公家之禄，倘见及之而畏默不言，上无以对国家，亦下无以对执事。谚云：愚者千虑，必有一得。文栋系为因公起见，是否有当，伏候察择云云。

初十日癸丑 晴，暖。闻西国曾有某甲极富，建造楼房亦极华美，惟客厅甚狭。其人好客，友见而讶曰："以君之侠义，朋友之众多，而客厅如此之小，其能容乎？"甲曰："君不知，知己方为至契，吾友虽多而知己者少耳，恐知己者咸集于此，尚觉宽厂也"，此言亦颇有意。酉正，约徐良臣及阎润亭昆季在北拉阳戏园观剧，一切如前，无须再述。

十一日甲寅　晴。数日前，各大酒肆饭馆前皆贴报单，并立木桶或木牌，于上满钉蛎皮，盖皆初到也。遂于酉初约陈、承二君在福来得立街小酒馆内吃蛎子，因此馆此时专售此物，皆极鲜美也。其价每十二枚一马克六十芬呢，遂共饮白酒一瓶，各食蛎子十数枚，烧牛肉及白煮鱼少许，亥正回寓。

十二日乙卯　晴，暖。自去岁德皇拜俄皇后，屡见《新报》言俄皇将来答拜，有谓俄皇不欲来者，有谓虽来亦不入柏林者。近日始定于本礼拜内来德，已将俄皇之御用火车移入德辙，德官谓其车虽华美，然为日已久，恐在德辙遇有不虞，不知归咎于何国？莫若预先收拾坚固，庶可安心也。其故盖俄俗亦惟知购买他国之物，而不知时加修理云。

十三日丙辰　晴，暖。久矣西人不以东方妻妾之风为然，妇女闻之尤甚不意。近闻德国幼女颇有愿充华人妾者亦奇矣，告以此为其本国所禁，乃曰报以游历中华，无不可也。又告以中国饮食起居，无不与此相反，恐不易处，竟答以暂住一观，可则终身妾侍，否则再返本国，另嫁他人未晚也。

十四日丁巳　早晴，未正雨。酉初，约承伯纯、陈骏生、贝汇如、张小轩赴冬园看杂耍。此园于本年夏季未演戏时，内外修理焕然一新。四角假山，作以水法，隐以皓月，布以真花，横以木桥。前后两壁，画以山水景致，大海高山，密林深壑，望之令人觉其宽厂。大虽寒而自暖，殊不负其名曰冬园也。台座各皆开展，价亦稍增，入而不坐者一马克，其他由二马克至五马克。余等坐大中店后之高台，正对戏台。戌初一刻开场，共演十九出。其新奇者，为一变戏法，手执鲜红玫瑰一朵，由内抽出五彩纸条一大堆，将纸条团于一处，又由中抽出花旗塔一座，共八层，每层插旗二十杆，且一层大一层，末出本国双莺旗一杆于塔顶。又一小雀笼内一碧玉鸟，其人双手向上一举即不见，既自台后取出，请台下一人接之。其人上台接时，亦倏不见。又一人扮水手，台上放一大桌，上立一木梯，高二十二级，其人先直步其上，既而反步而上，在上作登桅顶状，四面眺望。用千里镜，吹喇叭，耍旗，吹哨，又作欢喜状。又一人先耍瓶盘球棒，既以棍长四五尺者，耍大圆木桌一张如盘，当圆桌旋转之时，棍下又另接一棍，长亦四五尺。又一人率四小女，年皆八九岁，在楼顶打秋千，反正窜越悠扬，极伶俐。其人乃随打秋千而穿纸饼放手枪，亦奇技也。其他跳舞、歌唱、攀杆、踩跷等艺，皆在他处看过者，无庸再述，子初回寓。

十五日戊午 阴雨阵阵。酉初，贝汇如约姚子梁及阎润亭昆季与余在朴斯当街福来得立饭馆内晚酌，甚佳。

记：德国木器及各木架边框多用橡木，不论粗细，既不曲弯，亦不崩裂。各色油漆永远光润，既不缩纵，亦不黑暗，皆天气冬不甚冷夏不甚燥故也。

十六日己未 晴。酉初，张小轩约参赞、支应及金楷理，先在乌拉饭馆晚酌，后赴得赤爱戏园观剧。闻数日前在维木斯多堡村酒肆乐场之间，因天晚，路灯远隔，不甚明亮，又值天凉人少，竟有男女三人被劫殒命，至今凶犯未获云。

十七日庚申 晴，暖。巳初一刻，俄皇率其次子阿来三德、第三公爵卓志，由吉拉海口乘火车至柏林莱特尔车栈下车，德皇领兵迎接入宫，街市铺户间有挂旗庆贺者，毫不闹热。较前意奥二王之来大相悬殊矣。

酉初，贝汇如约饭，同座为余与汪芝房、洪禹山、承伯纯、陶矩林、陈骏生、徐良臣、张小轩。戌正，德皇请俄皇在盖呢园观剧，并帖请各国公使随员以及本国文武大员夫妻子女。遂于戌初同汪芝房、姚子梁、陶矩林、徐良臣、阎润亭各着蟒袍随星使乘车入五道门，至皇宫旁下车入内。见园不大，容坐一千，池中临台坐各国参赞随员，后则文武多员共三四百人。楼上头层正中一大间，坐德俄二君，左翼半圈坐本国命妇母女，右翼半圈坐各国二三等公使与其妻女。左右临台四小间，左坐本国相臣大员，右坐各国头等公使。再上第二三层则男女杂坐，皆本国文武员弁矣。戌正，俄皇偕德后德皇扶其寡婶及俄太子与德王室近支王爵福晋等四五人鱼贯而入，横坐一排，德俄二皇居中。即时奏乐开演，乐工百人，戏分两场，第一场为德之小说，有一眇目着蓝衣之日神，有乌衣举大斧之雷神，又有地神、江神及婚姻女神等，更有面目狰狞之鬼怪，相貌犷悍之恶人，以及点石成金隐身变化之仙人，各皆装扮新奇，笔难尽述。其通场戏文不知何义，惟见黑云蒙眬，雷电闪灼，狂风骤雨，赤日长虹。既而，云散风息，则见高山巨壑，好似混沌初开，有大树高楼，遥望如在天涯，又似天宫金殿。

第二场男女跳舞，扮作波兰与俄罗斯人。有一蜡人馆，临窗一幼女作观书状，上弦则能起坐动转，外立一男，以其为真人，久看爱之。遂竖梯登楼，司事者知其情而不怪，乃让酒使其迷睡后念咒移其人之气入蜡人，竟使立起如生人，再使其人醒，则彼此配合焉。景致无他，木房村落而已。子初戏散，回公馆。

记：头场演毕歇十分之久，二皇率各大臣命妇及各国公使入后堂饮酒晤面。陶矩林先登楼往，余等不知也，即余同姚徐诸君觅至楼上，见横一长桌，所供者谨香宾加非糕点几盘而已。

十八日辛酉　阴雨阵阵，凉。外国男女衣冠虽有官衣、便衣、吉服、素服之别，然每见其朝会、朝筵、朝见、入宫听乐跳舞、入园看戏、听经及他大典，如王后生辰、婚姻嫁娶各等喜庆之事，男女所服概皆一律，无大区别，不分大典吉期、朝觐、宴乐，非如我国有朝服、蟒袍、补褂、官衣、便衣、戎服之分也。我国更有行装，外洋无是说也。外国咸以华丽鲜明为第一，故无论何故，每遇入宫必令着蟒袍，袍不穿外褂，是无论何事，皆目为大典矣。今后愿出使外洋者，一切不必听洋人指使，皆归自行斟酌，量其事之大小，别以蟒袍补褂与行装可也。如以蟒袍可不着外褂，取其简便，是何言欤！国家袍褂之制度岂如平人所服，可任意为之耶？

十九日壬戌　阴雨阵阵，微暖。晚四点半，俄皇率太子仍由前火车栈乘车回国。德人每日除食面包、牛奶、奶油外，惟牛肉鸡卵所用最多，故凡出售食用各铺，皆大匣或大筐列于门首，表明价值。更有专卖鸡卵者，用者与之约定，或日日或隔二三日送一次，每次若干。其价既廉，而物亦新鲜。其送鸡卵者，乃黑油小车一辆，箱上四面先写铺号住址，下画公母鸡成群，皆极肥壮，而蛋亦颇大也。

二十日癸亥 阴雨如昨。酉正，张小轩约姚子梁、承伯纯、陶矩林、陈骏生、徐良臣、贝汇如、阎润亭与余及其新雇之德文教习胡奎子在对门店中晚饭。姚子梁因故早辞，承伯纯临时辞，小轩因肉食多定一分，遂即令店仆送其早从之女教习米腊丽。当晚红酒两瓶，肉食四色，皆甚鲜美。

二十一日甲子 晴。德京洗衣铺处处有之，因土人无论贫富皆不自洗，更因高楼无院、无处晾晒也。此铺皆在楼下头层，半在地下，半在地上，人皆女工，终日水洗铁熨颇忙。乡间更有大洗衣房，日日按户往来取送，盛以大筐，以车装运。各家衣有记号，件数有账，故不致错乱遗失也。

二十二日乙丑 晴。现过重阳，黄叶飘落殆尽，而街市并无扫取以作柴者。讯之，皆经官场雇人扫运下乡，混入沙土，盖以雨雪，使之霉烂成泥，至明春，则土既肥润而草木亦自丰盛云。

二十三日丙寅 阴。上月底，《伦敦新报》有一则云：闻中国新章，凡出使大臣皆须裁减随带员弁，以节经费。按此举诚是，惟中国官员之钻谋出洋者甚多，新章一行，欲滥竽充数者难矣。或谓中国向来随使人员，不惟其才而惟其多。即如伦敦中国使馆员数，并欧洲五大国驻英各使馆人数计之，尚不敌其多。新章既定，庶几选择稍严，于使务可冀有益，不知法无足恃恃乎守法之人。

近年中国使臣随带员数往往多于前任者，非其本意也，实缘要路诸钜公各荐其亲友子弟，势有所不能却耳。此次裁减，立意固美，然使要津荐路依然不塞，则亦何能持久而不废哉。如是我见，姑妄述之。

二十四日丁卯 阴，暖，酉初细雨。美国人狄乐坦每礼拜日为其见客之期，前日往拜，见其夫妇与二甥女，座谈少许，狄乐坦令二甥女一鼓琴，一拉胡笳，琴旁桌面有一笼，笼内一碧玉鸟，不意琴与胡笳奏时，鸟与齐鸣，趣甚。

二十五日戊辰 阴。外国厅事皆设有凳椅，英法俗客至，皆以让坐椅上为恭，德则不然，乃以让坐凳为恭，是亦西俗之不同者也。

二十六日己巳 阴晴不定。黄伯申自去冬到俄后，虽经觅有教习从学法文,究非本地,且终无与交谈法语者。即有,亦皆俄人,一时不能精通,故二年来似无长进。上月曾具禀星使,愿往法京学习,以期速效,星使允准,乃于昨早由俄起程。今早接电,知其当晚戌正抵柏林,届时余遂由福来得立车栈接入使馆。

卷 九

乙丑九月二十七日庚午 阴，亥初大雨。中国画家素有图形妙手，为人写照，能得神似，然不能尽人皆肖也。外国以镜照相，则栩栩欲活，无有不肖者。惟因药水印纸年久，不免失神，形像模糊。又油画一法，较照相同一灵活而年久不退，对人下笔，较准五官步位，其价颇昂也。柏林照相店有以墨画小照者，给以旧照片即可临描。今见贝汇如持其尊甫康侯先生之遗照，陈骏生持其元配莫氏之遗照，皆送店重画，每帧价二十二马克，宽四寸，长六寸。其旧片皆因年久失神而重描者，不但形像丝毫不离，转能将已失之神曲曲描出，可谓写真妙手矣。

二十八日辛未 阴雨阵阵。本地万牲园定例，每年西九月二十五日停止院中作乐，改于每礼拜日午后自申正在饭馆后大堂中奏乐至戌正止。届时亦高朋满座，男女如云。本年因入秋以来，天时仍暖，乃展限半个月，至西九月三十日始止。然天多雨而凉，故每日往游者仍只数十人而已。

二十九日壬申 阴。外洋无招赘之说，必女嫁男，无女招男者。闻本城一老妪，极富，生女名开蒂，甚美，乃禁其出嫁。盖一因家富，再因不欲女离也。然伊女愿从与否，未闻。入夜晴。

十月

初一日癸酉 晴。近阅邸抄，知陶矩林、延少山皆经刘省帅保升知府。今日午正，同徐良臣约矩林与伯申早餐，一为贺喜，一为接风，陪客为姚子粱与阎润亭昆季。现在天气渐凉，天将雪而地欲冰，于是沿街多设木箱以卸沙土，预备培垫冰雪，免人滑跌之用。张小轩俸薪改每月百六十两，徐良臣百四十两，贝汇如百二十两，皆自本月始。

初二日甲戌　阴雨，凉。申正，先同黄伯申偕姚子梁步至纯贝蕾乌佛尔街第四号，拜其女教习裴斯良，见其母与姊，皆能英法语。坐谈片时，饮加非食糕点。酉正一刻，金楷理约饭在乌拉馆，即时辞往，至彼入座。同席为汪芝房、陶矩林、承伯纯、姚子梁、黄伯申、陈骏生、张小轩。食有山水逆流鱼，细如鳝而极肥，似我国之银鱼，惟其鳞不白耳。

初三日乙亥　阴，凉。西人虽不剃发而亦剪发刮面剃须，故所设剪发铺，华人剃头，彼亦能之，惟不能编发耳。前在英法俄三国剃头，价皆一十令、一方及一卢布，在此则仅十五芬呢，又足见其人工之不贵，抑或挣钱之不易也。亥初同承姚诸君送黄伯申至万牲园火车栈登车去法。

初四日丙子　镇日大风，极冷。为其礼拜之期。申正，步入万牲园内饭馆后之大堂，堂极高大，正面横一乐台，左右二高台，皆容坐百余人，池中桌椅行行，通共容坐千余。酉初即燃气灯百盏，满堂明亮如昼，乐亦官兵，鼓吹阵阵。今晚男女老幼往往来来，为数不下三千云。

初五日丁丑　稍晴而暖。西国亦讲五行，惟无木而有风，曰金风水火土，盖谓彼此相和以成物，而无相倚者方可谓之行。

按：金之为类不一，如金银铜铁锡，其用或为通宝，或为装饰，或为器皿。且食物中有铁气，其精液入血以壮人身。水之有用，动物以之止渴，植物赖之滋润，江河湖海之利，产鱼盐蜃蛤之饶，其有益于人也多矣。光与热咸本乎火，人身因风之养气与血之炭气呼吸交通以生火而致暖，天气因日之光照地上之水土风相蒸以致热，人身无火则血凝结，天地无火则海水结冰。凡物相磨相确皆生火生热，不仅钻木击石也。草木生于阴处者色多白，得日光者五色始备。夜视诸物同一黑色，必至天明日升或燃火秉烛微芒皆露，则火之用犹不亚于水也。土用养万物，动物居其上，植物亦生其上，筑宫室制陶器其用亦广。至所以列风于五行者，意谓风即空中之气，人赖吸之以生，草木亦被嘘拂以长，雨露云霞随风升降，运行万物，而物必假之以鸣，是以五行互相配合生化不已。木本生物且藉五行而生，故不列于五行。云所闻如此，尚望世之深明五行者考察之。

初六日戊寅　微晴，暖。外国文武官员不分品级，惟衔名有别，俸薪不同也。各国驻德之公使、参赞、随员人等为数较少，德遇朝会等事亦不遍请，其请与不请，究不知其以文武何等为限制。不意德廷以中国公馆官数稍多，闻乃限定惟请四品以上者，不知何人所言也。现近新年，德拟另修各国公使册。数日前，本公馆开去名单，未写官衔，惟分以参赞、随员等名目，或云前日外部忽使其总办裴尔来问各员究皆何等品级，本公馆对以参赞、随员、翻译、供事，无往而非四品云云。

初七日己卯　阴，暖。地土湿软有如春令。前日姚子梁颏下忽生一小疮，奈本公馆虽有医官而无膏药，今晚往访洋医馆疗治。乃该地陋俗，各医治病皆有定时，逾时或不及时去者，虽在家皆不见。今其门丁报入，许久传出，谓本医每日专在巳申两时礼拜日午正疗治，他时概不接见。按其门脉，初次五马克，再皆三马克，其马钱则一次八九马克或十马克不等。

初八日庚辰　晴，暖。去岁阎润亭昆季住巴里之房主名布兰金格者，年逾五旬，乃一未嫁之老女也。其兄嫂早故，遗有孤子，名威里，年十二岁，极聪敏，能英法德三国语。伊本德人，因遗产在德不便改籍，故必来德肄业考取功名，遂拟于本年姑率侄来柏林，前于九月初八日到此赁屋以居，润亭昆季因与议定从彼学习法德文每月价六十马克。其人自幼住法，在此诸多不惯，且鄙德人每日一餐，因嘲曰："德人所以目深口裂者，饥饿故也。"语颇诙谐。

初九日辛巳　晴暖如昨。西洋处处皆讲求洁净整齐之法，即如一饭，刀叉与盘，皆一菜一换，味不混杂，牛羊不乱也。肉剔骨，果去皮，皆不用手，盖取其洁净耳。然鸡鸭不去冗毛，木耳蘑菇仍带有沙，竹鸡、野鸡、铁雀等又必俟其臭而后食，是则精而不精，净而不净矣。

初十日壬午　晴，暖。辰初睡起，食点心。辰正，同众随星使着公服向东恭拜圣牌，行三跪九叩礼。本国龙旗，自是改长方，式与东西各国同。酉正公宴，戌正散。

十一日癸未　晴。中国拜客通名之具，古谓之刺，今曰名帖名片，昔皆削竹刻木，继而用纸，然皆不知始自何时，改于何代。历朝虽亦用纸，皆系白纸二寸。至明朝刘瑾用事，百官门状禀帖悉用红纸，故京师红纸价顿增十倍，且自奔竞者，踵事增华。又不仅红纸者，如茅浔阳每谒严嵩，用赤金镂名，缝红绫作柬。又张江陵盛时，谄者名帖用锦织以大红绒为字，上下绣金为蟒龙蟠曲之状。今之名帖，一律全红，不过纸有大小，色有深淡耳。西国名片，一律满白，色有光暗，纸有厚薄，亦无甚分别。不意近日法国妇女亦有用粉红名片者，盖非取其吉祥，乃取其嫩艳也。今日承伯纯因病呈请销差，改为游历南洋回国。

十二日甲申 早微阴，申刻细雨。西俗犬马之名，咸以所爱人物或地之名名之，亦如我中国所谓冀北出马，则名马曰骥，卫地出驴，则名驴曰卫是也。不意昨闻又有名以所憎之人之名者，如前法君拿波仑第一争俄时，乃以俄君尼格之名名其马。又土国称其君曰苏勒坦，乃德国因不喜回教，多名其犬曰苏勒坦。

十三日乙酉 稍晴，酉初雾。来百喜街路南第二十四号，一加非铺名喜卜立者，屋地稍小，而点心、加非、糖果与茶等，价即微廉而尤新鲜洁净，堂倌皆白衫白裙，不收赏钱。每客饮食何物，则给小白纸票一页，长二寸宽寸半，上印铺名、住址及所售各色货名，堂倌随时以铅笔号明件件所值共若干。食毕，客执票临柜付钱。

十四日丙戌 晴，凉。闻日本各国驻扎官分为四等，第一等为敕任官（即奉旨简派者），第二等为奏任官（即奏带者），第三等为判任官（即札调者），第四等为在官人役（即雇用者）。前本公馆以四品对外部，不识外部知中国官员之品级否？如其不知，则中国与日本同为亚洲，恐即以四品为四等矣，此不可不与之辩白者也。

十五日丁亥 稍阴，未初细雨。德国有一种考取之官曰多克得尔，如中国之孝廉，考者须大学堂之学生，业已考得如中国之秀才者方许考之。其列优等者虽得此名，然必纳德金数百马克以酬考官之劳，否则虽考中亦不给文凭也，且纳金无定数，惟视其所考之科乃定。如医学律法等，其富而无学者不能考，故无足论，然贫而有学问者又苦于不能考，是亦德之弊政，欧洲亦惟德政如此。闻其贫而学问优长者间或有人助之使考，是亦成全人才之美意也。

十六日戊子 镇日阴晴不定。德国女袜有棉、毛、丝三种，皆乡间妇女所织，其长过膝，价由五六十芬呢至二十马克，亦不为贱矣。

十七日己丑 阴。在来百喜街路北梨池沙兰杂要馆西隔壁新开一加非馆，名与杂要馆同。屋因两面临街，式作“⌉”形，虽不大而甚敞，金碧辉煌，满燃电气灯，灯头皆作瓷花，极为鲜艳，惟物价稍贵耳。

十八日庚寅 阴雨阵阵，戌初稍晴，既而大雾。西国自造电气灯以来，至今仅十数年，初惟在通衢用之，现则不惟宫室客寓、官署高楼、火车栈房、轮船舱面用之，虽小铺民房亦用之，便当故也。其水锅机器有供数百马力者，价值极昂，其一马力燃大灯二、中灯六或小灯八者，每架一千五百马克，不知铜线灯罩各件在内否。至电气挂灯，铜质五彩玻璃或瓷花叶三四朵者，价亦三百余马克。

十九日辛卯 细雨阵阵。德例：凡乡塾郡学之教习亦必经官考取后再行学习有成，方准充当。因而设有教习学堂，凡愿入此学者，必自十八岁至二十四岁，方得入考，其所考者为文理、教理、史记、地理、诗词、音乐等。此学不比他馆，诸生朝往夕归，乃学者皆留馆下榻，每年脩金五百马克，馆中备有饮食一切。生徒分列二班，按日按时轮流用工，每早寅初睡起，寅正用工，亥正就寝。至所学者系道学、数学、作论、写字、史记、画工、鼓琴、吹笛、歌曲、咏诗、教导之法、教读之法以及禽兽草木之理，每日午后更学打秋千以便舒筋裕力，园中散步以消食水。各等工课前后皆有定时，及学成后考取名列在前者始可被选教授生徒，是亦于教养人材之中寓慎重之意也。

二十日壬辰 晴，凉。西人男女皆须学琴，故亦有琴师。其教法按时刻论，每一点钟由六十芬呢至一二十马克。其琴日日用者须三礼拜一修，其他亦须半年一修。更专有修琴之人，每修一次，工价二马克半。

二十一日癸巳 阴晴不定。闻昨日午后一少女年约二八者，衣服甚都，距吕祖桥左不远，正行之际，忽跃入水，即时有四男携手投入，将女救出，女名未详，其因何故投水亦不知也。

二十二日甲午 稍晴。有日本人西村谦古者，年约二旬，稍能英语，自备资斧来德学习语言文字。先是姚子梁聘其教德文，既而承伯纯雇伊翻地图还音，陈骏生亦令其教德文。及地图还音毕，伯纯又令其代觅人画地图一大张，立有字据，言明工价二百马克。两月前，先向伯纯预支一百马克，向骏生支五十马克，后乃言病，四五日不至，再则来信言暂去英都一游，至今不见其来。前日，伯纯致书驻此之日本参赞吉川重古，询及此人，答称前者其人来信言将回国，现则不知其所之。又此地朴斯当街路西某瓷器店售有一种旧式花瓶，系瓶外垂花数朵，如玫瑰、菊花等，瓶高尺余，驼色质而五彩花，极属可观，价亦颇廉。承伯纯曾买之，及送到后，察其中一瓶花之枝干微有损伤，欲送回更换，恐其不认，遂姑试之。持入彼店，言及花枝已折，店主云其枝折伤已久，请毋退还，可代修补之。其后补就送来，竟与真瓷无异，不知其补以何物，更不知其何不早行补就而待售。按以上二节观之，察日本开国至今不下二千五百余年，何东洋人之人心不古、诡诈一至于此？日耳曼开国至今亦几乎一千二百年，何西洋人尚如是之朴实欤？入夜晴，凉。

二十三日乙未 晴。再记布莱街路南第十五号鲁多苇海尔撮大绸缎布匹庄。按：其地基颇大，楼三层，颇宏敞。绸缎布匹、回绒毯毡、皮绫纱锦，种种各有定间。守柜者三百余人，衣皆一律黑色，另有柜外随处取送货物者百人，衣则一律紫色，胸前挂有铜牌号目。柜上每卖一物，皆上铺一纸，注明何物，每尺值若干，共若干尺，共值若干。来者欲买别物，则即令紫衣人抱已买之物随之，并于纸上注明抱物之人，系第若干号。及数处买毕，其人乃抱所买之物随至外柜，系临门左右二柜，中各立一黑衣人，外立一紫衣人，每抱货到，其柜内者按纸计算错否，错则令抱来之人执回本间，问原卖是物之人，另行合计，妥后持回。不错，则数票总计若干文，买者或即时付钱，或待明早送到再付皆可。买者言明住址名姓，柜旁紫衣人即为之包捆整齐。其当时付钱而欲携带者，则他紫衣人又为之抱送车上，无论何时给钱，皆有收条，亦件件细开名色尺寸价值，毫不错乱。

二十四日丙申 镇日阴雾细雨，现在天凉。敖斯特隆关闭，其中北壁另大房一行仍开，名曰乌拉呢亚，专讲格物光学之类，准人往看，入者一马克。近有美国纽约人艾的森者，新创一种留音器，洋名佛诺格拉甫，机势不大，如手转之铁裁缝，横五寸，长尺余，高四寸，中横一圆筒，紫色，似古米造者，粗约四寸，长亦四寸余。此筒弦动，则当时屋中之声，或语言，或歌唱，或音乐，皆即收入，音既入筒，百年不遗，欲闻其声，则上弦筒动，自一一述之，与原音不差。欲改音则换筒，似与八音盒同，因一筒便留一音也。器旁通有古米管作“人”字形者二三，听者须将管之两岔分塞左右耳内，在厂间欲多人齐听，乃在器旁通一大马骨铁敞口喇叭，则声自内响而外放，极属宏畅。其人兹将造成者分送各国，令人赏视传扬，以便出售。初到此，列入杂耍馆内，使人听之，现亦移置此内。当日申初，遂同承、陈二君前往一观。乃另一小间，内置二器于桌面，所听者，一系女歌而鼓琴，一系作乐，无说话者，及响时，虽能辨其人音物音，究竟不甚了了耳。亥初回寓。

二十五日丁酉　阴。英法等国，在京城及各处送信，皆有定价，时刻亦准而不差，遇有信面人名、地名或号数微有不对之处，即行拆开，寄回本人，或收入瞎信库，盖谓送信人不暇细访也。德国则不然，遇有人名地名或号数差错之处，无论如何，必觅得其人面交而后已，是亦德国信局之稳当处也。

二十六日戊戌　稍晴。去年本公馆后河内吕祖桥东曾沉沙土船一只，不意前日在原处复经轮船撞沉沙土船一只，至今尚未捞起。按俗谓溺鬼必拉替身，不知此船即前船之替身否也？一笑。

二十七日己亥　阴，凉。德力风在英法等国惟官场中用之，至柏林则通城铺户用者十之八九，以其快于电而言如对面也。虽云西国大同小异，是亦彼此用意不同处也。又时近仲冬，天不甚冷，地似阳气上升，草色青青，河水荡漾，颇有京师二月天气。

二十八日庚子　阴。赓韶甫四品衔，候选知州也，自前起程后七八个月杳无音信，既未抵沪而其应行各地亦未见有，传闻诚不知其何所之也。据金楷理云，其人必沿途或遭凶险身故或犯案被捉收监，皆未可知。余闻之虽不敢作此想，然亦殊为诧异耳。不意当日伊忽具禀，窃生前于本年三月间请假回旗省亲，已蒙允准在案。缘起身时右腿伤处生有毒疮二个，因归心急迫未及介意，不意连日火车震动竟至肿痛大作，只得暂居旅店觅医调治，拟俟疮口平复再行东旋。迄今迟延数月，其疮虽消仍难转动，且精神益衰亦难支持，川资等项尚亏欠至数百金，不得已惟有暂回德国设法。伏念生残废之身不堪驱使，在京老母在外家属大小人丁难以度命，病躯又不能受道路之苦同华，诚非易事。当此时，署中译才不乏其人，又无交涉要件，况生亏欠，满身虽蒙恩谕，令入署当差，在生有何面目再进使辕，又无款项可补亏空，再三思计，惟求撤去差使，代咨总署准生在洋谋生，倘有紧要交办之事，生亦可应命趋公效力，上可略报国家养育之深恩，暨宪台裁成之厚德，俟二三年后亏欠补清，病体全愈再行回华。实以生既成残废，此时回华亦难谋生，则老母妻子何以为养？不得不筹一通变之法，想仁厚为怀必当垂怜，俯准所请，不揣冒昧，上陈伏候，批示遵行云云。奉批查该员行后几及八月杳无踪迹，以致都中信来询问，此间复函询都中即云病阻在途，何难通一音信，殊不可解。既据禀请销去差使，即照所请可也云云。

二十九日辛丑　阴。外国用武，现所尚者，第一枪炮，再则剑与长枪及锥刺而已，且长枪惟马队用之，因交手仗少也。然查其古时器械，亦多有与中国同者。如霸王锤，周围出刺如蔗利，稍子棍，棍头亦有刺，弩弓不由上搬而尾横一轴作“”字形，叉亦三股，惟头齐，矛亦垂穗。其他弓箭与戟，式皆同，惟稍短小耳。

三十日壬寅　阴。今日为西十一月二十二日，当七十五年前有布邦著名之画工沙兜创立一会，共六十人，凡人之善丹青、明测量图画著名一时者，皆可入会，惟人数不得逾六十，愿入者可先投名候补。馆在韪良街，亦颇壮观。每二十五年聚众庆贺一次，本年为其立会后七十年，此日系第三次庆贺之期，定于当晚七点半钟，借墨兰街路北昂立申馆设宴作乐以庆贺之，在会中者皆可从中买票转请相识者。德人哲宁会中人也，遂以帖请承、陈二君与余，届时伯纯因故未往，余同骏生乘车至彼入内。登楼步入一大厅，正面设一小戏台，左右有楼，左楼奏乐，乐工二十，右楼列椅两行，台前亦皆列椅，共坐男女百六七十人。即时作乐，台上演戏七场。头场演沙兜立会之始，共六七人，哲宁于中扮一年老者歌唱道白，作商议状。其后六场皆不唱不言，乃以真人作假人如蜡人状。一系布邦君主绿衣奵端坐，旁立一女仆；二系天主生后，其母环抱坐于正中，左右三四老年男女鞠躬看视；三为义国农夫饮酒，乃一女双手捧罐下倒，一男仰首痛饮；四系一老妪危坐，前立一稚子；五系一人坐园中凳上，右手执烟具，左手看新报；六则中立一白石像，左坐一女，右立一男，手执刀具等，乃沙兜塑石像也。

凡演则厅中熄烛，惟台上燃电灯，极为明显。台前罩纱，台后列随时景致，如楼房、山水、花木等，亦皆可观，惟人之四肢七孔，能动而反使其不动者一刻之久，是其演剧之长处也。演戏之男女亦皆会中人，演毕，通场鼓掌称赏不已。既而人皆立起，步入前堂，少叙再回大厅，则饮馔备齐矣。共大桌五行，每行坐三十余人，会首艾斯吉坐中行首座，亦白发银须老人也，俊生、哲宁与余与之对坐。酒食丰美，有鹿肉、鹿肝、野鸡、山猫之类，各皆欢饮畅谈。食将毕，会首及他二三人皆起立陈词，无非称赞是会立年之久、人心永睦等语言，间亦多人击掌称妙。言毕又皆立起举杯相祝，先祝国主，再祝会中及当日场中各人，三则专祝座中之妇女。食间又场场奏乐，食毕则齐起步入前堂，逾时则大厅桌椅移空，改作跳舞场矣。乐既奏，则男女有对对入场跳舞者，有坐前堂或吸烟或饮酒或吃加非及饮碱水者，骏生与余各饮加非一杯，看跳舞两场，再同哲宁少叙。既而辞谢回寓，时已丑初矣。

十一月

初一日癸卯　大晴。有英人某甲，在此教读为业，因所入不敷所出，欲回本国，而又无从措集资斧，乃恳请相识之英人二三，代为设法。其友乃议设一善举曰巴萨尔，觅定房地，各出物若干并转求相识之富户商宦相助少许，再各请戚友往买，凡物皆照原值加倍，凑集所卖之钱以助某甲回英。定于西十一月二十二三两日，即昨日与今日也。英人鞠图义者，会中人也，帖请陶、陈二君与余往买，余与二君亦各有所助，余并为之代约承、贝、阎、徐、潘、桂诸君分日前往，共买物若干，无须枚举。其会系在朴斯当街第二十号，入门买票，每人五十芬呢。乃大屋一间，先横二桌，一卖茶一杯套环一碟，价共五十芬呢，一卖糖果，每包三十芬呢，碱水、糖水每瓶每盅价皆二十五芬呢，其他点心冷荤之类，价皆四五六十芬呢不等。此二桌后，于屋角围以小树，内藏一人守小纸包一大筐，外立一女，手执一钓竿，谓围内为鱼池，请人钓之，每二十芬呢钓一次，必有所获。然大小不定，如小孩玩物及糖食胰皂等，其实价皆不逾二十芬呢，颇属有趣。再后则左右当中共置大长桌七张，所列之物为漆瓷铜铁、纸木玻璃、绸缎麻布、古米毡绒等，价由四五十芬呢至四五十马克。出售各物者，皆会中之妇女。两日皆在午后，由四点至十一点钟，男女往买者拥挤如蚁。闻此两日，物乃售去十分之九，共获马克三千余。又会中出售一种彩票，每页五十芬呢，以备两日后物之未经售出者，按票抽物分送，盖因会中人除出钱收买外，不能私有也。

初二日甲辰　晴，冷，早见霜。洋人好洁，每月洗浴多次，盖天时地势使然。上等人皆以香水擦身，下等人无力买香水，虽间亦洗浴，然近之仍满身牛羊腥膻之味，从未闻有带生人之本味者。又闻小孩有夜间遗尿者，随时皆以冷水洗之，可去其病。其法：遇其遗尿，即由睡被中抽出置入冷水，洗毕再放入被中暖之。

初三日乙巳　晴，入夜雨。洋人好奇，凡在游历观览之处，多留其名姓以志之。德京凡通衢园囿之中，皆设有行人小便之处，不意人之入内小便者，亦多以刀刺或用铅笔书其名姓于铁壁灰墙或木板之上，不知其意在看众人撒尿，抑或使众人向之撒尿也，思之失笑。

初四日丙午　晴，冷，入夜微雪。今春金楷理三年期满，经星使奏赏二等第三宝星，当日札到，同人中有着官衣往贺者，有至其家留名片者，亦有不着官衣于相遇时面贺者。西历现近新年，凡铺户之关闭者，皆另有人洒埽开门，出售多种糕饼点心，包以红绿厚纸，虽鲜明可观，然面中糖少，多用勺勾腊及桃仁、橡仁之类，食之毫无滋味。

初五日丁未　晴。酉刻，金楷理请星使及诸同人在乌拉馆晚酌，徐、阎二君谢辞未往。润亭前由巴里回德后，为其弟奇臣呈请星使派作学习翻译，自备资斧，经奉批准咨行总署，前日总署回文，今日给札。光绪十五年十一月初五日准总理衙门咨开，光绪十五年八月二十一日接准，贵大臣来咨内开，据法文翻译官阎海明禀称，窃翻译胞弟阎海诚随同抵德，并同往巴里学习法文，渐能通晓，援案恳准派入使馆作为学生，自备资斧学习，其到差日期可否即从十四年五月二十日到洋之日起算，等情相应咨请核覆等因前来查，该翻译阎海明因伊弟海诚学习法文尚有进境，禀请派入使馆作为学生自备资斧学习，自可准如所请，至该学生计算资格应自接准本衙门核准覆文之日起，以示限制。相应咨覆贵大臣，查照饬遵等因，到本大臣准此查此件核准覆文，系于光绪十五年十一月初五日递，到该学生阎海诚到差，资格应即从此日起算，为此，合行札饬札到，该学生即便遵照，随同翻译官阎海明驻德尽心学习，以期无负栽培云云。

又，前少山由沪来德时，携有其友之独子张西庚（瀛）到此月余，经少山禀请，准其自备资斧留此学习当差。批准后，少山拟解囊定每月送其家若干金，在此助饮食费若干金，以安其堂上之心，并使不至饥寒有废学业，盖实因其一贫如洗耳。原禀：卑职去年自上海起程，适有素相知好之盐巡检衔张瀛，顺天府大兴县人，甘愿自备资斧同赴外洋学习洋务。卑职窃见该员文理通顺，人亦朴实，似尚可造之才，因即结伴附轮于光绪十五年正月二十日同抵德国柏林京城。谨按学生自备资斧出洋学习，系使馆向有之事，亦有派入使馆缮写档案者。今张瀛远涉重洋，志在学习洋务，卑职既与素识，不忍没其奋往之忱，为此禀恳格外恩施赏准，援照成案，札派该员张瀛留于使馆学习，或德或俄，均不支领薪俸，并恳备文咨呈总理各国事务衙门存案备查，实为德便伏望批示札遵云云。奉批据禀，已悉该员有志学习，诚属可嘉，惟总理衙门现议减定使馆员数，不得逾限，以节经费而杜使臣滥竽之弊，兹据称该员情愿自备资斧，当不在此禁例，似可邀准候咨明办理再行饬道云云。今日又札，前据随员延年禀称，窃卑职去年奏调出洋，有素识之盐巡检衔张瀛，顺天大兴县人，情愿自备资斧同赴外洋学习洋务。卑职窃见该员文理通顺，人亦朴实，尚为可造之才，业已带同到洋，可否恳请宪恩，准将该员张瀛留于使馆学习，或德或俄，均不支领薪俸等情，当经本大臣据禀咨请总理衙门核夺在案。兹准覆称出使人员向由使臣奏调，若参随等官私带之人，辄请留馆当差，似此任意自专，殊属不成事体，本难准行。惟既准贵大臣咨以为业，经相偕到洋，甘愿自备资斧，于经费不致为难，自可姑准留于使馆学习，嗣后不得援以为例，以杜效尤等因。到本大臣准此相应札饬札到，该员即便遵照作为俄馆学习，供事务须尽心学习，勤慎从公，无负本大臣格外成全之意云云。

初六日戊申　晴，凉。戌初，有柏林东方学堂内华文学生林定浩，因今日为其父生辰，帖请陶矩林与余及其华言教习潘兰史、桂竹君往饮寿酒。其家在柏林正南之顺伯村豪普得街第九十六号，地与柏林城朴斯当街南首相连。入门登第三层楼，见其父母兄弟嫂妹及他戚友男女老幼三十余人。房间窄小，备客坐者仅两间，每间容立二三十人。坐至戌正，将各间之小桌二三铺以白布，每桌环坐四五人，每人牛肉一块，煮白菜丝一匙，香肠一节，红酒一杯，面包一片。食毕，其妹先鼓琴歌曲，继而男女各十一二人环坐一圈，以银洋一圆，彼此暗递，互相藏匿，随时又彼此以手换手，假作传递状，口中并喧曰："银洋在此，银洋在彼。"中立一人，以目竭力四面观察，得其钱之所在则索之，索着，则得钱者坐而给钱者立，索错，则仍立而另猜。此后，另玩一二种，既不解其大旨，亦无须细述。丑初辞归。当日，余同潘、桂诸君各有所赠。其屋既窄，陈设平平，及所来之亲友亦皆中等商民，语言动作皆与他人稍异，亦足见其小户人家局势之不大也。

初七日己酉　阴，冷。星使以外洋官场皆以法文通行，又闻德京以各国驻扎人员之品级为重，而张小轩虽云勤学，德文曾经奏称足与恩光相埒，究竟知字无多，在官场讲谈正事，语言尚未顺口，且其品级现只盐大使衔七品，金顶欲加，亦不能突至四五，且伊丁内艰，今尚未及一年，虽未报官，而揣其私心恐蟒袍补褂，亦所不忍服也。遂于今日发给阎润亭五品功牌，以便间或随赴外部等处。其功牌照得法文翻译，官六品衔，候选笔帖式。阎海明派驻德馆，职司传译，遇有朝会酬酢时需与外国官绅晋接周旋。查德国延请朝会每于各员官阶品级多所吹求，该员六品顶戴，未足以壮观瞻，本大臣斟酌权宜，堪以赏给该翻译官五品功牌，俾得随时顶戴，庶可利酬接而免参差。除咨明总理衙门查照备案外，合行牌仰，该员即便遵照云云。

初八日庚戌　阴，冷。酉正，伯纯约在冬园看杂耍。所演第一场，系姓卜米色之由十三四至二十岁之姊妹七人。各皆散发，着白色短裙，台前横立一行，每前置一绿色长方桌，各上放一钢琴作“皿”字形。乃木架横钉钢片数条，条有短长，音调不一，各以双皮小棰敲之，声调和畅可闻。又各左右手执一铜钟，彼此陆续摇之。铜有厚薄，声则轻重不同，亦颇有趣。此后二日本人各着紧身花衣，一人仰卧，胸立一梯，高十九级，他人自下步上，耍舞燃灯，正闹热之际，梯忽然散坠一边，所余作“”形，人仍在上玩耍片时而下。其余则歌唱舞耍，皆与前次同。惟末场系男子七名，幼女百八十四名，由十一二岁至二十岁，分班装扮，衣色五彩，形式不一。当时台外各灯皆息，惟台上正中一大电灯，四围百盏小灯作“”形，其光闪灼，如日如星。此前顶上及左右壁又悬数百盏，盖台上亮如白昼，虽远观者无不星点毕见。男女跳舞，颇为热闹，亥正散。

记：此园座价名台拉赛者，台也，即正对戏台之高台也，每座五马克。欧差斯特洛址者，临台一横也，每座四马克。埃斯他拉代者，高台也，左右斜对戏台之高台也，每座三马克。佛久伊者，池堂也，每座亦三马克。蕾赛威太普拉子者，池堂之左右厂地也，每座二马克。昂特蕾者，入门也，入门坐于左右极远处也，每座仅一马克。

初九日辛亥 阴冷如昨。星使本拟初间赴俄，数日前，《新报》传言现在俄都瘟疫盛行，家家户户罕有无病人者，且因此有铺户关闭，工作停止者。前日由俄来信，言诸同人中惟李兰洲无病，其他如许稚麟微染已愈，王芷蕃初染不重，塔木庵亦然，惟庆蔼堂、延少山二君所染最重，于是星使电问须带医官来否，先回电云：“庆、延虽稍见愈，仍请携医为感。”星使遂传令陈骏生察备一切随同前往。今早忽又来电，请不必携带医官，病已稍愈，无须再药。当晚星使带跟役剃发匠各一名，由万牲园车栈起程赴俄，余与汪、洪二君前往送行。

初十日壬子 阴。今日为西十二月初二日，音瓦立坦街所设格致博物院于今日开，德皇与后幸院，堂中设御座，垂锦帐，铺红罽，左右列两大中国瓷瓶，上插异花。德皇与后到时，立于座旁而不坐，示谦恭之意也。皇座之左为王公夫人座，再左为太学院诸教习座。皇座之右为王公及诸御前大臣座，再右为东方学院各教习座。当时请往者为中华、印度、土耳其与埃及者，其他各员及绅士则坐于堂下。于是内部大臣葛斯烈先立起致辞，言布邦二百余年，始得此格物院，将来国中生徒多由此出，愈见人才广育之意。又此院总管起立，言院今落成，得国君与后降临为荣，遂脱帽三呼，德皇与后皆点头。葛大臣复引德皇与后向王公大人及各教习等坐处俱一点头，以示答礼之意。楼上乐作，各人随德主与后往观各藏物，皆虫鱼鸟兽及开矿种植之物。因此院为布邦自设，故不请各国公使，当日潘、桂二君得请，所闻如此，因据述之。

十一日癸丑 大晴。酉初，余请潘、桂、姚、陶、承、陈、徐、贝诸君并阎氏昆季及陶夫人与陶涵宇少君晚酌，分三桌，陶夫人率涵宇在楼上，余在楼下，彼此欢饮畅谈。食毕，乃互相凑字成联，集句成诗，乐甚。

十二日甲寅 微雪。德例：凡各家小孩，生下三个月即须抱向医前，求种牛痘。若医谓孩弱，则给凭单，言明其故，改至九个月。届时仍弱，再展至一岁，无论如何，必须种在两岁前。每人必种两次，两岁前种一次，至十二岁再种一次。其种法，系在左臂由三棵至六棵，种后皆在左臂衣面缝一红十字，以示其系种牛痘，而不令人与之交手玩耍也。

十三日乙卯 阴。德京有官信局，通城通国每函价皆十芬呢，说帖一半，已属便当便宜矣。乃在柏林城内另种私信行，不设专局，亦不知何等服色人取送，惟沿街铺门间有挂一红马骨铁匣，高八九寸，宽半尺，厚寸余，上横一口，匣旁有门，式作“”形者。亦有信票绿色，不甚精细。信封口者五芬呢，不封者三芬呢，物件成包十芬呢。到时稍迟，终不有误，更为便宜，且有益于贫民云。

十四日丙辰 微雪，天冷地滑。现在河水尚未结冰，而城内外凡平地无房各敞院皆已灌水结冰，围以木墙，悬挂彩旗，招人往溜。故近日每在申酉之间，街市幼童男女之提冰鞋往来者，络绎不绝。

十五日丁巳 阴，冷。西洋洗浴名目不一，有热澡、有冷澡、有擦澡、有暖澡。而又有一种香澡，乃盆中先放大白布一方，人卧布上，外有香料方布包一个，泡入水内，不惟洗时水香，即洗毕则周身亦皆香也。更有放白面或麸子与盐各一斤于水内者，或谓用盐以代海水，而用白面或麸子，系由医家所考用以利皮也。

十六日戊午 雪。巳初，同承伯纯乘车往拜日本参赞官井上胜之助，在鲁安弄第一号，未遇。闻其人之姓，原非井上，因其妻父有女无子，遂作赘婿，而日本土俗既招婿入己门，则即视婿如己子，且婿需弃己姓而改用岳家姓为姓也。回行至柏讷巷，拜日本试补交际官藤田四郎，其人年逾二旬，能英法语。

十七日己未　早晴，未初阴，入夜大雪，冷。英人娄欧夫妇居此，因夏时天热，人多四出乘凉，虽在城内，恐人多应酬不易，有失客礼，遂专在春秋冬三季于每礼拜二日为其见客之期。本年入秋以来，娄妻因身怀六甲，惟肯接会女客，故自二月至今八越月未见。今晚忽接一函，内系彼妇名片，上先横书某月日时，下书一女，盖报生一女也。西俗无庆贺馈送之礼，余遂亦封一名片下书“PF”二洋字，亦即庆贺之意耳。

十八日庚申　阴，冷。朴斯当街第二十号住有英国琴师林土倭夫妇，年皆五旬余，教有女徒三四十，每于礼拜二日酉刻，在其楼后大厅秉烛，令诸生各弹一曲，请客往听。今晚约余前往，见坐客男女百余，幼女鼓琴者廿余，中惟一日斯巴呢亚女，年始十岁，及一德女年方十四者，鼓操一曲，声调尤佳。

十九日辛酉　雨。自数日前，陶矩林感冒咳嗽，传言俄病由北风南吹至此，故通城男女染病者十之五六。不意今日余先觉周身寒冷，至晚则腰腿酸楚难堪，咳嗽多痰，因急煎午时茶两块，葱姜为引，戌初即卧，既而头痛目涨，通身烧如烈火，至子正稍退始眠。

二十日壬戌　阴。午初睡起，寒热虽退，颇觉无力，头不痛而目眩口苦，满唇生泡。戌初，仍吃午时茶加神曲三钱，食毕即寝。当日姚子梁、汪芝房、洪禹山、阎润亭、陈骏生、贝汇如及陶夫人亦皆伤风咳嗽、头痛牙疼并寒热交作云。

二十一日癸亥　阴。杨石渔自撤差后，在德法稍为勾留，及欲整顿回华，囊中已有匮乏之忧，前月禀请星使恩施，星使置之不理，既而有函致余及陶、姚、承三君，假用五十金，并云俟到沪即当筹缴。因其自到德以至撤差，共积有八百金，星使曾给以文凭，到沪取用也。余四人遂分集五十金，陈骏生并愿赠十金，共六十金，同时汇往作为馈送程仪。今早接其十九日由巴里来函，前奉赐覆并承惠贶多金，本应即时领谢，惟因前曾函恳星使未蒙见覆，今荷诸君以一纸之来而慨然远赠，恐于星使面上太过不去。弟处此潦倒之时，不得不作惊弓之想，当即函托子梁兄，面商诸君，仍请作为借款，兹承了梁、矩林二兄来函，煸煸勉以大义，反觉弟奉商之举之不免出于见小，谨即拜领，一面部署行装俟到华再行函布诸君。视五十之款为数甚微，而自受者观之已不翅千金之重，盖羁留海外与内地不同，苟区区者而不余畀，即不免为路鬼所揶揄也云云。

二十二日甲子　阴。西国天主生辰节在迩，本公馆后沿河一带，数处小松棵已罗列成林。在朴斯当坊迤东临来百喜街处，小木棚亦已搭成一行，出售乡间土物。其他各铺，如点心、香水、玩物、杂货等，亦各皆罗列五彩，光华耀目矣。

二十三日乙丑　阴，冷。现在万牲园中停乐，至西十二月二十九日方开，因天主生辰也。前日，张小轩之女教习韩卿生乍腮，请洋医，医不立方而欲以刀割，韩不许。次日，请陈骏生疗治，一剂即消。今日韩问医以不睡之故，医云："病愈即能安寝矣。"

二十四日丙寅　阴。前日洗浴后，步入堂前加非馆，少坐，见铺伙忽掖壁上所悬之德力风筒，向之一吹，继云某街第若干号，即时筒又作响，其人遂言数语，言毕又以耳对听筒听之，听毕又言甚好谢谢等语。问其所与交谈之某街距此二十余里，乃能即时言明一切，与面谈无异，其简便快速为千古所未有矣。

二十五日丁卯　阴，冷。见香水铺新出一种沐浴香料，名巴斯达吗克，不知造以何物。每匣八块，每块宽寸四分，长寸二分，厚约三分，色白而轻，嗅之无味。掷入水中则滚煮如石灰块，化则香，由水中出，着身皆香矣，每匣价二马克。

二十六日戊辰　镇日阴雾迷漫，其味腥臭。是日余与汪、陈、姚、陶、贝、阎诸君稍愈，惟余与贝、陶二君昼夜咳嗽，陈骏生吐血，皆旧病也。时症虽去，而旧病引发，因本月二十九日冬至也。而张小轩、金楷理及星使之如夫人亦皆头痛眼晕、寒热交作矣。

二十七日己巳　早阴，午后大雾，气味如昨。近日，街市各铺门首始挂有山鸡、山猫、野猪与鹿等物，因天不甚冷故也。点心铺中，盘盘罗列各种珍馐，如鸡、鱼、羊肉、马齿、山豆之类，造以糖面，与真毕肖。每碟一马克半，乃鸡一只、鱼两尾、羊肉一方，马齿数条或山豆数枚也。

二十八日庚午　稍晴。天气顷觉清爽，现在街市热闹如我国之新年，铺中出售果品犹多，如苹果、葡萄、橘子、梨、桃、蕉子、西瓜、柿子、柠檬、石榴、椰子等。更有鲜荔枝，颇大，每枚卖一马克半。

二十九日辛未　阴晴不定。潘、桂二君在此地"东方学院"至明年七月初一日，西八月十五日，三年期满。原定到此一年后，每月加束脩五十马克，而至今已逾二年，毫无加增，别项亦无可令人高兴处，乃其学则有成效者颇多，皆已起程来华。有学充翻译者、当领事者，更有在上洋开设银行充当总办者。今此馆欲请兰史再留二年，每月加束脩五十马克，虽云嘉其学问优长稍通德语，教之便宜，其实为省续请送往迎来之路费也。且华人贫苦者多，咸赖在外谋生，今拟每月加给五十马克，亦必乐闻也。中国雇用洋教习，每月百两，合四百八十余马克。然中国无物不贱，一马克可换三百制钱，或当十钱一千八九百，且往来车船皆坐头等，潘、桂二君往来皆坐二等，每月束脩仅三百五十马克，合银不及八十两。而外邦无物不贵，每一马克用之如一二十制钱。在此三年，虽云处处俭省，然房租、食用皆迫于无可如何，不能十分节俭。谋生于三万里外，所剩无几，亦无大趣味。

桂竹君早已辞却，潘兰史现亦讲明一切而未允也。今记其来时所立合同，以备查考。

东语学堂合同：

大德国驻扎中华钦差公署：

为现订立合同事，与前日本东京外国语学校教师桂林，谨照德国外部来文之意订立合同，所议各条开列于后：

第一条，德京现在欲设东语学堂，延桂先生前往充当教授中语教习，订明与本馆阿翻译一同起程，其路费由德国及布国发给，于临行时将路费约计大概，由驻京钦差公馆先付，桂先生收领其轮船之费，或付现钱，或付船票均可。

第二条，搭乘火轮车船皆用中等客座。

第三条，桂先生应许在学堂充当教习，以三年为期满，倘德国及布国该管衙门于期限未满时欲行辞退，仍给路费回华，若期满归国，路费亦由官给（车船之费仍按上条办理）。

第四条，桂先生在学堂充当教习言定月给脩仪德金三百五十元（按外国月分），此项脩金将来可增至四百元，但此节系由德国及布国该管衙门酌定。

第五条，桂先生于到德京后除礼拜日及学堂放假期内不计外，每日午后入学授课四点钟时。此外，有学堂相涉之公务亦愿承办，以期速有成效。

第六条，脩金自桂先生起程之日为始，又允于起程前数日预付桂先生一月脩金，以便置办行装、书籍等件。

第七条，除预付一月脩金外，于起程前数日仍许预付桂先生德金三百五十元以补前项之不足。惟此项应于到德后陆续缴还，言明每月扣金三十元，自本年西十月为始。

第八条，大德国驻扎中华公馆，允于每月月底（按外国每年十二个月计）在京交付桂先生家属英洋银二十元，于起程之前按中国规式立折盖用德馆印信，付桂先生家属执持，每月赴馆领取，亦由本馆注明盖印，以折为凭。

第九条，上条言明每月在京付桂先生家属洋银二十元，此项应在德国所领脩金内每月扣除，暂以洋银二十元合德金七十元计算，每逾期数月按时价低昂算明，互相补还。

第十条，桂先生或于限期未满，身染重病，应许回国，仍由德国及布国该管衙门付给路费（舟车座位均按第二条办理）。

以上合同各条缮写德汉合璧各三份，一份送至德国外部查照，一份存于德国公署存案，一份交桂先生收执。此大德国钦差驻扎中华便宜行事，大臣巴兰德与中国人桂林画押，又由德馆阿翻译画押，以为德汉合符之据，并盖用德国公馆关防以昭信实。

——大清光绪十三年五月初七日

记：潘、桂二君在德教课之大略，系同于丁亥六月二十四日起程，八月二十三日到柏林，九月十一日开馆。生徒二十余名，内以律例学生为正学，买卖等人为附学，以三年为满，考试列上等者，给以卒业凭据。原定每日教四点钟，因功课不多，暂作为两点钟，每日午后六点起至八点止。自戊子九月起，每日加课一点钟，至五点钟起至八点钟止。其按定例放学日期，系西年自耶稣生日起放学二礼拜，春季自耶稣复生日（在二月中旬，年年不一定）起，放学两个月，秋季自西八月十五日起放学两个月，其余尚有西洋五旬节等均放学一日（俱在春季，共四五次）。洋教习阿恩德系每早八点到十点钟教课，馆中教课不过语言而已，并未读书。教习共有中国、日本、土耳其、印度、亚拉柏、波斯、希腊、阿斐利加八门，皆以各本国人为之。又因以上各国地在日耳曼之东，故名其馆曰东方。

十二月

初一日壬申 阴雨。今日礼拜，为西十二月二十二日，铺户本当关闭，奈天主生辰在迩，凡铺之出售节礼、糕点、玩物者，无不欲多多获利，故不惟门皆开而伙计更加多。道虽泥泞，往来男女之提包携筐者络绎不绝。早乘车至文特扉街第三十六号，答拜英人卜陆木，其人年近六旬，来此三十余年，皆以教书为业，而所教皆德之世子王爵，故一人在此独居，颇觉宽裕。

初二日癸酉 阴雨，暖。本公馆自上月中至今，同人之染时症之已痊愈者，为余与汪芝房、姚子梁、陈骏生、阎润亭、金楷理。其不发热、不头痛而伤风咳嗽者，为星使之如夫人、陶矩林、陶夫人、洪禹山、张小轩及陶阿格。其转为疟疾者，为贝汇如，初染病者为徐良臣。迩来十数日，互相染病、其未病者、已愈者及已病者，除参赞外，幸彼此探访闻问，尚不失同局之大体。且同居一楼，相隔者间数楼层而已，如同人染病，不相探访亦难矣。

初三日甲戌 阴雨，暖。今日为西十二月二十四日，明日系其天主生辰，当晚家家预贺，故无论贫富，皆买松树一枝，大小不等，上插五彩小蜡，缠以金银红绿纸条，并挂绸纸造成之玩物，如车船房屋、鸟兽飞仙、果品花朵之类，树下又罗列糕点及各种玩物之不能系于树上者。至酉刻，则家家点烛，阖家老幼围树观赏，烛尽贺禧，并有同时请客观赏夜酌，临别赠以微物者。盖数日来，凡男女相识交结敦厚者，彼此必有所馈。有前日令人送去者，亦有临时自行携往者。至馈送之物，价由二四十芬呢至三四十马克不等，其物则为糕点、果品、花卉、信纸、衣料、陈设、木器、瓷器、玻璃、金银器、香水胰皂、针囊小匣、宪书纸夹、香粉盒、照相夹、果刀、茶匙、笔架、墨盒，种种日用之物。送物之多寡，亦视交情之厚薄，迨请客到时，又必罗列所得之物以夸耀之。

初四日乙亥 早晴，午后阴，雾。前任许星使所用之德人芬锐飞当洪星使到后撤去，以便节省经费，而与之间或往来者，不过余与承、陶、姚三君而已。不意今早其人执奉星使一禀前来，字系英文，请余代递。

按：该禀内称，锐飞现在吉拉海口克玛呢亚造船厂当差，因闻中国现拟制办铁甲船若干艘，兹将本厂前在天津译成之船式清单谨呈星使台览，如使本厂制造，必能坚固适用。至将来事成，应用使费若干，即请示知云云。余谓此信原可代呈，然此次不惟公事，不敢闻问。其关银钱之事，既不敢问亦不能闻，请转交金楷理为妥，盖星使与彼相契也。锐飞曰："唯唯。"由此观之，是我国每在外洋制一炮造一船，其中必有使费若干，不知西国彼此交结买卖皆然，抑或独与中国交办始有此举，不可得而知也。

初五日丙子 早微雪一阵，雪后仍阴，天虽稍凉，气尚清爽，入夜大风。今日街市各铺除点心、酒食、烟卷、加非等铺开门外，其他依然关闭。各处男女老幼往来如蚁，皆换新衣，尤觉洁净整齐。

初六日丁丑 镇日阴晴不定，微风，冷。本公馆有四厕，上层星使用，下层仆役用，中层二处，其大者归洋婆关锁，小者归余等同事十四人用。间有仆从入内，往往二三拥挤，不堪久待，则须驰赴万得海桥东土人开设之茅房，在内大便二十芬呢，小便十芬呢，因而同事姚子梁戏作一禀云，禀为吁请广开茅厕，以便撒污。事窃本衙门从官十余辈，公用右边楼梯下之茅厕一所，极形拥挤，而支应之家人时复盘踞其中，各官咸为之退避三舍，此右边楼梯下茅厕之实在情形也。至左边楼梯之旁，屋内另有茅厕一所，则所为宪台雇用之洋婢所独占，平时封锁，他人更不得其门而入,此左边楼梯旁茅厕之实在情形也。查本衙门只有茅厕两所,其一为支应家人所盘踞,其一为宪台洋婢所封锁,其余从官更何由得撒污之处乎?方其食饱之时,洋洋得意,自谓将军不负腹,及至消食之后,欲撒污而不得,则莫不恨腹之累将军矣。茅厕前候缺之难,较之冀望优差殆又甚焉。此事秽琐本不足上渎宪聪,惟迫不待缓之情形,若壅不以闻亦难邀洞察,不得已合词吁乞宪恩大施方便,可否酌拨经费若干,添开茅厕,以供从官撒污之处,未敢擅便,伏候批示遵行。

初七日戊寅 晴,冷,河始封。贝汇如渐已告痊,徐良臣亦只伤风,大致皆可平复矣。西人名其症曰因苐仑杂,现在柏林通城染此病者三分之一,为数不下十五万。据云,此病医书内载明西一千一百七十二年(南宋孝宗乾道八年)已见之。考其来源,系一种微虫名米克洛卜者,居人鼻耳毛孔须发之间,以显微镜照之可见,因此虫能飞,故易传染云云。

初八日己卯 稍晴,不甚冷。早起熬粥分送诸同人及潘、桂二君,盖中俗所谓腊八粥也。今日为星使寿辰,前当星使起程赴俄时,留言当晚请诸同人吃面,届时同桌十二人,桌上横列鸡丝卤汤三大碗,炸酱二小碗,腌白菜二碟,腌白萝卜二碟,虽无寿酒而有寿面。于是有夸卤汤之鲜而热者,有赞面条之扁而长者,有吃一小碗者,有吞三大碗者,彼此狼餐虎咽,热闹之极。

初九日庚辰 阴,凉。近日支应洪禹山时症虽愈而牙齿疼痛尤甚,前日延一牙医来治,乃敲去槽牙一个,马钱三十马克。今日亲至其家,再令敲去一个,门脉减半。

初十日辛巳 阴,暖。今日为西一千八百八十九年十二月三十一日,各铺出售饮食、糕点、花果以及贺年花片者,皆开至丑正始闭。至酒肆、加非馆,则皆通宵达旦。夜深则闾巷往来醉汉颇多,虽无滋事之徒,乃多喊唱欢喜新年者。人家亦有请客以饯亥而迓寅者,亥刻男女客齐,先坐谈,至子初则夜酌。此时有以食鱼与猪肉为发财吉兆之俗,故送年礼有以糖鱼、糖猪者,更有猪背一袋外号万马克者,其式大小不一,大者盈尺,小者二寸。食至丑正,则彼此碰杯,高声庆贺新年,再则奏乐歌舞,至寅卯之间始散。

十一日壬午　大晴而凉。今日为西一千八百九日年，正月初一日，各铺除加非馆、烟卷铺、酒肆、饭店、肉铺、鱼行、青菜、鲜果、点心等铺开门外，余皆关闭。镇日男女街游，往来甚夥，然上等人少。届口男女相识者，寄送纸片，庆贺年禧。或用自己名片上书贺禧、深望新年安乐、恭贺新年等语，或买印成恭贺新年等字而添书其名于下，或送一面印成花卉人物之纸片而不列名者。又有送印成之人物作百般可笑之势，亦不列名其上者，更有书一二句戏语于其上以使接收之人开视而狂笑者。今日本公馆未挂旗，又大小客厅一律关锁，同人中有相识之德、法、英、美等国之人来拜者，无法，延入己屋少坐。然各屋窄小，既收拾不净又有菜味与烟，洋人观之闻之，殊自抱歉。又因今日无风无雪，天气清朗，未正，参赞偕小轩及支应服官衣与便衣，乘双马大车赴各处代星使拜年，盖前二年参赞未经亲往，而此次兼带小轩使之阅历也。

十二日癸未　晴。余初到此，恩仲华与参赞皆谓此地历来外国新年，星使皆令人着官衣赴各处代为投刺，且携带同人各片，同时并递。所以着官衣者，因至王宫王府皆下车入号房亲书衔名也。又至他处，亦有门丁亲至车前脱帽挡驾者，参赞遂代星使派余代往。至次年，余则先期集众名片，到日照例经支应吩咐单马车带洋仆前往。至昨日，余仍先集诸公名片，待至未初无信，询之始知参赞亲往。及其回后，余同陶矩林往问，乃云毫不记前二年有此举，若诸君愿往拜贺，亲身一往可也。余同承、姚诸君商议，以在此不及年即为差满，则拜与不拜原可，然既为奉旨携带之员，自当与各国公使参随稍为联络，以固我国家与各国交涉友谊之大局。且前二年曾经一律投刺，至此则惟见星使、参赞、支应及新翻译之名片，其他不知何往，或因何故不拜，必使他人诧异而议论之，于是公请陶矩林同阎润亭于当日午后复乘车各处投刺，申初回。

十三日甲申　晴，不甚冷。酉初，星使之如夫人披粉红银鼠讷勒库，乘双马大车携洋仆赴税务司夏德家吃茶。戌初，本街第十五号忽失火，烧去门帘一架，遂即时由德力风传到救火车十数辆，各皆手举火把，双马飞驰，随行鸣钟，使人闪路，车到火息，齐行转回，遥望火把一行如龙，颇觉可观。

十四日乙酉　晴，暖。昨夜贝汇如自子初至寅正先寒后热，既而通身汗出如洗，早起极属气微，因而自立一方，亲入药房。奈虽名药房，一无所有，当归之类亦丝毫无存，无法可施，惟有叹息，颇动思家之念云。

十五日丙戌　晴暖如昨。中华及日本人之来泰西学习者，文以语言文字为首务，武以施放枪炮及越沟爬绳等艺为大宗。然学武艺者苟能兼通天文地理、测算诸学，是为尤胜。而学文学者，亦不止语言文字而已。夫天文地理、算法、史记亦皆当学之事，非另一家也。至格物、化学、光学、医学、律学，虽云另为一家，若能于所当学者外微知一二，亦不为无益也。乃有语言粗通，即以跳舞、歌唱、溜冰、乘马、鼓琴、御车、弄桨、打球及拉胡笳、骑铁轮与绘画各事，为心所思念者，是犹年幼知识未开也。知识开，则另有所思，亦险矣哉。各种学问必年不及二十岁者学之，既易记而更得其实。然东方人来外洋者，入大学校或较在散学约束稍严，功课稍勤不致荒心游嬉，亦未可知。至跳舞歌唱各事，虽云不为吾人所当学，亦为西人之技艺，如歌曲鼓琴绘画三技，苟能超群著名，亦可因而致富。至溜冰弄桨亦为西人于冬夏操持四肢之法，吾人于中所可稍学者，或因操练身体起见，若为回国以之谋生，则惟溜冰、乘马、弄桨、绘画而已。

十六日丁亥　阴，暖。河开，天未雨而地泞。陶矩林所雇洋妪谢苔，去冬所生一子，自知其属何人，记其姓字，惟不知其所之，曾请巡捕厅代觅。于今得之，孩貌虽似，其人不认，不肯出月间养费。官谓既非汝子，须同入礼拜堂中发誓，其人无法始认之。其人既认，则彼此欢爱如前，同眠一夕而别，不意竟又成胎，现在产期将近，故自辞去。入夜晴。

十七日戊子　晴，暖如仲春。申初，往拜英人娄欧，其妻横卧榻上，谈间令乳妪出其月前所产之女与看，着白衣围白毡，极其雄壮。据云初产时称之，重九斤，亦可谓肥矣。少坐辞归。德皇祖母老王后敖古斯达，现年八十岁，按西算现年七十有八，早因年迈龙钟，气衰残喘，迩因加染时症，串入肺经，遂于今日申正二刻薨逝，即时通城传信，歌乐概行停止。

十八日己丑　早起，因天清气爽，晴暖无风，遂乘马车走谛尔囿入五道门过恩德林敦、茀来得立、来百喜各街，见五道门内往来车辆如蚁，皆系各国公使及本国王公文武大员之入宫挂号者。又各国公馆、领事寓所及本国官府铺户皆挂国旗于杆之半，以鸣吊唁。街市行人虽多，惟不似其先皇薨时之人人悲惨，官既不皆臂围青纱一圈，而庶民更无一人，且各铺挂旗，在大街多而闾巷少，然各衣冠手套铺皆将另种黑色者罗列于窗下矣。巳正回公馆，即唤洋仆问有人赴王宫挂号否？已挂旗否？并令请示参赞，旋据传言外部信尚未来，似不必挂旗，至挂号各节，须俟金楷理来问之。十一点钟金楷理到，未入门，先喝洋仆何不挂旗，仆即登楼，旗甫挂，该仆尚未下楼而外部官乘车持讣驰至，亦幸矣。贝汇如连夜冷汗，无药疗治。

十九日庚寅　早晴，午后阴，既而复晴。闻此次王室以及文武员弁，皆着素服三个月，其中前六礼拜着黑色，后六礼拜稍减，则手套扇子改白色，青衣亦微加花彩。至戏园乐场跳舞馆，皆自老皇后薨日起至出殡日止，共停四日。

二十日辛卯　微雨。外洋各处兵役一切差工，皆有定时，微行懒误，即当责罚。现在天时阴晴凉暖不能预定，故昨经地方官谕令各街各巷每早七点钟洒土一层，以防天忽凉而地冻结冰，致使滑蹄，有碍车马往来。今早七点四分，经巡捕查出本街尚未洒土，即查明何人，罚三马克入官。入夜风。

二十一日壬辰　晴。午初，德国老皇后出殡，棺钉红绒，先自老王宫移入新宫礼拜堂内，诵经毕，载以八马大车，走恩德林敦街中心甬路。兵马前引，德皇及文武大员、各国公使皆走送至五道门，后各公使回公馆，德皇及各大员皆登车乘马由别路赴朴斯当庄。又自王宫至五道门，毫无仪仗，惟各电气灯罩围以乌纱，甬路左右立通城各馆学生及通国残废兵丁两行。学生按馆，兵丁按营，分列成队。兵举旧旗，生举新旗，排立尚皆整齐严肃。又今日凡大铺庄皆关闭息工，门首所燃之电气灯罩，亦皆蒙以乌纱。巳初，参赞同金楷理前往送殡，雇车颇难，车皆不按定价，厂内者不论用几点钟，价要四十马克，街市头等者，虽一送九马克，且须叫即上车，顷刻不待，二等者亦须六马克。

二十二日癸巳　微雨阵阵。未初，潘、桂两君来拜，少叙后同兰史步入万牲园。今日为礼拜之期，老皇后昨日送殡，今日各处乐场本奉官不禁，而当日园中仍不奏乐，是官虽不禁而自行不作，亦哀感先王之意也。在内吃茶时，大雪一阵，落地即消，天气稍凉。是晚张小轩请汪芝房、承纯伯、洪禹山、陈骏生便酌，乃先在东楼陪汪、洪二君，饮毕复至西楼陪承、陈二君饮。一主四客同在使馆，而划然分席，亦殊新奇，何主人之不惮烦耶。

二十三日甲午 阴。德国初强，国势虽张，人民困苦者尚多，故一切旧俗，仍皆未改。各家每日只一大餐，贫者出游多自带点心糕饼，且有自带加非者。昨闻德国一曲云：人欲饮红酒，苍蝇飞入杯，法人见之即倒去，英人捏出使之飞。德国人因贫全不舍，连蝇咽下使肚肥。语颇解颐，然不免自薄矣。

二十四日乙未 阴。西例男女婚嫁，必先报官，届期同入礼拜堂中成礼。昨闻德国另有一俗，因日耳曼人不一教，或天主或耶稣或犹太，无论何教，有男女愿结夫妇者，可入本城衙门报名注册，花费一马克，是亦代民撙节之一法也。

二十五日丙申 早阴，午后晴。有日本参赞井上胜之助夫妇来拜，井上惟肘上围乌纱一缕，其妻则通身皆黑，头罩乌纱，黑手套，黑鞋，黑雨伞，所服乃德老皇后之服也。盖前日出殡，不惟本国王妃命妇等，即各国公使参随之携有眷属者，亦同入礼拜堂内听经，故其服皆一律黑色也。其民间本无服服之谕，而妇女之年老者，多因感念老后而着素服罩乌纱，其年幼之有钱者亦多服之，因其喜着新衣而得换半个月之新式也。可喜徐、贝二君今皆不药而愈。

二十六日丁酉 阴。卯初睡起，卯正二刻由万牲园火车栈迎接星使由俄国回，知前于十九日张西庚呈请撤差，经星使批准，定于明年正月回国。

记：德人喜财，近日尤甚。其卖点心信纸之类者，多将纸包作口袋形，外面横号数千万马克，不知其意欲以夸富耶，抑聊以娱目耶，不可得而知也。

二十七日戊戌 阴。申正，承伯纯携一小包乘车往田阿喜铺中买物，下车将包误遗车内，及去时想及，而车已远去，且不记其第若干号。按德规，车夫不得收留行客之遗物，当日必须送交巡捕厅，告以何等人于何时由何处至何处所遗者，次早若本人往取，言明路程时刻以及物之形式不差，即得取回，厅中微有使费。若车大知其住址，亲身送还亦可。故酉正伯纯回时小包已早交在门丁之手，盖车夫未必定有此心，足见官场禁令之严也。入夜大雾，暖。

二十八日己亥 微晴，暖。本公馆之俸薪皆每月朔，各人亲入支应房领取。现因新年日近，今早支应将各人俸薪封妥，令洋仆分送，内仍扣去煤钱八马克二十芬呢。至晚戌刻，支应复将所扣各人煤费亲身送还，既不言何故，亦不知何故，惟有照收而已。

计：所用之煤，自十三年十月十九日到柏林至十四年正月十八日，三个月，皆前任许星使所余者。自十四年正月十九日至十五年十月十八日，共烧煤柴合四千四百八十一马克半。又自十五年十月十九日至十一月十八日，又用三百五十马克半，前后自十四年正月十九日至十五年十一月十八日，二十二个月，共用四千七百九十七马克。按月分之，每月合用二百十七马克九十五芬呢。各人扣款自十四年正月起，即如余一人，正月扣十七马克七十六芬呢，二月三十二马克，三月十六马克，四月一十马克八十芬呢，五月十三马克半，六月四马克八十芬呢，七月九马克八十芬呢，八九十月亦然，十一月十一马克二十芬呢，十二月十三马克。十五年，正二月皆扣十三马克，三月十马克八十芬呢，四月八马克八十芬呢，五六七月皆扣七马克九十芬呢，八九月皆扣七马克三十芬呢，十月八马克二十芬呢，十一月八马克六十芬呢。前后二十二个月，共扣二百五十八马克九十六芬呢，合库平足银五十三两七钱五分。又自十四年正月至十月作为一年，一人应扣百三十四马克六十芬呢，连诸同人，如汪、洪、恩、承、姚、陶、陈、谢、徐、张、联、贝共计应扣至千六百余马克，合库平足银三百四五十两。按煤价十个月，合用二千一百七十九马克五十芬呢，合库平足银四百五十四两零。据司其事者云，十个月共用足银七百二十五两，查此十个月内，客厅饭厅皆未生火，各住屋生火日尚无多，而用数至七百余两，想必厨灶费煤，每月除所叫送之煤外，必另买有煤储在他屋也。

二十九日庚子 微晴。西人尚武，男女自幼操练身体，平时乘马、赛跑、耍刀、使船、打秋千、踏软木、骑铁轮、抛皮球，冬则着单衣为耐寒，以及溜冰跳舞。虽在学堂中，亦有定时令众玩耍以舒筋骨而受清气。闻德皇现仍每日以耍剑为戏，本国《新报》议论纷纷，有美其诞敷文德缵乎武功者，有讥其位居万人之上，不宜雄心挥剑，而须修德存心于政治者。虽云德皇年幼，现亦三十有一矣。入夜阴。

三十日辛丑 镇日大雨。余自到德以来，已逾二载。自本地官绅以至各国驻扎之公使，除新年往来换送名片不计外，其他与星使往来者，各国公馆无一人。至本地，本来官有兼商，商亦充官，其来者皆小官，关乎交涉财物者，如招在中国充当文武教习者、办矿务者、造船者、铸炮者、制铁道者、卖机器者，诸如此类。至德人之间或往来者，亦只税务司夏德、银商普拉坨而已，不知德人不喜与人往来耶？因有交涉财物始行往来耶？何与前在英、法、俄三国之迥异如是。

光绪十有六年岁次庚寅正月

初一日壬寅 大晴。卯初睡起，着蟒袍补褂。辰正，同众随星使在大厅向东恭拜圣牌，行三跪九叩礼毕，互相团拜。午初，询诸洋仆，始得饬令挂龙旗于楼顶。未初，同承、陈二君乘车往潘、桂、赓处贺喜，回寓知三君已来答拜。酉正，星使召饮公宴，同席十六人，为星使及诸同人与银商普拉坨也，贝汇如因初愈，未经入座。所食菜共七色，为蛎蟥一小碗，每碗三枚，其他则红烧鱼翅、烧鹅烧猪、炒鸡丝、溜鲫鱼、红烧鸭、猪肉饺子。一切仍照洋法，无饼饭，有黑白面包、牛奶油，外有干果、鲜果及蜜饯果各一盘，酒则中国绍兴、德国香酒。食毕，各人普洱茶一杯。自到此，公宴凡七次，以此次为第一，酒既美而菜亦佳，故志之。

初二日癸卯 阴雨阵阵。申初，往拜夏德。坐间其子执书数篇，言某处有错字二三。询之，盖夏德有所著书，现将刷印，每一板初印，令其子校字，校出一错字，酬以四五芬呢，由此亦足见德国孩童零钱之不易。酉正大雪。

初三日甲辰 阴雪阵阵，落地即化。外洋瓷器学自中国，故名瓷曰宅那。其工随时讲求，今所造人物、花卉之类，亦极玲珑精巧，惟其细瓷器皿，如瓶、盆、盘、罐、碗、碟、壶、盅等，画工虽云可观，然其体仍轻而易损。至粗瓷，体更宣而不实，初盛汤水，其中飒飒有声，不知者疑其欲裂矣。亥初雪止，仍阴。

初四日乙巳　阴。酉初，余同汪、承、陶、姚、洪、陈、徐、阎、贝、张诸君，公请星使及金楷理在沙洛屯街柏林乃戏园观剧。园大与他处同，容人二千。所演系四百年前和兰典故，乃国王被弟毒死，弟乃报后称王。当时后子哈米蕾年幼，未知伊父身故之由也。及其长成，一夜出游，遇鬼于途，即其父之魂灵，向伊诉其当日如何遇害，哈闻之大怒，急思代父报仇，究不知其事确否，乃在王前献戏，令优伶照伊父所言者演试之，即演至王弟毒兄时，王与后皆战栗惊走。哈既考得其实，欲刺杀之。一日，哈在宫中与母后辩论，哈见有人步入，疑即其叔，乃误将礼官刺死。礼官之女闻而疯，礼官之子疑其被王所刺，乃执剑入宫，王见之，告系被哈所刺，然尔不得杀哈，苟杀哈，按国例亦当杀尔以偿之，今寡人设法，令尔报仇，明午在园中，令哈与尔比剑，尔剑毒其头，受刺者逾时即死，盖王亦有杀侄之意也。届时王设酒两壶，一净一毒，后虽同座而不知也。二人比剑，先礼官之子被刺，王即举毒酒一杯，贺哈之能，哈辞未饮。既而再比，哈亦被刺，礼官之子即告以剑头之毒，哈闻愈怒，彼此夺剑，哈得毒剑，礼官之子亦被刺且重，即时跌倒。又王后因渴，误饮毒酒，坠地而毙，七孔流血。因此哈明其情，乃推其叔仰卧，勒饮毒酒，饮毕即崩，哈亦跌死。通场事固可惨，而一切景致楼阁亦佳妙可观。子正回寓。

初五日丙午　阴。德例：凡猪与牛羊犬马之病死者，经官查出，皆送至柏林城北洛什蕾台里地方，去皮煮肉，以肉肥田，肠作机器带，皮作鞋靴，骨作钮扣，其他老马及跌折不能用者，皆准宰而食其肉。故柏林城之东北多有马肉铺，其先为价甚廉，每斤不及十芬呢，现则增至十五芬呢、二十芬呢不等。更因贫民多而肉贵，有许多老马由英国运此宰而出售其肉者。入夜晴。

初六日丁未　晴。申正，步入万牲园一游，正值园丁喂虎豹狮子之时，系以绿油双轮小推车一辆，内盛肉片成堆，大皆由七八寸至一尺见方。自左鄙推至右鄙，于每间铁阑内，各以铁叉插生肉一块馈之，并掷入兽骨大小二三块，其兽夺食之凶猛，吼声之恶烈，其在山谷可知矣。所喂之肉似即马肉，然不知其系老马肉抑或病马肉也。

初七日戊申 阴。今日系西正月二十七日，为德皇生辰，街市昼则悬旗夜则悬灯，男女拥挤，车马往来，热闹异常。入夜大风，晴。

初八日己酉 早晴，未初阴。见一英人买物，因不甚合式往换，店主言语谦恭，大堆罗列，任其挑选。记去岁一华人买物，及送来观之，工有不精处，往换时，该铺虽认而不换，彼此口角。后觅得巡捕，巡捕不入，勉强唤之，言明其情，奈巡捕不惟不从中调处，竟纵店主用恶语以手将华人推出门外。德人待华人、英人之不同，华人之忍耐，皆不待明言也。

初九日庚戌 晴。酉刻，陈、贝二君召饮，同席为星使及汪芝房、陶矩林、洪禹山、哲宁、金楷理，戌正席散。亥正乘车至卜乐木索茀巷第一号，赴司庇该夫妇家茶会。司本德人，其妻系英人，故当晚男女百余而英人居其三分之二。彼此饮酒、点心毕，有歌曲者有跳舞者，颇觉热闹。子正回寓。

初十日辛亥 昼见雪四寸余，入夜晴。泰西各国信局，皆由各邮部互立明约，即如德法两国，凡信件之由德送法者，信资归德统收，其由法送德者，归法统收，因不必按件细算也。至信件过境者，如由法走德至俄，德则照货物算，每斤抽收百分之一而已。

十一日壬子 稍晴。柏林各家各铺，夜皆于亥正锁门，凡本家人出入皆自带有钥匙，无须拽铃呼唤门丁。然各街巡捕随身皆有各门钥匙，凡门中遇事，如盗贼、回禄等，巡捕皆可自行启门闯入。如本家人在外，未经携带钥匙者，临门不暇呼唤，亦可向巡捕借用。

十二日癸丑 稍晴，凉。午初，前巷某学馆教习出殡，有伊教成之生徒，年皆约二旬者，八九十名，共坐双马敞车二十余辆，每辆内四名，皆头戴“ㄇ”形小帽，周盈尺，高二寸，颜色红绿蓝紫不一。又每车中竖花旗一杆，高皆八九尺，旗横长五尺，竖宽约三尺，颜色花式亦不一，未详何义。棺车在前，送车在后，行动亦颇齐整。

十三日甲寅 晴，凉。田阿喜由中国运来之芭蕉扇与凉席甚多，去夏已售去三分之二，此时天凉，收待今夏尚早。近日设法造作新式茶几，系以竹竿作架，以蕉叶或凉席作面，一二三层不等，形式亦不一，或方或圆，或斜放三层作“”形，工极整洁精细，并可卸下，架面能分，便于收藏携带，价由十五马克至二三十马克不等。土人因其式样新奇，称为华产，买者极多，是亦可见田阿喜之善于谋财也。

十四日乙卯　阴。德京博物院颇多，上年在高尼格拉在街路北设一东方博物院，楼三层，极宏敞，内分设东方各国之土产物件，以便国人广见。各院于每礼拜皆前二日不开，一因礼拜，一便洒扫。各院皆有用款，而此院之费用国家无法筹拨。今乃改于礼拜一日，仅开一天，便人观看。因此日他院皆闭，即可借用他院之人来此照料也。又其东方学院，原为培养人才以便前往东方各国通商理事，其中用款，国家现亦勉强支持，将来如果无法，即行关闭。盖德国银库，款不盈余，乃设法加租重税，进项稍多，然其筹备武库，一年尚须十分之六七，故他项用款，凡不十分紧要者，皆欲暂行裁撤也。

十五日丙辰　阴凉欲雪。酉初，金楷理请星使及诸同人在什蕾坊朔斯皮拉戏园观剧。园颇大，楼三层，容座千二百。所演系瑞士国将改民主之前，有某省总督，为人暴虐，民心不服，且国主亦昏，因而民多结党欲叛。有某甲善射，百步之外，星点能中。一日，甲将持弓箭入党，告其妻以打猎。甲之子年十三岁，欲随往，其省城中某处立有高杆，上置总督帽，下有兵卒看守。凡人过者，皆须脱帽以示恭敬，否则执以治罪。甲因过未免冠被执，总督问其不脱之由，答云：“人各有主，随处便宜，不能专为一帽而免冠。”总督谓：“知尔善射，今赐尔一橘，令尔子立于百步外，置其头上射之，中则赦尔自主自由，否当杀之。”甲闻而泣，伊子乃言：“我父善射非虚传也，儿既不畏，父又何惧？”言毕，执橘于顶，立树下。甲乃跪天祷告，既而箭发中橘，官民见之，齐声称贺。总督不得已，搜其身，另得一箭，问尔：“此箭何用？”甲云：“若伤吾子，备此以射汝者。”总督谕将甲发往某处小岛，永军不回。甲子逃归，遂将甲以舟渡登小岛。恰值某日有人行舟海内，不得出路，因见甲在岛上，遂求指引。甲即登舟，引至彼岸，未及泊舟，甲先飞步驰遁。其时正值总督乘马猎于乡间，甲见之，乃先求一贫妇携其子女，迨总督到时，在某墙树之间跪求财物，如不听欲去，即拽其马不使行，仍跪求之。甲乃匿于树后墙边，总督到来，正值贫妇拽马叩求之际，甲即一箭射总督坠马，急步至其前，告以姓名而去。至家见妻子，业已贫苦褴褛，彼此悲喜交加。总督死，人民乐，共立总督制下某将为总督。所有景致与真毕肖，无须琐述，惟其暴风骤雨、海浪狂涛，声势之震烈怒号，闻之观之，令人心怯。又其天晴，终朝日光射于山涧，早晚之不同，入夜月光清朗，微风使树枝之摇动，水面之微波，更有真马上台，马之假作奔驰跳踢，种种可观之至。子初回寓。

十六日丁巳 阴。外洋所食禽兽与华人同，惟诸牲五脏头蹄之类，除猪头、牛肚、牛尾、牛舌外，其他皆非上等人所食，故在船上皆掷诸海内，以饱鱼鳖之腹。今见此地各肉铺、饭铺，一切生熟碎骨烂肉，皆有定时贱价卖给穷人。故每午后三四点钟，在饭铺后门或肉铺旁门，皆立有男女老幼一二十以买贱肉、贱骨者，然皆衣裤整齐，似乞人又似非乞人也。

十七日戊午 稍晴。往年冬腊正三个月，屡见大雪缤纷，厚多盈尺，因而朝朝官场派人撮扫，一切车马人工，所费不下百万马克，亦一巨款也。乃自去冬至今，仅下雪二三次，且河亦只封数日，是不惟车马舟楫之福，亦彼国家之幸也。

十八日己未 晴。午后，同贝汇如出游，见墨林巷内画店中出售一种新纸画，画亦平常，印成涂色，景致多亚洲各国者，中有京都正阳门大街、圆明园以及福州、打狗等处。每页白纸裱成，横宽尺四寸，竖长一尺，价则八九马克，合银二两零，亦不为不贵矣。

十九日庚甲 阴，不甚凉。凡外国文武官员，由所学何艺出身者，则终身永供其职而不出其署，盖为其所学为何，则永办何事，不惟事理通明，且识见日增也。又各官不拘大小，皆不兼职，故能一心视事云。

二十日辛酉 早雪，午后止，仍阴。本公馆之包封，每次由柏林至上海，准三十余日，合定日期，不至误事。闻前次包封内有金表两个，经张小轩三次亲入信局，与之言明内物保险，令信局查明定章，外包何布，如何捆法，外打火漆印若干，信资若干，如数付讫，意为妥寄。不知竟走货船而不走公司，至三个月后，始抵上海，幸其中尚无紧要公文信件，驻外洋通语言而司其事者，须细考察也。

二十一日壬戌　晴。记：英法两国都城，内分左右，贫富分居，故虽走在极热闹处，亦罕有人追随说笑。柏林则不然，贫富杂处，在街市频有贫家小孩三五追随喊叫，更有男女不追，而见乃戏笑指画之，虽非恶言，究系戏语，不知者看其神形，已觉可厌，而知者更觉其言之逆耳矣。

二十二日癸亥　阴凉，入夜大风。据西人云，彼国教士不比僧道，任便皆可入门学法，必须品行端正、诚心为善者方可学习此业，以备将来充当教士。因此国中设有教士学堂，凡欲入此学者，必经神甫察其品行如何，心诚与否，然后荐入。本人又必自书其来历以及心中所向，则管学者再三考察，一切情实者纳之。然初到者皆使先在外堂，随时学长等十数人窥查之，到日众论如一，确有可取，始命移入中堂学习诸学，练心养性，按年考试。其性善而质钝、才优而品劣者皆逐去之，果其才德兼优，即入正堂，以广其学。俟有成效，则管学监督牧师等，仍出题考试，其列入优等者，方可任教士之职。至各人在内所学者，为腊典、犹太、希腊文字，经学、地理、年表、史记，更因英和两国多属地，兼学二国语言文字以便前往传教。按以上观之，则凡西国传教之人，皆品行端庄、学问优长、心地明白、处事公平矣。乃尝见有无论聪明愚鲁概行收纳，遇事不论曲直一律袒护，因而受害两国失和者，不知此等教士皆系学堂再三考试斟别者否？如果系学堂考出者，则不得谓其才德兼优、心地公平矣。

二十三日甲子　晴，入夜风。见墨林巷北首一铺，出售戏场所用各种彩物，如我国所谓之盔头作，各种人物、禽兽、花木器具，无一不有，无不精工，既有天下各种人头傀儡，更有牛头马面，一切果品如苹果、橘子、梨、桃、波罗蜜等，无不与真毕肖。其纸作糕点，外面洒糖者，乃改洒白盐末，取其不化也。有种布花，白色，以香水喷之，则变鲜红，不知有何药料。其他更有以纸作成多种玩物，如匣盒宝星等，笔难尽述。

二十四日乙丑　大晴，稍暖。酉正一刻，余具果席请汪芝房、洪禹山、陶矩林、姚子梁、陈骏生、贝汇如六君及洋人哲宁、金楷理、娄欧、屠蒂、司庇该、芬锐飞、柯林倭、席尔特夫妇母女。菜乃鸡丝粉汤、酱汁鱼、八宝饭、高丽苹果、红焖肘子、炖小鸡、杏仁茶、荷叶饼、烧鸭子及芝麻烧饼，干果、鲜果、蜜饯果各四色。酒则红酒、白酒、香宾、舍利、啤尔酒、玫瑰露，彼此畅饮甚欢。事毕，余因立陈数语（当时一因在外国，再因客多洋人，故有是举），其大致云：“昔自一千八百六十六年（即丙寅年，如言华历，则洋人不明矣）余初次出洋，当此二十三四年间，余尝具席邀饮，以叙海外友朋之乐。今日既蒙诸君惠然肯来，不胜感幸之至，余至德国已逾二年，再八个月当即差满回国，因中国与英德两国为友（当日座中惟英德两国人），则我三国之人亦当交结为友。今日人虽不多，而赏心乐事良有以也。俟余回国后，尚望彼此重逢，或余再到泰西，或诸君往游中土，岂非至乐。”言此举杯复云：“今先谢诸君，再饮诸君之福。”放杯后，娄欧亦立答数语，代众申谢，并祝主人之福。此后，齐入客厅吃茶与加非，坐谈片时，陆续辞去，时值子正。

卷　十

庚寅正月二十五日丙寅　晴。午后步入尤斯的加非馆，遇土耳其驻德医官蒋旺豹，谈及各处医道之不同。据云治法既异，则某处人须某处医疗治，更须治以某处之药材，方得速效。故彼此医道不同者，每有公使驻扎，皆须携带医官药料，以治本国之官役商民。然近来公使多不留心于此，每每疏忽，有名为医官而实不明药性者，有带医官而携药无几者。即如敝国之医，当奉命未起程时，余曾开单呈请制买药料，因敝国治法用药皆与德国不同也。按余所开，皆系男女平时应用者，共值五六百圆，经星使删去十之六七，所余共值数十圆。及到此，幸有前任遗留几种，收存药房，买来各药锁存支应处。在此人染微恙，药尚缺少，即染大症，余虽有法而无药，亦属枉然。且旧药用尽，新药求之不易，众人无可如何。外觅德医疗治，禀报用钱若干，官不发给。余来此已逾四年，虽欲行医，乃有心有手而无利器，是妄称医官妄食官俸，殊觉惭愧，欲辞又不许，不知公使是何主意。又当到此后不足一年，医药本准作正开销，而敝公馆竟报称共用千一百六十七圆，是敝公使陷余于险地，更不知所用以何为题也，言次长吁者久之。申刻回寓，知哲宁等咸来投刺道谢。

二十六日丁卯　晴。见土人种花，间有不用瓷盆瓦盆而用木枝攒成之筐者，或以柳条，或以竹枝，或以蒲叶，形式不一，或方或圆，或椭圆，或八角。筐不甚高，高者三四寸，周皆二三尺。近日各鲜花铺多以此筐栽成出售，更有在筐边趁以绸絛一缕者，红绿黄白不等，更觉鲜明可观，闻每筐价至十数马克。

二十七日戊辰　微雪。外洋器皿，式样多与中华不同，因其有料，可令改式造作，于是有描画式样与之者，有将成件与之使仿造者。乃见其人，每作一物，不惟不存留纸模，更将借给之件伤损，而后寄回，如是，殊非买卖之道，不知其意以华人买物无多，故不留心耶？抑或以华人可欺，故将物件损坏耶？皆未可知也。

二十八日己巳 阴，暖。外国各家各铺，不拘冬夏，门皆关闭。然铺户人之出入者固多，而在德京一楼，罕有住一户者。出入之人既多，间有忘而遗门开放者，恐致误事，因而通行一种气管，作“”形，系中一空铜管，左右二铁条，一钉门上，一钉楣边，门开则管气压出，既而气再灌入，则门虽不关而自关，极属便当。

二十九日庚午 阴。外洋人工物料，较之中华，无不一贵，然有较中国至贱至便当者，乃信件也。信价既廉，而到信时日不差，且少遗失。在本城本国以及本洲皆莫论，如由柏林寄一函至中国，分两不逾曹平三钱五分者，仅费二十芬呢，航海三万余里，合五六十制钱，或四五百当十钱而已。中国寄信，由上洋至北京，尚须制钱一百，合当十钱一千也。

二月

初一日辛未 阴。去冬星使在俄时，于十二月十九日，延少山代张西庚呈请销差，词称不服水土。西庚自谓已有盐大使衔，在外当差三年，即可保得盐大使。今既代请销差，则回华后当捐盐大使，以对亲朋，然此款须少山解囊，不然，必待三年后方回。因曾函致亲朋，在此得有差使，今乃无故回华，恐为亲友所疑也。少山无法，许以七百金，始勉强允诺。内捐项五百，路费二百。故于今早辰初由俄到此，住使馆内。

初二日壬申 晴。西国因人之志向不同，故所设学校不一，有专为志在干禄之人设立之学，曰仕学，凡十八岁以上者皆可入学，在内所学以腊典文为首要，其次则罗马希腊之古文，本国及英法之语言文字、地理、格物、算学、经学以及官定各书。诸生分为三等，凡列入头二等者，学就皆可出学，则官给文凭，改入太学，以冀有成而出仕焉。当晚酉正，余约承伯纯、陈骏生、洪禹山、贝汇如及张西庚吃薄饼，彼此欢饮畅谈，亥正始散。

初三日癸酉 晴，凉。陶矩林之女洋仆谢苔，因怀胎将产告假去后，另觅一婢年近三旬，方用数日，因其遗滴月经于楼板，肮脏不堪，逐去。再雇一名年逾五旬者，又因事繁劳累，自行辞去。矩林因谢苔勤能耐劳，乃即致信唤来。闻其养得一女，至是丁弥月尚少几日也。

初四日甲戌 晴。此地之华商田阿喜，本浙江金华府永康县人，现年五十六岁。自伊七岁，因发逆之乱离家，既而出洋谋生，迄今四十余年，从来未回归故土。曾娶英女为妻，生有二子，长子合通，年三十一岁，娶和女为媳，现生二孙。次子喜子，年二十九岁，未娶。合田阿喜以年老多病，田姓一庄人口颇多，虽有亲叔，记其名而忘其貌。现拟携其次子回国，拜祖扫墓，以认同族。定于本月十五日由布莱门海汾乘德公司回华，今早伊父子前来，求余代请星使赏给护照。余因为之回明，经星使允准，并因其父子华语不甚通，一切生疏，并蒙许给带致上海文报局信一函，以便照料。又贝汇如之令叔达夫，现住杭州，系绍兴府经历，因其路经杭州，亦具一禀，令其带递，以便临时指南，不致受人欺侮云。

初五日乙亥 阴，凉。近日河虽未封，而各处小池冰皆冻固，是以每日午后，男女手提冰鞋往来者极多。今日礼拜，余于申初步入万牲园，见加非馆前小湖中，男女老幼溜冰者百余，中有本公馆之庖丁及田阿喜铺中伙计戴安卿，往来溜行，亦颇灵便。

初六日丙子 早雪，午初止。陶矩林因与张西庚之令叔相识，不忍见其半途而废，乃代为禀求星使，将原呈掷下札子撤回，仍留在德当差，至少山所给之款，请星使代为收回，如少山不领，即请代作赈捐。星使谓此事不便如此往返，且文书早经发去，计日当抵总署矣，似难照办云云。

初七日丁丑 阴。申初往拜英人娄欧，知其夫妇前于礼拜二日同赴伦敦，既见其三子。大者方十一岁，同婢出游，问其新生之妹尚在襁褓者携去否？据云留此有乳媪哺之，是亦西国之通俗耳。

初八日戊寅 早晴，午后阴晴雨雪不定。卯初，承、陶、陈、阎四君，奉派起程赴艾森克鹿柏厂验放炮位。酉正，汪芝房、张小轩同请张西庚在乌拉饭馆晚酌，又汪芝房添约余，张小轩添请其教习，此教习既不知此馆出入之门，及饮食亦有咸甜错置之处，因其人曾未见过大局面也。

初九日己卯 早晴，申正大雪盈尺。德京医院大小数处，俗谓之施医院,按其医治,可谓施舍,然从中仍有索钱之处,故不得即名曰施医院,而可名曰便医院或可医院,因在内疗治,诸多便当,无力使其医治亦可也。凡贫民染病之不能延医者,即可往彼求医,其须留住院内者,既有床榻,男女扶持,早晚更经医生量给饮食,其中虽医药不索费,而一切饮食等则须付钱。病人分头二等,头等者每日五马克,二等者三马克半,且于入院之日即须付一月之费,其人如不足一月痊愈,乃按日扣算,所余缴还,其不宜行路或不宜坐马车及公车者,则以院车接送,另索车费。如上月田阿喜铺中伙计沈五,因肺症痰喘,入吕祖街医院求治,医生谓其宜用院车往来,否则痰沫吐于地面车中,他人踏之当被传染。伊住院内二十四天,索费八十九马克,按二等者二十四天应费八十四马克,又外加车钱二十马克,统计一百零九马克,合银几二十五两,其病至今未愈云。

初十日庚辰 早晴。巳初,同姚子梁、张小轩至万牲园火车栈,送张西庚起身去巴里。午初,大雪一阵。戌刻,承、陶诸君由艾森回。

十一日辛巳 晴。通城名士率刷印书籍、新报各局主人于今日亥初在赛伦代扉哈莫呢堂(即前年赴日本跳舞会处)中设跳舞会,延请各国公使领事以及官宦富商前往,各有所施,以便赈济印工之贫苦。今日哲宁代请星使、参赞及余与陶矩林、陈骏生、张小轩、金楷理,届时乘车至彼,见正面台上罗列碧树插假花,对面楼上乐工两班,共五十余名,来者男女千余,跳者立于中堂,饮食闲谈者,坐于三面廊下。男女各执跳舞帖一页,以便互相约定跳舞何式第若干节,因会中拟定有单,何时跳何式也。又给妇女各香水一小瓶,或执手内,或挂胸前。入内坐东廊下,哲宁引各局主来见,后饮香宾几杯,坐观跳舞,卯正始散。

十二日壬午 晴。西国有跳舞俗,男女年幼者,固皆以跳舞为欢,而年老气壮者,亦多以跳舞为乐,男子尤甚,故每赴跳舞会必于中得跳一场方为不负所往,其得与宦室名人之女一跳,固以为荣,否则与他家之美女得跳亦可,间或不得已而与一老妇搂跳一场亦足怡情。

记:昨晚在某跳舞会中,一德人萨梅荪者,年近三旬,现充墨西哥国领事官,在余旁坐至子正,两眼四面搜察,妇女虽多,而一无素识,且他人跳舞多场,看之垂涎,心急发燥,坐立不定。待至丑刻,无可如何,勉强求其微识之男与之引见一妇年逾四旬者，相搂跳舞一场，及其回时汗流浃背，面赤口喘，而有喜色，既感其友之义，更感老妇之德也。

十三日癸未　稍晴。午后偕友人步至林敦街，突有一年三十余者近前，双手扶友人之肩，竟欲亲吻，余急以伞柄击之，其人帽落而去。查其故，盖某君年近三旬，面白无须，戴皮冠，身穿福色皮袄，玉色长袖皮马褂，胸钮未扣，两襟外翻，露天马两条，必土人醉视，误以为少女耳。然余四次出洋，东西各国，未见如此之无礼者。此地遇土人欺侮外人，不惟行人不理，即巡捕应管亦不管。在伦敦恐不至于此，即当时无巡捕，行人必代为不平，已扭送巡捕厅矣。

十四日甲申　稍晴如昨。赓韶甫回柏林禀撤差使后，住于沙洛屯埔庄洛溪楠街第五号，不知伊作何度日。近因使馆事繁，张小轩虽升充三等翻译，奈其所学德文将及二年，仍多不能明晓，因而星使思令韶甫仍入使馆当差，然不欲明召，必使其谢罪自投，以便按月扣其以前所费。因先使陈君往劝，既而参赞致书邀会于新开店，后又改令前来使馆面谈。今日未初韶甫来，登楼至参赞处，坐谈至酉正始去，尚无定局。

十五日乙酉　镇日大雪，落地即消，泥泞如雨。戌正一刻，芬锐飞请赴跳舞会，今日为西三月初五日，因明日为其妻生辰，故有此请。余与陶、陈二君各有所赠，陆续来男女六十余，亥正入座夜餐，分坐一大桌四小桌，酒食颇佳。食毕，锐飞立陈数语，客中亦有立而代众先祝后谢者。子正作乐跳舞，丑初谢归。时值天晴，皓月团圞，明星满天。

十六日丙戌　晴。沙洛屯街第六十二号路西一大纸店名欢拉特者，出售纸张种类极多，其五彩平面、花纹颜色、大小厚薄无须琐述，惟有凸花者、印花者、假布、假革、假石、假木、假绸缎、假玻璃，种类既多，无不与真毕肖，更有金质金花者，银花者，“卐”字不断之花纹与中国相似者，则一望如绫似锦，殊属鲜明可观。其大宽三尺，长二尺，每张价由五芬呢至一马克不等。按外洋论件，每十二件则价稍减，此纸不然，乃每二十五张价按二十张算，其故未详。

十七日丁亥　早大雪，午正稍晴，申初大雨一阵，入夜风。外国亦以猪、羊、牛、鸡、鸭等为应食之物，故皆养于笼圈之中，一切喂饮既有定时，而水料亦有定数，故其肉极肥嫩，可以指掐。然此等禽兽，不经浮水走飞，故其肉肥瘦不均，横切视之，则白油一圈内包红肉一团也。且其肉无论如何烹煮炸炒，华人食之，皆少一种香味也。

十八日戊子 阴。新任驻扎英法大臣薛叔耘星使（福成）[①]驾法公司伊拉瓦的轮船于前日抵马赛，明日到巴里，刘芝田星使（瑞芬）已在巴里迎候，于是洪星使亦拟赴巴里送旧迎新，叙谈洋务，遂于今日午初偕金楷理自持靴帽衣包烟具，乘火车前往。

十九日己丑 阴。中国税务司夏德[②]告假回国，带有中国书籍若许，如图书集成等。余曾至伊家，见大厅一间，四壁密列层层，不仅五车而已。其假期将满，今日前来辞行。据云，其华书一概售与本国官书库，共得马克二万二千五百，合一千一百二十五镑。

二十日庚寅 阴，暖。陶矩林之少君涵宇年幼体弱，昨晚伊父带赴跳舞会，天明始回，终夜未睡且寒热交作，今晚顿觉通身冷战，急请骏生诊脉，因未闻其病源，告以此病难治，于是母子对哭，矩林亦即焚香默祷。既而承伯纯告明其病来由，始立方煎药，直至丑初，彼此始得安寝。

二十一日辛卯 阴，暖。洋婢黎那年未二旬，未嫁女也。两日前，忽染病，面黄，因而送入医院疗治。据云，其症乃天癸来而忽止，按华法治之极易，而洋医竟镇日以冰冰其下部，不知按何理法，该婢遂于今早殒命。除星使、参赞外，诸同人各助五马克，饬买棺木以葬埋之，死于非命，甚可怜也。

二十二日壬辰 阴暖如昨。德京马车分头二等，街市排列皆有定处，头二不得混杂。每早各车列定，皆经彼处。巡捕里外查验，苟有脏痕、损坏、未经刷洗掸埽修补以及马老或有病者，皆须御回本厂。车脏者换车，马病者换马，否则禁止街行。

二十三日癸巳 晴，暖。见近日德之《新报》嘲笑德皇，谓老德皇韪良

---

① 薛福成（1838—1894），字叔耘，号庸庵，江苏无锡人。近代散文家、外交家、洋务运动的主要领导者之一、资本主义工商业的发起者。曾担任出使英、法、意、比四国大臣，著有《出使四国日记》等书。

② 夏德（1845—1927），德国汉学家。清同治八年（1869）来华，在厦门海关任职，此后27年在中国各地海关执勤，历任副税务司、税务司等职。1900年，德国政府曾就中国支付庚子赔款事项咨询其意见。曾任慕尼黑大学教授。1902年应聘为美国哥伦比亚大学首任汉语文教授。1918年夏第一次世界大战结束后从哥伦比亚大学退休返回故乡慕尼黑，但仍笔耕不辍。1927年，夏德在慕尼黑逝世。

第一曰克利斯开色，译有寿皇也，谓其子（即今德皇之父）茀来得立曰威斯开色，译聪敏皇也，至其孙毽良第二则曰阿来斯开色，译游历皇也，因其曾去英、法、俄、义、奥、土等国游历也。又谓德国新开一至大之洋行，天下第一，招曰毕驷马洋行，盖自德皇去各国游历后，各国皆来制买炮位，是出外招揽买卖者皇也。

二十四日甲午　阴，暖，午后微雨一阵。记：前日在跳舞会中有二三德人，皆谓德国现在势强，居泰西之第一，人皆礼貌温恭，街市闹热，宴会极多，堪称繁华盛世。按所谓德国势强者，因自胜法后，一力支持整顿，刻刻操兵，未向他国交兵，能否必胜尚不能定，故频以强胜自居也；谓人皆礼貌温恭，若果然又安有驱逐华人以及突搂华人而欲啜吻者；谓街市闹热，亦仅来百喜、朴斯当、茀来得立与恩德林敦四街而已；谓宴会极多，余到此几近三年，未见茶会跳舞会如伦敦、巴里之盛，间或有之，亦罕见有车马盈门，男女拥挤如蚁者，无非男女携手出门，或步行或雇街车，更有坐公车者，由此观之，德之富强安在？

二十五日乙未　晴。星使屡于晚间六七点钟偕参赞步至来百喜桥南吃啤酒，向在路西第二十七号朴林子店中，后改在路东第百二十三号略该店内，因其所售之酒清纯，酒由某处某和尚所创，乃俗呼其地曰和尚酒馆。当晚余同贝汇如入其内，各饮啤酒一盅，食烤羊肉、水煮鱼各一块。见其屋既狭窄，桌凳亦皆鄙陋，堂倌粗俗，坐客多非上等，因而食毕即归。亥初一刻，星使由巴里回。

二十六日丙申　晴。柏林街市现虽繁华，新楼层层，铺户密列，然铺开虽多而生意甚少，故多赔而少赚，因而大小铺于窗外多有横贴红纸数条，书云敖斯威尔阔甫，译言清铺货也，贱卖也，是皆无力支持处也。

二十七日丁酉　晴，暖。德国礼官完微代夫妇于十数日前具帖请星使、参赞及余与金楷理、陶矩林、姚子梁、阎润亭于西三月初四、十一两礼拜一日晚九点钟，在其署中茶会，乃前二十日与今日也。前一次因星使去法，余拟俟星使回时随往，姚、陶、阎三君遂先去。今晚余同汪芝房、金楷理随星使乘车至毽良街，入其公署，见其夫妇，年近六旬，楼房宏敞，男女尚多。余随星使少立，步入他间一转，即回使馆，时在子初一刻。

二十八日戊戌　晴，暖。酉初，星使招饮于乌拉饭馆，同席为诸同人，内张小轩为明日赴朝会，因而沐浴剃发，故到稍迟。此馆吃饭平日一人四马克半，今日因在单间雅座，合一人六马克，菜仍平平，二三色而已。食毕，乘车北行过马沙桥，入来兴戏园观剧。通场不作乐，不歌不舞，道白而已，不懂德文观之殊觉无味，且景致亦无新奇可取者。惟见其戏台前檐横一大圆匾，白质金字，云：金他恩达那土尔自伊艾因斯努尔，译言作效天工，似与都中戏园内之乐奏钧天等匾之义同也。

二十九日己亥　晴，暖。德例：每年新正必有一朝会，接见各国公使及本国文武大员。本年值有国服，乃展限至今日，为西三月十九日礼拜三，不知来帖所请者何人，未经发下，星使谕令同人中凡未经去过者，此次随往。亥初，星使偕汪芝房、金楷理、陈骏生、徐良臣、阎润亭、张小轩前往。又因前曾告外部以一切随员皆系四品，当时徐良臣本有五品衔，阎润亭亦有五品功牌，惟陈、张二君一系主簿一系盐大使衔，故星使皆准其借戴五品顶服，挂朝珠，穿蟒袍。又张小轩之太夫人前于十三年十一月初十日病故，至十四年正月一日小轩得信，按其服制，若自十三年十一月算起，则至本年二月十日已经服阕，若自闻计之日起则仍在制中，究不知随使外洋者，于父母之孝服，又当如何？方归定例，为人子者，又不知当如何处之。又今日星使本令贝汇如同赴朝会，因其近日气喘，上下楼梯不易，未往。申初，余约承伯纯在威克兜里亚戏园观剧，优伶景致一切与他处同，无烦再述，亥正散。子初星使回。

三十日庚子　晴暖如昨。同人承伯纯自到后，于戊子冬患腹胀，去冬稍愈而饮食气力仍不复原，似是水土不宜，遂于十月十二日呈请游历英法南洋各岛回国。星使斟酌多日，乃传谓满差不及一年，何必急去，宜忍耐调养以满三年，因而停止。至本年正月初十日，又经具禀游历，至十六日尚无音信，询诸支应，据云，星使已准，定于后日往法，俟回后方下批札。前二十五日晚，星使回，二十六日早面谒星使，二十七日领到咨文，仍未见原批，乃即定于本日起程赴法。戌正，余先携洋仆孟坨将其行李运至弗来得立车栈，为之买票，亥初一刻开车，二刻至万牲园车栈，余下车换伯纯登车，即开。送别者除星使、参赞当早投刺及金楷理、张小轩当时未到外，为潘、桂二君及姚、陶、陈、贝、徐、阎、洪等诸同人。

又二月

初一日辛丑　早阴，未初细雨一阵，稍凉。日耳曼自二百年前创造一种宝星，共七十枚，名黑莺。八角式，宽长各三寸，内四角各一黑莺，四角各一翅，作“▽”形，浅蓝色八角中心一圆径，内有“FR”二金字，义乃茀来得立王也，每宝星随有杏黄绸肩胯一条，原定每年正月十八日以之赏王公以及后妃功臣与友邦之头等公使。凡得此宝星者，故后须将原物缴还，以便转赏他人，然每次所赏亦仅二三枚而已。至今年，改于西三月二十二日，即本月初三日，也有谓因国服者，有谓因老德皇之生辰改者，其实未详。此次将赏四枚，本国者二，一赏内部大臣，一赏驻法公使，外国者二，一赏英君主之孙卓志，其他未详。因此，英大太子卫拉斯王携其子于当早到柏林，各处多有挂英德两国之旗以庆贺者。

初二日壬寅　晴，暖。戌正，往赴琴师柯林多夫妇家跳舞会，男女二三百人，内多英德两国者，看其跳至亥正，请众登楼夜餐，酒既多种，菜亦丰美，然皆凉者，如牛、羊、鸡、鱼等，外有糕点数样，荤素不一。食毕，复与多人坐谈，归已子正。

初三日癸卯　阴。申刻，同贝汇如步游万牲园，一路春风风人，天气温和，草色芊绵，树皆发芽，有及寸者。闻德相王爵毕驷马于数日前告退，昨经德皇允准，改派前任海部大臣现任步军统领柯朴理卫为执政大臣，或谓毕驷马之退因君臣不睦故也。按德例，国王不能专权，凡事必与执政商而后行。此次德皇欲向合约各国商办保护男女老幼工人之法，悬为定例，以得民心，竟未与之相商，既行而后传谕之，毕有愠意且愧在位无权，是以退耳。又有谓当老德皇韪良第一之世与法战和，办妥善后事宜，屡次告退，王以毕有大功劳，为当时第一名臣，既不欲其去而又怒其屡屡求去，乃给以书有寡人在世不得告退云云，语似不喜，仍归隆宠。至先皇茀来得立即位，日既不多且君臣和睦同心，未及告退。今见国王所为，多不如意，又恐失权，是以先行自退，如得再荷隆恩如老王，则其先荣既固而品位名誉亦不得失云云。国人所言如此，未详确否。然德皇现既准其退位，乃封伊为鲁恩布公，地在布邦正北之什里隋克活拉斯都恩省，原一小邦，现作一县，周四百五十三方洋里，居民四千三百零，都会名与地同，虽云公亚于王，然王爵爵也，此公亦曰爵，实乃地主，世代永守其土也，德皇并加以上将军等衔，亦足以固其先荷之荣及历所获之名誉矣。

初四日甲辰　早细雨，午正晴，申初又阴，骤雨一阵。记：前次所赴跳舞会，去者当有所施。先闻星使谓去者所施可各听其便，自行送去，既而传称助款须交支应与星使并送，以壮观瞻，当早忽又传言此款各人可免，统归星使独助，盖此等助善亦可作正开销耳，至所助若干未闻。

初五日乙巳　晴。记：男女遇诸途，按英俗必女先点头，男子方敢摘帽，因在街市间，不知该女愿否识认，男子不敢冒昧也。此地则不然，必男先免冠，女方点头，是亦西国风俗之不同处耳。

初六日丙午　晴。本街西首木桥改造铁桥，开工已年余，或谓须至本年底方得工竣，然去冬天不甚冷，河封不久，故未停工，似本年秋季即可蒇事，则余未起程之先亦得履此新桥矣。至此桥改造之由，或谓前因德皇过此，怪此桥独系木造，殊不壮观，故拆改者，或谓系管城官之意者。

初七日丁未　早晴，申刻阴而细雨。柏林有一种饮物名蛮代米勒什，译桃仁奶子也，造以糖水煮桃仁粉，并无奶子，一因西人喜喝牛奶，再因其色白如奶，故取是名。其味香如杏仁，茶惟稀而不浓，用时凉热皆可，每盅三四十芬呢不等。查我国之杏仁茶本无茶，亦仅糖与杏仁粉，是因华人喜吃茶，故曰杏仁茶，与西人桃仁奶子之名其意正同，皆择其所好者而名之耳。且杏仁熬成其色亦白如牛奶，则杏仁茶即可名曰杏仁奶子，而桃仁奶子亦可名曰桃仁茶也。

初八日戊申　阴，甚暖。申初往访潘、桂二君，过五道门时见德皇头戴“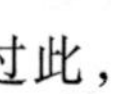”形白帽红圈，身着蓝呢裤袄，骑白马，左右二武官，皆黑帽红圈，黑呢裤袄，后一头顶金盔者缓步相随。将出五道门时，临门官厅立兵二十余，居中一名击鼓，其他横立一排举枪对鼻，德皇在马上亦以手扶帽檐作答礼状。沿途男女见者咸止步停车，男皆摘帽，女皆请安，皇亦向之以手摩帽。又前日见皇子乘车过五道门，兵既如此击鼓排立，而皇子在车内亦皆摩帽以答之。

初九日己酉　晴。英美两国在柏林柯林比兰街第二十二号立一公所，名曰柏尔林、侯木、佛尔、英格立什、安搭、阿美里堪、格倭尔内赛斯，义乃英美人之柏林栖止所也。凡英国美国男女之来此谋生以及传教者，当无事时皆暂居其内，其中一切用款皆由两国驻德公使及商民之已有事务者公助。闻本年英国公使助百马克，美国未闻。琴师柯林多夫妇，英人也，定于今晚戌初在其楼后乐堂中请男女鼓琴歌曲，出售听乐票，每页二马克，共集若干，以助栖止所费。余同陈骏生各买一纸，戌正至彼，男女数百人业已满座。共演十二场，中惟一日斯巴尼亚国幼女年方六岁名傅丽达者，鼓琴一出，洪亮清爽，颇堪入听。

初十日庚戌　晴，颇暖，入夜风。闻薛星使留驻法国者九员，为陈敬如（季同）、吴挹清（宗濂）、顾延卿（锡爵）、承伯纯（厚）、联建侯（豫）、世益三（增）、左子衡（运机）、张让三（美翊）、郭稚良（家骥），驻英国者为黄公度（遵宪）、马清臣（格理）、那华祝（三）、许静山（珏）、赵静涵（元益）、杨叔平（振镳）、钱念劬（恂）、王鹏九（锡庚）、王省三（丰镐）、沈逋梅（翊清）、潘景周（承烈）、胡馨吾（惟德）、张听帆（斯栒）。

十一日辛亥　早雨，午后稍晴，酉正复阴，细雨阵阵。闻前日德人钱裴氏与华人田阿喜之长子田合通因故口角，田言裴既嫁华人，例应缠足，裴言田为德人而非华人，田言伊父系华人，伊乃英人（因伊母系英人）侨居于德，裴言如是则须剪辫，田曰："我父命我编之，我父不在，当早已剪去矣。"由此观之，田合通顺母背父之心早已立定矣。尝见洋人娶华妻者，妻无权，生有子女皆送回本国读书，是其财产自皆随之。华人则不然，凡娶洋妻者，皆妻有权，生有子女归妻管辖，既不服华装，更不能华言，是华人毫无把握，则一切财产自不能携回本国矣。中西公私大小事务之不平也，如此。

十二日壬子　晴，凉。今日为西四月一日，德俗分半年非以正月至六月为半年，乃自四月初一至九月底为半年，再自十月初一至次年三月底又为半年，各铺清理账目以及住户租房，皆以此二月为限，凡街道喷水亦自今日始。

十三日癸丑　阴，凉。余向在英法俄等国，亦曾以钱买钱，系以此国之钱买他国之金银钱，无不真实无欺。不意昨接承伯纯由法京来信，知前在五道门内代买之法国银钱竟有灌铅者，是亦西国人心之不古欤？抑德京钱不易得，乃故作此以欺人获利欤！

十四日甲寅　晴，凉。迩因土俗鸡蛋节将近，凡点心玩物什物等各铺皆出售各种鸡蛋与兔，造以勺勾腊、糖、面、胰皂以及绫缎纸布等，形式不一，去岁曾经叙及。而本年所售者其蛋中出鸡及他鸟固属天然，而有蛋中出兔、出狗、出小孩与武官者尚不为奇，其至奇者乃有武官头立两长耳者，亦与中土中秋节之泥人相似也。

十五日乙卯　晴，凉。今日系西四月初四礼拜五日，称曰好礼拜五日，为耶稣被钉十字架之期。街市铺户关闭，人工休息，自晨至夕，通街男女如云。现虽草青树绿，河水荡漾，有如夏初，然天气清凉，日光不暖，而各加非饭馆皆已支起凉棚，设桌椅于窗外，妇女换戴纱帽草帽，手执折扇或举布伞以之避日，是天不热而人自热耳。入夜微风。

十六日丙辰　晴，凉。洋人虽喜宝石，而以金钢石为最，且喜见楞角而不喜圆整，故上等金钢石皆磨成六十三面，次者二十三面。闻其磨翡翠等石，系用金钢石沫，其色既非西人所尚，且料不易得，人工亦贵，故罕有由东方贩运西来者。

十七日丁巳　晴，凉。今日系西四月初六日礼拜，又为其耶稣受难复苏之期，铺户关闭，人工休息，一如前例。德京物价之贵，如木板一块，长尺三寸，宽一尺，厚六分，价则一马克四十芬呢，合库平银三钱零，其他亦可概见矣。

十八日戊午　早晴，稍暖，申初阴，细雨阵阵。今日为耶稣复苏节之第二日，铺仍关闭。柏林城内西南一带街道平净，楼房整齐，因而房租、地税、人税、物税无一不重，是故凡物无不价昂。即如顿饭，每顿无非一汤两菜，糖果点心少许，大店菜好者两马克半，其他皆一马克半，菜皆店中大锅造成，用者不能更换，换则另算。其东北一带住户多非仕宦，楼房稍次，其顿饭，菜既稍多而价亦甚廉，大店者一马克，他则有八十芬呢或六十芬呢者，亦足见其挣钱之不易也。

十九日己未　稍阴，凉。德例：凡铺之由此移彼者，其货物由此门入彼门，皆须按件另行纳税。故铺之将移者，皆先贴帖贱卖，以免出税，由是可知其税务之重矣。

二十日庚申 晴，凉。戌初，赴德人司庇该夫妇家跳舞会，男女二三百，看至子正回寓。其所备之酒食，有红酒、白酒、啤酒、五月酒、柠檬水、碱水、火腿面包片、鸡肉面包片、鹅肉酥饼以及牛奶假冰糕等。其用法不与英同，并不列在一处任人自取。及客齐后，有三女仆按人传递，先送茶与饽饽，后则酒与冷荤及假冰糕等。其送冷荤，乃先按人送五寸碟一个，小方巾一块，送假冰糕系五寸小玻璃碟一个，小银匙一柄，小红方帕一块，至每样要否多寡，皆听人便。

二十一日辛酉 晴，凉。记：自半月前德皇立意恭请他国会商保护男女工人之新章，昨于西三月二十九日即本月初九日议成六条，德皇次日画押，所议六条如左。

一、凡在地下挖矿，皆不得雇用妇女，其幼童佣工亦必在十四岁以上。凡机器与人之气力有损者，皆不得用幼年之人。人工染病、贫苦、力弱、年迈以及身故者，各厂皆须设法保护其人或赡养其家；

一、人工年幼者除在官工急务之外，皆须于每礼拜日歇工一天，然在官工紧要之处，仍必隔一礼拜歇工一次；

一、凡费心用力之工，皆不得使用年未及十四岁之男女操作；

一、男女年方十五六岁者，虽作粗工，于每礼拜日皆当歇息，而夜工亦不须作，每日作工亦不得逾三个时辰，稍多亦仅加添二刻。总之，凡人作工，皆不得逾五个时辰，虽添亦只一点半钟；

一、凡幼女年不及十六岁者，每礼拜日皆不准作工，每日作工不得逾三个半时辰，亦不准作夜工。凡工之有危险及与人气力无益者，妇女皆不得作。妇人生产者，必于二十八天后方准回厂作工；

一、以上各节，官须派员专理，按年所报，各国皆须互换考查而彼此皆须办理无异，更须互相随时斟酌裁减加增以便实获其益。

二十二日壬戌 晴，凉。柏林城内因车马行人甚众，半空电线亦多，乃禁止放铳与放风筝。有犯者，经巡捕捉获即罚十五马克。按：外洋虽有风筝，大皆数寸，其他皆系自日本贩来者，大者亦仅二尺。

二十三日癸亥 晴，稍暖。午后知赓韶甫来，闻系参赞所约，乃谓星使欲其入馆认错，然须自行具禀，言现在愧悔，仍求星使招还在馆效力当差，至前次所领川资无力缴还，愿以上年保案抵销云云。不知韶甫遵否，见后。

二十四日甲子 阴，冷。柏林铺户多而买者少，因而各皆号明价值，罗列窗下，以冀来往之人见其价廉而易售。然其中亦多诓骗处，即如一小照玻璃架，内有一美人小影，号价四十芬呢，及人买时乃木架四十芬呢而小照又四十芬呢，又如茶杯带碟号价三马克，乃小碟又三马克也。

二十五日乙丑 微阴，凉。记：西国买物付钱后铺中皆给收条一纸，言所售何物，每物值若干，共若干，注明某年月日，下有铺主花押印信，彼此用以为凭，买者既不能讹诈，卖者亦不能多索。前四次余随使英、法、俄、美等大国，因久以洋人信实，买物虽有收条，亦皆弃不在意。不意此次在来百喜街第百三十号沙尔威特大照相馆，前后照三次，皆一一按价付讫，虽有收条，皆已付诸丙丁，今逾二载，忽又开账索钱，是固余在外洋所未经过者，即西人亦必不以为然也。

二十六日丙寅 晴。午后陶矩林接张听帆由英来电，言曾劼刚袭侯于二十三日薨逝，闻信之余，始而诧愕，继而叹惜。即日英德两国新报皆大篇赞其为国立勋不幸早世等语，陶矩林与余各具联幛及唁函，因吴挹清告假回国，尚未起程，恳其携交敬诒君和昆仲。按矩林所撰挽联云：省身求阙绍前徽，其仁似管，其博似侨，三代下论人才，吾无间然矣，经远驭边，膺帝宠于俄，主和于法，主战五大洲，钦伟望天奈何夺之。祭幛四字为“名震四夷”，余之祭幛系“公归不复”四字。唁函：昨阅《柏林新报》，惊悉令尊大人捐谢红尘，栖神碧落，寸心骇悼，尺楮难宣。在贤昆仲至性过人，孝思匪懈，当此椿庭日黯，能无苫凷深悲，惟念我侯宪名重四夷，劳宣八署，出则乘槎，碧海极珠槃玉敦之雍容，入则拜命，彤廷树锁钥金汤之伟望。虽经纶未遑，夫尽展而功德已显于当时，六合咸哀，千秋不朽，尚望贤昆仲勉襄大事以慰在天之灵，是所至祷。弟羁迹欧洲，未亲鹤吊，谨制素幛一轴，由文报局寄呈，即希悬挂灵麾，聊伸怆念，专此敬唁孝履云云。

二十七日丁卯 晴，稍暖。早由总署来电，知星使奉旨授为兵部左侍郎，余欲登楼贺喜，问诸参赞，据云电信不足为凭，须待四月间公文到来，星使具折谢恩时再同叩贺。再问诸姚、陶诸君，皆言外省罕有不叩贺两次者，于是集诸同人手版交巡捕上递也。

二十八日戊辰 晴，暖。德京每礼拜日，各铺除茶饭馆、点心铺、酒肆、烟铺及他饮食各铺外，概行关闭歇工。昨于西四月一日即本月十二日，经其吏部出谕，今后凡礼拜日各铺不关者，亦须早由十点至一点钟关闭，以便男女工人入堂礼拜。

二十九日己巳 镇日阴晴风雨不定。自去年至今，英、奥、和、法、比、义等国之工匠，因争增工价，东主不允，齐自停工者屡屡，且因而滋事、伤损人命、焚毁房屋者亦多，其中煤矿人多势众，不安本分者居其大半。西四月三十日为耶稣死后之悔罪节，届期铺户关闭，人工休息与礼拜日同，不意近日《新报》传谓泰西各国人工约定，于悔罪节后当添歇一日，东主不允，则皆自行停工，如有不从者当共攻击之云云。

三月

初一日庚午 早阴，未初细雨阵阵，暖。赓韶甫于上月二十四日自拟禀稿交参赞，参赞言此稿与日前所讲情形迥殊，万不可用，如欲济事，则立言必合体裁，今照从前传谕，代拟浅明禀稿，如以为可，即照缮递。禀稿：窃学生上年三月间告假回华省亲，起程后因病阻滞，资斧告罄，不得已折回柏林，一时未能到馆销假，故冒昧禀请撤差，当蒙批准遵行在案。学生自回柏林数月，于兹现在病体已痊，而生计异常支绌，将欲别谋就绪，深恐有负栽培，再四踌躇，惟有沥情禀恳，俯准仍回使馆当差，俾得勉图报效。至前领川资，既未成行，理应缴还，惟实因病药耗费，目前累债如山，无力措缴，可否恳恩曲加体恤，准作医药费开报，或准由学生从容筹措之处，伏候批示云云。此上月二十六日事也，赓韶甫得稿即行照录，于二十九日呈递。奉批：查该员请假归而不归，继乃禀请撤差，今复禀求当差，先后种种矛盾，实属不成事体，惟念该员在使馆效力多年，今既悔过祈恩，姑准入馆当差，以观后效。至于前领川资，既未回华，即应措缴，即应在薪水内按月扣还以重公款，该员率请作医药费开报，此数年来该员医药之费已有千余金，不得谓少。此次该员出外八月之久，行踪诡秘，总理衙门亦有所闻，本大臣不能再代该员掩饰，姑念生计支绌，着于此后月支薪水分年扣还，以纾其力云云。

初二日辛未　阴。去岁瑞乃尔由津带至克鹿柏厂学习演放炮位之武学生等，届今一年期满，拟由该厂回华，顺途至德国炮台海口各处一游，以便增长见识，兼知防守之大概，因而瑞乃尔先来柏林赴德之兵海等部商办一切。前日伊投刺来拜，余亦往来百喜店中答拜，皆未遇，遂同陶、陈二君于今晚招伊在本公馆晚酌，一切皆系华产，瑞乃尔食之甚喜云。

初三日壬申　阴。亥初，赴英人娄欧家跳舞会，男女百余，先彼此交谈，坐立不一。至子初，于其客厅、饭厅及书房共大小三间内横竖列桌十六张，每桌围坐四五六七八人不等，以供诸客夜餐，于是男女各择相识者共桌，酒食菜蔬颇多，与晚酌同，惟少香宾而多啤酒。丑初食毕，鼓琴跳舞，余乃坐观两场，回寓时已寅正。

初四日癸酉　阴，暖，细雨阵阵。数日前闻克鹿柏厂来函，请星使率参赞随员前赴卖喷村看其试放炮位，地在布鲁斯邦之西，界西临艾木斯河，东距柏林八百四十里，北去艾森庄约百九十余里。今日午初，星使偕汪芝房、金楷理、张小轩乘火车前往。

初五日甲戌　镇日阴晴不定。凡由德回华搭坐德法两国公司船，其一切水陆程时价孰省孰费略述于下。

一由柏林至布兰海汾火车，头等三十四马克九十芬呢，二等二十五马克九十芬呢。自布兰海汾登轮船至上海，头等千七百五十马克（八扣，合千四百），二等千马克（八扣，合八百），三等四百四十马克（八扣，合三百五十二），是头等共用千四百三十五马克，二等共用八百二十六马克，三等共用三百七十七马克。由柏林至热诺阿火车，头等一百四十二马克十芬呢，二等百零四马克四十芬呢。由热诺阿驾轮船至上海，头等千六百六十马克（八扣，合一千三百二十八），二等九百马克（八扣，合七百二十），三等四百二十马克（八扣，合三百三十六），是头等共用千四百七十马克十芬呢，二等共用七百二十四马克四十芬呢，三等共用五百二十四马克四十芬呢。德船由布兰海汾走英之骚桑屯至热诺阿须十日之久，风浪颇险，是以华人由德回华频自热诺阿登船，以免晕呕，其车头等船二等，共用八百六十二马克十芬呢，下人车二等船三等，共用四百四十马克四十芬呢。

一由柏林至巴里火车，头等百一马克九十芬呢，二等七十四马克七十芬呢。再由巴里至马赛火车，头等百六方三十桑的（合八十五马克二十芬呢），二等七十九方七十五桑的（合六十四马克）。总之，由柏林至马赛，头等共百八十七马克五十芬呢，二等共百三十八马克七十芬呢。再由马赛搭船，头等千八百四十五方（八五扣，成一千五百六十八方二十五桑的，合一千二百五十四马克六十芬呢），二等千二百方（八五扣，成一千零二十方，合八百一十六马克），三等七百方（八五扣，成五百九十五方，合四百七十六马克）。是由柏林至上海，头等共用千四百四十二马克十芬呢，二等用九百五十四马克七十芬呢，三等用六百十四马克七十芬呢。又自柏林至巴里，轮车有先坐二等，入法界坐头等者，其价八十四马克三十芬呢。如此乃坐此车至法京，再坐头等至马赛搭二等舱，共用九百八十五马克九十芬呢。下人统坐二等车搭三等舱，共用六百十四马克七十芬呢。

按：以上两途路费，由柏林走热诺阿固较走马赛省百二十余马克，不知法国公司久已往来中华，一切华规尽知，多处优待涵容，不以西规束执之，且用人内粤人居其三分之一，是从中又多与华人便当处。客人虽分头二等，然仅价分舱分，酒食丰富，虽不共桌，无大区别。船面闲坐亦不分头二，其行李应带之数外，稍多亦不计较，是重客不重货也。德船则重货不重客，客分头二等，则价分舱分，饮食既分，坐立之处亦分。二等者，不得擅行步至头等所在之处，去则船主或仆役拦阻之。饮食不美，有肉无酒，饮则另外加算，处处以洋规拘束之。客既如此分别，自旁人观之，头等者似皆富贵上等人，二等者皆为贫苦下等人，因而头等客亦多即以富贵自居，骄傲藐视，目中无人。以上为余所目睹，其通船上下皆德人，我华人乘之，其不能德或英法语言者，尤多不便。且闻其待我华人更不与洋人一律，即如前于二月初间驻英参赞官李伯行（经方）三年报满，因在艾森克鹿柏厂中另有公干，遂顺途由彼赴热诺阿搭德船回华，盖以英法德三国公司通为洋船，规矩一律，必无不同处也。不意李君昨由天津致信与其伦敦诸同人，力劝莫乘德船，谓伊所搭者头等，上船后不使与洋客共桌，独坐一隅，既觉诧异，尚不为奇，莫奇于每饭多有菜蔬，惟洋人皆得食，竟不传盘与彼，询诸洋仆，答云："东方人不能与西洋人一律。"既而查其船规，并无此条，问之船主，言及伊系李相国之犹子，船主始行赔罪，始移彼与他人共桌云云。按万国公法，德船即德地也，凡外国人在上一律优待，搭第几等舱，又照船规按第几等客待之，是皆西国之定例。亦余前八次往来中外，乘英法美国公司经过者，既未经如此看待，亦未闻有如此看待者，何此船主闻其为李相国之犹子，始行赔罪，斯真奇矣，是亦为在外国所未见者也，德国又何如此之势利耶？又凡客之行李，于应带之若干斤外，每多一分必另加算，此为最不便处，虽本国人亦怨之，即如前恩仲华及税务司夏德回华，皆因加算载运行李水脚，与之争论。以上皆德船重货不重客之实证，然德国公司初立，历时无多，将来往返日久，一切熟悉，或有便通之处，亦未可知。

初六日乙亥　阴，凉。亥正，星使偕参赞等由卖喷回。前德相王爵毕驷马及其子外部大臣公爵毕泗莽，皆决计辞退，优游林下，已经德皇简派前任海部大臣现任步军统领柯朴理卫为执政大臣，贝的夏为外部大臣。查毕相德国重臣，身仕三朝，勋崇各国，其一身之去就，关乎泰西之全局。德国之国势者，诚非浅鲜。此次辞位之故，或谓刻下各国工人纷纷罢市停工，德国亦遭此患，德皇曾召日耳曼各邦王侯会于柏林，议设善法以厚工人，不致重蹈覆辙，而毕相不以为然，曾将一切情形详细奏闻，而德皇以民瘼关怀，锐意向前，竭力阻挠，不用毕相之言，由是辞退亦未可知。但德皇即位未久，虽励精图治，究无事功可见，且阅兵田猎等事朝东暮西，所谓审机观变，慎思谨行者，德皇究亦未逮，苟无老成人，孰为砥柱耶！其与德国友睦者，惟恐毕相一去或致离散之虞，其与德国有隙者，则深愿毕相之去，以为今而后可玩孺子于股掌之上，怦怦欲动之心，恐所不免。呜呼！如毕相者真可谓社稷之臣矣！按德皇英姿明敏，惟意见时与毕相相左，毕相主于富强，德皇务存仁义，君臣之间遂至不能相得，其君不惛，臣亦不愚，然如此意不相投而欲其臣之恒心以事君，岂易易哉。

初七日丙子 阴，晴，细雨阵阵。西国有饮酒彼此碰杯相祝之俗，而在英法等国却不多见，非因至契相遇祝贺则不碰。在德则不然，无论何等男女，既同桌共饮，罕有不碰者，俗人尤甚，气力粗猛，往往碰破酒杯。按土规，客人损坏器具，本出无心，铺中不能令赔，而客亦不欲赔。故昨日奉地方官谕，谓碰杯固系俗礼，然每遇碰破玻璃杯，既与铺主有亏，而玻璃碎渣令人饮之入肚亦无益，今后着即禁止云云。

初八日丁丑 早晴，未初阴雨阵阵。柏林东北隅孟比茹坊侯汗邹伦博物院，建于百年前，原为王后克里坚之行宫，地基不大，房则一层无楼，通身白石建造，横长式作“_|¯”形，前门作月牙形，四面玻璃窗，房外虽无花卉，而树木丛隆，收拾整洁，道途平净可游。房间既非时式，亦不宽广华美，迨王后薨，遂久锁闭，王驾不临，乃于三十年前奉老王谕，改是宫为集储前代王宝博物院，每日午正开门，申初闭门，任人游览，入门每人二十五芬呢。然大门左右仍立二兵执枪把守，作宫门状，房内按间分储布邦历代国王、王后及功臣名将之遗物，间有该王或后之蜡相，自西一千七百零一年（康熙四十年）至今九朝，按间分列。其百数十年前，当布王弗来得立第一之世，凡物无不朴厚，如桌椅、画轴、杯碗之类，其后则渐见华美。各间所存不同，有床榻、刀枪、皮靴、手套、汗衫、手帕、藤牌、剑戟，楦成之马一匹，皮鞑两件，蓝紫绒面，饰以金银，其他最多者为拐杖、烟具、鼻烟匣三种，形式不同，工皆精巧。烟匣方圆、椭圆、长方，造以石木、象牙、蚌壳，或瓷或金，亦皆精巧可观，瓷器、木器以及白石人相罗列多种，皆非古董。内有中国、日本者，更有中国长穗金嵌小帽一顶，油纸雨伞一把，近世则有各国宝星国书，中国头等宝星一枚，吊老德皇之国书一卷。至老皇踸良第一与后两大间，罗列无他，惟横一长案，其上密陈其薨时通国各邦所进呈之挽条，颜色不拘，乃绸缎一缕，长二三尺，宽四五寸，下垂金穗，中绣挽词数语，与中国挽联祭幛之意略同，四壁亦然，更有大花圈二三。今皇之父弗来得立第三之屋，亦列挽条之类，及其素用之小皮箱一只，并其成婚时皇后所服之白衣白鞋，与他人赠送之玻璃酒杯二十四个。以上各节，不暇细载，惟各件置于匣匮之中，罩以玻璃，收拾

极其洁净整齐。又迎门立一银铸功臣亭，亭高五六尺，四围十六门，中各立一人，高盈尺，皆前与法国战时之功臣像。观者入门给钱，得一白纸凭帖，上印地名号数第若干，房外园中任人游玩不禁。又房对面一礼拜堂，为英人耶稣教者，城中地贵，英人无力置买，因前皇后威克兜里亚为英君主之女，乃于数年前赐其地而建造之。

初九日戊寅 阴雨阵阵，申正稍晴。迩因各国人工滋事，既争工价又争歇工，西四月三十日为彼教忏悔节，亦与礼拜日同，乃各国人工多欲于节后添歇一天，彼此约定，各国皆然，东主不允，必皆齐行罢工一日。今日见《新报》内一则云：届日工人如有擅自停工不作者，该东主即将其人逐去，他处如有收用其人者，亦必于一月后方准雇用云云，盖防其未然耳。

初十日己卯 晴，暖。近年德国铁道日见加增，本年铁道公司单册内开，德国铁道，至西一千八百八十九年四月初一日（即光绪十五年三月二日）共有二万四千六百四十三洋里，较上年加增二百四十洋里，内归官中管理者二万一千九百零七洋里。栈房共六千八百七十三处，机器车共一万三千一百零七辆，坐车共二万四千三百八十六辆，可坐百零四万一千五百人，行李货物车共二十六万二千二百五十辆，可载重二百五十七万一千三百九十七吨，信车共千六百零四辆。机器共值五万八千八百十三万一千八百三十五马克，坐车共值万九千一百三十四万六千零五十七马克，货车信车共值七万六千三百九十五万四千四百二十八马克。一年内共计行客：头等者百八十八万零一百八十四人，二等者千五百二十九万三千六百六十八人，三等者二万一千八百七十二万七千九百一十七人，四等者七千七百二十六万八千六百零四人，武官兵丁票共六百六十九万四千零八十七张。以上统计共三万九千九百八十六万四千四百六十人，共载货物行李万九千七百八十七万九千九百三十吨，铁道共值百万万七千五百四十一万五千零八十八马克。一年所获之利共计十一万六千六百六十二万一千五百四十八马克，所卖车票共三万万九百九十三万二千五百三十四马克，运货物行李脚力共八万一千零六十九万一千九百零三马克，人工费共六万一千九百五十四万二千七百二十三马克，除去一切费款，下余利银五万三千五百十五万七千六百九十五马克。一年内，火车遭险共二千五百四十九次，死人五百六十二，伤人千四百四十七。

十一日庚辰　阴，稍凉。记：今日赓韶甫复具禀星使：窃自光绪十三年秋间，因登车倾跌折断胫骨，医治数月之久，始克步行。外洋医药奇昂，虽蒙恩准酌支公款，而学生亏累已属不赀。上年请假回华，复因病阻滞，不得已禀请辞差闲居数月，债负愈多。兹蒙宪恩准予仍回使署当差，无以学生差资扣至上年七月，续届三年期满，谕令开具履历以备照章请奖，感激之私曷有既极。伏念学生竭蹶趋公微劳，本无足录加以身撄残疾，何敢萦想仕途，昔之辞差实为冒昧，今之辞保并非矫情，敢乞矜察下忱酌裁办理云云。

十二日辛巳　晴。今日系西四月三十日礼拜三，为彼教中忏悔节，铺店关闭，人工休息。城北敖斯台隆囿中大房内向列各种机器，今皆移去，自数日前改设鲜花会，入门者一马克，午后遂同贝汇如乘车前往一观。内以篱笆分间，奇花异草罗列千种，中所识者，如玫瑰花，色分红黄白紫，朵大如碗，高有二四尺者，其他则绣球、月季、茶花、丁香、娑罗、金菊、荷包牡丹之类，其不识者多种，如鞋形者、袜形者，色则黄加红点，白质紫章，红紫芬芳，笔难尽述，惜已置数日，多谢落者。是日男女如云，囿中加非酒馆各座皆满，另间屋中，更列有酒摊六七，凡人过者皆请饮五月酒一杯，意在使人知其酒美而招揽来买也。

十三日壬午　晴。外国城内禁止屠宰，凡鸡鸭牛羊猪等皆清早杀于城外，经官验后运入城中，分售各铺。人家买去，时在未申，及至烹煮烧烤，当已酉正，是由屠宰以至烹食已越半日之工。西人谓肉食除鱼虾外皆须宰后逾时食之，盖禽兽初宰，其气聚而肉紧，食之味不纯而嚼亦须力，必过二三时辰，则其解而肉松，食之有味，嚼之自易，方得适口充肠也。

十四日癸未　镇日阴晴细雨，雷始发声。昨日为西五月一日，前闻各国人工约于是日停工歇息，而柏林城内街市安静如常，惟闻城之东北某村有两处失火，皆系人工因醉口角，并伤人命。盖人工所约者非铺店之伙计及他佣工之人，乃各大局大厂之人工也，然其工值皆系作一日得一日，歇息则不得，故厂中人有愿有不愿者，因而同行不能同心，以致口角争斗，幸未酿成巨祸耳。

十五日甲申　阴晴，细雨阵阵，暖。尝思我国自与各国换约通商以来，华人之充当翻译通事者极多，初则分为二等上等者，无非神甫之门徒，洋商之买办，其次则皆洋人之仆役、马夫之类，迄今三十年，或文或武，竟有三品二品官称大人者。由此观之，是人之欲当通事不难，然不知欲其确实翻译则不易，盖必汉文洋文两皆通顺，方能无错失遗漏之弊。其洋文大通而汉文不顺者，在洋人一边观之必谓其勤能，洋文既顺，汉文必通，在华人一边观之，知其出身履历，无须备责，然其口传易晓，笔写则恐难明。其汉文通顺而洋文不甚明者，在洋人一边观之，谓其本非学习出身，不能十分透澈，在华人一边观之，谓其译者成文意必无误，不知此等通事，使之买办、携之出游尚可无虑，若临大事，如换约辩论等等，虽错一字或文义稍不合，必至两国不睦，互相争执，竟有因而交兵者，其为患岂浅鲜哉！

我国家因知翻译紧要，既代上官之口耳，即关事务之安危，既欲其充职，自当清其身家履历。于是在京设立同文馆，在粤亦设同文馆，在沪设立广方言馆，招考旗汉子弟，造就人才，以备有用于将来。设馆始于同治壬戌，余蒙总署王大臣考入肄业。兹将在京八旗陆续考入及由粤沪两处先后咨送入京诸生之曾经出洋或归外省差遣委用者述之：京中为凤夔九（仪）、文嗣旃（续）、懿葆真（善）、存寿泉（涛）、联春卿（芳）、廷命九（铎）、联子振（兴）、联文泉（涌）、金丽川（采）、金固斋（汤）、阎润亭（海明）、世益三（增）、联渥轩（恩）、木庵（塔克什讷）、桂冬卿（荣）、赓吉甫（善）、庆锡安（全）、瑞辑廷（安）、恩仲华（光）、韶甫（赓音泰）、荫五楼（昌）。广东为左子兴（秉隆）、左秋园（庚）、杨星垣（枢）、沈振之（铎）、那华祝（三）、蔡毅若（锡勇）、黎吉士（子祥）。上海为汪芝房（凤藻）、徐橘孙（广坤）、朱静山（格仁）、杨诚之（兆鋆）、王海田（宗福）、汪卓人（远焜）、吴挹清（宗濂）、黄伯申（致尧）。至庆霭堂（常），既未经本旗咨送，亦未经总署考取，乃自幼在宣武门内教堂中某神甫前学习法文，后经法国驻京公使罗淑亚荐入馆中者。以上诸君，皆聪敏勤能，中西通彻，将来为国宣劳,克立厥勋,当拭目以待之。

十六日乙酉 早晴暖,未正阴,雷雨一阵。昨日张小轩执看戏票十页,谓系本地相识者所给,明日未初 ·刻在威克兜里亚园中演戏,持票入门,喜坐头等者付价二马克,二等者一马克半,大半为子弟白昼排演,聚钱用以助善。惜明日礼拜,无暇自往,今分票与诸君,去否自便。当日接是票者为陶矩林、徐良臣及阎润亭昆季,今日去者,系徐良臣、阎润亭昆季率陶少君及润亭在法相识之德人费里,共五人,及其回时,知彼园竟向每人索五马克。据云,演戏中有张小轩在此初学德文所从之女教习姊妹,盖伊母女原以裁缝糊口,又其姊妹幼时皆在牛奶房佣工,每晨各处担送牛奶,现改于每晚演戏一出,增进少许,以便度日,此即小轩戏票之所由来也。

十七日丙戌 晴,暖。午后出游至安那弄,见一双马四轮大敞车,载木板二三百片,长约一丈,宽六七寸,厚五分余者,轮为公车铁道所夹,致折前轴,马拽不动,因而公车之东行者,停阻多辆不能前进。当时车夫卸马牵回本厂,请厂东设法挪移,该处巡捕即至车前,由兜中取出记事本,将木厂字号及何车于何时在此折轴一一写明而去,盖按其定规,此车在此阻碍公车,共若干时刻,则公车共若干辆,所应得若干钱,皆须该木厂赔偿也。余谓此车前轴虽折,而后轴未伤,苟将一二公车之马栓于此车左右,未必不能动移,是亦外国之固守成规也。

十八日丁亥,晴。见本地一种漆油,以之油纸布木皮,五分钟之久即干。其色淡黄,其清如水,嗅之颇香,干亦光亮如桐油,不知造以何料。棕刷用毕无须水洗,亦不滞腻。惟其刷干后,揉之落有白粉,色如松香,嗅之味即松香,想其料中必有松香,可即名其由曰“松香油”,较桐油用之有三省,曰省油、省力、省时,即气味亦胜于桐油也。入夜微风,稍凉。

十九日戊子 晴,暖。瑞乃尔由津携来之武学生等现在卖喷一年期满,因而武弁周行乐亦于当早转回。又现因天暖,万牲园中酒肆前之左右两台,每晚依然奏乐,而男女坐立往来者亦皆稠密如前矣。

二十日己丑 晴,暖。外洋妇女衣帽时变其式,见此时之草帽新式数种,有如中国之毡帽者,檐稍窄,有四面宽窄一律者,有前窄后高者,有檐外镶黑蓝绒者，更有草帽大扁作蛤蜊形或云头形者，其上或围一绸条或嵌假花或镶翎毛，各种装饰，固有可观，亦有不堪入目者，然无破烂肮脏者。

二十一日庚寅 晴，暖。前日承伯纯由巴里寄赠陶少君鲜荔枝一匣并绸缎条一小包。今日令洋仆由税关取来，索去免税单，见麻布包外火漆印皆另覆一层，其色稍黄，查其字乃柏林税关也。及剪开布包，则绸缎条一包与一马口铁匣捆于一处，而原包铁匣及绸缎之两纸上黏红签者，另置一边，且铁匣中之荔枝已剩四分之三矣。又闻每次星使由上洋运来之米油等木箱必有一只开过者，税关每来信索要免税单必言其中一只损坏，查其意乃从中抽取一只暗行查验耳，不知两国互换驻扎有此例否？抑或外洋深知华人不喜辨别此等小事，故意欺侮亦未可知。中华看待各国一视同仁，凡物无论大小既称系某国公使者，即不查问，一律放行，尤恐从中有所违理而暗加保护。余前四次随使外洋则不然，如美法两国，虽华人在旁，亦必开箱查验，俄则先验明而后要免税单，不然则当按例纳税，惟英乃大度包容，不查不验，多少随意往来，实有两国敦厚友谊之义。中外如此区别，深望当轴者察之。

二十二日辛卯 晴，暖，入夜风。英法两国公司轮船向不走好望角，及苏耳士河开后，由上海至马赛至立汶浦皆须四十五六天，今则减至三十七八天，德国公司仅行三十三天至热诺阿，即至布兰海汾，亦只四十二三天，有谓其因加煤水急致使船快者，有谓往来多年得有便道者，其实不然，现在所用煤数同前，间有省时，其故，盖机器更改，精益求精也。前者水锅换水，乃出滚冰入冷水，故水虽滚而力弱，以致轮转不急，船行不速，今则添有水管，使海水先入存于锅旁，迨喷出滚水吸进海水，是海水于未吸之先已热，既省火力且助水力，故船行尤速也。

二十三日壬辰 晴，暖，亥正大雨一阵。外国时辰表壳，上等者造以金银，其次则铜镀金及呢根假银，继有造以象牙与樟脑并他物熬成之料者，然象牙易裂，樟脑易烧，皆不奈久，故用之者少。今另造一种，系铁炼成者，按格物之法，铁镕炼，其色黑如试金石而更光润，敲之声亦如石，其不知者必信其为石，即以乌金告之，恐亦信而无疑，其价甚廉，值与铜同，惟其色黑而我华人忌用耳。

二十四日癸巳　晴。前布邦派驻汉柏尔、吕贝克、布蕾门三城之公使古苏娄者，昨因聘娶犹太教女为妻，遂经外部奏请革职。查德国共三教，曰天主，曰耶稣，曰犹太。犹太教人多，居其三分之一，皆以贸易为生，家道殷实，德廷既不欲其为官，而为官者亦不喜与为伍，民间私行往来固不禁止，而为官者相与交结，即为同僚所耻，再与之结亲，则尤为犯禁。德人之在本国大有区别者如此。中国曰儒教，陆续由西方传入者为佛教、回回以及天主耶稣等教，凡华人之改奉外教者，我国家并无歧视，同为赤子黎民，苟有所学，则不论文武皆量才器使，夫既得观光，自当从公竭力，庶不负朝廷宽厚之恩，其充职关乎时务者，尤当思之。

二十五日甲午　晴，暖。午后出游见他国公使乘双马大敞车，跟役车夫，装饰华美，余谓如此排场诚不负为公使，或曰凡人所为，不能两全，似此夸张，恐差满回国囊中无几，余曰固然，有顾大局而不失本国体面者，有专为肥己富贵而归故乡买田置产安享荣华者。呜呼！出使四方，以不辱君命为第一义，然则凡事之关乎国体者可不深长思哉。

二十六日乙未　镇日大雨，稍凉。天下各国语言不同，而相近者究有相同之处。今见英、法、德三国，虽云相近邻邦，而语言竟有大相悬殊者，即如五点半钟，英曰哈夫爬斯特发艾伍，译半点过五点也；法曰三格月唉得米，译五点与半点也；以上两国者，似尚在理易懂，而德国乃言哈拉卜希克斯乌拉，译半点六点也，初疑为六点半，继知乃言半点之久即至六点也。

二十七日丙申　早晴，午后阴。今日为其耶稣升天节，铺店关闭，人工休息。晚见万牲园中男女如云，更在两乐台旁添设两摊，围以长桌，出售苦酒、面包、牛肉之类，堂倌往来奔驰无停晷。

二十八日丁酉　镇日阴晴不定，颇冷。恩德林敦街东首，王宫对面一大学院，内学生数百，年皆二旬上下者，早晚用工后当回家饮食，奈距家远者多，往来须时，而左右饭店甚少，虽有，价皆昂贵，遂有本学院内一生，因久学无成，遂在学院后偏东多罗的音街路北专设一饭馆，名曰阿喀代米晒必尔哈蕾，译大学院啤酒房也。地不大，楼二层，罗列桌椅，各间无隙地，堂倌三十余人，皆着灰袄白裙，襟袖及领皆镶以绿色。每日早由十一点至午后三点半出售家常便饭，肉菜丰饶，每盘每块皆较他处加倍，价则他处之半，甚至四分之一，一切新鲜洁净，故每日诸生皆来行吃饭，拥挤无空地，外观似非上等酒肆，而入座者无一下等人。

二十九日戊戌 阴雨，凉。西人男女好游，其年节礼拜及礼拜六等日晚间在万牲园中为数最多，拥挤如蚁，屡有稚男雏女，挤散哭泣，寻觅父母兄姊者，则经堂倌抱登乐台，大者使立乐官之前，小者乐官抱立台边，使乐兵吹号示众，以便寻觅者认之，是亦便而且善之一法也。

三十日己亥 阴。外国街市一律新齐洁净，道路平坦，房无旧式，更无坍塌损坏未经修理者，其故盖道路随时修理洒扫，不留马矢，不集泥土，不准抛弃砖纸布及他零碎之物。洒埽皆有人工，有定时，苟误分秒之工，经巡捕查出，皆令罚钱。楼房皆不任人遗弃，无力修盖者须转卖他人。又必矮者改高，旧者拆盖，且门墙一经烟土薰乌或失其本色者，皆须雇工刷洗，着色上油，使之焕然一新，其铁栅门阑亦然，其门环与墙边唤门丁之铃柄等，亦皆随时刷擦光亮，违者受罚。墙壁砌以新砖，而且整砖对缝，中不填餡，砌用新土净水，故能持久，不易坍塌，更有火焚水冲不坏者。因其泥净，故拆之亦不易，昨见其拆下旧砖，仅有损坏棱角之处，毫不零碎，乃以敞车运至城外，反捶碎垫于大道左右，压以铁轮，既平且实，以便行人步履其上云。

四月

初一日庚子 早阴，午后晴，入夜风。德京贫妇在外佣工者甚多，其有子女幼小者，或因夫妇同工在外，或系寡居，或系私养，家中闭门，无人照料，因而城中富室恐此等人被子女所累，无钱度日，乃在城东洛得苓该巷第三十二号以募化善士之钱，造楼一所，分屋多间，名曰勤得尔必瓦兰萨拉他，义乃照料孩童也。其中亦有善女服侍，有将小孩送入终年者，有按月者，亦有早晨送入晚间接回者。孩之父或母按月助钱听便，由一二十芬呢至一二马克不等，其他院中费用，皆由人家帮助，亦一善举也。

初二日辛丑 大晴，暖，酉初阴。柏林城西北沙洛屯堡地方，一园名芙萝腊，入门五十芬呢。地基甚大，四围树木丛隆，中央栽种花卉，分畦排式作洋字形、器皿形，五彩芬芳，洁净整齐，惟春夏盛植茶花、月季，红、黄、白三色玫瑰，高皆三四尺，朵大如芍药、如牡丹，色颇艳丽，馨香触鼻。丰草绿缛，鲜花争茂，极为可观。正面一台，天暖作乐，与万牲园同。台左一酒肆，高楼大厦，后有乐堂，高约四丈，宽四五丈，长八九丈，左鄙一台，台下容座一千。堂后通一玻璃房，高大与堂同，四围与正中栽植芭蕉棕竹等，皆来自热带者，地铺沙土以便游人往来，天凉则奏乐于堂中。园中台右又设有放枪、跑竹马以及转舟等玩耍处，其放枪处，系数武外列假人禽兽等，给钱若干放若干枪，中则人之手中或禽兽口内有物献出，如糖果之类，即为所赢。其竹马转舟乃一架如伞，下悬木马或小舟六七，孩童或骑马上或坐舟中，一人在伞柄下转关键，则马或舟即四围旋转，与法京同，坐者一孩十芬呢。天气清爽，男女游者颇多，亦一消夏处也。

初三日壬寅　大晴，热。瑞乃尔在卖喷所住房属克鹿柏厂，今已事竣，房则改住他人，瑞夫妇遂拟移居汉柏尔，瑞携其妻过此，兼至兵部商同各武学生游历炮台海口等处。今日瑞夫妇来拜。

初四日癸卯　晴，暖。酉正，瑞乃尔夫妇请汪芝房、陶矩林、赓韶甫、陈骏生与余及陶夫人、陶少君同在朔斯义街苐来得立毬良斯太堤什戏园观剧，园大与贝阿良同，式则稍异。所演系一美国人名班得古者，家财数万，楼阁华美如宫，朝朝宴乐，夜夜笙歌。一日宴客男女数十，伊之庖丁刁那坦误将油胰代糖混入冰几凌，班即将刁逐去，刁与女厨马木兰情投相爱，彼此泣别。又著名之歌妓夏烈招来使歌，并云如歌一曲即赠若干圆，女不理，客中有令歌者，乃歌之，声调幽雅可听，女言视财如土，惟所重者情义耳。班思有钱终觉烦闷不快，是有钱不如无钱，且此女不重吾钱，更以我无情爱，则又不如死之为快，于是执手枪立园内，将自戕，忽见对面有刁那坦亦执手枪作悲泣状，彼此猜疑，互将手枪夺下，各述愿死之由，刁谓被逐，贫苦如洗，无以度日，且有负马木兰之恩爱，莫若一死为快，因而彼此劝解。班以贫富各有所苦，今后姑将财产给人，贫苦自安。次日班将戚友仆婢招至，言自愿将财给人，于是男女环列敬听，各怀妄想，及言所给之人，则刁也，各皆骇异，刁闻惊倒，马乃雀跃飞舞，喜不自胜，继而男女皆向刁马亲吻拉手，与之庆贺，种种谄媚之态，令人叹息。此后班乃出洋谋生，竟作水手。一日回至纽约，入其故宅，楼阁华美如前，刁马装饰鲜丽，依然一富翁也。然刁自得其产后，坐立不安，夫妇亦时口角，因谓有钱仍不如无钱之乐。至是见班至，乃谓公乃此产之本主，如能将前者夏烈所歌之曲述出，自当依旧奉还，班遂试述其曲，然中间一句再思不得，忽闻墙外女歌是曲，至班所忘之句，声尤洪亮，似故意使闻者，班既得全其曲，遂将故产收回。按墙外歌曲之女，即夏烈也，夏实爱班之品貌，惟惜其财产浪费，当其外出时，夏乃处处暗随，暗行协助，班皆不知也。至是班得其情，互相恩爱而成夫妇焉。班自劳苦历练后，始明守财度日之法。按此戏，并无其事，乃作者提醒富家子弟不得坐守遗产，仍须学习历练，方克长久，而世代显荣也。戏楼后有灯园，较贝阿良者稍大，正面一台，前列桌椅，戏每演一出休息时，则台上奏乐一场。乐工十二人，左鄙沿墙数间，出售酒食加非等，戏散则台上改演杂耍数场，无非男女歌舞而已。看戏毕，陶矩林夫妇携伊子乘车先回，余等同瑞乃尔夫妇在乐台前夜餐，带看杂耍，子正回寓。

初五日甲辰 晴。上年曾见铺中置一种磨盘表，又名懒表，其实不知何名。乃一镀金架作“井”字形，下立四足，上则扁方，前露表面，中有法条轮轴等，背后垂一钢丝，细如发，下系一盘圆形，铜质镀金，厚四分，周约六寸，上弦后则此盘往来旋转极慢，上弦一次能走一年，是非表懒，乃助人之懒也。

初六日乙巳 晴。见本地菜蔬已列多种，如胡萝卜、红小萝卜、白萝卜、西胡卢、凉水茄、菠菜、芹菜、苋菜、生菜、豌豆、扁豆、黄瓜、水葱、青蒜、撇辣等，皆甚鲜美。又中国之花卉四季开放，各有定时，上月中旬为西五月初，见其鲜花店中，罗列红紫芬芳，识与不识者，百种齐发，如丁香、牡丹、茶花、海棠、玫瑰、娑罗、水仙、凤仙、玉簪、月季、杜鹃、菊花、木笔、荷包牡丹、绣球、葵花等，锦绣五彩，艳丽馨香，是亦东西天时不同处也。

初七日丙午 晴。闻数日前田合通因手存旧货，不得销售，按年空纳货税，莫若照本拍卖，虽明亏十分之二于费中，然较年税各款计之，暗中反觉无损，于是暂租闲房一间，在恩德林敦街第二十号，每日按时拍卖。其房共租三十五天，租价则千六百五十马克，合银三百五十余两。此外，又加人工费、报官费、灯火费等共四百余马克，统计二千一百余马克。一月之工，费用四百数十两，亦足见其货物之贵、人工之贵，而其房租税款为尤贵矣。

初八日丁未 晴，入夜凉。今日为西五月二十六日礼拜一，系耶稣死后五十天之节，铺户关闭，人工休息。闻今日午后，德皇在朴斯当镇闲游，自御其车，至转角处，因鞭马太急，遂至车翻跌下，脸腿皆伤，幸不甚重，即时电传各处，通国皆知，同时即有小张新报印成，经红帽人手执沿街喊叫出售。

初九日戊申 阴，冷。午后竟着皮衣，同人咸谓天时不正，余谓现虽为西历五月下旬，然柏林地在北京之北十二度半，仍在外兴安岭之北，天时尚凉，宜也非不正也。入夜微风，欲雪。

初十日己酉 晴，冷。星使原拟俟总署将吏部公文赍至，具折谢恩后约诸同人喜酌，现因瑞乃尔在此，遂改于今日酉正。共桌除诸同人外，有潘兰史、桂竹君及德人李宝并普拉坨父子，瑞乃尔因病辞谢。酒食颇佳，亥初食毕，坐谈少许散。

十一日庚戌 阴，冷。酉正，星使之如夫人约普拉坨之妻、日本参赞井上胜之助之妻、瑞乃尔之妻、李宝之妻及杜蒂母女并陶夫人晚酌，酒菜与昨同。惟届时井上之妻因在巴里，瑞妻因明早即赴汉柏尔，皆辞谢未到。

十二日辛亥 镇日大雨，冷。早田合通送讣来，知其父田阿喜于前日殁于上海，年五十有六。即日余将外洋名片下书“PC”二洋字寄送田合通，按“PC”二字乃法言布勒光兜蕾二字之减笔，亦吊唁之义也。查田阿喜，六岁离国，在外五十年，虽云故在本国，惜非故土，初卖艺，继贸易，所获万金之产竟遗弃于外洋，盖伊虽有子，岂认中华为本国者耶。

十三日壬子 阴晴不定，冷。见本地新出一种表，其名未详，上弦走八天，表面下半缺一月牙，机键之轮坠摆露于外，价尚不贵，其壳造以乌铁(见前)。

十四日癸丑 阴,冷。见鲜果铺中罗列果品数种,然其来自他国者多,而本地所产者少,如波罗蜜、哈密瓜、蕉子、樱桃、桃、杏、地椹等,杏已熟而色红黄,桃色尚青。中惟樱桃价贱,三十芬呢一小升,重不足半斤,地椹大如胡桃,一筐平列廿余,价乃一马克半,仍属不贵。桃杏价皆一马克二枚,其贵可知矣。

十五日甲寅 晴,凉。德国向以塞门土与白沙作假石甚佳,其中究竟存有空气,不能结实奈久,易于疏坏,因而德人卒柏尔由格物中考求,设法将沙与水中之空气吸尽,以使水激不疏,火烧不裂。今日巳初,同陶、陈二君及金楷理乘车至柏林城之东南角埃里斯桥东昂盖乌佛尔河畔第十九号楼上,其造石厂去城甚远,乃故将吸造之器按式造小,在此置于桌上,便人观览。屋不大,二间,桌上悬二铜壶,通以古米管,楼顶挂有水桶,桌下临墙一大铁轮,与水桶铜壶皆通以铁或古米管。水沙与土皆有定数,先一壶中盛水,一人推柄转铁轮,自将水中空气吸尽。壶旁一玻璃管,描以分数,空气净否,自然表露。桌旁一圆筒,可以开闭,内含蛤蜊形明轮,轮齿外伸,筒外有柄,沙土按数称足,齐倒筒内,一人执柄转轮,自将土沙调均,既而开筒撮入铜壶,将水亦由彼壶移入此壶,再转大轮,吸尽沙土之空气,壶下有门,开之则稀泥漏下,以盘接倒模中,不必压盖,一日后自干而凝结成石,无孔无隙,不啻天生。其模系木造,四片捆于一处而成方者,所造假石共三色,乃白、黄与粉红,黄为本色,欲白则加粉,欲红则加红土若干,并以之能造石人禽兽,工与雕刻同,其模则造以牛角,为其软也。看毕回寓,时已未正。

十六日乙卯 晴,稍暖。见万牲园中又生四小狮子,其色草黄,视之如长毛犬,仍令母狗哺之,狗乳不足,则喂以牛奶。按:上年所生之四只,现已大如猪羊而食生肉矣,吼亦有声矣。

十七日丙辰 晴,凉。近日德之工商两部出示,今后国人借贷皆须本国互相借用,不得借外人者,盖其国家既能保护,以致人民皆信而不欺,不似土耳其人宁向外人借而不敢向本国人借,而本国人亦不敢借与本国人者,因其国家既不作保,而人亦多欺诈,其有势力者即以势力压人也。

十八日丁巳 晴，稍暖。柏林城西沙洛屯堡镇有石洛泗园，距柏林约十里，由石拉斯巷坐公车至彼二十芬呢。其正面王宫一所作“”形，三面楼皆二层，不甚华丽，惟正面当中楼高，式如凸字，前横铁阑，院中植花一池，修理整齐，摆成形式，宫楼不深，前后四角皆有兵抗枪把守，禁人出入。宫外右鄙有门，入内先是种花之暖房，再转过一穿堂，则至宫后右角，一望则绿树丛隆，道路清幽，不知有几十里数。右一大道，左右大树两行，右边树下，每隔数武置一大绿油木桶，周四围高三尺余者，内植橘柚一棵。行约一里，左转则大道甚直，左右大树顶上接枝如棚，四面幽静，如行高山谷壑之中。行不足一里，遥见正面一房，不甚高大，式如礼拜堂，乃德皇韪良第一之祖布王费尔的楠韪良第三之陵寝也，其名曰莫搜勒木，查其义，系二千三百余年前，当周烈显王之世，有喀里亚小国（现为希腊一县）国王名莫搜拉者，薨后经其后建一陵寝，极属高大华美，因而后世之王陵皆以其名名之。至其前，步石阶三级，至其廊下，再两步入门，先小屋半间，正面四小石柱，房顶罩蓝色玻璃，天光下映，使柱及四壁皆蓝，而润亮如青金。过石柱则方屋一间，高宽与长各二丈余，正面一小石台，台后壁上画天主像，台前左右二白石榻，榻上各一石像，左为布王费尔的楠韪良，仰卧作睡状，双手抚胸，腿直伸，两脚并立，右为王后绿衣姒，亦仰卧作睡状，头稍左向，双手交于一处抚腹，腿直伸，而左脚搭于右脚之上，一切尺寸与真人同，工极精细，视之如生，皆头向外足向内。又，初入门，正中一池，下石阶一门关闭，乃隧道，大与内间同，不甚高，乃停王与后之灵柩处也，禁他人入内，惟王室宗戚至始开。凡欲观此陵寝者，须在大门外王宫左鄙房内买票，每票二十五芬呢，票色粉红，横长三寸，宽二寸余，纸厚一分，在陵寝前数武外，一人坐守木柜，过者按人收票，插入柜中，其不欲来此而仅步游花木者，则无须买票。

十九日戊午 晴暖如昨。本使馆东，沿河敖古斯达街之道路，本系小石墁成，现因日久凸凹不平，昨拟另墁，乃将旧石掀去，挖下一尺，先垫碎石五六寸，上覆沙土一层，后以火机铁轮压之。其轮凡三，前一后二，粗各两围，宽逾三尺，铁厚二寸，轮上横铁板，上作小屋，内藏机器，一人立于其中，手把关键可使铁轮来回滚压，压毕平坦结实。上则墁以石块，石色青而坚，每块长方有楞角，长七寸，宽四寸，高六寸余，按块排墁毕，捶以小铁夯，以使平均，再则灌以阿斯发地油，油凝似漆，以使石既不动而地为尤平。乃将万块小石练成一方，不惟重车可行其上，且使水不下沉，春天地暖不曾积雪，则无震裂之虞。按阿斯发油其色不一，产于义、瑞、德三国，乃自石中觅出，研碎炼之，则成黑汁，光亮如漆。此墁道法，余向未之见，谅亦新法也。

卷十一

庚寅四月二十日己未　镇日阴雨。近日芙罗腊园中有一美国之本籍德国克伦村人某甲，年二十余岁，由赤道南二十度，北京东八十四度零之萨么阿岛中携来黑人七名，年皆二十上下，相貌身材似泰西人，皮色紫黑，齿白唇红如斐洲人，身由脐下以黑白等色漆至膝盖之上，本皆赤身，又自脐下至膝上围红毡一条，因天凉又背负红毡一块，皆以假发罩首，色黄而毹有作大倭瓜形者，有直束如草而蓬松者，大似斐洲人矣，然必如此修饰方觉壮观。每日由申正至酉正歌舞一次，晴暖则在院中台上，凉在堂中，上台脱去背毡，横坐一行，左首一人击鼓，鼓不甚大，如中土之秧歌鼓，阵阵引唱，声调如僧之唪经，随唱齐行以手击腿捶背，或自击，或互相换击，颇有节奏，歌毕立起，结队跳舞，随舞而歌，仍以掌击背捶腿，拍足敲臀，批拍有声。舞毕内一人要直刀，刀连柄长三尺，周身四面上下旋舞，尚为可观。再则四人要棍，乃二人各执一长棍，长四尺余，二人各执二短棍，各长二尺，四人四面分立，互相对击，整齐有式，如都门之五虎棍。桌上铺其本土之花油布一块，鬻栗一个，铜锅一口，乃一锅下立四足，如中土之火盆。闻此七人，每人每月工价六十五马克。

二十一日庚申　晴，风，凉。柏林城内河道弯曲，大址如“”形，其东南宽处约九丈余，西北狭处不及五尺，其转角宽处有作码头以泊货艇，如木石砖沙煤柴之类，岸上置有提物之“丁”字形机器，亦有于水面建大木房二间，以便男女在内沐浴者。西人四季固喜洗浴，天凉在屋中，暖则在海边船上，然其水必清净方有益于人身，此河虽云活水，且外国污秽粪土脏水皆有管筒通于城外，城内随时洒埽，禁止遗弃，河水当净，然地平水流极慢，于曲弯处不能不积有油腻灰尘，天暖有时映日光望之，其色闪灼，五彩如霞，是此水亦未为净矣，此等浴地究不知有人洗否？抑或待天极热人来洗时,另有法以清水,亦未可知也。

二十二日辛酉 晴,凉。午后同汪、贝二君往看水族院,内中一概如前,惟有海参三个,系由日本运来者,盛于屋角玻璃池内,惜其地稍暗,看之不甚清楚。又其旁门关闭,左鄙一边拆修,围以木墙,墙上又横板一层,皆画水族,奇形怪状,不一而足,将来修理一新,另增别种,当尤可观也。

二十三日壬戌 晴,风,凉。闻阎润亭昆季,有相识由法来此读书幼童费里之教习某甲,昨日往拜其姑母,乃谓切莫令费里与华人交结,因其无信义耳。凡吾人之在东方贸易谋财者,不得已与之往来,亦仅面上虚情,其实又何尝以契友目之。由此观之,凡东西人之来中土者,其心可知矣。

二十四日癸亥 阴,凉。尝思人之所学,成否迟速,皆视其人之勤敏与否也。忆余自同治壬戌入馆,学习三年之久,每以汉翻洋、以洋译汉,处处多须教习指引解释。及乙丑冬,初次随使游历,不足一年,回国后,以为汉洋皆通,自恃不恐。丙寅第二次随使出洋,绕地一匝,回国后,反觉所学不足,尚多讨问之端。至庚午及丙子,两次随使,在外共五年之久,回国后,更觉所学无几,至今竟处处悚惶,自视不如初学之幼童勇往前进,是不惟愚钝而且懒惰之故耳?同人张小轩,年幼勤学,聪明绝世,汉文本来精通,曾在申报馆中助笔,又经在广方言馆学得英文,至此数月后,乃即弃英学德,至上年中于翻译数目中,虽间有不透之处,而星使令之买办竟能裕如。上月星使令其翻译枪名及通身各处之名目尺寸,恰值其教习现在当兵,每日酉初往子初归,在彼借其所用之枪,处处仔细考查究问,译成大篇,精细无比。且每夜归来,向人畅论枪身,精明透澈,闻之令人开心悦耳,增长识见,是即勤学之效。故上年蒙星使由学生超升三等翻译,是亦为国家拔取人材之意也。

二十五日甲子 早微阴,午后雨。自本月初在万牲园火车栈后敞地设赛马会,四面围以板墙,内设板房百间,按间分槅,每槅只容一马,共集千匹,有专为出售者,有故意在此比赛以表其骏者,马色各种,大小不一,价有三千马克者。地之中院宽敞,垫以黄沙,作一圈,周二三里,中途亦有濠沟、土山、木篱之类，有试马或赛马者即可在上顺道驰驱。闻其马有来自义奥等国者，开设之初，入门每人八马克，既而五马克，两三马克，至今则半马克，其所以然者，因良马皆陆续被人买去，或经主人携归也。

二十六日乙丑　阴雨，凉。未刻，忽霹雳一声如迅雷，如地震，楼几欲摇。既而电报新闻印成，沿街喊卖，乃城西南之石斑岛村，火药局外之六箱棉花火药因故轰裂，幸近村人少，无一殒命者。

二十七日丙寅　晴，稍暖。柏林有四轮双马粪土车，上一木箱作斗形，宽三四尺，高亦如之，长六七尺，一人御马，二人立于箱内。凡人家污秽抛弃之物皆须积于一器之中，或箱或桶，置于院中门内，此车每日或隔一日必来一次收取，乃二人入内抬此盛秽物之器，倒于车上，其御车者随时于中拣选碎物之有用者存在一边，如木柴、布条、铁片、纸匣之类，箱上有盖，以免车行遗弃灰尘、秽物于道上。此等虽曰贫民，然其衣裤仍皆整齐，此车按月每户给钱六马克半，各车旁亦写有车主之名姓住址。

二十八日丁卯　早阴，午后微雨。数日前，本公馆后对岸吕祖堤多恩贝巷口，新设一加非小饭店，店因地名，名曰吕祖喀斯伊努。昨日酉初，星使偕汪、赓二君前往晚酌，因其价仅一马克也。今日午初，余亦前往一试，见楼下低屋一层，约四五间，窗外环以铁阑，内列桌椅一行，内外桌椅以及刀叉盘碗无不粗旧，堂倌亦仅十四五岁之幼童，菜更咸而无味。当时坐客无多，惟头间三男，二间一男一女，其三男，见华人皆举酒招呼，高声喊唱，其一男一女衣冠亦甚粗陋，余因少坐，食未毕，付钱即去。查其情势价值，似专为车夫等人而设。

二十九日戊辰　晴，凉。星使所带二庖人皆丁姓，盖叔侄也，侄由叔荐，故至此，叔掌灶而侄佐之。自本月初间，忽星使之如夫人谓自来所造菜味不佳，宜改用其侄烹炒，星使传谕如此，因而叔侄口角争斗，经武弁及他跟役与之调处，其叔终觉气愤，至是禀假回国，星使允准，定过端阳节后自布蕾海汾上船，外赏工钱一个月，如夫人赏五马克。

五月

初一日己巳　晴，自巳初至午初一刻日蚀，申正阴，微雨雹，入夜大雨一阵。本公馆门前左右立二电气灯，向点其一，以便出入，且由栅阑门至正门尚有数武之遥，而公馆门前必燃一灯，方足壮观。又栅阑外虽有路灯，相离既远而短树成行，枝叶稠密，灯光不易射入，仍必内燃一灯方可内外通明。现因昼长夜短，乃奉谕停点以为节省经费，人之出入，虽云黑暗，亦仅一二时辰耳。

初二日庚午 镇日阴晴风雨，午初雷。未初有二武弁来谒星使，一系花翎候补千总福州炮队教习吴陆，广东人，一系五品顶戴炮队帮教毛殿英，湖南人，皆由闽督卞颂臣制军派令上海信义洋行主人送入克鹿柏厂，监铸炮位并学声炮之法，俟所定炮位铸成，携带回华，二武弁登船后洋行主人即函致伦敦本行，俟此船到德即令人将其引入炮厂。前日船到，有英人开武偕其友莫蕾由英至德带其二人至艾森。据彼厂总办云，留二人住卖喷亦无不愿，惟不能德语，恐无所学，二英人遂带来柏林使谒星使。然卞制军并无公文到来，虽有信函，仅言一切由该洋行办理，故星使亦无法从中涉手。英人开武拟使其在此学习几月再行入厂方觉便当，问余识有德人能华语者否，乃将阿恩德荐与，开其住址使往自行商办。即时开武带往会晤，彼此议定每日学习一点钟，每月除四个礼拜外，共二十五六天，送百六十马克。

初三日辛未 镇日细雨阵阵。德皇第二妹威克兜里亚生于西千八百六十六年四月十二日（即同治五年二月二十七日），现年二十五岁，许配与德国东北界纯柏尔里埔邦侯爵阿多苐之第四子，侯爵，亦名阿多苐者为妃，阿多苐生于西千八百五十九年七月二十日（即咸丰九年六月二十一日），现年三十二岁。时因婚期将近，老皇后威克兜里亚既回住旧王宫，侯爵阿多苐亦来，寓于宫后。今日午初，星使令余乘车前往王宫代为投刺，乃在宫门外回事处画押于门簿也。

初四日壬申 镇日阴晴风雨不定，凉。入夜寅正，陈、张二君由外归，因闭门力重作声，余在梦中倏闻霹雳惊醒，虽醒犹在梦中，似信步入其屋，并未交谈，而见其脱衣燃火煮茶等事，次早询之则与梦中所见无异，斯亦奇矣。如谓凡人之梦，魂魄必临其地，然则三万里外忽梦入故乡者，不知魂魄能飞急于闪电否？明其理者当能知之。

初五日癸酉 阴，凉。早由巡捕呈诸同人手版向星使贺节，当日既无一切礼仪，亦无公宴，彼此南北诸同人更罕有言及端阳佳节而互相庆赏者，是洋人既不知是日为中土佳节，而中土人亦几不知是日系五月五日矣？殊觉寂寞无聊，幸有阎润亭昆季约吃薄饼，聊以解嘲。

初六日甲戌 晴，凉。自天暖以来，每日在五道门外南鄙排列敞车多辆，或一马或双马。车上有棚，四面垂短帘，有内左右列绒垫长凳两行者，有后列两行而前又横两凳者，每辆皆可坐人由十一二至二十余，专为人雇往乡间游玩。其价颇昂，闻半日由未初至亥正，须二十五至三十马克。

初七日乙亥 早阴，凉，酉初晴。十日前，洪禹山之长随陈升与缝人因财口角，缝人禀知星使，谓其欠钱若干不还，且自来至今，朝夕在小的屋中吸鸦片烟，逐之不去，星使谓钱财事我不管，当即以吸食鸦片一节办之，盖向在公馆禁食鸦片也，遂将烟具搜出，星使与禹山斟酌，原拟送其回华，后陈升禀愿今后断吸，禹山遂使服断瘾之药。四日前，禹山出门，将其自用之烟具暗作记号防其偷吸，及回时考查，记号挪移，遂饬其即日收拾，以便与丁庖人同船回华。故今晚亥初，洋仆孟坨送二人赴布雷海汾登德公司庇森轮船，恰值瑞乃尔带各武弁回津亦乘此船，可随时照料也。

初八日丙子 晴，微风，凉。昨有英人屠遾之母来投片辞行，今日未正往拜，见其母子，知其女屠蒂现许德国人贝娄为妻，定于西十月十一日在此入礼拜堂成礼，其母不日起程赴伦敦，一为治办奁妆，再为请其戚友也。少坐吃加非一杯辞归。

初九日丁丑 晴，稍暖。记：前四月初五日《沪报》内有论女子裹足母实不慈一则云：杞忧生之言曰：身体发肤，受之父母，不敢毁伤，古之训也。自世风日下，有剖心割股疗父母之病以为孝者，遂有忍心害理裹女子之足以为慈者，积习相沿，牢不可破。今人入花丛、寻香径，必先俯窥莲步，而后仰睹花容，彼美相遭小人下达，不知眉目之妍媸关乎天授，弓鞋之大小悉本人为。《宋书》称男子履方，女子履圆，《唐史》称杨妃罗袜。韩冬郎有句云：六寸肤圆光致致，皆古者不裹足之明证，惟《辍耕录》

言妇女缠足。道山新闻云:南唐李后主宫嫔窅娘纤丽善舞,后主令以帛绕足作新月形,相传为裹足之滥觞。夫父母莫不爱惜其子女,独至裹足一事,早则五岁迟则六岁,莫不严词厉色,大受折磨,以为移俏步蹴香尘,他日作妇人门乃为可贵,倘裙下莲船盈尺,则戚里咸以为羞。此种浇风,城市深于乡曲,以故世家巨室争相效尤,而农人之女、樵子之妻,转无此病。不知古来女子所谓娉婷者,以其腰如约素,领如蝤蛴耳,燕瘦环肥,其所以专宠六宫者,当别有胜人处,非因其举止失措,行动需人,而后谓之美丽也。倘使莲瓣不盈一握,裙底纤露双钩而颦效东施,丑同嫫母,又安见凌波微步,使人之意也消耶?

斯论也,切当事理,在昔先辈亦尝有言之者,无如积习愈久愈不可破。今世吴俗,有苏州头扬州脚之谚,苏州头者,谓其髻样新奇,扬州脚者,谓其约束齐整也。古者,妇女所重德言容工,今也不此之讲,而惟评头品足,以求其妍媚,其失已甚,况夫轻头重脚每下愈况,尤何解于昔人之讥!然值举世之靡靡,苟有一人不如是,便屏诸粗鄙之列,为侪类所讪笑,故常百计矫作,至乞灵于木屐,以示其纤。吴俗而外,其以小脚相尚者,近数宁波,远推粤省。粤省大家每生女,自其未离乳抱时即束缚之,及长而如菱角似笋尖,临风欲倒,斯称丽人。宁俗纯用霸道,至有拔指爪之事,然其足短而不细,反形恶劣,雅人何取焉。更若晋秦诸省,民俗富饶,或传其每年春日举行小脚之会,远近妇女皆偕进香为名不期而集,一鞋之值有费至数十百金者,暴殄财物,莫此为甚,往岁饥馑之灾,安知不由自召,甚矣哉,习俗之误人也!要之,唐主为亡国之君,游戏荒淫,何足据为典要。我朝膺符受箓,诞诰万方,男令剃发,女禁裹足,法良意美,薄海之内,孰敢歧趋,乃裹足竟莫挽颓风,数百年来因循未改,诚以事关闺阁,无足重轻故耳!其实则残肢体束筋骸,隐伤天地好生之心,显失父母慈爱之道,而且积习不革,成见难除,往往夫憎妻、姑嫌媳,勃谿衅故,恒由此肇,极其流弊,非笔能罄。统按今世五大部洲,除中国外,绝无裹足者,而满俗为当王所贵,凡属臣子,宜如何恪守弗违,窃谓嗣后宜明申裹足之禁,犯者以违制不慈论罪,其父母庶使绿窗娇女金屋佳人免受此关苦楚,并免终身怯弱之病,是亦除暴去残,感召天和之一端也。愿与谈王政者进而商之，至将来更变是俗，不由遵奉本朝之法，而由渐知天下万国无此陋俗，自知是非循理，有违上天生人之德而始改之，则殊可耻矣。

初十日戊寅　早晴，西初大雨一阵。恩德林敦街皇宫对面有　武库名催格霍斯，译言军器房也，每礼拜及礼拜六两日开门，任人观览，一自午正至申初，一自巳正至未正。楼三层，甚高，白石建造，地基作“回”字形，每面长约二十六丈，横宽各约五丈，通楼造以石铁，不见纸木，盖防火也。楼梯固砌以石，而楼板亦墁以花石，排列成纹。头层入门左右两翼，左翼罗列今古大小铜铁炮数百种，有锈如自地下掘出者；有一排五门，长三尺粗尺余，用时齐发者；有创始后门装药者，粗细长短形式不一，工料不精，粗笨生锈，似皆百年前者。大石、炮弹有大周两围者，炮式车形陆续更改，直至时式，如克鹿柏等厂所铸者，排列层层，笔难尽述。右翼罗列前德与他国交兵得胜之地势，乃刻以木涂五彩，山水沟渠、田野、村城无一不有，分毫不差，树乃攒以铁丝，草则铺以绿毡，每地周皆四五丈，作成桌形，下支木腿，以便人看。桌式皆随地形，或方或圆，或六角，或椭圆，共十数处，两翼正中皆有门通中院，正面有石阶，左右两翅如桥，高约八九尺，步上通楼，桥下中洞左右既设列器械火枪，而桥之对面院中亦列以铁炮、炮子之类。桥两翅后亦有门与石梯通于楼上，楼式作“凹”字形，左右分两大间，中虽空而四鄙彩画德国历代得胜图，如法君那波伦脱帽面递免战书等。前面横分三条，竖截九节，中条行人，左右两条罗列今古各种戎服、铁盔、铁甲、锁子甲、皮帽、皮靴、刀枪剑戟以及火枪练锤、宝星旗帜等，大者排列，阑以铁阑，小者置于匣内，罩以玻璃，其中各物亦有自他国战胜夺来者。再上一层，因修理未开，或谓将塑历代功臣相，未知确否。上下处处有人监守，禁人摆弄、吸烟、吐沫。大门旁有收存雨伞、手杖处，柜上置一铁筒，客之赏钱任便，多寡掷于筒中，每日不知守柜者均分抑或用以助善。

十一日己卯　晴，微暖。今日为西六月二十七日，礼拜五。据土人云，幸此日不雨，若雨当延至七七四十九天方止，雨之大小不定。追问其由，罕有能言者，是亦与中国之“小暑一声雷，依旧做黄梅”之谚相似也。

十二日庚辰　晴，暖。在德京凡令洋仆买办，大者赚钱，小者虚报，是固仆人之陋习，间或自行往买，铺中竟问所买之物须经洋仆手否，若经其手，则价须加添百分之一，若不令仆知，得经仆人探得，次日往取则言定之八扣九扣，既不能扣，而所许之物色亦难如愿照办矣，按此亦与北京门钱相似。

十三日辛巳　早阴，午后微风，晴，暖。未初，步行至朴斯当桥边，行人男女颇多，忽见一老人之毡帽被风吹落，所立之地距河堤尚逾十步，风吹翻滚，左右多人代为追拾不及，竟坠水中。其人年近六旬，面目饥黄，衣服虽不褴褛而亦鄙陋不堪，乃竟手扶铁阑，两目直视其帽浮于水面，而无一言，幸旁一年幼者趋至桥边，求所泊货船中人为之捞起。

十四日壬午　晴，暖。见万牲园中新添四雪猧圈于铁阑笼内，系经木林堡城某甲所赠，如中土之狮子猫，毛虽不甚长，不遮眼，不似中国狮子猫毛之披润，然其毛白如雪，洁净驯善，观者呼之即至铁阑下，以手顺其毛或以指抓其项下脖旁皆听之，且作呼吸声。不比本公馆洋婆所畜之黑黄灰白等色猫，大小廿余，楼上楼下，昼夜呼号，见华人则趋避，捉之则非啮即抓。按其世代所食者，皆中国之米饭鱼肉也，且猫犬之性最义，罕有不顺其主者，今观此猫，世代住于中国使馆，食则中国之米面，而仍如此藐视华人，猫尚如此，其他可知矣。

十五日癸未　晴，暖，亥正大雨一阵。闻前者吴、毛二武弁行抵布蕾海汾时，税关查验行李，其所带之茶叶水烟虽不多，固当纳税，而其靴帽纸扇等件亦向之索税。据毛殿英云，厚底靴到此用处少，税款较原值加两倍，自当奉送，乃双手捧递之，因而税关始不强勒，不知洋人来华，我各海关亦如此否？恐未必耳。

十六日甲申　阴晴风雨不定。近日《潘兰史集》有册页一本，首篇为桂竹君之清文，后则日本、波斯、印度、土耳其、希腊、亚拉柏等国之文，因属余书汉文，余即书数语云：海西古称多珍奇之物，余皆弗取，独取此编，乃地球墨宝，非他宝所能及也。

十七日乙酉　晴，酉正大雨，雷。德国所设之东方学院洋名赛米那尔斯·弗玉尔·欧立安他里什·斯朴拉荷恩，系在恩德林敦街之东首，东临河，西面鹭鸶小花园，南傍杜木礼拜堂，北近小巷。楼高三层，虽系石建而式样古老，墙壁似多灰颓者，房间窄小，装潢亦皆朴素，原为商贾会馆，既因狭窄，改移他处。内共学八国语言文字，为中华、日本、印度、埃及、亚拉柏、土耳其、波斯、希腊，共教习十三，各人屋一间，大小不一，内各长桌一，凳两行，正面长桌头横一小桌，桌后一椅为师座，座后悬黑漆水牌一。各屋教读皆有定时，其中教习有各本国者，亦有德人代教者，如中国者为桂竹君、潘兰史及德人阿恩德，日本者为井上哲次郎与德人蓝那，希腊者为米左吉，印度者为业美山屹与德人高臣，亚拉柏者为史理文与德人毕烈及哈得满，埃及者为哈三，波斯者为德人晏的斯，土耳其者为马呢萨典，又一提调为萨侯，一监督为莫里斯，皆德人。学徒共八十三名，内学华言者十九名，学波言者一名，其他未详。

十八日丙戌 早晴，申正阴雨。本公馆之房主万丹墀夫妇本即居间壁楼房一所，自去冬将其房锁闭，专雇一人看守，移住朴斯当镇之别墅，遇事来柏林暂住三得店，谓一切自由，用人便当，较在家中俭省也。三月前，因病来住三得店中调养，闻其于今早辰正殁于店中。

十九日丁亥 阴晴风雨不定，雷。日耳曼人自古雄猛好武，善骑喜猎，始而操戈，继而射箭，既而放枪。于三百年前国人即设有射箭会，其技艺娴熟者赏以旗号，至火枪兴，遂改为放枪会，数十年前因内外兵乱，人心不定，此会稍废。至西一千八百六十二年(即同治元年)，国人复兴此会于苐兰佛城，以后议定每隔二年一次，地方轮流，皆在西七月初旬内第一礼拜日，至今为其第十次，轮在柏林，乃设于城北班高村，择于明日开会，乃西七月初六礼拜日也。自三四日前，由美国来二百余人，奥、义、瑞典三国亦各数十人，皆赴此会，实皆日耳曼之流裔也。明早巳正，会中人扮古装由恩德林敦街走赴班高，故自前日各街左右皆竖旗挂彩，游人甚多，极为热闹。因此沿街空处搭木台，铺店人家亦出赁座位，闻其价由六马克至三十马克不等，亦视乎地势之大小远近耳。

二十日戊子 晴，大风，凉。巳初，星使偕其如夫人及三洋妇乘车赴五道门内照相馆中，由窗内看枪会人经过。闻此会不知自何处排队，进五道门东行，过皇宫及二铁桥，走甦良王与新旧顺豪赛街，转北直行赴班高，计路七百二十余码，合六里余。其先行者一人乘马执大旗，后则数人乘马吹直筒喇叭，长约二尺，马皆背负大块彩绸，四面剪破成条而下垂，惟露口耳眼尾与四蹄。再则步行，城兵十数名，皆肩荷长矛，手执木牌，宽约二尺，长三尺余，外面彩画莺鸟，式作“”形。又一人举奖赏旗，领弓箭手二十名，手执小锤指方向者二名，及执正鹄者一名，鹄式与中国者同。末则布棚敞车一辆，作装载行李及猎得之禽兽等势，旁并一人执棍提野鸡、山猫各一，车后随以弩弓手多名。以上为日耳曼四百年前射猎会之形式。人之帽式不一，或毡或布，或高或偏，作“”“”“”“”等形，上皆插以翎毛，衣皆长不及胯，裤亦长不及膝，色则五彩，长白绒袜，鞋虽皮做，而前一长尖作“”形。

第二段为其三百年前者，亦第一人骑马执旗，马始无衣，再则乐工数人吹笛，乡兵多名执长矛，领首者佩刀执枪，执奖赏旗者四人，举指方向锤者一人，又击鼓者、吹笛者、执花圈者、执赏物如斝壶等者各四五人，再则吹喇叭者、弩弓手、放火铳者，随后搜营执斧戟长枪者各数人。此时帽式稍改，衣亦长宽，裤袜如前，鞋式随脚皆作“”形。

第三段为西千六百三十至五十年者（即明崇祯三年至本朝顺治七年），第一人乘马执旗，后随四人举长矛，戴铁盔穿铁甲，乐工一伙，四马拉四轮方棚敞车一辆，内坐议事人四名，披黑氅戴毡帽，再则指方向者一人，执三尖义者二人，执长矛者十人。又四马敞车一辆，上戴执赏旗之幼童六名，佩刀执大义者一人，举炮旗者一人，四马拉炮车一辆，后随炮手乐工及放火铳人各二十余。此时多毡帽，式作“”形，衣长有及膝者，裤极宽大，袜如前，鞋则近时式矣。

第四段为西千六百五十至八十年者（即顺治七年至康熙十九年），首即乐工数人吹弯喇叭，执赏物者四人，火枪兵一队，马兵数人。此时衣始整齐，上下一色，毡帽檐稍宽而顶稍矮，鞋袜如前，视之已大近时派矣。

第五段为西千七百二十至五十年者（即康熙五十九年至乾隆一十五年），首亦一人乘马执旗，再乘马吹喇叭者一伙，二幼童举赏旗，一武官举戟领火枪兵一队，后黑人一名，掌弓背箭，掌莺者一人，捧金瓶者一人，书手一名，后随执铁斧者数名。以上帽式多作饺形或“”形者，惟枪兵者作“”形，衣虽长短不同，而色仍红绿，裤则瘦，鞋袜与前同。

第六段为西千七百五十至八十年者（即乾隆十五年至四十五年），首即炮手一名，四马炮车一辆，鼓手一名，乃二鼓平列，上枷木板，左右二人以手提环，后一人以两棰击之，后又乐工 ·班，乐器与现在者相似，书手一名，执正鹄者一名，枪手多名。以上衣装与前者大同小异。

第七段为西千八百至八百三十年者（即嘉庆五年至道光十年），首则一人乘马举旗，后乐工吹喇叭者多名，指方向者一名，马步兵各数名，执赏旗者一名。此时帽式通作月牙弯弓形，衣式与时兵无异。又西人之发，自来不剪，后编小辫，至此以后虽剪，而仍垂肩。再射会由是始定，每二年一次，又以前各旗皆无定式，或方或尖，或长方或双尖，画莺画雄，或彩云或净面，亦皆不一其色。

第八段系西千八百六十二年（即同治元年），日耳曼之第一正射会，兴在茀兰佛城，首则一人乘马举一长柄方牌，上书“一千八百六十二年茀兰佛第一次射会”，后则四马拽一长方车，车顶如华车，下则四柱无衣，车中正面一椅，上坐女君主，前二侍仆立左右二柱下，车门外另立一人举方旗，上画一莺，车下四面垂彩绸尾地，而不见车轮、车之四角。另四人乘马，皆戴皮冠如倭瓜形，衣则宽袖长袍，上罩银鼠披肩，内一捧王冕，一掌宝剑，一举十字，一执君王宝杖，形如九连环，后随枪兵一队，又九匹马内惟头匹身罩彩绸。

第九段，第一人乘马，马身罩彩绸，手执方牌，上书“一千八百六十五年（即同治四年）布莱门第二次射会”，后四马拽一车作船形，前立三人，皆头戴铁盔作“”形，身披练子甲，内一掌剑，他二各执一三尖旗，旗上画一钥匙，船中立桅挂帆，下立妇女多名，后坐国王，遥望如唐元奘，船下围绿绸，车轮不露，则行动如水，船前挂铁锚，桅顶有斗，有鱼尾长旗，又船前后各一人乘马举旗，装饰与船上立者同。

第十段，第一人乘马举牌，上书“一千八百六十八年（即同治七年）威音第三次射会”，马身亦罩彩绸，后一车四马拽之，上各骑一人，车形似船如辇，四轮，前作船头，后一四柱彩亭，正面坐奥王，前后坐立多人，为亨戛里（即马加）人及被擒之土耳其人。又车前一人乘马，戴旁视“”形毡帽，身穿灰色衣，佩刀，着皮靴，为奥国提督，后一人乘马着绣金花乌衣，戴“”形毡帽，白裤皮靴佩剑，为奥国侍郎。前四乘马者，皆着短衣白裤皮靴，帽式与提督同，惟少彩饰。其在车上者，装饰不一，马加人之皮帽作“”形，土耳其红毡帽作“”形，又各人发皆百年前之古式，或披散垂肩，或总后编辫。

第十一段，第一人乘马执牌，上书“一千八百七十二年（即同治十一年）韩诺倭尔第四次射会”，后四马拽一车，四马夫皆着紧衣，光头披发，车四轮，车上后立二圆塔作“”形，二塔中横一月门，门上一小台，台上立一虎，左右二高墙，各前又一节长墙，临檐正中一小牌楼，左右二月门作“”形，墙内坐立男女多人，车旁马兵一队，各皆四百年前之装扮，铁盔铁甲，女帽长尖，后垂小穗，作“”形。

第十二段，第一人乘马举牌，上书“一千八百七十五年（光绪元年）在斯图戛江畔第五次射会”，后四马拽一车，马匹车夫皆与现在乡间同，车四轮，长身木质如船，车尾一敞亭如龛，内坐王后，龛前一棚，上六梁下八柱，皆缠以鲜花，左右四柱之间各挂花圈一个，内坐侍女二三，棚前坐一人，手举长竿，顶上拴鲜花一捆，花圈一个，下飘彩绸两缕，车后随人一班，皆德国各邦之古装，形式不一，或举长矛，或荷铁锄，或背筐与负笈者，衣则五彩，帽则毡皮，奇奇怪怪，笔难尽述。

第十三段，第一人乘马执牌，上书“一千八百七十八年（即光绪四年）在居斯多弗第六次射会”，马罩花绸，绸前后绣四小旗，旗作“”形，每上一狮戴王冠，前爪抚一铁锚，此后又二马拉一车作船形，下圈绸不露轮，行动飘洒如水，船尾坐一女仙掌舵，中立一桅，上有斗，挂旗与鲜花，下立多人，船头坐一白发银须老人，左手执扇，右手举杯，称曰莱茵江神，头戴花圈，其他各人皆戴饺形毡帽。

第十四段，第一人乘马举牌，上书“一千八百八十一年（即光绪七年）在敏慎城第七次射会”，后四马拉一车如长凳，四轮作腿，四面垂彩绸，车上正面立一屏障如篱笆，作“”形，上坐女主，屏前一节短墙，饰以鲜花，内立二人，白发长髯，身披毡氅，手持拐杖，墙前立鲜花松树两行，长约三四尺，临檐一月门，门中立一幼童，车左右随四人，皆乘马着铁盔甲，掌剑佩鞘，鞍左右拴二皮筒，作“”形，内藏二手枪，此乃三十余年前日耳曼

鏖兵之打扮也。

第十五段，第一人乘马执牌如前，上书“一千八百八十四年(即光绪十年)在来百喜第八次射会”，后四马拽一车如床，四面围绸，挂以鲜花横，作“”形，车上木阶三层，中立一方塔，塔顶立一飞虎，前爪执两锤，塔下四角立四人，着宽袖氅衣如僧，前插二大旗，中坐一女王，车四面随四人，乘马执刀，前二古装，大毡帽上插翎毛，后二戴高皮帽，扮如吕祖人。

第十六段，第一人乘马如前，牌上书“一千八百八十七年(即光绪十三年)在茀兰佛第九次射会”，后四马拉一车，四轮檐下围绸，上作假山，山上中立一女，披花氅，左手执“”形铁牌，右手拄锏，前竖一方旗，为各邦合一之旗，上画双头莺，后立一树，上挂各邦之旗，左右随人数十，皆戴时式灰色毡帽，上插鸡翎，身穿灰色毡衣，斜披彩绸一条，背负火枪。

第十七段，第一人亦与前同，牌上书一千八百九十年(即本年)在柏林第十次射会，后四马拉一车，车尾支一帐作“”形，中立一女，前立四武官，左右随乘马武官数员，步兵亲军两队，装饰今古不一，末则乐兵一队，打扮与第十六段相随之人同。此会中各车，长皆丈余，宽六七尺，轮高二尺，独檐。又各女皆系优伶，经官招来装扮者。自巳正过至未初始毕，沿途左右男女观者如堵，巡捕弹压，排列肃静整齐。

二十一日己丑 晴。前日房主万丹墀之妻符氏来讣与星使、汪芝房及余与金楷理，言今日午初在城东南角齐尔池茔地旁之马达蕾礼拜堂内停灵诵经出殡，届时星使偕金楷理往。其人年逾六旬，生无子女而家财万贯，不知将来入官抑或遗赠他人，且其茔地壮观如陵寝，以后无人祭扫，置之而已，是亦西俗使然也。

二十二日庚寅 晴。昨日吏部公文由总署寄到，本日辰正，星使恭设香案向东谢恩，既而诸同人着蟒袍补褂为星使叩喜。午后阴晴不定，细雨阵阵。未初同贝汇如乘车东北行十数里至班高，一路左右人家铺店，皆于窗外门前悬旗挂彩，男女往来如云，车辆如马车公车以及布棚趟车皆往来络绎如蚁，沿途皆有马步巡捕弹压指路。此枪场或会场极大，周约三四里，式作“”形，四面围以木板长墙，前一大门后二小门，前后分二场，中横五小门，欲游二场者，入门买票五十芬呢，仅观一边者三十芬呢，再入中门者又三十芬呢。

前场入门正面即放枪处，乃木造平台一横，长约半里，深逾一丈，房后敞地宽由百迈当至三百迈当，墙作土冈，前竖木牌，号有迈当之数，至远至三百迈当，射中则号数落而白烟升。凡入会放枪者，皆头戴鸡翎或他雀翎一束为号。右鄙一大木楼，极高，长二十楹，内中作乐，列长桌卖饮食。楼前正中一高亭，四面有马道，登者一人二十芬呢，亭四面玻璃窗关闭，游人自外观之，内中罗列德国所造各种银器，亭四角距箭地各一乐台，每日酉初，乐兵在上奏乐，对面临中门横三点心加非馆，各中奏乐歌舞，宽敞壮观。此外，在放枪棚前有信局、酒馆，对面临门左右有小加非馆、男女中厕，并罗列会中各车一行。又田阿喜铺中租地立小木房一间，出售华产，以上前场之大概也。入中门则木房行行，有加非馆、酒馆、乐场、跳舞场、照相铺、蜡人馆、点心铺、西湖景、小戏园、杂耍馆、打球场、秋千场、赌钱场、骑木马场、练船场，船颇大，容五人，周围八只，中有机器，烧火轮转，则船行，如在狂风巨浪之中摇荡簸扬，非经练过者不敢坐也。一屋中放一牛，黑质白章，身大如驴，乃二体合一，成六腿一尾一头，头上则双耳，一鼻三孔，一口宽作“”形，眼乃三而二睁一闭，其闭者罩以小布一块，启而视之，殊不壮观。据云，生已年余，食饮与他牛同。一屋有阿斐利加黑人二名，先歌舞，继而以铁勺盛油棉燃成火团食之。一处立一杆，长约二丈，下系一木人，杆旁一铁角，由角至杆顶通有关键，系为人试气力者，试者以木锤击铁角，能使木人飞上杆顶打一秋千者为能，且能使木人飞上十次者，杆主奉一铁质小宝星，以铭其勇。

赌场有斜立一木板，板上插以各种大小裁纸刀，赌者以二十五芬呢赁周约五寸之铁圈七个，或五十芬呢赁十八个，以之于五步外掷于板上，有能将圈套于刀上者，即赢所套之刀。又有放大木板于地，板旁一案，列小物若干，每上号一数，板上画周尺余之圆圈数十，圈中亦各号一数，与案上所置之物之数同，赌者以十芬呢赁白纸饼五枚，饼大与铁圈同，乃立木阑外，距板尺余，向板上掷之，能以五饼覆满一圈者，即赢圈中所号之物，其物亦无甚贵重者，无非小刀铁笔之类，其他尚有二三赌场未得细载。外有看蟒处、看他洲捉来之飞禽处，种种不一，笔难尽述。每处入看一次，由一二十芬呢至三四十芬呢不等。当日游人甚夥，且按日戌初放烟火，观者尤众。酉初回寓。

二十三日辛卯 晴，暖。因此地设射会有自日斯巴尼亚来之乐工一班，皆着灰色衫裤，毡帽上插乌鸡翎一束，今日邀在万牲园，昨日登诸新报，故当晚园中男女拥挤无隙地。乐工声调，尚属幽雅可闻。又因射会中人，皆以头插鸡翎为号，遂在场中有人出售鸡翎及山鸡尾等，因而男女老幼，虽非会中人，亦多买此翎毛插头上以为荣。

二十四日壬辰 早阴雨，酉初稍晴，凉。近在万牲园中，沿途树旁屋角设有木桶或筐，高三尺，周两围，油以黑色，极整齐极洁净，外挂一白牌，似系敬惜字纸之意，实则不然，乃为净惜道路也，专劝游人凡有零星无用之件不得撂弃满地，望皆掷入桶中筐内，道既洁净且省人收拾也。

二十五日癸巳 晴，戌初雨。闻昨晚在射场中有某甲在加非馆中坐饮，旁有兄妹共桌者，少坐即去，及某甲去而付钱时竟失去钱囊，盖其中有千马克纸钞也。某甲急出追之不及，问诸看门者，据云，早雇双马车飞去矣。告知巡捕，巡捕问记其相貌否，曰："知。"乃自兜中出小照一本，问其中有此二人否，某甲看即指出某某男女，巡捕遂电达四城巡捕厅照相捉拿，盖此兄妹二人曾犯此等案件也，今早在某城被获，至定何罪未闻。

二十六日甲午 晴，凉。五道门内皇宫前有礼拜堂名曰杜木，式既古而朴素，且砖石亦多圬烂，因欲改建新式以使壮观。国人能绘事者各献其能，因而德皇女友之夫勒石兜者绘图献之，德皇喜，赏马克一万，即谕令工部设法仿建。达诸会堂，议事人不允，谓此系公事，堂中为此已费若干，若国主喜其相识之人之图，则此堂可请国主出费建造云云，因而停止。

二十七日乙未 晴。今日为西七月十二日礼拜六，班高射会收。闻此次是会之设，不惟壮其雄威任人观看，更为裕民生财也。即如铁道公车，向来日获百马克者，因此竟日得数千，且向来往来者十数辆，为此乃增至数十辆至百辆，是于此一礼拜内所获之利可知矣，其他如马车趟车及他作小买卖者亦皆得有赢余也。

二十八日丙申 大晴,暖。近在万牲园中频遇一人,着洋服而貌似亚洲人,或谓伊为朝鲜人,今晚与其人坐近询之,乃日本鰕古岛中人也,年三十三岁,姓田中馆,名爱橘,自备资斧来此学习物理策算,到已二年,亦有志之士也。

二十九日丁酉 晴,暖。西国所用中国各物,以茶丝为第一。近闻德国亦贩运中国头发来此,用作假发等类,盖取其黑而长也,且在戏园中用处为尤多云。

三十日戊戌 晴。未初同润亭昆季乘车往游茀洛兰,游人不多,其后傍河作高台,前有石阑,后列铁椅,在上少坐,篷船往来,河道曲弯,绿树青田,清风朗日,望之如津沽风景,令人有思乡之感。申正一刻,台上奏乐,乐工四十五,皆年未二十之幼童也,工头年近五旬,乐亦与他处同,闻其每作乐一天,工价七十五马克,共听五节,各饮加非一盅,戌初回寓。

六月

初一日己亥 晴,热。早晚仍可夹衣,而土人已云热似中伏。亥初稍阴,雷电未雨,微风。现在外洋处处黜朴崇华,凡人能于格物化学中思得新法,令其获利致富者甚多,故人之学此者,无不昼夜考求,细究其理,苟有所得,经官查验确实有益,准其施行,则既不负所学,而一生亦吃着不尽矣。西国车辆种类之多,记不胜记,凡马车、趟子车、运物车、火轮车,各国大同小异,无烦琐述。前创兴铁道公车,先以马拉,又用小火机于车头,现又有一种电气公车,其初行乃试用于村镇码头,尚未设于都会,行动极速如火车。按其式,地亦铁辙,路旁立木杆如电线杆,杆顶亦连电线,车中座凳之下藏有电匣,前后二轮缠有电线,车顶前后立有铁条作“丌”字形,上连杆上之电线,其制如此,其理未详。

初二日庚子 大晴,当早天热如初伏,午后微风竟凉似中秋。未正,遥闻霹雳一声,房微摇动,即时各街喊卖新报,乃仍系石斑岛地方之火药六箱因故轰裂,幸未伤人。

初三日辛丑 晴,凉。闻昨夜亥刻,一少妇在遼尔林中被害,项下刺一小刀，身受一手枪，仰卧于地，衣服青色，华美新鲜，胸插玫瑰一朵。经巡捕查其钱包中匿有金戒指一个，乃已嫁之女，度其意，盖因夫外出，入夜另觅佳偶，以获余资而可饱暖也。

初四日壬寅　早晴，既而大雨一阵，又晴。见土人喂马，因无高粱黑豆，乃于草节外加萸米，粒颇肥大，有长至五六分宽四分者，色亦金黄，其大可知矣。

初五日癸卯　晴，凉。晚游万牲园，其门外排列头二等车辆甚多，见有二三辆二等车中环坐车夫四人，以樗蒲为消遣，盖车既排列成行，除人家车外，皆须依次招雇也。

初六日甲辰　早晴，午后大风，既而阴雨。午后步入包尔加非馆少坐，见三德人，年皆五六旬，白发苍髯，衣冠齐整，中有饮加非者，有食冰奶者，乃食毕以舌舐碟，亦德国贫苦之故态也。

初七日乙巳　阴雨，冷。德国妇女亦有太太姑娘称呼之别，其已嫁者，既有正夫，有无子嗣，皆称曰太太，其未嫁而生有子女者，苟因不知而误以太太呼之，则怒，因无正夫不得以太太称之也。

初八日丙午　镇日阴晴风雨不定。记：西一千八百九十年五月二十八日，即本年四月初十日，英京时报中一节题曰《中国遣使论》，经驻英翻译某甲译成汉文寄来。据云，中国驻英使臣现已更换，刘瑞芬奉调回华赴广东巡抚任，瓜代者为薛福成，曾任宁波海口道台，因此而知洋务者也。查中国遣使欧洲仅十五年，驻英钦差已见五人，驻他国者其数更多。然中国遣使之意与他国不同，凡留心时务者不难判别也。中国遣使各国谓为代办则可，谓为使臣则不可，何也？欧洲遣使一节，何等郑重，虽各国章程不同，今昔情形有异，究能不失出使初意，盖欲其联络邦交，疏通声气，采访所驻之国之情形也。中国则不然，据熟悉中国情形之人之言，凡交涉事宜，均在北京会议，会议之人，则择老成持重之大员，在一跼蹐龌龊之公所与他国使臣会商，无论与约章相符与否，凡他国使臣有所请，必以否字答之，从来不肯即说可字，倘他国使臣作气，出恐吓之词，则必下气怡声敷衍之，决不肯一定可否也。和约虽订妥，尚百般推诿，不即奉行，其责成均不肯任，各了己事，止顾目前，不顾日后，此华人所奉为箴规者也。奉此箴规而行，不特总署谨慎遵行，即出使使臣亦不敢逾越半步。余请试言十五年以来中国所派来欧洲使者约十余人，统而论之，可以见中国遣使之意矣！非特专为驻英使臣而言也。查驻英第一使臣郭嵩焘，品崇学优，性虽急躁而接人温和，故我英人咸敬重之。第二任为曾袭侯，似系万人中之超群轶伦者，今已逝世，可置勿论。第三任为刘瑞芬，甫经回华，刘大臣在任时平安无事，与曾侯任内不同，未始非刘大臣和平办理所致也。新任薛大臣，于洋务不及刘大臣熟悉，盖刘大臣曾任上海道多年，常与我西人交接也，或云薛大臣曾著条陈洋务一卷，力主与俄会盟而置他国于无足重轻之地，然此条陈未见刊出，不能臆断，其在此所办事宜妥当与否，只好静俟而观之耳。虽然，中国于出使事岂无益哉，向例系派正副两使，以两人办一人之事，东方各国皆然，因欲其互相稽核也。如每见华人常怀两表，或问其故，答曰以此表较对彼表也，倘两表并行不准，则亦不顾，大都华人用心皆如此。我英国昔年曾派公使二人赴日本，一名爱尔庆，一名金加丁，抵日本时倭王询谁为副使，爱答曰："惟余一人，并无副使"，倭王笑曰："金加丁当在暗中帮助也。"中国初派郭、刘二人来英亦即此意，不久知不可行，即改派刘驻德国，留郭一人独办，从此以后不派两使矣。此系渐知办理交涉之验，然终不明遣使之要旨也。

所有中国在外之使臣，在其本国并非显官，即简派出洋亦不甚郑重，其选派之际，亦非如欧洲各国慎之又慎者也，如英派都飞冷、刚身郎，德派哈璀，法派恭斯唐等是也。中国所派者，在西国仅能充当领事之职而已，盖西国派使必择其人地相宜，实系具有使才者，中国但择有官职情愿出洋者，并不问其果识英、德、法、俄等国一切情形否，亦不问其办理交涉有裨国事、能壮国威、能为友邦政府及各国同使所敬重否。总署每得一人，不论张二李四，但视其任将满，即遣赴华盛顿或百尔龄，一如本国中之升迁调补，毫无分别，意以为居官已久，阅历必深，当无往不利也。若永远如此，恐出使大臣视出洋为升阶捷径，不久即可封疆，即可管部，即可入总署，至国威使事，皆不及问矣！此习不改，中国之势，江河日下，翘足可待。或有驳余曰："尔谓中国办理不善，其所损果何在乎？曾侯岂非中国使臣耶？在洋所办之事非有益于中国乎？"余答之曰："中国使臣不止曾侯一人，遣使外洋不止英国一处，除曾侯以外，子曾闻有他人为中国办一事乎？且所派者，官职较小，不敢直言上达，恐招尤怨，亦不敢自陈所见，致遭摈斥，所说无非逢迎意旨，所办必须遵照旧章，纵使其政府不谙情形，动辄贻笑，而使臣虽知亦不敢赞一词，他国使臣岂皆如是者乎？他国使臣既奉使于外，无不各处联络，广为交接，以资采访，务将所驻之国风土人情、虚实强弱，详达本国，而且随时指导办理之法，力驳不协之谋，事后不畏谤议，事前不避嫌疑，非其使臣别有胆识过人，盖系使臣当为之事耳。不如是，其国主与其政府，亦不容其苟延迁就也。中国使臣则不然，其所办之事与他国使臣不同，其所奏之功亦与他国使臣有别。所驻之国之情形，不敢实告其政府，但择政府可听者言之，政府命令亦不敢违，偶有献替，其大皇帝与政府亦不听从，此其习俗使然也，独不知身为国家之耳目，而手足为受束缚，不能运动，何以办事。苟系大官，素有胆识，言听计从者，则无此弊矣。如曾侯深悉本国政务，气直敢言，虽其政府不甚信从，视他人畏首畏尾者，相去已甚远也。凡此职卑胆小之使臣，自奉国命以来，其意即在积蓄多金，为日后衣食计，盖中国无事无弊，即无事无利也。出使他国无别利可图，惟于薪俸中撙节支用，故中国使臣向不与人有觥酬交错、玉帛相将之事。”

又闻曾有华使三人于采办合同中舞弊，均已被累，调回参革，至有一人老死穷岛中，其余稍似廉洁者，不敢妄求，却不顾国体声名，专事俭省。闻各处中国使馆，皆为他国出使同僚所不齿，实因华使及其眷属与参随人等皆以吝啬为事，其饮食起居多有令人闻之骇异者，可见中国不明遣使之本意，故有此等事耳。为今之计，中国宜遣爵位尊崇、家资充裕之大员出使，则各国使臣亦愿与并驾齐驱，无如中国不知出使之意有专指，不知出使之事为最巨，奈之何哉。降而参赞随员，一举一动，亦关国体，故欧洲各国皆选有身家身分之人，中国则毫不讲究，充公使者仍如在本国做官，三年一任，期满时调回推升，所带之人多系贫苦亲友，或贿赂营谋，或大力推荐，并非为国家办事，亦非阅历时局，不过借以积蓄薪俸。无论有功与否，闻三年后可另有奖赏，则使臣回国时，又可免其滋扰也。

虽然，中国出使岂无进益哉，如颁发离任国书一事，离任国书各国皆有，惟中国偏不遵照办理。日来刘大臣首次递离任国书于我国君后，君后以为敦好之实据，余甚愿中国渐知敬礼他国使臣，大皇帝随时接待则更善矣。查中国皇太后听政时，自不便接见各国公使，今大皇帝亲政，既常召见本国臣子，何独靳于他国使臣，必不令一瞻仰耶？况中国皇帝不同日本旧王自视为天神者，一见又何妨乎？况同治年间已办有成案，不得谓事属创始，苟必拘执不化，吾恐各国将怀疑怨，亦必不肯优待中国使臣矣。

初九日丁未 晴，冷，酉初细雨一阵。窃以我国自与外国换约通商以来，凡有用者如语言文字，学习矣；火轮兵船，驾驶矣；火枪钢炮买办矣；炮台筑造矣；队伍操练矣；电线安置矣；鱼雷制用矣；电灯燃用矣，惟火车铁路现虽在台湾、开平二处建造，究未遍用于通国，然恐此举亦为将来所必不能已者。夫既知其有用于将来，莫若绸缪于未雨，苟能知其大略，则于造用之时庶可稍免他人之欺侮。余因于到此之后，遂陆续觅其书之讲筑道造车之法、用道行车之规者十数部，以便我辈译汉考求。恰有德人包尔将赴天津谒见李傅相，余乃具禀及书，求其一并代递，想傅相接书后，当可在武备学堂或电线学堂中另开一馆，令其译出学习，以备异日之用，是则私心所深望也。

具禀云：敬禀者，窃德彝翘詹光范，屡爇心香，远逐轺车，莫亲面命，引领向风，倾忱隔海，恭维少荃伯中堂勋兼文武，德被华彝，出将入相，垂四十年，有逾郭令公之威望，航海梯山，横七万里，群询文潞国之起居，翼赞九重，仪型百辟，铃阁骧詹，弢轩靡罄。德彝五度出洋，愧庸愚之一介，寸长未展，徒荏苒以廿年，自知朽木难雕，未堪供匠门之用，久已陶甄均被，愿长叨广厦之欢，肃禀恭叩爵祺伏乞钧鉴，德彝谨禀。

敬再禀者，自中朝有开造铁路之议，外洋各国互相传述，无不乐观厥成。德彝窃观当今时势，中国铁路万不可少，虽暂时从缓，终亦不能不办，惟此举创行伊始，明其事者尚鲜，必须借鉴于泰西成规，以资先路之导。德彝在德三年，访搜铁路各书，并无英文，只有德文者十余种，盖泰西铁路章程，本推德国最为周密也。德彝既未习德文，不能自译，惟有上呈钧座，以便另饬熟悉德文之员，择要译出，或可上助荩虑于万一。德彝又以为此举不独筑路綦难，即路成后行车章程亦极多周折，其间需人孔多，断不可冒昧从事,似当仿电报学堂之例,专设铁路学堂,以为储才备用之地,所费计亦不多,而收效甚大,后来铁路日推日广,不独执事者咸得其人,且可自行筑造,无须借材于异国矣!愚昧之见是否有当,伏候采择,兹谨呈上德文铁路书数种,计共若干本,伏乞赐察,再叩钧绥,德彝谨又禀。

初十日戊申 晴,冷。闻吴、毛二武弁因在此向阿恩德学习德语无甚进益,遂经克鹿柏厂遣人来此接赴卖喷,故前日来此叩辞,今早起程前往。

十一日己酉 晴。闻前日石斑岛火药轰时人房未伤,惟一送牛奶车之马震折一足,各新报皆谓火药属于国家,误伤民人之马致不能用,国家宜即按价赔偿云。

十二日庚戌 晴。闻朴斯当坊之新开店,每月房租六万马克,虽带售酒食点心,而来买人少,天凉尤甚,其所以能久开而不闭者,因外人来柏林者多住其房,亦多在其楼下吃饭及饮酒点心,故其价无不贵,而堂倌更浮冒以欺人也。

十三日辛亥 早阴,辰正大雨,雷,巳初晴。西国设有教政学,乃教以教法政事也。按教法所学无多,仅论教会如何办法,古今国王之谕旨与教皇有何干涉,各国官员在教堂中有何权势以及教师应如何管理从教之人也。至政事则论古今国政之异同,盖罗马之法为西国律法之源,查其损益,随时变更,再则赋税之例,整顿地方之法,审案辩驳之策,出使外国之职,通商贸易之道,考查人丁之事,以上一切,院内诸生朝夕讨论,曾经考取者则入官署效力一二年,学其所司,再考有效,即补职任。

十四日壬子 晴,暖。记:星使自到此以来所用之米皆随时由上海运至,合运费计之较本地者尚贱,然米置厨房,仆役何尝小心收存,每次抛弃霉烂十分之半,院地屋角,无往而非白米,因而庖丁买鸡十数只,意在使其啄食遗粒,随时饲之,可使肥嫩且较肆中已宰者价尤廉。在中国碎米剩饭为鸡犬之美食,不意此地鸡与人同,不吃米饭专吃面包番薯,土人喜饮凉水喝牛奶,想鸡之性亦犹人之性,而养之者亦必欲其吃牛奶以实其肉而壮其力也。

十五日癸丑 晴,暖。戌初,皓月当空,明星在望,同贝汇如乘车至敖斯台隆囿旁乌拉呢亚电学场中小戏园内看讲月,入大门每人半马克,再入戏园门一马克半。其中男女坐观者数十，台上垂帘而中空悬彩画，画后映以电灯，使画不大而自大，台右立一人，随时讲论。计共换挂五次，先讲月之全体，再则月之山圹，惟高山沙漠，无木无水，更无动物，三乃讲日月地球之行动，四讲日月蚀，五则讲月上望地亦一圆球如月。于是观者如坐月中，极为有趣，惜当时不解德语，如明其所言则更悉其梗概矣。

十六日甲寅 晴，暖。今日为西八月一日，英妇自伊女许配德人贝娄后，上月初旬即去伦敦为之买办奁妆，不意贝娄自十日前染病，杜女往守，今日卯正身故，其母午初回抵柏林，因而母女同为已许未嫁之婿着乌衣孝服百日云。

十七日乙卯 晴，热，入夜大雨。记：去岁同姚、陶、潘、桂诸君与日本、印度多人宴会于一处，既又同照于一页，因而名其会曰“亚洲同人会”，姚子梁曾作记一篇，今得见于《广州新报》，特录之。

题为《亚细亚同人会照相记》，其词曰：亚细亚与欧罗巴实一洲也，非有大海为之限隔，而西人强分之为二，是不察地形者也。昔魏默深释佛经之南赡部洲，以为兼亚细亚欧罗巴而言，其云南赡部洲中有四主，东方人主即震旦也，南方象主即印度也，北方马主即蒙古哈萨克也，西方宝主即大小西洋也，是故欧罗巴者亚细亚之西境，未足并峙而为一洲也。

夫以地形言之，印度在南洋小西洋之间，正当赤道，下距南北二极，度数适均，故释氏以印度为中国。而以天时言之，南北二极之下皆为冷带，印度在赤道下为热带，惟震旦正当温带，天时适中，故自古皆称震旦为中华焉，是以虞夏殷周之君、周公孔子之圣、立帝王之极而为儒术之宗者，其人皆产于震旦。佛西方之圣人也，产于印度，今大小西洋所奉天主天方之教，其教主亦皆产于印度，盖震旦者，天之中也，印度者地之中也，古来圣贤奇杰皆出乎其间，而大小西洋无闻焉。则即就西人所分为二者言之，欧罗巴之不足抗衡于亚细亚亦明甚矣。而何以数百年来，天地之气运忽若为之一变，欧罗巴诸国遵陆而东者，有若俄罗斯，航海而东者，有若荷兰，有若葡萄牙，有若日斯巴尼亚，有若英吉利，有若法兰西，其所据亚细亚南方之地，为南洋群岛，为五印度，为缅甸，为越南；北方之地，为锡伯利，为西域回部，举昔时佛经所云象主马主，南北诸国悉隶属之于欧洲，独我中华大清巍然卓立于震旦之地，而北西南三面亦已与他族为邻，所称为辅车者，东洋中一日本而已，此亚细亚全洲之人士所为伤心而扼腕者也。

夫以我中华疆域之广，人民之众，物产之富，非欧罗巴全洲所能及，何尝不可大有为耶。日本虽小，视英吉利三岛则犹过之，胡为不能如英之强耶？印度地非小弱而受制于人，以美利坚往事推之，当有如华盛顿者出而恢复其故地，而何以至今寂寂无所闻耶？吾尝观欧洲诸国，有大小相维之谊焉，有同洲相恤之情焉，国虽众，犹一国也，是以有相助之盟约，有均势之公法，其弱小者亦得托庇于强大之宇，而不加以兵。所谓局外之国也，假若隔海异洲，如我中华与美利坚者，穷兵于欧洲，吾知其一国被兵而诸国必合纵以为之御，何者？同洲之情谊则然也。我亚细亚诸国独不明乎此，情不相协也，谊不相孚也，坐视同洲之倾覆凌夷，漠然不加喜戚于其心，印度以西，如阿富罕、波斯、阿喇比，从未有一介之使，自通于中朝者。盖欧罗巴小而能强，其类聚也，亚细亚穷大而失居，其情涣也，其类聚，故能近交而远攻，其情涣，故不免于土崩而瓦解。《传》曰："唇亡则齿寒"，《易》曰："震不于其躬，于其邻"，此独非亚细亚同洲之过欤？故吾谓必亚细亚合全洲为一而后可以使欧罗巴之海军不敢越红海，欧罗巴之陆军不敢越乌喇岭，亚细亚勃兴之机其庶几矣。夫美利坚后起新造之国也，犹能拒欧罗巴而自立，而况于亚细亚乎！今者亚细亚远游之士，观乎欧罗巴而会于德意志之柏尔灵城，相与太息时艰，商建奇策，抵掌促膝，自旦及暮，盖欲以人力济天地之穷，而扬抑亚欧两洲于一堂之上，不可谓非有心者也。越日乃命西士合照为图，以志此会。图中凡九人，湖南陶森甲（矩林），汉军张德彝（在初），满洲桂林竹君，广东潘飞声（兰史）及余，日本人二，井上哲次郎、日高真实，印度人二，杜鲁华、那沙尔，约而未来者蒙古承厚伯纯及暹罗人荣远臣也。图既成，余为之记会之日，大清光绪十五年九月四日也。

十八日丙辰　晴，暖。万牲园中有自他洲运来之兽，原名直猎狐，又名奇拉甫，盖皆由原产之地之名以还其音也。星使著有《奇拉甫考》一篇，今录之。其文曰：奇拉甫产阿斐利加（加读格阿切，音乃叶），颈足特长，量以工部营造尺，自踵至肩九尺八寸六分，自肩至首七尺五寸二分，共高十七尺三寸八分，有昂头天外之概，自肩至尻六尺九寸五分，后足略短，故其身前仰后俯，首如马亦如骆驼，额端双肉角耸起，鹿身牛尾，尾末垂黑毛，宛如麈尾可捉，蹄似马而分双歧。性慈善有智，不残害生物，处丛林中，惟食其叶，人豢养之，乃饲豆粟。西人云，即中国所谓麒麟，闻者嗤其妄。案《明史》榜葛利国、麻林国、忽鲁谟斯国并贡麒麟，而阿丹国传言麒麟前足高九尺，后六尺，颈长丈六尺，有二短角，牛尾鹿身，食豆粟饼饵，形状与此正同，惟丈六尺有二，当合颈足并言。明之阿丹在天方境，即今之阿剌比，与阿斐利加洲接壤，是中国史书已言之，非西人创说也。《西京杂记》云五柞宫前梧桐楼下有石麒麟二，是秦始皇骊山墓上物，头高二丈三尺，亦与《明史》说合，窃意汉时九真贡麟，俱是此兽。阿剌比人呼为惹拉非，西人转音为奇拉甫，以英语读奇字当如直以切，法语当如日以切，德语当如格以切也。光绪庚寅夏洪钧识。

十九日丁巳　晴。德例：通国人丁南北不同，大抵十年考察一次，男女老幼共若干，各人所习之事业工艺若何，一一登册，呈报官府。凡男女初生，接生者必须报官注册，至婚姻嫁娶，亦皆呈报，以备日后有事官给判断。倘国中人民生者少而死者多，则官须考查其故，民之贫苦，何所由来，皆当设法救援，使之兴旺。

二十日戊午　晴。西国不讲阴阳堪舆，人死亦无殃书，然男女亡后必请医生验明死由何病，给以凭据，方能葬埋，否则经官查知必然受罚，是故保守人命之一道，亦与我国之察验殃书同也。

二十一日己未　晴，热。德国设有实学，分上下两院，共生徒四百余，分十三班，每班各学年余，共需十三四年方得出院。由上院首班考出，可免三年当兵，而入太学肄业。由下院考出，虽首班，亦不得入太学，而可入技艺等院，且不免三年当兵。其在内所学者，为耶稣教道、本国文字、腊典文字、英法文字、数学、地理、格物、国史、化学、重学、画学、诵诗等，每日除听讲背诵外，间歌唱以怡情，耍秋千以裕力，至温习写作则须在交功课后，或在院中或在家内，灯下为之。又其中教习二十，每日按时轮班教读讲解，凡学问优长、考选入院者，皆试用一年，然后授职。

二十二日庚申　晴。数日前，柏林设有医学会，各国医生之来者六百余。今日戌正，在大中店、扉尔哈莫呢馆及万牲园三处设跳舞会，帖请会中各人所识之戚友以及驻此各国公使随员等，其帖今日午后始到，未往。

窃思天下各国皆有医以疗病，惟东西之医，截然两途。西医内外两科不得云一律尽善，故其行医之法东方不必学，其学医之法则可学。盖西国设有医学，学习多年，历经考试，果有实效方给凭单，准其行医，其人始敢称曰医生。东方则不然，即如土耳其国者，凡学医术之人或自行看书几个月，或就人学习不及一年，其师尚未言可以行道，即自挂招牌以附医生之列，从中享舆金挣马钱，以便养家度日，诚与工人匠役无异。其中频有妄投药饵，误看病症，以致杀人者，夫一帖误投，三更命尽，虽非出自医者之本心，然清夜思之，亦当有学业不足之叹也。间有因命通运旺，一时所谓名医者，又多刚愎自用，虚骄之气逼人眉宇，无论病人贫富，舆金定数，倍倍加增，且病人之症候缓急不能预料，而医者每故意迟至，朝请暮到，则曰请家极多，草率疗治，乃曰匆忙不及，往往有病重刻不待缓，死生须臾，而医来太晚无从挽救者，虽非有意故杀，亦与误伤人命者同。如此陋习，彼国曾经禁止，然其学问依然不精，故有热症投以凉药，寒症投以热剂，虚者泻之，实反补之，已不细察，自以为是，即有数家共相斟酌，亦罕见二方相似者，故彼国之医至今所学不一，不能概有把握也。

有谓西国剖视病死之人之尸，察其五脏六腑，追究病源之法为善者，然我国之人无论何等，死后岂忍残割？故谓不必学其行医之法，仅可仿其学医之法，须由官设医学，授以中国医法，用以中国药料，使诸生精学一切，细探病源，确立脉案，人必知其强弱，药必知其底蕴，入学数年，然后甄别考取，其学业精能一切通达者，方给以文凭执照，准其行医，如是则医道必兴，而枉死城中亦可少有冤魂，人定胜天，是所深望也。

二十三日辛酉　晴。数日前由美国来一种新马戏，名曰柏费娄逼拉斯外拉达卫斯他，坐落在柏林城南班开街之旷地，原系戏主寇第者，善骑马放枪，于二十年前往游东印度猎水牛，遇土苗，回后将其所遇一一排演成出，携回土苗多名，皆经教化良善。此来共二百余人，内野苗三十余，美国女七八名，水牛二十头，马百匹，占地甚广，人住帐房，牛马蓄诸木林圈中。正中空地一块，周逾二里，西南北三面设木台，列座多层，南面者有木棚，西北两面者敞，西南另一小棚，内乐工二十余。座价由一马克至四马克，每日演两次，一自申初至酉初，一自戌正至亥正，入夜满燃电灯，明如白昼。此场四面围以木板，悬挂美德两国旗帜，遥望如营垒。今日午后携阎奇臣及德孩吕柏开往观，共演十七节，凡登场演戏者，或骑马或步行，齐行列队，由东转北，至正南，横列一行，使人毕见，通伙人共如此之数，种类共若干，此即第一节也。内有美国女子骑马者四人，抗枪幼女年十三四岁者一名，野苗身染五彩、头戴翎毛者多人，中有二妇一雏女，服饰与男子稍异，皆骑𩨂马。所演有骑马套野马者，猎水牛者，野苗射箭抢劫者，纵火烧房者，野苗歌舞者，其中至奇而可观者，乃一人向空掷球，幼女于一箭地外放枪，枪枪皆中，女更反身放枪，随放以镜照球之所在，亦无不中者，且自己随放枪而连掷三球于半空，亦皆射中，其技艺之精、放枪之准可知矣。

二十四日壬戌　晴，稍凉。记：北京纨绔子弟多喜养鸽者，名目不一，有玉翅、玉环、凤头、银尾、点子、花脖、铁环、玉乌等，色仅黑白与紫而已。不意昨在万牲园中见有大与华鸽同而色则迥异，有红凤头而背翠翎者，有黄毛绿尾者，种种新奇，笔难尽述，盖皆来自阿斐利加及南北两美洲也。此等奇鸟，苟能按对携至北京，当获利万倍也。

二十五日癸亥　晴凉如昨。本公馆园中有木笔两株，本年春季花开颇盛，其后绿叶亦繁，不意近日复开十数朵，绿叶红花，艳丽可观，为向所未见者，天气使然耶？抑天意使然耶？

二十六日甲子　阴晴不定，戌初，骤雨一阵。闻德国所设之太学，入学诸生必由实学干禄二院考入，内中应读之书籍、应用之器具无一不备。学业分四种：曰经典，曰教政，曰智性，曰医道。其志在奉教者学经典，盖天主耶稣两教之经文，旧者本乎犹太文，兼以亚剌比、赛里亚、扉呢几（地皆在亚洲西南界）、埃及诸国文义，互相参考，新者本乎奚里呢文，更须通晓古今犹太及各名家之经解、经卷之源流、传教之法、教堂之式样、古今之地舆人物、本教与别教各国有何关涉，一切讲求学有实效者，即可考授教师。至智性，乃总名也，于中所学者亦不一而足。一如话学，不仅学各国语言文字，更考各处文字之由来、各国书籍文法、疆舆风土等；二如性理，讲生人魂魄之根本，知觉之由来，何以得见，何以发现；三如性情，讲意由何生，如睡、梦、醒、思、记、忘以及七情六欲；四如气力光电等学，论造化之理，天之七政，地之转运，各物之生机，人身之运动，一切关涉之理；五讲善恶祸福；六讲论天理；七讲天工人力万物之美，山川河海、飞潜动植天生之美，楼房台榭赖人力何以壮观，绘画、音乐、词赋、曲文，何以幽雅悦人耳目。至教政医道二学，前曾述及，无须琐记，以上学问深奥，必由实学头班上院考出者方可入此肄业云。

二十七日乙丑 晴。德京有代养孤子及私子者，由初生至十二岁，小者哺以牛奶，大者供饮食，教读书，训礼节，带游玩，各事与家人无异，价则每月由一十五六马克至四五十马克。闻洋婢谢苔所生之一子一女，因伊贫苦，其价仅一十四马克，至他国侨居于此者之子女幼小，价必二三十马克。

二十八日丙寅 晴。辰正，偕诸同人着蟒袍补褂随星使向东恭拜圣牌，行三跪九叩礼。酉正公宴，顺为潘、桂二君饯行。一切食物皆张小轩买办，届时龙虾未到，因而小轩离座驰往催取，乃小轩未回而龙虾早送到矣。

二十九日丁卯 晴，申初大雨一阵，后仍晴。按德例，凡人家子女无人抚养而有父母遗产者，皆由官派公正之人理其财产，俟其成立而后止。所派之人称曰图托尔，必须公正明白，按年官亦不给使费，因其本系富绅也。

三十日戊辰 晴。西国凡物不拘定法，随时精益求精，以冀工良物美，物既得其实，价亦因而廉，于是官场设有技艺学，志在何方者专学其术。学者共分十二科：曰五金科，论五金之由来、冶炼熔化之法、以之造物之法；曰陶炼科，论制石灰、陶砖瓦、炼玻璃等法；曰玉石科，论取石搜玉之法，雕刻琢磨之法；曰营造科，讲瓦木油漆各作精工之法；曰配置科，论造各种轮机关键、乐器之类；曰取火科，论制强酸、柴炭、松香、火药、硫磺、煤油、电气等；曰杂物科，论制硝粉、白矾、青矾、金盐、颜料等；曰织纺科，讲制丝棉绒毛、织纺漂染之法；曰屠宰科，既讲屠宰生物之法，更论皮革毛骨油髓蹄翎之用；曰刷印科，专讲一切印法，活板、铜板、石板、木板、阴阳纹及作图相纸人玩物之法；曰饮食科，讲磨面、酿酒、作粉、作醋、作果汁及蜜饯鲜果之法；曰糖法科，讲以甘蔗、萝卜、果品菜蔬各种造糖之法，以上各科皆有专人讲解，学者非聪明心细者不得入，学久有成，技艺精通，即可入为领事云。

七月

初一日己巳 晴，暖。德国公司船价，由布莱门至长崎者，自本年多行减落，兹将新改之价，详载于后。

	等	布莱門	安士耳（或騷桑屯）	熱諾阿	布林的西	波賽
布莱門	一二三等	—			—	
安式騷	一二三等		—	〡〥〥 馬	—	
熱諾阿	一二三等		〡〥〥 馬	—	—	
布林的西	一二三等	—	—	—	—	〢〥十 / 〡〦十 馬
波賽	一二三等				〢〥十 / 〡〦十 馬	—
蘇耳士	一二三等				〢〥十 / 〢〡十 馬	
亞丁	一二三等					
克倫柏	一二三等	〡〤十 馬	〡〇〥 馬			〥〇〇 / 〢〇〇 馬
新嘉坡	一二三等			〡〢〣十 馬	〡〢〣十 馬	〡〢〇〇 馬
香港	一二三等	〡〤〦十 / 〦〥十 馬	〡〤〢十 / 〦〡十 馬	〡〢〣十 / 〦〥十 馬	〡〢〣十 / 〦〥十 馬	〡〢〇〇 / 〦〥十 馬
上海	一二三等	〡〥〦十 / 〥〥十 馬	〡〥〣十 / 〥〡十 馬	〡〤〦〥 / 〦〣十 馬	〡〤〢〥 / 〦〣十 馬	〡〤〇〇 / 〦〣十 馬
橫濱	一二三等	〡〥〦十 / 〡〇〦十 馬	〡〥〣十 / 〥〥十 馬	〡〤〣〥 / 〥〇〇 馬	〡〤〢〥 / 〥〇〇 馬	〡〤〇〇 / 〥〇〇 馬
神戶	一二三等	〡〥〦十 / 〡〇〢十 馬	〡〥〣十 / 〥〥十 馬	〡〤〢〥 / 〥〇〇 馬	〡〤〢〥 / 〥〇〇 馬	〡〤〇〇 / 〥〇〇 馬
長崎	一二三等	〡〦〦十 / 〡〢〧十 / 〩〦十 馬	〡〦〣十 / 〡〇〦十 馬	〡〥〣〥 / 〡〇〡〇 馬	〡〥〢〥 / 〡〇〡〇 馬	〡〥〇〇 / 〡〇〣十 馬

上海	香港	新嘉坡	克倫柏	亞丁	蘇耳士
〡〢〩十 〦〣十 馬	〡〢〨〥 〦〣十 馬	〡〇〦〥 〦〨十 馬	〦〇〇 〤〩十 馬	〦十 〤〨十 馬	—
〡〢〩十 〦〣十 馬	〡〢〨〥 〦〣十 馬	〡〇〣〥 〦〨十 馬	〦十 〤〩十 馬	〦十 〤〨十 馬	—
〡〢〨十 〦〨十 馬	〡〢〦〥 〦〨十 馬	〩〦〥 〨〢十 馬	〦十 〤〢十 馬	〦十 〤〇〇 馬	—
〡〢〨十 〦〨十 馬	〡〢〦〥 〦〨十 馬	〩〦〥 〨〢十 馬	〦十 〤〢十 馬	〦十 〤〇〇 馬	〢〩十 〢〡十 馬
〡〢〣〥 〦〣十 馬	〡〇〦〥 〨〩十 馬	〣〢〥 〨〣十 馬	〨十 〣〨十 馬	〤〦十 馬	—
〡〢〦十 〦〩十 馬	〩〩十 〨〣十 馬	〢〩十 〤〦十 馬	〨〢〥 〢〦〥 馬	〤〨十 馬	—
〣〣十 〨〣十 馬	〦〦〥 〤〦〥 馬	〨〣〥 〤〡〥 馬	〢〦十 〢十 馬	—	—
〨〩〥 〣〩十 馬	〤〦〥 〣〤十 馬	〢〦〥 〡〦〥 馬	—	〣〡〇 馬	〦〦十 馬
〢〦十 〡〩〥 〡〢〥 馬	〢〇〇 〡〇〇 〦〥 馬	—	〢〢十 〡〤十 馬	〤〣十 馬	〡〇〦十 馬
〡〢十 〦〥 〨十 馬	—	〢〇〇 〡〣〥 〩十 馬	〤〣十 〢〢十 〡〢十 馬	〨〣十 馬	〡〢〦十 馬
—	〡〣〥 〦〥 〨〥 馬	〢〩十 〢〇〇 馬	〦〤〥 〤〨十 馬	〡〢〨十 〦〨十 馬	〡〢〦十 〦〦十 馬
—	〡〦〥 〡〇〇 〦〥 馬	〣〢十 〢〢十 馬	〦〦十 〤〩十 馬	〡〢〨十 〦〢十 馬	〡〢〦十 馬
—	〡〦〥 〡〇〇 〦〥 馬	〣〢十 〢〢十 〡〨十 馬	〦〣十 〨〢十 馬	〡〢〨十 〦〣十 馬	〡〢〦十 〦〤十 馬
—	〡〦〥 〡〇〇 〦〥 馬	〣〢十 〢〇〇 〡〨十 馬	〦〣十 〨〢十 馬	〡〢〨十 〦〇〇 馬	〡〤〦十 〩〦十 馬

長崎	神戶	橫濱
[illegible] 馬	[illegible] 馬	[illegible] 馬
[illegible] 馬	[illegible] 馬	[illegible] 馬
[illegible] 馬	[illegible] 馬	[illegible] 馬
[illegible] 馬	[illegible] 馬	[illegible] 馬
[illegible] 馬	[illegible] 馬	[illegible] 馬
[illegible] 馬	[illegible] 馬	[illegible] 馬
[illegible] 馬	[illegible] 馬	[illegible] 馬
[illegible] 馬	[illegible] 馬	[illegible] 馬
[illegible] 馬	[illegible] 馬	[illegible] 馬
[illegible] 馬	[illegible] 馬	[illegible] 馬
—	—	—
—	—	—
[illegible] 馬	—	[illegible] 馬
—	[illegible] 馬	[illegible] 馬

以上空处，皆仍照旧章未改。又按今年市价，二十马克二十五芬呢为一镑，八十芬呢为一方。

初二日庚午 晴。记：德京既有为人保命局，为物保险局，昨闻更有为人保险局，亦按年捐钱若干，苟遭危险受伤则得钱若干，以致赓韶甫云可惜从前未入此局，否则此腿被折，亦当得偿数万马克也，令人掩耳。

初三日辛未 晴，热。前当野马戏到此后，遇洋孩吕柏开于万牲园，谈及此戏，问余往观否，余答以去，伊言亦愿前往，奈父母不带，惟给座钱一二马克，如去时可否随往，余允之，以后屡次催问并言至其八月十一日放学期满则不能去，遂于上月二十三日（西八月初八日）与之同往。余坐头等座，其座价余并代付之，以后屡遇其父母于万牲园，并无一言道谢。盖夫妻惟一子，子欲乘放学期内看新戏，父母不忍阻止又恐多费钱文，不自领去，乃使其请随华人同往，是皆德人贫苦所致也。

初四日壬申 晴热如昨。午初，约潘兰史、桂竹君乘车赴桂呢格蕾哉街第二十一号阿斯喀呢晒店中早餐，为之饯行，欢饮畅谈，申刻始散。

初五日癸酉 晴，稍凉，戌初骤雨一阵。德京地阔，新房甚多，各处皆留余地作花园草场，以便浊气易散，有益于人。大者，人可在内往来，并设铁凳便人歇息，然内中随处分有定畦，入者不得乱步，且皆隔以铁阑，高皆逾尺。小者，四面铁阑，当中或种花或铺草，乃禁人走入，随时有人收拾灌割，孩童犬马，有擅行放入者受罚。本使馆前，沿河堤有草地一小块，作长三角形，周不足两箭之地，其中杨柳垂青，丰草绿缛，颇极平坦清洁可观。闻当早有一小犬闯入，经巡捕查知，罚其主人三马克。又其遆尔囿中，树林荫翳，河水清澄，道路平坦，整齐洁净，树无枯枝，地无荒草落叶，盖因本城官场按年例费六万马克，故随时有人收拾清理也。

初六日甲戌 晴，凉。酉正，汪芝房因其四令弟兰楣（凤梁）中式本科进士，朝考一等，得翰林院庶吉士，前经同人贺之，故于今日请星使及诸同人在乌尔饭店晚酌，同席并有潘、桂二君，盖兼与饯别也，亥刻回寓。

初七日乙亥 晴，冷。同人有谓出洋日久即染洋习者，余谓不可概论，先圣有言，入国问俗，惟一人在外，凡处循理，不偏不倚，不伤国体，能合其中者亦足矣。然在外又有迫于不得已者，如唤人不照洋法，则洋人不解，吃洋饭不用刀叉，则不能入口，诸如此类，不得谓之染洋习。然其在外娶洋妻、改洋装者，固不足道，而吸必烟卷、饮必啤酒以及蓄发剪而不剃、指甲剪而不留，如是方为染洋习。我辈有因忌染洋习而故作华态及强向洋人说中国话者，状似疯癫，贻笑于人者，又未免太过矣。

初八日丙子 晴冷如昨。早，潘、桂二君前来使馆辞行。闻前治杜蒂婿病者乃伊舅赖丹也，赖亦德之名医也，当伊病时，初觉腋下稍痛，赖即以刀割开，谓三日后当愈，而三日依然，赖谓病源当不在此，于是改割胸下，又三日仍痛如前，赖殊诧异，谓此病源准在肾旁，须再割之，伊惧而不允，赖乃勉强割破，割后一夜，竟至殒命，是亦洋医求病源之妙法也，一笑。

初九日丁丑 阴晴不定。德例：兵永当兵，不能领兵，虽胆壮骁勇，履历有年，频立战功，得有升赏，亦位至千总而止。盖武官任重，必实有所学方可胜任，于是国家设有武备院，以招有志者，入内肄业及考验有成，给以文凭，始可授职。院虽名曰武备，而其中所学与实学院同，更加武艺、兵法、御马、操兵各学，果系禀资聪颖，才艺超群，一切娴熟，经官拔取，则须另习上等兵法，如测量、图画、用兵、地理、各国兵法、古今战迹、趋避险阻、探敌虚实、开道渡水、创造舟车、备用电线、通信调遣，种种所学，不一而足。其兼习水师者，又须学习测风、防飓、躲石、使船、用兵、声炮、探沙、治水、量已、防敌、看星辰、测度数、辨方向、认海口、辨船只、认旗帜、演阵图、避水雷，如此学演必经三十余年，诸多参透，方得按步上升至将军、提督、元帅之职，庶几善战多谋云。

初十日戊寅 阴，冷。近日天时阴晴不定，寒热不调，晾物虽有风而反潮，足见此时天气之寒冷，地气之潮湿，于人无益。故近日德医宣告各处，谓现在水须滚过百度方可饮用，否恐受寒，盖西医疗治皆谓按时令须饮何处之水，方有益于病人也。

十一日己卯 阴，凉。辰正，潘、桂二君由安那火车栈起程回华，余同陶矩林、姚子梁、徐良臣、阎润亭乘车前往送别，见其所教之德生多人在彼，辰正一刻开车。入夜晴，稍暖。

十二日庚辰 早晴凉，戌刻阴，亥正大雨，雷，雨后大风。西人皆以仕宦为荣，乃可入王宫，凡处皆得上等地位，意在主贵而非求富也。夫既授职为官，无不实心任事，国家既量其才而用之，己则亦即以所能者事之，无论在国在外，无不随时考查策谋，以图有益于国人，盖有益于国人即有益于国家也。闻土耳其国则不然，在京者无不旅进旅退，饱食暖衣，事不求实，委诸书吏，因而贿赂公行，只求肥己。在外省者，势比王侯，作威作福，视民如奴，永以借官肥己为念。派驻外国亦如在京，肉食供职，毫不考察时务，既不能言，亦不敢言，惟冀限期早满，得命召回，是钱囊既满即时并可升官，在外遇有要件，乃推诿后任，以己任中不经手难事为幸云。故土国现虽多处仿照西国，而其中仍多被官舞弊，至今无一得体，国势依然不振，殊可慨也。

十三日辛巳　晴。曩者土耳其之邮政，乃通国设驲站，专往来限时以马送递折奏文书，遇要件或改专差飞送，虽经官设，究有迟滞之忧，至民间私信，则由民设信局按处分别寄送，每有浮沉，无从追究。曩时西国亦然，设站专送公文，不寄私函，究属按时无误，胜于土国者。数十年前，官场会议以此法便于国而不便于民，因而改在通国城镇村庄，凡系商民聚集之区，遍设信馆，统以官员经理，公文私信莫不通传，罔有歧视，人民信函，无论远近，往返无误，取资既廉，为时亦速，是法称善，各国互效之。近日日本亦已仿行，其一切经费即出自往来之信资，公文往来，资以津贴，每年除支销外，所余巨款悉归公用。当各国更改其法时，有谓驲夫流亡，恐滋盗贼者，乃水陆遥远，除火车轮船携带外，其他各城按门传递，仍用其人，信件既多，需人亦广，各人既皆熟手，专有所司，故至今各国平安，无不称便，盖信既得通而于中获利也多矣。

十四日壬午　阴。记：柏林前十年并无所谓头等车以及铁道公车等，近今五六年来头等车多于二等车，其公车按所见之数已及一千，其第一虽未见，而其第二号至第九百八十九号，皆经见其往来，四百号以前者稍矮小，仅容十二座，且颜色式样与以后者稍异耳。

十五日癸未　大雨。西国无乐可化民之说，惟云听人之乐可知其人之性情。然余往来东西各国十数年之久，频闻其声，细考查之亦有正淫之分，乃土人不讲耳。其乐之正者声亦庄重，闻之令人悦耳而心定，其淫者声自轻浮，闻之令人悦耳而心移。其人之所以不分者，盖赖人心尚诚心之所向，惟视乐之优劣以及乐工之精否，而无暇异念旁思也。

按：其乐器，亦造以金石丝竹之类，调亦五音六律，与中国相似。西国大小各学塾，本有唱诗和乐之学，每礼拜堂中亦皆鼓琴。然学得此等音乐亦仅乐之大略，因而国家设有音乐学，凡欲穷其理者皆须入学肄业，又必先通其法方可入学，其理极深，更须自幼专心，庶几有成。学中乐器俱全，使生徒有所揣摩，各专所学，能一人兼通数器为尤妙，及各器齐奏，声调分明不紊，或幽雅或激烈，始动听也。

十六日甲申　晴。余因至本年九月十八日三年期满，遂拟从早具禀销差，如蒙批准以便随时收拾一切，盖在此三年之久，诸物难得一时收妥，物虽无多，然仆役早经饬回，一切皆须自行料理也。所具禀词：窃于光绪十三年六月十三日蒙宪台奏调随带出洋，于是年十月十九日行抵德京，奉派兼驻德俄。计自入馆当差之日起，连闰扣至本年九月十八日三年期满，并无经手未完事件，理合禀请销差并请照章发给归装路费银两，以便随时起程。如抵沪时津河已冻，即由陆路进京仍回总署供差，合并声明为此具禀，伏候批示云云。

十七日乙酉　稍晴。德国公司船价虽落，而于客人之行李仍不稍为含混，闻桂竹君之行李除应带之半立方迈当外，多一小木箱竟添要六十马克，合规平银十三两零。

十八日丙戌　阴雨，冷。闻昨早十点钟在阔呢格藿哉街阿斯喀呢晒店中，有二客一男一女，不知何故，男将女以手枪打死后，自亦由窗孔坠楼而死，即时经官收殓，其他未详。

十九日丁亥　阴雨如昨。记：德京所用之水皆来自城东十里之岱凯村，乃一小湖积水，深十六迈当，旁有水厂，颇大，共设机器多种，盖先将湖水激上，既而流入各处，去泥筛石，去其异味，俟水净可饮，则归高墙水道，先流至沙洛屯堡城，再灌入柏林总水管，而后分流各小管，则通城街巷、大家小户，皆有水用矣。其水属官，故皆足用而且一律清澄，不分苦甜咸淡者，工精而水净，意在使人饮之无病也。

二十日戊子　晴，暖。午后哲宁来拜，坐谈极久，言不日将往法俄等国一游，明春方回，特来告别。又前所具销差之禀，奉批准其销差，余照章办理，并仰缮呈履历以备届时请奖云云。又蒙星使面谕，以本年多一闰月，津河封冻较早，且闻山东直隶一带河水冲决，陆行深虞险阻。在此三年当差，素尚勤奋，自当稍事通融，可于八月杪即行，搭坐德或法国公司船回华，十月初旬抵沪津，河尚不至冻，自不必再走瓜州清江浦，而由陆路进京等语。

卷十二

庚寅七月二十一日己丑　晴，暖。窃谓天地间食用之物，如鸟兽、五谷、果木菜蔬，虽云天生，亦须人力为之栽培养育，其辨天时，查土性，畜养饮喂，疗恙孳生，种植灌溉，上粪培土，防蝨去蠹，一切善法皆非人所能生而知者，必学而后知之也。泰西诸国专设有农政院，以使农民学其成法，以冀食物肥饶而人民致富。其所学者，先以地之所产，考其原质，土性如何，宜植何物。次则灌溉栽种之法，何种应用何粪，何种宜水，何种须晒，天时不同又当如何改法。其他如量地、辨土、种五谷、植菜蔬、栽花卉、养果木、守树林、铺草地，飞禽走兽，设法何以孳生，使之何以肥壮，养蚕吐丝、养蜂酿蜜各法、医治鸟兽之法、使用各种耕种割收机器之法，兼学建造田庐法、画图法、以显微镜察物法以及格物化学等。总之，农艺事宜不下百种，笔难尽述，惟人工勤则万物盛，工既精则物自净，物既净更有益于人矣。

二十二日庚寅　稍阴，凉。未初，约徐良臣及阎润亭昆季同坐气车往游哈兰溪，至彼步游少许，较上年添有茶馆酒肆两处，楼房宏敞，四面围以铁阑，花木繁盛，亦颇幽雅，乃游人不多，在彼晚酌后即乘火车回公馆。

二十三日辛卯　阴凉如昨，入夜微雨。西国愚民之藐视华人者，何国蔑有，而未有如此地村人之蛮野者。即如前日陶、阎二君往观治水厂，土人竟举铁锨掷铁铲，高声喊割辫子，亦可异矣。

二十四日壬辰　阴，凉。近日贝汇如面色带黄，咳嗽痰中微见血丝，延洋医至，看毕，先谓病不甚重，惟肺尖右边稍损，然现在无药可治，仅可多食牛肉面包，喝牛奶肉汁以养之，能愈固好，否须待烂时方可下药。次日又云柏林水土不服，天气寒冷，须早离去，否恐患成肺痈，治之不易，惟其咳嗽尚有药水可医，于是连日晚间饮其红色药水少许，咳嗽渐轻，依然终夜不寐。

二十五日癸巳 晴。英妇杜开氏之兄开艾泗夫妻昨由伦敦到此，乃驻英公馆之邻居，亦十年前在英旧识也，因请余在伊家相会。戌初，共桌晚酌，彼此畅谈已往，子正回寓。

二十六日甲午 晴，凉。记：柏林加非馆甚多，分上中下三等。由本使馆至五道门及皇宫西南者尚佳，再远则虽中等中人，亦多欺侮无礼。即如数日前有华仆某，步游稍远，因渴入一小加非馆，内共男女四人，少坐，二女即谓此华人为妾等素识，曾欠若干马克，今日当还，于是将其表与钱包齐行夺去，仆不允，与之争喊，二男亦即作势恐吓，当时幸有巡捕走入，将抢去之物索还，送登公车。

二十七日乙未 早晴，未初阴，既而大雨阵阵。德京官医院无多，专为疗治贫苦人而设，公医院既多，而富室男女之有病往医者亦多，盖西人谓一人生病，在家调养，无人扶持，莫若往住医院，即有善女伺候，极属周到，可冀速愈。前者本使馆之洋妪，送入医院三日即死，又对楼店主林英，上月因患疟疾，送入七日亦死，不知是因病难治耶，抑或命使然耶。又数日前陶矩林所雇之女仆谢苔染病，先经骏生诊脉，谓主血亏，奈药不全，治恐无效，于是矩林欲送其入公医院，伊先谓病已渐愈无须前往，次又哭求莫送，因恐疗治不痊，入不复出，届今病重，无法，勉强送去，院中索费五十二马克，管治一个月，以后不愈则院费归其本人。盖德规，凡人家仆婢染病皆归主人给资，因此院中治有包治票百张，每张价十五马克，每年正月十五日出售，其票固专为人家仆婢而设，故凡一家买有此票者，遇仆婢有病，送入疗治，无须再给医资也。其意谓一家之仆未必有病，苟有病，则主人省钱，无病则院中获有余利耳。

二十八日丙申 晴，凉。前日见《柏林新报》内言沙洛屯堡庄，沿河第四号区拉斯田车厂，代中国制造御用冰床两架，现已工竣，一在本厂，一在城内业欧尔根街铺内，洁净安置，便人观之，定于西九月十三日装运来华，盖即明日也，遂于今日午后约同陶矩林、阎润亭乘车前往。见其式与前在贤比得堡俄皇宫中所看者同，惟色改红质金花，上加金顶，前二铁条之间改熊为龙，四面所画皆仿华式，如卧龙牡丹之类甚佳，惟盘肠不横而竖,蝙蝠无耳无眼,似是而非,内中铺垫皆用大花黄缎,工极精细。下有脚凳,前一钟柄,以脚踏之,钟即自鸣,盖为唤人行止也。左右玻璃门窗,正面玻璃窗下横一椭圆扁槽,槽前边含一金表,后藏一小玻璃镜,左右各立香水一小瓶,中空,以便置痰盂等物也。前二铁条之间插一檐作"T"形,条头有环,拴纤绳,以便二人前推后挽也。其价,每架八九千马克,运至中国共合二万马克,合库平银四千余两。

二十九日丁酉 晴。本公馆之楼房,东主早拟出售,故自到此后,几乎日有男女前来看房,至是卖去马克六十万,住此房者,限以半年移去,系自西九月初一日至次年四月初一日,乃本年本月十七日至明年二月二十三日也。又昨日由总署来电,言前日奉旨派许景澄仍为驻扎德、俄、奥、和国出使大臣,钦此。许星使来电,谓腊月中由沪展轮,计在明春正月杪到此,于房屋大为不便,洪星使为之筹画,急向房主商酌,幸得展限三个月,至西七月初一日,乃明年五月二十五日,则新房可由许星使自行寻觅矣。

八月

初一日戊戌 晴,暖。未初,陶矩林约游特蕾铺兜村。地在柏林城之东南临河,先由吕祖坊坐整绿公车,东北行约十里至雅努苇子桥,车价每人十五芬呢,下车步入桥旁一门,买票登轮舟,每人二十五芬呢。男女百余,皆坐船面凳上,即时鸣钟展轮,东南行。河初窄,两岸整齐,再过三桥,河稍宽而岸低,木房数四,青草盈眸,望之如西贡之江湾,后则河道宽敞,两岸花菜成畦,木艇排列,又迥似春申江上矣。申初抵彼,男女登岸者大半,岸上树林荫翳,路途平坦整齐,沿河中一大道,左右茶坊酒肆六七,中皆有乐台跳舞场以及赌场与出售玩物处,先入沿河一馆,地极宽敞,前望河水清澄,景致幽雅,各饮加非一盅。后入一馆,临河立一铁转心台,步上六十六级,眺望令人悦目畅怀。河中一小洲,上有加非馆,奈四面围以密树,四望无甚可观处,末入一馆,登楼少坐,各喝汤一盘,吃羊肉一块,遂回。

初二日己亥 阴。洋人金楷理因余将差满回国,向余索字,以作记念。因口占云:“浮云过眼却余灰,我挂归帆第五回。海外人才堪屈指,为君满饮碧筒杯。”并注其后云:“五次出洋,又赋归去,西国朋从如金楷理先生者,殊不易遇,临别索诗,因拈此以报之,聊志鸿雪因缘而已。”

初三日庚子 晴,凉。午后洪禹山送团扇一柄,上绘牡丹一枝,题云:“富贵不还乡,夜行笑衣锦。赠君此商纨,绘出繁华品。何以壮行色,胭脂染艳沈。清风助归帆,聊当饯郊饮。”

初四日辛丑 晴。午初,星使招饮,同座为汪芝房、陶矩林、赓韶甫、陈骏生、徐良臣、张小轩、金楷理,酒食丰美,欢饮畅谈,申正谢归。戌初,贝汇如约在冬园看杂耍,所演多皆热闹,中有一人领十一犬,皮毛颜色短长不一,各着戎服立行,内一黑毛雄伟者前行作兵头,其他排队在后,鼓乐作,则时而顺进,时而逆退,时作方城,时摆三角,极其整齐,式与西国队伍无异。又一人领鳄鱼二尾,先随乐声扬头舞爪,摆尾前驱,既而以长板横置木桶上,两端各横一尾作“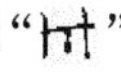”形,使板自为轩轾而无颠坠之虞,亦奇矣。昔韩文公因鳄为民患,作文驱之,孰意后世异域竟有以之作剧者,亦昌黎所梦想不到者也。亥正回寓。

初五日壬寅 晴。记:前与土耳其随员蒋观长谈及彼国之外部。据云,百年前当土与西国换约通商,始立此署,名曰夷务司,后因故改名与他国者同曰外部。又土规,凡人在何处当差,皆将其官署衔名刻于自家门外壁上,以使人知。其高祖某,当夷务司初设,即行投入当差,当时人皆不知是司为何司,何国所设,而且恶其夷字,因此虽在内充当首职者亦处处躲避,不欲向人明言。其高祖谓司为国家所设,正大光明,在内充职,岂可不书其名于门外。及三十年后,人心渐明,渐知是司之设,为官之书其名于檐下者亦渐多,更有不在司内而借书其名者。不意当时该司官长谓其高祖位卑,不宜凿书,其高祖初闻而笑颔之,继而叹息之。其随笔有句云:“夷务从公已卅年,忽教门外废镌衔。尊官不敢题名字,虚赚朝廷重养廉。”此又谓诗其所诗,非吾之所谓诗也。

初六日癸卯 晴。戌初,徐良臣约在梨池沙阑园看杂耍。所演节节皆妙,其最新奇可观者为三水獭能击鼓、吹笛、弹琵琶、放手枪、吸烟卷,而且呜呜作声似歌唱状。此等蠢物行动蹒跚,竟能凳场作戏,不知其主人何以如此善教也。

初七日甲辰　晴。酉初，赓韶甫约在朴斯当街茀来得立饭馆晚酌，同座为阎润亭昆季及其洋妻子女。食毕，润亭昆季同约在柏林内戏园观剧，所演不甚热闹，景致皆平淡无奇，子正回寓。

初八日乙巳　晴，暖。未正，汪芝房约游，先坐公车由吕祖坊行数里至诺伦多茀坊，换坐气车，西南行二十余里，过哈兰溪庄至三胡柏特村。系一小河，沿河设有酒肆，宽敞清雅，列座行行，围以篱笆花木，在上少坐，遥望对岸树林荫翳，河水清澄，河心一小洲，左右泊有小艇二三。既而步行六七里，至一地名浑达开里，一路松柏密列，地多沙石，行之如在高山巨壑之中。时因天晚，惜未入村一游，乃在林中少坐，乘车仍回前庄，入酒肆晚酌，得食鲜鱼甚美，后坐气车回柏林。

初九日丙午　晴。德国兵官服式固皆一律，毡袄窄袖，身长逾胯，毡裤细长，步兵着皮鞋，马队着皮靴，衣外又有肩号袖号，领上胸前亦皆有号，帽式鞊形，既各不同，裤腿左右亦各有号，是不惟各邦之服色有别，及马队、步队、炮队、先锋、猎兵、巡捕、医官、兽医、书手、伤兵等人，莫不有别。兹将所见所闻者，条述如左。

步队袄色深蓝，对襟黄铜扁扣，红领高二寸，红袖头，袖口上翻，横钉三黄扁扣，亦有添镶一窄边，其色黄白蓝不同。裤黑色，两腿左右各竖红毡一条，宽约五分。其由第一队至百四十四队，袄裤色皆一律，惟其肩号不同，式作“”牌形，宽三寸，长半尺，二页钉于左右肩头，色分红黄绿白与浅蓝，其上有号字母与王帽者，有号数目者，中惟第百零八队，袄改深绿色，领与袖头皆黑色，下镶窄红绦一缕，肩号本色，亦镶以窄红绦。拜晏邦者，袄裤皆浅蓝色，领与袖头肩号皆红色。又其所谓之御林军、老王军、古枪营、王后营者，皆领前横白绦二条，长各半尺，袖上或横二条或竖三条，亦皆白色，每中钉一黄铜扁扣，拜晏之御林军亦然。帽分官帽、便帽，其官帽由御林军至大营第二队及第八十九、第九十二、第一百、第百零一、第百十五、十七、十九、二十三等队、皆黑漆桃形，顶束黑或白马尾一缕，四面下垂作“个”字形，帽前画一金或银鹰。其他顶无马尾，立一金锥，形如“”形。拜晏者亦然，惟帽前改鹰为二狮拱一王帽。第百零八队者，帽改黑漆扣碗形，前立黑马尾一束，下垂不甚长，各前横有半月形黑皮一片，可名曰遮光，每上又横铜练一条，练宽环长，用时拉套颏边以作绊。便帽式作扁瓜形，上用夹毡，下一毡圈，内衬牛皮，色与袄同，袄蓝则帽蓝，领红则圈红，圈前钉一小圆花如豆，花样不一，详见后。

猎兵袄深绿色，裤黑色，御前猎兵与营中猎兵第一至第十一及第十四队之肩号袖头与领皆红色，惟御前者领有二横绦，袖有二竖绦，皆黄色。猎兵之善枪者与营中猎兵第十二、十三、十五各队之领袖肩号皆黑色，内镶窄红边，惟善枪者肩号正红，领袖皆外镶红宽边，领前横二黄绦，袖横三黄绦，各上一扁圆扣。拜晏者袄裤皆浅蓝色，领袖肩号皆浅绿色。其官帽式与步队第百零八者同，拜晏者式与步兵锥头帽同，便帽更皆一律与步队同。

马队袄浅蓝色，惟第二十三、四队者深绿色，裤皆深蓝色，左右各一红绦，稍宽。内第二十四队者白色，领袖肩号之色不一，分红黄黑白紫与粉红，韐色与袄同，三面镶边，色与领袖肩号同，内惟御林马队及营兵之第十七、十八与二十三队者领有二横条，袖有二竖条，皆白色。其官帽、便帽，皆与御林步队同。又有名铁甲马队者，今不服铁甲，乃着白袄黑裤，裤竖红条，领则中白，两头或红或紫，或黑或黄，或深蓝浅蓝与粉红，上镶长绦二横，色与领两头同，袖头亦然，中惟亲军与御前者，领前左右各横一白绦，袖外竖二白绦，上钉金扁扣，肩号白色，四面镶窄边，色亦与领边绦同，韐色与领袖者同，三面镶边亦然。官帽铜质，或黄或白，前錾飞鹰，顶立尖锥，前垂遮光以养眼力，后垂一尾用护脖项，旁看如马首，正看似鹰头，中惟亲军与御前者，顶上立一飞鹰，便帽式皆与步队者同，惟上皆白色，下圈或红或紫，或蓝或黄，皆与领袖上各色同。

轻捷马队洋名胡萨阑，裤皆黑色，左右竖条，或白或黄，袄色不一，分红蓝紫黑枣红与浅蓝，对襟，胸前横绦八条，或黄或白，脖下者长盈尺，渐下渐短至七寸，肩号亦绦一条，或黄或白，长五寸宽五六分，中惟护军与第三队袄皆正红，盖德仿马加兵服式也。韐有全黑者，有黑镶黄边者，有镶红黄蓝黑等色锯齿边者。官帽染貂，高五六寸，圆直如磬，毡帽顶，长八九寸，左垂如袋，色分红黄紫白浅蓝枣红，正面前竖白马尾一缕，长六七寸，下垂如蝇拂，中惟第十七八九队者稍短而斜立不下垂，帽前皆有铜花檐边，各横铜练绊一条。便帽式与步队者同，色有全紫全黑全蓝，而下镶黄绦两条者，有上红下蓝者，有上蓝下红或黄者，有上黑下红，更有上深蓝而下浅蓝者。

长枪马队洋名乌兰，袄色深蓝，胸襟左右外折，其式如瓶作“”形，各边钉圆扁扣五，或金或银，襟色与袖同，为红黄紫白，裤皆黑色，左右竖红条，肩号作带柄扁勺形，其色有正黄者，有紫或红镶黄边或白边者，浅蓝或白镶黄边者。鞊皆深蓝，镶边色与领襟同，中惟护军第一队者，蓝袄白襟，而红领前横二白绦，第二队者，红领前横二黄绦，第三队者，黄领黄襟，领前横二白绦。又营兵第十七八队者，袄裤皆浅蓝色，襟领皆紫色，裤竖两条亦紫色，领前各横二绦，一白一黄，肩号正黄，鞊皆全黑。第十九队者襟领皆红色，领前横二白绦，肩号红镶白边，上錾王帽飞鹰，其他则数目与字，亦有净面者。再则拜晏两队，袄裤与鞊皆深绿色，领襟鞊边肩号皆紫色，惟钮扣与肩号边分金或银。其官帽黑漆，上方下圆，如瓶似盂，正作“”形，顶上亦黑漆，惟瓶脖四面，色与各队襟领之色同。帽正面上号金银花，或鹰或星，下有遮光，中横铜练绊，瓶口左角束白马尾一缕，较胡萨阑者稍重，亦下垂如尘尾，便帽式与步队同，其上色分蓝绿与白，下圈则分红黄紫蓝与白。此营之服式乃德仿波兰者，故其名曰乌兰。

萨克森御林马队，善枪马队，袄裤皆浅蓝色，裤左右两条白色，领袖白者边镶蓝绦二道，黑者边镶白绦二道，肩号钮扣皆金色，肩号作“甲”字形。御林者錾王帽，善枪者净面，官帽皆黄铜錾花，高盈尺，尖形如塔，顶束白马尾，左右下垂如蝇拂。便帽与步队同，上皆浅蓝，下圈或白或黑，随其领袖，鞊皆全黑色。

拜晏骏马队，袄浅蓝色，领袖肩号皆红色，裤黑色，鞊浅蓝色红边，帽与御林马队同。营马队袄裤与鞊皆深绿色，式与乌兰同，领襟袖及肩号鞊边分紫、红与粉红三色，帽亦皆与御林马队同。

炮手分行营守护两营，然衣帽无大区别。总之，袄多深蓝，裤皆黑色竖红条，领袖皆黑质红窄边，肩号或红或白，惟大炮守护第一二队者上绣三尾火球，领前横二黄绦，袖竖二金绦。其行营中第十二、二十八、三十二队及守护中第十二队者，袄皆深绿，领袖皆正红，肩号亦深绿，外镶窄红边。拜晏者裤亦蓝色，袖横三黄扁扣。其官帽分二种，与步队同，黑漆桃形，前有金花，或鹰或星，上垂马尾，或黑或白，其他无马尾者上改金锥为一金球，扁而大，如杏如梨，惟拜晏者行营帽垂红马尾，守护者顶上仍立尖锥。其便帽皆与他队同，上皆深蓝或深绿，圈则黑镶红窄边或正红色。

工兵即掘地搭桥开山平道之兵，袄裤与帽色同炮队，惟领袖上之横绦皆银色，帽上或垂乌马尾或立银尖锥，前改银花，或鹰或星，通身亦用银扁扣，肩号亦然，皆正红色，内第十二队者与炮队第十二队同，亦领红衣绿。又拜晏工兵与造铁道兵，裤皆蓝色。

运粮械车兵，袄深蓝色，领袖肩号皆浅蓝色，黑色裤，左右竖红条，拜晏者亦然，惟裤亦蓝色，其领首者领袖各横二银绦。中惟第十二队者袄色浅蓝，领袖皆黑色，内镶红窄边，肩号亦浅蓝，外镶窄边。其官帽与猎兵同，惟领首者前垂白马尾。拜晏者与御林马队同，顶垂乌马尾。便帽式与他营无异，其色上深蓝下浅蓝或上浅蓝下黑圈，而上下镶红窄边。

跑报兵，衣帽皆与御林马队第二十三者同，惟袄鞊皆深绿色，裤黑色，肩号"甲"字形，绿色外镶金边。官帽垂乌马尾，前改金花，领袖二横绦亦改金色。便帽上绿下红，惟多遮光一页。

乐兵，袄皆按队分色，或正红或正黑，裤皆黑色竖红条，帽则便帽。惟萨克森者，马队袄皆浅蓝色，领袖黑色，肩号"甲"字形金色。炮队者第十二，袄深绿色，襟与下边皆镶红窄边，领袖红色镶金边，钮扣皆金色。

受伤兵，皆蓝袄黑裤，红领银扣，肩号或蓝或白，蓝者镶红窄边，中绣记号，或字或花。拜晏者袄裤皆浅蓝色，红领无肩号，襟袖镶窄红边，裤竖红条。咸戴便帽，上蓝下红，前横黑皮月牙遮光。

医生，布拜二邦者，蓝袄，领袖外镶红窄边，各横二金绦，肩号"甲"字形镶金边，布鲁斯者黑裤，拜晏者蓝裤，皆竖红条。萨克森者蓝袄，黑领黑袖头，镶红窄边，肩号黄铜"甲"字形，黑裤竖红条，帽式与步队同，惟帽前金花各异。抬取伤人兵，袄皆深蓝，布拜等邦者领袖肩号皆紫色，萨邦者领袖黑色，下镶红绦一条，肩号深蓝，四边镶红绦，各皆牌形。布萨等邦者黑裤，拜晏者蓝裤，左右皆竖红条。其官便帽与医生同，惟萨邦者金花，拜邦者银花，便帽无遮光。布鲁斯等邦者皆戴便帽，无官帽，上蓝下紫，前有遮光。

伺候伤人兵，袄皆深蓝，裤皆黑色，左右竖红条，各邦者领袖肩号色与袄同，边镶窄红绦。惟萨克森者，领袖黑色，肩号蓝色，亦皆边镶窄红绦。官便帽皆与医生同。

兽医兵，袄皆深蓝无肩号，领袖皆黑色，边镶红绦，拜晏者裤蓝色，他皆黑色，左右皆竖红条。帽与医生同，惟拜邦者银花，他皆金花，或星或鹰，彼此不同。

管支应兵，袄皆深蓝，布拜等邦者，领袖亦皆深蓝，外镶窄银边，勺形肩号亦银色，美克林堡、斯太里自者领袖亦深蓝，勺形肩号改金色，拜晏者裤蓝色竖红条，他皆黑色竖红条。帽与医生同，梅斯者金花，他皆银花。其官便帽皆有月牙遮光，惟拜邦官帽者长方形。

书手，袄深蓝色，布拜等邦者，领袖皆深蓝，外镶红窄边，各横二白绦，勺形肩号皆银色。萨邦者，领袖肩号皆深蓝，领袖镶红窄边，肩号镶银边。拜邦者，裤蓝色竖红条，他皆黑色竖红条。帽与拜邦管支应同，前皆银花。

按察司，系专在营中理案者，或名管理罪犯兵，袄皆深蓝，一切与书手同，惟布拜各邦之“甲”字形肩号皆蓝色，镶银边，萨邦者改正金色，有遮光。

守银库兵，袄蓝色，领袖镶银边，“甲”字形肩号银质金边，拜晏者蓝裤，他皆黑裤，皆竖红条。官帽与管罪犯者同，前有金花。便帽蓝色，下镶银边两横。

管衣服兵，袄裤帽皆与守银库者同，惟帽下与领袖皆镶红窄边，“甲”字形肩号改红质金边。

管营房兵，帽袄裤皆与管衣服者同，惟便帽下与领袖皆镶浅蓝窄边，“甲”字形肩号改浅蓝质镶金窄边。

管栈房兵，各邦袄裤帽皆与管营房者同，惟便帽领袖皆镶金窄边，“甲”字形肩号改正金色。

管药房兵，帽袄裤皆与管栈房者同，惟便帽下及领袖皆镶紫窄边，“甲”字形肩号紫色，拜晏者银窄边，他皆金窄边，帽花钮扣亦然。

管病房兵，帽袄裤皆与管药房者同，惟便帽下及领袖皆镶二蓝麻花绦边，“甲”字形肩号，斜纹二蓝质镶金边，帽前皆金花。

修枪兵，萨邦者便帽袄裤皆与该邦医生者同，惟无官帽，无肩号。他邦者便帽袄裤皆灰色，领袖与帽下皆镶红窄边，裤之左右皆竖红条。

做马鞍兵，萨邦者蓝袄，领袖黑色镶银窄边，黑裤竖红条，便帽上蓝下黑，镶银窄边。他邦者，袄裤帽皆灰色，惟领袖与帽镶白边，裤亦竖红条。

巡捕，衣帽式样虽与马步各队同，然各地服色不一，帽式有别，因亦按地考询，复一一述之于后。

步队巡捕，官帽黑漆馒首形，顶立方金锥，前钻金花，遮光上横金练绊。便帽上深绿，圈浅蓝，上下镶二窄红边。袄深绿，领襟浅蓝，外镶红窄边，领前中横一金绦，袖头本色外翻，镶窄红边，边下钉扁金扣一横，肩号牌形正红，钉以金扣，裤黑色，左右各竖三条，中红稍窄，左右浅蓝逾寸。

马队巡捕，官帽与亲军马队同，亦银盔，顶立金尖锥，前钻金花，遮光上横金练绊。便帽袄领色皆与步队巡捕同，惟袖头外翻浅蓝，式作“”形，中竖金绦二寸，肩号“甲”字形，红质窄金边，裤黑色，左右竖浅蓝窄绦一条，鞊亦深绿色，边镶浅蓝，蓝上覆以窄红一条。

营巡捕，衣与马队巡捕同，惟肩号改牌形深绿色，外镶红窄边，不乘马，裤条改红色稍宽。官便帽皆与步队巡捕者同。

御前马巡捕，袄深绿色，领袖与鞊皆同马队巡捕者，惟领前横二金绦，肩号浅蓝牌形，上以金丝绣王冕与“RW”二洋字，裤色正白。官便帽亦皆与马队巡捕同，惟盔上立一飞鹰。

王后亲兵巡捕，袄裤皆白色，领袖紫色，肩号牌形，正白镶紫边，鞊紫色，边镶白绦两道。官帽与御前马巡捕同，便帽上白下紫。

布鲁斯、瓦拉代克、立池兰三处之巡捕，衣及便帽皆与营巡捕同，惟官帽黑漆金花，上垂乌马尾与步队兵同。拜晏邦者，袄深绿色，红领红袖头，领前横金一条，袖头中竖金一条，肩号牌形，深绿镶红窄边，裤黑色，左右竖红条，官便帽皆与营巡捕同。

萨克森者，黑袄，领袖浅绿色，银扁扣，黑肩号，圆头牌形，镶窄浅绿边，裤灰色，左右竖浅绿条。官帽黑漆银花，银练绊，黑皮遮光，正看如桃，旁看如喇嘛帽，作“”形。便帽亦黑色，如法国兵帽，前插一小绒球，旁看如“”形。

威屯柏尔与巴敦者，袄裤皆与布邦同，惟威之官便帽与布同，巴之官便帽又与营巡捕同，仅以金花为别耳。海斯者，深绿袄裤，紫领紫襟，袖头深绿镶紫窄边，领前横二银绦，袖上竖三银绦，钉以银扁扣，肩号系银绦盘作带枝三出梅，作“”形，官帽银花乌马尾，式同工兵者，便帽上绿下紫，前带遮光。

美克林柏尔水林者，袄蓝色，领袖肩号皆浅蓝色镶红窄边，领前袖中各有银绦一缕，裤深绿色竖红条。帽同布邦，惟金花鹰改为星。

美克林柏尔斯太里自者，袄蓝色，领袖肩号皆浅绿色，裤灰色竖红条。帽与运粮车兵同，惟官帽蓝漆金花，前垂乌马尾，遮光仍黑皮，便帽上蓝下浅绿，带皮遮光。

欧勒敦柏尔者，袄裤皆蓝色，领与肩号皆正红，袖蓝色镶红窄边，中竖金条式同营巡捕者，裤竖红条。无便帽，仅官帽，式与斯太里自者同，亦蓝漆，惟前有遮光而后无护尾。

萨克斯威麻尔者，袄深绿色，领袖肩号皆镶窄红边，袖钉一银扁扣，肩号绣银王帽与“CA”二洋字，裤色灰，竖红条。帽与巴敦者同，惟上立银尖锥，前改银花，便帽深绿，下镶二窄红绦。

卜伦隋芝者，袄深绿色，领袖黑色镶红窄边，肩号正红，裤黑色竖红条。帽与巴敦同，惟便帽上深绿下正黑。

阿那拉者，袄深绿色，领粉红镶绿窄边，袖头深绿镶粉红窄边，肩号粉红镶白窄边，裤黑色竖粉红条。帽式与威麻尔同，惟便帽下改粉红。

萨斯阿屯柏尔者，袄色深蓝，领袖与裤皆黑色，领袖镶窄红边，裤竖红条，领前横一银绦，袖立两银绦，肩号牌形蓝色，亦镶窄红边。帽与海斯同，惟便帽下改黑色，上下镶二窄红绦，官帽银花改一星。

萨斯库柏尔者，袄色深蓝，领袖肩号色皆浅蓝镶窄银边，领前横一银绦，袖边钉三扁银扣，肩号绣王帽及洋“E”字，裤黑色，左右竖银条。帽与威麻尔同，惟便帽上深蓝下浅蓝。

萨斯美年者，袄裤官帽皆与卜伦隋芝同，惟肩号改黑色镶红窄边，身钉银扁扣，便帽又与威麻尔同。

里埔者，袄深绿色，一切与威麻尔同，惟肩号绣金花王帽。官帽与斯太里自同，色改黑，便帽又与美年同。

屯柏尔里埔者，衣帽皆与布邦同，惟肩号无数目，裤灰色竖红条。官帽金鹰改星。

倏拉兹柏尔鲁多斯达他者，袄与炮营第十二队同，惟领镶窄黑边，肩号正红，裤灰色竖红条。金锥宫帽及便帽皆同步队者。

倏拉兹柏尔森多尔朔森者，便帽袄裤及领颜色皆与鲁多斯达他同，袖黑色镶窄红边，肩号正黄作“自”字形。官帽与守护炮营同，金花上垂白马尾。

洛斯什来司又名吕斯阿拉者，袄领与鲁多斯达他同，袖外翻作“”形，红色，边镶三扁金扣，无肩号，裤黑色竖红条。官帽与拜晏同，金花改一星，便帽与萨克森同，前立一黄球。

洛斯格蕾司又名吕斯阳格者，一切与洛斯什来司同，惟便帽与拜晏同，有肩号，牌形正红。

德例：每值天时雨雪，各兵皆服灰毡外袿一件，窄袖，身长过膝，各营所别惟领前横绦一条，色同袄领，亦红蓝紫绿不一，其他肩号钮扣，亦皆与其官袄上者同。

又记：德国武官之服色固与各营兵丁同，然各官之领袖、钮扣、帽、花、肩号、腰带及刀柄之垂穗等，各邦各营亦有区别。凡武官自兵头以至将帅，领皆大红镶窄蓝边，内衬金或银绦七道，宽共盈寸，更有衬下前面左右另横金或银绦两道作“”形者，亦有钉以金或银大圆饼周逾寸者，各上皆钻以本邦记号，如鹰马王帽狮子旗帜之类。袄色或蓝或绿，袖头外翻多红色或黑绿等色，亦皆镶以金或银绦七道，或横或竖，钉以金银扁扣，更有上下另横金或银绦四道者。

腰带宽约二寸，两首垂穗，长约半尺。布鲁斯者，银带中横黑线两道，穗带中间作结。萨克森者横二绿线，海斯者横三红线，威屯柏尔者横二半红半黑线。拜晏者横二线，节节分蓝银二色，带穗中作二结，形如胡卢。巴敦及阿屯柏尔者与威屯柏尔者同。美克林柏尔者金质横二线，一蓝一红。胡萨兰者，银色，中粗两首微细，中有三节，宽各寸余，杂以蓝或黑绿色，又自左首至左二节中间系二银绦，绦头各垂一穗，长约寸余。

刀柄之穗，形式多种，大致穗长二寸，粗二寸或三寸，有上作两结，一大一小，相隔寸余者，有如此而细小者，更有小结与带连以扁环者，有仅作一结者，有穗上一结而临带连作两结者，有带穗之间结两大结作胡卢形者。各邦各队所用之颜色不同，花样亦异。如布邦之步队、炮队及先锋工兵营者，织以黑白线，上小结作榆叶花，下大结作狂涛纹。拜晏者织以蓝白线，上小结作微波纹，下大结上下蓝，中横白色一缕，曲弯似鳝鱼。海斯者织以红白线，上小结作“仌”纹，下大结作斜方小锦纹。萨克森者绿白二线织成，上小结作“夕”纹，下大结作浮云纹。威屯柏尔者织以红黑白三色线，上小结作“W”纹，下大结作攒星纹。美克林柏尔者织以黄蓝红三色线，花样与威邦同。卜伦隋芝者亦织以蓝白线，上小结作“仌”纹，下大结作“巜”纹。至猎兵营者，布萨二邦皆织以银黄绿三色线，上小结中横二银黄绦，下大结作井字纹。美邦者，织以金绿二色，花纹与前同，惟结与穗皆稍细小。马队、守炮队及运粮队者皆大小两结连于一处作胡卢形，而上小结色与绦同。如布邦者，结穗黑白色，绦紫色。拜晏者大结与穗蓝白色，绦亦紫色。萨克森者结穗白绿色，绦紫色。威屯柏尔者结穗红白黑色，绦紫色。海斯者结穗红白色，绦白色。卜伦隋芝者结穗蓝白色，绦紫色。其他各大员者，绦窄结小，穗稍细长，色则或金或银，加以红蓝黄绿白紫等色，然既有正绿亦有正灰色者，样分百种，笔难尽述。

帽花，其官帽前所錾成者，乃邦国之号，非为营官专定之号也。其猎兵、善枪营、运粮营、御林马队及铁甲马队者，皆一银饼作轮形，环边有仗神力以护君国，及一千六百六十年等洋字。中一小圈，内一飞鹰，圈下又树叶一枝，作椭圆形，又七股羽扇形或雀尾形者八，四在小圈外大轮之前，四在大轮之后，大致又作八角形。御林步队者，金鹰平展翅，头顶王帽，胸前挂一银星，左爪执锥，右爪掌剑。拜晏者，金色，左右两狮抱一长圆球，球中画以本邦旗帜等，球上一王帽，两狮亦顶王帽，下横一带如“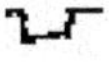”形，横书“永用忠诚”四洋字。萨克森者，一八角金星，中一长圆球，球上一王帽，球下树叶两枝，向上环抱，皆银色。威屯柏尔者，金色，乃中一长圆球，球上立王帽，左立一狮，头顶王帽，右立一鹿，各伸前二爪作对抬状，下横一带，亦有字句，其义未详。巴敦者，金色，系一鹰展翅，马身垂尾，以前两爪扶一长圆球，球面亦錾本邦旗帜，下横一带作“”形，其上洋字义未详。海斯者，金色，一狮站立如人，前二爪执树叶一枝，下圈其身，作椭圆径。美克林柏尔水林者，式与萨邦同，惟球面所錾者不同。美克林柏尔斯太立自者，式与前同，惟少树叶王帽，中作圆球，球面所錾者亦异。卜伦隋芝者，一八角银星，中一圆圈，圈内红色，画一银马，马旁立一柱，柱座金色，柱顶绿色，圈四面又出四角，形如鱼尾，蓝色，星下横一银带，两首垂金穗，中书“海胫”二洋字。阿屯柏尔者，银色八角星，星内上一王帽，帽下挂一方旗，錾以十字小花等。阿那拉者亦银色，式与阿屯柏尔者同，惟帽下旗作“”形，左錾深浅八横，斜覆一竖，式作“”形，右錾半飞鹰，其义未详。洛斯者，银色八角星，内上一王帽，帽下一长圆球，錾以鸟兽，球外围以树叶两枝，作椭圆径。胡萨兰马队者，银色，一骷髅人头，头下横二腿骨搭成十字，头上横一绦，上錾洋字，其义未详。倏拉兹柏尔者，银色，式与洛斯者同，惟帽下球面錾以一飞鹰，其他多种，形色未详。至各邦各营大小员弁便帽前之小花，皆一小圆饼，周不及寸，共四十余种，有如以线钉成菊花分二十瓣者，有作大小三圈者，有外一圈中一十字者，有菊花瓣不外凸而内凹如蛛网者。色分金银黑白红绿蓝黄，有正绿者，有白含红圈者，有银圈红心者，有红心外套金蓝或银黑二圈者，有白或银地中一红十字者，有蓝地白圈中一红十字者，形色种种，数行难罄，一时述全，目睹亦难分辨也。

肩号，其官衣者皆作“甲”字形，大元帅者，银穗银圈，圈中一斜金十字。副帅者，银色中三金斜方，作“品”字形。将军者，银色上横二金斜方。正提督者，银色盘中一斜方。副提督者，正银无斜方。总兵者，银圈银穗,黄质中号金数目,左右二金斜方。副将者,金边银穗,红质中号金数目,下一金斜方。参将者,银质银穗,金边金数目。千总者,红质金边无穗,中号金数目,左右二金斜方。把总者,蓝质金边无穗,中号金数目,下一金斜方。外委者,白质金边无穗,中号金数目。炮队官者,全金无穗。长枪马队之放炮官者,金边无穗,或红心,或蓝心,上号金数目。营差官者,黄质金边无穗,中竖一黑色绦,外裹白线作丰形。医官,正者,银地金边金穗,中立一棍,外盘金蛇作“”形,副者,蓝地金边金穗,中立蛇棍与正者同。头目者,蓝地金边无穗。造军器官者,黑地金边,上一金“F”洋字。兽医官者,黑地金边,边又以黑线作节如蛇,中画一王帽一国号展翅鹰。管粮台者亦然,但白地银边皆无穗。其便衣及外罩肩上者,式虽扁长,乃皆四股绦编成,形如萸米或松塔。即如大元帅者,银绦金边,黑或蓝线作节,一绦往来四股编成,不见头尾,宽共二寸,长约五寸,面上钉一金斜十字,副帅者亦然,惟面上钉三金方块。将军者,上下二金方块。正提督者,中一金方块。副提督者,净面无方块。总兵者,银绦黑线作节,下垫黄缎,正面上下二金方块,中号数目。副将者,银绦蓝线作节,中号数目,下一金方块,下垫红缎。参将者,银绦绿线作节,正面号数目,下垫红缎。千总者,仍作圆头牌形,银绦四竖,黑线作节,曲弯作“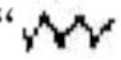”形,外镶窄红边,上下二金方块,中一数目。把总者,镶蓝窄边,中号数目,下一金方块。外委者,镶白窄边,面号数目而已。乐官者,抱肩作半瓢形,金或银边,面分十五行,或正或斜,其色或金与红,或银与红,或黄与红,或黑与红。工头者,无穗。乐官者,垂金或银穗。

外罩。领式外卷作“”形,正中一扣,或金或银,左右各竖一绦,长寸余,绦下各横长方一块,宽一寸长二寸。绦色各邦不同,布鲁斯者中黑左右白,拜晏者中蓝左右白,萨克森者中绿左右白,威屯柏尔者中黑左右白,海斯者中红左右白,美克林柏尔水林者红、白、黄、蓝分四节,美克林柏尔斯太里自者黄质中分蓝红各四节,长方块皆红色,惟威邦者黄色。

补记衣袖。作马掌者,官,红衣,袖外翻银边,上一白绦盘作胡卢形,再上覆二银马掌。兵则蓝衣红袖头,竖二黄绦,旁一金或黄马掌。测量官,正者蓝衣黑袖,头镶红窄边,钉二金扣,上一三尾金星作“”形。副

者衣亦然，惟竖三金扣，上一一尾金星作“凸”字形。凡扶持伤兵者，皆在胳膊上半围白布一条，宽约三寸，上钉一红十字，帮助者围红布一条，监仗者圈白布一条，教师则圈蓝布一条，上下镶白边。

初十日丁未 晴，暖。早谒星使叩辞，申正星使来送行。亥正，星使偕陶矩林、徐良臣起身赴俄，余同汪芝房、陈骏生、贝汇如送至万牲园车栈。

十一日戊申 晴。未正，姚子梁约余与其二德友，乘火车南行数十里至司代立村。下车步行四五里入一小园，名曰庇洛，闻乃四五十年前布王茀来得立题良第四时将军伍朗该之故宅也。地势不大，有小湖，树老花谢，又值秋风飙飙，景致无甚可观。正面入门即加非饭馆，馆前有乐台，土人云每礼拜日作乐，若值酷热之天，亦一避暑地也，在内晚酌，坐客无多，亥正回。

十二日己酉 晴。午正，金楷理在凯色豪富店约饭，同座汪芝房、陈骏生及杜蒂母女。戌初，洪禹山约余及汪、陈、赓三君在茀来得立街之匡阔的亚馆中看杂耍，其馆修理，焕然一新，更觉开敞。所演无非男女歌舞，其中最可观者，一幼女约十三四岁，立于台边，连歌十二曲，随歌寸步不移，手足不动，而衣装随换十二次，装既不同曲亦各异，其法颇妙，不知有何幻术也。

十三日庚戌 阴，微雨。早金楷理来送别，带辞往柏林西得来斯屯村探其女入学。酉正张小轩约余与汪、陈二君在东方博物院对面店中晚酌。戌刻，芝房又约余及陈、张二君在阿拉他亚街之森特拉戏园观剧，优伶不多，戏亦平平，亥正回寓。入夜大风，冷。

十四日辛亥 阴，凉。西国讲求格物年甚一年，其学无非数学、力学、化学，以之论生死物之原质，如何而化，论生物之性、生物之用、生物之理、生物之地以及今古生物植物之别，所考精深，非独学所能，因此官场设有格物院，备有一切器具书籍，并所学之各种物件，如木石鸟兽昆虫之属，以便随时考求。按：其所讲之生物，为数不下十三万种，统分十二类，如飞禽、走兽、蛇蝮、鱼族、足虫、无足虫、蜘蛛种，蟹类、海星、蚌属类、水瓷类，植物为数亦八万余种，石类亦二三千种，学者当各专一类也。晚姚子梁送别游乡。

十五日壬子 晴。午正陈骏生约饭，同座为汪芝房、洪禹山、张小轩、贝汇如，申初回寓。西人凡事讲实不讲虚，重财不重义，不论戚友之情谊，惟论需时之短长，盖人皆以挣钱度日，不得妄费工夫也。故无论何人有所使用，皆须按时给钱，用人者不言求请而谓雇用，被使者不言效力而谓佣工。是无论男女，皆惜分阴，虽父子兄弟、母女姊妹，亦不肯为之代效微劳也。我国沿海地方近日多染西俗，尚未蹈此一辙，亦大幸也。夜收理行装并入各屋辞行。

十六日癸丑 晴，暖。早发行李，午正由本公馆乘马车起程至朴斯当火车栈，下车入客厅坐。当时送别者，为汪芝房、洪禹山、赓韶甫、陈骏生、贝汇如、阎润亭、阎奇臣、张小轩及陶少君涵宇与周、郜二武弁，洋人为哲宁、吕备、司庇该、井上哲次郎、娄欧夫妇及杜□母子与女，彼此坐谈片时，向众揖别登车。未初开行，颇快，惟至大村镇少停，亥初一刻过莱茵河大铁桥，亥正一刻抵克伦城，下车入店晚尖，换车，亥正三刻复开，入夜凉。车开后，该行出赁头枕，其价一方。由德至法坐头等车者，惟余一人。当前抵某村停车时，有人托盘出售点心、酒果、加非等，余因稍觉饥饿，遂取小面包一个、炸肠一块，问其价，曰三十芬呢，余即递给一五十芬呢小银钱，不意此托盘者接钱驰去，且向第二托盘者言华人拿用之物共值三十芬呢尚未付讫，余即向之辩论。最可笑者，正言间突来一年老德人将面包及炸肠抢去，再欲讨索而已闭车门将开矣，此皆德人贫苦之所致也。

十七日甲寅 早阴，雾，凉。卯初至睡梦庄停车，税局查验行人随手携带之小件行李，于是各男女皆提包负笈，入局置于柜上。按件开验，局中人并持灯入车，于各榻下座旁搜查，问诸余，告以来意即免。当时余因下车小便，中厕门外设有洗手盆，余遂洗之，问其价，曰五十苏。卯正复开，巳初抵巴里。一路在德界，田地少，沙漠多，幸松柏杨柳尚丛密成林。入法界则山水花木景致可观，且房屋亦觉稠密。至此下车，有承伯纯、黄伯申、联建侯（豫）、顾延卿（锡爵）、世益三（增）及郭秋萍（家骥）诸君以车接入本国公馆旁威克多修沟街店内。饭后换衣，步入公馆拜陈敬如(季同)、潘景周(承烈)、张让三(美翊)及联、世、承、郭诸君。酉正,承伯纯约伯申与余在里池流巷第百零四号饭店中晚餐,店因地名,菜品甚佳。其价早餐,一人二方半,晚餐一人三方,并随有红酒一小瓶,盖顿饭也。屋亦整齐宽敞,伺候殷勤。去此乘车至里柴街第四十八号大马戏园,园名西巴欧得娄木,即十年前所看过者。数年前,此园不戒于火,现在修盖扩充,尤属整齐。座分四等,由一方二十五桑的木至五方。地势宽敞,座容三万人,每日演二次,白昼由午初至申正,晚则由酉初至亥正。池中因地广,乃大圈内含一小圈,当一二人演耍时,竟有目力所不能及处。共演六场,中有小孩骑小马者八,往来对对驰驱耍舞,一人领一大马一小马,大马所作小马皆一一效之。双马古式战车六乘,上各立一女,服色各异,互相绕圈驰赛,能捷足当先者胜。其他二场无非男女乘马跳圈越绳诸技,无须琐述。惟末场则小戏一出,乃古时法一炮台被人夺去,有一少女名曰乃达者,经天赐宝剑,领兵取回。后此女又被英兵捉去,以火焚死,法人感其勇敢保国,因立石像,作乘马举剑前冲状以铭之。场圈宽阔,布置村镇如真,至其焚女一节,系正中立一高台,共三层,顶上中立铁棍,绑女于上,四面围以柴木,烈焰飞腾,观之惨然。场棚四面原悬有纱画一圈,在下望之,楼房似有若无,至此放下,则四面皆露。楼房形式不一,乃使看戏人作看焚人之人,左边者,面前无房,而对面楼中则满人,坐立不一,右边者左望亦然,实因当时圈外各灯皆熄故也。看毕至园外,各饮加非一杯,子初回寓。

十八日乙卯　阴雨阵阵,凉。未初,联建侯约在凯歌路之智慧阁旁看圆画,即前于同治丙寅年所看之涨眼画,洋名巴讷拉玛也,惟其中改悬前同治辛未壬申年间德兵围困巴里图,土人观之怨德,而外人观之亦惨法也。去此步入对面智慧阁,洋名巴蕾得林得斯特立玻璃房一游,其式如英之水晶宫,但地势较小,正中一台奏乐,乐工十数名,左右设加非酒肆,前则奇货纷列,男女游人甚多。看毕,乘马车行数里至榜努卫街玛戛立店,译玛戛立者,法言菊花也。在彼晚酌,为联建侯、顾延卿、张让三、潘景周、世益三、郭秋萍诸君所约,同席为承伯纯、黄伯申。楼房华美,灯烛辉煌,欢饮畅谈,鱼酒皆佳,亥正谢归。

十九日丙辰 阴晴不定，凉。晚，陈敬如约余及承伯纯、潘景周、郭秋萍在其别墅饭。酉正乘火车行五六十里至卫席内村，改乘马车，又行十数里至蕾斯达街第三十九号，入内见洋夫人甥女及邻居男女五六人，少谈入座，食毕吃加非打球，亥正谢归。大风，冷。

二十日丁巳 晴，凉。未初，联建侯约登艾菲铁塔，塔因人名。艾菲者，法的让村人，生于西一千八百三十二年（即道光十二年），自幼学习十数年，至五十五年（即咸丰五年）学业有成，于是凡建造铁桥等，多能设法坚固省工。法廷拟于一千八百八十九年（即光绪十五年）在巴里设赛奇会，遂择地在赛茵河旁商得玛街，艾菲乃建铁塔于中央。塔作“⅄”字形，高三百迈当，合不足百丈地，周四万八千方迈当，共铁重十兆吉娄戈拉木，合二十兆磅零。自一千八百八十七年正月（即光绪十二年十二月）开工，用人三百，至八十九年三月三十日（即十五年二月二十九日）工竣。塔分三节，头节高一百二十五迈当，二节亦然，塔下四腿，各有铁柱入土数丈，缓柱各有铁梯，宽三尺许，围有铁阑，健步者可沿梯而上。此外由地至第二节，四角上下各有铁练系小屋一间，动以三百匹马力之轮机，四小屋系二升二降，每间十六迈当见方，容八百人，每一点钟可上二千人。头层顶上敞屋一间，周二千四百方迈当，在上即可眺望通城，分间设有加非酒肆，容六百人。第二节顶上另屋一间，四面有窗，因高故也，内容四百人，设有酒肆、点心铺、刷印新报局、飞信局，备有纸张，上印塔图景致，凡人之登塔欲表其能者，可自书数行，费钱无几，可自塔上飞送各国。上又摆摊出售塔图、塔表等书。由第二节至塔顶，另有小屋一间，虽可升降，一因太高，再因地窄，当时禁止外人乘坐。塔顶作“高”字形，上有电灯，光照百里。凡人登塔者，自入门，驾屋上下皆有使费。自开场后，每日昼夜男女登塔者，不下数万，半年之久，除工料外，获利甚巨。今日余等驾屋至第二层，点心眺望后，回公馆。晚餐毕，又同行数里，步入大清公所一观，系一花园，四围密树，正中大房五楹，前三面穿廊，玻璃窗，设有桌椅茶座，房仿华式建造，乃当年赛奇会中之中华酒肆，及会散，经中国使馆赠送法廷，将房移此，因取是名。惜当时天凉，游人不多，在内少坐，各饮加非一盅而返，夜入使馆各屋辞行。

二十一日戊午　晴。酉初，世益三约饭。酉正同承伯纯乘马车至吕阳火车栈，有陈敬如、潘景周、联建侯、张让三、世益三、郭秋萍、顾延卿、黄伯申诸君送别。即时登车，行人男女如云。戌初开，入夜冷。

二十二日己未　晴，暖。巳正一刻抵马赛海口，下火车乘马车行十余里入格朗店早尖。申正，登法国公司轮船美拉班式，与十年前所乘之遮格船同，长四十丈，宽四丈，入水三丈，重三千三百二十吨，马力六百。船主蒲欧年近四旬，尚属温和。同船男女百数十，中有法驻天津领事白藻太夫妇及英驻芜湖领事满斯扉夫妇子女。申正一刻展轮，出口水平船稳，稍凉。

二十三日庚申　晴，暖，水平如镜。计由昨日申正至今日午正，共行二百四十四洋里，在赤道北四十一度十一分，巴里东七度二十九分，下余一千一百五十六洋里至阿来三得。

记：同船有天主耶稣传教之男女十一人，内耶稣男教士之往关东者二人，为包文、斯戴呢斯，往湖北者四人，为柯林布、狄木尔、万文克、库里，天主女教士之往广东者四名，为石鄂威、梅斯那、戴斯桂、戴斯巴，往西贡者一名，为亚汗。

二十四日辛酉　晴，热。水平船稳，至午正，行三百十三洋里，在赤道北三十八度二十二分，巴里东十三度十二分。未初，过西奚里岛，遇风蓬火轮多只。亥初，移洋琴于船面，燃电灯，搬椅凳，通船男女跳舞一场，亦颇热闹，子正始散。

二十五日壬戌　晴热如昨。水平船稳，至午正，行三百一十洋里，在赤道北三十五度五十五分，巴里东十八度三十二分。未初微风，水有绉纹。戌初遇二火轮，系北去者，据云亦皆法公司，名未详。

二十六日癸亥　晴，稍凉。至午正，行三百十二洋里，在赤道北三十五度十四分，巴里东二十三度五十八分，下余二百二十一洋里至阿来三得。午后热，水微波而船稳。申正遇轮船一只，系北行者，遥望惟见煤烟一缕，属何国何名皆未详。

二十七日甲子　晴，暖。寅初抵阿来三得口外，少停，复开进口，辰初下锚。左右楼房宏敞整齐，舸舰迷津，较二十年前另一景象矣。土人上船出售珊瑚、串珠、檀香油、皮鞋景图之类，上下客货毕。午初展轮，出口水平，色先碧绿既变混黄，随行右鄙频见山冈，皆埃及界也。前后遇大船多只，亥初抵波赛住船，即时登岸步游，楼房朴陋如前。入曲馆少坐，当晚无人歌舞，仅奥国男女十数人作乐，每二场按人取钱一次，多寡听便，一人二三苏足矣。吃酒饮加非，须问明所值，再行付给，否则加倍索取。渡船一人用半方。

二十八日乙丑　晴，暖。上下客货及煤水毕，丑正二刻展轮，入新开河。未正至第四十几牌宽处少停，待来船和之吉兰、英之阿斗瓦、那威戛多、贝那得、伊来比斯五商船驶过复开。申正过义思玛力雅，入咸湖，随行复遇大船六七，名皆未详。亥初至苏耳士停轮，上下客货，终夜声喧，令人不寐。

二十九日丙寅　晴，热。子正开，走红海，左右屡见山冈。至午正，共行一百三十七洋里，在赤道北二十七度五十五分，巴里东三十一度十六分，下余一千一百七十洋里至亚丁。入夜尤热，然有微风，似不比前八次之酷热，水虽微波而船仍稳。

三十日丁卯　晴，热。换单衣，水平如镜。至午正，行三百二十一洋里，在赤道北二十三度二十四分，巴里东三十四度二十八分。

九月

初一日戊辰　晴，大热至九十一度。至午正，行三百二十一洋里，在赤道北十八度四十九分，巴里东三十七度二十五分。酉初风，稍凉，船微簸扬。同船三等客中有法国去谅山之演小戏人一伙，男女十数人，自前日定于当晚在船面排演一场，按人讨钱，多少任便。乃在厨旁以各国旗帜搭棚作台，左边沿船阑挂华、英、法、日四国旗作壁，通船燃电气灯，台前横凳，戌正二刻演起，共二场，歌舞平平，无甚新奇处，船客给一方至五方不等，船主亦备有冰奶柠檬水等，亥正戏散，男女复鼓琴跳舞一番。入夜仍热。

初二日己巳　晴，热。水平船稳，至午正，行三百一十洋里，在赤道北十四度二十五分，巴里东四十度十分。未正过高贝邹沽及大小哈露什二岛，此后左右遥望，时见山冈。入夜出红海，倏觉清爽。

初三日庚午 晴。卯初一刻抵亚丁停船，见山上房屋稍增，绿树点染，土人上船出售鸵鸟毛、羊鹿角等。本船上煤下货毕，酉初一刻复开，出口微风，有浪而船稳。

初四日辛未 晴，不甚热。至午正，行二百十九洋里，在赤道北十二度十四分，巴里东四十六度十二分，下余一千八百八十五洋里至锡兰岛之克伦伯。申初见尖嘴大鱼一行，长皆五六尺，船东行稍南，鱼则跳跃南向，出水尺余者千余。

初五日壬申 晴，稍热。水平船稳。至午正，行三百洋里，在赤道北十一度二十分，巴里东五十一度八分。入夜凉，客中男女移琴船面，奏乐跳舞、歌唱，极属热闹，亥正一刻始散。

初六日癸酉 晴，热。水平如镜，船微摇。至午正，行二百九十六洋里，在赤道北十度二十六分，巴里东五十六度五分。入夜阴。

初七日甲戌 丑正大雨一阵，既而晴热。水平色黑。至午正，行三百二十洋里，在赤道北九度二十分，巴里东六十一度十七分。

初八日乙亥 晴，热。水平如镜。至午正，行三百二十三洋里，在赤道北八度二十九分，巴里东六十六度三十三分。酉初微风，船即簸扬。戌初客中男女歌舞一场，按人给钱，盖以津贴水手也。

初九日丙子 晴，热。水平船稳。至午正，共行三百二十二洋里，在赤道北七度五十三分，巴里东七十一度五十九分。午后，同船法人乐梅示余东印度文一篇，字亦横书，笔画曲弯。因思天下各国之书，其横行或左起或右起者多，惟我国及附近各藩属者，则下行而右旋，至满文虽亦下行而又左旋，是其格式诚非一律矣。按各字之形，惟汉字正大端方，其他无往而非蝌蚪象形，如虫似蛇，观之令人难辨。

初十日丁丑 晴，热。水微波。未初一刻，抵克伦伯停船抛锚，遂同承伯纯乘他舟登岸步入敖廉塔店，见店前墙垣房屋折去，栽树立木棚码头。此店前临海，极为开敞，店后楼房亦多加增整齐。少坐即乘马车往游前两次经过之庙，至佛齿塔庙中，见有刘芝田星使（瑞芬）所献之白绫绣幡四幅，余亦书其善士簿以九次经过锡兰岛云云，去此回店。戌初晚餐,食毕少坐,乘小舟回船。按小舟价,每人半什令,顿饭每人三戈贝,马车按时亦有定价。入夜风,凉。

十一日戊寅 晴。子正一刻展轮,出口风顺挂帆,浪微涌船亦微摇。至午正,行一百三十五洋里,在赤道北五度五十四分,巴里东七十九度二分,下余一千四百二十九里至新嘉坡。

十二日己卯 晴,平。至午正,行三百三十三洋里,在赤道北五度四十九分,巴里东八十四度二十九分。晚间同船义妇梅的英以帕蒙眼鼓琴,声调亦颇幽雅可听,鼓毕各皆击掌称贺。

十三日庚辰 晴,平。至午正,行三百二十一洋里,在赤道北五度四十九分,巴里东八十九度四十九分。酉正阴,骤雨一阵,凉。

记:英国爱尔兰人卜达满夫妇,乃往上海制造机器者,不识西国之土伏耳,亦犹我国乡民之不识海参江瑶柱也。

十四日辛巳 阴。子正一刻,风起浪涌,船即摇荡,寅正风息,水平无波。至午正,行三百十洋里,在赤道北五度二十八分,巴里东九十四度五十一分。船东行,镇日南面远近山冈成行,间见树林排列,乃苏门答腊也。申正微风,极凉爽。戌正一刻,有同船德人万代丹姊妹四人歌曲,既而本船水手等廿余装扮东西国人,并装作熊马鸵鸟等,末则四人提一小船,内坐四名,击鼓打铙,绕船鱼贯而行,极其热闹。此后乃耍傀儡,颇与北京者相似,鼓琴歌唱至。

十五日壬午 丑初始散。本船备有冰奶糕点,当演毕一场后,求人给钱以赈寡妇孤独。早晴热,寅正一刻,大雨滂沱。船慢行,连鸣哨者多次,因天色迷漫,路途难辨也。卯正雨止,阴晴不定。至午正,行三百洋里,在赤道北二度四十四分,巴里东九十八度五十二分。同船有前自克伦伯上船之华人杨雨亭名芳者,乃云南临安府建水县之回民也,年四十八岁,以贩卖珠宝为生。据云,在锡兰岛中斯普拉玛地方产珠宝极盛,在克拉大喇庄住有大商极富,又缅甸多蛟,地方临河,产有石油,现亦属英,获利甚巨。酉初过麻六甲,见海面银鱼向船泳跃,甚夥。

十六日癸未 阴。子正二刻至新嘉坡口外停船,卯初复开进口,辰初泊岸。见前一法公司名伊路达者,来自上海,系早两点钟到此者。当本船上煤下货时，余即乘车持潘兰史荐书至泰路喀雅尔街南生广货店拜胡砚农、昌亭、绮山兄弟，至彼知砚农、昌亭两君早回羊城，绮山亦由省城初到，少坐，在彼早餐后同乘马车至胡家园一游，午后回船，骤雨一阵。此地华人铺店种种加增，较盛于前矣。申初一刻展轮，出口微风，水面微波，船即簸扬，凉。

十七日甲申 晴，凉。逆风浪涌，船颇摇荡。至午正，行二百五十七洋里，在赤道北四度九十分，巴里东百零三度二十一分，余三百八十八洋里至西贡。

记：西国官定船规，凡教士男女乘船，皆无船脚，惟饮食每人日付数方而已。酉初大雨滂沱，船行稍慢。戌初雨止，仍摇。

十八日乙酉 晴，凉。狂风巨浪，船大簸荡，男女晕卧者大半。未初因气筒有损，停船收拾片刻复开。申初风息浪平，遥望小山一缕，乃安南界也。酉初抵西贡口外，稍停，引水人登船，酉正复开，进口缓行。戌正傍岸，上煤下货，彻夜不息。天不甚热，蚊声如雷。记土人书西贡曰"柴棍"。亥正阴。

十九日丙戌 晴。巳正登岸，步至宏泰昌访张沃生观察（霈霖），知其五公子树屏（振德）中式己丑科举人，因向贺喜。后同其伙友范德有乘马车行十数里至提岸埠，土人呼曰"鬃狱"，一路树林阴翳，房屋无多。至此地皆华商，楼房鳞比，遂入南美楼早餐，后回宏泰昌，少坐复同沃生乘车入万牲园等处一游，禽兽未增，园地阔充，花木甚繁。酉正晚酌，同席为其伙友蔡复其（迪昌）、余勉之（文朝）、范德有及在西贡华民税务衙门充当通事之上海人梁福庆，亥正回船，细雨，微凉。又按西贡法国总督定例，凡华人街行皆有凭牌，当余下船时船主亦有凭单一纸，以免巡捕考查。

二十日丁亥 晴。寅正开船，辰正一刻出口，风浪如前日。至午正，行八十八洋里，在赤道北十度十八分，巴里东百零五度二十六分，余八百二十七洋里至香港。窃思天下之衣食不外乎桑麻菽粟，是天生之定物也，乃桑麻之外又有冰丝可以成缯，火毛可以织布，菽粟之外又有竹米可以救荒，榆面可以入馔，不意西国又有玻璃可以成棉，印度则有馒果可以充饥，是又出乎桑麻菽粟之外者矣。

二十一日戊子 晴，镇日风浪如昨。至午正，行二百五十七洋里，在赤道北十三度四十七分，巴里东百零七度二十八分。同船一法人向余谈及食物，乃云凡猪羊牛类，当择其可食者食之，不可头蹄皆用，因其味或不鲜，肉或不净也。余曰："中国亦然，考古时富贵之家讲求食物，有一羊仅割下唇肉一片，余皆弃置者，其故盖以羊之美全萃于此，其他腥臊不足用也，是亦择食之至奇者，现在此风不行，因奢滥之至也。"其人闻之，诧愕者良久。

二十二日己丑 晴，凉。风浪较昨稍平，至午正，行三百零一洋里，在赤道北十八度三十三分，巴里东百零八度五十六分。申初阴，细雨阵阵。昨见安南人喜食槟榔，乃以蛎房灰染红，包以橹叶，无论男女，满口咀嚼，吐汁鲜红如吐脓血，令人观之不雅。因思有谓京师人嗜此品，虽不染以灰包以叶，乃杂以砂仁豆蔻，竟日细嚼，唇摇齿转，恶状可憎。殊不知，饭后微食少许，既能消食，并去口味，其有益也良多。嗜此物者，并非别有肺肠，甘之如饴也。西人饭后微食丁香糖亦即此意，至如睡起不刮舌不刷牙，饭后不漱口，舌牙积胎厚至一二分，黄如雀粪，每向人言，恶气喷出触鼻，乡民莫论，其他如此装作者，不知本人知否，是诚可憎者也。

二十三日庚寅 晴。巳初抵香港，停船后乘小艇登岸，在琼香楼早餐，既至旧沙宣行访张冠卿未遇，申正回船。入夜细雨，冷。

记：西国糖分四种，曰甘蔗糖，曰果品糖，曰菜根糖，曰兽身奶骨糖，于是作有红糖、白糖、潮白、顶冰以及冰沙，末有粗细，味有厚薄。西人问余以中国糖之由来，余谓中国古时仅有饧，乃煎米蘖而成者，至甘蔗，先用其浆，既熬成膏，至唐始遣使至摩竭陀国取熬糖法，因有糖霜、红糖之类，由宋以来始得各种名糖，大致与西国同。

二十四日辛卯 晴，冷，微风。巳初一刻展轮，出口逆风，船即簸扬。至午正，行二十八洋里，在赤道北二十二度二十一分，巴里东百十二度十五分，余八百四十二洋里至上海。船东北行，镇日西望山岭绵亘，渔舟不断。

记：洋钱之用，在我国自乾隆初年以前，粤中已有多种，曰连，曰双鹰，曰十字，曰双柱，皆来自外洋。其后又有花边，来自墨西哥，鬼头或公头，来自英吉利。盖西法有印国家号记于钱面者，有肖其王像于银面者。《史记》所谓“安息国以银为钱，钱如其王面，王死转效嗣王面”是也，后又改呼其有王头者曰番面钱，以画像如佛，故又号曰番佛。由此观之，是我国沿海之用洋钱也久矣。迩来日本仿铸，我人亦用之，且各洋圆纸钞亦皆通用，是洋人以银饼换银锭、换货物，于中获利匪浅，想我国将必设法鼓铸，不令洋人尽获其利也。

二十五日壬辰 稍阴，凉，风浪如昨。至午正，行二百六十洋里，在赤道北二十四度二十九分，巴里东百十六度十六分。午正一刻过厦门，入夜风浪尤大。

记：东西各国凡官定之律例、税则、条章以及与他国所换之条约并万国公法，恐人不知，无不正大光明，刷印成本，宣示众人，因而官民在本国、去外国，待国人、视外人，各知所本，何为循例，何为犯法，无不遵守定章，官吏既不敢从中舞弊，更不能任其舞弊。不比土耳其等国，一概珍藏，不令民知，虽大小官员司其事者，亦罕有实明其理，故使官吏作弊，任意舞弄，不合新例，率引旧章，不行者能使行，可行者使不行，其税则民既不明，官吏亦任意勒索，故至今民多困苦，而官吏私囊充之又充，其国既可虑，其民尤可危也。

二十六日癸巳 早阴，凉，风浪稍亚于昨。至午正，行三百二十五洋里，在赤道北二十八度十五分，巴里东百十九度二十九分。午后晴，仍凉，入夜船稍稳。

记：前在地中海同船有土耳其商人颜世楠者，叙及出使一事。据云，伊父前曾随使外国数十年，因为人正直忠诚，不随时派，为上宪及同人所忌，后遂告退以乐余年。至伊学业有成，其父不令为官而为商。又言当其父随使数十年间，使风日下，或在外洋娶妻，或娶而携回，或娶而遗留外洋，或领回而复逐去，或领回而不敢仍回故乡，或改装易服，或归入外教，或遗身异邦，或得绰号，或诓骗妓女，或私通外国，或使外国外部给付节规，或自行妄称，或在外赊欠，回后经人致书外部，或管支应因亏而监追，或素以贩卖人口为业而更名三次，或因外人轻视而改名，或为官制办致有赚钱，或以旧物充新物，或以烂物报重价，或事犯而抄家，或无事而升官，或因而巨富，或因偷物致收监十八个月，或因故而致失目折股，或携百箱回国而贩卖以致巨富，种种不一，难更仆数。忆迩来数年，不知又出何等人物之不顾大局有伤国体者，此等事件向人言之，殊觉惭愧，然用人如此，有伤国体殊可虑耳！余谓以前既有如此各节，以后自当随时选择矣，其人闻之，笑而不言。

二十七日甲午　微阴，凉。丑正因机器有损，停轮收拾，卯初一刻复开。巳初至吴淞口住船，即有小轮船来接行客，并将各人行李提出，上毕即开。午初至上海码头，傍岸下船，乘车至泰来栈住。

二十八日乙未　晴，暖。早起检点行李，午后乘肩舆至文报局拜王心如（松森）、王新之（叔铭）、沈昂青（瞻云）、朱静山（格仁），又至江海关拜税务司裴式楷，酉初回寓。入夜风雨，凉。

二十九日丙申　阴冷欲雪。早起下楼大便，因而着凉肚痛，即时改着皮衣，竟患腹泻。亥初睡时，吃午时茶麦牙加姜片少许。半夜稍汗。

十月

初一日丁酉　天晴，仍凉。午后桂竹君来拜，坐谈少许即去。余镇日腹泻，饮食无味，幸早饮红糖烧酒一杯，腹稍止痛，晚惟稀粥一盂而已。

初二日戊戌　晴，稍暖。腹不泻亦不痛，然身体软弱，早晚仍食稀粥。午后陈次旌太守（同书）、铨部观政鄂小农（英）、希昭甫、都转麟、吴蓉斋（恩华）、李子材（家楠）、王念劬（叔蕃）前后来拜。

初三日己亥　晴，暖。午后张叔平观察（鸿禄）、姚子让（文楠）、王心如、沈昂青来拜。

初四日庚子　晴。早起吃粥后，勉强支持乘肩舆答拜陈次旌、鄂小农、希昭甫、王念劬、姚子让。未初王新之、朱静山、裴式楷前后来答拜。

初五日辛丑　早晴。乘肩舆先至老麦加洋客店拜凤夔九（仪），继拜吴蓉斋、李子材、张叔平。酉初，桂竹君约在复新园晚酌，依然饮食无味，少坐即回。入夜雨。

初六日壬寅　阴，稍暖。酉正，朱静山约在一家春番菜馆晚酌，同席为陈次旌。食毕复乘肩舆至天仙茶园观剧，亥正谢归。

初七日癸丑 阴，凉。未初姚子让约饭其家。又自酉正至子正，有王念劬、鄂小农、希昭甫诸君陆续约饭，及吴蓉斋约在三雅园听文班戏。

初八日甲辰 晴。早由巳初至未正，王新之、李子材、承伯纯诸君前后约饭，皆少坐辞谢。酉正，余邀陈次旌、王念劬、沈昂青、王新之、李子材、朱静山、希昭甫、鄂小农、桂竹君、承伯纯诸君在海天春番菜馆晚酌，彼此欢饮，子正始散。入夜阴。

初九日乙巳 阴。早风夔九来拜，既乘肩舆往拜桂竹君，闻海晏轮船进口，遂往招商局写船票。

初十日丙午 阴。午后上行李，亥正同承伯纯登船，时有沈昂青、王新之、桂竹君送别，坐谈许久始去。

十一日丁未 晴。卯初一刻展轮，出口水平船稳。

记：同船客皆华人，洋人仅白藻太夫妇。

十二日戊申 晴，凉。水平如昨。午后同白藻太夫妇在客舱坐谈，少刻其妻唤洋仆斟香宾一瓶，斟毕待饮，彼此举杯相祝。

十三日己酉 晴，凉。丑正抵之罘住船，上下客货毕，巳初复开。出口微风，冷，既而狂风大作，巨浪涛天，船则摇荡簸扬，戛戛有声。行二百余里，至酉刻，因风力太猛，船力难敌，遂泊于庙岛后以避之。

十四日庚戌 阴，冷，风稍息。卯初展轮，亥初至大沽口外四十里停轮，即时津海关小轮船来收取信件，白藻太夫妇亦即随驾进口。入夜犹风。

十五日辛亥 阴晴不定，微风颇冷。现因口内水浅，船多停于口外下货，必待一二三日货净船轻方得进口。余同承伯纯遂于巳初乘杉板船入大沽口，至塘沽下舟，登岸早尖。待至申正，乃乘火车至津，酉正一刻下火车，坐东洋车行数里渡河，再乘车行几里入佛照楼，知大儿荣骧率仆人赵喜来接，住此已四日矣。

十六日壬子 晴。知铨部正郎升吉甫（允）、宝地山刺史（谦），因奉派随使俄德奥和，亦于昨晚由京到此，亦住此店。亥正送二君登丰顺轮船，彼此畅谈许久，子正回店。入夜阴，凉。

十七日癸丑　早微雪一阵，继而阴晴不定。巳初乘肩舆往谒李傅相，并拜黄花农、张云波、张子敬、王竹轩，即时三君约饭在刘老吉。

十八日甲寅　晴。早乘肩舆往拜刘献夫、罗稷臣、金固斋、联春卿、荫五楼、德春涛、陈静泉、德璀琳、白藻太，回店知刘献夫诸君前来答拜。晚王竹轩、张云波、张子敬约饭在晏芳楼，同座有郝晴川总戎（庆澜）、郑天申协戎（明保）、李青田刺史（世铭）。当早承伯纯先行起程入都。

十九日乙卯　晴。早乘肩舆先至府学拜傅荫庭（楫），继拜钱琴斋、郝晴川、郑天申、李青田。回店知傅荫庭、黄花农诸君前来答拜。

二十日丙辰　晴。辰正起程，乘车行三十五里至蒲口早尖，再行二十五里至杨村宿。

二十一日丁巳　晴。卯正一刻起程，行二十五里至蔡村早尖，再行二十五里至河西坞宿。

二十二日戊午　晴。卯正起程，行三十六里至马头早尖，再行四十五里至于家卫宿。时因道途不靖，连日早行，幸有营兵护送，得以无虞。

二十三日己未　晴。巳正起程，行二十里，由广渠门进崇文门，午正到家。夫妻父子相见，畅述三年中情事，恍如作一场大梦也。

后　记

本书系全国高等院校古籍整理研究工作委员会直接资助项目，自2014年9月立项，至今才得以完成。本书的出版得到了浙江省一流学科——民族学学科和浙江省特色专业——民族学专业的资助，在此表示衷心的感谢！

自本项目立项以来，一直得到丽水学院科技处、民族学院领导的关注，得到了黄元姗教授、王闰吉教授等同事的指导与支持。本书出版过程中，得到安徽师范大学出版社孙新文、薄雪等诸位老师的辛勤努力与帮助，他们为此付出了大量心血，在此一并表示衷心的感谢！

本书点校者为李岩、王彦章、朱宗侠等，具体点校分工如下：李岩负责点校说明撰写及自叙、凡例、一至十一卷点校，王彦章负责总体指导与把关，朱宗侠负责第十二卷点校和核查工作，最后由李岩统稿。囿于点校者的水平和学识，书中难免存在不足之处，敬请读者批评指正。

李岩

2017年2月20日于丽水学院